Zu diesem Buch

Danny Fisher, Sohn eines wohlhabenden jüdischen Apothekers, verbringt im Elternhaus eine helle und sorglose Kindheit. Doch schon bald muß er seinen Schutz entbehren: der geschäftliche Ruin des Vaters verschlägt die Fishers in ein Elendsviertel, und Danny gerät in den Asphaltdschungel von New York. Als Boss einer Halbstarkenbande, als junger Boxchampion, der, berauscht vom anfänglichen Erfolg, seinem Trainer und Entdecker, dem gutmütigen Sam Gottkin, die Geliebte ausspannt, gerät er bald mit skrupellosen Gangstern in Konflikt, die diese lukrative Branche des Showgeschäfts kontrollieren. Er muß aussteigen. Als Schwarzhändler und als abgebrühter Geschäftsmann sucht er sich und seiner Frau Nellie einen Platz an der Sonne zu erobern. Schon hat er es unter Mühen und Gefahren zu einigem Wohlstand gebracht, da präsentiert ihm die Unterwelt gnadenlos eine alte Rechnung, die er mit seinem Leben bezahlt.

Der Roman wurde, mit Elvis Presley in der Hauptrolle verfilmt, zum Welterfolg der Leinwand.

Harold Robbins, dessen Bücher heute in 11 Sprachen und 18 Ländern Millionen Leser gefunden haben, kennt sich aus auf dem heißen Pflaster, das seinem Helden Danny Fisher zum Schicksal wird. Der Autor, 1916 in New York geboren, besuchte dort die George Washington High School, bis ihn die große Depression 1932 von der Schulbank auf die Straße warf. Kaum sechzehn Jahre alt, muß er sich seinen Lebensunterhalt verdienen. Als Laufbursche, Sodawasser-Verkäufer, Bar-Kellner, Kassierer, Eiscreme-Straßenverkäufer, Schneeräumer fängt er an. Mit neunzehn Jahren versucht er sich als selbständiger Kaufmann und geht vier Jahre später bankrott. Er beginnt von vorn als Angestellter der Universal-Filmgesellschaft mit 25 Dollar Wochenlohn. Bald macht er durch Umsicht, Geschick und Initiative seine Vorgesetzten auf sich aufmerksam. Als er 1956 die Firma verläßt, hat er seit Jahren den Posten eines Executive Director inne.

Da er sein Lieblingsprojekt, sich als Filmproduzent selbständig zu machen, nicht verwirklichen kann, verfilmt er 1957 für die United Artists seinen 1948 erschienenen Roman «Never Love a Stranger» («Wohin die Liebe führt»), der ebenso wie «The Carpetbeggars» («Die Unersättlichen») Bestseller wird und weithin nachhaltiges Aufsehen erregt. Mit wachsendem Erfolg setzt Robbins seine Filmarbeit nach eigenen Büchern fort: «The Pusher» (1958), «Woman's Barracks» (1958). «Mein Leben für den Rhythmus», der Film zum vorliegenden Roman, bringt dem Autor Weltruhm. Seit 1959 arbeitet er als freier Schriftsteller.

HAROLD ROBBINS

Einen Stein für Danny Fisher

ROMAN

rororo

ROWOHLT

Die Originalausgabe erschien bei Alfred Knopf, Inc., New York,
unter dem Titel «A Stone for Danny Fisher»
Berechtigte Übertragung aus dem Amerikanischen
von PIA VON HARTUNGEN

1.– 25.	Tausend	November 1967
26.– 35.	Tausend	Oktober 1968
36.– 43.	Tausend	Oktober 1969
44.– 53.	Tausend	Juni 1970
54.– 68.	Tausend	April 1971
69.– 83.	Tausend	Juni 1972
84.– 93.	Tausend	Mai 1973
94.–105.	Tausend	Dezember 1973
106.–115.	Tausend	Oktober 1974
116.–128.	Tausend	Juni 1975

Ungekürzte Ausgabe
Veröffentlicht im Rowohlt Taschenbuch Verlag GmbH,
Reinbek bei Hamburg, November 1967

Gesetzt aus der engen Aldus-Buchschrift
und der Palatino (D. Stempel AG)
Gesamtherstellung Clausen & Bosse, Leck/Schleswig
Printed in Germany
680-ISBN 3 499 10991 3

Welcher ist unter euch Menschen,
so ihn sein Sohn bittet ums Brot,
der ihm einen Stein biete?

MATTHÄI VII/9

Meiner Frau
LIL
ohne die ich dieses Buch nicht hätte schreiben können

Der Inhalt dieses Buches ist frei erfunden. Weder die Schilderung der politischen Verhältnisse und der Korruptionsfälle noch irgendwelche anderen Geschehnisse oder Gestalten in diesem Buch haben bestehende Verhältnisse oder lebende Personen zum Vorbild.

EINEN STEIN FÜR DANNY FISHER

Es gibt viele Arten, um auf den Friedhof Mount Zion zu gelangen. Du kannst mit dem Auto durch die unzähligen schönen Parkanlagen von Long Island fahren, oder mit der U-Bahn, dem Autobus oder dem Trolleybus. Es gibt viele Wege, um auf den Friedhof Mount Zion zu gelangen, aber in dieser Woche gibt's keinen Weg, der nicht dichtgedrängt und überfüllt von Menschen wäre.

«Woher kommt das?» fragst du, denn inmitten des brausenden Lebens stehend, ist's immer beängstigend, auf einen Friedhof zu gehen – außer zu ganz bestimmten Zeiten. Und diese Woche, die Woche vor den hochheiligen Tagen, gehört dazu. Es ist die Woche, in der Jehova, der Herr, seine Engel um Sich versammelt und das Buch des Lebens vor ihnen aufschlägt. Auch dein Name ist auf einer dieser Seiten aufgeschrieben, und dein Schicksal für das kommende Jahr aufgezeichnet.

Sechs Tage lang bleibt das Buch aufgeschlagen, und du hast Gelegenheit, zu beweisen, daß du Seiner Gnade würdig bist. Während dieser sechs Tage widmest du dich der Barmherzigkeit und frommen Werken. Eines dieser Werke ist der alljährliche Besuch bei den Toten.

Um sicher zu sein, daß dein Besuch bei den Abgeschiedenen auch aufgezeichnet und richtig beachtet wird, wirst du einen kleinen Stein vom Boden aufheben und auf das Grabmal legen, damit ihn der Engel, der die Taten der Menschen vermerkt, sieht, wenn er allnächtlich durch den Friedhof wandelt.

Ihr versammelt euch zur verabredeten Zeit unter dem weißen, steinernen Torbogen. Die Worte FRIEDHOF MOUNT ZION sind in den Stein zu euren Häuptern eingemeißelt. Ihr seid euer sechs. Ihr seht euch verlegen an, und die Worte kommen nur steif über eure Lippen. Ihr seid alle gekommen. Wortlos, doch wie auf geheime Verabredung setzt ihr euch alle gleichzeitig in Bewegung und beginnt unter dem Torbogen hindurchzuschreiten.

Zu eurer Rechten ist das Pförtnerhaus; zu eurer Linken die Friedhofsverwaltung. In ihrem Büro sind die gegenwärtigen Adressen vieler Menschen mit ihrer Platznummer und dem Namen des Beerdigungsinstituts registriert, die gleichzeitig mit dir auf dieser Erde gewandelt, und von vielen andern, die vor deiner Zeit auf Erden gewesen waren. Du verweilst jedoch nicht bei diesem Gedanken, denn alle, außer mir, gehören für dich dem Gestern an.

Du gehst eine lange Allee entlang und suchst einen bestimmten Weg. Schließlich erkennst du ihn: weiße Ziffern auf einem schwarzen Schild. Du biegst in diesen Weg ein, und deine Augen überfliegen bei jeder Abteilung die Namen der Beerdigungsinstitute. Der Name, den du gesucht hast, wird jetzt mit glänzenden schwarzen Buchstaben auf grauem Stein für dich sichtbar. Du betrittst die Abteilung.

Ein kleines altes Männchen mit einem weißen, tabakfleckigen Bart und

Schnurrbart eilt euch hastig entgegen, um euch zu begrüßen. Er lächelt schüchtern, während seine Finger mit dem kleinen Abzeichen in seinem Knopfloch spielen. Er ist Angestellter des Beerdigungsinstituts und wird die Gebete für euch hebräisch hersagen, wie es seit vielen Jahren der Brauch ist.

Du flüsterst einen Namen. Er nickt mit einer vogelartigen Gebärde zustimmend mit dem Kopf; er kennt das Grab, das du suchst. Er dreht sich um, und du folgst ihm; du steigst behutsam über die dicht nebeneinanderliegenden Gräber; hier ist der Platz sehr kostbar. Jetzt bleibt er stehen und streckt seine alte zittrige Hand aus. Du nickst mit dem Kopf, es ist das Grab, das du suchst, und er tritt zurück.

Ein Flugzeug dröhnt über eure Köpfe hinweg, es ist im Begriff, auf dem nahe liegenden Flugplatz zu landen, aber du blickst nicht auf. Du liest die Worte auf dem Grabmal. Frieden und Ruhe ziehen in dein Gemüt. Die Spannung des Tages fällt von dir ab. Du hebst den Blick und nickst dem Mann leicht zu, der jetzt die Gebete sprechen wird.

Er tritt wieder vor und steht nun vor euch. Er fragt nach euren Namen, um sie in seine Gebete einzuschließen. Einer nach dem andern antwortet ihm.

Meine Mutter.

Mein Vater.

Meine Schwester.

Mein Schwager.

Meine Frau.

Mein Sohn.

Die Gebete des Mannes sind ein mechanisches Geleier, ein unverständliches Geschnatter von Worten, das monoton von den Gräbern widerhallt. Doch ihr hört ihm gar nicht zu. Zahllose Erinnerungen erfüllen euer Denken, und für jeden von euch bin ich ein anderer Mensch.

Schließlich sind die Gebete gesprochen und der Mann bezahlt, der sich entfernt, um an anderer Stelle seinen Dienst zu versehen. Du suchst den Boden nach einem kleinen Stein ab. Du hältst ihn behutsam in der Hand, und gleich den andern trittst du allein vor das Grabmal.

Obwohl mich Kälte und Schnee des Winters und Sonne und Regen des Sommers umgeben haben, seitdem ihr das letzte Mal gemeinsam hier wart, sind eure Gedanken unverändert geblieben, so wie sie damals waren. Ich bin noch immer lebendig in eurer Erinnerung – mit einer einzigen Ausnahme.

Für meine Mutter bin ich das ängstliche Kind geblieben, das sich dicht an ihren Busen drückt und in ihren Armen Schutz sucht.

Für meinen Vater bin ich der schwierige Sohn. Seine Liebe war schwer zu erringen, sie war jedoch ebenso stark wie die meine für ihn.

Für meine Schwester bin ich der strahlende jüngere Bruder, dessen Verwegenheit ihre Liebe und gleichzeitig ihre Besorgnis wachrief.

Für meinen Schwager bin ich der Freund, mit dem er die Hoffnung auf den ersehnten Ruhm geteilt hat.

Für meine Frau bin ich der Geliebte, dem sie sich in leidenschaftlicher Liebe hingab und in einem Kind vereinte.

Für meinen Sohn – was ich für meinen Sohn bin, weiß ich nicht, denn er hat mich nicht gekannt.

Jetzt liegen fünf Steine auf meinem Grab, und noch immer stehst du, mein Sohn, nachdenklich davor. Für alle andern bin ich eine Realität, nicht aber für dich. Warum zwingt man dich dann, hier zu stehen und um jemanden zu trauern, den du niemals kanntest?

In deinem Herzen ist eine winzige harte Stelle – der Unwillen eines Kindes. Denn ich habe dich enttäuscht. Du konntest niemals wie andere Kinder prahlen: «Mein Daddy ist der Stärkste oder der Klügste, der Gütigste oder der Liebevollste.» Du hast mit dem stetig wachsenden Gefühl der Enttäuschung in bitterem Schweigen zuhören müssen, während andere diese Worte sprachen.

Grolle mir deswegen nicht, mein Sohn, und verurteile mich nicht. Halte dein Urteil zurück, wenn du es vermagst, und höre die Geschichte deines Vaters. Ich war ein Mensch, daher sündig und schwach. Obwohl ich zu Lebzeiten viele Fehler beging und viele Menschen enttäuschte, möchte ich dich nicht wissentlich enttäuschen. Höre mich an, o mein Sohn, ich bitte dich, höre mich an und lerne von deinem Vater.

Lasse dich jetzt von mir zum Anfang zurückführen, zum wirklichen Anfang. Denn wir, die wir aus einem Fleisch, aus einem Blut und einem Herzen sind, werden uns jetzt in dieser Erinnerung vereinen.

Umzugstag
1. Juni 1925

Ich gehe zurück bis zum Beginn meiner Erinnerungen, und das ist mein achter Geburtstag. Ich sitze in dem Führerhaus eines Möbelwagens und halte an allen Straßenecken begierig nach den Straßentafeln Ausschau. Als sich der riesige Möbelwagen einer Ecke näherte, verlangsamte er seine Fahrt. «Ist's in diesem Häuserblock?» fragte der Fahrer den Neger, der neben mir saß.

Der riesige Neger wandte sich an mich. «Sein das der Häuserblock, Junge?» fragte er, und seine großen weißen Zähne blitzten in seinem Gesicht.

Ich war so aufgeregt, daß ich kaum zu sprechen vermochte. «Das ist er», piepste ich und reckte mich auf, um auf die Straße sehen zu können. Hier ist es. Ich erkannte die Häuser wieder, sie sahen eins wie das andere aus, und vor jedem stand ein schlanker junger Baum. Alles sah genauso aus wie an dem Tag, an dem ich mit Papa und Mamma hierhergekommen war, an dem Tag, an dem sie das Haus für mich, zu meinem Geburtstag kauften.

Alle hatten damals gelächelt, selbst der Häusermakler, der dem Papa das Haus verkaufte. Aber Papa hatte nicht gescherzt. Er hatte es im Ernst gemeint. Denn er sagte dem Häusermakler, das Haus müsse am 1. Juni fertig sein, weil ich an diesem Tag meinen Geburtstag habe und das Haus mein Geburtstagsgeschenk sein solle.

Und es stand am 1. Juni tatsächlich zum Einzug bereit, genauso wie es Papa gewünscht hatte. Und heute war der 1. Juni, wir feierten meinen achten Geburtstag, und wir zogen ein.

Der Wagen fuhr langsam um den Häuserblock, und ich hörte das leichte Knirschen der Pneus auf dem Kiesweg, als der Möbelwagen die gepflasterte Straße verließ. Meine neue Straße war noch nicht gepflastert. Sie war erst mit weißgrauem Kies bedeckt. Die Pneus rissen den Kies mit und schleuderten die Steinchen prasselnd gegen die Kotflügel.

Ich wetzte in dem Führerhaus ungeduldig umher. «Das ist es!» rief ich und zeigte hinaus. «Das ist mein Haus! Das letzte im Block. Dort, dort, das einzige freistehende Haus.»

Der Möbelwagen rollte langsam vor das Haus und blieb stehen. Auf dem Fahrweg sah ich bereits unsern Wagen stehen. Mamma und meine um zwei Jahre ältere Schwester Miriam waren uns vorausgefahren, um einen Laib Brot und eine Büchse Salz ins Haus zu bringen und alles vorzubereiten. Mamma hatte gewollt, daß ich mit ihr komme, ich wollte aber mit dem Möbelwagen fahren, und der Fahrer hatte gesagt, ich dürfe mitkommen.

Ich versuchte die Wagentür zu öffnen, ehe der Wagen ganz zum Stillstand gekommen war, aber der Neger hielt seine Hand auf der Klinke. «Warten noch Moment, Junge», sagte er lächelnd. «Bleibst noch lang genug hier.»

Als der Wagen stand, gab er die Türklinke frei. Doch während ich vom Führerhaus herunterkletterte, rutschte ich in meiner Eile auf dem Trittbrett aus und fiel der Länge nach auf die Straße. Ich hörte hinter mir einen gemurmelten Fluch und fühlte, wie mich kräftige Hände aufhoben und wieder auf die Beine stellten.

Der Neger flüsterte mir mit seiner tiefen Stimme ins Ohr: «Hast dich weh getan, Junge?»

Ich schüttelte den Kopf. Ich glaube, ich hätte nicht sprechen können, selbst wenn ich es gewollt hätte. Ich war zu eifrig damit beschäftigt, mein Haus anzusehen.

Es bestand bis zur halben Höhe aus braunroten Ziegelsteinen, und von da an bis zum Dach hinauf aus braunen Schindeln. Das Dach war mit schwarzen Schindeln gedeckt, und vor dem Haus befand sich eine kleine ungedeckte Veranda, von der ein paar Stufen auf die Straße führten. Es war das schönste Haus, das ich je gesehen hatte. Voll Stolz atmete ich tief ein und sah die Straße entlang, um festzustellen, ob mich auch jemand bemerkte. Es war jedoch niemand zu sehen. Wir waren die ersten Mieter, die in den ganzen Häuserblock einzogen.

Der Neger hatte sich neben mich gestellt. «'s ist eine schöne Haus», sagte er. «Du sein mächtig glückliche Junge, so schöne Haus zu bekommen.»

Ich lächelte ihm dankbar zu, denn als ich ihm auf der Fahrt erzählt hatte, daß mein Papa es mir als Geburtstagsgeschenk gegeben hat, spottete er über mich wie alle andern. Ich lief die Stufen hinauf und klopfte an die Türe. «Mamma! Mamma!» rief ich. «Ich bin's. Ich bin da!»

Die Tür öffnete sich, und Mamma stand vor mir; sie hatte ein Tuch um den Kopf gebunden. Ich drängte mich an ihr vorbei ins Haus und blieb in der Mitte des Zimmers stehen. Alles roch so neu in meinem Haus. Der Anstrich der Wände, das Holz der Treppe, alles war neu.

Ich hörte, wie Mamma den Fahrer fragte, was denn so lange gedauert habe. Ich verstand seine Antwort nicht, weil ich bereits die Treppe hinaufsah. Aber als Mamma ins Zimmer zurückkam, sagte sie, daß die Leute nur deshalb bei der Arbeit so herumtrödeln, weil sie im Stundenlohn bezahlt werden.

Ich packte sie am Arm. «Mamma, welches ist mein Zimmer?» fragte ich. Zum erstenmal sollte ich ein eigenes Zimmer bekommen. Vorher hatten wir in einer Mietwohnung gewohnt, und ich hatte gemeinsam mit meiner Schwester ein Zimmer gehabt. Eines Morgens, kurz bevor mein Papa sich entschloß, mir das Haus zu kaufen, war Mamma in unser Zimmer gekommen, als ich mich gerade im Bett aufgesetzt hatte, um meiner Schwester beim Anziehen zuzusehen. Mamma sah mich prüfend an. Später, beim Frühstück, teilte sie uns mit, daß wir ein Haus kaufen werden und daß ich von nun an ein eigenes Zimmer bekommen werde.

Jetzt schüttelte sie meine Hand ab. «Es ist das erste auf der Treppenseite, Danny», antwortete sie aufgeregt. «Und steh mir jetzt nur nicht im Weg herum. Ich habe eine Menge zu tun.»

Ich stürzte die Treppe hinauf, wobei die Absätze meiner Schuhe einen ungeheuren Lärm erzeugten. Oben angekommen, zögerte ich einen Augenblick und sah mich um. Papa und Mamma hatten das große Frontzimmer, dann kam Miriams Zimmer, und hier – hier war meines. Ich öffnete die Tür zu meinem Zimmer und trat leise ein.

Es war ein kleiner Raum, etwa zehn Fuß breit und vierzehn Fuß lang. Es hatte zwei Fenster, aus denen ich direkt in die beiden Fenster des jenseits des Fahrwegs befindlichen Hauses sehen konnte. Ich drehte mich um und schloß hinter mir die Tür. Dann durchquerte ich das Zimmer, preßte mein Gesicht an die Fensterscheibe, um hinauszuschauen, da ich aber nicht sehr weit sehen konnte, öffnete ich das Fenster.

Jetzt sah ich den Fahrweg, der sich zwischen den beiden Häusern hinzog. Direkt unter mir bemerkte ich das Dach des neuen Paige, des Wagens, den Papa eben erst gekauft hatte. Weiter zurück, hinter dem Haus, befand sich die Garage. Hinter der Garage gab's nur noch Felder. Hier endete das neue Wohnviertel von Flatbush. Die Bauplätze waren früher nichts als Schutthalden gewesen, aber die Stadtverwaltung hatte sie eingeebnet, und um die Ecke herum entstanden noch weitere Häuserreihen, die alle genauso aussahen wie die unsre. Wenn ich mich weit genug aus dem Fenster hinausbeugte, konnte ich sie sogar sehen.

Ich trat in die Mitte des Zimmers zurück. Langsam drehte ich mich im Kreise und betrachtete jede Wand einzeln. «Mein Zimmer... es ist mein Zimmer», sagte ich immer wieder.

Ich spürte, wie mir ein Klumpen in die Kehle stieg, es war ein merkwürdiges Gefühl. So wie damals, als ich vor Großpapas Sarg stand, mich fest an die Hand von Papa klammerte und in das stille weiße Antlitz sah, mit dem kleinen schwarzen Yamalka auf dem Kopf, das sich so furchteinflößend von dem schmucklosen weißen Laken abhob. Papa hatte sehr leise gesprochen. «Sieh ihn dir gut an, Danny», hatte er gesagt, es war aber eher so, als spräche er mit sich selbst. «Das ist das Ende, das alle Menschen erwartet, und es ist das letzte Mal, daß wir sein Gesicht sehen können.» Damit beugte er sich nieder und küßte das stille Gesicht im Sarg. Ich küßte es gleichfalls. Großpapas Lippen waren eiskalt und bewegten sich nicht, als ich sie mit den meinen berührte. Etwas von ihrer Eiseskälte rann mir durch alle Glieder.

Ein Mann mit einer Schere in der Hand stand neben dem Sarg. Papa öffnete seinen Rock und der Mann schnitt ein Stück seiner Krawatte ab. Dann sah der Mann fragend auf mich. Papa nickte mit dem Kopf und sagte auf jiddisch: «Er ist von seinem Blut.» Hierauf schnitt der Mann auch ein Stück von meiner Krawatte ab, und ich spürte, wie mir der Klumpen in die Kehle stieg. Es war eine ganz neue Krawatte, ich trug sie zum erstenmal. Und jetzt konnte ich sie nie mehr tragen. Ich sah zu Papa empor. Er blickte wieder in den Sarg und seine Lippen bewegten sich. Ich bemühte mich zu verstehen, was er sagte, es gelang mir aber nicht. Er ließ meine Hand los und ich lief zu Mamma hinüber und der Klumpen saß mir noch immer in der Kehle.

Und dasselbe Gefühl verspürte ich jetzt wieder.

Plötzlich warf ich mich zu Boden und preßte meine Wange an das Holz. Der Boden war kalt, und der Geruch des frischaufgetragenen Schellacks stieg mir in die Nase. Meine Augen begannen zu brennen. Ich schloß sie und lag einige Minuten ganz still. Dann drehte ich mich wieder um und preßte meine Lippen auf den kalten Boden. «Ich hab dich lieb, mein Haus», flüsterte ich. «Du bist das schönste Haus auf der ganzen weiten Welt, und du gehörst mir, und ich hab dich lieb!»

«Danny, was treibst du denn da auf dem Fußboden?»

Ich sprang rasch auf und sah zur Tür. Es war Miriam. Sie hatte, genauso wie Mamma, ein Tuch um den Kopf gebunden. «Nix», antwortete ich verlegen.

Sie sah mich komisch an. Ich merkte, daß sie nicht draufkommen konnte, was ich da getan hatte. «Mamma sagt, du sollst runterkommen und schaun, daß du weiterkommst», sagte sie im Kommandoton. «Die Leute sind so weit, daß sie die Möbel heraufbringen können.»

Ich folgte ihr die Treppe hinunter. Die Unberührtheit des Hauses begann schon zu schwinden. Auf der Treppe waren schon Stellen, an denen unsre Füße die Farbe abgewetzt hatten. Im Wohnzimmer waren die Möbel bereits aufgestellt, und der Teppich, den man auf einen hohen Bambusstock aufgerollt hatte, stand in einer Ecke bereit, um sofort aufgelegt zu werden, sowie die Männer ihre Arbeit beendet hatten.

Mamma stand in der Mitte des Zimmers. Sie hatte Schmutzflecken im Gesicht. «Kann ich dir nicht helfen, Mamma?» fragte ich.

Hinter mir hörte ich Mimis höhnisches Schnauben. Sie konnte Jungen nicht ausstehen und war überzeugt, daß sie zu nichts nützlich waren. Das machte mich wütend. «Kann ich dir nicht helfen, Mamma?» wiederholte ich.

Mamma lächelte mir liebevoll zu. Wenn sie das tat, wurde ihr Gesicht immer ganz weich. Ich war glücklich, wenn ich sie so sah. Sie legte mir die Hand auf den Kopf und zupfte mich scherzhaft an den Haaren. «Nein, Blondie», antwortete sie. «Lauf doch hinaus und spiel ein bißchen. Ich werde dich rufen, wenn ich dich brauche.»

Ich erwiderte ihr Lächeln. Ich wußte, daß sie glücklich und zufrieden war, wenn sie Blondie zu mir sagte. Ich wußte aber auch, daß Mimi immer wütend darüber war. Denn ich war der einzige in der ganzen Familie, der blonde Haare hatte, alle andern waren dunkel. Papa neckte Mamma manchmal deshalb und sie wurde regelmäßig ärgerlich. Ich weiß aber nicht warum.

Ich schnitt Mimi eine Grimasse und lief hinaus. Die Männer hatten bereits alles von dem Möbelwagen abgeladen und eine Menge Möbel standen auf der Straße. Ich sah ihnen eine Weile zu. Es war ein glühendheißer Tag. Der Neger hatte sein Hemd ausgezogen, und ich konnte sehen, wie sich die Muskeln unter seiner schwarzen Haut bewegten. Schweiß strömte ihm übers Gesicht; er mußte die meiste Arbeit verrichten, während der andere Mann immer nur redete und ihm anschaffte, was er tun sollte.

Nach einiger Zeit wurde mir's fad, ihnen zuzusehen, und ich sah den Häuserblock entlang zur Ecke hin und überlegte, wie unsre neue Umgebung wohl aussehen mochte. Die freien Felder jenseits des nächsten Häuserblocks hinter unserm Haus, die ich vom Fenster aus gesehen hatte, erregten meine Neugierde. In der Umgebung unsrer alten Wohnung hatte es nie ein leeres Grundstück gegeben, sondern nur riesige häßliche Zinshäuser.

Durch die offenstehende Tür meines Hauses sah ich, daß Mamma beschäftigt war, und als ich hineinrief, ob ich den Block entlanggehen dürfe, antwortete sie nicht. Ich stieg die Stufen von der Veranda hinunter und strebte der Ecke zu; ich war glücklich und sehr stolz, ein so schönes Haus zu besitzen, und ich freute mich, daß heute ein so schöner Tag war. Ich hoffte, daß alle meine Geburtstage so schön ausfallen würden.

Unmittelbar nachdem ich um die Ecke gebogen war, hörte ich das ängstliche Winseln eines Hundes. Ich sah in die Richtung, aus der das Winseln gekommen war, konnte aber nichts sehen. Ich ging dem Ton nach.

Die ganze Gegend war eben erst erschlossen worden – sie wurde Hyde Park genannt und befand sich im Ostteil von Flatbush, in Brooklyn. Ich schritt die Straße entlang, an halbfertigen Häusern vorbei, deren leeres weißes Gebälk in der strahlenden Spätnachmittagssonne glänzte. Ich überquerte die nächste Straße, und die Gebäude blieben hinter mir zurück. Hier gab's nichts mehr, nur freies Feld. Das ängstliche Winseln des Hundes war jetzt deutlicher zu hören, ich vermochte aber noch immer nicht zu sagen, woher es kam. Es war merkwürdig, wie weit Geräusche hier im Freien dringen konnten. Dort, wo wir früher wohnten, in der Nähe von Papas Drugstore, konnte man nie so etwas hören, selbst wenn's nur um die Ecke war. Die Parzelle für den nächsten Häuserblock war bisher noch nicht eingeebnet worden, sie war nichts als eine riesige tiefe Grube, die sich von einem Ende bis zum andern erstreckte. Sie würden, wie ich annahm, auch hier bald zu bauen beginnen, sobald diese Grube aufgefüllt war.

Jetzt konnte ich auch feststellen, woher das Winseln des Hundes kam: von der übernächsten Parzelle. Ich sah dort zwei Jungen am Rand der Grube stehen und angespannt hinunterschauen. Der Hund mußte in die Grube gefallen sein. Ich beschleunigte meine Schritte, und nach wenigen Sekunden stand ich neben den beiden Jungen. Ein kleines braunes Hündchen winselte und jaulte, während es versuchte, an den steilen Wänden der Grube hinaufzuklettern. Es gelang ihm nur ein kleines Stück, dann rutschte es wieder aus und fiel auf den Grund der Grube zurück. Wenn es sich beim Abwärtsgleiten immer wieder überschlug, jaulte es am lautesten. Und darüber lachten die beiden Jungen ... ich weiß nicht warum. Ich konnte es nicht komisch finden.

«Ist das euer Hund?» fragte ich.

Beide drehten sich um und sahen mich an. Sie antworteten nicht.

Ich wiederholte meine Frage.

Der größere der beiden Jungen fragte: «Wer wünscht was zu wissen?»

Der Ton seiner Stimme schüchterte mich ein. Er klang keineswegs freundlich.

«Ich hab bloß gefragt», sagte ich.

Er trat mit wiegenden Schritten dicht an mich heran. Er war größer als ich. «Und ich hab gesagt: ‹Wer wünscht was zu wissen?›» Sein Ton war jetzt noch unfreundlicher.

Ich trat einen Schritt zurück. Ich wünschte mir sehnlich, mein neues Haus nicht verlassen zu haben. Mamma hatte mir bloß gesagt, ich solle aus dem Weg gehen, bis die Möbelpacker alles ins Haus gebracht haben. «Ist es dein Hund?» fragte ich; ich versuchte dabei zu lächeln und hoffte, daß meine Stimme nicht zitterte.

Der große Junge streckte sein Gesicht noch näher an meines. Ich sah ihm mutig ins Auge. «Nein», antwortete er.

«Oh», sagte ich, drehte mich um und sah wieder dem kleinen Hund zu. Er versuchte noch immer an der Wand der Grube hochzuklettern.

Jetzt hörte ich wieder die Stimme des Jungen. «Woher bist du?» fragte er. «Hab dich noch nie gesehen.»

Ich drehte mich wieder zu ihm zurück. «East, 48. Straße. Wir sind erst heute eingezogen. Dort drüben in den neuen Häusern. Wir sind die ersten Leute im ganzen Block.»

Seine Miene war böse und finster. «Wie heißt du?» fragte er.

«Danny Fisher», erwiderte ich. «Und wie heißt du?»

«Paul», sagte er. «Und das ist mein Bruder Eddie.»

Wir schwiegen eine ganze Minute und sahen den Bemühungen des Hündchens zu. Es kam etwa halbwegs herauf, ehe es wieder zurückrutschte.

Paul lachte. «Das ist wirklich komisch», sagte er. «Dieses vertrottelte Vieh hat nicht genug Grütze, um hier rauszukommen.»

«Ich find es gar nicht so komisch», sagte ich. «Vielleicht kommt der arme Hund gar nicht mehr raus.»

«Na und?» schnauzte mich Paul an. «Geschieht ihm nur recht. Wozu rennt er da runter?»

Ich erwiderte nichts. Wir standen am Grubenrand und sahen zu dem Hund hinunter. Ich fühlte an meiner andern Seite eine Bewegung und drehte mich um. Es war Eddie. Er war kleiner als ich. Ich lächelte ihm zu, und er lächelte gleichfalls.

Jetzt ging auch Paul um mich herum und stellte sich neben seinen Bruder. In seinem Benehmen war etwas, das unser Lächeln erstarren ließ. Eddie sah aus, als schäme er sich. Ich überlegte, weswegen.

«In welche Schule gehst du?» fragte Paul.

«Ich weiß nicht», antwortete ich. «Wahrscheinlich in die Schule in der Avenue D, in der Nähe vom Utika.»

«In welche Klasse gehst du?»

«Vier A.»

«Wie alt bist du?»

«Acht», antwortete ich stolz. «Heut ist mein Geburtstag. Deshalb sind wir umgezogen. Papa hat mir das Haus als Geburtstagsgeschenk gekauft.»

Paul rümpfte verächtlich die Nase. Ich merkte, daß ich auf ihn keinen Eindruck gemacht hatte.

«Bist wohl 'n Streber, was? Kommst schon in meine Klasse, und ich bin schon neun.»

«Na ja, ich hab die 3 B übersprungen», erklärte ich beinahe entschuldigend.

Seine Augen wurden eiskalt und durchtrieben. «Kommst du ins Sacré Cœur?»

Ich war verdutzt. «Was ist das?» fragte ich.

«Die Kirche vom Sacré Cœur», antwortete er. «In der Nähe von Troy.»

«Nein», sagte ich und schüttelte den Kopf.

«Zum Heiligen Kreuz?» fragte er. «Die große Kirche, zu der auch der Kirchhof gehört?»

«Welcher Kirchhof?» fragte ich. Mir wurde ganz seltsam zumute. Ich wollte seine Fragen nicht beantworten. Ich überlegte, was daran so wichtig war, daß er mich immer weiter ausfragte.

Er wies auf die Clarendon Road hinüber. Etwa einen Häuserblock dahinter konnte ich die schwarzen Gitterstäbe des Kirchhofzauns sehen. Ich wandte mich ihm wieder zu. «Nein», sagte ich.

«In welche Kirche gehst du dann?» fragte er beharrlich weiter.

«In keine Kirche», sagte ich.

Er schwieg einen Moment, während er das zu überlegen schien. «Glaubst du denn nicht an Gott?» fragte er schließlich.

«Gewiß glaub ich an Gott», erwiderte ich. «Aber ich geh in keine Kirche.»

Er sah mich ungläubig an. «Wenn du in keine Kirche gehst, glaubst du auch nicht an Gott», sagte er nachdrücklich.

«Doch», beharrte ich. Ich spürte, wie mir Tränen der Wut in die Augen traten. Er hatte kein Recht, mir das zu sagen. Ich richtete mich so hoch auf, als es mir möglich war. «Ich bin ein Jude», sagte ich mit schriller Stimme, «und geh in die Synagoge.»

Die Brüder sahen sich an, und plötzlich war in ihren Augen ein durchtriebener Ausdruck. Ihre Gesichter verwandelten sich in stumpfe, bösartige Masken. Paul machte drohend einen Schritt auf mich zu. Instinktiv trat ich einen Schritt zurück. Mein Herz klopfte zum Zerspringen. Ich fragte mich, was ich gesagt hatte, um sie so wütend zu machen.

Paul streckte sein Gesicht drohend vor. «Weshalb hast du Christus getötet?» fuhr er mich an.

Die Grausamkeit in seiner Stimme flößte mir jetzt tatsächlich Angst ein. «Ich hab niemanden getötet», sagte ich zitternd. «Ich kenn ihn doch gar nicht.»

«Doch, du hast ihn getötet!» Eddies Stimme war zwar höher als die seines Bruders, aber ebenso grausam. «Mein Vater hat's uns gesagt! Er hat gesagt, die Juden haben ihn getötet und ans Kreuz geschlagen. Er hat uns gesagt, in die ganzen neuen Häuser der Umgebung werden nur Saujuden einziehen.»

Ich versuchte sie zu besänftigen. «Vielleicht haben ihn ein paar Juden getötet, die ich nicht kenne», sagte ich versöhnlich, «aber meine Mutter hat immer gesagt, daß er der König der Juden war.»

«Und trotzdem haben sie ihn getötet», sagte Paul beharrlich.

Ich dachte eine Sekunde nach. Der Hund begann wieder zu jaulen, aber ich traute mich nicht, mich umzudrehen und hinzuschauen. Ich versuchte das Thema zu wechseln. «Wir sollten uns bemühn, dem Hund da rauszuhelfen.»

Sie antworteten nicht. Ich bemerkte, daß sie noch immer böse waren. Ich versuchte mir etwas auszudenken, um sie zu versöhnen. «Vielleicht haben sie ihn getötet, weil er ein schlechter König war», meinte ich.

Daraufhin wurden ihre Gesichter kreidebleich. Ich bekam es mit der Angst und drehte mich um; ich wollte davonlaufen, war aber nicht schnell genug. Paul packte mich und hielt meine Arme zu beiden Seiten fest. Ich versuchte mich loszureißen, es gelang mir aber nicht. Da begann ich zu weinen.

Plötzlich brach Paul in ein verächtliches Gelächter aus. Er ließ meine Arme los und trat zurück. «So, du willst also den Hund da rausholen?» fragte er.

Ich versuchte mein Schluchzen zu unterdrücken. Mit einer Hand trocknete ich meine Augen. «Ja – ja», sagte ich.

Noch immer lächelnd holte er tief Atem. «Okay, du Judenjunge, dann hol ihn dir!» Damit stürzte er sich plötzlich mit weit vorgestreckten Armen auf mich.

In panischem Schrecken versuchte ich ihm auszuweichen, aber seine Hände stießen gegen meine Brust, und die Luft ging mir aus. Und dann stürzte ich, mich unaufhörlich überschlagend, über den Rand in die Grube. Ich tastete nach etwas, um mich festzuhalten, damit ich nicht bis auf den Grund stürzte, fand aber nichts. Ich fiel bis auf den Boden der Grube. Dort lag ich eine Minute regungslos und bemühte mich, wieder zu Atem zu kommen.

Plötzlich hörte ich ein freudiges Kläffen und fühlte eine warme Zunge, die mir übers Gesicht fuhr. Ich setzte mich auf. Das kleine braune Hündchen, kaum einige Wochen alt, leckte mir stürmisch das Gesicht, wedelte mit seinem kleinen Schwänzchen und stieß glückliche kleine Freudenlaute aus.

Ich stand auf und sah hinauf. Jetzt schämte ich mich, daß ich geweint hatte, und weil das Hündchen so glücklich war, fürchtete ich mich auch nicht mehr.

Paul und Eddie sahen zu mir herunter. Ich schüttelte meine Faust. «Ihr dreckigen Bastarde!» schrie ich. Es war das ärgste Schimpfwort, das ich kannte.

Ich sah, daß sie sich bückten, um etwas vom Boden aufzuheben. Eine Sekunde später prasselte ein Stein- und Schotterhagel auf uns herunter. Der Hund kläffte schmerzlich, als ihn ein Stein traf. Ich schützte meinen Kopf mit den Armen, bis der Steinhagel aufhörte. Es hatte mich keiner getroffen. Dann sah ich wieder hinauf.

«Dafür werdet ihr büßen», schrie ich.

Sie lachten nur höhnisch. «Jüdischer Schweinehund», schrie Paul.

Ich hob einen Stein auf und schleuderte ihn hinauf, er erreichte ihn aber nicht, und ein neuerlicher Steinhagel ergoß sich über mich. Diesmal hatte ich mein Gesicht nicht rasch genug geschützt, und ein Stein ritzte mir die Wange. Ich warf wieder einen Stein hinauf, aber auch er erreichte sie nicht. Sie bückten sich nochmals, um neue Steine zu sammeln.

Da drehte ich mich um und lief in die Mitte der Grube, dort konnten mich ihre Steine nicht mehr erreichen. Der Hund lief neben mir her. In der Mitte der Grube setzte ich mich auf einen mächtigen Felsblock. Der Hund setzte sich neben mich, und ich kraulte ihn hinter den Ohren. Dann wischte ich mir das Gesicht mit dem Ärmel ab und sah wieder zu den Brüdern hinauf.

Sie schrien und drohten mir mit den Fäusten, aber ich verstand nicht mehr, was sie sagten. Der Hund saß zu meinen Füßen, wedelte und sah mich erwartungsvoll an. Ich bückte mich und legte meine Wange an seinen Kopf. «Schon gut, mein Hündchen», flüsterte ich, «wenn sie weggegangen sind, klettern wir gemeinsam wieder raus.»

Dann richtete ich mich wieder auf und drehte ihnen eine lange Nase. Sie wurden wieder wild und begannen nochmals Steine auf mich zu werfen, aber ich lachte sie bloß aus. Von ihrem Platz aus konnten sie mich nicht mehr erreichen.

Als sie endlich abzogen, begann die Sonne bereits im Westen zu versinken. Ich saß auf meinem Felsblock und wartete noch eine Weile. Ich wartete nahezu eine halbe Stunde, bis ich überzeugt war, daß sie tatsächlich gegangen waren. Und nun war es fast dunkel.

Ich ging bis an die Grubenwand und sah hinauf. Sie war zwar ziemlich steil, dennoch glaubte ich, nicht viel Mühe zu haben, um hinaufzuklettern. Es gab eine Menge Felsbrocken und Büsche, an denen ich mich festhalten konnte. Ich klammerte mich zunächst an einen großen Felsblock und begann langsam, auf Händen und Knien hinaufzuklettern, um nicht wieder abzurutschen. Ich war beinahe fünf Fuß hinaufgeklettert, als ich von unten her ein Winseln hörte. Ich sah zurück.

Der kleine Hund saß in der Grube und sah mich mit glänzenden Augen erwartungsvoll an. Als er bemerkte, daß ich mich nach ihm umdrehte, begann er in hohen, spitzen Tönen zu bellen. «Los», rief ich ihm zu, «komm mir nach. Worauf wartest du noch?» Da sprang er an der Grubenwand empor und begann auf mich zuzukriechen. Auch er kroch auf seinem kleinen Bäuchlein. Nur noch fußbreit von mir entfernt, begann er wieder zurückzurutschen. Im letzten Moment erwischte ich ihn an seiner Hautfalte und zog ihn zu mir herauf. Er wedelte glücklich. «Komm jetzt», sagte ich, «wir müssen hier raus.»

Ich begann wieder vorsichtig weiterzuklettern und kam ganz gut vorwärts. Als ich mich aber umsah, wie es dem Hund erging, war er nicht mehr an meiner Seite. Mit hängendem Schwänzchen kauerte er auf derselben Stelle wie vorher, die Augen traurig auf mich gerichtet. Ich rief ihn. Er begann zwar zu wedeln, rührte sich aber nicht vom Fleck. «Was ist denn los?» fragte ich. «Hast du Angst?» Er wedelte bloß. Da er sich nicht vom Fleck rührte, begann ich weiter hinaufzuklettern.

Ich war noch einige Fußbreit weitergekommen, da begann er durchdringend zu heulen. Ich hielt inne und sah hinunter. Sofort hörte das Heulen auf, und er begann zu wedeln. «Also gut», sagte ich, «ich komm wieder runter und werd dir helfen.»

Ich glitt vorsichtig zu der Stelle zurück, an der er saß, und packte ihn wieder bei seiner Hautfalte. Während ich ihn mit einer Hand festhielt, begann ich wieder langsam aufwärts zu klettern. Es dauerte beinahe fünfzehn Minuten, um die Hälfte der Strecke zurückzulegen, da ich ihn nach jedem Schritt nachziehen mußte. Ich blieb stehen, um wieder zu Atem zu kommen. Hände und Gesicht waren schmutzverkrustet und Hemd und Hose total verschmiert und zerrissen. Der Hund und ich klammerten uns an die Grubenwand; wir trauten uns nicht, eine Bewegung zu machen, aus Angst, wieder zurückzurutschen.

Nach einigen Minuten begannen wir wieder zu klettern. Wir hatten den

Grubenrand beinahe erreicht, als ein Stein unter meinem Fuß nachgab und ich ausglitt. Vor Angst wie von Sinnen ließ ich den Hund los und krallte mich in die feuchte Erde, um nur nicht wieder abzurutschen. Ich war bloß einige Fuß abgeglitten, als ich bemerkte, daß meine Finger in der Erde Halt fanden. Jetzt begann der Hund wieder zu winseln. Als ich mich nach ihm umdrehte, war er verschwunden.

Ich sah in die Grube zurück. Er richtete sich gerade wieder auf. Er sah zu mir herauf, bellte einmal scharf und durchdringend, als ich mich aber von ihm abwandte und wieder hinaufzuklettern begann, fing er wieder zu winseln an. Ich bemühte mich, seine jammervollen kleinen Angstschreie zu überhören, die aus der Tiefe seiner Kehle zu kommen schienen. Er lief hin und her, blieb aber beinahe jede Sekunde stehen, um zu mir heraufzubellen, und schien überdies zu hinken. Ich rief ihn. Er blieb stehen und sah mit zur Seite gelegtem Kopf zu mir herauf.

«Komm, mein Junge», rief ich, «komm her zu mir.»

Er sprang an der Grubenwand empor, versuchte zu mir heraufzukriechen, fiel aber wieder zurück. Ich rief wieder, er versuchte es neuerdings, fiel aber nochmals zurück. Schließlich setzte er sich hin, hielt mir eine Pfote entgegen und bellte kläglich.

Da setzte ich mich hin und rutschte auf den Grund der Grube zurück. Er lief mir in die Arme und wedelte beglückt. Seine Pfote hinterließ blutige Abdrücke auf meinem Hemd. Ich hob ihn auf, um die Pfote zu untersuchen. Die zarten Fußballen des jungen Hündchens waren aufgeschunden und von den scharfen Steinen zerschnitten.

«Schon gut, mein Hündchen», sagte ich leise, «wir werden schon gemeinsam hier rauskommen. Ich verlaß dich nicht.»

Er schien meine Worte zu verstehen, denn sein Schwänzchen vollführte begeisterte Kreise, während seine feuchte Zunge mir übers Gesicht fuhr. Ich setzte ihn wieder nieder und betrachtete mir die andere Seite der Grube, um eine Stelle zu suchen, an der man leichter hinaufklettern konnte. Er lief neben mir her, die Augen erwartungsvoll auf mich gerichtet. Ich hoffte, daß Mamma mir erlauben würde, ihn zu behalten.

Inzwischen war es beinahe ganz dunkel geworden. Wir begannen wieder aufwärts zu klettern, aber es war völlig zwecklos. Ich gelangte kaum bis zur Hälfte, da begann ich wieder abzurutschen und fiel schließlich wieder auf den Grund. Ich war jetzt schon sehr müde und hungrig. Wir brachten's nicht zuwege. Ehe der Mond nicht hervorkam, hatte es keinen Sinn, es nochmals zu versuchen. Ich setzte mich wieder auf den Felsblock in der Mitte der Grube und überlegte, was ich jetzt noch tun könnte. Mamma wird bestimmt sehr böse sein, weil ich zum Nachtmahl nicht rechtzeitig zu Hause war. Und jetzt war es zu allem noch bitter kalt geworden. Ich begann zu frösteln und versuchte den Kragen meines Hemdes zuzuknöpfen, aber der Knopf war abgerissen.

Ein grauschwarzer Schatten lief in der Dunkelheit an mir vorbei. Der Hund knurrte böse und schnappte danach. Plötzlich begann ich mich zu fürchten; in der Grube waren Ratten! Ich nahm den Hund in die Arme und begann bitterlich zu weinen. Wir würden bestimmt nie mehr hier herauskommen! Eine zweite Ratte lief im Dunkeln an uns vorbei. Mit einem Entsetzensschrei lief ich zur Grubenwand und versuchte wieder hinaufzuklettern. Wieder und immer wieder versuchte ich hinaufzukommen, fiel aber jedesmal zurück.

Schließlich lag ich regungslos am Boden, zu erschöpft, um mich zu bewegen. Ich war durchnäßt, und mir war hundeelend zumute. Nach einiger Zeit kam ich wieder zu Atem und begann aus Leibeskräften zu brüllen: «Mamma! Mamma!» Meine Stimme widerhallte als dumpfes Echo von der Grubenwand. Ich schrie so lange, bis ich total heiser war und nur noch krächzende Laute aus meiner Kehle kamen. Aber ich bekam keine Antwort.

Der Mond war jetzt aufgegangen, und in seinem bleichen Licht warf jeder Felsblock einen tiefen Schatten. Die Nacht war von fremdartigen Geräuschen und seltsam schattenhaften Bewegungen erfüllt. Als ich wieder aufstand, prallte eine Ratte mit einem Luftsprung gegen meine Brust. Ich schrie entsetzt auf und fiel zurück. Doch der Hund sprang auf die Ratte los und erwischte sie noch in der Luft. Mit wütendem Knurren und Schütteln seines Kopfes brach er der Ratte das Genick und schleuderte sie in weitem Bogen von sich.

Ich stand auf und lehnte mich mit dem Rücken gegen die Grubenwand. Mir war zu kalt, und ich war zu verängstigt, um etwas anderes zu tun, als verzweifelt vor mich hinzustarren. Der Hund saß vor mir, und die Nackenhaare standen ihm steil in die Höhe, während er wütend bellte. Das Echo war so laut, als zerrissen hundert Hunde mit ihrem Gebell die Nachtstille.

Ich weiß nicht, wie lange wir so dastanden. Meine Augen fielen mir immer wieder zu, ich bemühte mich zwar, sie offenzuhalten, es gelang mir aber nicht. Schließlich sank ich müde zu Boden.

Jetzt wußte ich nicht mehr so genau, ob Mamma wirklich böse mit mir sein würde. Ich war ja nicht schuld. Wäre ich kein Jude gewesen, hätten mich Paul und Eddie bestimmt nicht in die Grube gestoßen. Sollte ich je hier herauskommen, würde ich Mamma inständig bitten, ob wir nicht etwas anderes werden könnten. Dann wären sie vielleicht nicht mehr so böse auf mich. Aber im tiefsten Innersten wußte ich, daß auch das nichts nützen würde. Denn selbst wenn Mamma dazu bereit wäre, Papa würde nie etwas ändern. Soweit kannte ich ihn schon. Hatte er sich einmal für etwas entschlossen, dann wurde er nie mehr andern Sinns. Das war sicher auch der Grund, weshalb er all die Jahre ein Jude geblieben war. Nein, es hätte keinen Sinn.

Mamma wird also doch sehr böse auf mich sein. Zu schade, dachte ich, als ich zu dösen begann, zu schade, daß das an einem Tag geschehen mußte, der so schön begonnen hatte.

Jetzt wurde das Bellen des Hundes wieder lauter, und dann war es mir, als hörte ich zwischen dem grellen Echo seines Gebells jemanden meinen Namen rufen. Ich versuchte die Augen zu öffnen, es gelang mir aber nicht, ich war zu müde.

Die Stimme wurde lauter und eindringlicher: «Danny! Danny Fisher!»

Jetzt öffnete ich die Augen, und das geisterhaft weiße Licht des Mondes warf unheimliche Schatten in die Grube. Wieder rief eine Männerstimme meinen

Namen. Ich kämpfte mich auf die Beine und versuchte zu antworten, aber ich brachte keinen lauten Ton aus der Kehle. Es war nichts als ein schwaches, heiseres Flüstern. Der Hund begann wieder wütend zu bellen. Jetzt hörte ich die Stimme bereits am Grubenrand, und das Bellen des Hundes wurde noch schriller und aufgeregter.

Das Licht einer Stablampe fiel jetzt in die Grube und bewegte sich hin und her, um mich zu suchen. Ich wußte, daß sie meine Stimme nicht hören konnten, daher lief ich dem Lichtstrahl nach, um mich ihnen zu zeigen. Der Hund folgte mir, laut bellend, auf den Fersen.

Endlich erfaßte mich der Lichtstrahl und ich blieb stehen. Ich legte die Hände schützend über die Augen, das grelle Licht tat mir weh. Eine Männerstimme rief: «Da ist er!»

Eine andere Stimme drang aus der Dunkelheit von oben zu mir: «Danny! Danny!» Es war Papas Stimme. «Bist du verletzt?»

Dann hörte ich, wie ein Mann teils kletternd, teils rutschend über die Grubenwand zu mir herunterkam. Ich lief weinend auf ihn zu, und dann fühlte ich, wie mich seine Arme umschlossen. Zitternd bedeckte er mein Gesicht mit Küssen. «Danny, ist dir nichts geschehen?» fragte er.

Ich drückte mein Gesicht an seine Brust. Mein Gesicht war zerkratzt und zerschunden, dennoch tat mir die Berührung mit der rauhen Wolle seines Anzugs unendlich wohl. «Mir ist nichts geschehen, Papa», sagte ich zwischen Schluchzern, «aber Mamma wird mit mir sehr böse sein. Ich hab mir in die Hosen gemacht.»

Etwas, das wie unterdrücktes Lachen klang, war die Antwort. «Mamma wird nicht böse sein», beruhigte er mich. Dann wandte er das Gesicht zum Grubenrand und rief: «Er ist okay. Werft mir einen Strick runter, damit wir ihn hier rausbekommen.»

«Vergiß den Hund nicht», sagte ich. «Wir müssen ihn unbedingt mitnehmen.»

Papa bückte sich und kraulte den Kopf des Hündchens. «Selbstverständlich nehmen wir ihn mit», sagte er. «Denn wenn er nicht gebellt hätte, hätten wir nicht gewußt, wo du bist.» Plötzlich drehte er sich um und sah mich an. «Bist du seinetwegen hier herunten?»

Ich schüttelte den Kopf. «Nein», antwortete ich, «Paul und Eddie haben mich heruntergestoßen, weil ich ein Jude bin.»

Papa sah mich mit einem merkwürdigen Ausdruck an. Ein Strick fiel vor unsre Füße, und er bückte sich, um ihn aufzuheben. Ich konnte die Worte kaum verstehen, die er dabei leise vor sich hin murmelte: «Die Umgebung ist zwar neu, doch die Menschen bleiben sich gleich.»

Ich wußte nicht, was er meinte. Er befestigte den Strick um seine Mitte, nahm mich unter einen Arm, den Hund unter den andern. Der Strick wurde straff gezogen, und wir begannen die Grubenwand emporzusteigen.

«Papa, du bist mir nicht böse, nicht wahr?»

«Nein, Danny, ich bin nicht böse.»

Ich schwieg einen Moment, während wir langsam höherstiegen: «Dann ist's okay, wenn ich den Hund behalte, Papa?» fragte ich. «Er ist ein so lieber kleiner Kerl.» Der Hund mußte gewußt haben, daß ich über ihn sprach; sein Schwänzchen klopfte gegen die Hüfte meines Vaters. «Wir wollen ihn Rexie Fisher rufen», fügte ich hinzu.

Papa sah auf das kleine Hündchen hinunter, dann blickte er mich an. Er begann zu lachen. «Du meinst wohl, du wirst sie Rexie Fisher nennen. Er ist kein er, es ist eine sie.»

Im Zimmer war's finster, aber mir war gemütlich und warm, als ich nach dem Bad in meinem Bett lag. Ich hörte fremde Geräusche, fremde Geräusche, die aus der neuen nächtlichen Umgebung durch meine Fenster drangen. Fremdartige Geräusche, mit denen man von nun an leben würde.

Sie überraschten mich, aber sie ängstigten mich nicht. Es gab nichts, wovor ich mich fürchten mußte. Ich war in meinem eigenen Haus, in meinem eigenen Zimmer. Plötzlich schloß ich die Augen. Ich drehte mich auf die Seite, und meine Hand berührte die Wand. Sie war rauh von der frisch aufgetragenen Farbe.

«Haus, ich hab dich lieb», murmelte ich, schon beinahe eingeschlafen.

Der Hund unter meinem Bett bewegte sich, und ich tastete mit der Hand längs des Bettrandes. Da fühlte ich seine kalte Schnauze in meiner Handfläche. Ich kraulte ihm den Kopf. Das Fell war noch feucht und kühl. Mamma hatte darauf bestanden, Papa müsse Rexie baden, bevor sie mir die Erlaubnis gab, sie in mein Zimmer hinaufzunehmen. Sie leckte mit eifrigem Zünglein meine Finger. «Dich hab ich auch lieb, Rexie», flüsterte ich.

Ein Gefühl unendlicher Wärme und restlosen Wohlbehagens durchströmte mich. Nach und nach spürte ich, wie der letzte Rest der Steifheit aus meinem Körper wich, und das Nichts, das wir Schlaf nennen, überwältigte mich.

Ich war zu Hause. Und der erste Tag meines Lebens, dessen ich mich erinnere, verklang ins Gestern, und die restlichen Tage meines Lebens wurden zum Morgen.

MEIN ALLTAGSLEBEN

Das erste Buch

1

Die Sonne lag warm auf meinen geschlossenen Lidern. In meinem Schlaf gestört, legte ich einen Arm über die Augen und bewegte mich unruhig auf dem Kissen. Einige Minuten war mir's wieder sehr behaglich, doch dann begann das Licht unter meinem Arm durchzusickern und mich wieder zu belästigen. Da ließ ich's sein, mich davor verstecken zu wollen, setzte mich im Bett auf und rieb mir die Augen. Ich war erwacht.

Ich streckte mich und gähnte. Ich schob ein Haarbüschel aus den Augen und sah schläfrig zum Fenster. Es war ein strahlend klarer Morgen. Ich hätte noch gerne weitergeschlafen, aber mein Fenster lag nach Osten und die erste Morgensonne traf mich immer mitten ins Gesicht.

Ich sah mich träge im Zimmer um. Meine Kleider lagen unordentlich auf einem Sessel. Der halbbespannte Tennisschläger, den ich nie fertigkriegte, lehnte an einer Tischkante. Die alte Weckeruhr, die neben Kamm und Bürste auf dem Tisch stand, zeigte ein Viertel nach sieben. Mein rot-weiß gestreifter Wimpel des Erasmus Hall-Gymnasiums hing schlaff über dem Spiegel.

Jetzt schaute ich über den Bettrand, um meine Hausschuhe zu suchen. Sie waren nicht da. Ich grinste, denn ich wußte, wo sie waren. Rexie verschleppte sie gewöhnlich unters Bett, um sich daraus ein Kopfkissen zu machen. Ich griff hinunter und streichelte sie. Sie hob den Kopf und wedelte faul mit dem Schwänzchen. Ich streichelte sie nochmals, dann nahm ich ihr die Hausschuhe weg, stand rasch auf und schlüpfte hinein. Rexie schloß die Augen und schlief wieder ein.

Als ich an das offene Fenster trat, hörte ich aus dem Zimmer der Eltern schwache Geräusche. Das brachte mir alles wieder in Erinnerung. Heute war der große Tag: mein Bar-Mitzvah-Tag. Aufregung und Nervosität überkamen mich. Ich hoffte, nichts von dem komplizierten hebräischen Ritual zu vergessen, das ich speziell für diese Gelegenheit hatte lernen müssen.

Ich stand am offenen Fenster und atmete tief ein. Langsam zählte ich: «Ein-zwei–drei–vier; aus–zwei–drei–vier.» Nach kurzer Zeit war meine Nervosität wie weggeblasen. Ich fühlte mich wieder frisch und munter und würde bestimmt nichts vergessen. Noch immer vor dem Fenster, zog ich meine Pyjamajacke über den Kopf und warf sie hinter mich aufs Bett. Bar-Mitzvah-Tag oder nicht, ich muß meine Ertüchtigungsübungen machen, sonst würde ich im Herbst für das *football*-Team nicht schwer genug sein.

Ich streckte mich auf dem Boden aus und machte einige Muskelübungen, dann stand ich wieder auf und machte Kniebeugen. Ich sah an mir herab. Die dünnen Muskeln und Sehnen zeichneten sich scharf von meinem Körper ab. Ich konnte meine Rippen zählen. Hierauf untersuchte ich sorgfältig meine Brust, um festzustellen, ob mir während der Nacht nicht doch einige wirkliche Haare gewachsen waren, aber es war noch immer bloß derselbe zarte goldene Flaum. Manchmal wünschte ich mir, statt blond so schwarz zu sein wie Paul. Dann wären sie vielleicht viel deutlicher zu sehen.

Ich beendete meine Kniebeugen und holte mir aus einer Ecke des Zimmers ein Paar indische Hanteln. Wieder zum Fenster zurückgekehrt, begann ich sie zu schwingen. Gleich darauf hörte ich durch das offene Fenster das Anknipsen eines Lichtschalters, und eine Lichtflut strömte durch die Fenster des gegenüberliegenden Zimmers. Beinahe gleichzeitig ließ ich mich auf die Knie nieder und spähte vorsichtig über das Fensterbrett.

Ich sah in das Zimmer von Marjorie Ann Conlon, Mimis bester Freundin. Manchmal waren ihre Jalousien nicht herabgelassen, und dann hatte ich eine ausgezeichnete Aussicht. Ich freute mich, daß ihr Haus nach Westen lag, so daß sie gezwungen war, jeden Morgen Licht anzudrehen.

Vorsichtig spähte ich über das Fensterbrett und hielt den Atem an. Die Jalousien waren oben. Schon zum drittenmal in dieser Woche hatte sie vergessen, sie herabzulassen. Das letzte Mal, als ich sie belauschte, glaubte ich, daß sie mich bemerkt hatte; heute mußte ich daher besonders vorsichtig sein. Sie ist ein komisches Mädchen, sie macht sich ständig über mich lustig, aber wenn ich mit ihr spreche, starrt sie mich immer so sonderbar an. In den letzten Wochen hatten wir uns ständig, beinahe grundlos, gestritten, so daß ich sie nicht zu meiner Bar-Mitzvah-Party einladen wollte. Aber Mimi hatte darauf bestanden.

Ich sah, wie sich die Schranktür in ihrem Zimmer leicht bewegte, und gleich darauf trat sie dahinter hervor. Sie hatte nichts an als ein Höschen. Sie blieb einen Moment mitten im Zimmer stehen und suchte etwas. Schließlich fand sie es und bückte sich, dem Fenster zugewandt, um es aufzuheben. Ich fühlte, wie mir der Schweiß auf die Stirn trat. Ich hatte tatsächlich eine vorzügliche Aussicht.

Paul behauptete, sie habe die schönste Gestalt in der ganzen Gegend. Ich konnte das aber nicht finden. Mimis Gestalt war bedeutend besser. Außerdem war Mimi um den Busen herum nicht so völlig unproportioniert wie Marjorie Ann.

Paul hatte vorgeschlagen, die Mädchen in den Keller zu locken, um es genau festzustellen. Ich wurde deswegen furchtbar wütend, kriegte ihn beim Kragen und erklärte ihm, ich würde ihn zu Hackfleisch schlagen, wenn er das je probiert. Paul hatte bloß gelacht und meine Hand weggestoßen. Der einzige Grund, meinte er, weshalb ich mich nicht traue, ist meine Angst, daß Mimi uns verpetzen könnte.

Marjorie stand jetzt dicht am Fenster und schien zu mir herüberzuschauen. Ich duckte meinen Kopf noch tiefer. Sie lächelte, während sie ihren Büstenhalter zuhakte, und ich begann mich äußerst unbehaglich zu fühlen, denn es war ein ungemein durchtriebenes Lächeln. Ich fragte mich, ob sie nicht doch weiß, daß ich sie beobachte. In der Art, in der sie sich im Zimmer bewegte, lag merkwürdig viel Berechnung.

Sie hatte den Büstenhalter schon beinahe geschlossen, als sie die Stirn runzelte. Sie zuckte mit den Achseln, und er glitt wieder über ihre Arme herunter. Sie legte ihre Handflächen einen Moment schalenförmig unter ihre Brüste, trat noch näher ans Fenster und betrachtete sie aufmerksam bei Tageslicht.

Mein Herz begann stürmisch zu klopfen. Paul hatte recht. Sie waren tatsächlich beachtlich. Sie sah mit stolzem Lächeln wieder auf, dann trat sie ins Zimmer zurück. Dort schlüpfte sie behutsam wieder in den Büstenhalter und hakte ihn hinten zusammen.

Von der Halle her vernahm ich jetzt ein Geräusch. Dann hörte ich Mimis Stimme. Ich drehte mich hastig um und war mit einem Satz im Bett. Ich wollte um keinen Preis von Mimi dabei überrascht werden, wie ich Marjorie heimlich belauschte. Ich warf noch rasch einen Blick durchs Fenster und sah erleichtert, wie das Licht in Marjorie Anns Zimmer erlosch.

Ich seufzte. Das war der schlagende Beweis. Ich hatte recht gehabt: sie weiß, daß ich sie belausche. Als ich hörte, daß sich die Schritte meiner Tür näherten, schloß ich die Augen und stellte mich schlafend.

Von der Türschwelle kam Mimis Stimme: «Danny, bist du schon wach?»

«Jetzt schon», antwortete ich, setzte mich im Bett auf und rieb mir die Augen. «Was willst du denn?»

Ihre Augen überflogen meine nackte Brust und meine Schultern. Ein argwöhnischer Blick traf mich. «Wo hast du deine Pyjamajacke?» fragte sie. Dann bemerkte sie, daß sie am Fußende des Bettes lag. «Du warst schon aufgestanden?»

Ich starrte sie an. «Ja.»

«Was hast du draußen getrieben?» fragte sie argwöhnisch. Ihre Blicke wanderten zu Marjorie Anns gegenüberliegendem Fenster.

Ich riß die Augen weit auf und sah sie mit wahrer Unschuldsmiene an. «Meine Turnübungen», sagte ich. «Nachher bin ich nochmals ins Bett gekrochen und dann eingeschlafen.»

Ich bemerkte, daß sie diese Antwort keineswegs befriedigte, aber sie sagte nichts mehr. Sie beugte sich über das Fußende des Bettes, um meine Pyjamajacke aufzuheben, die halb am Boden lag. Ihre Brüste zeichneten sich scharf unter ihrem dünnen gestreiften Pyjama ab. Ich konnte die Augen nicht abwenden.

Mimi bemerkte sofort, wohin ich starrte, und errötete unwillig. Ärgerlich warf sie die Pyjamajacke auf mein Bett und ging zur Tür. «Mamma hat gesagt, ich soll dich aufwecken und dich erinnern, daß du nicht zu duschen vergißt», rief sie mir über die Schulter zu. «Sie will nicht, daß du bei deiner Bar Mitzvah schmutzig bist.»

Ich sprang aus dem Bett, sowie sich die Tür hinter ihr geschlossen hatte, und ließ meine Pyjamahose fallen. Mir war heiß, und ich war erregt wie immer, wenn ich Marjorie Ann belauscht hatte. Ich sah an mir hinab. Ich befand mich in guter Kondition. Ich war einen Meter fünfundsechzig und wog nahezu hundertvierzehn Pfund. Noch sechs Pfund, und ich bin für das *football*-Team okay. Ich wußte Bescheid, wie ich meiner Erregung Herr werden konnte, das bereitete mir keine Sorgen. «Kalte Duschen», hatte der Sportlehrer in der Schule gesagt.

«Kalte Duschen, Jungens!» Und genau das werde ich jetzt tun: ich gehe ins Badezimmer und unter die kalte Dusche.

Ich schlüpfte in meinen Bademantel und sah in die Halle hinaus. Sie war leer. Da die Badezimmertür offenstand, ging ich gleich hinüber. Mimis Tür stand gleichfalls offen, sie war eben damit beschäftigt, ihr Bett zu machen. Ich drehte ihr im Vorbeigehen eine lange Nase – dabei öffnete sich mein Bademantel. Ich zog ihn hastig um meine Hüften. Verdammt! Jetzt wird sie wissen, wie ich reagiere, wenn sie zu mir ins Zimmer kommt. Vielleicht ist's doch besser, mit ihr Frieden zu schließen, sonst verpetzt sie mich. Sie war völlig unberechenbar. Ich ging bis zu ihrer Zimmertür zurück, den Bademantel eng um meinen Körper geschlungen.

«Mimi.»

Sie sah mich an. «Was willst du?» Ihre Stimme war eiskalt.

Ich sah auf meine Hausschuhe hinunter. «Willst du vielleicht zuerst auf die Toilette?»

«Warum?» fragte sie mißtrauisch.

Von unten hörte ich die Stimme von Mamma und Papa, die miteinander sprachen. Ich sprach so leise wie möglich. «Ich ... hm ... werde jetzt duschen, und vielleicht hast du's eilig.»

«Ich hab's nicht eilig», antwortete sie, noch immer eiskalt und förmlich.

Jetzt wußte ich, daß sie wirklich böse war. «Mimi», sagte ich wieder.

«Was?» Sie starrte mich an.

Da senkte ich meinen Blick. «Nichts», antwortete ich. Im Begriff, mich umzudrehen, sah ich plötzlich zu ihr auf.

Sie hatte auf meine Hände gestarrt, an die Stelle, an der ich den Bademantel zusammenhielt. Diesmal senkte sie den Blick. «Ihr Jungen seid widerlich», murmelte sie. «Du wirst deinem Freund Paul auch jeden Tag ähnlicher. Der schaut auch immer.»

«Ich hab nicht geschaut», verteidigte ich mich.

«Doch, du hast geschaut», warf sie mir vor. «Ich wette, du schaust auch heimlich zu Marjorie Ann hinüber.»

Ich wurde rot. «Nein!» sagte ich und winkte nachdrücklich mit beiden Händen ab. Der Bademantel öffnete sich wieder. Ich sah, wie Mimis Blick sich sofort senkte, und schloß ihn eiligst. «Ich konstatiere, daß du auch nichts dagegen hast, zu schauen, Miss Zimperlich!»

Sie beachtete mich nicht. «Ich werde Mamma erzählen, was du treibst», sagte sie.

Ich eilte rasch durch das Zimmer zu ihr hinüber und packte sie bei den Händen. «Das wirst du nicht tun!»

«Du tust mir weh!» Ihre Augen senkten sich wieder. Sie starrte auf mich.

«Das wirst du nicht!» wiederholte ich wütend und hielt sie noch fester bei den Handgelenken. Jetzt sah sie mir wieder ins Gesicht, die braunen Augen weit aufgerissen und verängstigt; dennoch bemerkte ich in ihrer Tiefe eine seltsame Neugierde. Sie holte tief Atem. «Okay», sagte sie. «Ich werde Mamma nichts erzählen, aber Marge werd ich sagen, daß sie recht hat. Sie hat behauptet, daß du sie heimlich belauschst. Ich werd ihr sagen, sie soll ihre Jalousien immer runterlassen.»

Ich ließ ihre Hände los. Ein vages Triumphgefühl stieg in mir auf. Ich habe recht gehabt. Marge hatte die ganze Zeit gewußt, daß ich sie belausche. «Wenn Marge ihre Jalousien offenläßt», sagte ich in verächtlichem Ton, «dann weiß sie genau, was sie tut.»

Damit ließ ich Mimi neben dem Bett stehen und ging ins Badezimmer. Papas Rasierpinsel lag zum Trocknen in der Waschmuschel. Ich stellte ihn in das Apothekerschränkchen und schloß die Tür. Dann warf ich meinen Bademantel auf den Toilettensitz und stellte mich unter die Dusche.

Das Wasser war eiskalt, aber ich biß die Zähne zusammen. Nach einiger Zeit begannen meine Zähne zu klappern, aber ich blieb weiter unter der Dusche stehen. Sie tat mir gut. Ich wußte, was ich tat. Als ich endlich aus der Dusche heraustrat und in den Spiegel sah, waren meine Lippen blau vor Kälte.

2

Ich schloß den letzten Knopf meines Hemdes und sah in den Spiegel. Dann griff ich nach Kamm und Bürste und fuhr nochmals durch mein Haar. Mamma wird zufrieden sein. Meine Haut war sauber und klar, selbst mein Haar schien eine hellere Farbe angenommen zu haben.

Ich bückte mich und sah unters Bett. «Wach auf, Rexie», sagte ich. «'s ist höchste Zeit rauszugehen.» Sie sprang auf und wedelte mit dem Schwanz. Ich bückte mich, um sie zu streicheln, und sie leckte mir dankbar die Hand. «Wie geht's dir heute, mein Mädchen?» fragte ich und drückte sie an mich. Ihr Schwänzchen rotierte in begeisterten Kreisen, und sie rieb sich an meinen Hosenbeinen.

Ich verließ mein Zimmer und lief die Treppe hinunter. Aus der Küche hörte ich Mammas Stimme. Sie schien sich über irgend etwas schrecklich aufzuregen. Sie sagte: «Du kennst doch deine liebe Schwägerin Bessie. Sie wird bestimmt nach etwas suchen, um uns betratschen zu können. Sie glaubt, sie ist die einzige, die eine Bar Mitzvah ausrichten kann. Ihr Joel ...»

Papa unterbrach sie. «Aber Mary», sagte er besänftigend, «beruhige dich doch. Alles wird gut vorbeigehen. Schließlich warst doch du es, die beschlossen hat, den Empfang hier im Haus abzuhalten.»

Ich seufzte erleichtert. Wenigstens sprachen sie nicht über mich. Mimi hatte also nicht gepetzt. Diese Debatte dauerte bereits sechs Monate – seit dem Tag, an dem das Thema meiner Bar Mitzvah zur Sprache gekommen war.

Papa wollte für den Empfang einen kleinen Saal mieten, aber Mamma wollte nichts davon hören. «Wir können uns das Geld dafür sparen», hatte sie gesagt. «Du weißt, wie schlecht die Geschäfte gehen, und es fällt dir ohnedies schwer genug, die Raten für die Hypothek aufzubringen. Und die Corn Exchange Bank wird auf ihre dreitausend Dollar auch nicht warten wollen.» Papa hatte nachgegeben. Er mußte nachgeben, er hatte keine andere Wahl. Die Geschäfte gingen noch immer nicht besser. Nach seinen gelegentlichen Bemerkungen zu urteilen, waren sie sogar schlechter geworden. In den letzten Monaten war er sehr nervös und reizbar gewesen.

Ich stieß die Tür auf und trat in die Küche, Rexie folgte mir dicht auf dem Fuß. «Guten Morgen», sagte ich zu beiden, und dann fragte ich Mamma: «Was brauchst du aus dem Laden?»

Sie sah mich kaum an. «Das übliche, Danny», erwiderte sie.

«Darf ich mir ein paar gefüllte Pfannkuchen kaufen, Ma?»

Sie lächelte. «Natürlich, Danny.» Sie nahm aus einem Glas auf dem Brett oberhalb des Spültisches einen Dollar und reichte ihn mir. «Schließlich ist's ja dein Bar-Mitzvah-Tag.»

Ich nahm den Dollar und wollte gehen, aber Mamma rief mir nach: «Vergiß nicht, das Wechselgeld nachzuzählen, Danny.»

«Nein, Ma», rief ich über die Schulter zurück, öffnete die Haustür und ließ Rexie hinaus. Der Hund lief mir voran, schräg über den Fahrweg und zum Rinnstein.

Als ich auf die Straße hinaustrat, hörte ich auf der Veranda der Conlons Stimmen. Verstohlen hinüberblickend sah ich Mimi und Marjorie Ann, die die Köpfe zusammensteckten. Ich ging an ihnen vorbei, als hätte ich sie nicht gesehen, mußte aber wegen Rexie vor der Veranda stehenbleiben. Marge sah mich an und begann zu kichern. Ich fühlte, wie ich glühend rot wurde.

«Heut nachmittag komm ich zu deiner Party», rief sie.

Ich ärgerte mich über mich, weil ich rot geworden war. «Du brauchst mir keine Gnaden zu erweisen», sagte ich unfreundlich. «Meinetwegen brauchst du überhaupt nicht zu kommen.»

Sie lachte spöttisch. «Aber Danny, wie sprichst du auf einmal!» sagte sie sarkastisch. «Du weißt ganz genau, daß du keinen Spaß hättest, wenn ich nicht käme. Außerdem bist du doch ein Mann, wenn du von deiner Bar Mitzvah zurückkommst. Es wird spannend sein, zu beobachten, wie du dich dann benimmst.»

Rexie lief jetzt fröhlich die Straße hinunter. Ich folgte ihr, ohne zu antworten.

Das Licht der Synagoge war düster und grau, da es bloß durch winzige Fenster fiel, die hoch oben in die Wände eingelassen waren. Ich sah mich nervös um. Auf einem kleinen Podium vor der Thora stehend, blickte ich in den Raum. Drei alte Männer, die sich gleich mir auf dem Podium befanden, trugen kleine schwarze Yamalkas. Meines war aus weißer Seide.

Die Gesichter der vor dem Podium Versammelten sahen erwartungsvoll zu mir herauf. Ich kannte die meisten, es waren meine Verwandten. Im Hintergrund der Synagoge stand ein kleiner Tisch mit allerlei Kuchen, Whisky- und Weinflaschen bedeckt, die im Dämmerlicht glänzten.

Mein Lehrer, Rabbi Herzog, nahm die Thora herunter und öffnete sie. Er winkte mir, an den Rand des Geländers zu treten, dann wandte er sich an die Gläubigen und begann auf jiddisch.

«In diesen unruhigen Zeiten», sagte er mit dünner, zitternder Stimme, «tut es einem Mann wohl, einen Knaben zu finden, der sich nicht schämt, ein Jude zu sein. Es tut einem auch wohl, einen solchen Knaben zu unterrichten. Es ist für mich eine Ehre, so einen Jungen für die Bar Mitzvah vorzubereiten, um ihn in die Gemeinschaft der jüdischen Männer aufzunehmen.» Er wandte sich mir feierlich zu. «Ich habe hier so einen Jungen.» Damit drehte er sich wieder zu den Gläubigen zurück und setzte seine Rede fort.

Ich versuchte mir das Lachen zu verkneifen. Der alte Heuchler! Er hatte mich die ganze Zeit, in der er mich unterrichtete, immer nur angeschrien. Ich tauge zu nichts und werde nie zu etwas taugen; und die Bar Mitzvah werde ich auch nicht bestehen, weil ich zu dumm bin.

Einen Moment sah ich das Gesicht meiner Schwester, die zu ihm aufsah. Ihre Miene war konzentriert und andächtig. Dann lächelte sie mir mit einem Anflug von Stolz flüchtig zu, und ich erwiderte ihr Lächeln.

Rabbi Herzog verstummte und wandte sich wieder mir zu. Ich trat langsam in die Mitte des Podiums und legte meine Hände auf die Thora. Dann räusperte ich mich nervös. Ich sah, wie Mamma und Papa mir erwartungsvoll zunickten. Einen Moment lang war mein Gehirn wie ausgeleert, und Panik erfaßte mich. Ich hatte das komplizierte Ritual vergessen, das ich durch so viele Monate auswendig gelernt hatte.

Da hörte ich Rabbi Herzogs heiseres Flüstern: «Borochu ess ...»

Mit überströmender Dankbarkeit stürzte ich mich auf das Stichwort. «Borochu ess Adonai ...» Jetzt war alles gut, und die übrigen Worte strömten mir wie von selbst zu.

Stolz lächelnd blickte sich Mamma im Kreise um.

Jetzt begann ich die Feierlichkeit des Gebetes zu empfinden. Ich wünschte mir, ich hätte der Bedeutung der hebräischen Worte, die ich so geläufig hersagte, mehr Aufmerksamkeit geschenkt. Vage erinnerte ich mich, daß ich Gottes Beistand erflehte, um ein ehrenwerter Mann zu werden, der ein anständiges jüdisches Leben führt. Ein feierliches Gefühl von Verantwortungsbewußtsein erfüllte mich. Denn gestern war ich noch ein Knabe und heute bin ich bereits ein Mann. Mit diesem Ritual nahm ich auch die ganze Verantwortlichkeit auf mich. Ich beschwor vor meinen Verwandten und Freunden, meine Verpflichtungen als guter Jude stets und immerdar zu erfüllen. Ich hatte vorher nie viel darüber nachgedacht. Insgeheim wußte ich, daß ich mir nie gewünscht hätte, ein Jude zu sein. Ich erinnerte mich, wann ich zum erstenmal darüber nachgedacht hatte: es war damals, als mich Paul und sein kleiner Bruder in die Grube von Clarendon und Troy stießen, an dem Tag, an welchem ich Rexie gefunden hatte. Die Grube war längst ausgefüllt und darüber waren Häuser gebaut worden, aber ich konnte nie an dieser Stelle vorbeigehen, ohne mich zu erinnern. Mir fiel auch ein, daß ich Mamma am nächsten Tag gefragt habe, ob wir nicht etwas anderes als Juden werden könnten. Was sie mir damals auch geantwortet hat, war jetzt nicht mehr wichtig. Denn jetzt wurde ich zum Juden geweiht.

Die letzten Phrasen des Gebetes glitten über meine Lippen, und als ich zu den Andächtigen hinunterblickte, überkam mich ein Triumphgefühl. Mamma weinte, und Papa schneuzte sich in ein großes weißes Taschentuch. Ich lächelte ihnen zu.

Rabbi Herzog legte jetzt den Talles über meine Schultern, einen weißen Seidentalles mit dem blauen Davidstern, den Mamma mir gekauft hatte. Er sprach noch einige Worte, dann war alles vorbei.

Ich lief die Stufen hinunter. Mamma umarmte und küßte mich und wiederholte immer wieder meinen Namen. Ich wurde verlegen und wünschte mir sehnlich, daß sie mich endlich losließe. Jetzt war ich schließlich ein Mann, und sie benahm sich so, als wäre ich noch immer ein Kind.

Papa schlug mir auf die Schulter. «Bist ein braver Junge, Danny.» Er lächelte. Dann wandte er sich an Rabbi Herzog, der hinter mir die Stufen heruntergekommen war. «Er hat sich doch brav gehalten, Rabbi, nicht wahr?» fragte er.

Rabbi Herzog nickte nur kurz und drängte sich, ohne zu antworten, an Papa vorbei zum Erfrischungstisch. Die andern Männer, die auf dem Podium gestanden waren, folgten ihm eilfertigst.

Papa nahm mich am Arm und führte mich gleichfalls zu dem Tisch. Er war in bester Stimmung, das merkte ich ihm an. Jetzt füllte er feierlich etwas Whisky in einen Papierbecher und reichte ihn mir.

«Harry!» protestierte Mamma.

Er lachte sie nur vergnügt aus. «Laß nur, Mary», sagte er heiter, «der Junge ist jetzt ein Mann!»

Ich nickte heftig mit dem Kopf. Papa hatte recht. Ich nahm den Becher aus seiner Hand.

«Prost!» sagte Papa.

«Prost!» erwiderte ich.

Papa legte den Kopf zurück und stürzte den Whisky hinunter. Ich machte es ihm nach. Er brannte wie Feuer auf dem Weg in meinen Magen. Ich begann zu husten und zu würgen.

«Da schau nur, was du angerichtet hast, Harry», sagte Mamma vorwurfsvoll.

Ich sah Papa durch tränende Augen an. Er lachte. Ein zweiter Hustenkrampf schüttelte mich, und Mamma zog meinen Kopf eng an ihre Brust.

3

Das Haus war mit Menschen überschwemmt. Ich mußte Rexie in mein Schlafzimmer bringen und die Tür schließen. Menschenansammlungen machten sie immer nervös. Ich drängte mich auf dem Weg in den Keller durch die Menge, die im Wohnzimmer versammelt war. Mamma hatte dort unten für uns Kinder ein Spielzimmer eingerichtet. Mein Onkel David rief mich zu sich. Er stand in einer Ecke des Zimmers und sprach mit Papa. Ich trat auf ihn zu, und er streckte mir die Hand entgegen.

«Viel Glück, Danny!»

«Danke, Onkel David», sagte ich mechanisch lächelnd.

Er ergriff meine Hand und wandte sich an Papa. «Mir ist's, als wäre ich erst gestern bei seiner Beschneidung gewesen, Harry», sagte er.

Papa nickte zustimmend.

Ich errötete ungeduldig, denn ich wußte genau, was er sagen würde, ich hatte dasselbe heute schon zwanzigmal gehört. Er enttäuschte mich denn auch nicht.

«Wie die Zeit verfliegt, was?» Onkel David nickte gleichfalls mit dem Kopf. «Und jetzt bist du ein so großer Junge.» Er griff in seine Tasche und zog eine Münze hervor. «Hier, Danny, das gehört dir.»

Ich drehte die Goldmünze zwischen den Fingern – es war ein Zehn-Dollar-Goldstück. «Danke, Onkel David», sagte ich.

Er grinste. «Ein großer Junge», sagte er. Und wieder wandte er sich an Papa. «Er wird dir bald im Geschäft helfen können, so wie mir mein Joel hilft.»

Papa schüttelte abwehrend den Kopf. «Für meinen Danny kommt das Geschäft nicht in Frage», antwortete er entschlossen. «Mein Danny wird Akademiker. Er wird entweder Rechtsanwalt oder vielleicht Arzt, und wenn alles gut geht, werde ich ihm eines Tages eine schöne Praxis einrichten.»

Ich sah Papa überrascht an. Ich hörte zum erstenmal etwas von diesen Plänen. Ich hatte nie viel darüber nachgedacht, was ich werden wollte, ich hatte mich eigentlich nie darum gekümmert.

Ein verschlagener Ausdruck trat in Onkel Davids Augen. «Natürlich, Harry, natürlich», sagte er beschwichtigend. «Aber du weißt doch, wie schwer die Zeiten sind. Bitter, bitter! Und du mußt schwer genug kämpfen. Wenn Danny genauso wie mein Joel den Sommer über in deinem Geschäft arbeiten würde, was wär schon dabei? Gar nichts. Und du ersparst dir fünf Dollar in der Woche für einen Lehrling. Fünf Dollar sind fünf Dollar!» Er sah mich an. «Und Danny ist ein braver Junge. Ich bin überzeugt, er möchte dir ebensogern helfen wie mir mein Joel. Stimmt's, Danny?»

Ich nickte. Niemand sollte sagen, daß mein Cousin Joel braver ist als ich. «Sicher, Onkel David», sagte ich rasch.

Papa sah mich an. In seinen Augen war ein bekümmerter Ausdruck. Seine Lippen zitterten leicht. «Es ist noch Zeit genug, darüber zu sprechen, Danny», sagte er langsam. «Die Ferien beginnen erst in einem Monat. Aber jetzt lauf hinunter. Die andern Kinder werden dich schon vermissen.»

Ich eilte auf die Treppe zu und ließ die Goldmünze in meiner Tasche verschwinden. Hinter mir hörte ich die Stimme Onkel Davids, der nochmals versicherte, daß es eine gute Idee sei und daß es mir nicht schaden werde.

Auf der Stiege blieb ich stehen und sah in das Spielzimmer hinunter. Mamma hatte Wände und Plafond mit Papierschlangen ausgeschmückt, und es sah sehr lustig und festlich aus. Aber die Kinder waren ganz still. Oben sprachen die Erwachsenen laut durcheinander, einer trachtete den andern zu überschreien, alle sprachen auf einmal, als hätten sie nie wieder Gelegenheit, miteinander zu reden, und ihre Stimmen hallten dumpf bis zu mir. Doch hier unten standen alle Jungen auf einer Seite des Raums und die Mädchen auf der andern. Ihre Stimmen klangen gedämpft und verlegen. Es war keineswegs wie dort oben.

Als ich mich zu den Jungen auf ihrer Zimmerseite gesellte, trat mir mein Cousin Joel entgegen. Er war etwa anderthalb Jahre älter als ich, und sein Gesicht war mit Pusteln übersät. Ich hatte über diese Sache schon Geschichten erzählen gehört und hoffte, sie nicht auch zu bekommen.

«Hello, Joel», sagte ich verlegen. «Unterhältst du dich, he?»

Er nickte höflich, ließ aber die Mädchen auf der andern Zimmerseite nicht aus den Augen. «Natürlich», antwortete er hastig – zu hastig.

Ich folgte seinem Blick. Er sah zu Marjorie Ann hinüber. Als sie bemerkte, daß auch ich sie ansah, flüsterte sie meiner Schwester etwas zu, die sofort zu kichern begann. Ich ging zu ihr hinüber, Joel folgte mir auf dem Fuß.

«Was ist denn so komisch?» fragte ich kriegerisch. Ich hatte das unangenehme Gefühl, daß sie über mich lachten.

Mimi schüttelte schweigend den Kopf und kicherte wieder. Marge lächelte höhnisch. «Wir haben auf dich gewartet, damit du die Gesellschaft ein bißchen in Schwung bringst», sagte sie.

Ich zwang mich zu einem Lächeln und sah mich um. Alle Kinder blickten mich ernst und feierlich an. Sie hatte recht, die Party lag in den letzten Zügen. Die Erwachsenen amüsierten sich, aber die Kinder wußten nichts miteinander anzufangen.

«He», rief ich und hielt die Hände in die Höhe, «spielen wir doch was.»

«Was sollen wir denn spielen?» rief Mimi herausfordernd.

Ich sah sie stumm an. Daran hatte ich nicht gedacht. Ich sah mich hilflos im Zimmer um.

«Wie wär's, wenn wir erst einmal ‹Postamt› spielen?» schlug Marge vor.

Ich zog ein schiefes Gesicht. Das war genau die Art Spiel, die ich nicht spielen wollte. Kindisches Zeug!

«Was willst du sonst spielen?» schnauzte sie mich sarkastisch an, nachdem sie meinen Gesichtsausdruck gesehen hatte. «Vielleicht *football*?»

Ich wollte etwas sagen, aber Joel unterbrach mich. «'s ist okay», sagte er eifrig. «Ich bin einverstanden.»

Ich sah ihn voll Abscheu an. Ich wußte genau, woher er seine Pusteln hatte: Mädchen! Ich hätte gern mit ihm zu streiten begonnen, aber alle andern Kinder nahmen den Vorschlag begeistert auf.

Als wir im Halbkreis am Boden saßen, sah ich mürrisch auf meine gekreuzten Beine und wünschte, daß mir ein anderes Spiel eingefallen wäre. Joel hatte Marge in den kleinen Feuerungsraum gerufen, der uns als Postamt diente. Ich war überzeugt, daß sie mich verlangen würde, wenn die Reihe an sie kam.

Ich behielt recht. Die Tür zum Feuerungsraum öffnete sich und Joel stand vor mir. Er machte mit dem Daumen eine ruckartige Bewegung zur geschlossenen Tür hin. Ich spürte, wie ich rot wurde, während ich mich erhob. «Was für 'n Prachtmädchen!» flüsterte er mir zu, als ich an ihm vorbeiging.

Ich sah zu Mimi hinunter. Sie blickte mich nachdenklich an, und ich fühlte, wie meine Wangen brannten.

Ich zögerte einen Moment vor der Tür des Feuerungsraums, dann öffnete ich sie und trat ein. Ich lehnte mich gegen die Tür, die ich hinter mir geschlossen hatte, und versuchte den düsteren Raum mit meinen Blicken zu durchdringen. Das einzige Licht kam durch ein winziges Fenster in der Ecke.

«Da bin ich, Danny.» Marges Stimme kam von der andern Seite des Ofens.

Ich hielt die Türklinke noch immer umklammert. Jetzt fühlte ich, wie mein Puls in den Schläfen zu hämmern begann. «Was ... was willst du?» stotterte ich mit heiserer Stimme. Plötzlich hatte ich Angst vor ihr. «Wozu hast du mich rufen lassen?»

Jetzt begann sie zu flüstern. «Was glaubst du, wozu ich dich gerufen hab?» Ihre Stimme hatte einen höhnischen Klang. «Ich wollte bloß feststellen, ob du tatsächlich ein Mann bist.»

Ich konnte sie nicht sehen. Sie stand hinter dem Ofen. «Warum läßt du mich nicht in Ruh?» fragte ich erbittert und rührte mich nicht von der Tür weg.

Ihre Stimme klang jetzt sehr entschieden. «Wenn du mit dieser Sache fertig werden willst, dann wär es besser, du kämst zu mir rüber.» Ich hörte ihr beinahe stimmloses Lachen. «Ich werd dir schon nicht weh tun, mein kleiner Danny.»

Ich ging um den Ofen herum. Sie lehnte lächelnd dagegen. Ihre Zähne blitzten in dem trüben Licht. Sie hatte die Hände auf dem Rücken verschränkt. Ich schwieg.

Ihre Augen lachten mich an. «Du hast mich heute früh durchs Fenster beobachtet», stieß sie plötzlich hervor.

Ich stand stocksteif da. «Nein!»

«Doch!» fuhr sie mich an. «Ich hab dich gesehn, und Mimi hat's auch gesagt.»

Ich starrte sie an. Das wird Mimi mir büßen! «Wenn du so sicher bist», sagte ich ärgerlich, «warum hast du dann deine Jalousien nicht runtergelassen?»

Sie trat einen Schritt auf mich zu. «Vielleicht wollt ich's nicht», sagte sie spöttisch.

Ich sah ihr ins Gesicht. Das verstand ich nicht. «Aber ...»

Sie legte mir die Finger auf die Lippen und brachte mich zum Verstummen. Sie hatte jetzt einen ungemein gespannten Gesichtsausdruck. «Vielleicht wollt ich, daß du schaust.» Sie schwieg eine Sekunde, während sie mich scharf beobachtete. «Hat dir denn das, was du gesehen hast, nicht gefallen?»

Ich wußte nicht, was ich sagen sollte.

Sie begann leise zu lachen. «'s hat dir gefallen», flüsterte sie. «Ich hab's gesehn, daß dir's gefallen hat. Dein Cousin Joel findet mich ungeheuer aufregend, und dabei hat er nicht die Hälfte von dem gesehn, was du gesehn hast.»

Jetzt stand sie dicht vor mir. Sie legte ihre Arme um meinen Hals und zog mich an sich. Ich bewegte mich nur hölzern. Ich spürte ihren Atem auf meinem Mund, und dann ihre Lippen. Ich schloß die Augen. Das war nicht wie die Küsse, die ich bisher gekannt habe. Nicht wie ein Kuß meiner Mutter, meiner Schwester oder irgend jemandes, den ich je geküßt habe.

Sie zog ihr Gesicht ein wenig zurück. Dennoch spürte ich ihre keuchenden Atemzüge an meinem Mund. «Gib mir die Hand», verlangte sie hastig.

Wie verblödet streckte ich meine Hand aus. Mir schwindelte der Kopf, und das Zimmer wurde unscharf und war weit, weit entfernt. Plötzlich durchfuhr's mich wie mit einem elektrischen Schlag. Sie hatte meine Hand in den Ausschnitt ihres Kleides gelegt, und ich berührte ihre nackte Brust mit den harten Knospen. Entsetzt riß ich die Hand zurück.

Sie begann leise zu lachen, und ihre Augen strahlten mich an. «Ich mag dich, Danny», flüsterte sie. Damit schritt sie auf die Tür zu, sah aber nochmals zu mir zurück. Die spöttische Miene breitete sich wieder über ihr Gesicht. «Wen soll ich jetzt reinschicken, Danny?» fragte sie. «Vielleicht deine Schwester?»

4

Ich ging durch das Wohnzimmer. Rexie folgte mir auf dem Fuß. «Danny, komm einen Moment her zu mir», Papas Stimme kam von der Couch, wo er neben Mamma saß.

Mamma sah sehr müde aus. Sie war soeben damit fertig geworden, alles wieder in Ordnung zu bringen, nachdem alle gegangen waren. Das Haus war jetzt merkwürdig still.

«Ja, Papa.» Ich stand vor ihnen.

«Hast du ein schönes Bar-Mitzvah-Fest gehabt, Danny?» sagte Papa halb fragend.

«Sehr schön, Papa», antwortete ich. «Danke.»

Er winkte leicht mit der Hand ab. «Danke nicht mir», sagte er, «danke deiner Mamma. Sie hat die ganze Arbeit gehabt.»

Ich lächelte sie dankbar an.

Sie erwiderte mein Lächeln mit müdem Blick und wies mit der Hand neben sich auf den Polstersitz. Ich setzte mich. Sie hob die Hand und fuhr mir durch die Haare. «Mein kleiner Blondie», sagte sie nachdenklich, «jetzt bist du also erwachsen. Und wirst bald heiraten.»

Papa begann zu lachen. «Na, Mary, so bald ja auch wieder nicht. Er ist noch hübsch jung.»

Mamma sah ihn an. «Bald genug», sagte sie. «Denk nur, wie rasch die dreizehn Jahre verflogen sind.»

Papa lachte wieder. Er nahm eine Zigarre aus der Tasche und zündete sie an, während sich ein gedankenvoller Ausdruck über sein Gesicht breitete. «David hat den Vorschlag gemacht, Danny soll mir im Sommer im Geschäft helfen.»

Mamma setzte sich erschrocken kerzengerade auf. «Aber Harry, er ist doch noch ein Baby!»

Jetzt lachte Papa laut heraus. «Grad hast du gesagt, er wird bald heiraten, und nu is er wieder zu jung, um zu arbeiten?!» Er wandte sich an mich. «Was hältst du davon, Danny?»

Ich sah ihn an. «Ich werde alles tun, was du willst, Papa», antwortete ich.

Er schüttelte den Kopf. «Das hab ich nicht gemeint. Ich hab gefragt, was du tun willst. Was möchtest du denn einmal werden?»

Ich zögerte einen Moment. «Ich weiß wirklich nicht», gestand ich. «Ich hab noch nie drüber nachgedacht.»

«'s ist aber Zeit, Danny, daß du drüber nachdenkst», sagte er sehr ernst. «Du bist ein aufgeweckter Junge. Hast schon ein Jahr Gymnasium hinter dir und bist doch erst dreizehn. Aber die ganze Aufgewecktheit nützt dir nichts, wenn du nicht weißt, was für ein Ziel du hast. 's ist wie ein Schiff ohne Steuer.»

«Ich komm im Sommer zu dir ins Geschäft, Papa», sagte ich rasch. «Wenn's dir eine Hilfe ist, so ist's genau das, was ich mir wünsche. Ich weiß ja, daß das Geschäft jetzt nicht gut geht.»

«Es geht zwar schlecht genug, aber nicht so schlecht, daß ich etwas von dir verlangen möchte, was du nicht gern tust», sagte er und blickte auf seine Zigarre. «Deine Mamma und ich setzen große Hoffnungen in dich. Wir möchten, daß du auf der Universität studierst und Rechtsanwalt oder Arzt wirst. Und vielleicht kämst du nicht soweit, um an der Universität zu studieren, wenn du mir im Geschäft hilfst. So ist's ja auch mir passiert. Ich hab mein Studium nie beendet. Ich will nicht, daß es dir auch so geht.»

Ich sah erst ihn an, dann Mamma. Sie betrachtete mich mit traurigem Blick. Sie hatte Angst, mir könnte dasselbe passieren wie ihm. Dennoch, das Geschäft ging schlecht, und Papa brauchte meine Hilfe. Ich lächelte. «Wenn ich im Sommer ins Geschäft komme, hat das doch nichts auf sich, Papa», sagte ich. «Im Herbst geh ich dann wieder in die Schule.»

Er wandte sich zu Mamma. Sie sahen einander lange in die Augen. Dann nickte Mamma leicht mit dem Kopf, und er kehrte sich wieder mir zu. «Also gut, Danny», sagte er gewichtig, «dann soll es für kurze Zeit so sein. Wir werden ja sehen.»

Die Jungen schrien durcheinander, während der Ball, ohne den Boden zu berühren, über das Netz hin und zurück flog. In der Sporthalle des Gymnasiums waren gleichzeitig vier Spiele im Gang. Mit einem verstohlenen Seitenblick stellte ich fest, daß Mr. Gottkin jetzt auf uns zukam und richtete meine Aufmerksamkeit sogleich wieder auf den Ball. Ich wollte vor ihm als guter Spieler bestehen, denn er war auch unser *football*-Trainer. Der Ball kam auf mich zu, hoch über meinem Kopf, aber ich sprang mit einem Riesensatz in die Luft und schlug ihn zurück. Er streifte das Netz, rollte aber auf die andere Seite und fiel zu Boden. Ich sah mich im Kreise um und war auf meine Leistung ungemein stolz. Es war bereits der achte Gutpunkt, den ich von den vierzehn Gutpunkten meiner Partei gewonnen hatte. Das mußte Mr. Gottkin doch bemerken.

Aber er sah nicht einmal in meine Richtung. Er sprach mit einem Jungen am benachbarten Spielfeld. Jetzt kam der Ball wieder ins Spiel. Ich verfehlte zwei scheinbar ganz leichte Bälle, was aber jedesmal wieder eingebracht werden konnte. Als es so aussah, als ginge das Spiel auf die andere Seite des Spielfeldes über, warf ich neuerlich einen verstohlenen Seitenblick auf den Lehrer.

Plötzlich hörte ich, wie Paul, der hinter mir stand, rief: «Danny! Dein Ball!»

Ich wirbelte hastig herum. Der Ball kam übers Netz auf mich zu. Ich faßte ihn scharf ins Auge, dann sprang ich hoch. Da tauchte auf der andern Seite des Netzes, dicht vor mir, eine dunkle Gestalt auf und schlug den Ball zu Boden.

Automatisch hob ich die Hände, um mein Gesicht zu schützen, war aber nicht schnell genug. Ich ging zu Boden.

Ärgerlich raffte ich mich wieder auf, weil mich die blutrote Gesichtshälfte, wo mich der Ball getroffen hatte, heftig schmerzte. Der schwarzhaarige Junge auf der andern Seite des Netzes grinste.

«Du hast gefoult!» schrie ich ihn an.

Das Grinsen verschwand von seinem Gesicht. «Was is denn los, Danny?» fragte er höhnisch. «Willst du in dem Spiel der einzige Held sein?»

Ich fuhr, unter dem Netz durchkriechend, auf ihn los, aber eine Hand hielt mich an der Schulter fest.

«Das Spiel geht weiter», sagte Mr. Gottkin gelassen, «hier dulde ich keine Prügeleien!»

Ich kroch unter dem Netz auf meine Seite zurück. Jetzt war ich noch wütender als zuvor. Gottkin wird sich an nichts weiter erinnern, als daß ich böse geworden war. «Wir sprechen uns noch», flüsterte ich dem Jungen zu.

Er spitzte bloß die Lippen und machte eine verächtliche Gebärde.

Im nächsten Spiel bekam ich aber meine Chance. Der Ball kam von rückwärts über meinen Kopf hinweg geflogen, und der Junge sprang danach. Ich kam ihm aber zuvor und schlug ihn mit beiden Händen und mit aller Kraft zu Boden. Der Ball traf ihn mitten auf den Mund, und er stürzte zu Boden. Da begann ich ihn laut auszupfeifen.

Er stand vom Boden auf, kroch unter dem Netz durch und kriegte mich an den Beinen zu fassen. Gleich darauf wälzten wir uns beide auf dem Boden und droschen aufeinander los. Wütend schrie er mir in die Ohren: «Du Schweinehund!»

Gottkin riß uns auseinander. «Ich hab euch gesagt, ich dulde hier keine Prügeleien.»

Ich sah mürrisch zu Boden und antwortete nicht.

«Wer hat angefangen?» fragte Gottkin grimmig.

Ich sah zu dem andern Jungen hinüber, er sah mich finster an, aber keiner von uns antwortete.

Der Sportlehrer wartete auf keine Antwort. «Spielt weiter», sagte er angeekelt, «und daß es keine Keilerei mehr gibt!» Damit kehrte er uns den Rücken.

Kaum hatte er sich umgedreht, als wir automatisch wieder aufeinander losgingen. Ich kriegte den schwarzhaarigen Jungen um die Mitte, und wir lagen auf dem Boden, ehe uns Mr. Gottkin auseinanderreißen konnte. Dann hielt er uns, jeden auf einer Seite, mit seinen kräftigen Armen fest. Sein Gesicht zeigte einen aufmerksam nachdenklichen Ausdruck. «Ihr besteht also drauf, zu raufen?» konstatierte er mehr, als er fragte.

Keiner von uns antwortete.

«Also gut», fuhr er fort, «wenn ihr raufen müßt, dann werdet ihr's auf meine Art tun!» Ohne uns loszulassen, rief er seinem Substituten über die Schulter zu: «Bring die Handschuhe.»

Der Substitut kam mit zwei Paar Boxhandschuhen zurück, und Gottkin reichte jedem von uns ein Paar. «Zieht sie an», sagte er beinahe heiter. Dann wandte er sich an die übrigen Jungen in der Sporthalle, die sich um uns zu drängen begannen. «Sperrt die Tür lieber ab, Jungens», sagte er, «wir wollen von niemandem überrascht werden.»

Sie lachten aufgeregt, während ich an den mir völlig fremden Handschuhen herumfummelte. Ich wußte, weshalb sie lachten. Wenn der Direktor hereinkäme, gäb's einen Höllenkrach.

Mit den Boxhandschuhen an den Händen fühlte ich mich unsagbar unbeholfen. Ich hatte nie zuvor welche angehabt. Paul knüpfte mir schweigend die Riemen zusammen. Ich sah zu dem andern Jungen hinüber. Die erste Wut war verraucht, und ich hatte nichts gegen ihn. Ich kannte nicht einmal seinen Namen, denn das war die einzige Stunde, die wir gemeinsam besuchten. Er sah aus, als hätte er sich gleichfalls beruhigt. Ich trat auf ihn zu. «Das ist doch alles Blödsinn», sagte ich.

Ehe der Junge den Mund öffnen konnte, sagte Mr. Gottkin: «Feig geworden, Fisher?» Seine Augen sahen seltsam erregt aus.

Ich fühlte, wie mir die Röte in die Wangen schoß. «Nein, aber ...»

Gottkin unterbrach mich. «Dann geh auf deinen Platz zurück und tu das, was ich euch jetzt sagen werde. Ihr kommt hierher in die Mitte des Kreises und beginnt zu boxen. Geht einer von euch zu Boden, dann darf der andere keinen Schlag mehr anbringen, bis ich nicht das Okay-Zeichen gebe. Verstanden?»

Ich nickte. Der andere Junge befeuchtete seine Lippen und nickte gleichfalls.

Ich bemerkte jetzt, daß Gottkin seine gute Stimmung wiedergefunden hatte. «Also gut, Jungens», sagte er, «wir beginnen.»

Ich fühlte, wie mich jemand nach vorne schob. Der schwarzhaarige Junge kam mir entgegen. Ich hob die Hände und versuchte sie so zu halten, wie ich es im Film von verschiedenen Boxern gesehen hatte. Vorsichtig umkreiste ich den Jungen. Er war ebenso vorsichtig wie ich und beobachtete mich aufmerksam. Fast eine Minute lang kamen wir nicht näher aneinander heran als auf zwei Fuß Entfernung.

«Ich hab geglaubt, ihr Jungens wollt boxen», sagte Gottkin. Ich warf ihm rasch einen Blick zu. Seine Augen brannten vor innerer Erregung.

Doch im selben Augenblick explodierte ein Blitz in meinen eigenen Augen. Ich hörte, wie die übrigen Jungen in ein gellendes Geschrei ausbrachen. Ein zweiter Blitz zuckte auf mich nieder. Dann empfand ich einen heftigen, stechenden Schmerz in meinem rechten Ohr und unmittelbar darauf mitten auf dem Mund. Ich fühlte noch, wie ich stürzte. In meinem Kopf war ein quälendes, summendes Geräusch. Ich schüttelte den Kopf ärgerlich, um wieder klar zu hören, und öffnete die Augen. Ich lag auf Händen und Knien. Dann sah ich auf.

Der Junge tänzelte vor mir herum und lachte.

Diese Laus hatte mir den Schlag in derselben Sekunde versetzt, in der ich nicht hinschaute! Kochend vor Wut stand ich auf. Ich sah noch, wie ihm Gottkin auf die Schulter tippte, und schon fiel er wieder über mich her. Verzweifelt drängte ich mich dicht an ihn, packte seine Arme und hielt sie fest.

Meine Kehle war rauh geworden, und ich fühlte meinen brennenden Atem.

Ich schüttelte nochmals den Kopf. Ich konnte mit diesem summenden Geräusch in den Ohren nicht klar denken. Und wieder schüttelte ich den Kopf. Plötzlich verstummte das Geräusch, und auch mein Atem ging wieder leichter.

Dann fühlte ich, daß Gottkin uns trennte. Seine Stimme klang plötzlich ganz heiser. «Auseinander, Jungens, loslassen!»

Jetzt stand ich wieder sicher auf den Beinen. Ich hob die Hände und wartete auf den Angriff des andern Jungen.

Er kam mit wirbelnden Armen auf mich losgestürzt. Ich sprang zur Seite, und er schoß über mich hinaus. Beinahe war ich in Versuchung zu lachen. Das war leicht gewesen: man durfte nur nicht den Kopf verlieren.

Er drehte sich um und stürzte neuerlich auf mich los. Diesmal wartete ich auf ihn. Ich sah, daß er die Fäuste sehr hoch hielt. Da stieß ich ihm meine Rechte in den Magen. Seine Hände sanken herab, und er krümmte sich zusammen. Jetzt begannen auch seine Knie einzuknicken, und ich trat zurück. Ich sah Mr. Gottkin fragend an.

Doch er stieß mich roh zu dem Jungen zurück. Ich traf meinen Gegner noch zweimal, und er richtete sich mit verglastem Blick wieder auf.

Ich stand jetzt wieder fest auf den Beinen und spürte, wie mir ein ungeheures Machtgefühl durch die Arme und den ganzen Körper strömte. Ich fuhr mit meiner Rechten beinahe vom Boden in die Höhe und traf ihn mitten aufs Kinn. Ich spürte die Erschütterung dieses Schlages im ganzen Arm. Der Junge wirbelte einmal um seine eigene Achse, dann fiel er vornüber, flach aufs Gesicht.

Ich trat wieder zurück und sah zu Mr. Gottkin hinüber. Er starrte mit erregter Miene auf den Jungen hinunter. Seine Zunge glitt nervös über seine Lippen, seine Hände waren geballt und der Rücken seines Hemdes war schweißdurchtränkt, als hätte er selbst einen Boxkampf ausgefochten.

Plötzlich fiel tiefe Stille über die Sporthalle. Ich wandte mich wieder zu dem Jungen zurück, der still dalag und sich nicht rührte. Langsam kniete Mr. Gottkin neben ihm nieder.

Er drehte den Jungen auf den Rücken und schlug ihm scharf ins Gesicht. Der Sportlehrer war jetzt leichenblaß. Er sah zu seinem Substituten hin. «Bring mir das Riechsalz!» rief er heiser.

Seine Hände zitterten heftig, während er die Flasche unter der Nase des Jungen hin und her schwenkte.

«Komm, mein Junge», seine Stimme klang flehend. «Komm, nimm dich zusammen.» Auf seinem Gesicht standen jetzt Schweißperlen.

Ich starrte zu ihnen hinunter. Warum stand der Junge nicht auf? Ich hätte mich nicht in diese Boxerei hineinjagen lassen sollen.

«Sollen wir nicht lieber einen Arzt holen?» flüsterte der Substitut ängstlich.

Gottkin sprach sehr leise, ich konnte ihn aber doch verstehen, weil ich mich niederbeugte. «Nicht, wenn dir dein Posten lieb ist!»

«Wie aber, wenn der Junge stirbt?»

Die Frage des Substituten blieb unbeantwortet, denn jetzt kehrte die Farbe in die Wangen des Jungen zurück. Er versuchte sich aufzurichten, aber Gottkin hielt ihn am Boden zurück.

«Nur ruhig, mein Junge», sagte Gottkin beinahe zärtlich. «In einer Minute bist du wieder okay.»

Er nahm ihn auf die Arme und sah sich im Kreis um. «Und ihr haltet über die ganze Sache den Mund! Verstanden?» Seine Stimme klang drohend. Schweigend stimmten wir zu. Seine Augen überflogen die Knaben und blieben an mir haften. «Und du, Fisher», sagte er rauh, «du kommst mit mir. Die übrigen setzen das Spiel fort.»

Er schritt, den Jungen noch immer auf den Armen, auf sein Büro zu, und ich folgte ihm. Er legte den Knaben auf einen lederbezogenen Verbandstisch, während ich die Tür hinter uns schloß. «Reich mir den Wasserkrug rüber», rief er über die Schulter. Schweigend reichte ich ihm den Krug, und er schüttete dem Jungen den Inhalt übers Gesicht. Prustend und spuckend setzte er sich auf.

«Wie geht's dir jetzt, mein Junge?» fragte Gottkin.

Der Knabe zwang sich zu einem Lächeln. Er sah mich scheu an. «Als hätt mich ein Maulesel getreten», erwiderte er.

Gottkins Lachen klang befreit. Dann fiel sein Blick auf mich und das Lachen verstummte. «Warum hast du mir nicht vorher gesagt, daß du boxen gelernt hast, Fisher?» knurrte er mich an. «Ich hab gute Lust ...»

«Ich hab nie im Leben mit Handschuhen geboxt, Mr. Gottkin», sagte ich rasch. «Wahr und wahrhaftig.»

Er sah mich unschlüssig an, mußte mir aber schließlich doch geglaubt haben, denn er wandte sich wieder an den andern Jungen. «Ist's dir recht, wenn wir die ganze Sache vergessen?» fragte er ihn.

Der Junge sah mich an und lächelte. Dann nickte er. «Ich will mich gar nicht mehr daran erinnern», sagte er ernsthaft.

Gottkin blickte mich jetzt eine Sekunde nachdenklich an. «Dann schüttelt euch die Hände, ihr zwei, und trollt euch raus!»

Wir schüttelten einander die Hände und liefen zur Tür hinaus. Während ich sie schloß, sah ich noch, daß Mr. Gottkin eine Lade seines Schreibtisches öffnete und etwas herausnahm. Dann hob er es an seine Lippen.

In diesem Moment rannte der Substitut auf dem Weg ins Büro in mich hinein. «Gib mir auch was», sagte er, während sich die Tür schloß. «Ich möcht so was nicht nochmals erleben.»

Gottkins Stimme dröhnte durch die geschlossene Tür. «Dieser kleine Fisher ist der geborene Boxer. Hast du gesehen ...?»

Ich sah sehr verlegen drein. Mein früherer Gegner wartete auf mich. Linkisch nahm ich ihn am Arm, und wir kehrten gemeinsam zu unserm Ballspiel zurück.

5

Nach der Schule wartete ich an der Ecke der Bedford und Church Avenue ungeduldig auf Paul. Die Uhr im Schaufenster des gegenüberliegenden Drugstore zeigte ein Viertel nach drei. Ich gab Paul noch fünf Minuten, dann wollte ich allein nach Hause gehen.

In mir zitterte noch die Erregung dieses neuen Erlebnisses nach. Die Kunde von meinem Boxkampf in der Sporthalle hatte sich wie ein Lauffeuer durch das ganze Gymnasium verbreitet. Die Burschen behandelten mich mit einem ungewohnten Respekt, und die Mädchen sahen mich merkwürdig gehemmt und befangen an. Einige Male hatte ich auch verschiedene Gruppen über mich sprechen hören.

Ein Ford Roadster hielt jetzt am Straßenrand direkt vor mir und hupte. Ich sah hinüber.

«He, Fisher, komm zu mir her.» Mr. Gottkin lehnte sich aus dem Wagenfenster.

Ich trat langsam näher. Was wollte er denn jetzt wieder?

Er öffnete die Tür. «Steig ein», lud er mich ein. «Ich fahr dich nach Hause.»

Ich sah rasch auf die Uhr, dann entschloß ich mich. Paul soll nur allein nach Hause gehen. Ich stieg schweigend ein.

«Wo wohnst du?» fragte Mr. Gottkin freundlich, während er den Wagen vom Straßenrand in den Verkehr steuerte.

«Drüben in Clarendon.»

Schweigend fuhren wir einige Häuserblocks entlang. Ich sah ihn unauffällig an. Er mußte einen Grund haben, mich mitzunehmen. Ich überlegte, wann er mit der Sprache herausrücken würde. Plötzlich bremste er scharf und lenkte den Wagen an den Straßenrand.

Eine junge Frau ging vorbei. Gottkin lehnte sich aus dem Wagenfenster und rief ihr nach. «He, Ceil!»

Sie blieb stehen, sah zu uns zurück, und jetzt erkannte ich sie auch: es war Miss Schindler, die Lehrerin für Kunstgeschichte. Ihre Stunde war eine der populärsten im ganzen Gymnasium. Die Mädchen konnten's zwar nicht verstehen und fragten sich, warum sich alle Jungen der dritten Klasse urplötzlich so für Kunstgeschichte interessieren, ich allerdings verstand es. Nächstes Jahr werde auch ich in ihrer Stunde sein.

Sie hatte dunkelbraunes Haar, dunkle Augen und einen von der Sonne leicht getönten Teint. Sie hatte in Paris studiert und die Jungen behaupteten, sie trüge keinen Büstenhalter. Ich hatte zugehört, wenn sie sich darüber unterhielten, wie sie um den Ausschnitt rum aussieht, wenn sie sich über die Pulte beugt.

«Ach, du bist's, Sam», sagte sie lächelnd und trat an den Wagen heran.

«Steig ein, Ceil», lud er sie ein. «Ich bring dich nach Haus.» Er wandte sich an mich. «Rück rüber, Junge», sagte er, «und mach Platz für sie.»

Ich rückte näher zu ihm hinüber, Miss Schindler setzte sich neben mich und schlug die Tür zu. Es war auf den Vordersitzen gerade Platz genug für uns drei. Ich spürte sofort den Druck ihrer Schenkel und warf ihr verstohlen einen Blick zu. Die Jungen hatten recht. Ich rutschte unruhig hin und her.

Gottkins Stimme war lauter als gewöhnlich. «Wo hast du bloß gesteckt, Baby?»

Sie sprach dagegen sehr leise. «Ach, überall», antwortete sie ausweichend und sah auf mich.

Gottkin bemerkte ihren Blick. «Kennst du Miss Schindler, Fisher?» fragte er.

Ich schüttelte den Kopf. «Nein.»

«Das ist Danny Fisher», sagte er zu ihr.

Sie sah mich neugierig an. «Bist du der Junge, der heute im Gymnasium den Boxkampf hatte?» fragte sie.

«Du weißt was davon?» Gottkin war überrascht.

«Die ganze Schule spricht doch darüber, Sam», erwiderte sie mit merkwürdiger Betonung. «Heut ist der Junge hier der berühmteste Schüler.»

Ich unterdrückte das Bedürfnis, stolz zu lächeln.

«In dieser Schule kann man wahrhaftig nichts geheimhalten», murrte Gottkin. «Wenn der Alte davon Wind bekommt, bin ich unten durch.»

Miss Schindler sah ihn an. «Das hab ich dir doch schon immer gesagt, Sam», erklärte sie mit derselben merkwürdigen Betonung. «Lehrer haben eben kein Privatleben!»

Ich sah sie erstaunt an.

Sie bemerkte meinen Blick und errötete. «Ich hab gehört, daß es ein richtiges Boxmatch war», sagte sie.

Ich antwortete nicht. Ich hatte den Eindruck, daß sie sich nicht wirklich für den Boxkampf interessierte.

Gottkin antwortete für mich. «Das war's auch. Fisher stand einfach vom Boden auf und schlug den andern Jungen ohne weiteres k. o. Etwas Ähnliches hat die Welt noch nicht gesehen!»

Miss Schindlers dunkle Augen umwölkten sich. «Du kannst eben nicht vergessen, was du einmal warst», sagte sie heftig, «was, Sam?»

Er antwortete nicht.

Da begann sie wieder in derselben heftigen Art. «Laß mich hier aussteigen, Sam. Da ist schon meine Ecke.»

Er brachte den Wagen schweigend zum Stehen. Sie kletterte hinaus, wandte sich aber nochmals zu uns zurück. «Nett, daß ich dich kennengelernt hab, Danny –» sie lächelte freundlich – «und schau, daß du nicht nochmals in einen Boxkampf verwickelt wirst. Auf Wiedersehen, Sam.» Damit drehte sie sich um und strebte ihrer Wohnung zu.

Sie hatte einen bemerkenswert aufregenden Gang.

Ich drehte mich wieder zu meinem Sportlehrer zurück. Er starrte ihr mit fest zusammengepreßten Lippen gedankenvoll nach. Dann legte er den Gang ein. «Wenn du noch ein paar Minuten Zeit hast, Junge», sagte er, «kannst du noch zu mir in meine Wohnung mitkommen. Ich möcht dir was zeigen.»

«Okay, Mr. Gottkin», erwiderte ich, und meine Neugierde war neuerdings aufs äußerste erregt.

Ich folgte ihm durch den Eingang des Erdgeschosses in ein kleines Zweifamilienhaus. Gottkin wies auf eine Tür. «Geh dort hinein, Junge», sagte er. «Ich bin in einer Minute wieder bei dir.»

Ich sah ihm nach, während er die Treppe zum oberen Stockwerk hinauflief, und betrat hierauf das mir bezeichnete Zimmer. Als ich die Tür öffnete, hörte ich von oben leises Stimmengemurmel. Ich blieb erstaunt unter der Tür stehen und sah mich im Zimmer um. Es war wie eine kleine, aber komplette Sporthalle eingerichtet – Barren, Punchingbälle, Bock, Reck, Hanteln. Auf einer kleinen Ledercouch lehnten verschiedene Paare Boxhandschuhe gegen die Wand. Überall im Zimmer waren Fotos an den Wänden verteilt. Ich trat näher, um sie zu betrachten. Es waren alles Bilder von Mr. Gottkin, aber darauf sah er ganz verändert aus. Er trug Shorts und Boxhandschuhe, und sein Gesicht hatte einen drohenden Ausdruck. Ich hatte nicht gewußt, daß er Preisboxer gewesen war.

Jetzt begann das Telefon neben der Couch zu klingeln. Ich sah unentschlossen hin. Es klingelte nochmals. Ich wußte nicht, ob ich mich melden solle oder nicht. Als es aber nochmals läutete, hob ich den Hörer ab. Ich war soeben im Begriff, etwas zu sagen, als ich hörte, wie Mr. Gottkin antwortete. Oben mußte sich noch ein Anschluß befinden.

Ich lauschte. Ich hatte vorher nie einen Nebenanschluß benutzt, daher traute ich mich nicht, den Hörer aufzulegen, weil ich Angst hatte, die Verbindung zu unterbrechen.

Jetzt hörte ich eine Frauenstimme. «Sam», sagte sie, «was fällt dir denn ein, du verdammter Narr, mich mitzunehmen, wenn du den Jungen im Wagen hast!»

Diese Stimme erkannte ich gleichfalls. Und ich lauschte weiter.

Jetzt klang Gottkins Stimme beschwörend. «Baby», sagte er, «ich kann's einfach nicht mehr aushalten. Ich muß dich sehen. Sonst werd ich noch verrückt, hörst du?!»

Miss Schindlers Stimme klang hart. «Ich hab dir schon gesagt, daß wir nichts mehr miteinander zu tun haben. Das ist mein voller Ernst. Es war ja von allem Anfang an verrückt, mich mit dir überhaupt einzulassen. Käme uns Jeff je drauf, wären wir beide erledigt.»

«Aber Baby, er wird's doch nie erfahren. Er ist viel zu intensiv mit seinen Klassen beschäftigt. Er weiß doch nicht mal, welcher Tag es ist. Ich verstehe nicht, wie du diesen Schafskopf je hast heiraten können.»

«Wenigstens ist er nicht so verrückt wie du, Sam. Jeff Rosen wird eines Tages Schuldirektor sein. Er wird's weiter bringen als du», sagte sie, ihren Mann verteidigend. «Aber du wirst eines Tages damit enden, daß man dich glatt rausschmeißt.»

Jetzt klang Gottkins Stimme wieder viel sicherer. «Aber um dich, Baby, kümmert er sich nicht. Mit Abendkursen und all dem bleibt ihm keine Zeit, ein echtes Vollblutweib, wie du's bist, glücklich zu machen.»

«Sam!» Sie protestierte nur ganz schwach.

Jetzt kam seine Stimme wieder selbstbewußt durchs Telefon. «Erinnerst du dich denn nicht, Ceil, was du das letzte Mal gesagt hast? Wie's bei uns beiden ist? Für dich hat's das noch nie gegeben. Erinnere dich nur! Du selbst hast's gesagt. Ich erinnere mich. Baby, der Gedanke allein ... Komm her zu mir, Baby, ich muß dich haben!»

«Ich kann nicht, Sam.» Jetzt klang ihre Stimme beschwörend. «Ich hab bloß gesagt ...»

«'s ist mir ganz egal, was du gesagt hast, Ceil», unterbrach er sie. «Komm sofort zu mir! Ich laß die untere Tür angelehnt, damit du nur reinzuschlüpfen brauchst.»

Einen Augenblick herrschte Schweigen, dann kam ihre Stimme wieder erregt durch den Hörer: «Hast du mich lieb, Sam?»

«Wahnsinnig, Baby.» In Gottkins Stimme schwang rauhe Zärtlichkeit. «Ich bin ganz toll nach dir! Kommst du rüber?»

Ich hörte beinahe, wie sie noch zögerte. Dann sagte sie leise: «Ich bin in einer halben Stunde bei dir, Sam.»

«Ich wart auf dich, Baby.» Gottkins Stimme klang so, als würde er lächeln.

«Ich liebe dich, Sam», hörte ich sie noch sagen, dann gab's einen Knacks und die Verbindung war unterbrochen. Sie hatten abgehängt. Ich legte den Hörer auf die Gabel zurück. Von der Stiege her hörte ich Schritte, und ich betrachtete wieder eifrig die Fotos an den Wänden.

Als ich hörte, wie sich die Tür hinter mir öffnete, drehte ich mich um. «Mr. Gottkin», sagte ich. «Ich hab gar nicht gewußt, daß Sie Preisboxer waren.»

Er sah sehr erhitzt aus. Er blickte rasch zum Telefon hinüber, dann wieder zu mir zurück. «Ja», antwortete er, «ich wollte dir meine Sachen zeigen und dir, falls du Interesse hast, ein paar Stunden geben. Ich glaube, du hast Anlagen zu einem großen Boxer, mein Junge.»

«Oh, Mr. Gottkin», sagte ich rasch, «das wäre einfach pyramidal. Können wir gleich anfangen?»

«Gern, mein Junge –» es klang verlegen – «aber es hat sich eine unerwartete Sache ergeben und es ist jetzt nicht möglich. Ich werd dir morgen in der Klasse sagen, wann wir beginnen können.»

«Oh, Mr. Gottkin», sagte ich enttäuscht, «das ist aber schade!»

Er legte mir die Hand auf die Schulter und schob mich zur Tür. «Tut mir leid, mein Kind, aber Geschäft ist Geschäft. Verstehst du?»

Ich lächelte ihm von der Türschwelle aus zu. «Gewiß, Mr. Gottkin. Ich verstehe. Morgen ist's auch okay.»

«Ja, Kind, morgen.» Mr. Gottkin schloß hinter mir rasch die Tür.

Ich rannte hastig über die Straße und in einen kleinen Seitenweg hinein. Dort setzte ich mich auf einen Platz, von dem aus ich die Tür beobachten konnte, und wartete. Etwa fünfzehn Minuten später kam sie die Straße entlang.

Sie ging sehr rasch und sah sich nicht um, bis sie die Tür erreicht hatte. Dann blickte sie die Straße hinauf und hinunter und huschte durch die Tür, die sie hinter sich wieder schloß.

Ich blieb noch weitere fünf Minuten sitzen, ehe ich aufstand. Mr. Gottkin wäre überrascht gewesen, hätte er gewußt, wieviel ich verstand. Welch ein Tag war das gewesen! Zuerst der Boxkampf in der Schule und jetzt das hier. Und Miss Schindler war doch mit Mr. Rosen, dem Mathematikprofessor, verheiratet! Ich verspürte ein ganz neues Machtgefühl. Ein Wort von mir und alle wären erledigt!

Auf meinem Weg stand ein Feuerhydrant. Ich setzte mit einem Bocksprung darüber hinweg. Junge, Junge, war ich froh, daß sich Paul verspätet hatte!

6

Meine Arme erlahmten. Der Schweiß lief mir über die Stirn und in die Augen, die entsetzlich zu brennen begannen. Ich fuhr mit dem Rücken der Boxhandschuhe darüber, dann sah ich meinen Lehrer an.

Seine Stimme klang rauh, auch er war schweißbedeckt. «Halt deine Linke immer oben, Danny. Dein Schlag muß schnell, hart und kraftvoll sein! Schwing den Arm nicht wie ein Ballettänzer. Blitzschnell und von der Schulter her. Schnelligkeit ist alles! Sieh mal, so!» Er drehte sich zum Punchingball und schlug mit der Linken eine ganze Serie.

Seine Hand bewegte sich so rasch, daß ich sie nur noch verschwommen sehen konnte. Der Ball wirbelte wie toll gegen das Brett. Dann wandte er sich zu mir zurück. «Los, bemüh dich jetzt, mich zu treffen – schnell und hart!»

Ich hob die Hände wieder und umkreiste ihn mit gespannter Aufmerksamkeit. Das ging nun schon seit zwei Wochen so, und ich hatte genug gelernt, um bei ihm vorsichtig zu sein. Er war ein strenger Lehrer, und wenn ich einen Fehler machte, mußte ich gewöhnlich schwer dafür büßen – zumeist mit einem Schlag auf das Kinn.

Auch er umkreiste mich, und seine Handschuhe verschoben sich unmerklich. Ich versuchte mit meiner Rechten einen Scheinangriff. Für den Bruchteil einer Sekunde folgten ihr seine Augen. Da stieß ich mit der Linken blitzschnell in sein Gesicht vor, so wie ich's gelernt hatte.

Durch die Wucht des Stoßes schnellte sein Kopf plötzlich zurück, und als er ihn wieder senkte, befand sich auf seinem Backenknochen eine rote Quetschwunde. Er richtete sich auf und ließ die Hände sinken.

«Okay, Junge», sagte er etwas mitgenommen, «das genügt für heute. Ich merk schon, du lernst rasch.»

Ich stieß einen Seufzer der Erleichterung aus. Ich war müde. Rasch knüpfte ich die Bänder meiner Boxhandschuhe mit den Zähnen auf.

«Nächste Woche ist Schulschluß, Danny», Mr. Gottkin sah mich nachdenklich an.

Es gelang mir, einen Handschuh auszuziehen. «Ich weiß», antwortete ich.

«Gehst du über den Sommer in ein Lager?» fragte er.

Ich schüttelte den Kopf. «Nein. Ich muß meinem Dad im Geschäft helfen.»

«Ich hab für den Sommer in einem Hotel in den Catskills eine Anstellung als Sportlehrer», sagte er. «Ich könnte dir dort einen Posten als Pikkolo verschaffen, wenn du magst. Ich möchte die Stunden nicht gern unterbrechen.»

«Ich auch nicht, Mr. Gottkin –» ich sah zögernd auf meine Handschuhe – «aber ich weiß nicht, ob Pop mir's erlaubt.»

Gottkin setzte sich auf die Couch. Seine Augen überflogen mich prüfend. «Wie alt bist du, Danny?»

«Dreizehn», sagte ich. «Hab in diesem Monat meine Bar Mitzvah gehabt.»

Er sah mich überrascht an. «Erst?» sagte er enttäuscht. «Ich dachte, du bist viel älter. Du siehst doch viel älter aus und bist größer als die meisten fünfzehnjährigen Buben.»

«Ich werde Papa jedenfalls fragen», sagte ich hastig, «vielleicht erlaubt er mir, mit Ihnen zu gehen.»

Gottkin lächelte. «Ja, mein Kind, tu das nur. Vielleicht erlaubt er dir's.»

Ich steckte Rexie unterm Tisch ein Stückchen Fleisch zu und sah dann zu Papa hinüber. Er schien guter Laune zu sein. Er hatte soeben befriedigt gerülpst und seinen Gürtel geöffnet. Jetzt rührte er den Zucker in seinem Teeglas um.

«Papa», sagte ich zögernd.

Er sah mich an. «Ja?»

«Mein Sportlehrer hat in einem Hotel auf dem Land einen Job», sagte ich überstürzt, «und er sagt, wenn ich will, kann ich als Pikkolo mitkommen.»

Papa rührte weiter in seinem Teeglas, während ich ihn unverwandt ansah. «Hast du Mamma schon etwas davon erzählt?» fragte er.

Mamma kam soeben aus der Küche herein. Sie blickte mich an. «Was sollst du mir erzählt haben?»

Ich wiederholte das, was ich Papa soeben gesagt hatte.

«Und was hast du ihm geantwortet?» fragte sie mich.

«Ich hab gesagt, daß ich Papa im Geschäft helfen soll, aber er hat gesagt, ich soll trotzdem fragen.»

Sie sah Papa einen Moment an, dann wandte sie sich wieder an mich. «Du kannst nicht mit ihm gehen», sagte sie abschließend. Sie ergriff eine Schüssel und wollte wieder in die Küche.

Ich war enttäuscht, obwohl sie genau das gesagt hatte, was ich erwartete. Ich betrachtete das Tischtuch.

Papa rief sie zurück. «Mary», sagte er leise, «es ist eigentlich keine so schlechte Idee.»

Sie drehte sich wieder um. «Es ist bereits beschlossen worden, daß er diesen Sommer zu dir ins Geschäft geht und dabei bleibt's! Ich erlaub ihm nicht, den ganzen Sommer allein wegzufahren. Er ist noch immer ein Kind.»

Papa trank seinen Tee in kleinen Schlückchen. «So ein Kind kann er wieder nicht sein, wenn er zu mir ins Geschäft kommen soll. Du kennst die Nachbarschaft zur Genüge. Außerdem kann ihm ein Sommer auf dem Land nur guttun.» Er wandte sich jetzt wieder an mich. «Ist's ein gutes Hotel?»

«Ich weiß nicht, Papa», sagte ich und schöpfte wieder Hoffnung. «Ich hab ihn nicht gefragt.»

«Erkundig dich genau nach allen Umständen, Danny», sagte er, «und dann werden Mamma und ich uns entscheiden.»

Als sie aus dem Haus traten, saß ich auf den Verandastufen. Papa blieb vor mir stehen. «Wir fahren mit Mr. und Mrs. Conlon zu einem Film ins Utica», sagte er. «Denk dran, daß du um neun Uhr ins Bett gehen mußt.»

«Ja, Papa», versprach ich. Ich wollte nichts tun, was meine Chancen, mit Mr. Gottkin aufs Land zu fahren, gefährden konnte.

Papa schritt über den Fahrweg und läutete bei den Conlons. Jetzt trat auch Mimi, schon im Mantel, auf die Veranda.

Ich sah sie fragend an. «Du gehst auch?» In Wirklichkeit war's mir ganz egal. Wir standen seit der Bar-Mitzvah-Party auf keinem guten Fuß. Sie wollte, daß ich ihr erzählte, was Marge und ich im Feuerungsraum getrieben haben, und ich hab ihr geantwortet, sie soll ihre Freundin fragen, wenn sie's so gern wissen will.

«Marge und ich gehen auch mit», sagte sie und machte sich schrecklich wichtig. «Papa hat gesagt, wir dürfen mitkommen.» Damit schritt sie die Stufen hochmütig hinunter.

Jetzt traten auch die Conlons auf ihre Veranda hinaus. Marge war nicht dabei. Mimi fragte: «Kommt Marge denn nicht mit, Mrs. Conlon?»

«Nein, Mimi», antwortete Mrs. Conlon, «sie war so müde, daß sie zeitig zu Bett gegangen ist.»

«Vielleicht ist's besser, wenn du auch zu Hause bleibst, Mimi», sagte Mamma zögernd.

«Aber du hast doch gesagt, daß ich mitkommen darf», sagte Mimi flehentlich.

«Laß sie doch mitkommen, Mary», sagte Papa. «Wir haben's ihr versprochen. Um elf sind wir doch wieder zurück.»

Ich sah zu, wie alle in Papas Paige einstiegen. Der Wagen fuhr ab. Ich blickte auf die Wohnzimmeruhr auf dem Kaminsims. Es war ein Viertel vor acht. Ich sehnte mich nach einer Zigarette. Ich stand auf und schlenderte zu dem Hallenschrank, wo ich in einer von Papas Jackentaschen eine zerdrückte Packung Luckies fand. Damit kehrte ich auf die Veranda zurück, setzte mich wieder und zündete mir eine Zigarette an.

Die Straße war jetzt ganz still. Ich hörte, wie der Wind durch die Blätter der jungen Bäume strich. Ich lehnte den Kopf an die kühlen Ziegelsteine und schloß die Augen. Es war ein gutes Gefühl, sie an meiner Wange zu spüren. Ich liebte alles an meinem Haus.

«Bist du's, Danny?» Es war Marges Stimme.

Ich öffnete die Augen. Sie stand auf ihrer Veranda. «Ja», antwortete ich.

«Du rauchst?!» sagte sie in ungläubigem Ton.

«Na und?» Ich zog herausfordernd an meiner Zigarette. «Ich hab geglaubt, deine Mutter hat gesagt, du bist zu Bett gegangen.»

Sie kam zu meiner Veranda herüber, blieb aber vor den Stufen stehen. Ihr Gesicht schimmerte weiß im Licht der Straßenbeleuchtung. «Ich hatte keine Lust mitzugehen», sagte sie.

Ich machte den letzten Zug an meiner Zigarette, warf sie weg, stand auf und streckte mich. «Ich glaub, ich geh jetzt schlafen», sagte ich.

«Mußt du denn schon schlafen gehn?» fragte sie.

Ich sah zu ihr hinunter. Ihr Gesicht hatte einen gespannten Ausdruck. «Nein», sagte ich kurz, «aber ich kann ebensogut auch schlafen gehn. Hier ist ja doch nichts los.»

«Wir können uns doch hier draußen hinsetzen und plaudern», sagte sie rasch.

Die Art, wie sie es sagte, machte mich neugierig. «Worüber?» fragte ich.

«Ach, über alles mögliche», sagte sie vage. «Es gibt doch eine Menge Dinge, über die wir sprechen können.»

Eine eigenartige Erregung überfiel mich. Ich setzte mich wieder auf die Stufen. «Okay», sagte ich mit berechneter Gleichgültigkeit, «plaudern wir also.»

Sie setzte sich neben mich auf die Stufen. Sie hatte einen Arbeitskittel an, der seitlich zu binden war. Als sie sich zu mir drehte, um mich anzusehen, öffnete er sich ein wenig und ich konnte den Schatten zwischen ihren Brüsten sehen. Sie lächelte.

«Weshalb grinst du?» fragte ich unverzüglich in herausforderndem Ton.

Sie warf den Kopf zurück. «Weißt du, weshalb ich zu Hause geblieben bin?» entgegnete sie.

«Nein.»

«Weil ich gewußt hab, daß Mimi mitgeht.»

«Ich hab geglaubt, daß du Mimi gern hast», sagte ich überrascht.

«Gewiß», sagte sie eifrig, «aber ich hab doch gewußt, daß du zu Hause bleibst, wenn Mimi mitgeht, folglich bin ich nicht mitgegangen.» Sie sah mich geheimnisvoll an.

Wieder überfiel mich diese sonderbare Erregung. Ich wußte nicht, was ich sagen sollte, daher schwieg ich. Da berührte sie mein Knie mit der Hand, und ich zuckte zusammen. «Laß das gefälligst sein!» schrie ich sie an und schob das Knie zur Seite.

Sie sah mich mit runden Unschuldsaugen an. «Magst du's denn nicht?» fragte sie.

«Nein», antwortete ich. «Mir läuft's kalt übern Rücken.»

Sie lachte leise. «Dann magst du's ja doch. Das is ja der Zweck der Übung.» Ihre nächste Frage überraschte mich. «Weshalb würdest du mich denn sonst durchs Fenster beobachten?»

Ich fühlte, wie ich trotz der Dunkelheit glühend rot wurde. «Ich hab dir's doch schon gesagt, daß es nicht wahr ist.»

Sie lachte wieder erregt. «Ich schau dir immer zu», sagte sie beinahe flüsternd. «Fast jeden Morgen, wenn du deine Turnübungen machst. Wenn du nichts anhast. Deshalb laß ich doch auch meine Jalousien oben – damit du mich auch sehen kannst.»

Ich zündete mir eine frische Zigarette an. Meine Finger zitterten. Im Lichtschein des Streichholzes sah ich, daß sie mich auslachte. Ich schleuderte es wütend weg. «Na, und wenn ich geschaut hab?» sagte ich herausfordernd. «Was willst du dagegen tun?»

«Nichts», sagte sie, noch immer lachend. «Ich hab's doch gern, wenn du schaust.»

Mir gefiel die Art, in der sie mich anstarrte, ganz und gar nicht. «Ich geh jetzt», sagte ich und stand auf.

Sie erhob sich gleichfalls und lachte. «Du hast wohl Angst, hier mit mir zu bleiben, was?» sagte sie herausfordernd.

«Nein», erwiderte ich zornig. «Aber ich hab dem Papa versprochen, zeitig zu Bett zu gehn.»

Sie griff mit einer blitzschnellen Bewegung nach meiner Hand. Ich versuchte mich loszureißen. «Laß das!» schnauzte ich sie grob an.

«Jetzt weiß ich, daß du Angst hast», stichelte sie. «Sonst würdest du nämlich hierbleiben. 's ist ja noch sehr früh.»

Jetzt konnte ich einfach nicht gehen, so setzte ich mich wieder hin. «Okay», sagte ich, «dann bleib ich also bis neun Uhr hier.»

«Du bist aber komisch, Danny», sagte sie verwundert. «Du bist gar nicht wie die andern Jungen.»

Ich zog an meiner Zigarette. «Wie denn?» fragte ich.

«Du hast noch nie versucht, mich anzugreifen oder sonstwas.»

Ich sah auf die Zigarette in meiner Hand. «Warum sollte ich das tun?»

«Die andern Jungen tun's alle», stellte sie nüchtern fest. «Sogar mein Bruder Fred.» Sie begann zu lachen. «Weißt du was?» fragte sie.

Ich schüttelte stumm den Kopf. Ich traute meiner Stimme nicht mehr.

«Er hat sogar noch mehr versucht, aber ich hab's nicht erlaubt. Ich hab ihm gesagt, ich werd's dem Papa erzählen. Wenn Pa es wüßte, würde er ihn umbringen.»

Ich schwieg und zog an der Zigarette. Der Rauch brannte in meiner Lunge. Ich hustete und warf sie weg. Das war Gift für meine Kondition. Dann sah ich wieder zu ihr auf.

Sie starrte mich an.

«Was schaust du so?» fragte ich.

Sie antwortete nicht.

«Ich hol mir einen Schluck Wasser», sagte ich rasch. Damit stürzte ich ins Haus und durch das finstere Zimmer in die Küche. Dort drehte ich den Wasserhahn auf, füllte ein Glas und trank es gierig aus.

«Gibst du mir nicht auch was?» sagte sie über meine Schulter gebeugt.

Ich drehte mich um. Sie stand dicht hinter mir. Ich hatte nicht gehört, daß sie mir nachgegangen war. «Aber gewiß», sagte ich und füllte das Glas nochmals.

Sie hielt es einen Moment in den Händen, dann stellte sie es unberührt auf den Rand des Spültisches. Plötzlich umschloß sie mein Gesicht mit beiden Händen. Sie waren durch die Berührung mit dem Glas kalt geworden.

Ich stand starr, hölzern und unbeweglich da. Sie preßte ihre Lippen auf meinen Mund und bog mich weit zurück, bis über den Rand des Spültisches. Ich versuchte sie wegzustoßen, verlor aber das Gleichgewicht.

Da packte ich sie roh an den Schultern und hörte, wie sie vor Schmerz stöhnte. Ich griff noch fester zu, und sie stöhnte wieder. Und nun konnte ich mich wieder aufrichten. Sie stand vor mir, der Schmerz hatte ihr Tränen in die Augen getrieben. Ich lachte, denn ich war stärker als sie. Und dann packte ich sie nochmals bei den Schultern.

Sie schnitt eine Grimasse und griff wild nach meinen Händen. Ihre Lippen berührten mein Ohr. «Wehr dich nicht gegen mich, Danny! Ich mag dich doch. Und ich weiß, daß du mich auch magst.»

Ich stieß sie heftig von mir. Sie stolperte ein paar Schritte zurück, blieb dann stehen und sah mich an. Ihre Augen glühten in der Dunkelheit, sie leuchteten beinahe wie Katzenaugen, und ihre Brust hob sich heftig nach unserm Ringkampf. Während ich sie noch ansah, wußte ich: sie hat recht.

Plötzlich hörten wir das Geräusch eines Wagens, der sich unserm Block näherte. Meine Stimme klang furchtsam. «Sie kommen zurück! Geh rasch hinüber!»

Sie lachte bloß und machte wieder einen Schritt auf mich zu. In panischem Schrecken, wie vor einer drohenden Gefahr, die ich nicht verstand, stürzte ich zur Treppe; ich blieb nervös auf den Stufen stehen und hörte ihre Stimme, die aus der Dunkelheit zu mir heraufklang.

Sie war so selbstsicher, so erfahren. Sie verstand soviel mehr, als ich bisher begriffen hatte, und nun wußte ich auch, daß es zwecklos war, ihr zu antworten. Nichts vermochte das zu verhindern, was jetzt mit mir geschehen sollte.

Dann war sie gegangen, das Haus lag ganz still, und ich stieg langsam die Stufen zu meinem Zimmer empor.

7

Ich lag auf meinem Bett und starrte in die Dunkelheit. Ich konnte nicht einschlafen. Der Klang ihres Lachens, selbstsicher und erfahren, hallte noch immer in meinen Ohren. Ich fühlte mich beschmutzt und besudelt. Von jetzt an konnte ich niemandem mehr ins Gesicht sehen, denn alle werden wissen, was geschehen ist.

«Nie wieder», hatte ich ihr gesagt.

Sie hatte mit diesem merkwürdig durchtriebenen Lachen geantwortet. «Das sagst du jetzt, Danny. Du wirst's aber von jetzt an immer wieder tun.»

«Nein! Ich nicht!» Aber ich wußte, daß ich log. «Ich nicht! Ich fühl mich dabei zu gemein!»

Ihr Lachen verfolgte mich über die Treppe. Es klang so siegessicher. «Du kannst nicht mehr aufhören, Danny. Denn jetzt bist du ein Mann und wirst nie mehr aufhören.»

Ich hatte auf dem obersten Treppenabsatz gestanden und wollte zu ihr hinunterschreien, daß sie sich gründlich irre, aber es hatte keinen Sinn. Sie war bereits gegangen. Da trat ich in mein Zimmer, zog mich aus und warf mich im Finstern aufs Bett.

Mein Körper war schlapp, und meine Beine zitterten. Ich versuchte die Augen zu schließen, aber der Schlaf floh mich. Ich war völlig erschöpft und wie ausgeleert.

Dann hörte ich, wie sie das Licht in ihrem Zimmer anknipste. Automatisch sah ich hinüber. Sie stand dort drüben und sah lächelnd in mein Fenster. Langsam zog sie ihren Kittel aus, und ihr nackter Körper schimmerte im Schein des elektrischen Lichts. Ihre Stimme, die durch mein offenes Fenster drang, klang wie heiseres Geflüster. «Danny, bist du wach?»

Ich schloß die Augen und drehte mich vom Fenster weg. Ich wollte nicht mehr schauen. Ich wollte auch nicht antworten.

«Versuch ja nicht, mir was vorzumachen, Danny. Ich weiß, daß du wach bist.» Ihre Stimme wurde scharf und gebieterisch. «Sieh mich an, Danny!»

Ich konnte den Klang ihrer Stimme, die auf mich einhämmerte, nicht länger ertragen. Ärgerlich trat ich zum Fenster und lehnte mich zitternd ans Fensterbrett. «Laß mich in Ruh», bat ich sie. «Bitte, laß mich in Ruh. Ich hab dir schon gesagt: nie wieder!»

Sie lachte mich aus. «Schau mich doch nur an, Danny», sagte sie beinahe zärtlich. «Gefall ich dir nicht?» Sie bog sich mit hoch emporgehobenen Armen stolz zurück, den Kopf tief nach rückwärts gebeugt.

Ich stand regungslos da und starrte sie sprachlos an. Ich wollte sie nicht ansehen, konnte mich aber nicht losreißen.

Sie richtete sich wieder auf und lachte. «Danny!»

«Was?» fragte ich gequält.

«Dreh dein Licht an, Danny. Ich will dich auch sehen!»

Einen Moment verstand ich sie nicht; dann aber kam mir der Sinn ihrer Worte zu Bewußtsein. Der Atem pfiff rasselnd durch meine ausgedörrte Kehle, und plötzlich wurde ich mir meines Körpers bewußt. Er hatte mich betrogen! Mein eigener Körper hat mich betrogen!

«Nein!» schrie ich. Scham und Angst wüteten in mir. Ich trat vom Fenster zurück. «Laß mich in Ruh, sag ich dir, laß mich in Ruh!»

«Dreh doch das Licht an, Danny», ihre Stimme klang zärtlich und überredend, «mir zuliebe, Danny. Bitte.»

«Nein!» schrie ich in einem Moment aufflammender Rebellion.

Doch ich zögerte einen Augenblick, und meine Hände waren im Begriff, nach dem Lichtschalter zu tasten. Sie hatte recht, ich konnte ihr nie mehr entrinnen. Ich war verloren.

«Nein!» schrie ich nochmals in voller Rebellion. Jetzt haßte ich alles, was mit mir geschah – alles, was ich werden würde, meine reifende Männlichkeit und die Art, wie sie sich manifestierte.

«Ich will nicht!» schrie ich, lief aus dem Zimmer und schlug die Tür meines Zimmers hinter mir zu und hinter all dem, was ich von dort aus sehen konnte.

Ich lief ins Badezimmer und streifte meinen Pyjama ab. Dann starrte ich an meinem verräterischen Körper hinab. Wütend schlug ich auf mich ein. Der Schmerz bereitete mir eine gewisse Befriedigung. Das war gut so. Ich wollte ihn dafür bestrafen, was er mir antat. Ich schlug nochmals auf mich ein. Da durchfuhr mich ein entsetzlicher Schmerz, und ich krümmte mich zusammen. Mit einer Hand hielt ich mich an der Waschmuschel fest und drehte mit der andern die Brause auf. Das Geräusch des gegen den Boden der Wanne prasselnden Wassers beruhigte mich etwas. Einen Moment stand ich noch regungslos, dann trat ich unter den Wasserstrahl.

Das eisige Wasser, das auf meinen erhitzten Leib herabstürzte, jagte mir einen Schauer durch den Körper. Ich straffte mich unter den nadelspitzen Strahlen. Plötzlich stürzte ich zu Boden und begann zu weinen.

Als ich am nächsten Morgen erwachte, war mir, als wäre nichts geschehen – als wäre die vergangene Nacht bloß ein Traum gewesen, den der Schlaf weggeschwemmt hatte.

Ich bürstete mir die Zähne, kämmte mein Haar und summte, während ich mich ankleidete, einen Schlager. Verwundert betrachtete ich mich im Spiegel und stellte erstaunt fest, daß mir nichts anzumerken war. All das, was mir geschehen würde – wie sie behauptet hatten –, war bloß eine Lüge gewesen. Meine Augen waren blau und klar, meine Haut schimmerte glatt und rein, und die Schmerzhaftigkeit meiner Lippen war wieder verschwunden.

Lächelnd verließ ich mein Zimmer. Niemand würde wissen, was mit mir geschehen war. In der Halle traf ich Mimi, die eben ins Badezimmer ging. «Guten Morgen», rief ich fröhlich.

Sie sah lächelnd auf. «Guten Morgen», erwiderte sie. «Du hast gestern abend so fest geschlafen, daß du nicht mal gehört hast, wie wir nach Haus gekommen sind.»

«Ich weiß.» Ich grinste, denn ich hatte das Gefühl, daß unser kleiner Privatkrieg endgültig vorbei war. Rexie folgte mir über die Treppe hinunter.

«Morgen, Ma», rief ich, als ich in die Küche trat. «Brötchen für heute?»

Mamma lächelte nachsichtig. «Frag nicht so dumm, Danny.»

«Okay, Ma», ich nahm Geld aus dem Glas über dem Spültisch und ging auf die Tür zu. «Komm mit, Rexie!»

Sie folgte mir schweifwedelnd aus dem Haus, lief an mir vorbei in die Allee und von dort auf die Straße, wo sie sich im Rinnstein niederhockte. Ich sah ihr lächelnd zu. Es war ein wunderbarer Morgen und es würde ein herrlicher Tag werden. Die Sonne schien, und die Luft war kühl und frisch.

Rexie begann jetzt den Häuserblock hinunterzulaufen, und ich folgte ihr. Gestern nacht hatte ich bloß einen bösen Traum gehabt. So war's! In Wirklichkeit war es nie geschehen. Ich atmete tief ein, und als sich meine Lunge mit Luft füllte, war mir's, als müßte mir die Brust zerspringen.

«Danny!»

Ihre weiche, ruhige Stimme ließ mich plötzlich innehalten. Langsam drehte ich mich um und sah zu ihrer Veranda hinauf. Sie stand oben und lachte mich mit durchtriebener Miene an. «Warum bist du gestern abend davongelaufen?» fragte sie beinahe vorwurfsvoll.

Ein bitterer Geschmack kam mir in den Mund. Es ist also doch wahr. Es ist also kein Traum gewesen. Ich konnte also nicht entkommen! Ich begann sie zu hassen. Ich spuckte auf den Gehsteig. «Du gemeines Luder!»

Sie lächelte noch immer, während sie von der Veranda herunterkam und auf mich zutrat. Ihr Körper spiegelte ihre ganze Sicherheit wider. Und ihr Gang rief mir in Erinnerung, wie sie gestern abend, an ihrem Fenster stehend, ausgesehen hatte. Jetzt stand sie mit lächelndem Mund dicht neben mir. «Du hast mich ja doch gern, Danny, kämpf doch nicht dagegen an», sagte sie in verführerischem Ton. «Ich hab dich lieb.»

Ich starrte sie eiskalt an. «Ich hasse dich und deine Unverfrorenheit», sagte ich.

Sie starrte mich gleichfalls an. Das Lächeln verschwand und wich dem Ausdruck einer ungeheuren Erregung. «Du glaubst, daß du's ernst meinst, aber das ist ein Irrtum», sagte sie und hob ihre Hände mit einer sonderbaren Gebärde. «Du wirst drüber wegkommen. Und dann kommst du zu mir zurück, weil du mehr davon haben willst!»

Ich starrte ihre Hände an. Sie bewegte den Zeigefinger einer Hand kreisförmig in der Handfläche der andern. Dann sah ich ihr wieder ins Gesicht und sie lächelte. Ich wußte, was sie meinte. Sie hatte recht. Ich würde zurückkommen.

Ich drehte mich rasch um, rief nach Rexie und lief den Häuserblock hinunter. Aber in Wirklichkeit lief ich dem Hund gar nicht nach. Ich lief vor ihr davon. Gleichzeitig wußte ich aber, daß ich nicht schnell genug laufen konnte, um mein Heranreifen zu verhindern.

8

Ich konnte es kaum erwarten, daß die letzte Unterrichtsstunde ein Ende nahm. Mr. Gottkin hatte mir alle Auskünfte gegeben, die Papa verlangt hatte, und ich beschloß, zu ihm ins Geschäft zu fahren, um ihm gleich alles zu erzählen. Papa würde sich darüber freuen; er freut sich immer, wenn ich zu ihm ins Geschäft komme. Ich erinnerte mich, daß mich Papa, als ich noch ein kleiner Junge war, in alle Geschäfte der andern Kaufleute des Häuserblocks schickte, um mit mir zu paradieren. Mir machte das viel Spaß, weil alle meinetwegen soviel Aufhebens machten.

Ich erwischte den Trolleybus an der Ecke der Church und Flatbush Avenue und fuhr stadtwärts. Hierauf stieg ich in den Trolleybus um, der die Stadt durchquert und längs der Sands Street nahe am Navy Yard vorüberfuhr. Zwei Häuserblocks von dem Geschäft entfernt stieg ich aus.

Ich hoffte, daß Papa mir erlauben würde, mit Mr. Gottkin aufs Land zu fahren. Jetzt wünschte ich mir's mehr denn je. Denn es war die einzige Möglichkeit, von Marjorie Ann loszukommen. Ich hatte Angst vor ihr und vor den Gefühlen, die sie in mir wachrief. Alles wird wieder okay sein, wenn ich den ganzen Sommer weg bin.

Ein Trompetensignal unterbrach meine Gedanken. Ich sah zur Marinewerft hinüber. Es war vier Uhr, und die Wache wurde abgelöst. Ich beschloß, mir das noch anzusehen – ein paar Minuten mehr machten schon nichts mehr aus.

ICH WAR NICHT DABEI, ALS ...

Papa hob den Deckel der Registrierkasse und sah hinein. Der Kontrollstreifen wies neun Dollar und vierzig Cent aus. Er schüttelte den Kopf, dann sah er auf die große Wanduhr. Bereits vier Uhr. In normalen Zeiten zeigte der Kontrollstreifen zehnmal soviel an. Wenn das so weiterging, wußte er nicht, wo er die Raten für die Hypothek hernehmen sollte.

Jetzt hörte er, daß ein Lastwagen vor seinem Geschäft stehenblieb und sah hinaus. Es war der Lieferwagen von Towns & James, den Zwischenhändlern, mit denen er, seit er das Geschäft führte, gearbeitet hatte. Der Fahrer betrat den Laden und trug ein kleines Paket unter dem Arm.

«Hello, Tom», sagte Papa lächelnd.

«Hello, Doc», antwortete der Mann. «Hab ein Paket für Sie. Macht zwölf sechzig.»

Papa zog einen Bleistift aus der Tasche. «Is gut», sagte er, «ich werd's bestätigen.»

«Tut mir leid, Doc, muß als Nachnahme bar bezahlt werden.»

«Als Nachnahme?» fragte Papa mit gekränkter Miene. «Aber ich mach mit Ihnen doch seit beinahe zwanzig Jahren Geschäfte und hab meine Rechnungen immer bezahlt.»

Der Fahrer zuckte teilnehmend die Achseln. «Ich weiß, Doc», sagte er leise, «aber ich kann's nich ändern. 's ist ein Befehl. 's ist ja auch auf die Rechnung gestempelt.»

Papa drückte auf den Hebel, der die Lade aufspringen ließ, und zählte das Geld langsam auf den Ladentisch. Der Fahrer nahm es und legte das Paket auf den Tisch. Papa schämte sich, ihn anzusehen. Sein Kredit war stets eine unerschöpfliche Quelle seines Stolzes gewesen.

Eine Frau betrat das Geschäft, und Papa lächelte mechanisch. «Ja, Ma'am?»

Sie legte ein Zehn-Cent-Stück auf den Ladentisch. «Können Sie mir zwei Fünf-Cent-Stücke geben, Doc? Möcht telefonieren.»

Schweigend nahm er das Zehn-Cent-Stück vom Tisch und schob ihr zwei Fünf-Cent-Stücke hin. Er folgte ihr mit dem Blick, während sie zur Telefonzelle ging. Das Paket lag noch immer auf dem Ladentisch, wohin es der Fahrer gelegt hatte. Aber Papa hatte jetzt keine Lust, es auszupacken. Er wollte es nicht einmal berühren.

Ich bog um die Ecke, ging an der Kneipe vorbei und blickte über die Straße. Die blauen und grauen Buchstaben auf den Schaufenstern kamen in Sicht:

FISHERS APOTHEKE
FARMICIA ITALIANA NORSK APOTHEKE
EX-LAX

Während ich an der offenstehenden Tür der Kneipe vorbeilief, hörte ich aus dem Innern laute, ärgerliche Stimmen; ich blieb aber nicht stehen, denn dort drinnen wurde immer gestritten.

Und jetzt war ich bereits bei dem Geschäft. Papa stand hinter dem Ladentisch, ein kleiner dunkelhaariger Mann in einem hellgelben Arbeitsmantel. Anscheinend studierte er ein Päckchen, das vor ihm auf dem Ladentisch lag. Ich trat ein.

«Hello, Papa.» Meine Worte schienen in dem leeren Raum widerzuhallen. Der stickige, wohlvertraute Geruch der Drogen stieg mir in die Nase. Ich werde mich beim Anblick einer Drogerie immer dieses Geruchs erinnern. Als ich noch klein war, roch ich es stets an Papas Kleidern, wenn er von der Arbeit nach Hause kam.

«Danny!» Papas Stimme klang erfreut. Er kam um den Ladentisch herum. «Was tust du denn in dieser Gegend?»

«Ich hab die Auskünfte über das Hotel von Mr. Gottkin bekommen», erklärte ich und sah ihm ins Gesicht.

Papa lächelte müde. Er schien sehr erschöpft zu sein. «Ich hätt mir's ja denken können», sagte er traurig, «daß du einen besonderen Grund hattest.»

«Ich wär auf jeden Fall hergekommen», sagte ich rasch.

Papa sah mich sehr überlegen an. Ich konnte ihn nicht täuschen. Er fuhr mir liebevoll durch die Haare. «Okay», sagte er sanft, «komm ins Hinterzimmer, dort können wir die Sache ungestört besprechen.»

Ich war eben im Begriff, ihm in das Hinterzimmer zu folgen und schon um den Ladentisch herumgegangen, als ich von der Türschwelle her einen Schrei hörte. Ich drehte mich erschrocken um.

«Doc!» schrie der Mann nochmals.

Ich fühlte die Hände meines Vaters auf den Schultern und daß er mich hinter sich schob. Sein Gesicht war kreideweiß.

Der Mann auf der Türschwelle war blutüberströmt. Auf einer Gesichtshälfte befand sich eine lange klaffende Wunde, die bis zum Hals hinunterreichte. Das nackte Fleisch war bloßgelegt und der weiße Kieferknochen wurde unter dem hervorschießenden Blut sichtbar. Er machte einige zögernde Schritte in den Laden, wobei das Blut auf seine Beine und Füße hinunterspritzte. Er tastete mit den Händen nach einem Halt und klammerte sich verzweifelt an den Ladentisch, während er uns sein schmerzgepeinigtes Gesicht zukehrte. «Sie haben mich gestochen, Doc.»

Sein Griff lockerte sich, und er begann auf den Fußboden zu gleiten. Er sank vor dem Tisch auf die Knie, hielt sich aber noch immer an der Kante oberhalb seines Kopfes fest, das Gesicht auch weiterhin uns zugewandt. Er sah aus wie ein Mann, der betet. «Helfen Sie mir, Doc!» Seine Stimme war nur noch ein schwaches, heiseres Flüstern. «Lassen Sie mich nicht sterben.»

Dann löste sich sein Griff, und er fiel der Länge nach vor unsre Füße. Ich sah, wie sein Blut langsam in der Wunde pulsierte. Ich sah meinen Vater an. Sein Gesicht war kreideweiß, und seine Lippen bewegten sich leise. Er sah krank aus, und auf seiner Stirn standen Schweißtropfen.

«Papa!» schrie ich.

Er starrte mich mit weitaufgerissenen, gepeinigten Augen an.

«Papa, willst du ihm denn nicht helfen?» Ich konnte nicht glauben, daß er den Mann hier sterben lassen wollte.

Papa preßte die Lippen grimmig zusammen. Er ließ sich neben dem Mann auf die Knie fallen. Der Mann war inzwischen ohnmächtig geworden, sein Mund stand offen. Papa sah mich an. «Geh zum Telefon, Danny», sagte er ruhig, «und bestell einen Rettungswagen.»

Ich lief zum Telefon. Als ich zurückkam, war der Laden mit Menschen überfüllt, die sich um den Mann am Boden drängten; ich mußte mir durch diese Neugierigen erst einen Weg bahnen.

Papa bat sie flehentlich: «Bitte, treten Sie doch zurück. Lassen Sie ihm doch etwas Luft zum Atmen!»

Sie beachteten ihn nicht. Aber jetzt mischte sich eine andere Stimme in seine

Bitte – es war die Stimme eines Polizisten. «Ihr habt gehört, was der Doc gesagt hat», sagte er mit gewohnter Autorität. «Vorwärts, tut, was euch befohlen wird!»

Der Rettungswagen kam zu spät. Der Mann war bereits tot. Er hatte dort am Boden sterben müssen, weil er sich mit einem andern Mann um ein Glas Bier gestritten hatte. Ich habe nicht gewußt, daß ein Glas Bier so folgenschwer sein kann, doch dieses war es gewiß gewesen. Es hatte einem Mann das Leben gekostet.

Ich wischte die letzten Blutspuren behutsam vom Ladentisch. Papa sah mir aus dem Hintergrund des Ladens zu. Das war aufregend gewesen. Ich drehte mich zu ihm um.

«Jöh, Papa», sagte ich, von Bewunderung erfüllt, «du warst aber mutig, wie du dem Mann beigestanden bist. Ich hätt's nicht können. Mir wär übel geworden.»

Papa sah mich sonderbar an. «Mir war auch übel, Danny», sagte er gelassen, «was sollte ich aber machen?»

Ich lächelte. «Ich hab mir's überlegt, Papa», sagte ich. «Ich möcht im Sommer lieber doch nicht wegfahren. Passieren solche Sachen öfter?»

«Nein», sagte Papa. Er nahm eine Packung Zigaretten vom Ladentisch, zog eine heraus und zündete sie an. «Du wirst wegfahren», sagte er.

«Aber, Papa . . .» Ich sagte es aufrichtig enttäuscht.

«Du hast mich gehört, Danny», sagte er entschlossen. «Du wirst wegfahren.»

Ich richtete mich langsam auf. Etwas stimmte doch nicht, irgend etwas fehlte doch. «Hast du das Päckchen vom Ladentisch weggenommen, Papa?» fragte ich.

Papa sah neugierig auf den Tisch. Ein Schatten zog über seine Augen, verschwand aber rasch. Er holte tief Atem und seine Lippen verzerrten sich zu einem schiefen Lächeln. «Ich hab's nicht weggenommen», sagte er.

Ich sah ihn verwundert an. «Glaubst du, daß es jemand geklaut hat?»

Während er antwortete, zeichneten sich die müden Falten scharf in seinem Gesicht ab: «Es macht nichts aus, Danny. 's war nichts Wichtiges. Ich brauch's ohnedies nicht.»

9

Ich saß ganz still auf der Veranda und streichelte Rexies Kopf. Es war mein letzter Abend zu Hause. Am nächsten Morgen sollte mich Mr. Gottkin mit seinem Ford abholen, und wir würden dann gemeinsam aufs Land fahren. Ich war traurig, weil es das erste Mal war, daß ich längere Zeit von zu Hause weg sein würde.

Die Nacht umhüllte uns mit ihrer Stille. Das Haus war dunkel. Nur in der Küche brannte Licht, wo Mamma und Papa sich noch miteinander unterhielten. Ich beugte mich über die Hündin. «Du mußt, während ich weg bin, ein ganz braves Mädchen sein, hörst du», flüsterte ich ihr ins Ohr. Sie wedelte langsam mit dem Schwänzchen. Sie verstand jedes Wort, das man ihr sagte, sie war der klügste Hund, den es je gegeben hat.

«Der Sommer ist ohnedies nicht lang», sagte ich. «Eh du's merkst, ist der Herbst da, und ich komm wieder zurück.»

Sie drückte mir ihre kalte Schnauze in die Hand, und ich kraulte sie an ihrer Lieblingsstelle unter dem Hals.

Ich hörte, daß sich die Tür bei den Conlons öffnete und sah auf. Marjorie Ann trat auf die Veranda. Ich erhob mich rasch, rief Rexie und eilte den Häuserblock hinunter. Ich wollte nicht mit ihr sprechen.

«Danny!» Ich hörte Marjorie Anns eilige Schritte, als sie mir nachgelaufen kam. Ich drehte mich um. Sie kam mir atemlos nach.

«Du fährst morgen weg?»

«Ja», sagte ich kopfnickend.

«Hast du was dagegen, wenn ich ein Stückchen mit dir gehe?» fragte sie mit einer ganz kleinen, demütigen Stimme.

Ich sah sie überrascht an. Das sah ihr so gar nicht ähnlich. «Wir leben in einem freien Land», sagte ich und setzte mich wieder in Bewegung.

Sie lief neben mir her.

«Bist in allen Fächern durchgekommen, Danny?» fragte sie kameradschaftlich.

«Mhm», sagte ich stolz. «Durchschnittlich mit Gut.»

«Das ist ja ausgezeichnet», sagte sie einschmeichelnd. «Ich bin in Mathematik beinahe gesaust.»

«Math ist doch leicht.»

«Für mich nicht», erwiderte sie fröhlich.

Wir bogen schweigend um die Ecke, unsre Schritte hallten auf dem Gehsteig. Wir gingen noch einen weiteren Häuserblock entlang, ehe sie wieder zu sprechen begann.

«Bist noch bös auf mich, Danny?»

Ich sah sie verstohlen an. Sie sah wirklich gekränkt aus. Ich antwortete nicht.

Wir gingen beinahe noch einen Häuserblock entlang. Da hörte ich, wie sie schnüffelte. Ich blieb stehen und sah sie an. Wenn's etwas gab, das ich bei Mädchen haßte, war's diese blöde Heulerei. «Na, was soll denn das?» fragte ich grob.

Ihre Augen standen voll Tränen. «Ich will nicht, Danny, daß du im Bösen von mir weggehst», heulte sie, «ich hab dich doch so lieb.»

Ich schnaufte verächtlich. «Du hast aber 'ne sonderbare Art, es zu zeigen! Du frozzelst mich ständig und zwingst mich Dinge zu tun, die ich nicht tun will!»

Jetzt heulte sie erst richtig los. «Ich ... ich wollt doch nur was tun, was dir Freude macht, Danny.»

Ich ging wieder weiter. «'s macht mir aber keine Freude», sagte ich kurz, «'s macht mich nervös.»

«Und wenn ich dir versprech, damit aufzuhören, Danny, bist dann auch noch bös auf mich?» Sie ergriff meine Hand.

Ich sah zu ihr hinunter. «Wenn du mir ehrlich versprichst, damit aufzuhören, dann nicht», sagte ich.

«Dann versprech ich dir's», sagte sie rasch und lächelte unter Tränen.

Ich erwiderte ihr Lächeln. «Dann bin ich also nicht mehr bös auf dich», sagte ich. Plötzlich wurde mir klar, daß ich ihr in Wirklichkeit nie böse gewesen war. Nur auf mich selbst war ich böse gewesen. Das, was sie mit mir getan hatte, hat mir doch Genuß bereitet.

Wir gingen weiter, und sie hielt noch immer meine Hand. Rexie lief auf einen offenen Bauplatz, und wir warteten, bis sie wieder herauskam.

Marjorie Ann sah mich an. «Darf ich dein Mädchen sein, Danny?»

«Heiliger Strohsack!» Unwillkürlich brach dieser Ausruf aus mir hervor.

Unverzüglich hatte sie auch wieder Tränen in den Augen. Sie drehte sich um und lief schluchzend davon.

Ich blieb einen Moment stehen und sah ihr verdutzt nach. Dann holte ich sie ein und erwischte sie am Arm. «Marjorie Ann!»

Sie drehte mir ihr Gesicht zu, während ihr Körper noch immer von Schluchzen geschüttelt wurde.

«Hör auf zu heulen!» sagte ich. «Wenn du also willst, kannst du mein Mädchen sein.»

«O Danny!» Sie legte ihre Arme ungestüm um meinen Hals und versuchte mich zu küssen.

Ich wich ihr aus. «Ach, Marge, laß das Geknutsche! Du hast's versprochen.»

«Nur einen Kuß, Danny», sagte sie rasch. «Wenn ich dein Mädchen sein darf, ist's ganz in Ordnung.»

Ich starrte sie an, denn über diese Logik ließ sich nicht streiten. Außerdem wollte ich sie ja auch küssen. «Okay», sagte ich widerwillig. «Aber das ist alles!»

Sie zog mein Gesicht zu sich hinunter und küßte mich. Ich spürte, wie lebendig ihre warmen Lippen unter meinem Mund waren. Ich zog sie dichter an mich heran, und sie verbarg ihr Gesicht an meiner Schulter. Ich vermochte ihr Geflüster kaum zu verstehen.

«Jetzt, wo ich dein Mädchen bin, Danny, will ich alles tun, was du willst!» Sie preßte meine Hand gegen ihre Brust. «Alles, was du willst», wiederholte sie. «Und ich werd dich nie wieder frozzeln.»

Ihre Augen leuchteten. Sie schien nicht mehr dasselbe Mädchen zu sein, das ich die ganze Zeit gekannt hatte. Eine innere Wärme strahlte von ihr aus, die ich vorher an ihr nie bemerkt hatte.

Ich küßte sie nochmals, diesmal bedächtiger. Ich fühlte, wie sie sich eng an mich preßte, und das bekannte Fieber stieg mir ins Blut. Ein Puls begann in meiner Schläfe zu hämmern. Eiligst schob ich sie von mir weg. «Gehn wir jetzt nach Haus, Marjorie Ann», sagte ich feierlich, «das ist heute alles, was ich mir wünsche.»

Papa rief mir nach, als ich die Treppe hinaufgehen wollte. Ich kehrte zu ihm zurück. «Ja, Papa?»

Er sah überaus verlegen aus. Erst sah er Mamma an, aber sie las das Abendblatt und blickte nicht auf. Dann senkte er den Blick irgendwohin auf den Teppich und räusperte sich. «Du gehst zum erstenmal im Leben von uns weg, Danny», sagte er verlegen.

«Ja, Papa.»

Jetzt sah er zur Decke empor, sorgfältig darauf bedacht, meinem Blick nicht zu begegnen. «Du bist jetzt ein großer Junge, Danny ... und da glaube ich ... da glauben Mamma und ich ... daß wir dir ... gewisse Dinge sagen sollten.»

Ich grinste. «Wegen den Mädchen, Papa?» fragte ich.

Er sah mich überrascht an. Mamma hatte ihre Zeitung weggelegt und sah mich gleichfalls an.

Ich lächelte ihnen zu. «Da kommst du etwas zu spät, Papa. Heutzutage lernen wir diese Dinge in der Schule.»

«Tatsächlich?» fragte er ungläubig.

Ich nickte, noch immer grinsend, mit dem Kopf. «Solltest du irgend etwas darüber wissen wollen, Papa, dann genier dich nur nicht. Frag mich nur!»

Er lachte ungemein erleichtert. «Siehst du, Mary», sagte er, «ich hab dir doch gesagt, daß wir ihm nichts zu erklären brauchen.»

Mamma sah mich ungläubig an.

Ich lachte beschwichtigend. «Mach dir bloß keine Sorgen, Ma. Ich kann schon allein auf mich aufpassen.»

Noch immer lachend lief ich die Treppe hinauf. Sie wußten einfach nicht, mit wem sie es zu tun hatten. Ich war bereits Fachmann, was Mädchen anbelangt. Hatte ich's nicht erst an diesem Abend bewiesen?

10

«Ist mit der Puppe was zu machen, Danny?» Ich sah den Burschen angewidert an. Sein Gesicht war krebsrot, während er das Mädchen auf der Veranda mit den Blicken verschlang.

Ich versperrte erst die Theke im Pavillon, ehe ich antwortete. Seitdem ich hierhergekommen war, hatte ich diese Frage nicht nur einmal, sondern schon tausendmal gehört. Denn es war mein dritter Sommer im Mont-Fern Hotel und dem dazugehörigen Country Club.

«Du kannst mit allen was machen», erwiderte ich lässig. «Wozu, zum Teufel, glaubst denn du, daß die hier heraufkommen? Wegen der guten Luft und dem Sonnenschein?»

Die andern Burschen rings um die Theke lachten mit mir, aber er sah noch immer zu dem Mädchen hinüber. «Junge, Junge», sagte er bewundernd, «'s ist schon was los bei verschiedenen Püppchen, wenn sie Hosen anhaben!»

«Wer schaut schon auf die Hosen?» fragte ich gleichgültig. «Ich schau immer nur, was oben in der Bluse steckt.»

Während alles lachte, versperrte ich den Pavillon. Diese Kellner und Pikkolos gaben nie auch nur zehn Cent aus. Allerdings waren sie hier nur für ein paar Dollar und die Trinkgelder angestellt. Daß sie in ihrem Beruf nicht tüchtig waren, kümmerte die Hotelleitung nicht. Sie wünschte lediglich, daß sie die Gäste bei guter Laune erhielten, und da es sich meistens um Damen handelte, waren alle mit diesem Arrangement zufrieden.

Die Burschen schlenderten auf die Veranda hinaus, und ich sah ihnen nach. Die meisten waren älter als ich, sie wirkten auf mich aber noch wie Kinder. Ich fühlte mich bereits alt. Vielleicht war meine Größe dran schuld – ich war einen Meter neunzig groß –, oder vielleicht war es nur deshalb, weil ich mit meinen drei Sommern hier heroben bereits ein Veteran war. Ich griff nach dem Abrechnungsbuch, in dem ich meine täglichen Eintragungen machte, und begann zu addieren. Sam wollte die Berichte immer in peinlichster Ordnung vorfinden.

Ich erinnerte mich meines ersten Sommers hier heroben. Damals war ich wahrhaftig noch blödsinnig unerfahren. Es war kurz nach meiner Bar Mitzvah. Ich war nichts als ein grüner Junge und lief Gottkin wie ein Hündchen nach, weil ich hoffte, daß er mich im Herbst in sein *football*-Team aufnehmen würde. Was war das alles für ein Blödsinn gewesen!

Gottkin kam nie mehr ins Gymnasium zurück. Gleich am ersten Abend gewann er dem hiesigen Konzessionär beim Würfelspiel seine Konzession ab. Am nächsten Tag war er bereits im Geschäft. Ehe die erste Woche um war, wußte er, daß er nie mehr zurückkehren würde. «Das ist das Richtige für mich», sagte er damals. «Soll ein andrer Trottel bei dieser Horde Buben Amme spielen.»

Anstatt fürs Hotel zu arbeiten, half ich ihm. Er hatte ungeheure Erfolge. Im Winter arbeitete er auf der Strecke von Miami Beach, und im folgenden Sommer übernahm er bereits die Konzession für das nächstgelegene Hotel, auf derselben Basis wie für das hiesige. In diesem Sommer arbeiteten schon fünf Burschen für ihn. Zwei Burschen in jedem Hotel. Und er hatte nichts anderes zu tun, als einmal im Tag zu erscheinen, um das Geld einzustreichen. Sein alter Ford war natürlich nicht mehr gut genug für ihn, jetzt fuhr er einen Pierce Roadster.

Der erste Sommer war für mich sehr schwer gewesen. Ich glaube, man konnte mir meine Unerfahrenheit auf tausend Schritte anmerken. Für die übrigen Jungen war ich die Zielscheibe allen nur erdenklichen Spotts, und die Mädchen frozzelten mich bis zur Verzweiflung. Sam mußte ihnen schließlich energisch sagen, sie sollen mich in Frieden lassen. Er hatte Angst, ich könnte wütend werden und einen von ihnen niederboxen.

Ich wollte im folgenden Sommer nicht mehr hinaufgehen, aber als Sam zu mir nach Hause kam und mir sagte, daß er die zweite Konzession übernommen habe und ich die Führung des hiesigen Geschäfts bekommen sollte, war ich doch mit ihm gegangen. Wir brauchten das Geld. Papas Geschäft ging tatsächlich miserabel. Am Ende der Sommersaison hatte ich ganze fünfhundert Dollar verdient.

Ich erinnere mich an Mammas Gesicht, als ich das Geld auf den Küchentisch legte und sagte, sie könne es behalten. Tränen standen in ihren Augen. Sie wandte sich zu Papa, in dem Versuch, sie vor mir zu verbergen. Ihre Lippen zitterten, aber ich verstand dennoch, was sie sagte: «Mein Blondie.» Das war alles.

Selbst Papa war den Tränen nahe. Sein geschäftlicher Niedergang zeichnete sich täglich deutlicher ab. Das Geld wurde entsetzlich knapp. Dennoch preßte er die Lippen in eigensinnigem Stolz zusammen. «Bring's auf die Bank, Danny», hatte er gesagt, «du wirst das Geld brauchen, um auf die Universität zu gehen.»

Ich hatte gelächelt. Er konnte mich nicht täuschen, ich wußte Bescheid. «Wir brauchen das Geld jetzt», hatte ich mit unbestreitbarer Logik gesagt, «und ich hab noch zwei Jahre vor mir, ehe ich an die Universität denken muß. Dann ist Zeit genug, sich darüber den Kopf zu zerbrechen.»

Papa hatte mich daraufhin, wie mir schien, sehr lange Zeit angesehen. Dann streckte er seine zitternde Hand aus und nahm das Geld. «Also gut, Danny», hatte er gesagt, «aber wir werden's nicht vergessen. Wenn's wieder aufwärts geht, kriegst du's zurück.»

Schon damals wußten wir aber alle, daß das Geld verloren war. Das Geschäft ging nicht besser, sondern immer nur schlechter. Und das Geld ging denselben Weg wie das übrige.

Aber das war im vergangenen Sommer gewesen, und ich hatte das Geld bereits abgeschrieben. Diesen Sommer hatte mir Sam einen Extrahunderter versprochen, wenn ich die Einnahmen des vergangenen Jahres steigerte. Ich beendete meinen Bericht und addierte den Ertrag dieser Saison bis zum heutigen Tag. Jetzt brauchte ich nur noch eine Chance während der letzten paar Wochen – und ich war ein gemachter Mann. Ich sah auf meine Uhr. Es war gerade noch Zeit genug, um vor dem Lunch rasch schwimmen zu gehen.

Ich versperrte den Pavillon und trat auf die Veranda hinaus. Ein neuangekommenes Mädchen und der Kerl mit den großen Augen spielten Tischtennis. Das Mädchen hatte tatsächlich Stil, ihre Backhands konnten allerdings noch etwas Übung vertragen. Ich trat hinter sie und nahm ihr den Schläger aus der Hand. «Locker, Baby, ganz locker», sagte ich vertraulich. «Schau mir zu. Du bist zu steif.»

Großauge starrte mich bitterböse an und schmetterte mir wütend den Ball herüber. Ich schlug ihn mit Leichtigkeit zurück. Er retournierte ihn, und nochmals ging er zu ihm zurück. Ich war ein guter Spieler und wußte es. Beim nächstenmal schnitt ich den Ball in der englischen Manier, er schoß hinüber, und Großauge schlug wütend daneben.

Ich lächelte dem Mädchen zu. «Siehst du, Baby, 's ist ganz leicht.»

«Ja, so wie du's machst», sagte sie lächelnd, «aber nicht für mich.»

«Aber natürlich», sagte ich leichthin. «Ich werd's dir zeigen.»

Ich drückte ihr den Schläger in die Hand und stellte mich hinter sie. Dann ergriff ich ihre Hände von rückwärts. Langsam führte ich ihren Arm, beinahe in Schulterhöhe, auf ihre linke Seite. Sie mußte sich eng an mich drücken, während unsre Arme die Bewegung gemeinsam ausführten. Sie konnte nicht anders, ich hielt sie zu fest in meiner Umklammerung, ich fühlte ihre straffen Brüste an meinem Unterarm. Ich lächelte Großauge verschmitzt zu. Er kochte vor Wut, wagte es aber nicht, seinen Mund aufzumachen. Ich war zu groß für ihn.

Ich drängte mich noch dichter an sie heran und sah ihr lächelnd in die Augen. «Ist's nicht ganz leicht?» fragte ich leichthin.

Ihr Gesicht war brennend rot geworden. Ich sah, wie ihr die Röte vom Hals her aufstieg. Sie versuchte mich unauffällig abzuschütteln. Aber ich war zu stark für sie. Ebensoleicht hätte sie versuchen können davonzulaufen. Es war unmöglich. Ich war doch zu kräftig für sie. Sie wagte auch nichts zu sagen, weil uns alle Burschen zusahen und man sie sonst als langweilig brandmarken würde. «Ich ... ich glaube schon», antwortete sie schließlich.

Ich grinste und ließ sie los. Das war eine Ping-Pong-Lektion, die sie nicht so bald vergessen würde. Aber auch die Burschen würden sie nicht vergessen. Ich sah, mit wie neidischen Blicken sie mich betrachteten. Dollars zählten hier nicht – die Währung waren die netten Puppen. Keiner der Burschen würde je auf die Idee kommen, daß ich hier während des ganzen Sommers nie etwas anderes gesucht habe als Geld.

«Üb also brav weiter, Baby», sagte ich, und recht zufrieden mit mir schlenderte ich von der Veranda.

Ich lief quer über den Ballspielplatz zum Kasino hinüber. Sam und ich wohnten gemeinsam in einem dahinterstehenden Bungalow. Im ersten Jahr hier heroben hatten wir in einem Zimmer oberhalb des Kasinos geschlafen, hatten aber nie Ruhe gehabt. Dieses Jahr hatte Sam den Bungalow gemietet, und wir verwendeten ihn als eine Mischung von Vorratsraum und Schlafzimmer. Sam hatte sogar ein Telefon legen lassen, um mit seinen übrigen Konzessionen in Kontakt bleiben zu können.

Ich sperrte die Tür des Bungalow auf, trat ein und sah mich angeekelt um. Der ganze Raum befand sich in einem wirren Durcheinander. Kisten und Kartons standen im ganzen Zimmer herum. Es sah aus, als fände ich nie Zeit, ein wenig Ordnung zu machen.

Von einer Wäscheleine über meinem Bett nahm ich eine verschossene Schwimmhose aus Gabardine und zog sie rasch an. Sorgfältig über die Kisten steigend, ging ich zur Tür und trat wieder ins Freie. Ich versprach mir selbst, das Zimmer am Nachmittag in Ordnung zu bringen. Ich versperrte die Tür sorgsam und lief zum Swimmingpool hinüber.

Das Schwimmbassin war so, wie ich es schätzte – völlig verlassen. Ich wollte Platz haben für mein Schwimmtraining. Deshalb ging ich auch immer am Vormittag hin; die Gäste zeigten sich selten vor dem Lunch. Im Vorbeigehen sah ich mir das alte Plakat an, das über dem Eingang zum Bassin hing. Mir machte dieses Plakat viel Spaß, denn zu Beginn der Saison, wenn es frisch bemalt war, strahlte es in leuchtend roter Farbe; aber jetzt war es völlig ausgeblaßt und flüsterte den Badelustigen nur mehr leise zu:

ZUR VERHÜTUNG VON FUSSFLECHTEN HABEN ALLE BADENDEN ZUERST DAS FUSSBAD ZU BENÜTZEN, EHE SIE DAS BASSIN BETRETEN

Auf Befehl des Gesundheitsministeriums

Ich beachtete diesen Befehl gewissenhaft, denn um eine Fußflechte war es mir keineswegs zu tun. Ich blieb nahezu zwei Minuten in dem Fußbad, ehe ich an den Rand des Bassins trat. Meine Füße hinterließen eine nasse Spur auf dem Zementboden.

Ich sah verstohlen zur Veranda hinüber, um festzustellen, ob mich jemand beobachtete. Großauge und Baby waren noch immer in ihr Spiel vertieft. Niemand sah her. Merkwürdigerweise enttäuschte mich das.

Ich tauchte mit einem tadellosen Hechtsprung ins Wasser und schwamm rasch ans andere Ende des Bassins. Das Wasser war heute sehr kalt, und ich mußte ständig in Bewegung bleiben, um nicht zu erfrieren. Das war gut so. Ich konnte meinen Stil im Kraulen verbessern, während mir niemand zusah. Manchmal irrte ich mich nämlich beim Zählen und atmete ein, wenn ich ausatmen sollte; dann bekam ich die Nase voll Wasser, tauchte hustend und spukkend auf und kam mir wie ein kompletter Narr vor.

Ich begann wieder mit einem gleichmäßigen Schlag und zählte mit grimmiger Entschlossenheit. Ich war etwa fünfzehn Minuten geschwommen, als mich eine männliche Stimme beim Namen rief. Überrascht hörte ich zu zählen auf und bekam den Mund voll Wasser. Ich sah ärgerlich auf.

Es war einer der Hotelpagen. «In der Rezeption is 'ne Dame, die den Boss sprechen möchte.»

Ich schwamm zu ihm hinüber und sah zu ihm auf. «Du weißt doch, daß er nicht hier ist», sagte ich wütend, «wozu belästigst du mich denn? Sag ihr, sie soll sich zum Teufel scheren.»

«Hab ich ihr bereits gesagt», erwiderte der Page rasch, «dann hat sie aber nach dir gefragt.»

Wer konnte nach mir fragen? «Hat sie gesagt, wer sie ist?» fragte ich.

Der Page zuckte die Achseln. «Woher, zum Teufel, soll ich's wissen? Ich hab nicht gefragt. Ich war außerdem zu beschäftigt, mir diese Puppe näher anzuschaun. An deiner Stelle würd ich sie mir schon genauer ansehn. Die ist prima!» Dabei rollte er ausdrucksvoll mit den Augen und schmatzte mit den Lippen.

Ich grinste und kletterte aus dem Bassin. Das Wasser lief an mir herunter und hinterließ rings um meine Füße kleine Pfützen. Ich griff nach meinem Handtuch und begann mich zu frottieren. «Worauf wartest du noch?» fragte ich. «Schick sie her.»

Er sah mich mit einem gemeinen Gesichtsausdruck an. «Okay, Danny», sagte er lachend, während er sich umdrehte, «aber an deiner Stelle würd ich mir alles erst mal zuknöpfen, eh sie herkommt.»

Nachdem ich mich abgetrocknet und auf die Bank gesetzt hatte, um meine Sandalen anzuziehen, fiel ein Schatten über meine Füße. Ich blickte auf.

«Hello, Danny!» Miss Schindler stand lächelnd vor mir.

Ich sprang auf und war plötzlich sehr verlegen. Überrascht stellte ich fest, daß ich gut um einen Kopf größer war als sie. «Ma... Miss Schindler», stotterte ich.

Sie sah mich noch immer lächelnd an. «Du bist aber gewachsen, Danny! Ich hätte dich kaum wiedererkannt.»

Ich starrte sie an. Es war komisch, wie sie mich an zu Hause erinnerte. Hier lebte ich beinahe wie in einer andern Welt. Plötzlich fiel mir ein, daß ich Mammas Brief beantworten mußte. Er hatte beinahe eine Woche im Bungalow auf dem Tisch gelegen.

II

«Sam ist momentan nicht hier», erwiderte ich auf ihre Frage. «Er kontrolliert seine andern Konzessionen und kommt erst am Abend zurück.»

Sonderbar, mir war, als breite sich ein Ausdruck der Erleichterung über ihr Gesicht. «Ich war gerade in der Nähe», sagte sie rasch, «und da dachte ich, ich könnte mal vorbeikommen.» Sie stand verlegen in dem strahlenden Sonnenschein und zwinkerte gegen das grelle Licht.

Ich machte ein harmlos-törichtes Gesicht. In der Nähe! Na so was! Neunzig Meilen waren es von der Stadt! «Gewiß», sagte ich. Dann kam mir eine Idee. «Wo wohnen Sie? Wenn er zurückkommt, werde ich ihm sagen, daß er Sie gleich anrufen soll.»

«O nein, das geht nicht», antwortete sie. Zu rasch, wie ich fand. Ihr Gatte mußte irgendwo in der Nähe sein; sie will natürlich nicht, daß er was von dieser Sache erfährt. Sie mußte erraten haben, was in mir vorging. «Weißt du, ich fahr nämlich ein bißchen in der Geographie herum und weiß noch nicht, wo ich heut abend bleiben werde.»

«Wir wär's dann, wenn Sie hierblieben?» schlug ich strahlend vor. «Hier ist's sehr hübsch und ich kann Ihnen sogar 'nen Rabatt geben.»

Sie schüttelte den Kopf.

«Sam wird sehr böse sein, wenn ich ihm sagen muß, daß Sie weggefahren sind, ohne auf ihn zu warten», sagte ich.

Sie sah mich scharf an. «Nein», sagte sie entschieden, «es ist schon besser, wenn ich fahre.»

Ich war enttäuscht. Plötzlich wurde mir's klar: Ich wollte, daß sie hierbleiben soll. Irgendwie war sie ein Stück Zuhause, und außerdem freute ich mich, sie zu sehen. Das Telefon im Bungalow begann jetzt zu klingeln. Ich packte mein Handtuch und lief hinüber.

«Bitte, warten Sie noch eine Minute», rief ich über die Schulter zurück, «wahrscheinlich ist's Sam, der jetzt anruft. Ich werd ihm sagen, daß Sie hier sind.»

Ich öffnete die Tür und griff nach dem Hörer. «Hallo, Sam?»

«Ja.» Seine Stimme klang heiser. «Wie steht's?»

«Okay, Sam», antwortete ich mit erregter Stimme. «Miss Schindler ist hier, um dich zu besuchen.»

Sams Stimme wurde noch heiserer. «Was treibt denn die hier heroben?»

«Sie sagt, sie ist auf der Durchfahrt hier und hat sich gedacht, sie könnte dich im Vorbeikommen besuchen.»

«Sag ihr, ich kann erst spät in der Nacht zurück sein», sagte er rasch. «Gib ihr ein schönes Zimmer und halt sie zurück, bis ich komme.»

«Aber Sam», protestierte ich, «ich hab's ihr bereits angeboten, sie will aber nicht bleiben.»

Seine Stimme senkte sich vertraulich. «Hör mal, Junge, ich verlaß mich da ganz auf dich. Wenn du schon mal auf 'ne Puppe so scharf warst wie ich auf sie, dann weißt du auch, was ich mein. Gib ihr alles, was sie verlangt, aber laß sie nicht weg! Ich bin vor eins bestimmt dort.»

Damit verstummte der Apparat. Ich blieb verwirrt davor stehen. Was erwartete er von mir? Was sollte ich denn tun? Sie einsperren? Langsam legte ich den Hörer nieder und wandte mich zur Tür. Sam hatte mit mir gesprochen, als müßte ich wissen, was ich zu tun habe, wie eben ein Mann zum andern spricht, nicht wie zu einem unerfahrenen Jungen. Mit stolzen Gefühlen eilte ich zur Tür, aber ehe ich sie erreicht hatte, stand sie bereits im Eingang.

Sie spähte neugierig herein. «Darf ich hereinkommen?» fragte sie.

Ich befand mich noch immer in der Mitte des Zimmers. «Natürlich, Miss Schindler», rief ich und schob einige Kisten, die herumstanden, aus dem Weg, damit sie eintreten könne. «Ich hätte schon längst hier aufräumen sollen, hatte aber keine Zeit», erklärte ich.

Sie schloß die Tür hinter sich, und ich richtete mich wieder auf. Mein Gesicht war krebsrot.

«War das Sam?» fragte sie.

Ich begegnete ihrem Blick und nickte schweigend.

«Was hat er gesagt?»

«Er hat gesagt, ich soll Ihnen ein Zimmer besorgen und auch alles andere, was Sie sich wünschen, und Sie so lange hier zurückhalten, bis er kommt», sagte ich kühn.

Ihre Stimme klang argwöhnisch und herausfordernd. «Er scheint ja recht selbstsicher zu sein, was?»

Ich fühlte, wie ich noch tiefer errötete und mußte die Augen vor ihrem durchdringenden Blick senken. Ich antwortete nicht.

Jetzt war sie sichtlich wütend. Ich war zu frech gewesen, irgendwie hatte sie gemerkt, daß ich alles wußte. «Was wirst du ihm sagen, wenn ich nicht bleibe?» schnauzte sie mich an.

Ich wandte mich ab und machte mich völlig sinnlos mit den Kisten zu schaffen. Ich antwortete noch immer nicht.

Da packte sie mich an den Schultern und drehte mich zu sich herum. Jetzt war ihr Gesicht zorngerötet. «Was wirst du ihm sagen?» wiederholte sie wütend.

Ich sah ihr tief in die Augen. Zum Teufel mit ihr! Sie konnte mir nichts anhaben. Jetzt war ich ja nicht in der Schule. «Nichts», sagte ich höhnisch und schob ihre Hände von meiner Schulter.

Sie sah zuerst auf meine Hand, die jetzt ihr Handgelenk umfaßte, und dann langsam durchs Zimmer. Ich bemerkte, daß sie mit einem Entschluß kämpfte. Dann blickte sie mich wieder an. «Also gut», sagte sie plötzlich, «ich bleibe. Mach das Zimmer hier für mich sauber.»

Ich war überrascht. «Aber Sam hat mir doch gesagt, ich soll für Sie ein Zimmer . . .»

Ihre Stimme wurde jetzt eigensinnig. «Ich hab gesagt, daß ich hier bleiben will.»

«Aber es ist doch so entsetzlich unordentlich», protestierte ich, «Sie werden es im Hotel drüben viel bequemer haben.»

Sie wandte sich zur Tür und öffnete sie. «Sam hat dir gesagt, du hast alles zu tun, was ich wünsche, damit ich bleibe. Nun also, ich wünsche eben hier in diesem Zimmer zu wohnen.» Sie schritt über die Türschwelle, sah aber zu mir zurück. «Ich geh jetzt meinen Wagen holen. Inzwischen kannst du das Zimmer für mich sauber machen.»

Ich sah, wie sich die Tür hinter ihr schloß. Jetzt hatte sie Oberwasser, und das wußte sie verdammt genau. Ich überlegte, weshalb sie so wütend war. So frech war ich doch auch wieder nicht gewesen. Ich trat ans Fenster und blickte ihr nach.

Sie verschwand gerade hinter dem Schwimmbassin. Ich konnte Sams Gefühle für sie gut verstehen. Mit ihrem Gang allein verriet sie mehr als alle die Gören hier, die sich halbnackt in ihren Bikinis zur Schau stellten.

Ich wandte mich wieder vom Fenster ab und sah mich angewidert im Zimmer um. Mammas letzter Brief schimmerte weiß auf der Tischplatte. Ich hatte ihn länger als eine Woche nicht beantwortet. Aber jetzt hatte ich tatsächlich keine Zeit.

ICH WAR NICHT DABEI, ALS . . .

Mamma band ihre Küchenschürze fest, während sie die Treppe hinabstieg. Die Luft war still und unbewegt, und sie wußte, daß wieder ein glühendheißer Tag bevorstand. Sie war müde, noch ehe der Tag richtig begonnen hatte, sie war in letzter Zeit immer müde und hatte nicht gut geschlafen.

Papa hatte ihr ein Stärkungsmittel mitgebracht. Sie hatte es zwar eine Woche lang jeden Morgen eingenommen, es hatte ihr aber nicht geholfen.

Natürlich hatte sie ihm gegenüber erklärt, daß es ihr geholfen habe – weil ihm das Freude machte. Denn ein Mann muß immer das Gefühl haben, nützlich zu sein, und er fühlte sich ja elend genug, weil das Geschäft so schlecht ging.

Papa tat ihr furchtbar leid. In der letzten Nacht hatte er im Schlaf geweint. Sein Schluchzen hatte sie aufgeweckt, doch sie war regungslos liegengeblieben und hatte den Worten gelauscht, die aus der Tiefe seines Herzens aufstiegen. Er schien so verwirrt, daß ihr selbst die Tränen in die Augen traten.

Sie hatte nachher nicht wieder einschlafen können, und die Nacht schien kein Ende zu nehmen. Jetzt war sie müde, aber dagegen konnte man nichts tun. Die schwüle Hitze des Morgens machte es auch nicht leichter. Diese letzten

Augustwochen waren gewöhnlich am allerärgsten. Sie hatte das Gefühl, nicht viel mehr von dieser Hitze ertragen zu können und wünschte sich, daß dieser Sommer endlich vorbei wäre.

Sie schritt durch die Küche, öffnete den Eisschrank und sah hinein. Er war nahezu leer. Sie war stets stolz darauf gewesen, im Eisschrank einen reichlichen Vorrat zu haben. Sie sagte immer, sie habe es gern, genug im Hause zu haben, um nicht täglich einkaufen zu müssen. Jetzt bereitete ihr diese Öde einen fast körperlichen Schmerz. Das kleine Stückchen Eis war seit gestern beträchtlich zusammengeschmolzen; der Eierbehälter war fast leer; und da lag nur noch die Hälfte von einem Viertelpfund Butter. Selbst die Milchflasche mit dem winzigen Rest schien sie zu schmerzen.

Langsam schloß sie die Tür des Eisschranks. Die drei Eier werden fürs Frühstück gerade noch reichen. Plötzlich freute sie sich, daß ich nicht zu Hause war. Sie beschloß, in den Briefkasten zu schauen, ob von mir ein Brief gekommen war.

Da hörte sie das Gerassel des Milchwagens und fühlte sich sogleich wieder wohler. Er würde Eier, Butter und Milch bringen, die auf die Rechnung geschrieben würden, so daß sie die paar Dollar, die sie in dem Glas über dem Spültisch aufbewahrte, für ein Suppenhuhn verwenden konnte.

Sie eilte zur Eingangstür, um ihn abzufangen, ehe er weiterfuhr.

Als sie die Tür geöffnet hatte, sah sie, daß der Milchmann vor seiner Vorratskiste kniete. Er erhob sich langsam, mit einer merkwürdig schuldbewußten Miene. «Morgen, Missus Fisher», sagte er in einem auffallend verlegenen Ton.

«Guten Morgen, Borden, das ist aber gescheit, daß ich Sie noch erwischt hab», erwiderte Mamma. Die Worte kamen ihr, nach der geringen Anstrengung, bereits atemlos über die Lippen. «Heute brauch ich Eier und Butter.»

Der Milchmann trat verlegen von einem Fuß auf den andern. «Ja, Missus Fisher ... es tut mir leid ... aber ...» Seine Worte wurden unverständlich.

Enttäuschung malte sich auf ihrem Gesicht. «Sie meinen, daß Sie bereits ausverkauft sind?»

Er schüttelte stumm den Kopf und wies mit der Hand auf das Kästchen, das an der Wand der Veranda angebracht war.

Mamma sah ihn verwundert an. «Ich ... ich versteh nicht», sagte sie zögernd, während ihre Augen seinem Zeigefinger folgten. Da verstand sie. In dem Kästchen befand sich bloß der gelbe Rechnungszettel, nur die Rechnung – und keine Milch.

Sie griff langsam nach der Rechnung und begann sie zu studieren. Die Lieferungen an sie sollten eingestellt werden, weil sie der Firma die Bezahlung für drei Wochen schuldig geblieben war. Sie sah den Milchmann mit vor Entsetzen geweiteten Augen an. Ihr Gesicht war jetzt totenblaß, und sie sah furchtbar krank aus.

«Es tut mir leid, Missus Fisher», murmelte er teilnehmend.

Über den Rasen vor dem Haus kam der Sprühregen eines Wasserstrahls. Da bemerkte sie auf einmal Mr. Conlon, der seinen Garten sprengte. Er sah zu ihr hinüber.

Jetzt bemerkte er ihren Blick. «Guten Morgen, Mrs. Fisher», rief er mit dröhnender Stimme.

«Guten Morgen», erwiderte sie mechanisch. Es mußte etwas geschehen, denn sie war überzeugt, daß er alles gesehen und gehört hatte. Sie überflog nochmals ihre Rechnung: vier Dollar und zweiundachtzig Cent. Sie hatte gerade noch fünf Dollar in dem Glas über dem Spültisch.

Sie zwang sich zu sprechen und versuchte sogar zu lächeln. Ihre Lippen waren fast weiß, und ihr Lächeln glich der Grimasse einer Marmorstatue.

«Ausgezeichnet», sagte sie mit erzwungen ruhiger Stimme zu dem Milchmann, «ich hatte auch gerade die Absicht, die Rechnung zu bezahlen. Warten Sie einen Augenblick.»

Sie schloß die Tür rasch hinter sich zu und lehnte sich eine Sekunde kraftlos dagegen; die Rechnung flatterte aus ihren zitternden Fingern auf den Boden. Sie versuchte gar nicht sie aufzuheben; sie hatte Angst, dabei ohnmächtig zu werden. Statt dessen eilte sie in die Küche und holte das Geld aus dem Glas über dem Spültisch.

Sie zählte die Banknoten langsam und widerstrebend, als könnten sie sich beim Nachzählen durch ein Wunder verdoppeln. Es blieben aber doch nur fünf Dollar. Sie fröstelte. Ein nervöser Schauer lief ihr über den Rücken, während sie sich umdrehte und zur Tür zurückkehrte.

Der Milchmann stand auf der Veranda, am selben Fleck, auf dem sie ihn verlassen hatte, er trug allerdings jetzt ein Drahtkörbchen, in dem sich Milch, Butter und Eier befanden. Sie reichte ihm stumm das Geld, er steckte es in die Tasche und zählte ihr das Wechselgeld von achtzehn Cent in die Hand.

«Und hier sind die bestellten Waren, Missus Fisher», sagte er verständnisvoll und vermied es, sie anzublicken.

Sie wollte ihm sagen, er solle sie behalten, wagte es aber nicht. Scham überwältigte sie, während sie ihm das Körbchen aus der Hand nahm. Sie sprach kein Wort.

Er räusperte sich. «'s ist nich meine Schuld, Missus Fisher. Der Mann in der Buchhaltung drunten im Büro ist schuld. Verstehn Sie?»

Sie nickte. Sie verstand sehr gut. Er drehte sich um und lief die Stufen hinunter. Sie sah ihm nach. Mr. Conlons Stimme dröhnte wieder herüber.

«Wird heut wieder 'ne Prügelhitze, Mrs. Fisher», sagte er lächelnd.

Sie sah ihn völlig abwesend an. Ihre Gedanken waren weit weg. «Ja, es sieht so aus, Mr. Conlon», erwiderte sie leise und begab sich, nachdem sie die Tür hinter sich geschlossen hatte, in die Küche zurück.

Sie stellte Milch, Butter und Eier nachdenklich in den Eisschrank. Er sah dennoch leer aus. Sie hatte das Bedürfnis zu weinen, aber ihre Augen blieben trocken. Von der Treppe her hörte sie ein Geräusch. Sie schloß den Eisschrank hastig. Die Familie kam zum Frühstück herunter.

Einige Minuten später standen Milch, Butter und Eier auf dem Tisch und sie begannen zu frühstücken. Während sie ihnen zusah, erfüllte sie eine beglückende innere Wärme.

Mimi war sehr aufgeregt. Gestern abend war eine Annonce in der Zeitung erschienen, daß man im A & S, einem der Brooklyner Warenhäuser, einige Sekretärinnen für eine Halbtagsbeschäftigung suchte, und sie wollte sich unbedingt dort vorstellen. Papa verzehrte sein Frühstück schweigend. Er sah sehr erschöpft und müde aus, und in seinem Gesicht waren jene Falten zu sehen, die sofort erscheinen, wenn man schlecht schläft.

Und dann war die Küche wieder leer, und Mamma war allein. Langsam spülte sie das Frühstücksgeschirr. Nachher bemerkte sie, daß Milch, Butter und Eier noch auf dem Tisch standen. Sie nahm alles vom Tisch, balancierte es auf einem Arm und öffnete mit ihrer freien Hand die Eisschranktür. Sie stellte alles hinein, obwohl von dem kleinen Eisblock nichts mehr übriggeblieben war, er war völlig zerschmolzen. Sie schloß die Tür.

Auf der Veranda ertönten Schritte. Das muß der Postbote sein, dachte sie, lief zur Eingangstür und öffnete sie. Doch der Postbote war bereits zum nächsten Haus weitergegangen. Sie sperrte den Briefkasten hastig auf, entnahm ihm einige Briefe und sah sie rasch durch. Kein Brief von mir. Nur Rechnungen. Sie kehrte langsam in die Küche zurück und öffnete noch im Gehen eine nach der andern. Gas – Telefon – elektrisches Licht – alles überfällig!

Sie ließ die Rechnungen auf den Tisch fallen und behielt nur einen ungeöffneten Brief in der Hand, dessen Absender sie nicht kannte. Sie öffnete ihn. Es war die Verständigung der Bank, daß die Hypothekenraten für das Haus überfällig waren.

Sie sank schwer auf einen Stuhl neben dem Tisch. Durch die Erschütterung öffnete sich langsam und geräuschlos die Tür des Eisschranks. Sie saß regungslos da und starrte in den leeren Eisschrank. Sie sollte aufstehen und die Tür schließen, da sich die geringe Kälte, die noch drinnen war, auch verflüchtigen würde, aber irgendwie hatte das auch nichts mehr zu bedeuten. Sie fand nicht die Kraft, aufzustehen und die Tür zu schließen. Alles war bedeutungslos geworden. Sie hatte nicht einmal mehr die Kraft zu weinen und fühlte sich entsetzlich schwach. Sie starrte in den fast ganz leeren Eisschrank, bis er immer größer und größer zu werden schien und sie sich in dieser teils leeren, teils kalten Welt völlig verlor.

12

Nachdem ich den Verkaufspavillon geschlossen hatte, war ich eifrig damit beschäftigt, mit einer feschen Puppe zu poussieren, da bemerkte ich, daß Miss Schindler das Kasino betrat. Ich beobachtete sie verstohlen, als sie bei der Tür stehenblieb und sich umsah.

Ich hatte sie vorher nur ein einziges Mal gesehen, als ich zum Bungalow hinübergelaufen war, um einige Kartons Zigaretten zu holen, die ich für den Verkaufspavillon brauchte. Es war eine jener Nächte, in denen man glaubt, man brauche nur die Hand auszustrecken, um die Sterne zu berühren, die so strahlend über unsern Köpfen hängen – eine jener Nächte, die man in einer Stadt nie erlebt. Sie hatte auf den Stufen des Bungalows gesessen, und der Rhythmus der Musik wehte leise vom Kasino herüber. Sie hatte mich angesehen, und einen Moment hatte ich gedacht, sie wolle etwas sagen, aber offenbar hatte sie sich's überlegt. Sie sprach kein Wort – sondern sah mich bloß mürrisch und stumm an, während ich die Kartons an mich nahm und mich wieder entfernte. Ich sprach gleichfalls kein Wort.

Ich sah auf die Uhr. Elf Uhr dreißig. Der Abend mußte sich dort drüben für sie schrecklich hingeschleppt haben. Ich hatte mich den ganzen Abend gefragt, ob sie nicht doch herüberkommen werde.

Ihr Blick blieb an mir haften, dann kam sie auf mich zu. Ich schüttelte das Mädchen, mit dem ich mich befaßt hatte, rasch ab. «Dort kommt die Frau vom Boss, Baby», log ich, «ich muß mich bei ihr melden.»

Ich ließ das Mädchen einfach stehen; sie machte zwar ein ärgerliches Gesicht, aber das war mir egal. Ehe Miss Schindler die Hälfte des Saals durchschritten hatte, befand ich mich bereits an ihrer Seite. «Hello», sagte ich lächelnd. «Ich hab mir schon überlegt, wie lang es noch dauern wird, bis Sie hier herüberkommen.»

Sie erwiderte mein Lächeln. Es war ein echtes Lächeln, und ich wußte jetzt, daß sie ihren Zorn überwunden hatte. «Hello, Danny», sagte sie. Unsre Augen trafen sich. «Es tut mir leid, daß ich heute nachmittag so unausstehlich war.»

Ich sah ihr prüfend in die Augen und bemerkte, daß sie es wirklich ernst meinte. Auf einmal war ich wieder froh und heiter und hatte nur noch warme, freundschaftliche Gefühle für sie. «Es macht nichts, Miss Schindler», erwiderte ich leise. «Sie waren eben etwas erregt.»

Sie berührte meine Hand. «Mir war schrecklich einsam drüben im Bungalow.»

«Ich kenne das, ich weiß genau, wie Ihnen zumute war», sagte ich langsam und sah auf ihre Hand, die auf meinem Arm lag. «Manchmal habe ich hier heroben genau dasselbe Gefühl. In der Stadt bemerkt man's nicht, aber hier auf dem Land ist der Himmel so weit – da fühlt man sich auf einmal so entsetzlich klein.»

Wir standen einen Moment in verlegenem Schweigen, dann hörte ich, daß die Kapelle in einen Rumba überging. Ich lächelte. «Wollen Sie tanzen, Miss Schindler?»

Sie nickte, und ich führte sie auf das Tanzparkett. Sie schmiegte sich in meine Arme, und wir gaben uns dem Rhythmus der Musik völlig hin. Sie tanzte leichtfüßig, und es war ein Vergnügen, mit ihr zu tanzen.

«Du tanzt sehr gut, Danny», sagte sie lächelnd. «Kannst du alles so gut?»

«Ich fürchte nein, Miss Schindler», sagte ich, traurig den Kopf schüttelnd. Ich wußte natürlich, daß ich ein ausgezeichneter Tänzer war; nach drei hier verbrachten Sommern mußte man es einfach sein. «Aber Sam sagt, ich habe ein ausgeprägtes rhythmisches Gefühl. Er meint, daß ich deshalb auch ein guter Boxer werde.»

«Willst du noch immer Boxer werden?» fragte sie neugierig.

«Ich selbst wollte nie einer werden», erwiderte ich. «Aber Sam meint, ich wäre ein geborener Boxer und könnte, wenn ich alt genug bin, damit eine Menge Geld verdienen.»

«Ist dir Geld denn so wichtig?»

Ich fühlte die sichere Bewegung ihrer Hüfte unter meiner Hand, während ich mit ihr eine komplizierte Tanzfigur ausführte. «Beantworten Sie mir's, Miss Schindler», parierte ich, «ist's nicht wichtig?»

Darauf wußte sie keine Antwort. Niemand weiß eine Antwort, wenn vom Geld gesprochen wird. Sie sah wieder zu mir auf. «Wir müssen hier oben nicht so förmlich sein, Danny», sagte sie lächelnd, «ich heiße Ceil.»

«Ich weiß», sagte ich gelassen.

Dann tanzten wir wieder, und ich summte den Schlager leise mit. Siboney-tum tum, ti tum-tum, ti tum-Siboney. Es ist schon was los mit einem Rumba! Liebt man diese Musik wirklich, dann verliert man jedes Zeitgefühl, wenn man dazu tanzt. Mir gefiel dieser Rumba sehr und ich merkte ihr an, daß sie ihn ebenfalls mochte. Die Musik brachte uns einander viel näher. Es war, als hätten wir vorher schon oft miteinander getanzt.

Plötzlich ging das Orchester in *Auld Lang Syne* über, und wir waren ziemlich überrascht. Wir sahen einander verlegen lächelnd an.

«Für heute ist's damit leider Schluß, Ceil», sagte ich. «Es muß zwölf Uhr sein.»

Sie sah auf ihre Uhr. «Genau.»

«Danke für den Tanz, Miss Schindler.»

Sie lachte. Ich war überrascht, sie lachen zu hören. Es geschah zum erstenmal, seit sie hier heraufgekommen war. «Ich hab dir doch schon gesagt, daß ich – Ceil heiße.»

Froh und befreit lachte ich auch. «Ich hab unsern Tanz sehr genossen – Ceil», sagte ich rasch, «aber jetzt muß ich für mich noch ein Zimmer auftreiben, sonst muß ich auf der Veranda schlafen.»

Ihre Stimme klang bestürzt. «Hab ich dich aus deinem Zimmer vertrieben?»

Ich lächelte. «'s ist okay, Ceil, Sie haben's ja nicht gewußt.»

«Es tut mir wirklich leid, Danny», sagte sie zerknirscht. «Wirst du noch ein Zimmer bekommen?»

Ich grinste. «'s wird mir nich schwerfallen.» Ich wandte mich zum Gehen. «Gute Nacht, Ceil.»

Sie hielt mich am Ärmel zurück. «Ich möchte noch einen Drink, Danny», sagte sie rasch. «Kannst du mir einen besorgen?»

Ihr Gesicht hatte jetzt einen nervösen Ausdruck – so wie man aussieht, wenn man auf jemanden wartet und nicht weiß, ob er kommen wird oder nicht. Sie tat mir leid. «Ich hab für Sam etwas Bier kaltgestellt, das können Sie haben», sagte ich. Dieses Bier war erst im Frühjahr gesetzlich zugelassen worden.

Sie schauderte ein wenig. «Kein Bier. Gibt's nichts anderes?»

«Sam hat eine Flasche Old Overholt im Bungalow. Ich kann Ihnen dazu Selterswasser und ein paar Eiswürfel bringen.»

«Das wäre großartig», sagte sie lächelnd.

Ich schloß den kleinen Eisschrank hinter der Theke des Verkaufspavillons auf, nahm eine Flasche Selterswasser und eine Tasse mit Eiswürfeln heraus; dann versperrte ich den Eisschrank wieder.

Das Kasino war beinahe leer, als ich zu ihr zurückkehrte. «Hier», sagte ich

Beim Tanzen …

... braucht sich nichts um Geld zu drehen. Doch warum sollte man dabei nicht vom Geld reden? Nicht romantisch genug? Eine Silbermünze kann so lieblich blinken wie der Maimond, ein Geldschein so aufregend knistern wie ein Sonnwendfeuer – für den, der's mag. Es kann wie Schalmeien klingen, wenn vom Geld die Rede ist – für den, der's hat.

Übrigens: Es gibt Leute, die das Gespräch ums Geld sogar zum Beruf haben: Effektenberater.

lächelnd. «Ich werde es zum Bungalow hinübertragen und Ihnen zeigen, wo der Whisky steht.»

Sie folgte mir in die Nacht hinaus. Als wir das Kasino verließen, drehte jemand die Beleuchtung ab und das ganze Gelände lag in tiefe Finsternis getaucht. Ich fühlte, daß sie zögernd stehenblieb. «Halten Sie sich an meinem Arm fest», schlug ich vor. «Ich kenne hier jeden Schritt.»

Ich erwartete, daß sie ihre Hand auf meinen Arm legen würde, aber statt dessen hängte sie sich in mich ein und schritt dicht neben mir weiter. Ihre Nähe machte mich so befangen, daß ich mehrmals beinahe stolperte. Als ich das Licht im Bungalow anknipste, spürte ich, daß mein Gesicht heiß und blutrot war.

Ich blieb stehen und sah sie an. In der Tiefe ihrer Augen geisterte unterdrücktes Lachen. Sie hatte mich jetzt völlig verwirrt. Ich wußte nicht, was ich sagen sollte.

«Ich bin noch immer durstig, Danny», sagte sie sarkastisch.

Ich drehte mich hastig und verwirrt zum Schreibtisch um, zog eine Schublade auf und entnahm ihr eine Flasche.

Sie hielt bei ihrem dritten oder vierten Drink – wir saßen auf den Stufen des Bungalows –, als das Telefon zu läuten begann. Sie hatte mich eben ausgelacht und versuchte mich zu verleiten, ebenfalls etwas zu trinken.

Ich sprang auf, eilte hinein und nahm den Hörer ab. Sie folgte mir, aber nicht so rasch. Der Whisky hatte bei ihr bereits ziemlich gewirkt, sie schwankte zwar leicht, stand aber dennoch bereits dicht neben mir, als ich mich am Apparat meldete.

Sams Stimme kam in dem finsteren Zimmer knatternd und dröhnend durch den Hörer. «Danny?»

«Ja, Sam.»

«Ich kann heut abend nicht mehr kommen, obwohl ich's versprochen hab.»

«Aber Sam . . .» begann ich zu protestieren.

Man hörte jetzt grelles Frauenlachen im Telefon. Ceil, dicht neben mir, zog den Atem scharf ein. Ihr Gesicht sah in der Dunkelheit sehr weiß aus.

Sam schien seine Worte sorgfältig zu wählen. «Sag dem Burschen, der auf mich wartet, daß ich hier festgehalten wurde und daß ich erst morgen nach dem Lunch komme, um das Geschäft abzuschließen. Verstanden?»

«Ja, Sam.» Ich verstand ihn nur zu gut. «Aber . . .»

«Okay, Junge», brüllte Sam ins Telefon, «auf Wiedersehen morgen.»

Das Telefon verstummte, und auch ich legte den Hörer auf. Ich wandte mich ihr zu. «Sam ist geschäftlich aufgehalten worden», sagte ich linkisch, «er kann heute abend nicht mehr kommen.»

Leicht schwankend starrte sie mich an. Sie war aber noch nicht wacklig genug, um nicht genau zu verstehen, was hier gespielt wurde. «Lüg mich nicht an, Danny!» Ihre Stimme war heiser vor Wut. «Ich hab ihn genau gehört!»

Ich sah sie an. Ihr Gesicht trug einen gepeinigten Ausdruck. Sie tat mir an diesem Abend zum zweitenmal leid. Ich ging auf die Tür zu. «Ich glaube, es ist besser, wenn ich jetzt gehe, Ceil.»

Ich fühlte, wie sie mich am Arm festhielt und drehte mich überrascht um. Da sah ich, wie sie mit der andern Hand weit ausholte. Ich bückte mich rasch, war aber nicht schnell genug. Mein Gesicht brannte von ihrem Schlag, und jetzt holte sie wild mit beiden Händen aus.

Im Finstern packte ich ihre Handgelenke und hielt sie fest. «Was, zum Teufel, soll das heißen?» sagte ich atemlos.

Sie versuchte ihre Hände freizubekommen, aber ich war zu stark für sie. Ihre Stimme klang heiser und erbittert, während sie die einzelnen Worte hervorstieß. «Du glaubst wohl, das ist komisch, was?» schrie sie. Ihre Stimme klang schrill durch die Nachtstille.

Ich versuchte sie mit einer Hand zu bändigen und ihr mit der andern den Mund zuzuhalten. Da vergrub sie ihre Zähne tief in meine Finger, und ich zog sie mit einem Schmerzensschrei zurück.

Sie lachte wild und hemmungslos. «Das tut weh, was? Jetzt weißt du wenigstens, wie mir zumute ist! Jetzt wird's dir vielleicht nicht mehr so komisch vorkommen!»

«Ceil!» flüsterte ich eindringlich und mit klopfendem Herzen. «Bitte, seien Sie still. Sonst wirft man mich hier noch raus!» Der Nachtwächter kümmerte sich keinen Pfifferling darum, was hier geschah, solange man keinen Lärm machte.

Aber ich brauchte mir weiter keine Sorgen zu machen, denn jetzt lehnte sie sich, schwach geworden, an mich und begann herzzerreißend zu weinen. Ich stand regungslos, denn ich wagte nicht, mich zu bewegen, aus Angst, sie könnte von neuem beginnen.

Von Schluchzen geschüttelt, lehnte sie an meiner Brust und sagte mit erstickter Stimme: «Wertlos, ganz und gar wertlos. Einer wie der andere! Ganz und gar wertlos!»

Ich strich ihr übers Haar. Es fühlte sich sehr weich an. «Arme Ceil», sagte ich leise. Sie tat mir aufrichtig leid.

Sie sah zu mir auf. Ihre Augen fanden in der Dunkelheit keinen richtigen Blickpunkt. Sie schwankte leicht hin und her, während ich sie festhielt. «Ja», stimmte sie mir zu. Ihre Wut, vereint mit dem Whisky, bewirkte, daß sie jetzt viel stärker zu schwanken begann. «Arme Ceil. Nur Danny weiß, was sie fühlt.»

Ihre Augen verengten sich nachdenklich. «Weiß Danny, weshalb Ceil hergekommen ist?»

Ich antwortete nicht. Ich wußte nicht, was ich sagen sollte.

Da umschlang sie mich mit den Armen und hob mir ihr Gesicht entgegen. «Danny bedauert die arme Ceil, nicht wahr», flüsterte sie, «küß die arme Ceil.»

Ich stand hölzern da und wagte nicht, mich zu bewegen. Ich wollte nicht noch mehr Scherereien.

Sie umschlang meinen Hals noch inniger und zog mein Gesicht zu sich hinunter. Ich fühlte, wie sie mit ihren Zähnen in meine Unterlippe biß und fuhr vor Schmerz zurück. Sie flüsterte: «Danny weiß, warum Ceil hergekommen ist. Er wird sie doch nicht ohne das weggehen lassen, nicht wahr?»

Ich starrte durch die Dunkelheit in ihr Gesicht. Ihre Augen waren geschlossen, und ihre Lippen lagen weich auf meinem Mund. Plötzlich begann ich zu lachen. Es galt also wirklich mir!

Meine Arme umfaßten sie fester, und ich küßte sie. Wieder und immer wieder. Sie versenkte ihre Zähne in meinen Lippen. Plötzlich wurde sie in meinen Armen ganz schlaff und willenlos. Ich hob sie auf und trug sie zum Bett hinüber. Während ich sie aufs Bett legte, grub sie ihre Zähne in meinen Hals.

Ich stand vor ihr und sah auf sie hinab, meine Hände zerrten ungeduldig an meinen Kleidern. Dann beugte ich mich über sie und umschlang mit festem Griff ihre Taille. Ihre Arme schlossen sich um meinen Hals. Ich hörte, wie ihr Kleid zerriß, als ich mich über sie warf.

Ihre Stimme war ein einziger wilder Aufschrei. Und meine, zuerst bloß stummes Echo, erhob sich langsam, um sich mit der ihren in brausendem Crescendo zu vereinen.

«Danny!»

«O Gott! Miss Schindler! Ceil!»

Die Nacht war ganz still, und ich horchte auf ihre leisen Atemzüge. Ich berührte zart ihre Augen, sie waren geschlossen. Aber ihre Wangen waren feucht, sie hatte geweint; ihre Lippen waren wund und leicht geschwollen und bewegten sich unter meinen Fingern. Ich beugte mich über sie, um sie zu küssen, doch sie wandte das Gesicht ab und flüsterte: «Nicht mehr, Danny, bitte nicht mehr.»

Ich lachte und setzte mich im Bett auf. Ich streckte mich und fühlte ein warmes Prickeln, das mir durch den Körper lief. Ich stand auf, trat an die Tür und öffnete sie. Die Nachtluft war kühl und beruhigend.

Ich stieg die Stufen hinunter und trat ins Gras, preßte meine Zehen tief in den Boden und fühlte, wie die Kraft der Erde in mich überströmte. Ich hob meine Hände zum Nachthimmel empor und versuchte die strahlenden Sterne zu berühren. Ich sprang hoch in die Luft, fiel nieder, rollte, mich überschlagend, auf dem Rasen, und ein befreiendes Gelächter drang aus meiner Kehle.

Es war die Freude an meiner Entdeckung. Das war es also, wofür ich erschaffen worden war, das war es, weshalb ich auf Erden war. Ich kratzte eine Handvoll Erde zusammen und zerrieb sie zwischen den Handflächen. Sie tröpfelte zwischen meinen Fingern zu Boden. Das ist meine Erde, das ist meine Welt. Ich bin ein Teil von ihr, und sie ist ein Teil von mir.

Dann drehte ich mich um, kehrte in den Bungalow zurück und streckte mich neben ihrem nackten Körper aus.

Gleich darauf war ich fest eingeschlafen.

13

Eine Hand packte mich und schüttelte mich heftig. Ich setzte mich im Bett auf und rieb mir schläfrig die Augen. Sam brüllte mir in die Ohren. «Wo ist sie?»

Da riß ich die Augen auf. Das Bett neben mir war leer. Fahles Morgengrauen sickerte in den Bungalow. Sam starrte mich mit blutunterlaufenen Augen wütend an. «Wo ist sie?» brüllte er nochmals.

Ich sah ihn verwirrt an. Ich wußte nicht, was ich sagen sollte. Mein Herz begann heftig zu klopfen. Ich hatte Angst. Außer uns beiden befand sich niemand in dem Bungalow. Aber ich war zu erschrocken, um mir eine Lüge auszudenken.

Er packte mich mit beiden Händen an den Schultern und zerrte mich aus dem Bett. «Versuch nicht, mich anzulügen, Danny!» brüllte er wütend und fuchtelte mir mit seiner geballten Faust vor dem Gesicht herum. «Ich weiß, daß sie hier war. Der Portier hat mir gesagt, daß sie kein Zimmer genommen hat und hier unten geblieben ist. Du Schuft! Du hast mit meinem Mädchen geschlafen!»

Ich öffnete den Mund, um zu antworten, aber so weit kam es nicht, denn Ceils Stimme ertönte von der Tür her.

«Wer ist dein Mädchen, Sam?»

Wir drehten uns beide um und sahen sie überrascht an. Als Sam bei ihrem Anblick seinen Griff lockerte, nahm ich hastig das Bettlaken und wickelte es um meinen Leib. Sie war im Badeanzug und kam tropfnaß aus dem Schwimmbassin. Ihre Füße hinterließen feuchte Spuren auf dem Boden, während sie näher trat. Sie blieb vor Sam stehen und sah ihm ins Gesicht.

«Wer ist dein Mädchen, Sam?» wiederholte sie ruhig.

Jetzt war's an ihm, verwirrt zu sein. «Du bist doch hergekommen, um mich zu besuchen», sagte er bestürzt.

Sie riß die Augen weit auf. «Das hab ich geglaubt, Sam», sagte sie noch immer ruhig und leise, «ich wurde aber eines Besseren belehrt.» Sie trat einen Schritt von ihm zurück. «Den wirklichen Grund, weshalb ich hier heraufkam, kennst du wohl nicht, Sam, was?»

Er schüttelte den Kopf und sah mich an. Ich war eben dabei, in meine Hose zu schlüpfen. Er wandte sich wieder zu ihr zurück.

Ihre Stimme war zwar leise, klang aber schneidend, und sie sah keinen von uns beiden an. «Ich kam her, um dir zu sagen, daß ich deinen Schwüren glaube und daß ich mich von Jeff scheiden lassen will, um zu dir zu kommen.»

Sam machte einen Schritt auf sie zu. Sie hob ihre Hand und stieß ihn zurück. Dann sah sie ihm in die Augen.

«Nein, Sam», sagte sie rasch. «Das war gestern. Heut sieht's ganz anders aus. Ich habe dicht neben dem Telefon gestanden, als du gestern abend mit Danny sprachst, und habe jedes Wort gehört.» Ihre Lippen verzogen sich zu einem schmerzlichen Lächeln. «Und da begann ich zum erstenmal wirklich zu verstehen – dich und mich. Ich war zum erstenmal wirklich aufrichtig mit mir selbst. Es ist ja gar nicht wahr, daß du mich brauchst, oder ich dich! Es war nichts anderes, als daß wir in einer gewissen Beziehung gleich veranlagt sind. Wir brauchen es. Punkt. Wer der Partner ist – spielt keine Rolle!»

Sie nahm eine Zigarette vom Tisch und zündete sie an. «Und jetzt, schert euch beide zum Teufel! Ich will mich anziehen.»

Ich drehte mich auf der Türschwelle nochmals um. Ich hatte nicht die Hälfte von dem verstanden, was sie gesagt hatte, aber irgendwie war ich ihr dankbar. Sie sah mich nicht an, sondern zog bloß an ihrer Zigarette.

Sam und ich gingen in verlegenem Schweigen auf das Hotel zu, unsre Schuhe knarrten in dem taufrischen Gras. Sam hatte den Kopf tief zu Boden gesenkt und schien in Gedanken versunken.

«Es tut mir leid, Sam», sagte ich.

Er sah mich nicht an.

«Ich kann wirklich nichts dafür. Sie war ganz außer sich», fuhr ich fort.

«Halt's Maul Danny!» Seine Stimme war rauh.

Unsre Schritte dröhnten auf den hölzernen Stufen der Hotelveranda; wir schritten weiter bis zur Theke des Verkaufspavillons. Ich trat dahinter und griff nach der Abrechnung. «Sowie ich den Bericht für dich abgeschlossen habe, reise ich ab», sagte ich steif.

Er starrte mich gedankenvoll an. «Weshalb?» fragte er.

Ich war überrascht. «Du weißt, weshalb», erwiderte ich.

Er lächelte, streckte plötzlich die Hand aus und fuhr mir durchs Haar. «Reg dich nicht auf, Champ! Niemand hat was von deinem Fortgehn gesagt.»

«Aber Sam ...»

«Zum Teufel!» Er lachte hellauf. «Ich konnte nicht erwarten, daß du ewig ein Unschuldslamm bleibst. Übrigens – vielleicht hast du mir sogar einen Gefallen getan.»

Nach dem Labor Day fuhr ich mit sechshundert Dollar in der Tasche wieder nach Hause. Ich legte das Geld auf den Küchentisch und fühlte mich dabei fast wie ein Fremder. Der Sommer hatte uns alle sehr verändert.

Ich war enorm gewachsen. Ich war jetzt um einen Kopf größer als Papa und Mamma. Sie reichten mir nicht einmal mehr bis zu den Schultern. Sie schienen auf unerklärliche Weise zusammengeschrumpft. Beide waren seit dem Frühjahr stark abgemagert. Papas normalerweise rundliche Wangen waren hohl und unter den Augen hatte er völlig ungewohnte bläuliche Ringe. Und Mammas Haar war ganz grau geworden. Diesmal machten sie nicht einmal den Versuch, wegen des Geldes einen falschen Schein zu erwecken. Sie brauchten es zu dringend.

Wir sprachen bei dem ersten gemeinsamen Abendessen über viele Dinge ... gewisse Dinge blieben aber ungesagt. Es war besser so. Es hatte keinen Sinn, über etwas zu sprechen, das wir alle bereits wußten. Es war von unsern Gesichtern abzulesen, aus der Art, wie wir sprachen und uns betrugen.

Nach dem Abendessen ging ich auf die Veranda und setzte mich auf die Stufen. Rexie kam mir nachgelaufen und legte sich zu mir. Ich kraulte sie am Ohr. «Hast mich vermißt, Mädchen?» fragte ich leise. Sie wedelte mit dem Schwanz und legte ihren Kopf auf mein Knie. Sie hatte mich bestimmt vermißt. Sie war glücklich, daß ich wieder zu Hause war.

Ich sah auf die Straße. Auch sie hatte sich im Laufe des Sommers verändert. Sie war geteert worden, und die Asphaltdecke verlieh ihr ein neues, prächtigeres Aussehen.

Mimi kam zu mir heraus und setzte sich neben mich auf die Stufen. Wir saßen lange, ohne etwas zu sagen. Der fette Freddie Conlon kam aus seinem

Haus und rief mir einen Gruß zu, als er mich erkannte. Ich winkte mit der Hand und sah ihm nach, während er den Häuserblock hinunterging.

Schließlich begann Mimi zu sprechen. «Marjorie Ann hat sich im Sommer verlobt.» Sie sah mich dabei aufmerksam an.

«So?» sagte ich gleichgültig. Sie bedeutete mir nichts. Sie gehörte zu meinen Kindertagen.

«Mit einem Polizisten», fuhr Mimi fort. «Sie heiratet im Januar, gleich nach der Matura. Er ist bedeutend älter als sie, er ist schon in den Dreißigern.»

Ich sah sie jetzt auch an. «Wozu erzählst du mir das alles?» fragte ich rundheraus.

Sie wurde rot. «Ich wollte dir bloß die Neuigkeiten berichten, die sich im Sommer hier ereignet haben», sagte sie abwehrend.

Ich wandte mich wieder der Straße zu. «Na und?» fragte ich ruhig. Darin hatte sich wenigstens nichts geändert. Kaum war ich einige Stunden zurück, hatte ich mit Mimi schon wieder Krach.

Ihre Stimme wurde hart und nahm eine häßliche Schärfe an. «Ich dachte, du hast Marjorie gern.»

Ich lachte beinahe heraus. «Wie kommst du darauf?»

Sie sah Rexie an, die zwischen uns lag, und streichelte ihren Kopf. «Ich dachte, du warst in sie verliebt. Sie hat mir erzählt . . .»

«Was hat sie dir erzählt?» unterbrach ich sie.

In stummem Zweikampf starrten wir einander an. Sie senkte den Blick, während ich sie noch immer, ohne zu blinzeln, mit weitgeöffneten Augen ansah.

«Sie . . . sie hat mir gesagt, daß du Dinge mit ihr getrieben hast», stotterte sie.

«Was für Dinge?» fragte ich beharrlich.

«Ach, eben Dinge, die man nicht tun darf», sagte sie und betrachtete aufmerksam ihren Nagellack. «Nachdem du im Juni weggefahren warst, hat sie mir gesagt, sie hat Angst, ein Baby zu bekommen.»

Plötzlich mußte ich lachen. «Die ist ja verrückt!» platzte ich heraus. «Ich hab sie doch nie berührt.»

Mimi sah sehr erleichtert aus. «Ist das wirklich wahr, Danny?»

Ich lachte noch immer. Ich erinnerte mich an das, was sich dort oben, auf dem Land ereignet hatte. Marjorie Ann ist ein verdrehtes Frauenzimmer. Von einem so kindischen Geknutsche hat noch kein Mädchen ein Kind bekommen. Ich sah Mimi in die Augen. «Es ist wirklich wahr, Mimi», sagte ich gelassen. «Du weißt, ich würde dich nie anlügen.»

Jetzt lächelte auch sie. «Ich hab ihr's nie wirklich geglaubt, Danny. Sie erfindet ständig solche Geschichten.» Sie glitt leicht über meine Hand. «Ich bin froh, daß sie heiratet und von hier wegkommt. Ich mag sie nicht mehr.»

Wir sahen wieder stumm auf die Straße. Es wurde dunkel, und die Straßenbeleuchtung flammte plötzlich in strahlender Helligkeit auf.

«Die Tage werden schon kürzer», sagte ich.

Sie antwortete nicht, und ich sah sie an. Wie sie hier im Licht der Straßenbeleuchtung saß und das schwarze Haar ihr über die Schultern flutete, sah sie beinahe noch wie ein Kind aus. Obwohl sie um zwei Jahre älter war als ich, fühlte ich mich bedeutend älter. Vielleicht machten es ihre Gesichtszüge. Sie hatte ungemein zarte Knochen, und ihr Mund sah so völlig unberührt aus. Ich fragte mich, ob sie je geküßt worden ist. Ich meine wirklich geküßt. Doch dann verscheuchte ich hastig diesen Gedanken. Meine Schwester war nicht so – sie gehörte nicht zu dieser Sorte Mädchen.

«Papa und Mamma sehen müde aus», sagte ich, um das Thema zu wechseln. «Es muß in der Stadt sehr heiß gewesen sein.»

«Es ist nicht nur das, Danny», antwortete sie. «Es steht nicht gut um uns. Das Geschäft geht miserabel, und wir sind die Rechnungen überall schuldig. Vor genau einer Woche hätte die Milchgesellschaft beinahe ihre Lieferungen eingestellt. Es ist ein wahres Glück, daß ich im A & S eine Halbtagsbeschäftigung bekommen hab; sonst stünde es noch weit ärger.»

Ich riß die Augen auf. Ich hatte zwar gewußt, daß es mit uns nicht zum besten bestellt war, es wäre mir aber nie eingefallen, daß es so schlimm um uns stand. «Das hab ich nicht gewußt», sagte ich. «Mamma hat mir nie was davon geschrieben.»

Sie sah mich sehr ernst an. «Du weißt ja, wie die Mamma ist. Sie würde nie über so etwas schreiben.»

Ich wußte nicht, was ich sagen sollte. Ich griff verlegen in die Tasche und holte eine Zigarettenpackung hervor. Ich steckte mir eine Zigarette in den Mund und war im Begriff sie anzuzünden, als Mimi mich unterbrach.

«Mir auch, Danny», sagte sie.

Ich hielt ihr die Packung hin. «Ich hab nicht gewußt, daß du rauchst», sagte ich überrascht.

«Und ich hab wieder nicht gewußt, daß du rauchst», entgegnete sie. Sie sah ins Haus hinein. «Aber wir müssen sehr vorsichtig sein, damit uns die Mamma nicht erwischt, sonst kriegen wir's alle beide.»

Wir lachten und verbargen unsre Zigaretten in den Handhöhlen.

«Ich bin froh, daß ich im Sommer maturiere», sagte Mimi, «dann bekomm ich vielleicht eine gute Anstellung und kann wirklich helfen.»

«Steht's tatsächlich so schlimm, wie?» fragte ich nachdenklich.

«Ja», antwortete sie unumwunden. «Mamma spricht sogar schon davon, das Haus hier aufzugeben. Wir können die Zinsen für die Hypothek nicht mehr aufbringen.»

«Das dürfen wir nicht!» Jetzt war ich aufrichtig erschrocken. Doch nicht mein Haus! Ich konnte es einfach nicht glauben.

Mimi zuckte ausdrucksvoll mit den Achseln. «Ob wir's tun dürfen oder nicht, hat nichts damit zu tun. Wir haben einfach kein Geld.»

Ich schwieg einen Moment. Ich war kein Kind mehr und hatte auch nie wirklich geglaubt, daß es mein Haus sei, wie Papa einmal gesagt hatte, aber ich wollte auch nicht gezwungen werden, von hier auszuziehen. Irgendwie quälte mich der Gedanke, daß andere Leute in diesem Haus leben, eine andere Familie in unsrer Küche essen, jemand andrer in meinem Zimmer schlafen sollte. Ich war gern hier und wollte nicht weg.

«Vielleicht wär's gut, wenn ich aus dem Gymnasium austräte und mir eine Stelle suchte», sagte ich nach einiger Überlegung.

«Nein, Danny, das darfst du nicht!» rief Mimi, heftig protestierend. «Du mußt das Gymnasium absolvieren. Mamma und Papa haben ihr Herz daran gehängt.»

Ich schwieg.

«Mach dir keine Sorgen, Danny», sagte sie tröstend und legte mir ihre Hand auf die Schulter. «Es wird sich noch alles wunderbar lösen. Ich weiß es ganz bestimmt.»

Ich sah sie hoffnungsvoll an. «Glaubst du's wirklich?»

Sie lächelte. «Natürlich.» Damit stand sie auf und warf ihre Zigarette in den Rinnstein. «Ich geh jetzt lieber hinein und helfe beim Geschirrspülen, sonst setzt's mit der Mamma noch Krach.»

Ich hoffte, daß sie mit ihrem Optimismus recht behielt. Sie mußte recht behalten! Wir durften von hier nicht wegziehen! Für mich gab's doch keinen andern Ort, an dem ich leben wollte.

14

Mein Name ist Danny Fisher und ich bin fünfzehn Jahre und vier Monate alt. Ich gehe in die sechste Klasse des Erasmus Hall-Gymnasiums und besuche die Vormittagsstunden. Jetzt ist's ein Uhr nachmittag, und damit ist die Schule für heute vorbei. Ich stehe an der Ecke der Flatbush und Church Avenue und lasse die Schüler auf ihrem Heimweg an mir vorbeipassieren.

Man behauptet, daß mehr als dreitausend Schüler das Gymnasium besuchen, und in diesem Augenblick sieht es so aus, als würden alle auf einmal gerade an dieser Ecke vorbeigehen. Sie lachen und reden durcheinander, und einige necken die Mädchen. Ich sehe ihnen mit neidischen Blicken zu. Sie haben keine Sorgen.

Sie brauchen sich bis morgen, wenn sie wieder in ihre Schulklasse müssen, um nichts zu kümmern. Nicht so wie ich. Denn ich habe ein Haus, mein kostbarstes Gut, das ich mir erhalten will. Folglich muß ich arbeiten. Ich blicke auf die Schaufensteruhr. Es ist bereits einige Minuten nach eins. Ich hab's jetzt eilig, denn ich muß um halb zwei an meinem Arbeitsplatz sein.

Ich gehe die Flatbush Avenue entlang. Es ist spät im Oktober, und die erste Winterkälte durchschauert mich. Ich ziehe meinen Lumberjack fester um mich. Vor einem Lichtspieltheater bleibe ich einen Augenblick stehen, um die Bilder zu betrachten. Scheint ein prima Film zu sein – während ich noch dort stehe, gehen einige Schulkameraden hinein, um sich ihn anzusehen. Ich würde mir ihn auch gern ansehen, aber ich habe keine überflüssige Zeit. Und dann gehe ich wieder weiter.

Das gute Geschäftsviertel liegt jetzt hinter mir. Hier sind die Geschäfte kleiner und beziehen ihren Kundenkreis bloß aus der nächsten Umgebung, nicht wie die großen Warenhäuser der Avenue, die sich weiter aufwärts, in der Nähe des Gymnasiums, befinden. Ich beschleunige meine Schritte. Es gibt hier auch nicht viel zu sehen, um meine Aufmerksamkeit zu erregen und mich zum Stehenbleiben zu veranlassen.

Ich bin bereits eine halbe Stunde unterwegs, wenn ich die sechs Ecken erreiche, wo sich Flatbush und Nostrand treffen. Es ist die Endstation der Flatbush-U-Bahn.

An dieser Ecke befinden sich zahlreiche Lebensmittelgeschäfte: A & P; Bohack; Roulston; Daniel Reeves; Fair-Mart. In das letzte trete ich ein. Ich durchschreite einen langen, schmalen Geschäftsraum.

Ein Mann hinter dem Ladentisch sieht auf und schreit mich an: «Beeil dich, Danny. Wir haben eine Menge auszuliefern.»

Ich rase ins Hinterzimmer des Geschäfts. Dort lege ich meine Schulbücher auf ein Regal, nehme meine Schürze herunter und binde sie um, während ich schon in den vorderen Raum zurücklaufe. Die Lieferware steht neben der Tür am Boden, und ich trage sie zu dem Handwagen hinaus, der vor der Tür steht.

Einer der Schreiber kommt heraus und prüft mit mir gemeinsam die Rechnungen nach. Dann übergibt er mir das genau abgezählte Wechselgeld für die Nachnahmewaren, und ich mache mich auf den Weg. Der Handwagen und ich schlängeln uns in die Straßen hinein und wieder heraus, und so geht es den ganzen Nachmittag, mitten durch den Verkehr, bis die Sonne untergeht und es sechs Uhr schlägt. Dann nehme ich einen schweren Besen und fege den Laden aus.

Um sieben Uhr kann ich meine Schürze abnehmen. Ich lege sie sauber gefaltet auf das Regal, um sie morgen wieder griffbereit zu haben. Ich greife nach meinen Schulbüchern und eile in das vordere Geschäftslokal; der Geschäftsführer läßt mich hinaus und sperrt die Tür hinter mir sorgfältig zu. Ich gehe eilends die Nostrand Avenue nach Newkirk hinauf. Ein Bus wartet beim U-Bahn-Ausgang und ich steige ein. Ich stehe, denn der Bus ist mit Menschen überfüllt, die alle von ihrer Arbeit heimfahren.

An meiner Ecke steige ich aus und gehe noch einen Häuserblock hinauf. Meine Füße schmerzen und meine Hals- und Schultermuskeln sind empfindlich von dem Heben schwerer Kisten. Aber ich vergesse meine Schmerzen, wenn Rexie die Straße heruntergelaufen kommt, um mich stürmisch zu begrüßen. Sie wedelt in ihrer Aufregung glückselig mit ihrem Schwänzchen, und ich streichle ihren Kopf. Noch immer lächelnd und erwärmt von der freudigen Begrüßung, betrete ich mein Haus.

Ich schütte eine Handvoll Kleingeld auf den Küchentisch. Langsam rechne ich die Fünf- und Zehn-Cent-Stücke zusammen. Fünfundachtzig Cent. Heute sind die Trinkgelder gut gewesen. Ich stecke fünfundzwanzig Cent in meine Tasche und fülle den Rest des Kleingelds in das Glas oberhalb des Spültisches.

Mamma hat mir dabei zugeschaut. Jetzt sagt sie: «Geh hinauf, Danny, und wasch dich. Das Nachtmahl wartet.»

Papa sitzt schon beim Tisch. Er sagt nichts, ebensowenig wie ich. Wir wissen aber beide, was in uns vorgeht. Ich bin zufrieden.

Denn ich bringe tagtäglich das kleine Bächlein Kleingeld nach Hause, und am Samstag, wenn ich einen ganzen Tag von sieben Uhr morgens bis elf Uhr nachts gearbeitet habe, gibt mir der Geschäftsführer meinen Wochenlohn. Dreieinhalb Dollar. In guten Wochen verdiene ich zusammen mit den Trinkgeldern zehn Dollar.

Es ist gut, daß ich in der Schule so leicht lerne, denn meistens schlafe ich bei meinen Hausaufgaben ein und muß sie am nächsten Tag während der Schulpause fertigmachen. Ich sinke immer ins Bett und schlafe den Schlaf des Erschöpften, wenn ich aber am nächsten Morgen erwache, bin ich wieder frisch und munter. Mir kommt die unerschöpfliche Kraft der Jugend zugute.

Natürlich gibt's Zeiten, in denen ich gern mit den andern Jungen mitspielen möchte, besonders, wenn sie auf der Straße *football* spielen. Manchmal erwische ich so einen *football*, den einer der Jungen verfehlt hat. Dann hebe ich ihn auf und streiche mit den Fingern zärtlich über das weiche, glatte Schweinsleder. Ich erinnere mich, wie heftig ich mir gewünscht hatte, ins Schulteam aufgenommen zu werden. Dann werfe ich den Ball zurück. Ich sehe ihm nach, wie er spiralenförmig durch die Luft segelt, bis er in die Hände des andern Jungen gelangt. Dann wende ich mich ab. Ich habe keine Zeit für Spiele. Ich bin in düsterer, gedankenvoller Stimmung, denn ich bin an einem weit größeren Spiel beteiligt. Ich arbeite, um mein Heim zu schützen und es mir zu erhalten.

Aber es sind Kräfte am Werk, von denen ich nichts ahne. Der kalte, leidenschaftslose Mechanismus des Finanz- und Kreditwesens, von Handel und Verkehr, der das Niveau aller Gesellschaftsschichten im Gleichgewicht hält, bedeutet für mich nichts als Worte aus einem Lehrbuch. Aber es gibt Menschen, die diesen Mechanismus aufmerksam beobachten.

Es sind Menschen, genauso wie Papa und Mamma, wie Mimi und ich. Sie sind gleichermaßen Opfer wie Vollzugsorgane. Sie sind den Niveaugesetzen ebenso unterworfen wie die Menschen, auf die sie sie anwenden. Ist das Niveau zu stark aus dem Gleichgewicht geraten, notieren sie etwas auf einem Blatt Papier. Diese Notiz geben sie an andere Leute weiter. Stimmt sie mit den Aufzeichnungen der ersten Beobachter überein, werden wieder andere Papiere ausgefüllt und abgeschickt. Und dann entfallen alle Regeln. Denn das, was sie tun, stört das Gleichgewicht so sehr, daß es unmöglich ist, die Balance wiederzufinden.

Dann werden wir zur Statistik.

Statistiken sind sehr kalte Angelegenheiten. Hier handelt sich's um Balancen ganz andrer Art, die von Archivaren aufgestellt werden. Und danach werden viele Entscheidungen getroffen. Begründungen werden daraus abgeleitet und Schlüsse gezogen, so auch die Ursache für unser Versagen, in unserm Wirtschaftsleben ein gleichmäßiges Niveau aufrechtzuerhalten. Aber nichts davon rechnet mit meinen Gefühlen und Stimmungen, wenn ich von diesem Versagen höre. Weder mit meinen noch mit denen meiner Familie. Denn sie interessieren sich lediglich für ihre Kalkulationen, nicht aber für das, was wir fühlen.

Und bestimmt nicht für die Art der Gefühle, die ich Ende Oktober an jenem Abend empfand, als ich nach Hause zurückkehrte und meine Mamma weinend vorfand.

15

ICH WAR NICHT DABEI, ALS ...

Mamma sah auf die Uhr. In wenigen Minuten würde es Zeit für den Lunch sein. Sie überlegte, wo der Vormittag hingekommen war. Sie war mit so bösen Vorahnungen, mit dem unabweisbaren Gefühl bevorstehenden Unheils, das sie bedrohte, erwacht, daß sie sich die ganze Zeit zu einer Beschäftigung zwingen mußte, um ihren Gedanken zu entrinnen. Sie hatte jeden Winkel des Hauses durchstöbert und geputzt, ja sie war sogar in den Keller hinuntergestiegen und hatte die Asche durchgesiebt, um die halbverbrannten Kohlestückchen, die beim Rütteln des Rostes durchfielen, herauszuklauben. Aber trotz aller Geschäftigkeit war sie das unheimliche Gefühl nicht losgeworden.

Sie kehrte in die Küche zurück, stellte einen Topf Wasser auf den Herd und zündete das Gas an. Vom Flur her hörte sie ein Geräusch. Es war Rexie, die unter dem Küchentisch hervorgekrochen und zur Tür gelaufen war, wo sie schweifwedelnd stehenblieb und Mamma ansah.

«Du willst wohl hinaus, was?» fragte Mamma den Hund, während sie ihm die Küchentür öffnete.

Der Hund lief bellend hinaus, und sie wandte sich wieder dem Herd zu. Sie legte ein Ei ins Wasser, das eben zu kochen begann.

Nachdem sie gegessen hatte, räumte sie den Tisch wieder ab und stellte die Teller auf den Spültisch. Sie war müde und starrte auf die Teller hinunter. Nein, sie war zu müde, um sie abzuwaschen.

Plötzlich begann ihr Herz so heftig zu klopfen, daß ihr ganzer Körper zu vibrieren schien. Sie bekam Angst. Sie hatte oft gehört, daß Menschen ohne jede Warnung von Herzkrämpfen überfallen wurden. Sie begab sich ins Wohnzimmer, setzte sich auf die Couch und lehnte sich in die Kissen zurück. Ihre Handflächen waren in Schweiß gebadet. Sie schloß die Augen, um zu ruhen.

Langsam beruhigte sich ihr Herz. Der Atem ging wieder leichter und das Angstgefühl verschwand. «Ich bin einfach übermüdet», sagte sie laut. Die Worte hallten in dem menschenleeren Zimmer. Sie beschloß ein warmes Bad zu nehmen; das würde sie bestimmt entspannen und ihr guttun. Nichts als Nerven, sagte sie sich. Während sich die Badewanne füllte, entkleidete sie sich im Badezimmer, faltete ihre Kleider sauber zusammen und legte sie über die Handtuchstange. Dann betrachtete sie sich im Spiegel.

Sie berührte überrascht ihr Haar. Soviel Grau war darin und das Schwarz sah verblichen und stumpf aus. Und doch war es ihr, als wäre es noch gestern voll Leben und glänzend schwarz gewesen. In ihr Gesicht hatten sich winzige Fältchen gegraben, und ihre Haut war nicht mehr so weich und glatt, wie sie sie im Gedächtnis hatte. Ihr war beinahe so, als sähe sie jemand andrer aus dem Spiegelglas an.

Sie hakte ihren Büstenhalter auf. Die Brüste, ihrer mechanischen Stütze beraubt, sanken welk und schlaff auf ihren Leib. Sie betrachtete sich aufmerksam im Spiegel. Wie stolz war sie immer auf ihren schönen Busen gewesen! Sie erinnerte sich, wie wohlgeformt er immer war, wie fest und strotzend vor Leben, wenn sie ihre Kinder stillte. Papa hatte ihr dabei immer gern zugesehen. Voll Bewunderung saß er neben ihr, um nach einiger Zeit lachend zu dem Säugling zu sagen: «He, du kleiner Genußspecht, hast du noch immer nicht genug? Willst du für Papa denn nichts mehr übriglassen?» Dann errötete sie und sagte lachend, er solle sich schleunigst trollen und kein solches Ferkel sein. Es erfüllte sie aber doch immer mit ungeheurem Stolz. Und wie sah sie jetzt aus?! Jetzt konnten sie ihm wahrhaftig keine Freude mehr spenden. Wen sollte so was noch reizen?

Sie wandte sich vom Spiegel ab und trat zur Badewanne. Jetzt spielte auch das keine Rolle mehr. Weder er noch sie trugen nach diesen Dingen noch Verlangen. Der Kampf der letzten Jahre hatten ihnen jeglichen Appetit dafür genommen. Sie hatte nur noch eine schwache Erinnerung an diese Freuden. Am besten war's, man überließ diese Dinge der Jugend und denen, die keine Sorgen hatten.

Sie ließ sich behutsam in die Wanne sinken. Langsam durchströmte die Wärme ihren ganzen Körper. Jetzt war sie beinahe heiter und unbeschwert. Das leise Rauschen des Wassers schien ihre Angst verscheucht zu haben, und sie fühlte sich wieder behaglich und geborgen. Sie lehnte sich in der Wanne zurück und fühlte entzückt, daß das Wasser sie bis zu den Schultern umspielte. Sie stützte den Kopf auf die Kacheln über dem Wannenrand, denn sie war schläfrig und ihre Lider wurden schwer.

«Ich bin ein dummes altes Weib», dachte sie, während sie die Augen schloß. Sie schlummerte ein.

Plötzlich begann ihr Herz wieder zu hämmern. Sie versuchte die Arme zu bewegen, aber sie waren schwer und leblos wie Blei. Ich muß aufstehen, dachte sie verzweifelt, ich muß! Mit ungeheurer Anstrengung hob sie den Kopf und öffnete die Augen. Sie sah sich erschrocken um.

Denn jetzt hörte sie auch das Klingeln des Telefons. Und plötzlich war sie hellwach. Sie erinnerte sich, nach oben gegangen zu sein, um zu baden. Sie mußte ziemlich lange geschlafen haben, denn sie bemerkte, daß das Wasser fast ganz kalt geworden war. Unten läutete das Telefon mit einer Dringlichkeit, die sie nicht ignorieren durfte. Sie stieg aus der Wanne, trocknete ihre Füße hastig an der Bodematte und lief, nachdem sie das Badetuch über ihren nassen Körper geworfen hatte, die Treppe hinunter, um sich zu melden.

Als sie den Hörer abgenommen und Papas Stimme gehört hatte, wußte sie sogleich, daß etwas geschehen war. Irgendwie hatte sie es schon den ganzen Tag erwartet.

«Mary», rief er mit zitternder Stimme, «die Bank hat gegen mich eine gerichtliche Entscheidung erwirkt, die mir morgen zugestellt werden wird.»

Sie versuchte ruhig zu bleiben.

«Hast du mit ihnen nochmals gesprochen?» fragte sie, und der Ton ihrer Stimme spiegelte ihre Angst wider.

«Ich hab alles Menschenmögliche getan», antwortete er resigniert. «Ich hab sie gebeten, ich hab sie angefleht, mir noch etwas Zeit zu geben, aber sie haben gesagt, sie können nichts mehr für mich tun.»

«Hast du mit deinem Bruder David gesprochen?» fragte Mamma. «Vielleicht kann er dir etwas Geld geben.»

«Ich hab auch mit ihm gesprochen», antwortete er. Nach einem Moment des Schweigens sagte er mit entsetzlicher Endgültigkeit. «Wir sind am Ende – erledigt!»

«Harry, was soll denn jetzt aus uns werden?» Vor ihren Augen tauchte die Vision ihrer Familie auf, wie sie in Lumpen gehüllt durch die Straße zog. Sie unterdrückte tapfer die aufsteigende Hysterie.

«David kommt heute abend mit seinem Wagen», erwiderte Papa. «Wir werden versuchen, soviel Waren wie möglich aus dem Laden herauszuschaffen. Dann werden wir das Zeug bei ihm verstecken, bis ich Mittel und Wege gefunden habe, irgendwo ein neues Geschäft zu eröffnen.»

«Wenn man euch dabei erwischt, kommst du noch ins Gefängnis», rief sie.

«Dann geh ich eben ins Gefängnis», antwortete er mit tonloser Stimme. «Viel Ärgeres kann mir ja kaum noch passieren.» Nachdem er ihr das, was sich ereignet, erzählt hatte, schien er jegliche Fähigkeit, eine Gemütsbewegung zu empfinden, verloren zu haben. «Sie beschlagnahmen auch das Haus.» Er verfiel ins Jiddische, was nicht oft geschah. «Alles iss forloren», sagte er, «alles is weg.»

Das war der Abend, an dem ich heimkam und Mamma weinend am Küchentisch sitzend vorfand, während Mimi, gleichfalls tränenüberströmt, ihre Hand hielt.

Das war der Abend, an dem ich ohne Nachtmahl in Papas Geschäft ging, um dabei zu helfen, die hastig verpackten Warenkisten in Onkel Davids Wagen hinauszutragen.

Das war die Nacht, in der ich um zwei Uhr morgens in der verdunkelten Straße stand und mein Vater, der die ganze Zeit bitterlich weinte, die Schaufenster zusperrte und dabei unaufhörlich murmelte: «Fünfundzwanzig Jahre ... fünfundzwanzig Jahre!»

Das war die Nacht, in der ich mit ansehen mußte, wie Papa und Mamma einander weinend in die Arme stürzten, in der ich lernte, daß auch sie Gefühle hatten, die sie nicht zu kontrollieren vermochten. Zum erstenmal sah ich Angst, Verzweiflung und völlige Hoffnungslosigkeit in ihren Gesichtern.

Ich eilte rasch in mein Zimmer, kleidete mich aus, kroch ins Bett und starrte schlaflos in die Finsternis. Das gedämpfte Murmeln ihrer Stimmen drang bis zu mir herauf. Ich konnte nicht einschlafen; ich sah, wie das Morgengrauen ins Zimmer gekrochen kam, und ich hatte noch nichts gefunden, was ich tun konnte ... gar nichts!

Das war die Nacht, in der ich mir zum erstenmal eingestand, daß es nicht mein Haus ist, daß es in Wirklichkeit jemand ganz anderem gehört und daß ich kein Herz mehr hatte, um Tränen zu vergießen.

Umzugstag
1. Dezember 1932

Alles ging schief. Alles ging schief, nichts ging glatt. Ich wußte es in derselben Minute, in der ich die U-Bahn-Station in der Church Street betrat, anstatt zu Fuß nach Hause zu gehen. Am Morgen, beim Aufstehen, hatte ich das dumpfe, beklemmende Gefühl gehabt, als hätte mich jemand in den Solarplexus gestoßen. Und dieses Gefühl hatte sich den ganzen Tag über immer noch verstärkt. Jetzt bemerkte ich, wie sich dieser Schmerz über den ganzen Körper verbreitete. Ich war auf dem Weg von der Schule nach Hause – aber nicht mehr in unser Haus.

Als ich den Bahnsteig betrat, stand ein Expreßzug da, und ich begann automatisch zu laufen. Ich konnte gerade noch hinein, ehe sich die Türen schlossen. Da kein Sitzplatz frei war, lehnte ich mich auf der gegenüberliegenden Seite an die Tür, die sich auf der ganzen Strecke nur ein einziges Mal in der Atlantic Avenue öffnet, so daß ich wenigstens möglichst unbehelligt stehen konnte.

Es war kalt im Zug, und ich stellte den Kragen meiner Schaffelljacke auf. Es hatte vor einigen Tagen geschneit, aber die Straßen waren schon wieder völlig gesäubert. Nur in den Alleen des Prospect Parks sah ich, während der Zug hindurchfuhr, noch etwas Schnee. Jetzt verschlang uns der Tunnel und erstickte das Tageslicht. Ich holte tief Atem und versuchte das krankhafte Gefühl loszuwerden, das mich so sehr quälte. Es half aber nichts. Wenn sich überhaupt etwas geändert hatte, so war es bloß, daß ich mich noch elender fühlte.

Am frühen Morgen hatten mich die Kisten und Koffer, die in den bereits fremd gewordenen Zimmern herumstanden, an das Schreckliche erinnert: heute ist Umzugstag. Ich hatte mein Zimmer verlassen, ohne einen Blick zurückzuwerfen, und Rexie folgte mir dicht auf dem Fuß. Ich wollte alles vergessen – vergessen, daß ich je kindisch genug war zu glauben, es sei in Wirklichkeit mein Haus. Ich war jetzt alt genug, um zu wissen, daß das Geschichten sind, die man kleinen Kindern erzählt.

Plötzlich flutete das Tageslicht wieder durch den Zug. Ich sah aus dem Fenster: wir befanden uns auf der Manhattan Bridge. In der nächsten Station, Canal Street, mußte ich aussteigen und in den Broadway-Brooklyn-Zug umsteigen. Der Zug fuhr wieder durch einen Tunnel, und gleich darauf öffneten sich die Türen. Ich mußte zwar ein paar Minuten auf den andern Zug warten, aber es war erst ein Viertel vor vier, als ich an der Kreuzung der Essex und Delancey Avenue auf die Straße hinaustrat.

Ich befand mich wie in einer andern Welt. Die Straßen waren dicht gedrängt mit Menschen, die ruhelos hin und her gingen und sich in den verschiedensten Sprachen unterhielten. Dann gab es Straßenverkäufer mit Handkarren und Hausierer, die in ihren kleinen Buden an den Straßenecken schreiend ihre Waren anpriesen, jederzeit bereit, sie wieder abzuräumen und sich davonzumachen, wenn die Polizisten ihnen befahlen weiterzugehen. Es war kalt, aber viele Männer gingen ohne Hut und Mantel, und die Frauen hatten oftmals bloß einen Schal über die Schultern geworfen. Überall umgab mich die stumme Sprache der Armut. Außer von Kindern hörte man wenig Lachen auf der Straße, und selbst die Kleinen waren zurückhaltend in ihren Freudenausbrüchen.

Ich ging die Delancey Street entlang, vorbei an billigen Geschäften mit geschmacklosen Waren, am Lichtspieltheater, vor dem eine große Reklametafel noch immer eine Matinee für Frühaufsteher zum Preis von zehn Cent ankündigte. Ich wand mich nach links in die Clinton Street und wanderte gesenkten Hauptes die beiden Häuserblocks bis zur Stanton Street weiter. Ich wollte mich nicht umschauen. Das grauenhafte Gefühl in meiner Magengrube wurde die ganze Zeit über beständig ärger, bis ich fühlte, daß es mir bis in die Kehle stieg.

Plötzlich blickte ich auf. Da war es: ein altes graues Haus mit trüben, schmalen Fenstern, das sich fünf Stock hoch gegen den Himmel erhob. Einige Stufen führten zur Eingangstür. Zu beiden Seiten waren Geschäfte, das eine eine Schneiderwerkstatt mit düsteren, staubbedeckten Fenstern, das andere stand leer.

Langsam, widerwillig stieg ich die Stufen hinauf. Oben drehte ich mich nochmals um und sah auf die Straße. Hier also sollten wir leben! Eine Frau kam aus dem Haus und drängte sich an mir vorbei, um die Stufen hinabzugelangen. Knoblauchgeruch strömte von ihr aus. Ich sah, wie sie die Straße überquerte und auf einen der Handwagen zuging, dort stehenblieb und mit dem Hausierer zu feilschen begann.

Ich drehte mich um und betrat das Haus. Der Eingang war finster, und ich stolperte über etwas, das am Boden lag. Mit einem gemurmelten Fluch bückte ich mich, um es wieder aufzustellen. Es war eine mit Abfällen gefüllte Papiertüte. Ich ließ sie rasch wieder dorthin fallen, wo ich sie gefunden hatte, und begann die Treppe emporzusteigen.

Drei Treppen hoch, und auf jedem Treppenabsatz sah ich eine Papiertüte vor der Tür stehen, die so lange dort blieb, bis der Hausbesorger sie abholte. Schwerer Küchengeruch hing in der abgestandenen, kalten Luft des Stiegenhauses. Ich erkannte unsre Wohnung an den Koffern, die auf dem Treppenabsatz neben der Tür standen. Ich klopfte.

Mamma öffnete die Tür. Wir standen einen Moment regungslos und sahen einander bloß an, dann betrat ich schweigend die Wohnung. Mein Vater saß am Tisch. Ich hörte die Stimme von Mimi, die sich in einem der Vorderzimmer aufhielt.

Ich blieb in der Küche stehen. Die Wände waren mit einer seltsam stumpfweißen Farbe übertüncht, die erfolglos versuchte, die darunter befindliche Schmutzschicht zu verdecken. Die hellgelben Vorhänge, die Mamma bereits an dem kleinen Fenster neben dem Tisch angebracht hatte, gaben dem Raum einen gewaltsam heiteren Anstrich.

Sie sah mich besorgt an. Ich wußte nicht, was ich sagen sollte. In diesem

Augenblick kam Rexie aus einem der Zimmer gelaufen, sie wedelte heftig, und ich kniete mich zu ihr, um sie zu streicheln.

«Es ist sehr hübsch hier», sagte ich, ohne aufzuschauen.

Einen Moment herrschte tiefe Stille, als ich aber verstohlen aufblickte, bemerkte ich, wie Papa und Mamma einander ansahen. Dann sagte meine Mutter. «Ach, Danny, es ist nicht gar so arg. Für eine kurze Zeit wird's schon gehen, nur so lang, bis dein Vater wieder auf die Beine kommt. Und jetzt will ich dir den Rest der Wohnung zeigen.»

Ich folgte ihr durch die Zimmer. Es gab nicht viel zu sehen, ich glaube auch nicht, daß es in einer kleinen Vierzimmerwohnung je etwas zu sehen gibt. Mein Zimmer war ungefähr halb so groß wie mein altes Zimmer, und das Schlafzimmer der Eltern war auch nicht viel größer. Mimi mußte auf der Couch im Wohnzimmer schlafen.

Ich schwieg, während ich mir alles ansah. Die Zimmer waren alle mit derselben abstoßenden weißen Farbe gestrichen. Was sollte ich da sagen? Der Mietzins war niedrig, und das war die Hauptsache: achtundzwanzig Dollar im Monat mit Dampfheizung und Warmwasserversorgung.

Wir kehrten in die Küche zurück, Rexie folgte mir noch immer auf dem Fuß. Mein Vater hatte kein Wort gesprochen. Er saß bloß am Tisch, rauchte eine Zigarette und sah mich stumm an.

Ich kraulte dem Hündchen die Ohren. «Hat Rexie euch viel Mühe gemacht?» fragte ich ihn.

Er schüttelte den Kopf. «Sie hat nicht gestört», sagte er, beinahe formell. Seine Stimme klang ganz verändert, nicht mehr wie früher, sie klang, als hätte er alle Selbstsicherheit verloren.

«Du solltest sie jetzt hinunterführen, Danny», sagte meine Mutter. «Sie war den ganzen Tag nicht unten. Ich glaube, sie ist ein bißchen nervös.»

Ich war froh, etwas zu tun zu haben. Ich ging zur Tür und rief nach ihr.

«Nimm die Leine mit, Danny, 's ist eine fremde Gegend und sie könnte sich verlaufen», sagte mein Vater und hielt mir die Leine entgegen.

«Ja, richtig», sagte ich. Rexie und ich traten in die düstere Vorhalle, und ich begann die Treppe hinabzusteigen.

Etwa in der Mitte der ersten Treppenflucht bemerkte ich, daß sie mir nicht nachkam. Sie stand am oberen Treppenabsatz und sah zu mir hinunter. Ich rief: «Komm, Mädchen.» Sie rührte sich nicht. Ich rief nochmals. Da kauerte sie sich auf den Boden, sah mich an, wedelte nervös mit dem Schwanz. Ich kehrte um, ging zu ihr hinauf und befestigte die Leine an ihrem Halsband. «Komm jetzt», sagte ich, «sei doch kein Baby.»

Ich begann die Treppe wieder hinabzusteigen, und sie folgte mir vorsichtig. Bei jedem Treppenabsatz mußte ich sie von neuem antreiben, die folgenden Stufen hinunterzugehen. Endlich waren wir auf dem Vorplatz, von dem aus sie auf die Straße hinaussehen konnte. Da versuchte sie plötzlich wieder zurückzulaufen. Die Leine hielt sie mit einem Ruck zurück, und sie kauerte sich wieder auf den Boden. Ich kniete mich zu ihr und nahm ihren Kopf zwischen meine Hände. Da fühlte ich, wie sie am ganzen Körper zitterte. Ich hob sie auf und trug sie die wenigen Stufen hinunter. Auf der Straße schien sie keine Angst mehr zu haben. Als wir uns aber der Clinton Street zuwandten, sah sie sich ängstlich um. Der Verkehrslärm flößte ihr Furcht ein.

Am andern Ende des Häuserblocks schien mir weniger Verkehr zu sein, ich beschloß daher, mit ihr dorthin zu gehen. Vor einer Konditorei wartete ich auf das Wechseln des Verkehrszeichens. Ein riesiger Lastwagen rasselte vorbei, und Rexie begann ängstlich an der Leine zu zerren. Ich hörte, wie sie keuchte, als sich die Leine um ihre Kehle zusammenzog. Jetzt hatte sie tatsächlich Angst, sie zitterte am ganzen Körper und hatte den Schwanz zwischen die Beine geklemmt. Als ich mich zu ihr niederkniete, um sie zu beruhigen, hörte ich hinter mir rohes Gelächter. Ich sah über die Schulter zurück.

Drei Burschen, etwa in meinem Alter, standen vor der Konditorei. Einer von ihnen machte sich über die Angst meines Hundes lustig. Sie bemerkten, daß ich sie ansah.

«Was is los, Kamrad», sagte der Bursche, der gelacht hatte, höhnisch. «Ist dein Köter feig?»

«Nicht mehr als du, Kamrad», erwiderte ich sarkastisch, während ich weiter bemüht war, Rexie zu beruhigen.

Die beiden andern Burschen wurden bei meiner Antwort ganz still. Sie sahen den Burschen, mit dem ich gesprochen hatte, erwartungsvoll an. Er warf ihnen blitzschnell einen verständnisinnigen Blick zu, dann kam er wiegenden Schrittes zu mir herüber. Ich kannte dieses Spiel nur zu gut. Er mußte seinen Worten jetzt den nötigen Nachdruck verleihen. Ich lachte grimmig. Na, der wird ja keine schlechten Überraschungen erleben! Jetzt war mir plötzlich viel leichter. Die Gelegenheit zur Gewalttätigkeit, die sich mir nun bot, linderte den Schmerz in meinem Innern.

Jetzt stand er dicht vor mir. Neben dem Hund kniend, sah ich zu ihm auf, während ich noch immer damit beschäftigt war, Rexie durch Streicheln zu beruhigen. «Was hast du gesagt, Kamrad?» sagte er betont langsam.

Ich lächelte dünn. «Du hast schon beim erstenmal richtig verstanden, Kamrad», erwiderte ich, indem ich seine Sprechweise nachäffte. Gleichzeitig wollte ich mich erheben.

Ich sah seinen Fuß zwar kommen, konnte ihm aber nicht rasch genug ausweichen. Sein Schuh traf mich mitten auf den Mund, und ich fiel rücklings in den Rinnstein. Die Leine rutschte mir aus der Hand. Ich wälzte mich verzweifelt weiter, um sie wieder zu erwischen, sie war aber bereits außer Reichweite. Ich war durch den Stoß ein wenig betäubt und schüttelte den Kopf, um ihn wieder klar zu bekommen; da hörte ich einen Schrei.

Ich raffte mich erschrocken auf, der Streit war vergessen. Rexie lief auf der Fahrbahn, mitten im dichtesten Verkehr, und raste im Zickzack wie wahnsinnig hin und her.

«Rexie!» schrie ich.

Sie wandte sich sofort um und begann auf mich zuzulaufen. Plötzlich hörte ich, wie sie hoch und spitz aufjaulte, während sie unter den Rädern eines kleinen Lieferwagens verschwand, der um die Ecke gekommen war, um noch vor dem roten Licht einzubiegen. Ich lief zu ihr hin. Sie schrie noch einmal auf, diesmal aber viel schwächer. Dann lag sie seitlich im Rinnstein, ihre Brust hob sich mühsam und ihr schönes braunes Fell war mit Blut und Schmutz bedeckt. Ich fiel neben ihr im Rinnstein auf die Knie.

«Rexie!» rief ich mit erstickter Stimme. Als ich sie aufhob, entschlüpfte ihr ein leises Stöhnen, beinahe war es ein Seufzer. Ihre Augen waren sanft und schmerzgepeinigt. Ihre Zunge schlüpfte zwischen ihren Lippen hervor und fuhr mir leicht über die Hand, auf der sie eine Blutspur hinterließ.

Ich hielt ihren heftig zitternden Körper an mich gedrückt. Plötzlich schnappte sie nach Luft, dann war sie ganz still. Ihre Pfoten fielen kraftlos gegen meine Jacke. Das Licht ihrer Augen war erloschen. «Rexie», rief ich beschwörend. Ich konnte es nicht glauben. Sie war doch so lebendig gewesen, so schön. «Rexie! Mädchen!»

Ein Mann drängte sich durch die Menge, die sich um mich gesammelt hatte. Sein Gesicht war ganz blaß. «Jesus, Junge, ich hab sie ja nicht mal gesehen!»

Ich starrte ihn einen Moment an, ohne ihn wirklich wahrzunehmen. Ich kann mich auch jetzt an nichts erinnern, außer daß sein Gesicht sehr blaß war – an sonst nichts. Ich erhob mich, um nach Hause zu gehen, Rexie noch immer in meinen Armen. Die Leute traten stumm zurück. Ich konnte nicht weinen, meine Augen brannten, aber ich konnte nicht weinen. Jetzt war ich im Hausflur, jetzt auf der fremden Treppe mit den beklemmenden Gerüchen und jetzt stand ich vor unsrer Tür. Ich stieß sie auf.

Mamma schrie auf und erhob sich von ihrem Sessel. «Danny! Was ist geschehen?»

Ich sah sie stumm an. Einen Moment lang konnte ich nicht sprechen. Papa und Mimi kamen herausgelaufen, als sie Mamma aufschreien hörten. Jetzt standen sie alle um mich herum und sahen mich an.

«Sie ist tot», kam es schließlich von meinen Lippen. Ich erkannte meine eigene Stimme nicht mehr. Sie war heiser und rauh. «Sie ist überfahren worden.»

Auf dem Boden vor mir stand eine leere Pappschachtel. Ich kniete nieder und legte Rexie sanft hinein. Langsam schloß ich die Klappen über ihr. Dann stand ich wieder auf.

Mimis Augen standen voll Tränen. «Wie ist's denn passiert?»

Ich beneidete sie um ihre Tränen. Ich wünschte mir, auch weinen zu können, vielleicht würde mir dann leichter. Bitterkeit stieg mir bis in die Kehle. «Es ist eben passiert», sagte ich kurz, «was spielt es jetzt noch für eine Rolle, wie es passiert ist?»

Ich wusch mir am Spültisch das Blut von den Händen und trocknete mich an einem Tellertuch ab. Dann ergriff ich den Karton und öffnete die Tür.

Papas Stimme rief mich zurück. «Wohin gehst du?»

«Sie begraben», antwortete ich in dumpfem Ton. «Sie kann nicht hierbleiben.»

Er legte mir die Hand auf die Schulter und sah mir in die Augen. «Es tut mir furchtbar leid, Danny», sagte er teilnehmend. Seine Augen waren ganz dunkel geworden. Er verstand. Aber auch das hatte nichts mehr zu bedeuten – nichts konnte mir jetzt noch etwas bedeuten.

Müde schob ich seine Hand von meiner Schulter. «Es kann dir auch leid tun», sagte ich mit bitterer Anklage. «Du bist an allem schuld! Hätten wir das Haus nicht verloren und hätten wir nicht ausziehen müssen, dann wäre das nie passiert!»

Ich sah den schmerzlichen Ausdruck in seinen Augen, während er die Hände sinken ließ. Ich trat in die Vorhalle hinaus und schloß hinter mir die Tür. Es war seine Schuld! Er hätte das Haus nie preisgeben dürfen!

Auf dem Platz neben der Brücke bestieg ich den Utica-Reid-Trolleybus. Während der ganzen langen Fahrt über die Brücke, durch Williamsburg und schließlich bis nach Flatbush hielt ich den Karton auf meinen Knien. Ich verließ den Trolleybus in der Clarendon Street und der Karton wog schwer in meinen Händen, als ich durch die vertraute Straße schritt. Vor meinem geistigen Auge lief sie schweifwedelnd vor mir her und ich vermeinte ihr freudiges Bellen zu hören, wenn sie meiner ansichtig wurde. Ich sah ihr schönes rotbraunes Fell vor mir und fühlte die seidige Weichheit, wenn ich sie hinter dem Ohr kraulte. Ich fühlte ihre kühle, feuchte Zunge, die mein Ohr leckte, wenn ich mich zu ihr niederkniete, um sie zu begrüßen.

Es war bereits dunkel, als ich das Haus erreichte. Ich blieb auf der Straße stehen und sah hinauf. Die Fenster starrten mich groß und leer an. Wir waren erst an diesem Morgen ausgezogen, dennoch sah es bereits einsam und verlassen aus. Ich blickte die Straße auf und ab, um festzustellen, ob mich jemand gesehen hatte. Die Straße lag leer und verlassen. Im Haus der Conlons brannte ein Licht, aber es hörte mich niemand, als ich den Fahrweg leise hinaufschlich. Ich ging bis zum Hinterhof, dort stellte ich den Karton nieder. Mir schien das, was ich vorhatte, nur gerecht zu sein. Hier hatte sie gelebt, hier sollte sie auch ruhen. Dort, wo sie glücklich gewesen war.

Ich sah mich suchend um. Ich brauchte eine Schaufel, um die Erde auszuheben. Ich überlegte, ob sich die Schaufel noch im Keller befand, die wir für die Feuerung verwendet hatten. Ich ging auf das Haus zu, blieb aber wieder stehen und kehrte zurück, um Rexie zu holen. Sie wollte nie allein bleiben.

Ich hatte die Hausschlüssel noch in der Tasche und öffnete die Tür. Dann trug ich den Karton hinein und stellte ihn auf die Kellertreppe. Im Haus war es stockfinster, aber ich brauchte kein Licht, ich kannte jeden Zoll.

Ich stieg in den Keller hinunter; die Schaufel lehnte, wie immer, an der Kohlenkiste. Ich holte sie mir und stieg die Treppe wieder hinauf. Zuerst wollte ich Rexie mit hinausnehmen, während ich ihr Grab schaufelte, überlegte mir's dann wieder und ließ sie auf der Stufe der Kellertreppe. Sie hatte sich vor der Schaufel ständig gefürchtet.

Ich grub, so leise es mir möglich war, denn ich wollte nicht, daß mich jemand hörte. Die kalte Nachtluft schlug mir ins Gesicht, ich beachtete es aber nicht, ja ich schwitzte sogar unter meiner Schafpelzjacke. Als die Grube groß genug war, kehrte ich ins Haus zurück, nahm den Karton und trug ihn hinaus. Ich stellte ihn behutsam in die Grube. Ich erhob mich wieder, um nach der

Schaufel zu greifen, da kam mir plötzlich ein furchtbarer Gedanke: Wie, wenn sie gar nicht tot wäre? Was, wenn sie noch lebte?!

Ich kniete mich wieder hin und öffnete die Klappen des Kartons, schob mein Gesicht ganz nahe zu ihr hin und lauschte. Ich hörte nichts, war aber noch immer nicht beruhigt. Ich griff in den Karton und tastete nach ihrer Schnauze. Die Wärme war bereits aus ihrem Körper entwichen. Langsam schloß ich den Karton und erhob mich wieder.

Als ich die feuchte Erde über sie häufte, traten mir die Tränen in die Augen. Betet man für einen Hund? Ich wußte es nicht, aber ich betete dennoch für sie. Das Gebet glitt lautlos über meine Lippen und in die Nacht hinaus. Schließlich war sie ganz mit Erde bedeckt, und ich trat die Erde wieder glatt und eben. Der Mond war aufgegangen, und sein kaltes winterliches Licht warf geisterhafte Schatten über den Hof. Sie hatte kaltes Wetter immer unendlich geliebt, sie wurde übermütig und begann herumzutollen. Ich hoffte, daß ihr das Wetter, wo sie sich auch befinden mochte, ebenso gefiel.

Ich weiß nicht, wie lange ich mit der Schaufel in der Hand dort gestanden war, aber ich war völlig durchfroren, als ich mich endlich zum Gehen wandte. Tränen liefen mir lautlos über die Wangen, aber ich weinte noch nicht.

Ich trat ins Haus zurück und stieg, ohne zu überlegen, in mein Zimmer hinauf. Ich lehnte die Schaufel an die Wand und trat zu der Stelle, wo mein Bett gestanden hatte. Beim hellen Mondlicht, das durch die Fenster strömte, konnte ich die Stelle auf dem Boden genau erkennen, auf der Rexie unter meinem Bett geschlafen hatte. Da fiel ich auf den Boden, und jetzt weinte ich. Es waren bittere, salzige Tränen, die mir in den Mund liefen, als mein Körper endlich auf meinen Schmerz reagierte.

Als ich völlig erschöpft war, stand ich schwerfällig auf und verließ, ohne nochmals zurückzuschauen, das Zimmer, schritt die Treppe hinunter und aus dem Haus.

Der fette Freddie Conlon trat gerade aus seinem Haus, als ich den Fahrweg entlangging. Er sah mich überrascht an. «Danny! Was machst denn du hier?» fragte er. «Hast wahrscheinlich was zurückgelassen, nicht?»

Ohne zu antworten ging ich an ihm vorbei und ließ ihn verdutzt auf der Straße stehen. Ja, ich hatte etwas zurückgelassen. Mehr als ich geahnt hatte.

Die Uhr im Schaufenster des Juweliergeschäfts nahe der Kreuzung der Clinton und Delancey Street zeigte neun Uhr, als ich um den Häuserblock kam. Ich bewegte mich wie im Traum. Menschen drängten sich an mir vorbei, und überall herrschte Lärm und Durcheinander, aber ich sah und hörte nichts. Im Körper tobte ein dumpfer Schmerz und eine Gesichtshälfte, dort, wo mich der Schuh getroffen hatte, war mehr als empfindlich.

Ich befand mich bereits auf den Stufen unsres Wohnhauses, als ich plötzlich aufwachte. Ich hörte den Verkehrslärm wieder und die Stimmen der Menschen. Ich blickte um mich, als sähe ich das alles zum erstenmal. Das Licht der Konditorei an der Ecke schien mir zu winken. Eine Bande junger Burschen lungerte noch immer davor herum. Ich stieg die Stufen wieder hinunter und ging auf die Kreuzung zu.

Dort blieb ich stehen und sah mir die Bande vor dem Geschäft aufmerksam an. Er war nicht darunter. Nachdem ich sie einige Minuten unauffällig beobachtet hatte, war ich eben im Begriff, wieder wegzugehen, als ich ihn bemerkte. Er war im Innern des Ladens, saß vor der Theke und trank eine Schokoladencreme.

Ich schlenderte in das Geschäft. Er kehrte der Tür den Rücken und konnte mich daher nicht sehen. Ich tippte ihm leicht auf die Schulter. Er drehte sich um und ein Blitz des Erkennens überflog sein Gesicht.

«Komm raus», hieß die unmißverständliche Gebärde meiner Hand.

Er sah mich an, dann die andern Burschen im Laden. Ich ließ ihm keine Zeit zum Überlegen. Ich klopfte ihm wieder auf die Schulter, diesmal recht kräftig. «Komm raus!» sagte ich mit harter, tonloser Stimme.

Da schob er seinen Drink über die Theke und stand auf. «Heb mir das auf, moishe», sagte er zu dem Mixer hinter der Theke in anmaßendem Ton. «Komm gleich wieder zurück.»

Ich ergriff das Glas und schüttete seinen Inhalt in den Ausguß hinter der Theke. Die Schokolade vermischte sich mit dem schmutzigen Wasser.

«Vergiß es, Moishe», sagte ich mit derselben tonlosen Stimme. «Er wird's nicht mehr trinken.»

Ich kehrte ihm den Rücken und trat auf die Straße. Seine Schritte hallten hinter mir auf dem Betonboden. Am Straßenrand blieb ich stehen und drehte mich um. «Und jetzt heb deine Pfoten», sagte ich beinahe gleichgültig.

Er sah mich einen Moment an, dann trat er dicht an mich heran. Seine Lippen hoben sich über seinen Zähnen und es klang beinahe wie ein Knurren. «Zäher Bursche, was? Glaubst du wohl, du bist zäh, he?» fragte er höhnisch.

Das seltsame Gefühl, das ich den ganzen Tag im Leib verspürt hatte, machte sich jetzt in einer sinnlosen Wut Luft. «Ja, für dich zäh genug ...» begann ich, doch dann erinnerte ich mich wieder. Ich trat rasch zurück, doch nicht rasch genug. Sein Knie traf mich in der Leistengegend, und während er mir gleichzeitig mit der Faust ins Gesicht schlug, stürzte ich vornüber auf Hände und Knie. Ich sah noch, wie sich sein Schuh meinem Gesicht näherte, versuchte ihm auszuweichen, doch eine Schuhspitze erwischte mich hinterm Ohr, und ich stürzte der Länge nach auf das Pflaster.

Der Verkehrslärm schien nur noch von weit her zu mir zu dringen und mein Kopf war wie betäubt. Ich schüttelte ihn heftig, und es gelang mir, mich wieder auf die Knie zu erheben.

Und er ... er lachte mich bloß aus. «Zäher Junge, was?»

Ich klammerte mich an den Hydranten, der sich neben mir befand, und zog mich wieder in die Höhe. Ich schüttelte den Kopf nochmals, er wurde rasch wieder klar, und ich spürte den Geschmack warmen Blutes in meinem Mund. Er lachte noch immer und stichelte weiter. «Glaubst auch jetzt noch, daß du zäh bist, du Schmock?»

Ich ließ ihn nicht aus den Augen, blieb auf meiner Hut, während ich mich noch immer am Hydranten festhielt. Er soll nur weiterreden, damit erwies er mir einen Gefallen, denn ich gewann Zeit. Jetzt fühlte ich auch, wie mir die Kraft in die Beine zurückkehrte.

Langsam und bedächtig kam er wieder auf mich zu, er ließ sich Zeit, er war voll Zuversicht. Um noch einige Zeit zu gewinnen, bewegte ich mich um den Hydranten herum. Ich brauchte nur noch wenige Sekunden. Jetzt war ich froh, daß Sam mich gelehrt hatte, meine Kräfte richtig abzuschätzen und zu bewahren.

Er blieb wieder stehen und rief höhnisch: «Feig auch noch, was?» stichelte er. «Genauso wie dein Köter!»

Ich ließ den Hydranten los. Jetzt war ich wieder ganz in Form und ging auf ihn zu.

Er stürzte mit einem linken Schwinger auf mich los und deckte mit der Rechten ab. Er konnte das nicht wissen, aber es war sein zweiter schwerwiegender Fehler, der für den weiteren Verlauf ausschlaggebend wurde. Sein erster Fehler war es gewesen, daß er mir Zeit gelassen hatte.

Mit meiner Linken stieß ich seine Rechte beiseite und traf ihn mit der Rechten genau unter dem Gürtel. Er krümmte sich nach vorn, seine Hände tasteten nach seiner Leiste, und in diesem Moment versetzte ich ihm einen Kinnhaken. Er drehte sich halb seitwärts und ging auf die Knie. Ich schlug ihm meine Faust noch achtmal aufs Kinn, ehe er auf den Gehsteig stürzte.

Nun lag er ausgestreckt zu meinen Füßen. Ich beugte mich über ihn. Er mußte die Kräfte eines Ochsen haben, denn er versuchte aufzustehen.

Doch jetzt stieß ich ihm mit dem Fuß in die Schläfe, und da verlor er das Bewußtsein.

Ich sah ihn ein paar Sekunden prüfend an, dann drehte ich mich um und wollte weggehen. Zum erstenmal bemerkte ich die Menschenmenge, die sich um uns gesammelt hatte. Plötzlich fühlte ich mehr, als ich sie hörte, eine Bewegung hinter mir.

Blitzartig wirbelte ich herum. Er war wieder auf den Beinen und kam hinter mir her. In seiner emporgehobenen Hand blitzte etwas auf und fuhr auf mich herab, während ich rasch zur Seite sprang. Ich spürte, wie mir etwas den Ärmel aufschlitzte. Ein Fixiermesser! Er wurde von der Schwungkraft seines eigenen Stoßes über mich hinausgetragen, und ich hieb ihm mit einem kurzen flachen Schlag über das Genick.

Die Menge teilte sich vor ihm, als er gegen die Wand des Gebäudes taumelte. Ich folgte ihm rasch. Ich durfte ihm keine Gelegenheit geben, sich umzudrehen. Ich ergriff seine Hand, in der er das Messer hielt, und drehte sie mit einem einzigen Ruck zu mir herum. Er schrie auf. Ich drehte nochmals und das Messer fiel klirrend zu Boden. Ich stieß es beiseite und drehte ihn zu mir herum. Sein Gesicht war vor Angst und vor Schmerz verzerrt, die Augen traten ihm fast aus den Höhlen. Während ich seinen Kopf an die Ziegelmauer preßte, begann ich sein Gesicht mit der freien Faust zu bearbeiten.

Grausamkeit, die Lust zur hemmungslosen Gewalttätigkeit und eine wilde entfesselte Freude tobten in mir. Zum erstenmal im Leben boxte ich mit unbeschreiblicher Wonne. Mit meiner Faust schlug ich ihm die Nase flach, ich spürte, wie der Nasenknochen unter meinen Schlägen knackte. Er schrie wieder auf.

Doch ich lachte nur, wild und hemmungslos, und drosch auf seinen Mund ein. Als er nach Luft rang, bemerkte ich dort, wo sich früher seine Zähne befanden, ein schwarzes Loch. Ich war jetzt glücklich! Ich war nie zuvor so glücklich gewesen! Blut lief ihm übers Gesicht, und ich wollte ihn zu blutigem Brei schlagen, ich wollte so lange auf ihn losschlagen, bis er überhaupt kein menschenähnliches Gesicht mehr hatte. Roter Nebel senkte sich über meine Augen, und ich lachte und hieb auf ihn ein und brüllte vor Freude.

Dann spürte ich, daß mich Hände packten und von ihm wegrissen. Ich wehrte mich. Doch nun fühlte ich einen scharfen Schmerz im Hinterkopf und wurde merkwürdig schwach. Ich ließ ihn los, und er stürzte vornüber, vor meinen Füßen zu Boden. Kräftige Arme hielten meine Hände zu beiden Seiten fest. Ich sah auf, um festzustellen, wer mich festhielt. Als sich der rote Nebel etwas zu heben begann, erkannte ich die dunkelblauen Uniformen der Polizisten.

Sie brachten mich auf die Polizeiwache bei der Williamsburg Bridge und warfen mich in eine Zelle. Ein Mann kam nach kurzer Zeit herein, um nach mir zu sehen. Es war der Arzt, der mir etwas Heftpflaster auf den Arm klebte, um die Stichwunde zu versorgen. Dann ließ er mich wieder allein.

Ich saß nahezu vier Stunden in der Zelle, ehe sich wieder jemand zeigte. Ich war schrecklich müde, konnte aber nicht schlafen. Meine Augen waren schwer, wollten sich aber nicht schließen. Ich konnte nichts tun, ich mußte immerfort denken. Und ich sah nichts anderes vor mir als ein kleines rotbraunes Hündchen, das versuchte, hinter mir die Grubenwand hinaufzuklettern.

Die Zellentür öffnete sich klirrend und ein Polizist stand vor mir. «Dein Vater ist hier, um dich abzuholen, mein Sohn», sagte er freundlich.

Ich stand auf und nahm meinen Rock von der Pritsche. Mir war es fast so, als hätte ich das schon oft getan, aber ich war völlig stumpf und keines Gefühls fähig. Langsam folgte ich ihm über den grau gestrichenen Korridor und eine Treppe hinauf. Er öffnete eine Tür und winkte mir hindurchzugehen. Mein Vater und ein andrer Mann saßen in dem Raum.

Papa sprang bei meinem Anblick hastig auf. «Ich bin gekommen, um dich nach Hause zu holen», sagte er.

Ich starrte ihn einen Moment verständnislos an. Nach Hause? In diese Wohnung? Für mich wird sie niemals ein Zuhause sein.

Der Mann neben meinem Vater stand gleichfalls auf und sah mich neugierig an. «Da hast du aber Glück gehabt, mein Junge, daß wir herausgekriegt haben, was in Wirklichkeit passiert ist. Der Bursche, den du verprügelt hast, wird wochenlang im Krankenhaus liegen müssen. Aber er ist ein Lump, und vielleicht hast du uns sogar einen Gefallen getan. Jetzt geh und gib uns weiterhin keinen Anlaß zu Klagen.»

Ich antwortete nicht, sondern ging stumm auf die Tür zu. Hinter mir hörte ich die Stimme meines Vaters, der sich bei dem Mann für das, was er getan hatte, bedankte. Ich schritt immer weiter durch die ganze Polizeistation und hinaus auf die Straße, wo mich mein Vater einholte und neben mir herging. Bei der Delancey Street mußten wir auf das grüne Licht warten.

«Deine Mutter und ich haben uns um dich sehr geängstigt, Danny. Wir konnten uns nicht erklären, was mit dir geschehen war.» Seine Stimme klang heiser, doch er versuchte unbekümmert zu sprechen. Sein im allgemeinen gutgefärbtes Gesicht sah im Licht der Straßenbeleuchtung leichenblaß aus. Mir war es, als hätte ich diese Worte schon einmal gehört. Zu einer andern Zeit, an einem andern Ort. Ich antwortete nicht.

Das Licht wechselte, und wir überquerten die Straße. Auf der andern Seite begann er wieder zu sprechen. «Warum hast du das getan, Danny?» fragte er mit besorgter Miene. Denn es hatte sich etwas ereignet, was er nicht zu verstehen vermochte. «Es sieht dir doch gar nicht ähnlich, so etwas zu tun.»

Vielleicht hatte das früher gestimmt, aber jetzt war alles verändert. Ich lebte in einer andern Welt, und vielleicht war ich auch ein andrer Danny Fisher. Ich wußte es nicht. Und auch diesmal antwortete ich nicht.

Er versuchte nochmals etwas zu sagen, dann schwieg er gleichfalls. Wir gingen noch zwei Häuserblocks weit, dann bogen wir in unsre Straße ein. An der Ecke zögerten wir einen Augenblick, sahen einander an und hastig wieder weg.

Die Straße war jetzt leer und schmutzig und angefüllt mit allen Abfällen, die sich tagsüber angesammelt hatten. Unsre Schritte hallten auf dem Gehsteig.

Es hatte zu schneien begonnen. Ich schlug den Kragen meiner Jacke hoch und sah dabei verstohlen zu meinem Vater, der neben mir herging. Da tauchte zum erstenmal eine flüchtige Vision vor meinem geistigen Auge auf, wie es weiterhin sein würde: mein Vater und ich waren Fremde geworden, die schweigsam und stumm nebeneinander durch die Nacht schritten.

MEIN ALLTAGSLEBEN

DAS ZWEITE BUCH

I

Während wir aus dem dunklen Hausflur auf die Straße traten, sah Papa nervös auf seine Uhr. Er steckte sie rasch wieder in die Tasche und sah mich verlegen an. «Schon Viertel vor drei», murmelte er, «ich muß mich beeilen, sonst komm ich zu spät.»

Ich sah ihn völlig uninteressiert an. Wir hatten jetzt fünf Monate hier gelebt, doch es war, als hätten uns Jahre getrennt. Seit dem Tag unsres Umzugs war nichts geglückt. Papa hatte jetzt allerdings eine Anstellung in einem Drugstore der Delancey Street und erhielt dreiundzwanzig Dollar in der Woche.

«Gehst du in meiner Richtung?» fragte Papa.

Ich nickte stumm. Kann ich auch machen. Ich war mit meiner Bande verabredet, an der Ecke, in der Nähe des Fünf- und Zehn-Cent-Warenhauses. Ich beschleunigte meine Schritte, um mich ihm anzupassen, der hastig vorwärtsstrebte.

Die Erinnerung an diese fünf Monate war in uns noch lebendig. Die Tage, an denen ich von der Schule heimkam und ihn in der Küche der schäbigen Wohnung sitzen sah, wie er mit dem Ausdruck von Hoffnungslosigkeit und Verzweiflung die Wand anstarrte. Ich hatte mich bemüht, für ihn Mitleid zu empfinden, es war mir aber nicht gelungen. Er hatte sich's ja selbst zuzuschreiben. Wäre er nur ein bißchen tüchtiger gewesen!

Seine Miene hatte sich auch nicht sehr geändert, als er vor wenigen Tagen nach Hause gekommen war und uns von der Anstellung erzählte, die er soeben ergattert hatte. Das traf mich bis ins Innerste. Dreiundzwanzig Dollar in der Woche für einen geprüften Apotheker mit einer fünfundzwanzigjährigen Praxis! Das durfte nicht sein!! Es war kaum genug, um fürs Essen zu reichen.

Wir bogen um die Ecke der Delancey Street und befanden uns vor dem Geschäft, in dem Papa arbeitete. Er blieb stehen und sah mich zögernd an. Ich wußte genau, daß er mich fragen wollte, was ich mit dem Rest des Nachmittags anfangen würde, jedoch zu stolz dazu war. Ich traf aber keine Anstalten, es ihm zu sagen.

«Richte der Mamma aus, daß ich um halb drei zu Hause sein werde», sagte er schließlich.

Ich nickte.

Er öffnete den Mund, als wollte er noch was sagen, dann schloß er ihn wieder, als hätte er sich's doch überlegt. Statt dessen schüttelte er leicht den Kopf und betrat, die Schultern zurückdrückend, den Laden.

Die Schaufensteruhr zeigte genau drei Uhr, als er eintrat.

Ich hatte noch etwas Zeit. Ich lehnte mich an die Schaufensterscheibe und betrachtete müßig die Vorbeigehenden. Da hörte ich im Geschäft jemanden sprechen, ich drehte mich um und sah hinein.

Ein Mann trat hinter dem Apothekertisch hervor und zog seinen Mantel aus. «Jesus, Fisher», sagte er in jenem leisen Ton, der zwar zwanzig Meter weit nach vorn, aber keinen Zentimeter nach hinten trägt, «bin ich froh, hier rauszukommen! Der Boss ist wieder in einer höllischen Laune! Hat mich den ganzen Tag kujoniert.»

Papa nahm ihm stumm den Mantel aus der Hand und sah auf die Wanduhr, um die Zeit zu kontrollieren. Ein Ausdruck der Erleichterung trat auf sein Gesicht.

Aus dem Hinterzimmer kam jetzt ein kleines, aufgeblasenes Männchen mit einem jähzornigen Gesicht. Er blickte durch den Raum, wobei seine dicken Augengläser im Lichte funkelten. «Sind Sie's, Fisher?» fragte er in hohem, gereiztem Ton. Er wartete die Antwort nicht ab. «Na, bißchen plötzlich», fuhr er fort, «da sind zwei Rezepte, die schon längst auf Sie warten.»

Papas Stimme klang ängstlich und unterwürfig, wie ich sie nie zuvor gehört hatte. «Ja, Mr. Gold», antwortete Papa und eilte ins Hinterzimmer. Hut und Mantel hatte er bereits in der Hand, als er sich mit einem entschuldigenden Blick dem Männchen wieder zuwandte. «Ich hatte nicht die Absicht, Sie warten zu lassen, Mr. Gold.»

Das Männchen sah ihn verächtlich an. «Sie hätten ja auch früher kommen können, das hätte Ihnen gewiß nichts geschadet!»

«Entschuldigen Sie, Mr. Gold», sagte Papa unterwürfig.

«Na, was stehn Sie denn hier rum wie ein Narr, Fisher?!» sagte Mr. Gold und schob Papa zwei Rezepte in die Hand. «Ziehn Sie Ihren Mantel endlich an und machen Sie sich schleunigst an die Arbeit!» Damit drehte er ihm den Rücken und verschwand.

Papa starrte ihm einen Augenblick mit völlig ausdruckslosem Gesicht nach. Dann betrachtete er die Rezepte in seiner Hand und begab sich langsam zum Apothekertisch. Er legte Hut und Mantel auf einen Sessel und schlüpfte rasch in seinen Arbeitsmantel.

Er legte die Rezepte vor sich auf den Tisch, glättete sie mit der Hand und studierte sie einen Moment. Dann nahm er eine Flasche und ein Meßglas vom Regal. Ich hörte beinahe das schwache, klirrende Geräusch der Flasche, die gegen das Meßglas stieß, während er die Flüssigkeit mit zitternden Händen eingoß.

Auf einmal sah er auf und bemerkte, daß ich ihn anstarrte. Er wurde verlegen, und die Schamröte stieg ihm ins Gesicht. Ich sah unbeteiligt und gleichgültig vor mich hin, tat so, als hätte ich ihn überhaupt nicht gesehen und wendete mich wie von ungefähr wieder ab.

Die Bande wartete bereits auf mich, als ich mich ihr anschloß, und wir verließen schweigend die Ecke. Wir wollten keine Aufmerksamkeit erregen. Dann verschwendete ich aber keine Zeit mehr mit ihnen.

«Ihr wißt also, was ihr zu tun habt», sagte ich leise und vorsichtig. «Wir schlendern ganz unbefangen hinein. Immer nur zwei gleichzeitig und ganz ruhig. Wenn wir alle drin sind, geb ich das Zeichen, und Spit und Solly beginnen hinten im Geschäft ihre Prügelei. Wenn dann alles in ihre Richtung sieht, habt ihr übrigen euch an die Arbeit zu machen. Denkt aber dran: packt ja keinen Ramsch zusammen, nur Sachen, die man wirklich verkaufen kann! Und treibt euch keinesfalls rum, um rauszukriegen, was die andern Burschen machen. Habt ihr euren Griff getan, verduftet! Und wartet keine Sekunde! Verschwindet augenblicklich! Ihr wißt alle, wo wir uns nachher treffen. Und schlagt erst eine Stunde tot, ehe ihr euch blicken laßt.»

Ich sah sie der Reihe nach an, sie hatten alle ernste Mienen. «Verstanden?» Es folgte keine Antwort. Ich grinste. «Dann ist's okay. Ich geh jetzt. Behaltet mich im Auge und fangt keinesfalls an, ehe ich das Zeichen gebe.»

Die Bande zerstreute sich, und ich schritt rasch weiter. Ich bog um die Ecke und betrat den Zehn-Cent-Basar. Er war voll von Menschen. Gut, das erleichterte unsre Sache.

Ich drängte mich durch den schmalen Gang ans äußerste Ende des Bartisches bis zum Soda-Automaten durch. Dort kletterte ich auf einen Hocker und wartete, bis das Mädchen zu mir kam, um mich zu bedienen. Im Spiegel hinter der Theke sah ich, daß Spit und Solly an mir vorbeischlenderten.

Das Serviermädchen blieb vor mir stehen. «Was soll's sein?»

«Was habt ihr denn, Baby?» entgegnete ich, denn ich wollte Zeit gewinnen. Es war noch nicht soweit. Sie sah mich müde an und schob ein paar Härchen aus der Stirn. «Dort drüben am Plakat steht ohnedies alles», erwiderte sie in ausdruckslosem, gelangweiltem Ton, «Sie können ja wahrscheinlich lesen.»

Ich gab vor, das Plakat zu studieren, das hinter ihr auf dem Spiegel klebte. Jetzt kamen wieder zwei meiner Burschen herein. «Eine doppelte Schokolade-Eiscreme-Soda», sagte ich. «Um zehn Cent extra.»

Das Mädchen ging die Theke entlang und mischte das Getränk mit geübten Griffen zusammen. Soviel Sirup, soviel Sodawasser, dann die Eiscreme – zwei Löffel voll, mit dem Stiel des Löffels zum Kunden, damit er nicht sieht, daß er in Wirklichkeit halbleer ist –, dann nochmals Sodawasser. Ich sah mich im Laden um.

Die Burschen waren jetzt alle hereingekommen und sprungbereit. Ich wartete auf die Eiscreme und wünschte ungeduldig, daß sich das Mädchen etwas mehr beeilte. Plötzlich wollte ich mit der ganzen Sache nichts mehr zu tun haben. Damals, als wir sie ausknobelten, schien es eine glänzende Idee zu sein, aber jetzt wurde ich doch nervös. Das Mädchen kam endlich zu mir zurück und stellte die Eiscreme vor mich auf die Theke.

Ich schob ihr zehn Cent zu, und sie betätigte die Registrierkasse. Die Burschen sahen verstohlen zu mir herüber. Ich steckte den Strohhalm in die Eiscreme, rührte um und begann an dem Strohhalm zu saugen. Der Geschmack der Eiscreme war sehr süß – im selben Augenblick ging hinter mir der Krach los.

Ich grinste vor mich hin, während ich mich nach dem Getöse umdrehte. Solly stürzte soeben in einen Aufbau, auf dem Konserven aufgestapelt waren. Der

Krach war im ganzen Geschäft zu hören, und die Leute kamen neugierig hingelaufen. Die Burschen arbeiteten sehr geschickt. Da begann das Mädchen hinter der Theke plötzlich zu sprechen, und ich schrak nervös auf. Sie sah neugierig über mich hinweg.

«Was ist denn hier los?»

«Weiß nicht, scheinbar 'ne Prügelei.»

«Sieht aber aus, als wär's bloß gestellt», sagte sie.

Ich fühlte, wie sich mein Puls nervös beschleunigte. «Was meinen Sie damit?» fragte ich.

«Die Burschen tun sich gegenseitig nicht weh», sagte sie rundheraus. «Ich wette, die haben hier noch Freunde, die inzwischen die Waren mitgehen lassen. 's ist ein uralter Trick.» Sie blickte durch den Raum. «Da, sehen Sie dort hinüber, sehen Sie?»

Sie hatte eben einen der Burschen entdeckt, wie er verschiedene Gegenstände vom Kosmetiktisch in seine Taschen stopfte. In diesem Augenblick drehte sich der Junge um und sah mich an. Er begann zu lächeln, aber ich schüttelte rasch den Kopf, und er verschwand durch die Tür.

Ich wandte mich wieder zur Theke zurück. Das Mädchen starrte mich mit weitaufgerissenen Augen an. «Sie gehören dazu!» flüsterte sie.

Ich griff rasch über den Tisch und packte sie kaltlächelnd am Arm. «Und was werden Sie dagegen tun?» fragte ich gelassen.

Sie starrte mich noch einen Moment an, dann lächelte sie gleichfalls.

«Nichts», antwortete sie. «'s geht mich nichts an und Barbara Hutton kann sich's leisten.»

Ich ließ ihren Arm los und sah wieder durch den Laden. Die Burschen waren bereits verschwunden, und Solly wurde soeben von zwei kräftigen Männern zur Tür hinausgeworfen. Ich war grenzenlos erleichtert. Noch immer lächelnd wandte ich mich wieder zurück und kostete einen Löffel von meiner Eiscreme. Ich spürte, wie die Schokolade langsam in meinem Mund schmolz.

«Ihr macht hier eine recht erbärmliche Eiscreme», sagte ich.

Sie lächelte wieder. Sie hatte dichtes schwarzes Haar und sanfte dunkelbraune Augen. Ihr Lippenstift stach auffallend grell gegen ihr schmales blasses Gesicht ab.

«Mir scheint, Sie sind hübsch gerissen, was?» flüsterte sie.

Ich fühlte, wie eine beglückende Wärme in mir aufstieg. Ich wußte, daß ich bei diesem hübschen Kind gewonnen hatte. «Wie heißen Sie, Baby?» fragte ich.

«Nellie», antwortete sie.

«Und ich heiße Danny», sagte ich. «Wohnen Sie hier in der Nähe?»

«Drüben, in der Eldridge Street.»

«Wann sind Sie hier fertig?»

«Um neun Uhr, wenn das Geschäft schließt», erwiderte sie.

Stolzgebläht stand ich auf. Ich war meiner Sache jetzt sehr sicher. «Ich werde an der Ecke auf Sie warten», sagte ich. «Vielleicht bekommen wir noch was zu essen.» Ich wartete ihre Antwort nicht ab, sondern schlenderte zu der Stelle hinüber, an der verschiedene Angestellte eifrig damit beschäftigt waren, den Aufbau wieder in Ordnung zu bringen, in den Solly hineingefallen war. Ich sah ihnen ein paar Minuten zu, dann kehrte ich zur Theke zurück.

Das Mädchen sah mich noch immer an. Ich grinste. «Auf Wiedersehen um neun, Nellie.»

Ein Lächeln blitzte rasch auf. «Ich komme an die Ecke, Danny.»

Ich winkte ihr mit der Hand zu und schritt zum Eingang. Ich spürte, daß mir ihr Blick folgte. Als ich an dem Apothekertisch vorbeikam, zog ich meinen Kamm hervor und fuhr mir damit lässig durchs Haar. Dann schritt ich durch die Tür und ließ den Kamm in die Tasche meines Hemdes zurückgleiten.

2

Der Händler sah mich mit verschlagener Miene an. «Woher hast du das Zeug?» fragte er.

«Wollen Sie's kaufen», entgegnete ich sarkastisch, «oder wollen Sie den Stammbaum wissen?»

Er sah sich den Inhalt des Kartons an und schob ihn nervös von einer Hand in die andere. «Ich will mit der Polente nichts zu tun haben», sagte er.

Ich griff unmißverständlich nach der Schachtel. «Dann kauft's eben ein anderer.»

Er hielt mich rasch bei der Hand zurück. «Wart doch 'nen Moment. Ich hab doch nich gesagt, daß ich's nich kauf.»

Ich ließ den Karton wieder los. «Dann fragen Sie nicht soviel. Fünfzehn Dollar, und der ganze Kram gehört Ihnen.»

Er öffnete den Mund und seine gelben Zähne wurden sichtbar. «Zehn.»

«Vierzehn», sagte ich rasch. Das Ritual hatte begonnen. In East Side handelt man unter allen Umständen und um alles. Es wurde so erwartet.

«Elf.»

Ich schüttelte den Kopf.

«Zwölf.» Er studierte aufmerksam meine Miene.

«Kommt nicht in Frage», erwiderte ich.

Er holte tief Atem. «Zwölf fünfzig», sagte er beinahe flüsternd. «Mein letztes Wort.»

Ich sah ihn einen Augenblick an, dann streckte ich die Hand aus. «Her mit dem Zaster», sagte ich.

Er griff in die Tasche, nahm eine alte, schmutzige Geldbörse heraus, öffnete sie, und eine magere Banknotenrolle wurde sichtbar. Bedächtig zählte er mir das Geld in die Hand.

Ich zählte nochmals nach, schob das Geld in die Tasche und machte kehrt, um zu gehen. Doch der Händler rief mich zurück.

«Wenn du noch mehr von dem Zeug kriegen kannst», sagte er gierig, «dann bring's mir. Ich werd dich schon anständig bezahlen.»

Ich sah wohl in seine Richtung, konnte ihn aber nicht sehen. Die ganze Sache lohnte sich nicht. Zwölf Dollar fünfzig, in sieben Teile geteilt, das waren ja weniger als zwei Dollar pro Kopf! Nein, das war der Mühe nicht wert. «Sicher», antwortete ich und drehte mich um. «Werd dran denken.»

Der bekommt mich nie wieder zu sehen. Dabei war nichts zu holen.

Als ich die Rivington Street überquerte, sah ich auf meine Uhr. Es war beinahe sechs. Mit der Bande sollte ich mich nicht vor sieben in der Konditorei treffen. Ich beschloß, nach Hause zu gehen und Papas Nachtmahl abzuholen. Mamma brachte ihm sein Essen jeden Tag ins Geschäft und so konnte ich ihr einen Weg ersparen.

Im Hausflur stank es erbärmlich. Angeekelt bemerkte ich die Papiertüten, die vor den Wohnungstüren standen. Dieser lausige Hausbesorger war wieder mal besoffen und hat vergessen, den Abfall am Morgen wegzuschaffen. Obwohl ich das schon oft gesehen hatte, konnte ich mich doch nicht dran gewöhnen.

Ich stolperte über das lockere Brett einer Stufe und begann leise vor mich hin zu fluchen. Ich haßte die Gegend. Ich wollte, ich hätte genug Geld, um von hier wegzukommen. Eines Tages würde ich aber genug Geld beisammen haben, um unser Haus zurückzukaufen und diese stinkende Gegend zu verlassen.

Ich öffnete die Tür und trat ein. Mamma beugte sich gerade über den Herd. Sie sah müde zu mir auf.

«Papa hat gesagt, er wird um halb drei nach Hause kommen», sagte ich.

Sie nickte.

«Ich hab mir gedacht, ich könnte ihm das Essen hintragen», erbot ich mich.

Sie sah mich ziemlich erstaunt an. Es war das erste Mal, daß ich mich dazu erbot, seitdem er diese Stellung hatte. «Willst du nicht zuerst essen?» fragte sie.

Ich schüttelte den Kopf. «Ich bin nicht hungrig», log ich. «Ein Junge hat mir bei Katz ein Paar Würstchen spendiert.»

«Aber vielleicht magst du noch ein bißchen Suppe.»

«Nein, Mamma», antwortete ich, «ich bin satt.» Ich sah, daß in dem Topf kaum genug war, um für alle zu reichen.

Sie war zu müde, um mit mir zu streiten, und nahm ein weißes Emailgeschirr aus dem Schrank, das sie zu füllen begann. Als sie damit fertig war, stellte sie das Ganze behutsam in einen großen Papiersack, den sie mir gab. Ich ging zur Tür.

«Komm heut abend bald nach Haus, Danny», rief sie mir nach, während ich die Tür schloß.

«Aber sicher, Mamma», rief ich zurück und lief die Treppe hinunter.

Ich blieb vor Papas Geschäft stehen und sah hinein. Es befanden sich einige Kunden drin und ein Angestellter bediente sie. Papa mußte sich irgendwo im Hinterzimmer aufhalten. Ich betrat das Geschäft und wartete vor dem Ladentisch.

Aus dem Hinterzimmer drang die spitze, sich überschlagende Stimme eines schreienden Mannes. Unwillkürlich lauschte ich, denn ich erinnerte mich, sie am Nachmittag schon einmal gehört zu haben.

«Sie Esel», schrie er mit einer hohen, gehässigen Stimme. «Ich weiß nicht, wozu ich Sie überhaupt angestellt habe. Es ist immer dasselbe mit euch Kerlen! Weil ihr früher ein eigenes Geschäft heruntergewirtschaftet habt, glaubt ihr, alles besser zu wissen und wollt auf niemanden hören!»

Die Stimme verstummte und an ihre Stelle trat das leise Gemurmel von Papas Antwort. Ich konnte die Worte nicht verstehen, daher sah ich durch die gläserne Trennungswand, die das Hinterzimmer vom Laden abteilte. Papa stand vor Mr. Gold und sprach zu ihm. Mr. Gold starrte böse zu ihm auf. Sein Gesicht war rot vor Wut. Er begann wieder zu schreien, ehe Papa den Satz auch nur beendet hatte.

«Ich brauch keine Entschuldigungen, kein Alibi! Sie haben mir leid getan, wie Sie zu mir gekommen sind und mir was vorgewinselt haben, wie dringend Sie die Stellung brauchen, aber Gottverdammich, Sie werden die Arbeit so machen, wie ich es wünsche, oder Sie fliegen auf Ihrem Hintern raus! Haben Sie verstanden, Fisher?! So, wie ich es wünsche, oder Sie fliegen! Das ist alles!»

Jetzt konnte ich Papa wieder deutlich verstehen. «Es tut mir wirklich leid, Mr. Gold», sagte er. Sein Ton war so erniedrigt und servil, daß mir übel wurde. «Es wird bestimmt nie wieder geschehen, Mr. Gold, ich verspreche es Ihnen.»

Ein wilder Impuls überkam mich, diesen Schweinehund umzubringen, der es wagte, so zu meinem Vater zu sprechen und ihn dazu brachte, auch noch vor ihm zu kriechen. Kein Mensch hat das Recht, einem andern so etwas anzutun! Papa wandte sich wieder an das Männchen. Ich sah durch die Glaswand, wie er mit gekrümmtem Rücken und hängenden Schultern dastand und den Kopf respektvoll neigte.

Die Stimme des Angestellten unterbrach meine Gedanken. «Kann ich etwas für Sie tun, Sir?»

Ich sah ihn verwundert an. An Stelle meiner Wut war ein Gefühl grenzenloser Übelkeit getreten. Ich schüttelte den Kopf und ging ärgerlich auf die Tür zu. Dann erinnerte ich mich an den Papiersack mit dem Essen, den ich noch immer in der Hand hielt, trat an den Ladentisch zurück und stellte ihn nieder. «Das ist das Nachtmahl für Doc Fisher», sagte ich zu dem Angestellten und lief auf die Straße hinaus, verfolgt von Mr. Golds hoher, spitzer Stimme.

«Nur einen Dollar fünfzig pro Kopf?» sagte Spit in unzufriedenem Ton.

Ich sah ihn kalt an. Der Ton meiner Stimme war unmißverständlich. «Wenn du's besser kannst, dann mach du's.»

Wie stets, wenn Spit aufgeregt war, lief ihm der Speichel in kleinen Tropfen aus dem Mundwinkel. «Okay, Danny, okay», sagte er hastig. «Ich hab ja nix gesagt.»

Ich verteilte den Rest des Geldes, dann sah ich sie der Reihe nach an. Ich hatte mir zwei Dollar zurückbehalten, aber das gebührte mir, denn ich hatte die Sache ausgeknobelt.

«Was machen wir als nächstes, Danny?» fragte Spit und sah mich erwartungsvoll an.

«Weiß noch nicht», antwortete ich und nahm eine Zigarette aus der Tasche.

«Aber's muß was ganz andres sein, dabei kommt nich genug raus.» Ich zündete mir die Zigarette an. «Ihr braucht euch nicht drum zu kümmern, mir wird schon was einfallen.» Ich sah auf die Uhr. Es war beinahe sieben. «Ich probier mein Glück jetzt noch etwas in der Garage beim Würfeln», sagte ich, «will einer mitkommen?»

«Nix für mich», sagte Spit sabbernd, «hab mir 'ne Puppe bestellt. Auf die Art hab ich wenigstens was für mein Geld.»

Die Bande zerstreute sich, und ich bog allein um die Ecke. Spit hatte mich an etwas erinnert. Ich hatte ja um neun Uhr ein Rendezvous mit dem Mädchen vom Eiscremestand. Scheint ein schlaues Kind zu sein, und das ist bei mir okay, ich hab's gern, wenn sie aufgeweckt sind. Ich kann dumme Dinger nicht ausstehen. Die kennen nur eines, wenn man will, daß sie die Türglocken mit dem Hintern polieren. Nein. Die schlauen Püppchen konnte man – manchmal – auch zu was andrem überreden.

Ich war jetzt beinahe bei der Garage angelangt. Mir wurde schon wohler, als ich mich dem Eingang näherte. Die dreieinhalb Dollar, die ich in der Tasche hatte, waren so gut wie nichts. Wenn ich Glück habe, kann ich mir's leisten, mit der Puppe was springen zu lassen. Ein junger Italiener mit einem mageren Gesicht stand vor der Garage Schmiere. Ich ging an ihm vorbei. Der Bursche streckte die Hand aus, um mich aufzuhalten. «Wohin willst du?» fragte er.

Ich schob seine Hand sachte beiseite. «Nur langsam, Italianski», sagte ich lächelnd, «will bloß mein Glück versuchen.»

Nachdem mich der kleine Italiener erkannt hatte, erwiderte er mein Lächeln. «Okay, Danny», sagte er und wandte sich wieder dem Eingang zu.

Ich ging durch die dunkle Garage auf ein Licht zu, das ich im Hintergrund bemerkte. Von den herumstehenden Autos verborgen, stand dort in einem kleinen Halbkreis eine Gruppe von Männern und Halbwüchsigen. Sie sprachen nur leise miteinander, sonst war nur das metallische Klappern der Würfel zu hören. Einige blickten auf, als ich näher trat, als sie mich aber erkannten, sahen sie sofort wieder auf den Boden. Ihre Aufmerksamkeit galt den Würfeln, die über den Boden rollten und dann von der Wand zurückprallten.

Ich sah einige Minuten aufmerksam zu und versuchte das richtige Gefühl für das Spiel zu bekommen. Ich hielt nichts davon, einfach drauflos zu wetten, ich versuchte auszuknobeln, wer einen Riecher hatte und es diesem Spieler dann nachzumachen. Da war ein kleiner dunkler Bursche, der sehr gut abzuschneiden schien. Ich sah ihm eine Weile zu. Er hatte schon zweimal richtig getippt, ehe ich mich entschloß. Beim nächstenmal wettete er gegen die Würfel, und ich machte es ihm nach. Ich warf einen Dollar auf den Boden. «Dagegen», sagte ich. Der Buchmacher nahm das Geld.

Die Würfel rollten, und ich verlor. Ich schloß mich dem dunklen Burschen nochmals an. Diesmal gewann ich.

Ich wettete wieder und gewann. Jetzt begann meine Erregung zu steigen. Ich wettete nochmals und gewann wieder. Ich hatte bereits sieben Dollar und glaubte fest an mein Glück.

Der Mann, der bisher gewürfelt hatte, sah plötzlich auf. «Hab genug», sagte er verärgert, stand auf und staubte seine Hose ab.

Der Buchmacher blickte sich um. «Wer übernimmt jetzt?» fragte er. Niemand rührte sich, denn niemand wollte die Würfel. Daran war der Buchmacher gewöhnt. Im Lexikon der kleinen Spieler stand, daß es Unglück brachte, *mit* den Würfen zu setzen. Das Spiel mußte aber in Gang gehalten werden. Er sah mich an. «Nimm sie, Danny», sagte er. «Den ersten Wurf hast du gratis.»

Ich trat widerwillig vor und übernahm die Würfel. Mir blieb keine Wahl. Ich war als letzter ins Spiel eingetreten und mußte mich den Spielregeln fügen. Ich durfte mich nicht weigern. Ich schüttelte die Würfel in meiner Hand.

Plötzlich hatte ich das Gefühl absoluter Sicherheit. Ich spürte, wie mein Herz aufgeregt zu klopfen begann. Ich konnte nicht verlieren! Ich hatte eine Glückssträhne erwischt!! Ich warf zwei Dollar auf den Boden. Ein Dollar flatterte neben meine, es war der Einsatz des Buchmachers. Ich blies in meine Handflächen, als noch mehr Scheine auf den Boden gesegelt kamen. Dann schleuderte ich die Würfel wie ein geölter Blitz. Sie prallten wie verrückt an die Mauer und blieben schließlich liegen.

Gewonnen! Ich sammelte die Würfel wieder ein und schüttelte sie. Diesmal besprach ich die ganze Sache mit ihnen. Es war ein Gespräch mit den Würfeln, das kein Außenstehender verstehen konnte. Ich fühlte sie warm in meiner Hand und wußte, sie verstanden mich, wenn auch sonst niemand. Ich gewann sechs Dollar.

Jetzt ging's um vier Dollar für den Point. Ich sammelte sie wieder in der Hand und flüsterte weiter mit ihnen. Als sie hübsch warm in meiner Hand lagen, warf ich sie und gewann.

Ich strich neun Dollar ein und ließ den Rest stehen. Ich spürte, wie mir der Schweiß ausbrach, während ich die Würfel in der Hand schüttelte. Ich war wie im Fieber.

Es war beinahe Viertel vor neun, als ich wieder zur Besinnung kam und auf die Uhr blickte. Ich gab die Würfel weiter und trat aus dem Spiel aus. Ich hatte über zwanzig Dollar gewonnen. Das Hemd klebte mir feucht am Rükken, als ich aus der Garage schritt.

Der Junge vor der Tür grinste. «Schon pleite, Danny?» verhöhnte er mich grinsend.

Ich grinste gleichfalls und warf ihm einen halben Dollar zu. «Kauf dir ein Stück Fleisch, Spaghettifresser», sagte ich. «'s wird dir besser schmecken, als am Daumen zu lutschen.»

3

Ich stand an der Ecke vor dem Zehn-Cent-Basar und betrachtete die Mädchen, die herauskamen. Ich zündete mir eine Zigarette an. Es war bereits zehn nach neun. Sie läßt sich hübsch Zeit. Vielleicht läßt sie mich hängen! Ich werde ihr noch fünf Minuten bewilligen, dann kann sie sich zum Teufel scheren.

«Hello, Danny», sagte sie leise. Sie stand neben mir. Ich hatte sie wohl aus der Tür treten sehen, aber nicht wiedererkannt, weil sie in ihren eigenen Kleidern viel jünger aussah als in ihrer Geschäftsuniform.

«Hello, Nellie.» Ich sah sie erstaunt an. Sie war ja nicht mehr als ein Kind. Sie konnte höchstens so alt sein wie ich. «Hungrig?» fragte ich nach kurzem Zögern.

Sie nickte. Sie schien ein wenig verlegen zu sein, nicht mehr so selbstsicher wie hinter der Theke.

Ich nahm sie am Arm und steuerte mit ihr auf die Ecke zu, wobei ich sie verstohlen betrachtete. Ihr Haar war jettschwarz und dort, wo das Licht der Schaufenster hintraf, schienen blaue Töne darin zu spielen. Sie hatte große dunkle Augen und sah, während sie neben mir ging, geradeaus vor sich hin. Sie verwendete zwar Lippenrouge, aber in einem bedeutend helleren Ton als bei Tag.

«Sie sehen jetzt viel jünger aus», rief ich überrascht.

Sie wandte mir ihr Gesicht zu. «Viele Mädchen schminken sich während der Geschäftszeit sehr stark, um älter auszusehen, sonst würden sie ihre Stellung nicht behalten.» Schüchtern, aber mit einem warmen Blick setzte sie hinzu: «Sie sehen aber älter aus als im Geschäft.»

Ich erwiderte ihr Lächeln und fühlte mich jetzt überaus wohl. Wir standen vor dem Restaurant, auf dessen verblaßtem gelb-blauem Schild zu lesen war:

CHOW MEIN 30 Cent CHOP SUEY

«Gehn wir was essen», sagte ich, öffnete die Tür und ließ sie vor mir eintreten.

Ein müde aussehender, verwitterter alter Chinese führte uns zu einem Tisch, ließ zwei Menukarten vor uns auf den Tisch fallen und schlurfte langsam zur Tür zurück. Das Restaurant war beinahe leer, es waren bloß zwei andere Tische besetzt. Ich sah mir das Menu flüchtig an, denn ich wußte bereits, was ich essen wollte. Dann blickte ich sie über den Tisch hinweg an.

Unsre Blicke trafen sich. «Für mich Chow Mein», sagte sie lächelnd.

«Mit geröstetem Reis. Den werden wir teilen», fügte ich rasch hinzu, um in ihr keine falschen Vorstellungen zu erwecken. Ich war ja schließlich kein Krösus.

Ein junger chinesischer Kellner, der ebenso müde aussah wie der alte Mann, welcher uns an den Tisch geführt hatte, stellte eine Teekanne auf den Tisch und wartete verschlafen auf unsre Befehle. Ich bestellte rasch, und er entfernte sich wieder. Hierauf wendete ich mich wieder dem Mädchen zu. Als sie bemerkte, daß ich sie ansah, senkte sie den Blick, und eine schwache Röte stieg ihr in die Wangen. Plötzlich entstand zwischen uns eine seltsam gespannte Atmosphäre.

«Was ist denn los?» fragte ich.

Sie hob den Blick. «Ich sollte eigentlich nicht hier sein», erwiderte sie nervös. «Ich weiß nicht einmal, wer Sie sind, und mein Vater ...»

«Ihr Alter hätte es wohl nicht gern, was?» unterbrach ich sie mit einem frechen Lachen. Ich war jetzt schon viel selbstbewußter. «Wie alt sind Sie eigentlich?»

Sie sah mich offen und ehrlich an. «Sieb ... nein ... sechzehn», antwortete sie zögernd.

«Arbeiten Sie schon lange?» fragte ich.

«Beinahe ein Jahr», sagte sie. «Man hält mich dort für älter.»

«Ist Ihr Alter sehr streng mit Ihnen?» fragte ich, und in meiner Stimme schwang ein mitleidiger Ton, den ich nicht zu unterdrücken vermochte, der aber die Fremdheit zwischen uns zu lockern schien.

«Er ist schon ganz ordentlich zu mir. Aber Sie wissen ja, wie diese altmodischen Italiener sind. Immer heißt's nur, drüben in der Heimat macht man das so und jenes so ...» Sie sah mir offen in die Augen. «Ich sollte eigentlich von der Arbeit direkt nach Hause kommen, denn ich bin wohl alt genug, um denen im Geschäft wegen meinem Alter das vorzulügen und Geld nach Hause zu bringen, aber um mit einem Burschen auszugehen, bin ich noch lange nicht alt genug. Wenn er wüßte, daß ich mit Ihnen hier bin, würde er mich wahrscheinlich erschlagen.»

Ich sah sie nachdenklich an und überlegte, was sie mit dieser langen Geschichte eigentlich bezweckte. «Warum sind Sie dann mit mir hergekommen?» fragte ich.

Sie lächelte. «Vielleicht hab ich's satt, immer nur in der ‹alten Heimat› zu leben. Vielleicht ist's Zeit, daß er endlich begreift, daß Amerika ein neues Land ist. Hier lebt man eben ganz anders.»

«Ist das der einzige Grund?» fragte ich und blickte sie unverwandt an.

Sie errötete unter meinem prüfenden Blick. «Nein», gestand sie und schüttelte leicht den Kopf. «Ich wollte mit Ihnen ausgehen. Ich wollte herausbekommen, wie Sie wirklich sind.»

«Und – gefällt Ihnen das, was Sie von mir zu sehen bekommen?»

Sie nickte stumm und wurde noch roter. «Und gefalle ich Ihnen?» fragte sie ganz leise und scheu.

Ich langte über den Tisch und ergriff ihre Hand. Das schien ja ein ganz einfacher Fall zu sein. «Natürlich, Nellie», sagte ich nachdrücklich, «natürlich.»

Unter der Lampe an der Straßenecke blieb sie stehen. «Es ist besser, Danny», sagte sie und sah zu mir auf, «wenn Sie jetzt gehen. Mein Vater könnte vor dem Haus auf mich warten.»

«Sie lassen mich ja recht nett abfahren», sagte ich kalt.

Ein Schatten überflog ihr Gesicht. «Nein, Danny, nein», sagte sie sehr ernst. «Wirklich nicht. Aber Sie kennen meinen Vater nicht.»

Ich konnte mir nicht helfen, ich glaubte ihr. «Ich weiß natürlich», sagte ich leichthin, «daß das ein uralter Trick ist, aber ich fall ganz gern drauf rein. Beinahe könnte ich Ihnen sogar glauben.»

Sie ergriff meine Hand. «Sie müssen mir glauben, Danny», sagte sie rasch. «Ich würde Sie nie anlügen, nein, wahrhaftig nicht.»

Ich hielt ihre Hand fest. «Was werden Sie denn sagen, warum Sie so spät heimkommen?»

«Ich werde ihm sagen, daß ich im Geschäft bleiben mußte. Er weiß, daß wir manchmal länger dort bleiben.»

«Wird er sehr wütend sein?»

«Nein», erwiderte sie. «Daraus macht er sich ja nichts. Er kümmert sich nie drum, wenn ich auch spät in die Nacht arbeiten muß.»

Ich ließ ihre Hand los und trat in den tiefen Flur eines Geschäfts und aus dem Bereich der Straßenbeleuchtung. «Komm her zu mir», sagte ich.

Sie sah mich eine Sekunde an, dann machte sie zögernd einen Schritt auf mich zu. Ihre Stimme klang plötzlich nervös. «Wozu?»

Ich sah sie unverwandt an. «Du weißt, wozu», sagte ich ruhig. «Komm her!»

Sie machte noch einen kleinen Schritt, dann blieb sie stehen. Ein merkwürdig schmerzlicher Ausdruck breitete sich über ihr Gesicht. «Nein, Danny ... ich gehör nicht zu dieser Sorte.»

«Dann ist's also doch eine glatte Abfuhr», sagte ich in bitterschneidendem Ton.

Ich nahm eine Zigarette aus der Tasche und steckte sie zwischen die Lippen. «Okay, Baby, verdufte! Deinen Spaß hast du ja bereits gehabt!»

Ich zündete das Streichholz an und hielt es an die Zigarette. Als ich aufsah, blickte sie mich noch immer stumm an. In ihrer ganzen Haltung war eine merkwürdige Gespanntheit, wie bei einem Reh vor der Flucht. Die Straßenbeleuchtung ließ in ihrem Haar bläulichschimmernde Lichter aufflammen.

Ich blies ihr eine Rauchwolke entgegen. «Worauf wartest du noch? Geh nach Haus! Dein Alter wartet!»

Sie machte noch einen Schritt auf mich zu. «Danny, so hab ich mir's nicht vorgestellt. Ich kann's nicht ertragen, daß du auf mich bös bist.»

Jetzt wurde ich wütend. Wenn ich eine Abfuhr bekam, nun gut, dann hatte ich sie eben weg und damit basta. Ich habe nie erwartet, einen großartigen Roman zu erleben. Warum macht sie jetzt deswegen ein solches Theater? Ich äffte ihr nach: «Danny, so hab ich mir's nicht vorgestellt!» Ich lachte voll Bitterkeit. «Warum, zum Teufel, glaubst du, hab ich dich ausgeführt?» stieß ich rauh hervor. «Um an der Straßenecke eine Abfuhr zu bekommen? Ich kann Mädchen haben, soviel ich will, ich brauch nicht auf dich zu warten.»

In ihren Augen standen jetzt Tränen. «Danny, ich hab geglaubt, daß du mich auch gern hast», sagte sie mit einer ganz kleinen Stimme, «ich hab dich nämlich sehr gern.»

Da packte ich sie rasch am Arm und zog sie zu mir in den schwach beleuchteten Flur. Ich warf die Zigarette zu Boden und nahm sie in die Arme.

Während sie mit weitaufgerissenen Augen zu mir aufsah, fühlte ich die Starrheit ihres Körpers. Aber sie blieb still stehen, ganz still. «Danny!»

Da küßte ich sie. Ich spürte ihre zarten Lippen und die Härte ihrer Zähne unter meinem Mund. Ihre Lippen waren kalt. Ich küßte sie nochmals. Jetzt waren sie schon ein wenig wärmer; sie öffneten sich leicht, und ich spürte, wie sie sich bewegten. Ich küßte sie nochmals, und jetzt waren sie ganz warm und erwiderten meinen Kuß.

Ich sah lächelnd zu ihr hinunter. «Ist's wirklich so arg, Nellie?»

Sie verbarg ihr Gesicht an meiner Schulter. «Du wirst mich jetzt für schlecht halten», rief sie.

Ich war jetzt völlig verwirrt. Das war keineswegs die Reaktion, die ich erwartet hatte. Meine Verwirrung war auch aus meiner Stimme zu hören. «Warum warst du dann am Nachmittag so herausfordernd mit mir? Du mußt die Spielregeln doch jetzt schon zur Genüge kennen. Hast ja lang genug im Leben gestanden.»

Sie sah zu mir auf. Ihre dunklen Augen waren noch immer weit auf, aber jetzt schimmerten sie weich und waren nicht mehr verängstigt. «Ich hab dich gleich gern gehabt, Danny, das war's. Deshalb bin ich auch nicht nach Hause gegangen, wie du mir's so wütend gesagt hast.»

Ich sah sie einen Moment an; dann suchte ich wieder ihre Lippen. Ich fühlte jetzt, wie sich ihr Körper entspannte und lockerte, während sie meine Küsse leidenschaftlich erwiderte. Diese Küsse waren echt. Ich hielt sie eng an mich gepreßt. «Aber du hast doch so abgebrüht getan», flüsterte ich. «Wegen der Prügelei im Laden und all dem. Du hast doch sofort gewußt, daß Spit und Solly nur Komödie spielen. Woher weißt du was von diesen Sachen, wenn du nicht rumgekommen bist?»

«Giuseppe, mein ältester Bruder, war Boxer», antwortete sie und lag regungslos in meinen Armen. «Er hat mir gezeigt, wie sie's machen, wenn sie bloß Komödie spielen.»

Unsre Augen trafen sich bei der schwachen Beleuchtung und hielten einander fest.

«Du gibst mir also nicht den Laufpaß?» Ein letzter Rest von Mißtrauen schwang in meiner Stimme.

«Nein, Danny.» Ihre Stimme klang offen und ehrlich.

Ich küßte sie wieder, doch diesmal war's ganz anders. In diesem Kuß fühlte ich ihre Gelöstheit, ein gemeinsames Verstehen. Meine wilde Begierde war verschwunden. «Ich hab dich gern», sagte ich, und plötzlich mußte ich lachen. «Du bist ein komisches Ding, aber du gefällst mir.»

Sie sah mich lächelnd an. «Bist nicht mehr bös?»

Ich schüttelte den Kopf. «Nein, Baby.»

Diesmal hob sie mir ihr Gesicht entgegen und wartete auf meinen Kuß. Ich sah regungslos zu ihr hinunter. Ihre Augen waren geschlossen. «Danny», flüsterte sie schüchtern, «Danny ... küß mich.»

Ich fühlte, daß sich ihr Mund verändert hatte. Er hatte sich geöffnet und sie klammerte sich in wilder Leidenschaft an mich. Da zog ich sie ganz an meinen Körper, glitt mit meiner Hand ihr Rückgrat entlang und preßte sie so eng an mich, daß zwischen unsern Körpern kein Millimeter Zwischenraum blieb.

Ihre Augen waren noch immer geschlossen. Wir schwebten in einer andern Welt. Die Straßenecke, die Straßenlampe, der Flur, alles war verschwunden. Alles war verschwunden, außer dem brennenden Druck unsrer Lippen.

Ich schloß ebenfalls die Augen, während meine Hände die Wärme ihres Körpers suchten.

Ihr Flüstern gellte mir beinahe wie ein Schrei in den Ohren. «Danny! Danny! Nicht!!» Sie faßte erregt meine Hände und stieß sie beiseite.

Ich umklammerte ihre Gelenke und hielt sie fest. Sie zitterte vor Angst. «Ruhig, Baby, sei ganz ruhig», sagte ich sanft, «ich werd dir nicht weh tun.»

Ihre panische Angst verschwand ebenso plötzlich, wie sie sie überfallen hatte, und sie verbarg ihr Gesicht an meiner Schulter. «O Danny, ich hab noch nie etwas Ähnliches gefühlt.»

Ich schob meine Hand unter ihr Kinn und hob ihr Gesicht zu mir empor. Tränen standen in ihren Augen. «Ich auch nicht», sagte ich ernst, und ich meinte es aufrichtig.

Ihre Augen wurden vor Staunen groß und tief. «Danny, Danny, glaubst du ...» sie zögerte, «glaubst du, daß wir vielleicht ineinander verliebt sind?»

Ich war ganz verwirrt, ich wußte es nicht. Ich versuchte zu lächeln. «Vielleicht sind wir's, Nellie, vielleicht.»

Noch während ich sprach, breitete sich über uns eine Verlegenheit und wir traten einige Schritte auseinander. Sie sah zu Boden und ordnete ihre Kleider. Als sie damit zu Ende war, rauchte ich bereits eine Zigarette. Sie streckte mir ihre Hand entgegen, und ich ergriff sie. So standen wir schweigend, Hand in Hand, bis ich die Zigarette ausgeraucht hatte.

Dann warf ich sie weg, sie fiel in den Rinnstein und versprühte kleine Funken. Wir sahen einander wieder an. Ich lächelte. «Hallo, Nellie.»

«Hallo, Danny», flüsterte sie schüchtern.

Wir starrten einander einen Moment an, dann begannen wir zu lachen. Unser Gelächter befreite uns von unsrer Verlegenheit. Ich beugte mich zu ihr hinunter und küßte sie rasch. Unser Händedruck wurde inniger und löste sich, als sich unsre Lippen wieder trennten.

«Hoffentlich ist dein Alter nicht bös», sagte ich.

«Nein, bestimmt nicht», sagte sie lächelnd, «ich werd ihm sagen, daß ich hab länger arbeiten müssen.»

Wir verließen den schützenden Flur und gingen bis an die Ecke, unter die Straßenlampe. Ihr strahlendes Gesicht war gerötet, ihre Augen leuchteten mit einem ganz neuen innigen Ausdruck, und ihre Zähne blitzten weiß zwischen ihren roten Lippen, als sie mir zulächelte.

«Hab ich dir eigentlich schon gesagt, wie hübsch du bist?» fragte ich scherzend.

«Nein», antwortete sie.

«Wahrscheinlich, weil ich bisher noch keine Zeit dazu hatte», sagte ich grinsend. «Ich will's also jetzt sagen. Du bist eine kleine Schönheit, wie ein Filmstar.»

«Ach, Danny», sagte sie und hielt meine Hand ganz fest.

«Ich glaub, du mußt jetzt gehen», sagte ich einsichtsvoll.

Sie nickte.

«Also dann – gute Nacht», sagte ich und ließ ihre Hand los.

«Werde ich dich ... wiedersehen, Danny?» Ihre Stimme war ganz klein.

«Natürlich», sagte ich rasch und grinste. «Ich komm morgen zu dir in den Laden.»

Ihr Gesicht erhellte sich. «Und ich mach dir dann eine ganz besondere Eiscreme, mit drei Löffel Creme.»

«Mit drei Löffel?!» rief ich. «Nein, da kann ich nicht wegbleiben.»

Sie lachte wieder. «Gute Nacht, Danny.»

«Gute Nacht, Baby.»

Sie war im Begriff, über die Straße zu gehen, drehte sich aber nochmals zu mir um. Ihr Gesicht hatte einen bekümmerten Ausdruck. «Aber du bringst deine Freunde nicht wieder mit, nicht wahr? Sie könnten erwischt werden.»

«Machst du dir etwa Sorgen um sie, Nellie?» sagte ich lachend.

«Ach, um die kümmer ich mich nicht», sagte sie ungestüm. «Ich mach mir bloß Sorgen um dich.»

Ich fühlte, wie warm mir bei ihren Worten wurde. Sie war ein gutes Ding. «Ich bring sie bestimmt nicht mit.»

Sie sah aber noch immer ernst aus. «Mußt du dich mit ihnen rumtreiben und solche Sachen machen, Danny? Du kannst leicht dabei geschnappt werden. Kannst du denn keinen Job finden?»

«Nein», antwortete ich steif, «meine Leute erlauben nicht, daß ich das Gymnasium aufgebe.»

Sie griff wieder nach meiner Hand und drückte sie teilnehmend, während in ihren Augen tiefe Besorgnis zu lesen war. «Sei vorsichtig, Danny», sagte sie sehr leise.

Ich sah sie lächelnd an. «Bestimmt», versprach ich.

Sie trat auf den Gehsteig zurück und küßte mich rasch. «Gute Nacht, Danny.»

«Nacht, Baby.»

Ich sah ihr nach, während sie über die Fahrbahn lief und schließlich in ein Haustor trat. Dort blieb sie eine Sekunde stehen und winkte mir. Ich winkte zurück. Dann verschwand sie im Hausflur.

Ich drehte mich um und lief die Straße hinunter. Ich war sehr froh. Ich fühlte mich so wohl, daß ich beinahe vergaß, wie sehr ich es haßte, in dieser Umgebung wohnen zu müssen, bis ich die Delancey Street überquerte und vor Papas Geschäft wieder diesen Mr. Gold stehen sah.

4

Er stand vor dem Geschäft und steckte soeben einen kleinen Lederbeutel in seine Tasche. Ich wußte sofort, was es war. Es war einer jener Beutel, die man dazu verwendete, bei einer Bank Geld in den Nachttresor zu legen.

Automatisch drückte ich mich in einen Torweg und beobachtete ihn. Ein Blick auf meine Uhr belehrte mich, daß es wenige Minuten nach zwölf war. Er sah nochmals in das Schaufenster, dann ging er die Delancey Street in Richtung Essex Street entlang. Ich folgte ihm langsam und blieb immer einen halben Häuserblock hinter ihm zurück.

Zuerst wußte ich nicht, weshalb ich es tat, aber nachdem ich einige Zeit hinter ihm hergegangen war, wurde mir's plötzlich klar. Jetzt bog er in die Essex Street ein und ging bedeutend rascher. Ich hielt mich auf der andern Straßenseite, immer mit ihm im Gleichschritt, während meine Idee rasch Gestalt annahm.

Er begab sich zu der Bank an der Ecke der Avenue A und der First Street. Dort nahm er den kleinen Beutel aus der Tasche und ließ ihn in den Behälter für Nachteinlagen gleiten. Hierauf drehte er sich um und ging die Avenue A hinauf.

Ich blieb an der Ecke stehen und sah zu, wie er weiterging. Er interessierte mich jetzt nicht mehr.

Ich zündete mir eine Zigarette an und begann nachzudenken.

Als ich zum erstenmal in die Gegend gekommen war, erschien sie mir wie eine andere Welt. Und das war sie auch. Es war eine ganz andere Welt als die, die ich bisher gekannt hatte. Hier gab's nur ein Gesetz: kämpfen oder verhungern. Und dabei gab's keine Hemmungen.

Die Kinder wußten das sogar noch besser als die Erwachsenen. Sie wurden dazu erzogen, sobald sie nur konnten für sich selbst zu sorgen, zu betteln und zu stehlen. Sie waren zäher, verbitterter und zynischer, als ich mir je hätte vorstellen können. Es gab nur eines, was mich davor bewahrte, von ihnen getötet zu werden: ich konnte besser boxen als sie und in vieler Beziehung auch rascher denken.

Es hatte allerdings Zeit gekostet. Eine Weile hatten sie mich scheel angesehen, denn sie wurden aus mir nicht recht klug. Nach der Prügelei, die ich an dem Tag hatte, an dem Rexie überfahren worden war, hatten sie mir einen gewissen Respekt bezeigt. Aber erst als ich mich in der Konditorei herumzutreiben begann, lernte ich sie kennen.

Von diesem Augenblick an riß ich die Führung an mich. Der Bursche, den ich verprügelt hatte, war ihr Bandenführer gewesen. Nun lungerten sie tatenlos herum. Spit und Solly hatten versucht, die Führung zu übernehmen, vermochten sich bei den andern aber nicht den nötigen Respekt zu verschaffen. Die einzige Sprache, die sie verstanden, war körperliche Überlegenheit.

Eines Tages kam Spit zu mir, während ich eine Eiercreme verzehrte. Unter einem feinen Sprühregen seines Speichels lud er mich ein, mich der Bande anzuschließen. Ich hörte ihm wohl zu, blieb aber auf meiner Hut; nach einiger Zeit schloß ich mich ihnen aber doch an. Es war zu einsam hier, ich mußte mich an etwas beteiligen, mich mit jemandem zusammentun. Da konnten es ebensogut die Burschen der Stanton Street sein.

Die Hauptsache blieb aber stets das Geld. Geldmangel war ein Miasma, das sich über der unteren East Side ausbreitete wie die Pest. Man sah diese Armut überall, wohin man auch blickte, in den schmutzstarrenden Straßen, den zettelverklebten Schaufenstern, den schlechtgehaltenen Häusern. Man hörte die Armut überall heraus: aus dem kreischenden Geschrei der Hausierer von Rivington ebenso wie aus dem mühseligen Feilschen um jeden Penny in den Geschäften.

Hast du einen Dollar in der Tasche, dann bist du ein König: wenn nicht, hältst du Ausschau nach jemandem, der einen besitzt und für dich bezahlt. Aber Könige leben nicht mehr auf der East Side, außer sie gehören jener Sorte an, die es versteht, auch aus der allgemeinen Armut noch genug Pennies zu ziehen, um sich ein auskömmliches Leben zu sichern.

Es gab ihrer genug – Buchmacher, Wucherer und kleine Verbrecher. Das waren die Smarten, die Helden. Sie wurden beneidet, diese Starken, denen es gelungen war zu überleben, und zwar gut zu überleben. Sie waren unsre Vorbilder, unsre Helden.

Sie waren das, was wir einmal werden wollten. Keine armen Schlucker, wie unsre Väter, die im Rinnstein lagen, weil sie es nicht verstanden, sich der Zeit anzupassen. Unsre Väter bildeten die Bevölkerung der unteren East Side. Es gab ihrer genug. Wir wollten nicht so werden wie sie, wenn wir's verhindern konnten. Wir waren smarter als sie. Wir wollten Könige werden. Und wenn ich erst König war, wollte ich mein Haus in Brooklyn zurückkaufen und aus dieser verrotteten Gegend wieder wegziehen.

Ich schlenderte zu unserm Haus zurück. Spit hatte mich gefragt, was wir als nächstes anstellen werden. Damals hatte ich's nicht gewußt, ich wußte nur, daß die Sache im Zehn-Cent-Basar nicht der Mühe wert war. Aber jetzt wußte ich's! Ich konnte sogar zwei Fliegen mit einem Schlag treffen. Ich beschloß, ehe ich nach Hause zurückkehrte, nochmals in die Konditorei zu schauen, um die Sache mit Spit und Solly zu besprechen.

Ich warf mich unruhig im Bett herum. Ich war zu erregt, um einzuschlafen. Auf der Straße vor meinem Fenster hupte jemand laut. Ich stand leise auf und setzte mich ans Fenster. Ich zündete mir eine Zigarette an und starrte hinaus.

Unten parkte ein Lastwagen. Das schwache metallische Klirren der Abfalltonnen, die gegen den Behälter stießen, wenn die Männer sie entleerten, drang bis zu mir herauf. Ich erinnerte mich an Spits Miene, als ich den Burschen meinen Plan zum erstenmal auseinandersetzte.

Er hatte Angst gehabt! Aber Solly war scharf darauf, und das gewann schließlich auch ihn für den Plan. Nur wir drei sollten das Ding drehen. Zuerst mußten aber Golds Gewohnheiten bis ins letzte Detail festgehalten werden: denn das war ausschlaggebend.

Einer von uns mußte ihm, wenn er das Geschäft verließ, mehrere aufeinanderfolgende Nächte nachgehen und alle Aufenthalte und Gewohnheiten genau feststellen. In einer bestimmten Nacht wollten wir ihn dann überfallen. Aus der Sache waren, wie ich ihnen sagte, mindestens zweihundert Dollar herauszuschlagen. Und wir hatten nichts anderes zu tun, als dem alten Schweinehund übern Kopf zu schlagen und ihm dann den Zaster abzunehmen. Es war kinderleicht. Ich hatte ihnen aber nicht erzählt, daß mein Vater in dem Laden arbeitete. Das ging sie nichts an.

Der Klang einer Mädchenstimme, der jetzt durch das offene Fenster drang, erinnerte mich an Nellie. Für eine Italianski war sie schon ein merkwürdiges Ding. Denn die waren gewöhnlich laut und zäh, und wenn sie den Mund öffneten, wußte man gleich, daß sie Italienerinnen waren. Sie war ganz anders. Sie sprach sanft und leise und gebildet. Und dann: sie hatte mich gern, das wußte ich jetzt. Es ist schon recht komisch, wie sich so was ereignet. Man führt so ein Püppchen zu einem ganz bestimmten Zweck aus, und plötzlich bemerkt man, daß es um einen ganz anders steht, als man gedacht hat. Daß das Mädchen es ehrlich meint und daß man es wirklich gern hat. Und dann will man keinesfalls etwas tun, was ihr einen Widerwillen einflößen könnte.

Das ist schon sehr merkwürdig. Bisher hatte ich das noch nie für ein Mädchen gefühlt. Ich erinnerte mich an etwas, das sie gesagt hatte: «Vielleicht sind wir ineinander verliebt.» Vielleicht. Ich hatte keine andere Erklärung für meine Gefühle. Es hatte noch nie ein Mädchen gegeben, bei dem es mir genügt hätte, sie bloß ein bißchen an mich zu drücken, mit ihr zu sprechen und ihr nahe zu sein. Vielleicht hatte sie tatsächlich recht mit dem, was sie sagte.

Die Mädchenstimme drang wieder durchs Fenster. Ich streckte meinen Kopf vor, um auf die Straße zu schauen. Die Straße war aber menschenleer. Und wieder hörte ich die Mädchenstimme. Sie kam mir bekannt vor. Ich kannte doch diese Stimme, sie klang aber verändert, wie sie so durchs Fenster zu mir drang.

Jetzt sprach das Mädchen wieder. Diesmal konnte ich feststellen, daß die Worte vom Dach kamen. Ich sah hinauf. Nun erkannte ich die Stimme und sah oben am Dachrand das Aufglühen einer Zigarette. Es war Mimis Stimme. Ich fragte mich, was sie um diese Stunde auf dem Dach zu suchen hatte. Es war ein Uhr vorbei. Dann erinnerte ich mich, daß sie etwas von einem Rendezvous mit einem Burschen aus ihrem Geschäft erzählt hatte, der in sie verknallt war – irgendeinem George Dingsda. Ich hatte sie damit aufgezogen, daß sie mit einem lächerlichen Pudelhupfer ging, der in einem Laden arbeitete, und sie war wütend geworden. «Jedenfalls besser als diese Galgenvögel, mit denen du ständig in der Konditorei herumlungerst», hatte sie erwidert.

Ich beschloß hinaufzugehen und nachzuschauen, was Miss Großmaul dort oben trieb. Ich wußte bestimmt, wenn in dieser Gegend jemand bei Nacht aufs Hausdach steigt, dann geschieht es nicht, um die Sterne zu betrachten. Ich schlüpfte in meine Hose und verließ geräuschlos das Zimmer. Die Tür zum Dach stand offen, und ich trat leise hinaus. Dort versteckte ich mich im Schatten der Tür und suchte das Dach mit meinen Blicken ab. Sie war tatsächlich hier oben und noch dazu mit ihrem Freund. Sie waren verteufelt eng aneinandergepreßt! Ich beobachtete sie.

Jetzt trennten sie sich voneinander, und ich konnte Mimis Gesicht im Mondlicht genau erkennen. Ich zog den Atem scharf ein. Jetzt sah sie keineswegs wie ein anständiges Mädchen aus. Der Kerl sprach leise auf sie ein. Ich konnte die Worte nicht verstehen, aber er schien sie wegen etwas zu bestürmen. Mimi schüttelte den Kopf, und er begann mit einem neuerlichen Wortschwall.

Sie schüttelte nochmals den Kopf, dann sagte sie: «Nein, George, schlag dir den Gedanken an eine Heirat aus dem Kopf. Ich hab dich sehr gern, aber ich hab es satt, mir wegen dem Geld immer Sorgen zu machen. Bei uns beiden wäre es nicht anders als hier. Nein, ich will nicht.»

Ich grinste. Mimi war nicht dumm. Ein Dollar war schließlich ein Dollar. Es war aber doch sonderbar, daran zu denken, daß sie heiraten könnte, und dieser Gedanke brachte mir zum Bewußtsein, daß sie völlig erwachsen und kein Kind mehr war.

Der Kerl zog sie wieder an sich. Erst sagte er etwas, dann küßte er sie. Ich sah ihnen, noch immer grinsend, dabei zu. Denn bei all ihrem großartigen Getue mußte ich feststellen, daß sie sich schon sehr genau auskannte, wenn sich's um ein recht ausgiebiges Geknutsche handelte. Es sah auch keineswegs so aus, als wäre sie zum erstenmal auf dem Dach. Ich drehte mich geräuschlos um und kehrte in mein Zimmer zurück.

Etwa fünfzehn Minuten später hörte ich, wie sich die Wohnungstür öffnete, und trat rasch in den Vorraum. Sie schloß eben leise die Tür und erschrak furchtbar, als sie sich umdrehte und mich sah.

«Danny, was machst du noch auf?» fragte sie mich überrascht.

Ich antwortete nicht, sondern grinste nur unverschämt.

Sie starrte mich ärgerlich an. «Was grinst du denn so?»

«Dein Lippenstift schmiert», sagte ich und grinste noch frecher und unverschämter.

Sie fuhr mit der Hand zu ihrem Mund. «Du bist bloß aufgeblieben, um mir nachzuspionieren!»

«Mm-mm», machte ich kopfschüttelnd. «Du und dein Freund habt auf dem Hausdach gerade über mir einen derartigen Krach gemacht, daß ich nicht schlafen konnte.»

«Du hast eine dreckige Phantasie!» warf sie mir vor.

«Wirklich?» fragte ich, noch immer grinsend, und zeigte auf ihr Kleid.

Sie sah an sich hinab und riß die Augen vor Überraschung weit auf. Die ganze Vorderfront ihres Kleides war mit Lippenstiftflecken beschmiert. Sie sah mich heftig errötend an.

«Nimm einen Rat von deinem kleinen Bruder, Baby», sagte ich. «Wenn du dich das nächste Mal auf ein so tolles Geknutsche einläßt, dann wisch dir zuerst den Lippenstift ab. Der geht nämlich nicht mehr raus – und du schonst damit deine Garderobe.» Sie biß sich wütend auf die Lippen und war zu ärgerlich, um eine Antwort zu finden.

Ich grinste frech und höhnisch und kehrte in mein Zimmer zurück. «Gute Nacht, Mimi», sagte ich über die Schulter, «und denk an meine Worte.»

5

Papa kam zum Frühstück herein, als wir gerade zu essen begannen. In seinem Gesicht waren Falten, die nicht allein von der Müdigkeit herrührten. Falten, durch Kummer und Demütigung entstanden, hatten sich scharf in seine einstmals runden Wangen eingegraben.

Quälendes Mitleid überkam mich; mein stark entwickelter Stolz wurde durch seinen langsamen Verfall schmerzlich verletzt. Ich stand auf.

«Komm hierher, Papa», sagte ich rasch, «setz dich zum Fenster.» Es war der bequemste Platz in der Küche.

Er ließ sich langsam in den Sessel sinken. Dann sah er mich dankbar an. «Danke, Danny, daß du mir mein Nachtmahl gebracht hast», sagte er müde. «Ich war so beschäftigt, ich hab dich gar nicht hereinkommen sehen.»

Ich nickte. «Der Verkäufer hat's mir gesagt», erklärte ich, um ihn nicht zu verletzen. Ich wußte, er wollte nicht, daß ich zugab, etwas von dem Geschrei Mr. Golds gehört zu haben.

Mamma trat jetzt an den Tisch und stellte einen Teller mit Haferflocken vor ihn hin. «Warum hast du nicht länger geschlafen, Harry?» fragte sie bekümmert.

Er sah zu ihr auf. «Wer kann denn bei Tageslicht schlafen? Ich kann mich nicht daran gewöhnen.»

«Du solltest aber wenigstens ruhen», sagte Mamma. «Du arbeitest zu angestrengt.»

Er griff nach dem Löffel und begann, ohne zu antworten, zu essen. Er hatte jedoch keinen Appetit und schob den Teller sehr bald wieder beiseite. «Gib mir bloß ein bißchen Kaffee, Mary», sagte er mit müder Stimme.

Mamma stellte eine Tasse Kaffee vor ihn hin. «Hast du gestern wieder viel Arbeit gehabt?» fragte sie.

«Mr. Gold hat mich ganz schön in Trab gehalten», sagte er ohne aufzuschauen. Dann sah er mich aber doch an, und es wurde ihm klar, was er gesagt hatte. Ich bemerkte, daß er sich darüber Gedanken machte, wieviel ich gehört hatte.

Ich machte ein harmloses Gesicht ... ich wußte nichts, hatte nichts gesehen und nichts gehört. «Was für ein Mensch ist dieser Gold eigentlich?» fragte ich und blickte dabei auf meinen Teller.

Ich fühlte, daß der Blick meines Vaters auf mir ruhte. «Warum fragst du?»

Ich sah nicht auf. «Ach, bloß so, aus Neugierde», antwortete ich. Ich konnte ihm den wahren Grund doch nicht sagen.

Papa dachte einen Moment nach, und als er zu sprechen begann, hatte er seine Worte äußerst sorgsam gewählt. Er überraschte mich durch seine maßvolle Darstellung.

«Er ist ein ganz ordentlicher Mensch, bloß sehr nervös. Er hat eben eine Menge Verantwortung und über viele Dinge zu entscheiden.»

Ich schob noch einen Löffel Haferflocken in den Mund. «Arbeitest du gern für ihn, Papa?» fragte ich so gleichgültig, wie ich es konnte.

Unsere Augen trafen sich, da senkte er den Blick und sah in seine Kaffeetasse. «Mein Gott», antwortete er ausweichend, «es ist eben ein Job.»

«Wieso kommt es eigentlich, daß er der Manager wurde?» fragte ich.

«Der Mann, der vor ihm dort war, wurde krank und mußte gehen. Und da er außer mir der einzige eingetragene Apotheker ist, wurde er natürlich befördert.»

Ich sah ihn interessiert an. Das war der springende Punkt. «Wenn er jetzt wegginge, Pop, würdest du dann seine Stelle bekommen?»

Papa lachte verlegen. «Ich weiß nicht, aber ich glaub schon. Der Inspektor kann mich gut leiden.»

«Wer ist denn das?»

«Das ist der Boss einer ganzen Geschäftsgruppe. Er kommt aus der Zentrale.»

«Dann ist er auch der Boss von Mr. Gold?» fuhr ich in meinen Fragen fort.

Papa nickte. «Von uns allen», dabei sah er mich neugierig an. «Du stellst heute aber viele Fragen, Danny. Hast du die Absicht, im Sommer in einem Drugstore zu arbeiten?»

«Vielleicht», sagte ich ausweichend.

«Wirst du denn nicht mehr für Mr. Gottkin auf dem Land arbeiten?» fragte er.

«Ich weiß noch nicht», sagte ich achselzuckend. «Ich hab bisher noch nichts von ihm gehört.» Darüber war ich sehr enttäuscht. Ich hatte erwartet, daß Sam mir eine Zeile zukommen lassen würde, aber vermutlich hatte ihn die Sache mit Miss Schindler im vorigen Jahr doch ärger getroffen, als er zugeben wollte.

«Warum schreibst du ihm denn nicht?» fragte Mamma.

Ich wandte mich ihr zu. «Wohin denn? Ich weiß nicht einmal, wo er sich aufhält. Er reist ständig herum. Vielleicht hat er dieses Geschäft auch ganz aufgegeben.» Ich konnte ihnen den Grund, weshalb ich nicht schreiben wollte, doch nicht eingestehen.

In diesem Augenblick kam Mimi hereingestürzt. «Ich hab grad noch Zeit für 'nen Schluck Kaffee, Mamma», sagte sie. «Sonst komm ich zu spät zur Arbeit.»

Mamma schüttelte den Kopf. «Ich weiß nicht, was mit dir los ist, immer bleibst du so lange auf, daß du am Morgen nicht aufstehen kannst.»

«Ich weiß es schon», sagte ich grinsend, als ich mich der vergangenen Nacht erinnerte. «Mimi hat 'nen Freund.»

Papa sah sie interessiert an. «Ist's ein netter Junge, Miriam?» fragte er.

Ehe sie dazu Gelegenheit hatte, antwortete ich bereits. «Ein Schmock», sagte ich rasch. «Ein Pudelhupfer aus ihrem Geschäft.»

«Das ist nicht wahr», entgegnete sie ärgerlich. «In Wirklichkeit ist's ein sehr netter Junge, Papa. Und am Abend besucht er ein College.»

«Ja», hänselte ich sie, «wahrscheinlich einen Heringsbändigerkurs.»

Sie wandte sich wütend nach mir um. «Halt den Mund!» rief sie. «Mindestens hat er mehr Verstand, als Tag und Nacht so wie du in der Konditorei rumzulungern. Er wird was Anständiges werden und kein Galgenvogel.»

Mamma streckte beschwichtigend die Hand aus. «Sprich nicht so mit deinem Bruder, das gehört sich nicht.»

Mimi kehrte sich ihr ärgerlich zu. Ihre Stimme zitterte vor Wut. «Und warum nicht?» fragte sie beinahe schreiend. «Wer ist er denn? Der liebe Gott persönlich? Wofür hält er sich denn, daß jeder Angst haben muß, ihm zu sagen, was man über ihn denkt? Seitdem wir hierhergezogen sind, heißt's beständig nur: Danny dies, und Danny das! Als er in eine andere Schule mußte, was war das für ein schreckliches Theater, als ich aber im letzten Semester in eine andere Schule mußte, hat kein Mensch ein Wort darüber verloren. Versucht er etwa, nach der Schule einen Job zu bekommen oder sonst was zu arbeiten? Er weiß genau, wie dringend wir das Geld brauchen, aber er rührt keinen Finger, um was zu verdienen, und darüber sagt kein Mensch ein Wort! Jeder hat Angst, seine zarten Gefühlchen zu verletzen! Tag und Nacht tut er nichts anderes, als mit einer Bande Galgenvögel in dieser Konditorei rumzulungern; und dann kommt er gnädigst nach Hause, um wie der König persönlich zu essen und zu schlafen! Er ist ein Galgenvogel, nichts anderes als ein Galgenvogel, und es ist höchste Zeit, daß ihm's jemand sagt!»

«Schweig, Mimi!» Papa war leichenblaß aufgesprungen und sah mich schuldbewußt an.

Ihre Augen füllten sich mit Tränen der Wut. Dann wandte sie sich mir zu. Ich starrte sie kalt an. Einen Moment sah sie auf, dann drehte sie sich um und lief weinend aus der Küche.

Papa ließ sich schwerfällig in den Sessel fallen und sah mich an. Mamma sah mich gleichfalls an. Sie warteten, ob ich etwas sagen würde, aber ich hatte nichts zu sagen. Schließlich ergriff Papa bedächtig das Wort. «Ganz so unrecht hat sie ja nicht, Danny», sagte er sanft.

Ich antwortete nicht, meine Lippen waren grimmig zusammengepreßt.

«Die Burschen dort unten in der Konditorei sind nichts wert», fuhr er fort.

Ich stieß meinen Teller zurück und sprang auf. «Ich hab mir diese Gegend ja nicht ausgesucht! Es ist nicht meine Schuld, daß wir hierhergezogen sind. Was wollt ihr denn von mir? Soll ich vielleicht ein Einsiedler werden, weil Mimi meine Freunde nicht gefallen?»

Papa schüttelte den Kopf. «Nein, aber findest du denn keine andern Freunde?»

Ich starrte ihn an. Es hatte keinen Zweck. Er wird mich nie verstehen. Es gab eben nichts mehr zu sagen. Die Entfremdung, die ich vom ersten Tag, an dem wir hierhergezogen, gefühlt hatte, verstärkte sich immer mehr. Und zu einer Umkehr war es bereits zu spät. «Hier kann ich keine andern Freunde finden», sagte ich betont.

«Dann gibt's aber bestimmt etwas», beharrte er, «was du tun könntest. Es muß etwas geben.»

Ich schüttelte entschieden den Kopf. «Für mich gibt's nichts zu tun, Papa», sagte ich kaltblütig, «nur du kannst etwas tun!»

«Was soll das heißen?» fragte er.

Mamma trat auf mich zu. «Ja, was soll das heißen?» Es klang wie ein Echo.

«Gib mir mein Haus zurück», sagte ich langsam. «Du hast's verloren, du mußt es mir zurückgeben. Dann können wir vielleicht nochmals von vorne beginnen.»

Ich sah, wie sich Qual und Schmerz immer deutlicher in seinen Augen spiegelten, bis ich es nicht länger zu ertragen vermochte. Da verließ ich die Wohnung.

Sie bemerkte mich augenblicklich, fast im selben Moment, in dem ich durch die Tür kam. Ich schlenderte die Theke entlang bis zu der Stelle, wo sie stand. Ich sah, wie sie noch rasch einen Blick in den Spiegel warf und leicht über ihr Haar fuhr. Ich kletterte auf einen Hocker, und sie drehte sich lächelnd um.

«Hallo, Danny», flüsterte sie scheu. Ich bemerkte, wie ihr die Röte vom Hals bis unter die Haarwurzeln stieg.

Ich erwiderte ihr Lächeln. Sie ist wirklich ein reizendes Kind. «Hallo, Nellie», flüsterte auch ich. «War dein Alter böse?»

Sie schüttelte den Kopf. «Er hat mir geglaubt», flüsterte sie. Plötzlich sah sie scharf auf. Im Spiegel bemerkte jetzt auch ich den Manager, der auf uns zukam. «Ein Schokolade-Soda», sagte sie rasch in geschäftsmäßigem Ton, «sofort, Sir.»

Sie drehte sich um und nahm ein Glas vom Regal. Ich lächelte ihr im Spiegel zu. Der Manager ging vorbei, ohne uns zu beachten. Sie stieß einen Seufzer der Erleichterung aus und begann die Zubereitung der Eiscreme.

Dann kehrte sie wieder zurück und stellte die Eiscreme vor mich hin. «Dein Haar ist so blond, daß es beinahe weiß aussieht», flüsterte sie. «Ich hab in der Nacht von dir geträumt.»

Ich sah sie etwas spöttisch an. Das Kind hatte es ja richtig gepackt! Ich fühlte mich aber ungemein geschmeichelt. «Einen schönen Traum?» fragte ich und steckte den Strohhalm in das Glas.

Sie nickte mit vor Erregung leuchtenden Augen. «Hast du auch an mich gedacht?»

«Ein wenig», gab ich zu.

«Ich möchte aber, daß du oft an mich denkst», sagte sie rasch.

Ich starrte sie an. Ihr Gesicht glühte und war ungemein attraktiv. Sie hatte auch weniger Make-up als gestern. Heute sah sie bedeutend jünger aus. Sie errötete unter meinem Blick. «Holst du mich am Abend ab?» fragte sie begierig.

Ich nickte. «An derselben Stelle.»

Ich sah den Manager wieder zurückkommen. «Das macht zehn Cent, bitte», sagte sie wieder in geschäftsmäßigem Ton. Mein Zehn-Cent-Stück fiel klirrend auf die Theke; sie nahm es, drückte auf die Taste ihrer Registrierkasse, die klingelte, als sich die Lade öffnete. Sie ließ das Zehn-Cent-Stück hineinfallen und schloß die Lade wieder. Der Manager war vorbeigegangen, und sie kam sofort zu mir zurück. «Um neun Uhr», flüsterte sie.

Ich nickte wieder, und sie wandte sich ab, um einen andern Kunden zu bedienen. Ich trank mein Eiscreme-Soda rasch aus und verließ den Laden.

Wir gingen zu dritt die Delancey Street entlang. Solly schlurfte neben uns her und hörte Spit und mir zu.

Vor dem Drugstore blieb ich stehen. «Hier ist es», sagte ich.

Spits Stimme klang überrascht. «Das ist doch der Laden, in dem dein Alter arbeitet», sagte er.

Jetzt war es an mir, überrascht zu sein. Ich hatte nicht geglaubt, daß er es wußte. Aber ich hätte mir's denken können, hier in dieser Gegend gab's keine Geheimnisse.

«Na und?» fragte ich kriegerisch.

«Und wenn er was kneistert?» fragte Spit aufgeregt.

«Was soll er denn kneistern?» entgegnete ich. «An mich wird niemand denken.»

«Aber 's ist doch schon Raub», sagte Spit. «'s dreht sich nich um 'n paar Pennies. Wenn dich die Polente erwischt, kommst du in Knast und 'n Schlüssel schmeißen die garantiert weg.»

«Willst du dir bloß fünfzehn Cent für 'n paar Erdnüsse verdienen», fragte ich sarkastisch, «oder bist du auf wirklichen Zaster scharf?»

Endlich mischte sich auch Solly ein. «Danny hat recht. Zum Teufel mit dem billigen Ramschzeug. Bei mir ist's okay.»

Ich warf ihm einen dankbaren Blick zu. Wir gingen bis zur Ecke, ehe wir neuerlich stehenblieben. Ich sah Spit scharf an. «Jetzt quatsch nich länger rum! Machst du mit oder nicht?» fragte ich nachdrücklich.

Spit sah von einem zum andern. Wir blickten ihn unverwandt an. Er wurde rot. «Okay», sagte er rasch, «ich mach mit.»

Meine starre Miene entspannte sich, ich lächelte und schlug Spit herzhaft auf die Schulter. «Braver Junge», sagte ich lobend. «Ich hab ja gewußt, daß ich auf dich zählen kann. Also hört nochmals zu, wie wir's machen wollen.»

Wir standen an der Ecke und sprachen die Sache durch. Um uns herum brodelte die hungrige Meute der East Side. Ein Polizist stand einige Schritte von uns entfernt, schenkte uns aber ebensowenig Beachtung wie wir ihm. Er hatte keinen Grund, sich um uns zu kümmern. Jugendliche standen hier in dieser Gegend ständig an den Straßenecken herum, und so wird es immer sein. Er konnte sich nicht damit befassen, alle zu verjagen. Und täte er es, dann bliebe ihm keine Zeit für seine andern Obliegenheiten.

6

Es nieselte und wir drängten uns in dem Flur gegenüber von Nellies Haus eng aneinander. Irgendwie betrachteten wir ihn bereits als unsern Besitz, und wenn jemand in unsere Nähe kam, nahmen wir es übel, als handle es sich um eine Besitzstörung. Auf meinen Lippen lag noch ein Hauch ihres Duftes, aber jetzt standen wir still beieinander, mein Arm lag um ihre Taille, und wir sahen auf die dunkle, feuchte Straße hinaus.

Ihre Stimme klang sanft und weich durch die Dunkelheit. «Nächste Woche beginnt schon der Juni, Danny.»

Ich nickte und sah sie an. «Ja», sagte ich.

Sie sah mich beinahe schüchtern an. «Ich kenne dich jetzt beinahe drei Wochen, mir kommt's aber vor, als hätte ich dich schon mein ganzes Leben lang gekannt.»

Ich lächelte, denn ich fühlte genau dasselbe. Ich war glücklich, wenn sie in meiner Nähe war. Es war so, als wäre ich wieder zu Hause. «Magst mich, Nellie?» Ich wollte es hören.

Ihre Augen leuchteten auf. «Dich mögen?» flüsterte sie leidenschaftlich. «Ich bin verrückt nach dir, Danny. Ich hab dich lieb! Ich hab dich so lieb, daß ich Angst bekomme.»

Ich küßte sie. «Ich hab dich auch lieb», flüsterte ich.

Sie stieß einen kleinen heiseren Schrei aus und zog mich eng an sich. «O Danny», rief sie, «ich wollte, wir wären alt genug, um zu heiraten.»

Ich konnte es einfach nicht unterdrücken, meine Lippen begannen vor Lachen zu zucken, weil mir's zuerst so furchtbar komisch vorkam.

Sie wandte ihr Gesicht ab. «Du lachst mich aus!»

Ich schüttelte den Kopf und unterdrückte mein Lachen. «Nein, nein, mein Püppchen. Wirklich. Ich dachte bloß, was dein Alter sagen würde, wenn er's wüßte.»

Sie zog mein Gesicht wieder nahe zu sich. «Wer gibt denn einen Pfifferling auf das, was er sagt, wenn wir erst verheiratet sind!» flüsterte sie wild.

Ich küßte sie wieder und hielt sie eng an mich gepreßt. Ich fühlte, wie sie in meiner Umarmung bebte.

«Halt mich fest, Danny», rief sie atemlos, «halt mich ganz fest. Ich bin so glücklich, wenn du mich hältst, wenn ich deine Hände auf meinem Körper spüre. Es ist mir egal, wenn sie behaupten, daß es eine Sünde ist.»

Ich sah sie überrascht an. «Eine Sünde?» fragte ich. «Wer sagt das?»

Während sie zu mir aufsah, drückte sie meine Hände an ihren Busen. «Ich mach mir wirklich nichts draus, Danny», sagte sie sehr ernst, «auch nicht, wenn Pater Kelly es sagt. Ich nehme freudig jede Buße, die er mir auferlegt, auf mich, wenn du mich nur lieb hast.»

Ich war jetzt völlig verwirrt. «Was hat Pater Kelly damit zu tun?» Und nun dachte ich zum erstenmal an die Verschiedenheit unsrer Religionen.

Sie sah mich mit grenzenlosem Vertrauen an. «Ich dürfte es eigentlich nicht sagen, aber ... nun ja, er hält mir eben jede Woche nach der Beichte deinetwegen eine Strafpredigt.»

«Was? Du hast ihm von uns erzählt?» fragte ich neugierig. «Und was hat er dazu gesagt?»

Sie lehnte ihren Kopf an meine Schulter. «Er hat gesagt, es ist sündhaft und ich darf's nicht wieder tun», antwortete sie leise, «und mit dir ist's eine noch größere Sünde.»

«Warum gerade mit mir?» fragte ich ein wenig ärgerlich.

«Weil ... weil du nicht einmal ein Katholik bist. Er sagt, wir werden nie heiraten können, weil sich alle Kirchen weigern würden, uns zu trauen. Er hat gesagt, ich soll mich mit dir nicht mehr abgeben und mir einen netten katholischen Jungen suchen.»

«Dieser Bastard!» rief ich erbittert. Ich sah über die Straße zu ihrem Haus hinüber. Was machte es ihrem Vater schon aus, was sie tat? Dann blickte ich sie wieder an. «Was geschieht aber, wenn er's deinem Vater erzählt?» fragte ich besorgt.

Sie sah mich ungeheuer überrascht an. «Das kann er doch nicht tun!» erwiderte sie rasch und in äußerst schockiertem Ton. «Ein Priester darf nichts weitersagen. Was du ihm anvertraust, ist nur für Gottes Ohr bestimmt, denn er ist bloß der Mittler deiner Beichte. Ich dachte, daß du das weißt.»

«Nein, ich hab's nicht gewußt», gestand ich. Aber meine Neugierde bezüglich ihrer Beziehung zu dem Priester war noch nicht gestillt. «Was mußt du tun, nachdem du ihm von uns erzählt hast?»

«Ich muß Gebete sagen und vor der Jungfräulichen Mutter Gottes demütig Buße tun. Danach bin ich wieder sündenfrei.»

«Ja, bestraft er dich denn nicht?»

Sie sah mich verdutzt an. «Du verstehst mich nicht recht, Danny», erwiderte sie. «Er versucht doch nur, dir klarzumachen, daß du gesündigt hast und deine Sünden aufrichtig bereuen sollst. Wenn du wirklich aufrichtig bereust, bist du ja bestraft genug.»

Ich begann wieder zu lächeln. Das war ja nichts. «Und – bereust du?» fragte ich.

Sie sah schuldbewußt zu mir auf. «Nein», sagte sie ganz verwundert, «ich bereue nichts. Vielleicht ist das dabei das wahrhaft Sündhafte. Ich werde wahrscheinlich nie Vergebung finden.»

Ich zog sie lachend an mich. «Dann mach dir auch weiter keine Sorgen drüber, Baby», sagte ich beruhigend, «solang wir uns liebhaben, kann auch nichts Böses dabei sein.» Ich war eben im Begriff, sie zu küssen, als ich von der Straße her Schritte hörte. Wir fuhren hastig auseinander. Ein Mann ging vorbei, ohne uns auch nur eines Blickes zu würdigen.

Ich sah auf meine Uhr. «Du lieber Gott! Elf Uhr vorbei! Jetzt geh lieber, sonst macht dir dein Alter die Hölle heiß.»

Sie lächelte. «Ach, Danny, ich möcht nicht weggehen, ich möcht immer hier bei dir bleiben!»

Ich grinste. Ich wollte ja auch nicht gehn, aber heute abend hatte ich noch was anderes vor. Wir hatten uns schließlich geeinigt, daß die Sache heute steigen sollte. Spit und Solly erwarteten mich um halb zwölf vor dem Geschäft.

«Geh jetzt», sagte ich mit erzwungener Leichtigkeit, «wenn du schon nicht nach Haus mußt ... ich muß jetzt nach Haus.»

Sie lehnte sich an mich. «Also gut, Danny», und sie küßte mich, «morgen abend?»

Ich grinste. «Morgen abend.»

Sie überquerte die Straße, und ich sah ihr nach, wie sie auf ihr Haus zuging, auf der Türschwelle stehenblieb und mir zuwinkte. Ich winkte zurück, und sie verschwand im Innern des Hauses.

Ich sah nochmals auf meine Uhr. Es war schon fünfundzwanzig nach elf. Ich mußte mich sehr beeilen, wenn ich pünktlich dort sein wollte. Halb laufend setzte ich mich in Trab, dann ging ich aber wieder langsamer. Wenn ein Bursche um diese Nachtzeit durch die Straßen läuft, fällt es zu vielen Menschen auf.

Solly stand an der Straßenecke, dem Geschäft gegenüber. «Wo ist Spit?» fragte ich ein wenig atemlos.

Solly streckte die Hand aus. «Dort drüben.» Spit stand an der andern Straßenecke und grinste zu uns herüber.

Im Geschäft gegenüber stand Mr. Gold in der Mitte des Ladens und sprach mit Papa. Dieser hörte ihm mit gesenktem Blick zu. Dieser Schweinehund macht meinem Alten wahrscheinlich wieder die Hölle heiß, dachte ich voll Bitterkeit. Ich drehte mich zu Solly um. «Hoffentlich geht mein Alter heut nicht wieder mit ihm, sonst müssen wir's auf die nächste Woche verschieben.»

Das war der Grund gewesen, weshalb wir so lange gezögert hatten. Papa begleitete Mr. Gold manchmal bis zur Bank. Schon zweimal hatten wir alles vorbereitet gehabt, um den Kerl niederzuschlagen, aber jedesmal mußten wir's wieder abblasen.

Sollys Augen blieben ausdruckslos. «Werden ja sehen», erwiderte er kurz.

Ich sah ihn prüfend an. Solly war okay, er sprach zwar nicht viel, aber ich konnte mich auf ihn verlassen. Ich sah wieder in den Laden, und wir bezogen schweigend unsern Wachposten.

Mr. Gold sprach noch immer auf meinen Vater ein. Wenn er sprach, waren seine Hände ständig in Bewegung. Alles schien ihm zuwider zu sein. Mit hängenden Schultern stand Papa geduldig lauschend vor ihm. Seine Haltung drückte völlige Resignation aus. Sichtlich bekam er wieder mal den Text gelesen. Soviel war mir klar. Ich preßte die Lippen voll Bitterkeit zusammen. Heut nacht wird Mr. Gold allerdings keine Lust mehr verspüren, große Reden zu schwingen, nachdem wir unsre Arbeit getan hatten.

Solly berührte meinen Arm. «Er macht sich zum Gehen fertig.»

Ich streckte den Kopf vor, um zu sehen, was Mr. Gold machte. Er war von Papa weggetreten und sah jetzt in die Registrierkasse, wobei sich seine Lippen rasch bewegten. Langsam ging auch Papa hinüber, sah gleichfalls hinein, dann nickte er. Gold trat jetzt hinter dem Ladentisch hervor, ging auf die Tür zu und ließ Papa mit resignierter Miene bei der Registrierkasse zurück.

Ich drehte mich rasch zu Solly um. «Weißt du noch genau, was ich gesagt hab?» Aus meiner Stimme war nur eine Spur meiner Erregung zu hören.

Solly nickte. «Ich weiß alles ganz genau.»

«Okay», sagte ich rasch, «dann gib mir das Bleirohr.» Ich streckte die Hand aus, und Solly reichte es mir hastig. Ich steckte es in die Tasche und überquerte die Straße.

«Vorwärts, Junge, gehn wir», sagte ich zu Spit, als ich ihn an der Ecke erreichte. Wir gingen die Straße in der entgegengesetzten Richtung wie Mr. Gold. An der nächsten Ecke blickten wir zurück.

Mr. Gold bog soeben um die Ecke der Essex Street, dicht gefolgt von Solly, der so aussah, als kehrte er von der letzten Kinovorstellung nach Hause zurück. Ich wußte, daß auch er uns gesehen hatte, denn er machte eine unauffällige Bewegung mit der Hand: er beschrieb mit Daumen und Zeigefinger einen kleinen Kreis. Okay!

Ich machte dieselbe Bewegung, und im nächsten Augenblick gingen wir die

Ludlow Street in raschem Tempo entlang, die parallel zur Essex Street verläuft. Wir mußten uns sehr beeilen, und unser Atem ging nun stoßweise vor innerer Erregung.

Ich sah Spit an. «Hast alles genau intus?»

«Ja, Danny. Hab's intus.» Spits Gesicht war bis zum Kinn von Schweiß bedeckt. Während wir immer weitergingen, wischte er mit seinem Ärmel darüber hin.

Ich nickte mit dem Kopf, und wir beschleunigten unsre Schritte noch mehr. Wir hatten keine Zeit zu verlieren. Wir mußten drei Häuserblocks entlanggehen, ehe wir zu dem freien Platz vor der Houston Street kamen. Ich sah wieder zu Spit hin. Da war es! Der offene Platz führte direkt bis zur Essex Street. Und jetzt bekam ich's mit der Angst.

Ich wünschte mir vage, diese Sache nie begonnen zu haben. Doch dann erinnerte ich mich, in welcher Weise Mr. Gold mit meinem Vater gesprochen hatte.

«Von jetzt an ist's meine Sache!» sagte ich. Meine eigene Stimme gellte mir laut in den Ohren.

Ich gab Spit einen kleinen Stoß und versuchte zu lächeln. Ich weiß nicht, ob's mir gelang, doch er drehte sich um und ging weiter bis zur Ecke. Ich sah ihm nach, bis er um die Ecke verschwunden war, dann duckte ich mich in den Häuserschatten.

Ich stand im Dunkeln, mit dem Rücken an eine Hausmauer gelehnt. Mein Herz schlug so laut, daß man es einen halben Häuserblock weit hören mußte. Ich hielt den Atem an, um dieses Getöse zum Verstummen zu bringen. Aber es schien nur noch ärger zu werden. Dann griff ich in die Tasche, nahm das Bleirohr heraus und schlug damit leicht gegen meine Handfläche, um das Gefühl dafür zu bekommen. Es gab einen hohlen, dumpfen Ton. Meine Handflächen wurden feucht, und ich wischte sie an der Hose ab, um sie wieder trocken zu bekommen.

Plötzlich begann ich mir Sorgen zu machen. Wenn etwas schiefging? Warum waren sie überhaupt noch nicht da? Ich wünschte mir, es wagen zu können, den Kopf aus dem Hausschatten vorzustrecken, um nachzusehen, ob sie schon kommen. Aber das durfte ich nicht riskieren. Ich holte tief Atem. Hör jetzt auf, dir Gedanken zu machen, sagte ich mir ärgerlich, es kann nichts schiefgehen! Ich hatte die Sache genau ausgetüftelt.

Es war doch so einfach. Zu leicht, um schiefzugehen. Solly mußte die Straße hinter Mr. Gold heraufkommen. Dadurch konnte er jeden sehen, der ihnen entgegenkam. Und Spit ging die Straße hinunter, auf sie zu, so daß er wieder jeden sehen mußte, der hinter ihnen ging. Bestand nur die geringste Möglichkeit, daß uns jemand bemerken könnte, dann würden sie mich durch einen Pfiff verständigen, und ich würde Mr. Gold ungeschoren an mir vorbeigehen lassen. Es war also wirklich ein Kinderspiel. Es konnte nichts schiefgehen. Ich lehnte mich dicht an das Haus und hielt die ferne Ecke scharf im Auge, um nach dem ersten Zeichen Ausschau zu halten, mit dem mich Spit aufmerksam machen sollte, daß sie kommen.

Die Sekunden schienen endlos hinzuschleichen. Ich wurde wieder nervös und hatte das zwingende Bedürfnis, eine Zigarette zu rauchen. Ich versuchte die Dunkelheit mit meinen Blicken zu durchdringen. Doch jetzt kamen auf dem Gehsteig Schritte auf mich zu.

Es war Spit, der mit seinem komischen Gang auf mich zugelatscht kam. Plötzlich war meine ganze Nervosität verschwunden, und ich wurde wieder ganz ruhig. Jetzt gab es kein Zurück! Ich ließ das Bleirohr lose in der Hand hängen und stand, auf den Fußballen wippend, sprungbereit, um auf das Signal hin vorzubrechen.

Ich begann langsam zu zählen, wie ich es gewohnt war, um mit dem Punchingball den richtigen Rhythmus zu erzielen. «Eins-zwei-drei-vier-eins-zwei-»

Jetzt! Jetzt hob Spit die Hand an die Wange, und ich bewegte mich rasch gegen die Ecke des Hauses. Mr. Gold kam in Sicht, er befand sich genau vor der Hausfront, während ich geräuschlos hinter ihn schlüpfte.

In der Dunkelheit konnte ich das Herabsausen des Bleirohrs nur verschwommen sehen. Es gab ein dumpfes, widerliches Geräusch, dann fing Solly den stürzenden Mann auf und zog ihn in den Schatten der Häuser.

Mr. Gold lag regungslos auf dem Boden, und wir blickten auf ihn herab; Spits Stimme klang ängstlich. «Vielleicht hast du ihm den Schädel eingeschlagen!»

Ich spürte, wie mein Herz, in plötzlich hervorbrechender Angst, zu rasen begann. Ich fiel auf die Knie und schob eine Hand unter Mr. Golds Weste. Mit dem Gefühl unendlicher Erleichterung stellte ich fest, daß sein Herz noch schlug. Ich zog die Hand wieder zurück und glitt mit den Fingern behutsam über seinen Kopf. Keine Beule, kein Blut! Ich hatte Glück gehabt. Keine Gehirnerschütterung, kein Schädelbruch!

Doch jetzt schnauzte mich Solly scharf an. «Laß das sein!» sagte er erregt. «Nimm den Zaster! Wir haben keine Lust, die ganze Nacht hier rumzustehen!»

Seine Worte verscheuchten meine Befürchtungen. Solly hatte recht. Wir haben das Ganze schließlich nicht getan, um hinterher Samariter zu spielen. Ich tastete seine Taschen rasch ab und fand den Geldbeutel eben, als Spit sich neben mir auf den Boden kniete. Er arbeitete an Mr. Golds Handgelenk herum.

«Was treibst du da?» fuhr ich ihn wütend an.

«Möcht seine Uhr. 's ist ein wahres Prachtstück!»

Ich schlug seine Hand weg, ich war wieder ganz in Form. Jetzt, da die Angst geschwunden war, konnte ich wieder klar denken. «Laß sie los! Und etwas plötzlich! Willst du vielleicht beim erstenmal, wenn du sie trägst, von der Polente geschnappt werden?»

Murrend stand Spit auf. Ich schob meine Hand nochmals unter Golds Weste. Sein Herz schlug jetzt schon bedeutend kräftiger. Ich zog meine Hand zurück und stand auf. «Okay», flüsterte ich, «verduften wir!»

Ehe ich noch einen Schritt machen konnte, packte mich plötzlich eine Hand an den Fußfesseln. Mr. Golds Stimme gellte wie ein Trompetenton über den stillen Platz. «Hilfe!! Polizei!!!»

Spit und Solly begannen zu rennen. Ich sah fassungslos auf Mr. Gold, der meinen Fuß mit beiden Händen umklammerte und mit krampfhaft geschlossenen Augen aus Leibeskräften brüllte.

Ich sah wild um mich. Spit und Solly waren schon fast außer Sicht, jenseits der Essex Street. Mein Herz schlug wie rasend. Ich versuchte mich loszureißen, es gelang mir aber nicht. Angst hatte meine Beine gelähmt. Ich blickte über den leeren Platz. Irgend jemand kam aus Katz' Delikatessengeschäft und lief auf uns zu.

Ich mußte von hier loskommen! Ich stieß heftig nach Golds Hand und spürte, daß ich seinen Arm mit meiner Schuhspitze getroffen hatte. Irgend etwas knackte unter meinem Stoß, der Mann stöhnte, dann schrie er in wildem Schmerz gellend auf. Ich war frei und begann zu laufen.

Hinter mir war die Straße plötzlich von Lärm erfüllt, aber da war ich bereits um die Ecke der Stanton Street gebogen. Mein Instinkt warnte mich, weiterzulaufen, und ich blieb eine Sekunde zögernd an der Ecke stehen. Mein Entschluß war rasch gefaßt. Ich mußte herausbekommen, ob er mich erkannt hatte. Ich ging den Häuserblock wieder zurück. Jetzt befand sich bereits eine riesige Menschenmenge auf dem Platz.

Ich drängte mich durch die Leute nach vorn. Die Polente war bereits erschienen und brüllte auf die Leute ein, doch zurückzutreten. Mr. Gold saß am Boden, hielt seinen Arm umklammert und wand sich vor Schmerzen.

«Was ist denn hier los?» fragte ich einen der Neugierigen. Der Mann antwortete, ohne den Kopf nach mir zu wenden. Er war zu eifrig damit beschäftigt, sich Mr. Gold anzusehen. «Der Kerl da ist überfallen worden.»

Ich drängte mich noch näher an Mr. Gold heran. Ein Polyp kniete neben ihm. Ich sah zwar, daß sich seine Lippen bewegten, konnte aber nicht verstehen, was er sagte. Aber jetzt stand ich so dicht vor ihnen, daß ich verstehen konnte, was Mr. Gold antwortete. Seine Worte verscheuchten alle Befürchtungen.

«Wie hab ich denn sehen können, wer es war?» schrie Mr. Gold mit vor Schmerz noch schrillerer Stimme. «Ich hab Ihnen doch gesagt, daß ich bewußtlos war.» Er stöhnte wieder. «Oi, oi, holen Sie mir einen Arzt, der Schweinehund hat mir den Arm gebrochen!»

Langsam zog ich mich wieder aus der Menge zurück. Als ich mich schon beinahe am Rand befand, begannen die Polizisten uns auseinanderzujagen. «Weitergehen!» riefen sie. «Nicht stehenbleiben!»

Die Menge begann sich zu zerstreuen, ich schloß mich ihnen an und folgte ihrem Beispiel. Ich ging nach Hause, schlüpfte geräuschlos ins Haus, und erst als ich meine Hose auszog, bemerkte ich, daß ich den Lederbeutel noch bei mir hatte.

Ich schlich mich ins Badezimmer und versperrte die Tür. Dann öffnete ich den Beutel, indem ich ihn mit meinem Taschenmesser zerschnitt, und zählte das Geld. Ein Vermögen! Hundertfünfunddreißig Dollar!! Ich schob das Geld in meine Tasche und sah mich in dem Raum um. Ich mußte den Beutel loswerden. Über der Toilette befand sich ein kleines Fenster, das auf einen Luftschacht ging, der nie gereinigt wurde. Ich stieg auf den Klosettsitz und ließ den Beutel aus dem Fenster fallen. Ich hörte, wie er im Sturz gegen die Hausmauer klatschte, dann begab ich mich in mein Zimmer zurück und legte mich ins Bett.

Ich schloß die Augen und versuchte einzuschlafen, aber meine Gedanken jagten wie toll durch den Kopf. Wie, wenn die Polente sich nur dumm und unwissend gestellt hatte? Wie, wenn sich Mr. Gold, nachdem die Schmerzen nachgelassen hatten, doch an mich erinnerte? Er hatte genug Zeit gehabt, mich gründlich anzusehen.

Mein Pyjama war zum Auswinden naß und klebte an meiner Haut. Im Finstern drückte ich die Augen fest zu und gab mir verzweifelte Mühe einzuschlafen. Es hatte keinen Sinn! Meine Nerven zitterten beim geringsten Geräusch, das in der Nachtstille zu hören war. Jetzt schlug eine Tür zu, und ich fuhr entsetzt in die Höhe. Sie kommen, um mich zu holen!! Ich sprang aus dem Bett, fuhr in die Hose, schlich an die Tür und spitzte die Ohren, um das Stimmengemurmel zu verstehen. Es waren bloß meine Eltern. Papa war soeben nach Hause gekommen.

Ich schlüpfte aus der Hose und streckte mich wieder auf dem Bett aus. Mit einem Seufzer der Erleichterung sank ich in die Kissen zurück. Ich war ein Narr. Es konnte mich niemand verdächtigen. Langsam beruhigte sich meine Nervosität, trotzdem gelang es mir nicht einzuschlafen.

Die Nacht schien tausend Stunden zu haben. Schließlich drehte ich mich zur Seite und stopfte mir den Zipfel meines Kissens in den Mund, um nicht laut herauszubrüllen. Leise begann ich zu beten. Vorher hatte ich niemals wissentlich gebetet. Ich flehte Gott an, es nicht zuzulassen, daß sie mich fassen. Ich schwor, es nie wieder zu tun. Doch das graue Tageslicht kroch bereits ins Zimmer, ehe es mir gelang, völlig erschöpft einzuschlafen. Aber auch dann schlief ich nicht wirklich. In meinem Kopf hallte das entsetzliche Geräusch brechender Knochen, als ich mich aus Mr. Golds Griff befreien wollte, und sein spitzer, durchdringender Schrei gellte mir noch immer in den Ohren.

7

Jemand schüttelte mich. Ich versuchte den Händen, die mich festhielten, zu entkommen. Ich hob die Arme, um sie abzuwehren. Warum ließ man mich denn nicht in Ruhe? Ich war so entsetzlich müde.

Eine Stimme schrie mir ins Ohr. Sie wiederholte immer wieder dieselben Worte: «Wach auf, Danny! Wach auf!»

Ich wälzte mich auf die Seite. «Ich bin so müde», murmelte ich und versteckte mein Gesicht in den Kissen. «Geh doch weg!»

Dann hörte ich Schritte, die sich aus dem Zimmer entfernten, und verfiel neuerdings in einen nervösen Schlummer. Ich wartete auf das Zeichen. Da war es. Spit hob die Hand an die Wange. Ich bewegte mich rasch vorwärts. Mr. Gold befand sich genau vor der Hausfront. Ich hob den Arm. Das Gewicht des Bleirohrs wog schwer in meiner Hand, und nun sauste es herab. In diesem Moment drehte sich Mr. Gold um.

Er starrte mich mit totenblassem, erschrockenem Gesicht an. «Ich kenne dich!» schrie er. «Du bist Danny Fisher!» In diesem Augenblick war das Bleirohr herabgesaust, es traf ihn an der Schläfe und er stürzte zu Boden.

«Nein!» stöhnte ich. «Nie wieder!» Ich versuchte mich durch das Kissen hindurchzuarbeiten. Da fiel eine Hand auf meine Schulter, und ich warf mich mit weit offenen, entsetzten Augen im Bett herum.

«Danny!» Mammas Stimme klang erschrocken.

Ich richtete mich rasch im Bett auf, und meine Augen stellten sich auf die Realität meines eigenen Zimmers ein. Ich atmete schwer, als wäre ich gelaufen.

Mamma starrte mir ins Gesicht. Es war kreidebleich und von Schweiß bedeckt. «Danny, was ist denn los mit dir? Bist du krank?»

Ich sah sie einen Moment an; dann sank ich langsam in die Kissen zurück. Ich war entsetzlich müde. Es war bloß ein Traum, aber wie lebhaft war er gewesen! «Mir ist ganz gut, Ma», sagte ich langsam.

In ihr Gesicht trat ein besorgter Ausdruck. Sie legte ihre kühle Hand auf meine heiße Stirn und drückte mich in die Kissen zurück. «Schlaf weiter, Danny», sagte sie sanft. «Du hast die ganze Nacht im Schlaf geweint.»

Als ich die Augen wieder öffnete, war draußen strahlender Sonnenschein. Ich streckte mich träge aus, bis ich mit den Füßen an das Ende des Bettes stieß.

«Geht's dir wieder besser, Blondie?»

Ich fuhr mit dem Kopf herum. Mamma saß dicht neben meinem Bett. «Ja», sagte ich beschämt. «Ich möchte wirklich wissen, was mit mir los war.»

Ich war froh, daß meine Mamma nicht auf der Beantwortung meiner Frage bestand. Statt dessen reichte sie mir ein Teeglas. «Hier», sagte sie ruhig, «trink diesen Tee.»

Als ich später in die Küche trat, sah ich auf die Wanduhr. Es war zwei Uhr vorbei. «Wo ist Papa?» fragte ich.

«Er mußte sehr zeitig ins Geschäft», antwortete Mamma, ohne sich vom Herd abzuwenden. «Mit Mr. Gold ist irgendwas los.»

«So?» sagte ich uninteressiert und ging zur Tür. Ich öffnete sie.

Das Geräusch veranlaßte Mamma, sich umzudrehen. «Wohin gehst du?» fragte sie besorgt. «Du wirst doch nicht ausgehen, nachdem dir so elend war.»

«Ich muß», antwortete ich. «Ich hab einigen Freunden versprochen, sie zu treffen.» Spit und Solly würden sich ihre eigenen Gedanken über mein Ausbleiben machen.

«Du kannst dich ein andermal mit ihnen treffen. Es ist ja nicht so wichtig. Leg dich jetzt wieder ins Bett.»

«Ich kann nicht, Mamma», sagte ich hastig. «Außerdem wird mir ein bißchen frische Luft nur guttun!» Damit schlug ich die Tür rasch hinter mir zu und lief die Treppe hinab.

Ich fing Sollys Blick auf, während ich an der Konditorei vorbeiging, gab ihm das vereinbarte Zeichen, mir nachzukommen, und schritt den Häuserblock hinunter. Noch ein paar Häuser – und ich schlüpfte in ein Gebäude und wartete im Hausflur. Ich brauchte nicht lange zu warten.

Das Geld befand sich bereits in meiner Hand, als sie zu mir traten. «Da habt ihr», sagte ich und drückte es ihnen in die Hand.

Solly steckte seinen Anteil, ohne ihn zu zählen, rasch in die Tasche, aber Spit zählte die Scheine. Er sah mich mißtrauisch an.

«Bloß dreißig Dollar?» fragte er.

Ich hielt seinem Blick stand. «Kannst von Glück sagen, daß du überhaupt was bekommst», schnauzte ich ihn an. «Ich sollte dich eher niederschlagen, nach der Art, wie du dich aus dem Staub gemacht hast.»

Spit sah zu Boden. «Ich hab bloß gedacht, es ist mehr.»

Ich ballte die Fäuste. «Warum bist du dann nicht bei mir geblieben und hast den Zaster gezählt, he?» knurrte ich.

Plötzlich hob er den Blick und sah mich unter halbgeschlossenen Lidern an. Ich merkte sehr gut, daß er mir nicht glaubte, aber er hatte Angst, noch etwas zu sagen. Ich starrte ihn regungslos an, und er mußte die Augen wieder senken. «Okay, Danny», sagte er, wobei wieder ein feiner Sprühregen auf mich niederging. «Ich hab mich ja nicht beschwert.» Damit drehte er sich um und schlüpfte geräuschlos aus dem Hausflur.

Ich wandte mich an Solly. Er hatte uns die ganze Zeit scharf beobachtet. «Hast du vielleicht auch was zu sagen?» fragte ich angriffslustig.

Sollys Mund verzog sich zu breitem Grinsen. «Nein, Danny, hab mich nich zu beschweren.»

Ich grinste gleichfalls, legte ihm die Hand auf die Schulter und schob ihn sanft aus der Tür. «Dann verdufte also», sagte ich gemütlich, «hab keine Lust, den ganzen Tag hier rumzustehen.»

Wir stiegen aus dem Trolleybus, und Nellie hängte sich bei mir ein. Sie sah zu mir auf. «Wohin gehen wir?» fragte sie neugierig.

«Du wirst schon sehen», sagte ich lächelnd, denn ich wollte es ihr noch nicht sagen.

So war's schon den ganzen Abend gewesen. Ich hatte sie nach Geschäftsschluß abgeholt. «Komm», hatte ich gesagt, «gehn wir, ich möcht dir was zeigen.»

Sie war bereitwillig mit mir auf die Plaza gegangen, wo wir den Utica-Reid-Trolleybus bestiegen. Während der ganzen Fahrt hatten wir geschwiegen und Hand in Hand aus dem Fenster geschaut. Ich wollte ihr zwar erzählen, wohin wir fuhren, hatte aber doch etwas Angst. Ich fürchtete, sie könnte mich auslachen. Aber jetzt konnte ich ihr's sagen, denn wir waren angelangt. Wir standen an der dunklen, menschenleeren Ecke. Es war beinahe zehn Uhr nachts und in einer Gegend Brooklyns, die sie bisher nie gesehen hatte. Ich hob die Hand und wies auf die gegenüberliegende Straßenseite. «Siehst du es?» fragte ich.

Sie blickte hinüber, dann sah sie mich wieder mit verwunderter Miene an. «Was soll ich denn sehen?» fragte sie. «Da ist doch nichts als ein leerstehendes Haus.»

Ich lachte. «Stimmt.» Ich nickte glücklich. «Schön, was?»

Sie sah wieder hinüber. «Aber es wohnt doch niemand drin», sagte sie enttäuscht. Auch ich blickte wieder auf das Haus. «Deshalb sind wir ja hierhergefahren», sagte ich. Einen Moment hatte ich fast vergessen, daß sie bei mir war. Ich starrte fasziniert auf das Haus. Ich glaubte, daß es kaum schwierig sein könnte, das Haus zurückzubekommen, wenn Papa Mr. Golds Job bekam.

Nellies Stimme unterbrach meine Gedanken. «Und deshalb sind wir mitten in der Nacht hierhergefahren, Danny?» fragte sie. «Nur um ein leerstehendes Haus anzuschauen?»

«Das ist kein beliebiges leerstehendes Haus», sagte ich, «es ist mein Haus. Hier hab ich gewohnt, und vielleicht werden wir bald wieder hierherziehen können.»

Plötzlich kam die Erleuchtung über sie. Sie sah nochmals auf das Haus und dann zurück auf mich. Ihr Mund war ganz weich. «Es ist ein wunderschönes Haus, Danny», sagte sie mit tiefstem Verständnis.

Ich umschloß ihren Arm noch fester. «Papa schenkte es mir zu meinem achten Geburtstag», erklärte ich ihr. «Und am ersten Tag, gleich nachdem wir eingezogen waren, fiel ich in eine Grube. Dort fand ich ein kleines Hündchen, und meine Eltern mußten die Polizei holen, um mich wiederzufinden.» Ich holte tief Atem. Hier war die Luft frisch und rein. «Das Hündchen starb an dem Tag, an dem wir von hier wegzogen. Die kleine Rexie wurde in der Stanton Street überfahren. Ich hab sie dann hierhergebracht und begraben. Es ist das einzige Heim, das wir beide je gekannt haben, und ich hab das kleine Hündchen über alles geliebt. Deshalb hab ich sie hierhergebracht. Es ist der einzige Ort, an dem sie ... an dem wir glücklich waren.»

Sie sah mich mit leuchtenden Augen zärtlich an. «Und jetzt möchtest du wieder hierher zurückziehen», flüsterte sie und lehnte ihr Gesicht an meine Schulter. «O Danny, ich wäre so glücklich für dich!»

Ich sah sie liebevoll an. Beglückende Wärme erfüllte mich. Ich hatte gewußt, sie würde mich verstehen, wenn ich es ihr sagte. Ich hob ihre Hand und drückte sie an meine Lippen. «Okay, Nellie, jetzt können wir wieder zurückfahren.» Irgendwie hatte ich jetzt nichts mehr dagegen, zurückzufahren, denn ich wußte, es war nicht mehr für lange.

Ich stand unter der Tür und blinzelte in dem grellen Licht der Küchenbeleuchtung. Mamma und Papa starrten mich an, als ich eintrat. «Du bist heute aber bald zu Hause», sagte ich lächelnd zu meinem Vater. Vielleicht, vielleicht brachte er bereits die gute Nachricht!

Doch sein Gesicht war gespannt und ärgerlich. «Dafür kommst du reichlich spät», schnauzte er mich an. «Wo warst du?»

Ich schloß die Tür hinter mir und sah ihn an. Er benahm sich durchaus nicht so, wie ich erwartet hatte. Vielleicht war doch etwas schiefgegangen? Vielleicht hatte Mr. Gold mich doch erkannt? «Ach, etwas rumgebummelt», sagte ich vorsichtig. Besser ist's, jetzt nicht mehr zu sagen.

Nun begann aber sein Zorn über seine Selbstbeherrschung Oberhand zu gewinnen. «Rumgebummelt?» schrie er plötzlich. «Was ist das für eine Antwort? Deine Mutter war den ganzen Abend vor Angst außer sich, und du kommst nicht nach Haus, sagst kein Wort, sondern bist einfach ‹rumgebummelt›!? Wo warst du? Antworte mir!»

Ich preßte die Lippen eigensinnig zusammen. Es mußte etwas schiefgegangen sein. «Ich hab der Mamma doch gesagt, daß mir nichts fehlt, folglich braucht sie sich keine Sorgen zu machen.»

«Warum bist du dann nicht zum Nachtmahl nach Hause gekommen?» brüllte er mich an. «Deine Mutter wußte nicht, was mit dir geschehen ist. Du hättest auf der Straße tot umfallen können, und wir hätten nichts davon erfahren. Sie war ganz krank vor Angst.»

«Tut mir leid», sagte ich mürrisch, «ich hab doch nicht gewußt, daß sie sich Sorgen machen wird.»

«Es braucht dir nicht leid zu tun», schrie mich Papa an. «Ich will bloß eine Antwort! Wo warst du?»

Ich sah ihn einen Moment an. Es hatte keinen Sinn, ihm jetzt in dieser Verfassung etwas zu sagen. Er war krebsrot vor Wut. Ich drehte mich um und wollte wortlos aus dem Zimmer.

Plötzlich fühlte ich aber Papas Hand schwer auf meiner Schulter; er wirbelte mich zu sich herum. Ich riß die Augen vor Überraschung weit auf. Papa hielt seinen Ledergürtel in der Hand und schwenkte ihn drohend.

«Du gehst nicht hinaus, ohne mir geantwortet zu haben!» schrie er. «Ich hab dein hochmütiges Wesen jetzt satt! Seitdem wir hierhergezogen sind, glaubst du, du könntest hier ein und aus gehen, wie dir's beliebt, und brauchst niemandem Rechenschaft zu geben. Nun, jetzt hab ich's aber satt! Du wirst gefälligst auf die Erde zurückfinden, und wenn ich dich herunterprügeln müßte! Antworte mir!!»

Ich preßte die Lippen noch fester zusammen. Papa hatte mich nie im Leben im Zorn geschlagen. Ich konnte nicht glauben, daß er's jetzt tun würde, wo ich soviel größer war als er selbst und schweigend auf ihn hinuntersah.

Er schüttelte mich heftig. «Wo warst du?!»

Ich antwortete nicht.

Der Gürtel kam durch die Luft gepfiffen. Er traf mich auf der Wange. Funken sprühten vor meinen Augen, und ich hörte, wie meine Mutter entsetzt aufschrie. Ich schüttelte den Kopf und öffnete die Augen.

Mamma packte ihn am Arm und bat ihn, sofort aufzuhören. Er stieß sie von sich und schrie: «Ich hab's satt, sag ich dir, ich hab's satt! Jeder Mensch kann nur ein bestimmtes Maß erdulden... von seinem eigenen Sohn kann man aber den gebührenden Respekt verlangen!» Damit wirbelte er wieder zu mir herum, und der Gürtel kam wieder durch die Luft gesaust.

Ich hob die Arme, um mich zu schützen, doch der Gürtel fand den Weg zu meinem Gesicht. Die Schnalle traf mich an der Stirn, und ich stürzte wie betäubt zu Boden.

Durch ein Meer von Schmerzen sah ich zu meinem Vater auf. Ich mußte mich nicht schlagen lassen, denn ich konnte ihm den Gürtel einfach wegnehmen, sobald es mir paßte. Dennoch tat ich es nicht. Ich rührte mich nicht einmal, um den nächsten Schlag abzuwehren. Der Gürtel kam wieder heruntergepfiffen, und ich knirschte vor Schmerz mit den Zähnen.

Mamma umklammerte seinen Arm mit beiden Händen. «Hör auf, Harry! Du bringst ihn ja noch um!» schrie sie außer sich.

Er schüttelte sie jedoch ab, und sie fiel hilflos in einen Sessel. Er starrte mich wütend an. Seine Augen waren rotgerändert und verschwollen, als hätte er geweint. Der Gürtel hob und senkte sich, hob und senkte sich, bis mir schien, als hätte ich mein ganzes Leben in dieser seltsamen Welt der Schmerzen verbracht. Ich schloß die Augen.

Jetzt hörte ich wieder seine Stimme. «Wirst du mir jetzt endlich antworten?»

Ich sah zu ihm auf. Papa schien drei Köpfe zu haben, und alle drei bewegten sich kreisförmig zuerst aneinander vorbei, dann schob sich einer durch den andern. Ich schüttelte den Kopf, um wieder klar zu sehen. Da hob Papa drei Hände. Und drei Gürtel sausten auf mich nieder. Rasch schloß ich wieder die Augen.

«Ich war beim Haus drüben!»

Der Schlag, den ich erwartet hatte, erfolgte nicht, und ich öffnete die Augen. Die drei Gürtel schwebten über meinem Kopf in der Luft. Papas Stimme ertönte wie aus weiter Ferne: «Bei welchem Haus?»

Jetzt erst kam mir zu Bewußtsein, daß ich geantwortet hatte. Ich seufzte tief. Meine Stimme war kaum noch ein Krächzen, ich erkannte sie nicht wieder. «Bei unserm Haus», antwortete ich. «Ich bin hingefahren, um nachzuschauen, ob schon jemand drin wohnt. Ich dachte, wenn Mr. Gold weg ist, wird Papa Geschäftsführer, und wir können zurückziehen.»

Tiefe Stille senkte sich über den Raum, die sich unendlich lang hinzuziehen schien. Das einzige Geräusch war das Rasseln meines Atems. Dann lag Mamma am Boden neben mir und zog meinen Kopf an ihre Brust.

Ich öffnete wieder die Augen und sah zu Papa hinüber. Er war völlig erschöpft in einen Sessel gesunken und starrte mich mit weitaufgerissenen, entsetzten Augen an. Er schien vor meinen Augen zu altern und einzuschrumpfen. Seine Lippen bewegten sich fast unhörbar. Ich konnte ihn kaum verstehen.

«Wie kommst du auf diese Idee?» sagte er. «Gestern abend sagte mir Gold, daß das Geschäft Ende des Monats zugesperrt wird. Sie haben dabei nur Geld zugesetzt, und ich verliere am Ersten meinen Job.»

Ich konnte es nicht glauben. Ich konnte es einfach nicht. Tränen strömten mir aus den Augen und glitten über meine Wangen. Nach und nach begann ich zu verstehen. Das war es also gewesen, weshalb Gold meinen Vater gestern zur Registrierkasse gerufen hatte. Und deshalb hatte Papa so niedergeschlagen ausgesehen.

Alles wurde mir jetzt klar. Papas Zorn, Mammas bekümmerter Blick heute morgen, ihre Geistesabwesenheit, als sie beim Herd stand. Einen Moment lang war ich wieder sehr jung und lehnte meinen Kopf trostsuchend an ihren Busen.

Alles war sinnlos gewesen. Die ganze verdammte Sache war sinnlos gewesen.

Wie lange werde ich denn noch das Leben eines Kindes führen und den Träumereien eines Kindes nachhängen? Es ist an der Zeit, damit aufzuhören. Denn auf Gottes weiter Welt gibt's für mich keine Möglichkeit, das Haus zurückzubekommen.

8

Ich duckte den schwachen rechten Schwinger mit Leichtigkeit ab und stieß mit meiner Linken scharf zurück. Ich hatte die ungeschützte Lücke in der Abwehr meines Gegners durchstoßen und wußte, daß ich ihm weit überlegen war. Ich hob die Rechte gerade in dem Augenblick, als der Gong ertönte und das Ende der Runde anzeigte.

Ich ließ die Hände sofort sinken und kehrte sehr siegessicher in meine Ekke zurück. Dort ließ ich mich auf den Sessel fallen und grinste dem Mann entgegen, der mit einem Handtuch und einem Wassereimer in den Ring geklettert kam. Ich öffnete die Lippen, um mir etwas Wasser aus dem Schwamm, mit dem er mir übers Gesicht fuhr, in den Mund laufen zu lassen.

«Wie geht's dir?» fragte er besorgt.

Ich grinste wieder. «Okay, Zep», sagte ich zuversichtlich. «In dieser Runde krieg ich ihn. Er hat sein Pulver bereits verschossen.»

Giuseppe Petito winkte ab. «Spar deinen Atem, Danny», und fuhr mir mit dem Schwamm über Hals und Schultern, «sei vorsichtig», riet er mir. «Der Kerl hat eine bösartige Rechte. Riskier nichts! Ich hab Nellie versprochen, daß du nichts abkriegen wirst. Sonst reißt sie mir noch den Kopf ab.»

Ich fuhr mit meinem Handschuh freundschaftlich über Giuseppes Kopf. Ich hatte den Burschen gern. «Ich glaub, diesmal bist du vor ihrem Zorn sicher», sagte ich grinsend. Auch Giuseppe grinste. «Schau bloß zu, daß es dabei bleibt», erwiderte er. «Sie ist zwar dein Mädchen, aber auch meine Schwester, und du kennst sie nicht so genau wie ich. Sie macht mir ständig Krach, weil ich dich zu dieser Sache verleitet hab.»

Ich war eben im Begriff zu antworten, als der Gong ertönte. Ich sprang auf, während Giuseppe aus dem Ring schlüpfte. Ich ging rasch bis in die Mitte des Rings und berührte die Handschuhe meines Gegners. Der Schiedsrichter schlug unsre Handschuhe in die Höhe, und ich sprang unverzüglich zur Seite, um einem plötzlichen linken Schwinger auszuweichen.

Ich hielt die Hände hoch und locker, umkreiste den Burschen wachsam und wartete auf meine Chance, einen Schlag anzubringen. Ich ließ meine Linke unmerklich sinken und versuchte mit dieser Finte, ihn zu einem Schlag mit der Rechten zu verleiten. Er biß auf diesen Köder jedoch nicht an, und ich trat wieder zurück.

Ich begann ihn wieder zu umkreisen. Die Menge begann zu pfeifen und auf den Boden zu trampeln. Ich fühlte die Vibration auf dem straff gespannten Segeltuch, das den Boden bedeckte. Was sollen wir denn noch tun für eine goldene Uhr um zehn Dollar? Einander totschlagen? Ich sah unruhig in meine Ecke.

Mein sechster Sinn veranlaßte mich, noch rechtzeitig abzuducken. Aus dem Augenwinkel hatte ich flüchtig den Schatten seiner Rechten gesehen, die auf mein Kinn zugeschossen kam. Sie pfiff über meine Schulter hinweg und ich geriet in die Abwehr meines Gegners.

Ich hob meine Rechte zu einem Uppercut, der durch den Schwung meines Körpers vorwärtsgetragen wurde. Ich landete ihn mitten auf seinem Kinn. Seine Augen wurden plötzlich glasig, er taumelte auf mich zu und versuchte sich in einen Clinch zu retten.

Jetzt brüllte die Menge bereits. Ich trat rasch von ihm zurück und stieß meine Linke vor. Sie traf das ungeschützte Gesicht des Burschen, er taumelte nach vorn und fiel flach aufs Gesicht. Ich drehte mich um und schritt, meiner Sache sicher, in meine Ecke zurück. Niemand brauchte mir erst zu sagen, daß der Kampf zu Ende war.

Giuseppe war bereits im Ring und warf mir ein Handtuch über die Schultern. «Jesus!» sagte er grinsend. «Ich wollte, du wärst schon achtzehn!»

Ich lachte und trat wieder in die Mitte des Rings. Der Schiedsrichter stellte sich neben mich und hielt meine Hand in die Höhe, dabei flüsterte er aus dem Mundwinkel: «Du wirst allmählich zu gut für diesen Schwindel, Fisher.»

Ich lachte wieder und stolzierte in meine Ecke zurück.

Giuseppe steckte seinen Kopf in meine Ankleidekabine. «Bist schon angezogen, Junge?» fragte er.

«Schnüre gerade meine Schuhe zu, Zep», rief ich zurück.

«Beeil dich, Danny», sagte Zep. «Der Boss will dich im Büro sprechen.»

Ich richtete mich auf und folgte ihm in den Korridor. Das Toben der Menge drang hier nur noch schwach an unsre Ohren. «Was will er, Zep?» fragte ich. Im allgemeinen bedeutete es nichts Gutes, wenn Skopas einen zu sprechen wünschte. Jedermann wußte, daß Skopas es mit dem Mob dort draußen hielt, wenngleich er offiziell der Manager der Arena war.

Zep zuckte die Achseln. «Ich weiß nicht. Vielleicht will er dir eine Medaille geben oder sonst was.» Dem Ton seiner Stimme entnahm ich aber, daß er beunruhigt war.

Ich sah ihn spöttisch an, und der Ton meiner Stimme war überlegen und kaustisch. Er sollte nicht merken, daß ich mir gleichfalls Sorgen machte. «Mir ist's egal, was er mir gibt, wenn ich's nur um zehn Dollar verscheppern kann.»

Wir blieben vor einer Tür stehen, auf der «Privat» stand. Giuseppe öffnete sie.

«Geh nur rein, mein Junge», sagte er.

Ich betrat das Zimmer ziemlich neugierig. Ich war nie zuvor hier gewesen. Es war nur für Boxstars bestimmt, die um Geld arbeiteten, nicht für grüne Anfänger, die froh waren, Uhren zu bekommen. Ich war enttäuscht, daß es bloß ein kleines Zimmer mit schmutziggrau bemalten Wänden war, an denen ein paar Fotos von Boxern hingen. Ich hatte es mir großartiger vorgestellt.

Im Zimmer befanden sich mehrere Männer, die alle dicke Zigarren rauchten und sich miteinander unterhielten. Als ich eintrat, verstummten sie und drehten sich nach mir um, um mich zu betrachten. Ihre Augen überflogen mich mit listigen und verschlagenen Blicken.

Ich sah nur flüchtig hin und wandte mich, ihre Blicke ignorierend, an den Mann, der hinter einem mit Briefen übersäten Schreibtisch saß. «Sie haben mich sprechen wollen, Mr. Skopas?»

Er sah zu mir empor. Er hatte ausdruckslose graue Augen, und sein Kahlkopf glänzte im Licht einer einzigen von der Decke baumelnden Glühbirne. «Du bist Danny Fisher?» Seine Stimme war ebenso ausdruckslos wie seine Augen.

Ich nickte.

Skopas lächelte freudlos und enthüllte dabei unregelmäßige gelbe Zähne. «Meine Leute haben mir gesagt, daß du das Zeug zu einem ordentlichen Boxer hast. Wie ich höre, hast du schon eine ziemliche Uhrenkollektion.»

Ich lächelte. Das klang nicht so, als gäbe es Unannehmlichkeiten. «Ich hätte sie», sagte ich, «wenn ich mir's leisten könnte, sie zu behalten.»

Giuseppe stieß mich nervös in die Seite. «Er meint, er gibt sie alle seinem Alten, Mr. Skopas», warf er rasch ein. Seine Augen blinkten mir Warnungssignale zu, wegen der andern Männer im Zimmer. Ich wußte sofort, was er meinte. Einer von ihnen könnte ein Inspektor der Amateur-Athletik-Vereinigung sein.

Skopas wandte sich jetzt an Giuseppe. «Wer sind Sie?» fragte er mit kalten Fischaugen.

Jetzt war's an mir einzugreifen. «Es ist mein Manager, Mr. Skopas. Er war früher selbst Boxer, unter dem Namen Peppy Petito.»

Skopas' Augen wurden etwas größer. «Ich erinnere mich. Ein smarter Junge mit einem Kinn aus Glas.» Seine Stimme wurde eisig. «So, also damit beschäftigen Sie sich jetzt – Anfänger trainieren.»

Giuseppe trat unruhig von einem Fuß auf den anderen. «Nein, Mr. Skopas, ich ...»

Skopas unterbrach ihn. «Verdufte, Petito», sagte er kalt. «Ich hab mit deinem Freund Geschäfte zu besprechen.»

Giuseppe sah zu ihm hinunter und dann wieder zu mir. Sein Gesicht war unter seiner dunklen Hautfarbe ganz blaß geworden. Er zögerte einen Moment, dann schritt er mit einem jämmerlichen Blick auf die Tür zu.

Ich legte meine Hand auf seinen Arm und hielt ihn zurück. «Hiergeblieben, Zep.» Ich wandte mich zu Skopas zurück. «Sie haben Zep falsch verstanden, Mr. Skopas», sagte ich rasch. «Zep ist der Bruder meines Mädchens. Er kümmert sich bloß um mich, weil ich ihn drum gebeten hab. Geht er, dann geh ich mit ihm.»

Skopas' Miene veränderte sich sogleich und er lächelte. «Warum haben Sie mir's denn nicht gleich gesagt? Das ist doch was anderes.» Er nahm eine Zigarre aus der Tasche und bot sie Giuseppe an. «Hier, Petito, nehmen Sie 'ne Zigarre und nichts für ungut.»

Zep nahm die Zigarre und steckte sie in die Tasche. Der jämmerliche Blick war verschwunden, und er lächelte wieder.

Ich sah Skopas scharf an. «Sie haben mich rufen lassen», sagte ich mit Nachdruck. «Weshalb?»

Skopas' Gesicht wurde völlig ausdruckslos. «Du hast dich in diesem Club recht gut bewährt, und das wollt ich dir sagen.»

«Ach was? Danke», sagte ich sarkastisch. «Und wie steht's mit dem ‹Geschäft›, das Sie vor einer Minute erwähnten?»

Eine Sekunde blitzte in seinen Augen ein Licht auf, dann war es wieder verschwunden, und sie waren kalt und ausdruckslos wie zuvor. Er setzte seine Rede fort, als hätte ich ihn nicht unterbrochen. «Die Talentsucher haben ständig ein wachsames Auge auf junge, vielversprechende Begabungen. Folglich hab ich ihnen auch von dir erzählt. Ich wollte dich wissen lassen, daß sie deine letzten Kämpfe gesehen haben und daß ihnen gefallen hat, was sie zu sehen bekamen.» Er machte eine gewichtige Pause, steckte eine frische Zigarre in den Mund und kaute eine Weile daran herum, ehe er wieder zu sprechen begann. «Wir sind der Ansicht, daß du für diesen Schwindel hier schon zu gut bist, Junge, und wollen dich von jetzt an übernehmen. Du brauchst von jetzt an nicht mehr um Uhren zu kämpfen. Das ist vorbei.» Er zündete ein Streichholz an und hielt es an seine Zigarre.

Ich wartete, bis das Streichholz ausgebrannt war, ehe ich etwas sagte. «Und wofür soll ich von jetzt an kämpfen?» fragte ich unbewegt. Es war sinnlos zu fragen, denn ich wußte es bereits.

«Für den Ruhm, mein Junge», erwiderte Skopas, «für den Ruhm. Wir haben beschlossen, dich in den Boxclub aufzunehmen, um dir einen Namen zu machen.»

«Großartig!» platzte ich los. «Und womit werde ich Geld verdienen? Für eine Uhr bekomme ich wenigstens meine zehn Dollar.»

Skopas' Lächeln war eiskalt wie seine Augen. Er blies mir eine Rauchwolke ins Gesicht. «Wir sind keine Knicker, mein Junge. Du bekommst hundert Dollar im Monat, bis du alt genug bist, Professional zu werden. Nachher teilen wir deinen Verdienst.»

«Hier verdien ich mehr als zehn Uhren im Monat», erwiderte ich erregt. Giuseppe legte seine Hand beschwichtigend auf meinen Arm. Ärgerlich schüttelte ich sie ab. Das war keineswegs etwas, was ich mir wünschte. «Und wenn ich auf diesen Vorschlag nicht eingehe?» fragte ich.

«Dann bekommst du gar nichts», sagte Skopas rundheraus. «Aber du siehst wie ein kluger Junge aus. Du bist bestimmt gescheit genug, um dich nicht gegen diese Männer zu stellen. Wir haben sogar jemanden hier, der dich managen will, wenn du dich entschließt, Profi zu werden.»

«Sie sind Ihrer zu sicher», sagte ich höhnisch. «Wieso kommt man hier überhaupt auf den Gedanken, daß ich Boxer werden will?»

Skopas' Augen waren jetzt listig und durchtrieben. «Weil du den Zaster brauchst, mein Junge», sagte er sehr entschieden. «Und deshalb wirst du auch Boxer werden. Deshalb hast du ja auch die Sache mit den Uhren angefangen.»

Darin hatte er recht, ich brauchte das Geld. Papa war noch immer arbeitslos, und das war – außer jemanden übern Schädel zu hauen – der einzige sichere Verdienst. Und meine Erfahrung mit Mr. Gold hatte mich gelehrt, daß ich für die Art des Verdienstes nicht den Magen besaß. Doch jetzt hatte ich auch von dem hier die Nase voll. Es war zwar okay, hie und da ein paar Dollar zu verdienen, aber als Beruf wünschte ich mir's bestimmt nicht. Ich hatte zu viele Burschen gesehen, die nichts anderes machten, als mit ihrer Kraft und ihren Fäusten zu prahlen. Nein, das war nichts für mich.

Ich drehte mich zu Zep um. «Komm, gehn wir», sagte ich kurz, dann wandte ich mich zum Schreibtisch zurück. «Auf Wiedersehen, Mr. Skopas, danke, es war mir ein Vergnügen, Sie kennenzulernen.»

Damit riß ich die Tür auf und stelzte hinaus. Auf der Türschwelle stand ein Mann, der seine Hand ausstreckte, um mich zurückzuhalten. Ohne aufzublikken, stieß ich sie beiseite und wollte an ihm vorbei. Da sagte eine vertraute Stimme: «He, Danny Fisher, bleibst du nich wenigstens stehn, um deinem neuen Manager guten Tag zu sagen?»

Ich sah auf, und ein breites Grinsen breitete sich über mein Gesicht. Ich streckte die Hand aus und packte den Mann am Arm. «Sam!» stieß ich hervor. «Sam Gottkin! Ich hätt's mir denken können!»

Hinter meinem Rücken ertönte jetzt Skopas' Stimme, sie klang beinahe entschuldigend. «Der Junge will nich einsteigen, Mr. Gottkin.»

Sam sah mich fragend an. Da entschloß ich mich blitzschnell und drehte mich lächelnd zu Skopas um. «Wenn's bei Ihnen noch okay ist, Mr. Skopas», erklärte ich, «dann können Sie Ihren Clubfreunden sagen, daß Sie einen neuen Burschen angeworben haben!»

9

«Komm mit, Danny», sagte Sam einige Minuten später, «ich lade dich zum Essen ein.»

Ich grinste. «Fein, Sam», sagte ich, «nur noch einen Augenblick.» Ich trat nochmals an Skopas' Schreibtisch und sah zu ihm hinunter. Die gespannte Atmosphäre war aus dem Zimmer gewichen; selbst Skopas lächelte. Die andern Männer sahen mich aufmerksam an. Sie wußten, daß ich ein kommender Mann war, da mich die Clubleute ausgesucht hatten.

«Mr. Skopas», sagte ich lächelnd, «es tut mir aufrichtig leid, daß ich so wütend wurde, und ich möchte Ihnen für das, was Sie für mich getan haben, auch danken.»

«Schon recht, Junge.»

Ich streckte meine Hand aus. «Ja, aber vergessen Sie meine Uhr nicht.»

Jetzt lachte er hellauf und wandte sich an die andern Männer. «Der Junge ist richtig», kündigte er an. «Der wird's noch weit bringen. Wenn ich fünftausend rumliegen hätte, dann hätt ich mir ihn selber gesichert.»

Als die Männer daraufhin geräuschvoll zu lachen begannen, malte sich eine ungeheure Überraschung auf meinem Gesicht. Ich blickte Sam an, und der nickte bestätigend mit dem Kopf. Es mußte ihm schon verdammt gut gehen, wenn er sich's leisten konnte, für mich fünftausend Eier zu blechen. Nachdenklich geworden wandte ich mich wieder Skopas zu.

Dieser fischte soeben zwei Banknoten aus seiner Brieftasche und reichte sie mir. «Hab keine Uhren bei mir, Junge, kannst dir auf die Art diesmal den Zwischenhändler ersparen.»

Ich steckte den Zaster in die Tasche. «Okay, Mr. Skopas», sagte ich. Dann trat ich mit einem ganz neuen Respekt vor Sam an seine Seite. «Gehen wir.»

Bedauernd sah ich auf meinen Teller, denn eines mußte man Glucksterns rumänische Spezialitäten nachsagen, wenn man imstande war, alles aufzuessen, dann war man ein Held. Ich legte meine Gabel nieder. «Ich bin am Zerplatzen», gestand ich. Dann wandte ich mich zu Giuseppe. «Und wie steht's mit dir?»

Giuseppe grinste. Er hatte eben ein riesiges Stück Steak in den Mund geschoben. «Okay, Danny.» Ich blickte zu Sam hinüber. Der hatte auch genug. Er sah mich neugierig an. «Wie ich sehe, hast du's auch nicht zwingen können», sagte ich.

«'s ist zuviel», erwiderte ich, «außerdem muß ich auf mein Gewicht aufpassen.»

Darin hatte er recht; seitdem ich ihn zuletzt gesehen, hatte er erheblich zugenommen. «Wieso kommt's eigentlich», fragte er plötzlich, «daß du im vorigen Jahr meinen Brief nicht beantwortet hast?»

Ich sah ihn überrascht an. «Ich hab keinen bekommen», sagte ich schlicht.

«Ich hab dich gesucht, bin sogar zu deinem alten Haus rausgefahren und hab dich gesucht», sagte er, «aber dort hat niemand deine neue Adresse gewußt.» Er zündete sich eine Zigarette an. «Ich hab einen Job für dich gehabt.»

«Im vergangenen Sommer?» fragte ich.

Er nickte.

Er fischte eine Zigarette aus der Packung, die Sam auf dem Tisch liegengelassen hatte. «Hätt ich gut brauchen können», sagte ich, «'s ist uns ziemlich dreckig gegangen.»

«Hast du schon maturiert?»

Ich schüttelte den Kopf. «Erst im Juni», erwiderte ich. Ich sah Sam neugierig an. «Wieso hast du mich dann doch gefunden?» fragte ich. «Als letztes hab ich von dir gehört, daß du nach Florida gegangen bist.»

«Dort war ich auch», antwortete Sam. «Hab dort gut verdient. Hab dich trotzdem nicht vergessen. Hab doch immer gesagt, ich mach eines Tages einen Champion aus dir. So hab ich eben ein paar Freunde beauftragt, die Augen offenzuhalten, denn früher oder später würdest du ja doch irgendwo auftauchen. Ein Bursche, der so gut boxt wie du, hört nie ganz damit auf.» Damit griff er über den Tisch und nahm mir lächelnd die Zigarette aus dem Mund. «Solange du für mich arbeitest, wirst du das gefälligst unterlassen!»

«Ich arbeite gern für dich», sagte ich und sah zu, wie er den Stummel zerdrückte, «ich weiß aber nicht, ob ich mich an die Idee gewöhnen kann, Preisboxer zu werden.»

«Was hattest du dann in diesen schäbigen Clubs zu suchen, wo du um Uhren kämpfen mußtest?» fragte er betont.

Ich wies auf Giuseppe. «Ich hab den Zaster dringend gebraucht, und er wußte, wo ich mir für drei Runden Amateurboxen drei, manchmal sogar vier Uhren in der Woche verdienen konnte. Für mich war's leicht verdientes Geld, also hab ich's getan. Ich hab nie dran gedacht, Profi zu werden – ich wollt's nur so lange fortsetzen, bis ich mit der Schule fertig bin.»

«Und was wolltest du dann tun?» fragte Sam. «Die Welt aus den Angeln heben? Einen Job annehmen, für den man dir zehn Dollar in der Woche zahlt, das heißt natürlich nur, wenn du besonderes Glück hast.»

Ich wurde rot. «Darüber hab ich noch nicht nachgedacht», gestand ich.

Sam lächelte wieder. «Das hab ich mir so vorgestellt», sagte er nachdrücklich, «von jetzt an werd eben ich für dich denken.»

Zep verabschiedete sich an der Ecke. Nach einigen Schritten rief ich ihn zurück. «Zep, wart einen Moment, du hast was vergessen», ich reichte ihm eine Banknote, «sag Nellie, es ist für das Sparkonto.»

Zep steckte das Geld in die Tasche. «Werd's ihr ausrichten, Danny.»

«Und sag ihr, daß ich sie morgen abend vom Geschäft abholen werde», rief ich ihm nach. Dann wandte ich mich wieder zu Sam zurück. «Netter Kerl», sagte ich.

Sam sah mich an. «Ein Italianski?» fragte er.

Ich starrte ihn kalt an. «Na, und?»

Sam hob abwehrend die Hand. «Mir ist's ja egal, mein Junge», sagte er rasch, «was sagen aber deine Leute, wenn du mit 'nem italienischen Mädchen rumziehst?»

Ich sah ihn noch immer starr an. «Sie sehn's nicht gern, aber zum Teufel, ihre Leute sehn's auch nicht gern. Sie sagen von uns ‹kike› genauso, wie wir von ihnen ‹wop› sagen. Aber schließlich geht's niemanden was an, außer Nellie und mich.»

«Natürlich, mein Junge», sagte Sam beschwichtigend, «reg dich nur nich auf!»

«Ich reg mich nicht auf», sagte ich wieder ruhig. Aber es regte mich doch auf. Denn das bekam ich zu Hause die ganze Zeit zu hören.

Sam faßte mich unterm Arm. «Komm zu meinem Wagen rüber, ich werd dir jetzt die nötigen Instruktionen geben.»

Ich betrachtete ihn aufmerksam, während er sich mit dem Rücken an den Wagen lehnte. Es schien ihm gut zu gehen, das konnte ich ihm deutlich anmerken. Er hatte ein wohlgenährtes Gesicht und sogar einen kleinen Fettbauch bekommen. Den bekommt man nur vom guten Leben.

Er zog eine Zigarre hervor, biß die Spitze ab, steckte sie nachdenklich in den Mund und kaute dran herum. «Ich möchte», sagte er mit gedämpfter Stimme, «daß du mir jetzt aufmerksam zuhörst und dir genau einprägst, was ich dir sage. Denn von nun an, bis du zum Professionalismus übertrittst, dürfen wir uns nicht zu oft sehen. Ich bleibe mit dir dennoch ständig in Kontakt. Verstanden?»

Ich nickte. Und ich verstand. Die Vorschriften für Amateurboxer waren sehr streng.

Sam hielt ein Streichholz an seine Zigarre. Es flackerte kurz auf und verlieh seinem Gesicht das Aussehen eines Vollmondes. «Morgen gehst du in den East Side Boys Club. Dort fragst du nach Moe Spritzer, sagst ihm deinen Namen und daß ich dich geschickt habe. Dann weiß er schon, was er zu tun hat. Deinen Beitritt zur Boxunion hat er in deinem Namen bereits ausgefertigt, du brauchst nur noch zu unterschreiben. Von jetzt an bis zu dem Augenblick, wo du endgültig Profi wirst, ist er dein Trainer. Du hast alles zu tun, was er anordnet. Verstanden?»

«Ich verstehe.» Unwillkürlich war ich stark beeindruckt. Sam hatte wirklich an alles gedacht.

«Du erhältst jeden Monat, den du bei der Stange bleibst, von Moe hundert Dollar. Schlägst du über die Stränge, dann bist du unten durch. Hältst du dich aber, mein Junge, dann wirst du dir die Welt erobern. Ich schaue dann und wann in den Club, um mich von deiner Entwicklung zu überzeugen. In diesem Fall hast du mich nicht zu beachten. Wenn ich mit dir sprechen will, werd ich dich schon verständigen.»

Damit öffnete er die Wagentür und setzte sich hinter das Steuer. «Noch irgendwelche Fragen, Danny?»

Ich schüttelte den Kopf, doch dann überlegte ich's mir. Ich hatte noch eine Frage: «Wie aber, wenn ich mich für's Preisboxen nicht qualifiziere, Sam? Was dann?»

Sam sah mich einen Moment prüfend an, ehe er antwortete. Er sprach sehr leise und ruhig. «Dann bin ich meine fünftausend los, die ich für dich geblecht hab, mein Junge. Die Leute vom Club waren eben im Begriff, sich an dich ranzumachen, als ich dich kaufte.» Seine Augen wurden plötzlich hart und glitzerten in der Glut seiner Zigarre. «Danny, du mußt das werden, was ich nie erreichen konnte. Ich hab einen Haufen sauer verdientes Geld für dich hingelegt – und das will ich nicht verlieren!»

Er drehte den Zündschlüssel und ließ den Motor anspringen. Seine Stimme erhob sich über das Summen des Motors. «Du bist jetzt kein Kind mehr, Danny, und stehst in einem harten Beruf. Ich werd nie etwas von dir verlangen, was du nicht tun kannst, aber wenn du einmal damit begonnen hast, dann hüte dich, meine Pläne zu durchkreuzen. Ich würde es nicht dulden!»

Der Wagen setzte sich geräuschlos in Bewegung, und ich fühlte, wie mein Herz aufgeregt hämmerte. Sam scherzte nicht, er meinte, was er sagte. Eine Hand fiel auf meine Schulter, und ich drehte mich erschrocken um. Zep stand neben mir.

«Hast du ihn gehört?» fragte ich. Ich hatte gewußt, er würde sich nicht allzuweit entfernen.

Zep nickte.

«Was hältst du davon?»

Seine dunklen Augen begegneten meinem Blick, und er lächelte. «Er hat 'ne Menge Geld auf dich gesetzt, aber er riskiert nichts dabei, das weiß er ganz genau. Du wirst nämlich eines Tages Champion, mein Junge, das weiß ich schon heute. Schwierig ist's nur jetzt noch.»

Ich drehte mich um und starrte dem Wagen nach. Das Schlußlicht verschwand gerade um die Ecke. Ich war noch immer im Zweifel. «Glaubst du, ich soll's annehmen, Zep?» fragte ich.

Seine Stimme schlug aufgeregt an mein Ohr. «Würdest du denn eine Million Dollar ausschlagen, Danny?»

10

Ich betrachtete mich aufmerksam im Spiegel. Außer der kleinen Beule oben am Backenknochen ließ nichts auf den Kampf des gestrigen Abends schließen. Ich grinste meinem Spiegelbild zu. Ich hatte Glück gehabt.

Dann fuhr ich mir mit dem Kamm nochmals durchs Haar und verließ hierauf das Badezimmer. Als ich mich der Küche näherte, hörte ich Papas Stimme. Ich trat lächelnd in die Küche. «Guten Morgen», sagte ich.

Papa hörte mitten im Satz zu sprechen auf und sah mich an. Er beantwortete meinen Gruß nicht.

«Setz dich, Danny», sagte Mamma rasch, «und iß dein Frühstück.»

Ich schlüpfte auf meinen Platz. Papa beobachtete mich weiterhin. Jeder Tag grub neue Furchen in sein Gesicht, Furchen der Sorgen und der Hoffnungslosigkeit. Seine Augen waren verschleiert wie hinter einem Vorhang der Verzweiflung, der sich nur manchmal durch die Heftigkeit seiner Erregung und seiner Wutausbrüche hob. Mir war es, als häuften sich Papas Zornausbrüche im Laufe der Zeit, als wäre es eine Erleichterung für ihn, wenn er sich ihnen hemmungslos überließ.

Ich griff in die Tasche, zog eine Zehn-Dollar-Note hervor und warf sie auf den Tisch. «Ich hab gestern abend ein paar Dollar verdient», sagte ich beiläufig.

Papa sah erst das Geld an, dann mich. Seine Augen begannen zu glitzern. Ich kannte diesen Blick: er war das Zeichen, daß sich sein Zorn wieder regte. Ich beugte den Kopf über meinen Teller und begann die Haferflocken rasch in den Mund zu löffeln. Ich wollte eine Szene vermeiden, die, wie ich wußte, nun folgen würde.

Einen Moment war Papa noch still, dann krächzte er mit einer sonderbar heiseren Stimme: «Woher hast du's, he? Vom Boxen?»

Ich nickte, ohne von meinem Teller aufzublicken. Ich löffelte die Haferflokken nur weiterhin hastig in den Mund.

«Danny, du hast doch nicht wieder geboxt?» fragte Mamma bekümmert, mit sorgenvoll gefurchtem Gesicht.

«Ich mußte, Ma», sagte ich rasch, «wir brauchen das Geld. Woher sollten wir's denn sonst nehmen?»

Mamma sah meinen Vater an. Sein Gesicht war leichenblaß. Er hatte ein ungesundes, krankhaftes Aussehen. Sie wandte sich wieder zu mir zurück. «Aber wir haben dir doch gesagt, daß wir's nicht wollen», sagte sie in schwachem Protest. «Du kannst dabei zu leicht verletzt werden. Wir werden schon irgendwie durchkommen.»

Ich sah ihr ins Gesicht. «Wie denn?» fragte ich nüchtern. «Es gibt nirgends einen Job, also müßten wir rein von der Arbeitslosenunterstützung leben.»

Mammas Gesicht wurde ganz hart. «Das wäre immer noch besser, als zu riskieren, daß du umgebracht wirst.»

«Aber Ma», sagte ich, «ich riskiere doch nichts. Ich hab bereits dreißig Kämpfe bestritten, und das schlimmste war bisher, daß ich einen Kratzer über dem Auge hatte, und der ist in einem Tag verheilt. Ich bin sehr vorsichtig, und das Geld kommt uns sehr gelegen.»

Sie wandte sich mit hoffnungsloser Miene zu meinem Vater. Es hatte keinen Sinn, mit mir zu streiten, denn die Logik war auf meiner Seite.

Papas Gesicht war noch immer totenblaß und seine Finger zitterten, wenn er die Kaffeetasse in der Hand hielt. Er starrte mich an, richtete das Wort aber nicht direkt an mich, sondern an Mamma. «Sein Mädchen ist an allem schuld», sagte er in einem ungemein gehässigen Ton, «diese Schickse. Sie bringt ihn dazu! Ihr ist's egal, ob er dabei umgebracht wird, wenn er nur einen Dollar in der Tasche hat, um sie auszuführen, damit sie sich unterhalten kann.»

«Das ist nicht wahr!» fuhr ich erbittert auf. Im Unterbewußtsein hatte ich von dem Moment an, in dem ich ihn heute morgen sah, gewußt, daß das kommen würde. «Sie will's ebensowenig wie du! Ich tu's, weil's der einzige Weg ist, den ich weiß, um ein paar Dollar zu verdienen.»

Papa beachtete mich nicht. Seine fieberhaft glänzenden Augen waren in seinem Gesicht das einzig Lebendige. Seine Stimme war vor Verachtung eiskalt. «Eine Hurenschickse!» fuhr er fort, seine Augen starr auf mich gerichtet. «Wieviel mußt du ihr bezahlen für die Nächte, die du mit ihr in Hausfluren und an Straßenecken zubringst? Ein Judenmädchen ist für dich wohl nicht gut genug, was? Nein, denn ein Judenmädchen würde die Dinge nicht treiben, die sie tut. Ein Judenmädchen ließe ihren Jungen nicht boxen, um Geld für sie zu verdienen, und sie ließe es nicht zu, daß der Sohn für seine eigenen Eltern zum Fremden wird. Wieviel mußt du ihr für das bezahlen, Danny, was sie den Männern ihrer eigenen Rasse ganz umsonst schenkt?»

Ich fühlte, wie jetzt an Stelle meines heißen Zorns kalter Haß trat. Ich stand langsam auf und sah auf ihn hinab. Meine Stimme zitterte. «Sprich nicht so, Papa, sag nie wieder etwas Derartiges über sie! Mindestens nicht in meiner Gegenwart!»

Nellies blasses, verängstigtes Gesicht tanzte noch vor meinen Augen so wie sie damals ausgesehen hatte, als ich ihr erzählte, daß ich mir mit dem Boxen etwas Geld verdienen werde. «Sie ist ein anständiges Mädchen», fuhr ich fort – ich war kaum fähig zu sprechen –, «so gut wie unsre eigenen, ja sogar besser als die meisten von ihnen. Schieb ihr nur nicht deinen eigenen Bankrott im Leben in die Schuhe! Denn es ist nur deine Schuld, daß wir jetzt so dastehen, nicht ihre!»

Ich lehnte mich über den Tisch und starrte ihm wild in die Augen. Einen

Moment hielt er meinem Blick stand, dann schlug er die Augen nieder und hob seine Kaffeetasse an die Lippen.

Mamma legte ihre Hand begütigend auf meinen Arm. «Setz dich und iß dein Frühstück auf, sonst wird alles kalt.»

Langsam ließ ich mich auf meinen Sessel zurückfallen. Ich war nicht mehr hungrig. Ich war bloß müde, und meine Augen brannten. Fröstelnd und gefühllos streckte ich die Hand nach meiner Kaffeetasse aus, trank rasch, und die Wärme strömte wohltuend durch meinen Körper.

Mamma setzte sich neben mich. Eine Weile herrschte ein gespannt schwelendes Schweigen in der Küche, dann durchbrach sie die Stille. «Sprich nicht so zornig mit deinem Vater, Danny», sagte sie leise, «er meint's doch nur gut. Er macht sich deinetwegen Sorgen.»

Während ich sie ansah, fühlte ich, wie tief ich verletzt worden war. «Aber sie ist doch ein anständiges Mädchen, Mamma», sagte ich erbittert. «Er darf nicht so über sie sprechen!»

«Bedenke, Danny, sie ist ja doch eine Schickse.» Mamma bemühte sich, verständnisvoll zu sein.

Ich antwortete nicht. Was würde es auch nützen? Sie würden es ja doch nie verstehen. Ich kannte eine Menge Judenmädchen, die ständig mit Burschen herumzogen. Wieso sollten die denn besser sein als Nellie?

«Vielleicht bekommt Papa wieder einen Job, dann kannst du mit dem Boxen aufhören», fügte Mamma hoffnungsvoll hinzu.

Plötzlich fühlte ich mich alt... uralt. Denn diese Worte waren nichts als Zuckerplätzchen für Kinder – ich hatte sie schon zu oft gehört. Also konnten sie den wahren Sachverhalt ebensogut schon jetzt erfahren. «Dazu ist's zu spät, Mamma», sagte ich müde. «Ich kann damit nicht mehr aufhören.»

«Was... was willst du damit sagen?» fragte sie mit zitternder Stimme.

Ich erhob mich. «Ich hab damit Schluß gemacht, in den schäbigen Buden zu boxen. Die Leute vom Boxclub haben mein Talent erkannt, und ich hab mit ihnen einen Vertrag geschlossen.» Ich starrte meinen Vater an. «Ich werde Berufsboxer und habe damit begonnen, mir auf diesem Gebiet einen Namen zu machen. Sie zahlen mir derzeit hundert Dollar im Monat, und wenn ich alt genug bin, trete ich als Professional an.»

Mamma sah mich entsetzt an. «Aber...»

Sie tat mir aufrichtig leid, aber dagegen ließ sich nichts machen, wir mußten essen. «Kein aber, Mamma», unterbrach ich sie, «ich hab den Vertrag unterschrieben und kann nicht mehr zurück. Hundert im Monat sind so viel, wie Papa für einen Job bekommen würde. Davon können wir leben.»

Tränen traten ihr in die Augen, und sie wandte sich hilflos an Papa. «Harry, was sollen wir denn jetzt tun?» rief sie. «Er ist doch bloß ein Kind. Was sollen wir tun, wenn er verwundet wird?»

Papa starrte mich an, und ein Muskel zuckte in seiner Wange. Er atmete tief ein. «Laß ihn», antwortete er, ohne den Blick von mir abzuwenden, «ich hoffe, daß er verletzt wird, das würde ihm bloß recht geschehen!»

«Harry!» rief Mamma entsetzt. «Er ist doch unser Sohn!»

Seine Augen verengten sich, brannten aber noch immer in den meinen. «Viel eher ein Sohn des Teufels», sagte er leise und voll Bitterkeit, «aber nicht unser Sohn!»

II

Als ich aus dem dunklen Hausflur trat, zwinkerte ich in dem strahlenden Sonnenschein. Ich blieb einen Moment stehen, um die warme Frühlingsluft auf mich herabströmen zu lassen. Das Haus hatte die Kälte und Feuchtigkeit des Winters noch nicht abgeschüttelt, aber ehe man sich's versieht, wird sich's in einen Backofen verwandeln.

Ich war recht zufrieden. Vier Monate waren verstrichen, seitdem ich mit Sam abgeschlossen hatte. Es waren gute Monate gewesen. Ich hatte in den Ausscheidungskämpfen gut abgeschnitten. Jetzt hatte ich nur noch einen Kampf zu bestreiten. Gewann ich ihn, dann kam ich ins Finale in den Gardens. Ich zweifelte aber keinen Augenblick, daß ich gewinnen würde.

Ich füllte meine Lungen mit der köstlichen Luft. Der Kragen schnitt mir in den Hals, und ich öffnete ihn. Meine Hemdkragen waren mir jetzt immer zu eng, daran war das Training schuld. Spritzer war ein prima Trainer, um einen in Kondition zu bringen, ebenso wie Sam. Sie stellten zwar ungeheure Anforderungen, aber sie hatten recht. Die Kondition war der halbe Sieg.

Wenn Papa nur begreifen würde, daß dies bloß eine andere Form ist, seinen Unterhalt zu verdienen, dann wäre alles vollkommen. Aber das brachte er nicht fertig, und so quängelte er beständig an mir herum, schob alle Schuld auf Nellie und erklärte, nur Galgenvögel würden Berufsboxer. Wir sprachen kaum noch miteinander. Er wollte um keinen Preis nachgeben, er war zu eigensinnig und verbohrt, wie eben jetzt wieder, ehe ich das Haus verlassen hatte.

Papa hatte in der über den Küchentisch gebreiteten Zeitung gelesen, als ich durch das Zimmer ging. Er sah nicht auf.

«Ich komme heute ein bißchen später, Ma», hatte ich gesagt.

Sie hatte ängstlich gefragt: «Schon wieder ein Kampf?»

Ich nickte. «Das Semifinale, Ma, im Grove, draußen in Brooklyn.» Ich sagte es voll Stolz. «Nachher kommt nur noch das Finale in den Gardens, und dann ist Ruhe bis zum nächsten Jahr.»

«Du wirst doch sehr vorsichtig sein, Danny?» fragte sie beunruhigt.

Ich lächelte beruhigend. «Mach dir nur keine Sorgen, Ma, mir passiert schon nichts.»

Bei meinen Worten hatte Papa den Kopf von seiner Zeitung gehoben und zu Mamma gesagt, als wäre ich gar nicht im Zimmer: «Mach dir keine Sorgen, Mary, ihm passiert bestimmt nichts. Hör nur, was die Zeitung über ihn zu sagen weiß.» Und er begann leise und mit sarkastischer Betonung aus der Zeitung vorzulesen: «Von Danny Fisher, dem sensationellen Blitz der East Side, der Dynamit in beiden Fäusten hat, wird erwartet, daß er eine weitere Sprosse zum Championat erklimmt, wenn er heute abend im Boxersemifinale im Grove auf Joey Passo trifft. Fisher, von vielen wegen seines Rekords von vierzehn glatten K.-O.-Siegen der ‹Dämon der Stanton Street› genannt, wird von der gesamten Boxerwelt mit großer Aufmerksamkeit beobachtet. Ein ernst zu nehmendes Gerücht will wissen, daß er die Absicht hat, sich dem Professionalismus zuzuwenden, sobald er das entsprechende Alter erreicht hat. Fisher, ein schlanker, gelassener, blonder Junge, verwandelt sich im Ring in einen kaltblütigen, grausamen Killer, der seinen Gegner gefühllos und unbarmherzig wie eine Maschine erledigt. Schreiber dieser Zeilen ist der Ansicht, daß Fisher ohne Zweifel der vielversprechendste und dabei härteste Amateurboxer ist, den er je gesehen hat. Boxfans, wenn ihr euch heute abend im Grove einstellt, können wir euch unbesorgt versprechen, daß ihr nicht enttäuscht werdet! Ihr bekommt Schweiß und Blut und plötzlichen Tod zu sehen, denn wenn sich Fisher mit seinen beiden Fäusten an die Arbeit macht, dann, Freunde, ist's beinahe schon Mord!»

Papa ließ die Zeitung raschelnd auf die Tischplatte fallen und sah zu Mamma auf. «Das sind doch herrliche Worte, die man da über seinen eigenen Sohn zu lesen bekommt – Killer, Mord, plötzlicher Tod, Worte, über die man auf sein Kind stolz wird.»

Mamma sah mich unschlüssig an. Ich bemerkte, daß sie ungemein bestürzt war. «Danny, ist das wahr, was der Mann da schreibt?»

Ich versuchte sie zu beruhigen, war aber sehr verlegen. «Ach, Ma, du weißt ja, wie das ist. Das Blatt finanziert den Club, und da bemühen sie sich möglichst kraß zu berichten, um mehr Eintrittskarten abzusetzen.»

Sie ließ sich aber nicht überzeugen. «Du wirst dennoch sehr vorsichtig sein, Danny», beharrte sie.

Papa lachte kurz und schneidend. «Mach dir keine Sorgen, Mary», sagte er sarkastisch, «ihm wird nichts geschehen, er wird nicht verletzt werden, denn jetzt kümmert sich ja der Teufel persönlich um ihn.» Dann wandte er sich mir zu. «Mach nur so weiter, Killer», rief er höhnisch, «um einen Dollar kannst du jetzt alle deine Freunde umbringen.»

Das waren die ersten Worte, die er seit vielen Wochen direkt an mich gerichtet hatte. Die ganze Zeit über hatte ich genug Beleidigungen schweigend hingenommen, jetzt war's aber genug! «Ja, Pop», sagte ich zwischen zusammengebissenen Zähnen, «ich werd sie um einen Dollar umbringen, damit du hier in der Küche auf deinem fetten Hintern sitzen und davon leben kannst!»

Damit war ich wütend aus der Wohnung und die Treppe hinuntergestürzt. Aber jetzt, im strahlenden Sonnenschein und in der warmen Frühlingsluft, wurde mir wieder bedeutend besser.

Ich sah auf die Uhr. Ich hatte Spritzer versprochen, um vier Uhr in der Sporthalle zu sein, und hatte gerade noch zwanzig Minuten Zeit, um hinzukommen. Ich lief die paar Stufen hinunter und eilte der Straßenkreuzung zu.

Als ich um die Ecke gebogen war, rief mich jemand beim Namen. Spit stand in einem Hausflur und winkte mir. «He, Danny, komm 'nen Moment her.»

«Kann nicht, Spit, hab mich sowieso schon verspätet», rief ich zurück und hastete weiter.

Spit kam mir nachgelaufen und packte mich aufgeregt am Ärmel. «Danny, mein Boss will dich sprechen.»

Ich sah ihn an. «Wer? Fields?»

«Ja, ja, Mr. Fields», Spits Kopf zuckte auf und ab, «ich hab ihm gesagt, ich kenn dich, da hat er gesagt, bring ihn her.»

Der Hausflur, aus dem Spit getreten war, war eigentlich ein Geschäftseingang. Auf den Fensterscheiben standen die Worte: FIELDS' INKASSO-BÜRO. «Okay», sagte ich, denn man konnte einen Mann wie Maxie Fields nicht leichtfertig abtun. Keinesfalls aber, wenn man glücklich und zufrieden leben wollte. Fields war in dieser Gegend der große, einflußreiche Mann. Politik, Wettrennen, Spiel, Wuchergeschäfte, die ganze Skala. Er war ein großes Tier.

Ich erinnerte mich, wie neidisch einige der Bande gewesen waren, als Spit uns erzählte, sein Onkel habe Fields dazu überredet, ihm die Stellung eines Botenjungen zu geben. Er hatte uns stolz seine Arbeitspapiere gezeigt und sich damit gebrüstet, daß er nicht mehr in die Schule zu gehen brauche. Und eines Tages würde er hier in dieser Gegend ebenfalls eine einflußreiche Persönlichkeit sein, während wir andern uns den Kopf zerbrechen würden, wovon wir leben sollten. Nachdem er seine Stellung angetreten hatte, hatte ich nicht mehr viel von ihm gesehen, wenn ich ihn aber sah, dann bemerkte ich von seinen großen Erfolgen allerdings verdammt wenig. Wie eben jetzt trug er noch immer dieselben schmierigen Kleider, die er immer getragen, das speichelbedeckte Hemd, speckige Hosen und schmutzige, abgestoßene Schuhe.

Ich folgte Spit ins Innere des Ladens. Wir durchquerten einen kleinen Raum mit vergitterten Abteilungen, so etwa wie in einer Bank. Ein Mann hinter einem der Gitter sah uns ohne Neugierde nach, während wir durch eine Tür im Hintergrund wieder hinausgingen. Wir schritten durch einen weiteren Raum, in dem einige Männer standen, die müßig eine riesige schwarze Tafel studierten. Sie beachteten uns nicht, als wir durch eine weitere Tür hindurchgingen, hinter welcher sich eine Treppe befand. Ich folgte Spit zum ersten Treppenabsatz hinauf, wo er vor einer Tür stehenblieb und leise anklopfte.

«Herein», brüllte jemand.

Spit öffnete die Tür und trat ein. Ich blieb wie angewurzelt stehen und blinzelte überrascht. Ich hatte zwar schon davon gehört, doch nie wirklich daran geglaubt. Dieses Zimmer sah aus wie aus einem Film, es gehörte nicht in eine teilweise unbewohnbare alte Baracke, wie diese es war.

Ein gigantischer Mann mit einem roten Gesicht, einem dicken Bauch und den größten Schuhen, die ich je gesehen, kam uns entgegen. Niemand brauchte mir zu sagen: das ist Maxie Fields. Er sah mich nicht an. «Ich glaub, ich hab dir bereits gesagt, Spit, daß du mich nicht belästigen sollst», schrie er ärgerlich.

«Aber Mr. Fields», stotterte Spit, «Sie haben doch gesagt, ich soll Danny Fisher raufbringen, wenn ich ihn seh.» Er drehte sich zu mir. «Das is er.»

Fields' Zorn legte sich ebenso rasch, wie er aufgeflammt war. «Du bist Danny Fisher?»

Ich nickte.

«Ich bin Maxie Fields», sagte er und streckte mir seine Hand entgegen. Er hatte einen guten, warmen Griff – vielleicht zu warm. Er gefiel mir nicht.

Jetzt wandte er sich wieder an Spit. «Okay, Junge, verdufte!»

Spits Lächeln verschwand. «Ja, Mr. Fields», sagte er hastig, und die Tür schloß sich hinter ihm.

«Ich wollte dich kennenlernen», sagte Fields und trat wieder in die Mitte des Zimmers. «Ich hab schon eine Menge über dich gehört.»

Er setzte sich schwerfällig in seinen Sessel. «Willst du was trinken?» fragte er lässig.

«Nein, danke», erwiderte ich. Vielleicht war dieser Bursche nicht einmal so arg. Mindestens behandelte er mich nicht wie einen grünen Jungen. «Ich hab heute noch ein Match auszutragen», fügte ich rasch hinzu.

Jetzt funkelten Fields' Augen. «Hab dich letzte Woche boxen gesehen. Du bist gut. Sam kann von Glück sagen.»

Ich war überrascht. «Sie kennen ihn?»

«Ich kenne jedermann und alles», erwiderte er lächelnd. «Hier geschieht nichts, wovon ich nichts erfahre. Vor Maxie Fields gibt's keine Geheimnisse.»

Das hatte ich schon gehört. Jetzt glaubte ich's auch. Er winkte mit der Hand. «Setz dich, Danny, ich möchte mit dir sprechen.»

Ich blieb stehen. «Ich muß jetzt laufen, Mr. Fields. Sonst komm ich zu spät in die Sporthalle.»

«Ich hab gesagt, du sollst dich setzen!» Sein Ton war freundlich, aber der befehlende Unterton war nicht zu überhören.

Ich setzte mich.

Nachdem er mich einen Moment aufmerksam betrachtet hatte, wandte er den Kopf und brüllte ins nächste Zimmer: «Ronnie! Bring mir einen Drink!» Dann wandte er sich wieder an mich. «Willst du bestimmt keinen?»

Ich schüttelte lächelnd den Kopf. Es hatte keinen Sinn, ihn gegen mich aufzubringen. In diesem Augenblick trat eine junge Frau ins Zimmer, die das Getränk brachte. Ich blinzelte wieder, denn diese Puppe war gleichfalls fehl am Platz. Ebenso wie die Einrichtung gehörte sie in eine weitaus vornehmere Gegend.

Sie trat zu Fields' Sessel. «Hier, Maxie.» Dann sah sie mich neugierig an.

Er trank das Glas beinahe leer und wischte sich den Mund an seinem Hemdsärmel ab. «Jesus, war ich durstig», verkündete er.

Ich schwieg und sah das Mädchen an, das neben seinem Sessel stand. Da streckte er die Hand aus und schlug dem Mädchen schallend auf den Popo. «Verdufte, Ronnie», sagte er jovial. «Sonst machst du unsern Freund hier total verrückt, und ich hab noch mit ihm zu sprechen.»

Schweigend drehte sie sich um und verließ den Raum. Ich spürte, wie ich errötete, konnte meine Augen aber nicht von ihr losreißen, bis sich die Tür hinter ihr geschlossen hatte. Dann erst blickte ich wieder zu Fields zurück.

Er lächelte. «Du hast 'nen guten Geschmack, mein Junge», sagte er herzlich, «erst mußt du allerdings sehen, daß du dir's auch leisten kannst. Diese Sorte kostet nämlich zwanzig Dollar für 'ne Stunde.»

Ich riß die Augen auf. Ich hatte nicht gewußt, daß Dämchen dieser Art so teuer sind. «Selbst dann, wenn sie Getränke servieren?» fragte ich.

Sein Gelächter dröhnte durch das Zimmer. Als er sich wieder beruhigt hatte, sagte er: «Du bist goldrichtig, Danny. Du gefällst mir.»

«Danke, Mr. Fields.»

Er nahm noch einen Schluck von seinem Drink. «Du willst also heute abend gewinnen, was, mein Junge?» fragte er.

«Ich hoffe es, Mr. Fields», antwortete ich und überlegte, was er eigentlich von mir wollte.

«Ich glaub auch, daß du gewinnen wirst», sagte er, «ebenso wie eine Menge andrer Leute. Du weißt ja, viele sind überzeugt, daß du dir das Championat erkämpfen wirst.»

Ich lächelte stolz, denn wenn mein Vater auch nicht viel von mir hielt, so doch eine Menge andrer Menschen. «Ich hoffe, daß sie nicht enttäuscht werden», sagte ich bescheiden.

«Ich glaub nicht, daß sie enttäuscht werden. Meine Leute unten haben mir berichtet, daß sie in dieser Gegend allein vier Tausender an Wetten eingenommen haben. Das ist eine Menge Geld, selbst für mich – wenn ich es blechen müßte. Aber du siehst wie der richtige Bursche dafür aus, und jetzt, wo ich dich kenne, bereu ich's auch nicht.» Für ihn war das eine lange Rede, und er endete völlig atemlos. Er griff nach seinem Glas und trank es leer.

«Ich hab gar nicht gewußt, daß Sie auch Wetten auf Amateurboxer abschließen», sagte ich.

«Wir schließen Wetten auf alles ab. Das ist unser Geschäft. Nichts ist mir zu groß und nichts zu klein. Fields nimmt alle an.» Er endete beinahe in einem Singsang und begann zu lachen.

Ich war ein wenig verwirrt. Wozu hatte er mich rufen lassen? Ich fragte mich, worauf er abzielte, schwieg aber noch immer.

Plötzlich unterbrach Fields sein Gelächter, beugte sich vor und schlug mir schallend aufs Knie. «Du bist goldrichtig, mein Junge, und du gefällst mir.» Er drehte den Kopf. «Ronnie!» brüllte er. «Bring mir noch 'nen Drink.»

Das Mädchen kehrte wieder ins Zimmer zurück und brachte ihm seinen Drink. Ich sah sie an. Sie stellte das Glas nieder und wollte das Zimmer wieder verlassen.

«Geh nicht, Baby», rief ihr Fields nach.

Sie blieb in der Mitte des Zimmers stehen und blickte zu uns zurück.

Fields sah mich verschmitzt an. «Das hättest du doch auch gern, hm, mein Junge?»

Ich fühlte, daß mein Gesicht flammend rot wurde.

Er grinste. «Nun, mein Junge, du gefällst mir und ich werd dir jetzt was sagen. Du siegst heute abend und kommst dann hierher zurück. Und als Geschenk von mir wird sie auf dich warten. Na, wie gefällt dir das?»

Ich schluckte, ich versuchte zu sprechen, aber ich hatte einen Klumpen in der Kehle und brachte kein Wort hervor. Es war nichts Arges dabei, soweit ich es zu beurteilen vermochte, aber irgendwie wußte ich dennoch, daß das nichts für mich war. Seit ich Nellie kannte, hatte sich bei mir vieles geändert.

Fields sah mich scharf an. «Sei nicht schüchtern, mein Junge», sagte er breit grinsend, «sie ist's auch nicht.»

Jetzt endlich fand ich meine Stimme wieder. «Nein, danke, Mr. Fields», stotterte ich, «ich hab ein Mädchen, und außerdem bin ich im Training.»

Seine Stimme klang überredend. «Sei kein Narr, mein Junge, 's wird dich nicht gleich umbringen.» Er wandte sich an das Mädchen. «Runter mit dem Kleid, Ronnie! Zeig dem Jungen, was ihm entgeht.»

«Aber Maxie!» wehrte sich das Mädchen.

Seine Stimme nahm einen kalten, barschen Ton an. «Du hast mich verstanden!»

Das Mädchen zuckte die Achseln. Sie griff nach hinten, öffnete einen Knopf und das Kleid sank zu Boden. Fields stand auf und trat zu ihr. Er legte eine Hand auf ihren Busen; plötzlich machte er eine Bewegung und der Büstenhalter blieb in seiner Hand.

Hierauf drehte er sich wieder zu mir. «Sieh dir das gut an, mein Junge. Das süßeste Weiberfleisch in der ganzen Stadt. Na, was sagst du jetzt?»

Ich war aufgesprungen und auf die Tür zugegangen. Etwas an dem Mann flößte mir Angst ein. «Nein, danke, Mr. Fields.» Ich tastete hinter mich nach der Türklinke. «Ich muß jetzt gehen. Ich komme schon zu spät in die Sporthalle.»

Fields grinste wieder. «Okay, mein Junge, wenn du's so willst. Aber erinnere dich, mein Anerbieten bleibt aufrecht.»

«Danke, Mr. Fields.» Ich sah das Mädchen an. Sie stand regungslos da, ihr Gesicht glich einer Maske. Plötzlich tat sie mir leid. Zwanzig Dollar für die Stunde waren eine Menge Geld, aber sie konnten niemals den verletzten Stolz bezahlen. Es bedeutet immer dasselbe, ob billig oder teuer. Ich lächelte ihr verlegen zu. «Guten Abend, Miss.»

Sie wurde auf einmal rot und wandte sich von mir ab. Ich trat aus der Tür, und als ich im Begriff war, sie zu schließen, sagte ich noch: «Guten Abend, Mr. Fields.»

Er antwortete nicht.

Darauf schloß ich hastig die Tür und lief die Treppe hinunter. Dieser Mann ist eine verdammte Ratte! Ein wahrhaft verworfener Mensch! Ich war froh, auf die Straße hinaustreten zu können. Selbst die dreckigen Straßen erschienen mir sauber, nachdem ich mich mit ihm im selben Raum aufgehalten hatte. Während ich der Sporthalle zueilte, hatte ich dennoch das Gefühl, ihn nicht zum letztenmal gesehen zu haben.

12

Ich kehrte in meine Ecke zurück. Ich bewegte mich nur steif, Rücken und Flanken waren ein Chaos brennender Schmerzen. Langsam ließ ich mich in den Sessel sinken. Mit weit offenem Mund beugte ich mich vor und sog die Luft tief in meine Lungen ein.

Zep lag vor mir auf den Knien und drückte mir ein feuchtes Handtuch auf die Stirn. Mr. Spritzer massierte meine Flanken, seine Hände bewegten sich mit langsamen kreisförmigen Strichen.

Zep sah mich besorgt an. «Alles in Ordnung, Danny?»

Ich nickte schmerzgepeinigt, denn ich wollte nicht sprechen. Ich mußte meinen Atem sparen. Irgend etwas war schiefgegangen. Alle hatten gemeint, der Kampf wäre für mich ein Kinderspiel. Ich konnte es nicht verstehen. Nach der Zeitung zu schließen, hätte ich meinen Gegner bereits in der zweiten Runde erledigen müssen, jetzt standen wir aber schon vor der dritten, und es war mir bisher nicht gelungen, einen einzigen soliden Schlag anzubringen.

«Ist er okay, Mr. Spritzer?» fragte Zep besorgt.

Spritzer gab eine ungemein trockene Antwort. Sie durchstieß den Nebel, der sich über mein Denken gelegt hatte. «Er ist ganz okay, hat aber zuviel Zeitung gelesen, das ist alles.»

Ich fuhr mit dem Kopf in die Höhe. Ich wußte genau, was er meinte. Und er hatte recht. Ich war meiner Sache zu sicher gewesen. Ich hatte alles geglaubt, was ich über mich und mein Können gelesen hatte. In der andern Ecke des Rings saß Passo, der leicht und zuversichtlich atmete, und das strahlende Licht ließ seine Ebenholzhaut aufleuchten.

Da ertönte der Gong. Ich sprang auf und trat in die Mitte des Rings. Passo kam mir mit ungemein selbstsicherem Lächeln entgegen. Ich kannte dieses Lächeln. Auch ich hatte es verschiedene Male zur Schau getragen, wenn ich den Sieg so gut wie sicher in der Tasche hatte. Siedende Wut stieg in mir auf. Dieses Lächeln stand heute auf dem falschen Gesicht. Wütend stieß ich meine Rechte vor.

Glühender Schmerz fuhr mir durch die Flanke. Ich hatte ihn verfehlt, und Passo hatte mich mit seiner Linken an den Nieren erwischt. Ich ließ die Hände sinken, um meine Flanke zu schützen. Da explodierte ein Blitz in meinem Gesicht.

Ich schüttelte den Kopf, um ihn wieder klar zu bekommen. Vor meinen Augen war tiefe Finsternis, als hätte ich zu lange in die grelle Sonne gestarrt. Und jetzt kam mir ein Wort dumpf zu Bewußtsein. «Fünf!» Ich drehte meinen Kopf und sah in die Richtung, aus der ich das Wort gehört hatte. Der Arm des Schiedsrichters hob sich eben wieder, sein Mund formte ein neues Wort. Ich sah hinunter und war verwirrt und überrascht. Was tat ich denn da auf Händen und Knien? Ich war doch nicht gestürzt. Ich starrte stumpf auf das glänzende Segeltuch.

«Sechs!» Ein Schock durchlief mich. Der zählte mich doch aus! Das darf er nicht! Ich stolperte ungeschickt auf meine Beine.

Der Schiedsrichter ergriff meine Hände und wischte sie an seinem Hemd ab. Ich hörte, wie die Menge brüllte, als er wieder zurücktrat. Es klang aber jetzt ganz anders. Denn heute abend heulten sie nicht meinen Namen, sie riefen Passo. Sie schrien ihm zu, mich zu erledigen.

Ich rettete mich in einen Clinch. Passos Körper war schweißnaß, aber ich war dennoch für diese kurze Ruhepause dankbar. Der Schiedsrichter trennte uns.

Und wieder fühlte ich in meiner Flanke diesen furchtbaren Schmerz und gleich darauf auf der andern Seite. Passos dunkles Gesicht tanzte vor meinen Augen. Er kam lächelnd auf mich zu. Seine Handschuhe tauchten vor mir auf, und er stürzte über mich her. Ich mußte ihnen um jeden Preis entkommen, sonst rissen sie mich noch in Fetzen. Ich sah verzweifelt in meine Ecke.

Zep starrte mich mit weitaufgerissenen, ängstlichen Augen an. Ich wandte den Kopf hastig zu Passo zurück. Er holte soeben aus. Der Schlag kam – es war das K. O. –, das sah ich. Und er kam mit quälender Langsamkeit. Eine wahnwitzige Angst überkam mich. Ich mußte es verhindern. Ich holte aus und stieß wild und verzweifelt auf sein ungeschütztes Kinn.

Plötzlich fiel Passo zu Boden. Ich taumelte auf ihn zu. Der Schiedsrichter drehte mich aber um und stieß mich in meine Ecke. Tränen wahnsinnigen Schmerzes strömten mir übers Gesicht. Ich mußte hier heraus, denn mehr konnte ich nicht ertragen.

Zep kletterte grinsend durch die Seile. Ich sah ihn verwundert an. Was gab's denn da zu grinsen? Alles war vorbei, und ich hatte verloren. Es kam wie eine Erlösung über mich, und ich war froh, daß es vorüber war. Alles übrige war mir einerlei.

Ich lag auf dem Verbandstisch. Den Kopf in den Armen verborgen, fühlte ich, wie Spritzers Hände langsam und lindernd über meinen Rücken glitten. Die Schmerzen ließen langsam nach und ich begann mich wieder wohl zu fühlen. Ich war aber entsetzlich müde und schloß die Augen.

Ich hörte, wie Zep die Flasche mit dem Massagealkohol wegstellte und seine Stimme kam wie von weit her zu mir herübergeweht. «Kommt er wieder ganz in Ordnung, Mr. Spritzer?»

Spritzer knetete noch immer meinen Rücken. «Er wird bald wieder okay sein, denn er ist zäh und jung und hat Mut.»

Ich rührte mich nicht. Mindestens war er nicht wütend, daß ich verloren hatte. Jetzt klopfte jemand an die Tür, und Zep öffnete. Ich hörte schwere Schritte, die durchs Zimmer kamen.

«Ist er okay, Moe?» Es war Sams Stimme, und sie klang besorgt.

Die Antwort des Trainers war unzweideutig. «Er ist okay, Sam. Kein Grund zur Aufregung.»

«Was zum Teufel war denn heute los?» Sams Stimme klang rauh vor verhaltener Wut. «Von draußen hat er heut ein lausiges Schauspiel geboten, er hat verteufelt viel einstecken müssen!»

Spritzers Stimme klang geduldig. «Nur ruhig Blut, Sam. Der Junge hat den Pressestimmen zuviel geglaubt, das ist alles. Er ist in den Ring geklettert und hat geglaubt, er braucht nichts anderes zu tun, als Passo grimmig anzuschauen, und damit ist alles erledigt.»

«Du bist aber dazu da, ihn auf Draht zu halten», Sams Stimme klang noch immer rauh.

«Es gibt eben Dinge, die selbst ich nicht tun kann», antwortete Spritzer. «Ich hab das schon früher erwartet, aber von jetzt an ist er bestimmt geheilt. Er hat seine Lehre erhalten.»

Ich hörte, wie sich Sams Schritte jetzt näherten und fühlte, wie er meine Hand leicht berührte. Dann fuhr er mir leicht durchs Haar. Ich hielt die Augen noch immer geschlossen, begann mich aber wieder wohler zu fühlen, denn jetzt wußte ich, daß er mir nicht böse war.

Der letzte Rest von Rauheit war aus seiner Stimme verschwunden, ja es war sogar etwas wie Stolz herauszuhören. «Hast du den letzten Schlag gesehn, mit dem er den Nigger erledigt hat, Moe? Glatter Mord!»

«Ja, beinahe», erwiderte Spritzer nüchtern, «denn er hat dem Burschen an zwei Stellen den Kiefer gebrochen.»

Ich wirbelte auf dem Tisch herum und setzte mich auf. Beide starrten mich an. «Ist das wahr?» fragte ich.

Zep nickte. «Ich hab's vor ein paar Minuten erfahren, Danny.»

«Dann hab ich ... hab ich gesiegt?» Ich konnte es noch immer nicht glauben.

Sam lächelte. «Ja, mein Junge, du hast gesiegt.»

Ich sank langsam auf den Tisch zurück, empfand jedoch keinen Triumph. Ich konnte immer nur an das denken, was mein Vater gesagt hatte: «Mach nur so weiter, Killer, um einen Dollar kannst du jetzt alle deine Freunde umbringen.»

Wir standen an der Ecke der Delancey und Clinton Street. Es war einige Minuten nach Mitternacht. In allen Schaufenstern brannte noch immer strahlende Beleuchtung und die Menschen drängten sich auf den Gehsteigen.

«Kannst du allein nach Hause gehn, Danny?» fragte Zep.

«Natürlich», sagte ich lachend. Die ärgsten Schmerzen waren vorbei, nur eine schmerzhafte Empfindlichkeit im Rücken und in den Flanken war zurückgeblieben. «Sei kein Waschweib!»

Spritzer sah mich aufmerksam an. «Ganz bestimmt, Junge?»

Ich drehte mich zu ihm um. «Wenn ich's nicht könnte, Mr. Spritzer, würd ich nicht sagen, daß ich's kann. Ich bin wieder ganz okay.»

«Okay, wenn du's sagst», erwiderte er rasch, «aber tu das, was ich dir jetzt sage. Schlaf dich erst mal gründlich aus und bleib morgen so lang wie möglich im Bett liegen. Und komm vor übermorgen keinesfalls in die Sporthalle.»

«Gut, Mr. Spritzer, wird geschehn», versprach ich. Dann wandte ich mich wieder an Zep. «Sag Nellie, daß ich morgen hinüberkomm.»

«Okay, Danny, werd's ausrichten.»

Ich trennte mich an der Ecke von ihnen und schritt die Clinton Street entlang, um nach Hause zu gehen. Ich holte tief Atem. Es war tatsächlich auf des Messers Schneide gestanden. Mr. Spritzer hatte ganz recht gehabt, ich hatte die Zeitungen zu eifrig studiert. Nach dieser Lektion werd ich's hübsch bleiben lassen. Ich bog an meiner Ecke ein und eilte auf mein Haus zu.

Eine Gestalt löste sich aus dem Schatten neben meiner Haustür. «Danny!» Spit stand vor mir.

«Was willst du?» fragte ich ungeduldig, denn ich wollte ins Bett.

«Mr. Fields will dich sprechen», antwortete er.

«Sag ihm, ich bin zu müd», sagte ich rasch und drängte mich an ihm vorbei. «Ich werd ihn später mal aufsuchen.»

Doch Spit hielt mich am Ärmel fest. «'s ist besser, Danny, wenn du mitkommst», sagte er. «Fields ist nicht der Kerl, den man so abtut. Er könnt auf die Idee kommen, dir das Leben verdammt sauer zu machen.» Spit blinzelte heftig, wie stets, wenn er aufgeregt war. «'s ist besser, wenn du mitkommst», wiederholte er.

Ich dachte einen Moment nach. Spit hatte recht. Man kann sich nicht drükken, wenn Fields nach einem schickt. Ich mußte gehen, aber ich wollte bloß ein paar Minuten bleiben und gleich wieder verduften. «Okay», sagte ich mürrisch.

Ich folgte Spit wieder um die Ecke. Vor dem Haustor, neben Fields' Geschäft, nahm Spit einen Schlüssel aus der Tasche und öffnete die Tür. Ich folgte ihm in den Hausflur.

Hier drehte er sich nach mir um und hielt mir den Schlüssel entgegen. «Geh hinauf», sagte er, «du kennst ja die Tür.»

Ich sah erst den Schlüssel an, dann Spit. «Kommst du denn nicht mit?»

Er schüttelte den Kopf. «Nein. Er hat gesagt, er will dich allein sprechen. Läut nicht, du kannst mit dem Schlüssel rein.» Damit drückte er mir den Schlüssel rasch in die Hand und verschwand auf die Straße hinaus.

Ich starrte ihm nach, dann betrachtete ich den Schlüssel in meiner Hand. Er blitzte im Licht der Stiegenbeleuchtung. Ich holte tief Atem und begann langsam die Treppe hinanzusteigen.

13

Der Schlüssel drehte sich geräuschlos im Schloß, und die Tür öffnete sich fast lautlos. Ich stand unter der Tür und blickte in das Zimmer. Es war niemand da. Eine Sekunde zögerte ich. Irgend etwas schien mir nicht zu stimmen. Plötzlich wußte ich, was es war: alle Beleuchtungskörper brannten. Ich war gewohnt, das Licht abzudrehen, wenn ich ein Zimmer verließ ... Edison hatte schließlich genug Geld. Aber in diesem Zimmer brannten alle Birnen, obwohl niemand da war.

Ich trat ein, ließ die Tür aber hinter mir offen. «Mr. Fields!» rief ich. «Ich bin's, Danny Fisher. Sie wollten mich sprechen?»

Auf der gegenüberliegenden Seite öffnete sich jetzt eine Tür, und das Mädchen, welches ich vor einigen Stunden hier gesehen hatte, trat ein. «Mach die Tür zu, Danny», sagte sie gelassen. «Du weckst ja die Nachbarn auf.»

Mechanisch schloß ich die Tür. «Wo ist Mr. Fields?» fragte ich. «Spit hat mir gesagt, daß er mich sprechen will.»

Sie sah mich verlegen an. «Bist du deshalb gekommen?» fragte sie ungläubig.

Ich sah sie gleichfalls an. Dann wurde ich rot, weil ich mich an Fields' Angebot erinnerte. «Ja, deshalb», sagte ich mürrisch. «Wo ist er? Ich möcht ihn sprechen und dann ins Bett gehn, denn ich bin hundemüde.»

Ein Lächeln überflog ihr Gesicht. «Das klingt ja so, als ob es wirklich wahr wäre.»

«Natürlich ist es wahr», sagte ich kalt. «Führen Sie mich jetzt zu ihm, ich möcht's gern hinter mir haben.»

«Gut», sagte sie, «komm mit mir.»

Sie führte mich durch eine kleine Küche, an einer offenstehenden Badezimmertür vorbei, in ein Schlafzimmer. Dort knipste sie das Licht an und wies auf ein Bett. «Da ist er ... der große Maxie Fields in all seiner Pracht. Dieser Dreckskerl!» Aus ihrer Stimme sprach glühender Haß.

Ich starrte auf das Bett. Fields lag darauf hingestreckt, in tiefem Schlaf. Sein Hemd stand bis zur Weste offen und enthüllte auf seiner Brust eine dichte Masse schwarzes Haar. Er hatte einen Arm übers Gesicht gelegt und atmete geräuschvoll. Im Zimmer verbreitete sich intensiver Schnapsgeruch.

Ich sah das Mädchen an. «Ist er besoffen?» fragte ich.

«Ja, besoffen», bestätigte sie voll Bitterkeit, «dieses fette Schwein!»

Ich verließ das Schlafzimmer und hielt ihr den Schlüssel hin. «Geben Sie ihm das, und sagen Sie ihm, ich konnte nicht länger warten. Ich komme ein anderes Mal.»

Als ich durch die Wohnung schritt, um wegzugehen, rief sie mich zurück. «Warte eine Minute», sagte sie rasch, «geh noch nicht. Er hat mir aufgetragen, dich hierzubehalten, bis er aufwacht.»

«Du lieber Gott!» stieß ich hervor. «Der wacht doch die ganze Nacht nicht wieder auf! Ich kann nicht länger warten.»

Sie nickte. «Ich verstehe, aber warte wenigstens noch eine ganz kurze Zeit, damit es plausibel aussieht. Wenn du sofort weggehst, wird er wissen, daß ich dich nicht zurückgehalten hab, und dann wird er wütend.»

«Woher soll er's denn erfahren?» fragte ich. «Er ist für die Umwelt doch tot.»

«Er wird's erfahren», sagte sie gelassen, trat ans Fenster und lüftete eine Spalte der Jalousie. «Komm her und schau mal raus.»

Ich sah aus dem Fenster, konnte aber nichts bemerken. «Was?» fragte ich.

«Dort drüben, auf der andern Seite, im Flur von dem Geschäft.»

Jetzt sah ich einen schwachen Schatten und eine glimmende Zigarette. Im selben Augenblick fuhr ein Auto um die Ecke, die Scheinwerfer durchstachen die Dunkelheit des Torwegs, und ich erkannte Spit, der dort stand.

Ich ließ die Spalte der Jalousie zurückgleiten und drehte mich zu ihr um. «Er beobachtet uns also», sagte ich, «na und?»

«Er wird Fields erzählen, wie lange du hier warst.»

«Na, und wenn er's ihm erzählt?» sagte ich ungeduldig. «Er ist doch stockbesoffen. Ich kann nicht warten, bis er aufwacht.» Damit ging ich wieder auf die Tür zu.

Sie hielt mich am Arm zurück, und plötzlich erkannte ich die Angst in ihrem Gesicht. «Junge, gib mir eine Chance», bat sie in verzweifeltem Ton. «Bleib noch eine Weile hier. Nur damit es gut aussieht. Du kennst diesen Kerl nicht. Wenn er erfährt, daß ich dich nicht wenigstens kurze Zeit hab hier zurückhalten können, wird er mir das Leben zur Hölle machen.»

Sie sah mich mit vor Angst weitgeöffneten Augen an, und ihre Hand zitterte auf meinem Arm. Ich erinnerte mich, wie leid sie mir getan hatte, als ich sie zuletzt gesehen. «Okay», sagte ich, «dann bleib ich also.»

Ihre Hand löste sich von meinem Arm. «Danke, Danny», sagte sie erleichtert.

Ich setzte mich auf die Couch und lehnte mich müde in die Kissen zurück. Hämmernder Schmerz tobte neuerlich in meinem Körper. «Gott, bin ich müde», sagte ich.

Sie trat an die Couch und sah mich mitleidig an. «Ich weiß, Danny», sagte sie weich, «ich hab den Boxkampf gesehen. Soll ich dir vielleicht Kaffee machen?»

Ich sah sie neugierig an. «Nein, danke», sagte ich. «Sie haben mich also gesehen?»

Sie nickte. «Maxie hat mich mitgenommen.»

Jetzt machte sich im Rücken ein stechender Schmerz bemerkbar, und ich bewegte mich unruhig. «Wie hat er's denn beurteilt?» fragte ich mühsam.

Sie antwortete nicht. «Du bist müde», sagte sie, «warum streckst du dich nicht aus und machst dir's bequem?»

Das war eine ausgezeichnete Idee. Mein Körper versank in den weichen Daunenkissen, und ich schloß einen Moment die Augen. Das war ja noch bedeutend weicher als mein eigenes Bett. Das Leben ist doch schön, wenn man das nötige Kleingeld hat. Ich hörte das Knipsen des Lichtschalters und öffnete die Augen. Sie hatte die Deckenbeleuchtung abgedreht; jetzt brannte nur noch eine Lampe in der Ecke. Sie setzte sich mir gegenüber in einen Fauteuil und hielt einen Drink in der Hand.

«Sie haben meine Frage noch nicht beantwortet», sagte ich.

Sie hob das Glas und trank. «Ich kann nicht», erwiderte sie, «ich weiß es nicht.»

«Aber irgend etwas muß er doch gesagt haben», sagte ich beharrlich. Ich stützte mich auf den Ellbogen, und plötzlich hatte ich im Rücken wieder diesen stechenden Schmerz. Ich stöhnte leise. Sie kniete sogleich neben der Couch nieder und legte einen Arm um meine Schulter. «Du armer Junge», sagte sie zärtlich, «du bist verletzt.»

Ich setzte mich auf und befreite mich von ihrem Arm. «Mein Rücken ist empfindlich», gab ich zu und versuchte zu lächeln. «Ich hab eine Menge Püffe einstecken müssen.»

Sie glitt mir mit der Hand über den Rücken und massierte die Stelle behutsam. Dann sah sie auf die Uhr. «Leg dich wieder hin», sagte sie leise, «es ist halb eins; in einer weiteren halben Stunde kannst du gehen. Ich werde inzwischen deinen Rücken massieren.»

Ich streckte mich aus und fühlte, wie ihre Hände über meinen Körper glitten. Ihre Berührung war leicht und unendlich beruhigend. «Danke», sagte ich, «das tut wohl.»

Sie lag noch immer auf den Knien, und ihr Gesicht befand sich dicht neben meinem. Plötzlich lächelte sie. «Das freut mich», antwortete sie. Damit beugte sie sich vor und küßte mich.

Ich war völlig überrascht und wurde verlegen und hölzern. Sie zog sich sofort wieder zurück. «Das ist bloß meine Art, ‹danke› zu sagen», erklärte sie. «Du bist ein guter Junge, Danny.»

Ich starrte sie an, denn jetzt war ich völlig verwirrt. «Das hätten Sie nicht tun sollen», sagte ich, «ich hab ein Mädchen. Außerdem will er, daß ich's tu, und ich will nichts tun, was ich nicht selbst mag.»

«Und magst du denn nicht?»

«Das hab ich ja nicht gesagt», erwiderte ich eigensinnig. «Ich hab bloß gesagt, daß er's will. Ich versteh nur nicht warum.»

Sie riß die Augen weit auf. «Und wenn ich dir verspreche, daß es nur zwischen uns bleibt? Daß er es nie erfahren wird?»

Ich sah ihr forschend in die Augen. «Das würde ich Ihnen nicht glauben.»

Ihre Stimme klang offen und ehrlich. «Würdest du mir glauben, wenn ich dir sage, daß ich ihn hasse?»

«Er bezahlt Sie für Ihre Zeit», sagte ich unverblümt. «Bei der Höhe dieser Bezahlung kann ich nichts glauben.»

Sie schwieg einen Moment und sah zu Boden. «Würdest du mir glauben, wenn ich dir verrate, was er von dir will?»

Ich antwortete nicht. Ich sah ihr regungslos ins Gesicht und wartete auf das, was nun folgen würde.

«Er will, daß du den nächsten Kampf schmeißt. Wenn du nämlich gewinnst, dann verliert er einen Haufen Geld.» Sie hatte sehr leise gesprochen.

Ich nickte. So etwas hatte ich schon vermutet.

«Er könnt's besser wissen», sagte ich.

Sie legte ihre Hand auf meinen Arm. «Du kennst ihn nicht», flüsterte sie voll Bitterkeit. «Er ist abgrundtief schlecht und gemein. Er macht vor nichts halt. Du hättest ihn bei dem Kampf sehen sollen, während du die Schläge einstekken mußtest. Er lachte wild und ist vor Freude fast übergeschnappt. Für ihn war's so lange ein Heidenspaß, bis du den Burschen k. o. hattest. Hättest du verloren, dann hätte er sich weiter nicht um dich geschert und dich nicht hierherbringen lassen.»

Ich lachte kurz auf. «Aber ich hab gewonnen, und jetzt kann er mir nichts tun.»

Ihre Finger gruben sich in meinen Arm. «Du bist ein törichtes Kind, Danny, du kennst ihn nicht. Er macht vor nichts halt! Kann er dich nicht auf diese oder jene Weise kaufen, dann nehmen dich seine Mordbuben in die Arbeit! Und dann kannst du zu dem Boxmatch garantiert nicht antreten.»

Ich starrte sie mit zusammengepreßten Lippen an. «Und was spielen Sie bei der ganzen Sache für eine Rolle?» fragte ich.

Sie antwortete nicht – es war auch überflüssig. Ihr ging's genauso wie den andern. Keiner hat eine Chance gegen den Mann mit den Dollars. Es ist die alte Geschichte, dachte ich voll Bitterkeit. Und damit hatte ich die Antwort auf alle Fragen. Sams Ratschläge zu befolgen und Boxchampion zu werden, war mein einziger Ausweg, die einzige Chance, nicht wie alle andern ein Nebbich zu werden, ein Niemand, einer der vielen, die unbekannt durch die Straßen der

Stadt gehen und die niemand je vermißt. Es war auch meine einzige Chance, zu Geld zu kommen.

Langsam setzte ich mich wieder auf. Sie glitt auf den Sitz neben mich, und ihre Augen sprachen von tiefem Mitgefühl. Sie wußte, was ich dachte. «Jetzt glaubst du mir doch, nicht wahr?» fragte sie. «Wir sind ja beide im selben Boot.»

Ich erhob mich, nickte schweigend und trat ans Fenster. Ich hob die Spalte der Jalousie und spähte hinaus. Spit stand noch immer im Torweg, seine Zigarette glühte.

«Ist er noch da?»

«Ja», sagte ich dumpf.

Sie sah auf die Uhr. «Noch fünfzehn Minuten, und du kannst gehen. Bis dahin kannst du dich aber ebensogut wieder setzen.»

Ich ließ mich ihr gegenüber in einen Fauteuil fallen und spürte die entsetzliche Müdigkeit im ganzen Körper.

«Was wirst du tun, Danny?» fragte sie.

«Nichts», ich zuckte die Achseln, «was kann ich denn tun?»

Sie kam zu mir herüber, setzte sich auf die Lehne meines Fauteuils und fuhr mir mit der Hand leicht über die Stirn. Ich schloß müde die Augen.

«Armer Danny», sagte sie leise. «Du kannst nichts tun, niemand kann etwas tun.» Ihre Stimme klang plötzlich sehr bitter. «Er hat dich in seiner Gewalt, so wie er mich und alle andern um ihn herum in der Gewalt hat. Er ist wie ein blutdürstiges Ungeheuer, das sich von allem Lebendigen ringsum ernährt.» Tränen stürzten ihr aus den weitgeöffneten Augen.

«Sie weinen?» sagte ich überrascht.

«Nun, dann weine ich eben», sie sah mich herausfordernd an. «Kennst du vielleicht ein Gesetz, das einer Hure verbietet zu weinen, oder glaubst du, er wird das auch nicht dulden?»

«Entschuldigen Sie», sagte ich hastig. Es war ja nicht ihre Schuld. Wir waren beide verloren, keiner von uns konnte ihm entkommen. Es hat keinen Sinn, sich etwas vorzumachen. In diesem Kampf konnten wir niemals gewinnen.

Ich legte meine Hand auf ihre Schulter und zog sie zu mir herunter. Dann küßte ich sie. Ihre Lippen waren weich und zart. Dann lag sie quer über meinen Knien und sah mit großen, verwunderten Augen zu mir auf. «Danny», sagte sie leise, «du hast doch gesagt, daß du ein Mädchen hast.»

«Das stimmt», ich lachte grimmig, «aber jetzt bist du bei mir.» Ich küßte sie nochmals. «Wie heißt du?» fragte ich plötzlich.

«Ronnie», antwortete sie, «aber das ist nicht mein wirklicher Name. Mein wirklicher Name ist Sarah, Sarah Dorfman. Ich möchte, daß du es weißt.»

«Was macht's denn für 'nen Unterschied?» Ich lachte bitter. «Vielleicht gehört nicht mal mein Name mehr mir. Es gehört ja auch sonst nichts mehr mir. Es ist nur noch eines wichtig: wenn ich das tun muß, was er will, dann kann ich ebensogut alles das nehmen, was er mir freiwillig bietet.»

Sie schlang ihre Arme um meinen Hals und zog mich zu sich hinab. Ich fühlte ihre Lippen dicht an meinem Ohr. «Das, Danny, was ich dir zu geben habe, kann er nie erkaufen ... wieviel er auch zu zahlen bereit ist.»

Und dann küßte sie mich. Ich ließ meine Hände über ihren Körper gleiten, und ihre Haut war warm und süß. Ich hörte, daß sie leise weinte.

Und dann war die Spannung vorbei, versunken in einem Meer der Lust. Wir schwiegen und nur unser Atem rauschte in unsern Ohren. Sie starrte mich an. Ich bemerkte, daß sie verstand.

«Wirst du sein Geld nehmen?» fragte sie, und Enttäuschung schwang in ihrer Stimme.

Ich starrte sie ebenfalls an. «Ich weiß noch nicht», sagte ich voll Bitterkeit, «ich weiß noch nicht, was ich tun werde.»

14

Ich schloß die Tür hinter mir und trat auf die Straße. Kühle Nachtluft schlug mir entgegen. Sie war frisch und kräftig, doch so wird sie nur wenige Stunden bleiben... bis die Stadt wieder erwacht. Dann wird sie so schwer und ungesund, daß deine Lunge sie kaum zu ertragen vermag.

Da bemerkte ich das Aufleuchten einer Zigarette gegenüber im Torweg. Wutbebend überquerte ich rasch die Straße. Spit stand noch immer im Torweg. Rund um ihn waren unzählige Zigarettenstummel verstreut. Er starrte mich erschrocken an.

«Gib mir 'ne Zigarette, Spit.» Meine Stimme war kalt und hallte in der menschenleeren Straße.

«Natürlich, Danny», sagte Spit nervös, hielt mir aber eine Zigarette hin.

Ich steckte sie in den Mund. «Feuer!»

«Sofort, Danny», und mit zitternder Hand hielt er das Streichholz an meine Zigarette. Es flackerte auf, wurde zur Flamme und warf tanzende Reflexe über sein Gesicht.

Ich zog den Rauch tief in die Lungen. Es schmeckte herrlich, ich hatte ja so lange nicht geraucht. Mr. Spritzer hatte darauf bestanden. Aber jetzt war's ja gleichgültig geworden.

«Hast mit ihm gesprochen, Danny?» fragte Spit begierig.

Ich starrte ihn an. Sein Gesicht hatte einen widerlich durchtriebenen Ausdruck. Selbst er hatte also gewußt, was Fields von mir wollte. Meine Wut steigerte sich ins Maßlose. Die ganze Welt wußte, was Fields von mir wollte. Sie wußten aber auch, wie ich reagieren würde. Niemand erwartete etwas anderes. Ich war eben nichts als ein armer Schlucker. Mir blieb keine Wahl.

«Nein», antwortete ich plötzlich in überreiztem Ton, «er war stockbesoffen.»

«Und du warst die ganze Zeit allein mit der Puppe droben?» sagte er neugierig und durchtrieben.

Ich nickte stumm. Sie haßte Fields gleichfalls, aber auch sie vermochte nichts gegen ihn. Wir waren alle in seinem Netz gefangen, so wie sie es gesagt hatte. Wir konnten nicht entkommen. Er hielt alle Trümpfe in der Hand.

Spits dreiste Stimme unterbrach meine Gedanken. «Hast sie gehabt, Danny?»

Ich sah ihn blitzschnell an. Der Speichel lief ihm aus dem Mundwinkel und verlieh ihm ein überaus lasterhaftes, obszönes Aussehen. Mir war's, als könnte ich im Schatten hinter ihm Maxie Fields sehen, der sich über seine Schulter beugte. Da packte ich ihn bei seinem Hemd und zog ihn zu mir. «Na?! Und wenn schon?!» fragte ich in rauhem Ton. Dann erinnerte ich mich an das, was sie gesagt hatte: «Das, Danny, was ich dir zu geben habe, kann er nie erkaufen ... wieviel er auch zu zahlen bereit ist.»

«Na, und wenn schon?» wiederholte ich ärgerlich. «Was geht's dich an?»

Spit wehrte sich in meinem Griff. «Nix, Danny, gar nix.» Er starrte mich verängstigt an. «Laß mich los!»

Ich sah ihn kalt an. «Warum?» fragte ich und hielt ihn noch immer fest.

«Ich bin doch dein Freund, Danny», sagte er keuchend, denn sein Kragen saß ihm plötzlich so eng um den Hals, daß er ihn dort, wo ich ihn hielt, zu würgen begann. «Hab ich dich vielleicht nicht zu Fields gebracht? Hab ich dir nicht geholfen, was zu verdienen?»

Ich lachte. Das war gut! Mein Freund? Ich lachte wieder und ließ sein Hemd los.

Er trat von mir zurück und sah mich nervös an. «Guter Gott, Danny», winselte er heiser, «eine Minute hab ich geglaubt, du willst mich erschlagen.»

Ich lachte wieder. Darin hatte er recht. Und jetzt stieß ich ihm meine Faust bis zum Handgelenk in den schwabbeligen Bauch. Er krümmte sich zusammen und fiel auf die Knie. Ich sah verächtlich auf ihn hinunter. «Das wollt ich auch», sagte ich.

Er sah mit völlig verblödetem Ausdruck zu mir auf. Seine Stimme klang heiser. «Was ist denn los mit dir, Danny? Ich hab dir doch bloß 'nen Gefallen getan.»

Ich schlug ihn mit der flachen Hand ins Gesicht und stieß ihn gleichzeitig mit dem Fuß in die Flanke. «Ich brauch keinen Gefallen», schnauzte ich ihn an.

Er lag einen Moment lang flach vor meinen Füßen; dann griff er mit einer Hand nach der Türklinke und zog sich wieder auf die Beine. Seine Miene hatte sich jetzt in blanken Haß verwandelt, und er fuhr mit seiner freien Hand unter sein Hemd.

Ich wartete, bis er das Fixiermesser offen in der Hand hielt, dann schlug ich wieder zu, mit einem völlig unerlaubten Tiefschlag, und das Messer klatschte auf den Boden. Spit stürzte vornüber und erbrach sich heftig. Ich sah gelassen zu, wie das Erbrochene zu einer Pfütze wurde, die sich um sein Gesicht ausbreitete, und empfand nichts als eiskalte Befriedigung. Vielleicht gab's für mich wirklich keine Chance gegen Maxie Fields, aber um ihn herum gab's Kreaturen, mit denen ich abrechnen konnte.

Spit blickte zu mir herauf. «Das wirst du büßen, Danny», schwor er mit leiser, heiserer Stimme. «Gott helfe mir, dafür wirst du bezahlen!»

Ich lachte bloß. «An deiner Stelle würd ich's nicht versuchen, Spit», sagte ich, beugte mich über ihn und stieß ihn in das Erbrochene zurück. «Dein Boss hätte nicht viel Verständnis dafür.»

Damit drehte ich ihm den Rücken und ließ ihn in seinem eigenen Dreck im Torweg liegen.

Im Flur unsres Hauses blieb ich stehen und sah auf meine Uhr. Es war nahezu halb drei. Ich begann die Treppe hinaufzusteigen. Als ich den Vorplatz erreichte, sah ich, daß unter unsrer Küchentür Licht schimmerte. Ich hoffte, daß Papa nicht mehr wach war, denn für einen Abend hatte ich bereits genug gehabt.

Ich schob den Schlüssel ins Schloß und öffnete. Mamma sah mir entgegen. Ich lächelte. «Aber Ma», sagte ich, «du hättest nicht auf mich warten sollen.» Ich schloß hinter mir die Tür.

Sie stand von ihrem Sessel auf, kam rasch auf mich zu und ließ ihre Augen über mein Gesicht laufen. «Ist dir nichts geschehen, Danny?» fragte sie besorgt.

«Ihm ist bestimmt nichts geschehen», klang Papas Stimme von der andern Tür her. «Er ist doch der Dynamit-Held Danny Fisher! Er ist unverwundbar! Hier steht's ja großgedruckt in der Morgenzeitung.» Und er schwenkte ein Zeitungsblatt in der Hand. «Sie haben auch einen neuen Namen für ihn», fuhr er sarkastisch fort, «um die Tatsache gebührend zu unterstreichen, daß er einem Burschen bei dem heutigen Boxmatch den Kiefer mit einem Schlag an zwei Stellen gebrochen hat.»

Ich starrte ihn überrascht an. «Das steht schon in der Zeitung?»

Papa schwenkte die Zeitung nochmals. «Was hast du geglaubt? Daß es ein Geheimnis bleiben wird? Was hast du die ganze Nacht getrieben? Mit deiner Schickse gefeiert?»

Ich antwortete nicht. Es hatte keinen Sinn mehr, mit ihm zu sprechen. Er würde nie verstehen, daß es bloß ein unglücklicher Zufall gewesen war.

Mamma legte ihre Hand auf meine Schulter. Ihr Gesicht war faltig und zeigte einen besorgten Ausdruck. «In der Zeitung steht aber auch, daß du in den ersten beiden Runden entsetzliche Schläge hinnehmen mußtest.»

Ich drückte ihr die Hand. «'s war nicht so arg, Mamma, ich bin ja schon wieder okay.»

«Aber der andere ist's nicht!» stieß mein Vater hervor. «Jetzt wirst du damit vielleicht doch aufhören? Oder willst du's weiter so treiben, bis du jemanden umgebracht hast?»

«Sei kein Narr, Papa», stieß ich hervor. «Es war eben ein unglücklicher Zufall. Derartige Dinge geschehen manchmal. Ich habe es doch nicht absichtlich getan.»

«Unglücklicher Zufall?! Haha!» schrie Papa ungläubig. «Wie kann's ein unglücklicher Zufall sein, wenn's das Hauptziel ist, den Gegner bewußtlos zu Boden zu schlagen? Blödsinn!» Er wandte sich wieder an Mamma. «Eines Tages werden wir in unserm Haus einen Mörder haben, und dann wird er uns auch erzählen, daß es bloß ein unglücklicher Zufall war!»

Die Monotonie seines durchdringenden Geschreis zerrte an meinen Nerven. «Laß mich doch endlich in Ruh!» schrie ich hysterisch. «Laß mich in Ruh, sag ich dir!» Ich sank in einen Stuhl und bedeckte mein Gesicht mit den Händen.

Dann fühlte ich Mammas Hände auf meiner Schulter. Über meinen Kopf hinweg sagte sie mit ruhiger Autorität: «Geh zu Bett, Harry.»

«Du machst einen schweren Fehler, wenn du ihn auch noch verhätschelst», sagte er in unheilverkündendem Ton, «eines Tages wird er jemanden umbringen, und dann wirst du genauso dran schuld sein wie er!»

«Dann werde ich eben schuld sein», antwortete sie gelassen und ohne einen Augenblick zu zögern. «Er ist unser Sohn, und an allem, was er ist oder was er sein wird, tragen wir die Schuld.»

«Du schon, aber ich nicht», erwiderte Papa ärgerlich. «Ich bin jetzt fest entschlossen: entweder er gibt das Boxen auf, oder ich bin mit ihm fertig! Noch ein einziges Match – und er kommt mir nicht mehr ins Haus! Unter meinem Dach wird kein Mörder schlafen!»

Damit entfernte er sich mit stampfenden Schritten durch das Vorzimmer ins Schlafzimmer. Einen Moment herrschte tiefe Stille, dann sagte Mamma ganz leise: «Danny, ich hab für dich ein Hühnersüppchen ganz frisch zubereitet, das will ich dir jetzt wärmen.» Ihre Hände fuhren zärtlich durch mein Haar.

Ich hob den Kopf und sah sie an. In ihren Augen stand bekümmertes Mitgefühl. «Ich bin nicht hungrig.» Ich war jetzt wie erstarrt und völlig gefühllos.

«Iß ein wenig», beharrte sie. «Es wird dir guttun.» Sie entzündete die Flamme unter dem Topf.

Vielleicht hat Papa recht, aber hätten wir das Geld nicht so dringend gebraucht, dann wäre das alles nicht geschehen. Jetzt war es nicht mehr zu ändern.

Mamma stellte den Suppenteller vor mich hin. «Iß», sagte sie und setzte sich neben mich.

Ich kostete die Suppe. Sie war ausgezeichnet, und ich fühlte, wie meine Erstarrung durch ihre wohltätige Wärme verschwand. Ich lächelte ihr dankbar zu, und sie erwiderte meinen dankbaren Blick.

Die warme Suppe machte mich schläfrig. Ich fühlte, wie mich die Müdigkeit übermannte und daß die Schmerzen im Rücken und in den Flanken wiederkehrten. Ich griff müßig nach der Zeitung, die Papa auf den Tisch geworfen hatte, und blätterte die Seiten um, bis ich zu den Sportnachrichten gelangte. Weiße Blätter eines Notizblocks fielen heraus. Ich sah sie neugierig an. Sie waren mit Zahlen bedeckt.

«Was ist das?» fragte ich und zeigte Mamma die Blätter.

Sie griff danach. «Ach, nichts», sagte sie, «dein Vater hat bloß was ausrechnen wollen.»

«Was?»

«Ein Freund hat ihm angeboten, ihm ein Geschäft zu verkaufen, und Papa hat auszurechnen versucht, ob er das Geld dafür auftreiben könnte.» Sie betrachtete die Blätter in ihrer Hand. «Aber es hat keinen Zweck», fuhr sie in hoffnungslosem Ton fort, «er kann das Geld nicht auftreiben. Er hat zwar genug Waren, die er in der Nacht, als er das andere Geschäft aufgeben mußte, bei Onkel David versteckt hat, aber wo soll er denn genügend Bargeld hernehmen? Am besten ist's, man denkt nicht mehr dran.»

Ich war wieder hellwach. Wenn ich das Geld verschaffen könnte, würde er mich vielleicht nicht mehr für so schlecht halten. «Wieviel braucht er denn?» fragte ich.

Mamma stand auf und nahm meinen Teller fort. Sie ging zum Spültisch und begann ihn abzuspülen. «Fünfhundert Dollar», sagte sie tonlos über die Schulter, «aber es ist nicht anders, als wären es fünf Millionen. Wir können sie ja doch nicht bekommen.»

Ich starrte ihren Rücken an. Sie ließ die Schultern müde hängen, und es umgab sie eine Atmosphäre widerstandsloser Resignation. Aller Kampfgeist war verschwunden, und ihr war nichts geblieben als die Sorge um die tägliche Existenz.

Fünfhundert Dollar! Fields sollte dafür gut sein... und zwar mit Leichtigkeit. Er hatte mir selbst gesagt, daß er für das Match über viertausend an Wetten eingenommen hatte. Plötzlich blickte ich auf. Mamma sagte etwas. Es war zwar so, als spräche sie mit sich selbst, wenn sie sich auch umgedreht hatte und mich ansah. «Es hat mir so wohlgetan, Blondie, nur daran zu denken. Vielleicht würde dann alles wieder so werden, wie es war. Aber es hat ja doch keinen Sinn.»

Ich stand auf. Ich hatte mich entschlossen. «Ich bin müde, Ma, ich geh ins Bett.»

Sie eilte auf mich zu und ergriff meine Hand. «Danny, hör auf deinen Vater», sagte sie leise, und ihre Augen flehten mich an, «gib diese ganze Boxerei auf. Er ist fest entschlossen, er hat es die ganze Nacht geschworen!»

Ich wollte ihr erzählen, was geschehen war, brachte es aber nicht fertig. Sie könnte es nicht verstehen. Ich konnte ihr nur eine einzige Antwort geben. «Ich kann nicht, Mamma.»

«Um meinetwillen, Blondie», flehte sie, «ich bitte dich darum. Im Juni wirst du maturieren, dann bekommst du einen Job, und alles wird gut werden.»

Ich schüttelte den Kopf, dann sah ich auf die Notizblätter mit den Zahlen, die Mamma auf dem Tisch liegengelassen hatte. Das dort war die Antwort! Und das wußten wir beide. «Ich kann nicht mehr zurück, Mamma, ich muß dabeibleiben.»

Als ich aus dem Zimmer wollte, hielt sie mich am Ärmel fest und zog mich an sich. Sie legte beide Hände um mein Gesicht und sah mir in die Augen. Angst spiegelte sich in ihren Zügen. «Du kannst aber verwundet werden, Danny. So wie dieser Bursche heute abend.» Tränen stürzten ihr aus den Augen. «Ich könnte es nicht ertragen.»

Ich lächelte beruhigend und drückte ihren Kopf an meine Brust. «Mach dir keine Sorgen, Mamma», sagte ich und preßte meine Lippen auf ihr Haar. «Mir wird nichts passieren. Es wird bestimmt nichts geschehen.»

15

Ich blieb einen Moment vor dem Geschäft stehen und sah durchs Fenster. Mein Spiegelbild blickte mir entgegen. Mein Haar erhielt durch die Glasscheibe einen bläulichen Schimmer, so daß es beinahe weiß aussah. Der Laden war leer, und hinter den kleinen Schaltern befand sich nur ein einziger Mann. Ich trat ein.

Der Mann sah mich an. «Was willst du, Junge?» fragte er in mürrischem Ton.

«Ich möchte Mr. Fields sprechen», erwiderte ich.

«Schau, daß du rauskommst, Junge», schnauzte mich der Mann an, «Fields hat für grüne Jungen keine Zeit.»

Ich starrte ihn kalt an. «Für mich ist er zu sprechen», sagte ich nachdrücklich, «ich bin Danny Fisher.»

Ich bemerkte, wie er die Augen aufriß. «Der Boxer?» fragte er, und seine Stimme nahm einen respektvollen Ton an.

Ich nickte. Der Mann hob den Telefonhörer ab und sprach rasch hinein. Die Leute kannten also bereits meinen Namen. Das gefiel mir. Es hieß, daß ich kein Niemand mehr war. Aber wie lange würde das noch dauern? Nach dem nächsten Match würde ich wieder ein Niemand sein wie alle andern Burschen, die es versucht und nicht erreicht hatten. Man würde mich vergessen.

Der Mann legte den Hörer zurück und wies auf die Tür im Hintergrund. «Fields sagt, Sie sollen gleich hinaufkommen.»

Ich drehte mich schweigend um und schritt durch die Tür. Das Nebenzimmer war leer. Es war noch früh am Tage, für die Spieler zu früh, um bereits auszugehen. Ich durchquerte den Raum, lief die Treppe hinauf, blieb vor Fields' Tür stehen und klopfte an. Die Tür öffnete sich, und Ronnie stand vor mir. Sie riß die Augen weit auf, dann trat sie zurück.

«Komm herein», sagte sie.

Ich ging an ihr vorbei ins Zimmer. Es war leer, und ich wandte mich wieder zu ihr zurück. «Wo ist er, Ronnie?» fragte ich.

«Er rasiert sich, wird aber in einigen Minuten hier sein.» Sie trat rasch dicht an mich heran. «Spit war heute früh hier», flüsterte sie, «er hat Maxie erzählt, was du getan hast. Maxie kocht vor Wut.»

Ich lächelte. «Er wird sich schon wieder beruhigen, Ronnie.»

Sie ergriff meine Hand. «Gestern nacht hast du mich Sarah genannt. Ich habe geglaubt, du wirst nicht wiederkommen.»

«Das war gestern nacht», sagte ich gleichfalls leise, «aber ich hab's mir überlegt.»

Sie sah mir tief in die Augen. «Danny», fragte sie atemlos, «bist du meinetwegen zurückgekommen?»

Ich verschloß mich vor jeder Erinnerung. «Ja, Ronnie», sagte ich unverblümt und schüttelte ihre Hand ab, «deinetwegen – und wegen dem Zaster.»

«Du wirst beides bekommen.» Fields' Stimme dröhnte von der Türschwelle her. Ich drehte mich um, während er weiter ins Zimmer trat. «Ich hab's ja immer gesagt, Danny, daß du ein smarter Junge bist. Ich hab gewußt, daß du wiederkommst.»

Er trug einen rotseidenen Dressinggown, der mit einer grell abstechenden blauen Kordel um seine massige Mitte gebunden war; unten sahen gelbe Pyjamahosen hervor. Seine bläulichen Backen glänzten nach dem Rasieren, und zwischen die Zähne hatte er bereits eine seiner riesigen Zigarren geklemmt. Er sah genauso aus, wie ich mir immer vorgestellt hatte, daß Maxie Fields aussehen müsse.

«Ich höre, Mr. Fields», sagte ich gelassen, «daß Sie gut zahlen. Ich bin zurückgekommen, um festzustellen, ob das, was ich gehört habe, auch wahr ist.»

Er ließ sich vor mir in einen Sessel fallen und sah zu mir empor. Er lächelte, aber der Ausdruck seiner Augen hatte sich nicht verändert. Sie blieben verschlagen. «Du hast Spit übel zugerichtet», sagte er leise und ignorierte meine Feststellung. «Ich dulde nicht, daß man mit meinen Leuten so umgeht.»

Ich sah ihn unbewegt an. «Spit war mein Freund», sagte ich langsam, «wir haben gemeinsam ein paar Geschäfte gemacht. Er hat aber unsern Vertrag gebrochen, um mich zu bespitzeln. Das dulde wieder ich nicht von einem Freund.»

«Er hat nur das getan, was ich ihm befohlen habe», sagte Fields ruhig.

«Jetzt – ist das für mich okay», sagte ich, und meine Stimme war ebenso ruhig wie seine. «Aber vorher nicht, als ich ihn noch für meinen Freund hielt.»

Im Zimmer war es totenstill. Man hörte nichts als das schmatzende Geräusch, wenn Fields an seiner Zigarre herumkaute. Ich starrte ihm reglos in die Augen und überlegte, was dahinter vorgehen mochte. Er ist kein Narr, das wußte ich, und ich wußte auch, daß er verstanden hatte, was ich sagen wollte. Ich wußte allerdings nicht, ob er mir's abkaufen würde.

Schließlich nahm er ein Zündholz aus der Tasche, entzündete es und hielt es an seine Zigarre. «Ronnie, bring mir einen Orangenjuice», sagte er zwischen den einzelnen Zügen.

Sie ging langsam aus dem Zimmer. «Und bring für Danny auch welchen mit», rief er ihr nach, «das schadet seinem Training nicht.»

Nachdem sich die Tür hinter ihr geschlossen hatte, drehte er sich zu mir und lachte zynisch. «Hat sie dich gut behandelt?» fragte er.

Ich gestattete mir den Anflug eines Lächelns, um die Erleichterung zu verbergen, die ich empfand. «Sehr gut.»

Fields lachte laut und schallend. «Ich hab ihr gesagt, daß ich sie erschlage, wenn sie's nicht tut. Aber sie versteht ihr Geschäft!»

Ich ließ mich ihm gegenüber in einen Sessel fallen. In diesem Fauteuil hatte ich sie gestern nacht geküßt. Und sie hatte mich geküßt und mir so mancherlei erzählt. Und ich hatte ihr geglaubt. Auf einmal wollte ich das Ganze hinter mir haben. «Wieviel?» fragte ich.

Fields setzte eine gespielte Unschuldsmiene auf. «Wieviel? Wofür?»

«Wenn ich das Match schmeiße», sagte ich unverblümt.

Fields lachte wieder. «Kluger Junge», stieß er hervor, «du begreifst rasch.»

«Zweifellos», sagte ich kaustisch und wurde immer selbstsicherer. «Mr. Fields vergeudet seine Zeit nicht, außer er kann dabei was verdienen. Ich könnt's weit schlechter treffen, als seinem Beispiel zu folgen. Was schaut also bei der Sache für mich heraus?»

Ronnie kehrte, in jeder Hand ein Glas mit Orangenjuice, ins Zimmer zurück. Stumm reichte sie jedem von uns ein Glas. Ich kostete – es schmeckte so herrlich, wie nur frisch ausgepreßte Orangen schmecken. Es war lange her, seitdem ich das letzte Mal Orangenjuice bekommen hatte. Orangen sind teuer. Ich trank mein Glas auf einen Zug aus.

Fields trank seinen Juice langsam, während er mich taxierend ansah. Schließlich sagte er: «Was sagst du zu fünfhundert?»

Ich schüttelte den Kopf, denn ich befand mich auf bekanntem Grund. Wenn's ums Feilschen ging, kannte ich mich aus. «Sie werden sich schon etwas mehr anstrengen müssen.»

Er trank sein Glas aus und lehnte sich in seinem Sessel vor. «Und was meinst du, daß es wert ist?»

«Einen Tausender», sagte ich rasch. Nach seinen eigenen Worten blieben ihm dann noch immer glatt dreitausend.

Er schwenkte seine Zigarre. «Siebenhundertfünfzig, und das süße Püppchen hier.»

«Reden wir von Geschäften», sagte ich lächelnd, «das Püppchen habe ich bereits gehabt. Mir ist sie übrigens zu temperamentvoll.»

«Siebenhundertfünfzig ist 'ne Menge Geld», murrte Fields.

«Aber nicht genug», sagte ich, «denn es muß auch glaubhaft aussehen. Das heißt also, daß ich verteufelte Schläge einstecken muß, damit Sie dreitausend verdienen.»

Plötzlich stand er auf, trat zu meinem Stuhl und sah auf mich herunter. Seine Hand fiel schwer auf meine Schulter. «Okay, Danny», sagte er mit dröhnender Stimme, «du kriegst deinen Tausender. Nach dem Match kannst du deinen Zaster sofort holen.»

Ich schüttelte den Kopf. «Mh – mh. Die Hälfte jetzt und die Hälfte nachher.»

Er lachte laut und schallend und drehte sich zu Ronnie um. «Hab ich dir nicht gesagt, daß der Junge hell ist?!» Dann wandte er sich wieder zu mir zurück. «Also abgemacht. Hol dir den Zaster am Nachmittag vor dem Match. Den Rest kriegst du am nächsten Tag.»

Ich stand langsam auf und machte ein gleichgültiges Gesicht, denn ich wollte nicht, daß er merkte, wie erfreut ich war. «Sie haben in mir einen Mitarbeiter gefunden, Mr. Fields», sagte ich und schritt auf die Tür zu. «Auf Wiedersehen.»

«Danny!» Beim Klang von Ronnies Stimme fuhr ich herum. «Wirst du zurückkommen?»

Mein Blick wanderte von ihr zu Fields und wieder zu ihr zurück. «Natürlich komm ich zurück», sagte ich wohlüberlegt, «mein Geld holen.»

Fields' Gelächter dröhnte durch den Raum. «Der Bursche gibt, weiß Gott, auch noch schlagfertige Antworten!»

Ihr Gesicht war zornrot, und die Hand zum Schlag erhoben, machte sie rasch einen Schritt auf mich zu. Ich erwischte ihren Arm noch mitten im Schlag und hielt ihn fest. Eine Sekunde lang starrten wir einander in die Augen. Dann sagte ich so leise, daß nur sie es verstehen konnte: «Laß es gut sein, Sarah, wir können uns keine Träume leisten.»

Ich lockerte meinen Griff, und ihr Arm fiel langsam herab. Dann bemerkte ich etwas in ihren Augen, das beinahe wie eine Träne aussah, ich war meiner Sache aber nicht sicher, denn sie drehte mir sofort den Rücken und stellte sich neben Fields. «Du hast recht, Max», sagte sie und kehrte mir weiter den Rücken, «er ist ein schlauer Bursche. Zu schlau!»

Ich schloß hinter mir die Tür und begann die Treppe hinunterzulaufen. Jemand kam mir entgegen, und ich trat zur Seite, um ihn vorbeizulassen. Es war Spit.

Er sah mich erschrocken an, als er mich erkannte, gleichzeitig fuhr er instinktiv mit der Hand in die Tasche, und als sie wieder zum Vorschein kam, hielt er sein Fixiermesser in der Hand.

Ich lächelte und ließ ihn nicht aus den Augen. «An deiner Stelle würd ich das Messer wieder einstecken, Spit», sagte ich leise. «Der Boss könnt was dagegen haben.»

Er sah rasch zu Fields' Tür hinauf, dann zurück auf mich. Unentschlossenheit malte sich in seinen Zügen. Ich wagte es nicht, ihn aus den Augen zu lassen. Plötzlich dröhnte Fields' Stimme durch das Treppenhaus: «Gottverdammich! Spit, wo zum Teufel steckst du denn?»

Blitzschnell verschwand das Messer wieder in Spits Tasche. «Komme schon, Boss», rief er und rannte die Treppe hinauf.

Ich sah ihm nach, bis er in Fields' Wohnung verschwunden war, ehe ich die Treppe weiter hinunterging. Es war ein klarer, strahlend schöner Tag, und ich beschloß zu Nellies Haus hinüberzulaufen. Es war noch ziemlich früh, vielleicht blieb noch genug Zeit, um mit ihr zu sprechen, bevor sie zur Arbeit ging.

In meiner freudigen Stimmung konnte mir ein Beisammensein mit ihr nur guttun.

16

Ich erwachte durch die dröhnende Stimme meines Vaters. Ich lag schläfrig im Bett und versuchte, noch ganz schlaftrunken, den Sinn seiner Worte zu verstehen. Plötzlich war ich hellwach. Heute war der Tag. Und morgen wird alles vorbei sein, ich werde ins normale Leben zurückkehren und – wieder ein Niemand sein.

Ich schwang die Füße über den Bettrand, tastete nach meinen Hausschuhen, stand auf und streckte mich. Vielleicht war's besser so. Mein Alter wird dann wenigstens wieder glücklich sein. Er bekam sein Geld, und ich werde das Boxen aufgeben. Dann wird's hier vielleicht wieder friedlich werden. Diese letzte Woche zwischen den beiden Kämpfen war die reinste Hölle gewesen; Papa hatte ständig auf mir herumgehackt.

Ich knüpfte meinen Bademantel zu und ging ins Badezimmer. Ich sah in den Spiegel und betastete mein Gesicht. Hat keinen Sinn, mich heute zu rasieren, es macht die Haut bloß empfindlich, und dann platzt sie um so leichter. Ich war bereit, das Match zu verlieren, hatte aber keine Lust, zusätzlich auch noch zu verbluten.

Ich bürstete meine Zähne sorgfältig, wusch mein Gesicht und kämmte mein Haar. Duschen wollte ich erst am späten Nachmittag in der Sporthalle, denn dort hatten sie heißes Wasser. Als ich in mein Zimmer zurückkehrte, verfolgte mich die Stimme meines Vaters durch das Vorzimmer. Ich kleidete mich an und trat in die Küche.

Papa verstummte im selben Augenblick, in dem ich den Raum betrat. Er betrachtete mich mit kaltem Blick über den Rand seiner Kaffeetasse hinweg.

Mamma kam rasch auf mich zu. «Setz dich und trink deinen Kaffee.»

Ich setzte mich schweigend an den Tisch, Papa gegenüber. War der heutige Abend einmal vorbei, dachte ich, würde er sich über nichts mehr zu beschweren haben. «Hallo, Mimi», sagte ich, als sie eintrat. Die Atmosphäre war derart bedrückend, daß ich mich sogar mit ihr unterhielt.

Ihr Lächeln war warm und herzlich. «Hallo, Champion», sagte sie scherzend, «wirst du heute siegen?»

Papas Faust fiel krachend auf den Tisch. «Gottverdammich!» schrie er. «Sind denn in diesem Haus alle verrückt geworden? Ich will von der Boxerei nichts mehr hören, sag ich euch!»

Mimi sah ihn trotzig an. «Er ist mein Bruder», sagte sie gelassen, «ich kann mit ihm sprechen, worüber ich will!»

Ich bemerkte, daß meinem Vater der Mund vor Erstaunen offenblieb. Ich glaube, es war das erste Mal im Leben, daß Mimi ihm widersprochen hatte. Er rang nach Atem, während Mamma ihre Hand beruhigend auf seine Schulter legte.

«Keinen Streit heute, Harry», sagte sie entschlossen, «bitte keinen Streit.»

«A... aber hast du gehört, was sie gesagt hat?» Papa schien jetzt völlig verwirrt.

«Harry!» Mammas Stimme war jetzt nervös und scharf. «Wir wollen unser Frühstück in Frieden essen.»

Eine gespannte Stille breitete sich über den Raum, die nur vom Klappern der Teller unterbrochen wurde, wenn sie auf den Tisch gestellt oder wieder weggeräumt wurden. Ich aß rasch und schweigend; dann schob ich meinen Sessel vom Tisch zurück und stand auf. «So», sagte ich und sah zu ihnen hinunter, «jetzt muß ich in die Sporthalle.»

Niemand sagte etwas. Ich zwang mich zu einem Lächeln. «Wird mir denn keiner von euch Glück wünschen?» fragte ich. Ich wußte zwar, daß es für mich bedeutungslos war, es wäre aber doch nett, diese Worte mit mir zu nehmen.

Mimi ergriff meine Hand, zog mich zu sich und küßte mich. «Viel Glück, Danny», sagte sie.

Ich lächelte dankbar, hierauf wandte ich mich an Papa. Er hielt den Kopf über seinen Teller gebeugt und sah mich nicht an.

Dann wandte ich mich zu Mamma. Sie sah mich mit bekümmerten, weit offenen Augen an. «Wirst du bestimmt vorsichtig sein, Danny?»

Ich nickte schweigend. Ein Klumpen kam mir in die Kehle, als ich sie ansah, denn plötzlich bemerkte ich alle Veränderungen, die Kummer und Sorgen der letzten Jahre bei ihr bewirkt hatten. Sie nahm mein Gesicht in beide Hände und küßte mich auf die Wange. Sie weinte.

Ich fischte in meiner Tasche. «Ich hab zwei Eintrittskarten für euch», sagte ich und hielt sie ihr hin.

Papa sagte scharf: «Wir brauchen sie nicht!» Dabei starrte er mich wütend an. «Behalt sie!»

Ich hielt die Karten noch immer in der Hand. «Ich hab sie für euch bekommen», sagte ich.

«Hast du nicht gehört?! Wir wollen sie nicht!!»

Ich sah Mamma an, doch sie schüttelte leicht den Kopf. Langsam steckte ich die Karten wieder in die Tasche und ging auf die Tür zu.

«Danny!» Papa rief mich zurück. Hoffnungsvoll drehte ich mich auf dem Absatz um, denn ich war überzeugt, daß er sich's anders überlegt hatte und griff sogleich in die Tasche, um die Karten wieder herauszunehmen. Dann sah ich in sein blasses, grimmiges Gesicht und wußte, daß sich nichts geändert hatte. Er starrte mich aus tiefliegenden Augen an.

«Du bist also noch immer fest entschlossen, heute abend zu boxen?»

Ich nickte.

«Nach allem, was ich gesagt habe?»

«Ich muß, Pa», sagte ich nachdrücklich.

«Gib mir deinen Wohnungsschlüssel, Danny», er streckte die Hand aus. Seine Stimme hatte kalt und ausdruckslos geklungen.

Ich starrte ihn einen Moment an, dann sah ich zu Mamma hinüber. Sie wandte sich mechanisch an Papa. «Harry, doch jetzt nicht.»

Papa sagte mit zitternder, dumpfer Stimme: «Ich habe ihm gesagt, daß er mir nicht mehr hier hereinkommt, wenn er noch einmal boxt. Es war mein voller Ernst!»

«Aber Harry», beschwor ihn Mamma, «er ist doch nur ein Kind.»

Jetzt wurde Papa wütend. Seine Stimme dröhnte durch die Küche wie ein Donnerschlag während eines Sommergewitters. «Er ist Manns genug, um jemanden totzuschlagen! Er ist alt genug, um zu entscheiden, was er will! Ich habe seinetwegen genug ertragen, jetzt hab ich aber genug!!» Er sah mich wieder an. «Du hast noch eine Chance!»

Ich starrte ihn einen Moment erschüttert an. Ich dachte dabei immer nur, er ist doch dein Vater, du stammst von ihm, bist aus seinem Blut, und das alles ist ihm gleichgültig. Beinahe überrascht sah ich, daß die Schlüssel aus meiner Hand und klirrend auf den Tisch flogen. Ich starrte eine Sekunde auf ihren Silberglanz, dann drehte ich mich um und ging aus der Tür.

Ich stand vor Fields' Schreibtisch, während er das Geld abzählte und auf die Schreibtischplatte warf. Jetzt war auf seinen Lippen kein Lächeln mehr zu finden; und seine Augen, unter den Fettwülsten fast ganz verborgen, waren kalt und verschlagen. Er schob mir das Geld mit seinen feisten Fingern zu. «Da hast du, Junge», sagte er mit heiserer Stimme, «nimm's.»

Ich sah darauf hinunter. Es waren fünf nagelneue Hundert-Dollar-Scheine. Ich nahm sie in die Hand, sie fühlten sich gut an. Jetzt würde Papa bestimmt ein anderes Lied singen, wenn ich ihm das da zeigte. Ich faltete sie zusammen und steckte sie in die Tasche. «Danke», sagte ich widerwillig.

Er lächelte. «Du brauchst mir nicht zu danken, Danny», sagte er gelassen, «aber hüte dich, mich zu hintergehen!»

Ich sah ihn überrascht an. «Das würde ich nie tun», antwortete ich rasch.

«Ich hab's auch nicht wirklich geglaubt», sagte Fields, er deutete mit der Hand, «aber Spit glaubt es.»

Ich sah zu Spit hinüber, der an der Wand lehnte und seine Nägel mit seinem Fixiermesser reinigte. Er begegnete meinem Blick. Seine Augen waren kalt und mißtrauisch.

«Woher kommt's, daß er sich so was ausdenkt?» fragte ich Fields sarkastisch.

Jetzt lachte Fields laut heraus. Sein Sessel krachte, als er aufstand. Er kam um den Schreibtisch herum und schlug mir schallend auf die Schulter. «Schlauer Bursche», sagte er und seine Stimme klang wieder aufrichtig. «Vergiß bloß nicht, daß es mein Geld ist, um das es dabei geht, Danny», rief er mir nach.

Auf der Türschwelle drehte ich mich um. Er sah ungeheuer dick und massig aus, wie er dort vor seinem Schreibtisch stand. Ja, das war der Maxie Fields, über den ich so viel gehört hatte. «Was soll das heißen?» fragte ich.

Seine Augen wurden auf einmal groß und enthüllten eine achatfarbene Iris mit winzigen, perlengleichen Pupillen. «Ich werde dir genau zusehen», erwiderte er, und seine Stimme klang gewichtig und bedrohlich zugleich.

Ich öffnete die Tür der Sporthalle und plötzlich trat in dem großen Raum tiefe Stille ein. Vorher waren sie alle recht geräuschvoll gewesen, jetzt aber war es totenstill im East Side Boys Club.

Mr. Spritzer stand in einer Ecke der Halle. Langsam wandte auch er mir sein Gesicht zu. Ich ging zu ihm hinüber und fühlte, daß alle Augen auf mich gerichtet waren. Ich wollte, sie sähen mich nicht alle so an, als wären sie stolz auf mich, denn in meiner Tasche befanden sich fünfhundert Dollar, die ihnen keinen Grund gaben, auf mich stolz zu sein.

«Ich ... ich bin schon hier, Mr. Spritzer», sagte ich nervös, denn nun hatte ich die Überzeugung, daß mich alle Anwesenden bereits durchschaut hatten.

Ein strahlendes Lächeln überflog sein Gesicht. «Hallo, Champ!»

Das wirkte wie ein Signal und ein wahres Tollhaus brach los. Alle, die sich in der Sporthalle versammelt hatten, umdrängten mich. Alle schrien durcheinander und versuchten, meine Aufmerksamkeit auf sich zu ziehen. Ich bemühte mich, ihnen zuzulächeln, brachte es jedoch nicht fertig. Mein Gesicht schien zu einer seltsamen Maske gefroren zu sein.

Mr. Spritzer schob jetzt seine Hand unter meinen Arm, bahnte uns einen Weg durch die mich umdrängenden Burschen und führte mich in sein Büro.

«Später, Jungens, später!» überschrie er die andern. «Wartet mit eurem Geschrei bis nach dem Match!»

Stumpf und fühllos ließ ich mich von ihm in sein Büro führen.

17

Das heisere Gebrüll der Menge drang bis in die Umkleidekabine und schlug erregend an meine Ohren. Dieses Schreien klang wie schweres, monotones Meeresrauschen und war so alt wie die Zeit selbst. So schrien die Menschen im Dschungel, wenn zwei wilde Tiere miteinander kämpften; sie schrien so, als Caesar im Kolosseum seine Feste feierte. Fünftausend Jahre hatten dieses Schreien nicht verändert.

Auf dem Massagetisch liegend, drehte ich meinen Kopf so, daß ich meine Ohren mit den Armen bedeckte, um das Getöse zu verringern, ganz ausschalten konnte ich es jedoch nicht. Es war da, wenn auch etwas schwächer, so daß ich's gerade noch hören konnte. Würde ich den Kopf aber nur ganz wenig drehen, käme es im selben Augenblick wieder zurück.

Jetzt ertönte ein scharfes Summergeräusch. Ich fühlte Mr. Spritzers Hand auf meinem Rücken. «Das gilt uns, mein Junge.»

Ich setzte mich auf und schwang meine Beine über den Massagetisch. Ich hatte das Gefühl, als läge mir ein Bleiklumpen im Magen. Ich schluckte heftig.

«Nervös, mein Junge?» fragte Spritzer.

Ich nickte.

«Das geht vorüber», sagte er zuversichtlich, «jedem Boxer geht's so, wenn er zum erstenmal in den Gardens kämpft. 's liegt hier in der Luft.»

Ich fragte mich, was er wohl sagen würde, wenn er alles wüßte. Es war nicht der Ort, der mich fertigmachte, es war das Match, das ich verlieren mußte. Wir traten aus der Ankleidekabine und standen am Rand einer Rampe, von der aus ich in die Gardens sehen konnte. Es war ein Meer unbekannter Gesichter, die auf das Resultat eines soeben beendeten Kampfes warteten. Sam war irgendwo dort draußen und – Fields. Und Nellie. Selbst sie war gekommen. Nur meine Eltern – die waren nicht gekommen.

Das Gebrüll der Menge wurde wieder lauter, als die Entscheidung bekanntgegeben wurde.

«Los, Danny», sagte Spritzer. Wir schritten die Rampe hinunter, auf eine blendend weiße Lichtflut zu: das war der Ring.

Ich hörte sie schreien. Einige riefen meinen Namen. Völlig stumpf folgte ich Spritzer, mit gesenktem Kopf, mein Gesicht von einem riesigen weißen Handtuch umrahmt, es sah beinahe so aus wie die Scheuklappen eines Pferdes. Dicht in meiner Nähe hörte ich Zeps aufgeregtes Atmen. Seine Stimme übertönte das Gebrüll der Menge. «Schau, Danny!» rief er aufgeregt. «Dort sitzt Nellie!»

Ich hob den Kopf und sah, wie sie mir zulächelte, mit einem zitternden, süßen und ängstlichen Lächeln. Dann verschwand sie in dem Meer der andern Gesichter.

Ich stand jetzt vor dem Ring und kletterte durch die Seile. Nach dem Halbdunkel auf der Rampe blendete mich das grelle weiße Licht. Ich blinzelte rasch. Der Ansager rief jetzt meinen Namen und ich trat in die Mitte des Rings. Ich vernahm zwar seine Stimme, hörte aber nicht zu. Ich kannte seine kleine Rede bereits auswendig.

«Trennt euch sogleich, wenn ich es sage ... bei einem Knockout hat sich der Angreifer sofort in die nächste neutrale Ecke zu begeben. Und jetzt geht zurück in die euch bestimmte Ecke und kommt wieder hervor, um zum Kampf anzutreten! Möge der bessere Mann gewinnen.»

Haha! Das war ein Witz. Möge der bessere Mann gewinnen! Ich schlüpfte aus meinem Bademantel. Die fünfhundert Dollar in meiner Tasche, sie waren der Bleiklumpen in meinem Magen.

Spritzer flüsterte mir ins Ohr. «Mach dir keine Sorgen, mein Junge, das Ärgste, was passieren kann, ist, daß du das Match verlierst!»

Ich sah ihn überrascht an. Er wußte nicht, wie recht er hatte. Meine größte Sorge war ja nur, daß jemand in der Ankleidekabine die fünfhundert aus der Hosentasche stehlen könnte. Um das Match brauchte ich mir keine Sorgen zu machen, denn ich hatte den Sieger bereits bestimmt.

Ich sah mich neugierig im Ring um. Während ich in der Mitte gestanden hatte und dem Schiedsrichter zuhören sollte, hatte ich mir den Burschen, gegen den ich kämpfen sollte, nicht angesehen. Er starrte mir jetzt mit nervös-gespannter Miene entgegen. Ich lächelte zu ihm hinüber. Wenn er's bloß wüßte, dann brauchte er nicht nervös zu sein. Es war ein Italiener, Tony Gardella, der drüben in der Bronx kämpfte.

Der Gong ertönte. Ich trat in die Mitte des Rings und fühlte mich sonderbar leichtfüßig und selbstsicher. Das Bewußtsein, diesen Kampf verlieren zu müssen, gab mir die ungeheure Zuversicht, mit Leichtigkeit siegen zu können, die ich nie zuvor gehabt hatte. Ich machte mir ja keine Sorgen mehr um den Verlauf des Kampfes, da mir das Resultat bereits bekannt war.

Ich stieß mit einer geraden Linken vor, um den Burschen etwas abzutasten, und überlegte, ob er tatsächlich etwas konnte. Denn er war langsam mit seiner Parade und ich stieß automatisch mit einer blitzschnellen Rechten in seine ungeschützte Verteidigung nach. Der Bursche taumelte. Instinktiv drängte ich nach, um ihn zu erledigen. Die Menge brüllte. Der Sieg war mein, das wußte ich. Doch plötzlich erinnerte ich mich: ich durfte ihn nicht erledigen, ich mußte ja verlieren. Ich ließ es daher zu, daß er sich in einen Clinch rettete und mich dadurch festhielt. Zur Täuschung brachte ich auf Gardellas Rücken ein paar leichte Schläge an. Als ich spürte, daß ihm die Kräfte zurückkehrten, schob ich ihn von mir und hielt ihn mir für den Rest der Runde fern. Ich durfte nicht riskieren, ihn zu schwer anzuschlagen.

Der Gong ertönte, und ich kehrte in meine Ecke zurück. Spritzer kochte vor Wut und schrie mich an: «Du hast ihn doch schon gehabt, warum hast du ihn nicht erledigt?»

«Ich konnte nicht richtig an ihn ran», antwortete ich rasch. Ich mußte vorsichtiger sein, sonst erriet er, was hier gespielt wurde.

«Halt's Maul!» schnauzte er mich an. «Spar deinen Atem!»

Als der Gong ertönte, kam Gardella vorsichtig aus seiner Ecke. Ich senkte meinen Arm ein wenig und erwartete, daß er dort angreifen werde. Er blieb jedoch vorsichtig zurück und hielt sich ständig außer Reichweite. Ich starrte ihn verwundert an. Wie, zum Teufel, erwartete er, das Match auf diese Art zu gewinnen? Sollte ich mich vielleicht selbst k. o. schlagen? Da ging ich zum Angriff über. Vielleicht konnte ich ihn so aus seiner Reserve herauslocken. Er zog sich aber sogleich zurück. Es war scheinbar schwerer, diesen Kampf zu verlieren, als ihn zu gewinnen.

Als wir uns wieder in unsre Ecken zurückzogen, begann die Menge zu pfeifen. Ich setzte mich mit gesenktem Kopf auf meinen Sessel, die Augen auf den Segeltuchbelag geheftet.

Spritzer schrie wieder auf mich ein. «Stürz dich auf ihn! Laß ihm keine Zeit zurückzuweichen. Du hast ihn bereits schwer angeschlagen, deshalb weicht er dir aus.»

Beim Gongzeichen kam ich rasch aus meiner Ecke und war bereits über die Mitte des Rings, als ich ihn traf. Er schlug wild auf mich los. Auch er hatte Befehl erhalten, endlich zu kämpfen. Einige Schläge fing ich durch schiere Reflexbewegungen ab. Wie dieser Bursche je ins Finale kommen konnte, würde mir ewig ein Rätsel bleiben; er war ja viel zu langsam. Es war eine Affenschande, so einen armseligen Kerl gewinnen zu lassen; doch es mußte sein, ich hatte den Handel abgeschlossen. Mit voller Absicht vernachlässigte ich einen Moment lang meine Verteidigung. Seine Schläge trafen meinen Arm. Es war wie eine süße Pein, fast wie eine Belohnung. Mir war, als bestünde ich gleichzeitig aus zwei Personen. Eine war froh und erleichtert, daß die andere die Schläge erhielt.

Jetzt war's für mich aber an der Zeit, mit einem Gegenangriff zu beginnen. Es mußte ja gut und korrekt aussehen. Pfeifend stieß meine Rechte vor. Sie wurde leicht abgefangen, und ich empfing einen Schlag in den Magen. Und jetzt lächelte der Bursche selbstsicher. Das reizte mich maßlos. Er hatte kein Recht, so anmaßend zu sein. Ich würde ihm ein paar Schläge zu kosten geben, die ihm Respekt vor mir beibringen sollten. Ich schoß mit einer Linken vor und ließ einen Kinnhaken mit der Rechten folgen, beides konnte er leicht abwehren.

Jetzt wurde ich richtig wütend. Ich verfolgte seine tänzelnde Gestalt. Schmerzhafte Schläge trafen mich, ich schüttelte sie aber ab. Ich mußte diesem lächerlichen Nichtskönner einen Schlag versetzen, der ihn lehren sollte, wer hier der Boss ist; dann konnte er dieses gottverdammte Match gewinnen.

Plötzlich erfolgte in meinem Gesicht eine betäubende Explosion, und ich fühlte, daß ich auf die Knie ging. Ich versuchte aufzustehen, aber meine Beine versagten. Ich schüttelte wild den Kopf und horchte auf das Zählen des Schiedsrichters. Sieben! Da fühlte ich, daß mir die Kraft in die Beine zurückkehrte. Acht! Und jetzt gelang es mir, wieder aufzustehen, mein Kopf war wieder ganz klar. Ich wußte, daß ich mir's zutrauen konnte. Neun! Aber wozu? Ich mußte ja doch verlieren. Ebensogut konnte ich mich schon jetzt auszählen lassen.

Als sich die Hand des Schiedsrichters wieder aufwärtsbewegte, stand ich dennoch wieder auf den Beinen. Wozu, zum Teufel, hab ich das getan? Ich hätte liegenbleiben sollen. Der Schiedsrichter hielt mich bei den Handgelenken und wischte meine Handschuhe an seinem Hemd ab. Dann trat er zurück und Gardella kam auf mich zugestürzt. Da ertönte der Gong, ich trat rasch zur Seite und begab mich in meine Ecke zurück.

Ich sank auf meinen Sessel. Ich wünschte mir sehnlichst, daß Spritzer, der mir in die Ohren schrie, endlich den Mund halten würde. Es hatte ja doch keinen Zweck. Plötzlich trafen mich seine Worte bis ins innerste Mark: «Was willst du sein, Danny? Dein ganzes Leben ein jämmerlicher Niemand? Du kannst diesen Burschen mit Leichtigkeit k. o. schlagen. Schüttle deine Lethargie endlich ab und setz ihm tüchtig zu!»

Ich hob den Kopf und starrte in die andere Ecke hinüber. Gardella grinste selbstbewußt. Ein jämmerlicher Niemand? Das war genau das, was sich abspielen würde. Ich würde genauso sein wie alle übrigen auf der East Side – unbekannt und namenlos, ein Bursche, der seine Karten falsch gemischt hat.

Als der Gong ertönte, sprang ich auf und trat in die Mitte des Rings. Gardella kam ohne Deckung auf mich losgestürzt. Er hatte alle Vorsicht in den Wind geschlagen. Beinahe war ich versucht zu lachen. Er glaubte den Sieg bereits in der Tasche zu haben. Zum Teufel mit dir, Gardella! Zum Teufel mit Fields! Er kann seine fünfhundert zurückhaben und sich von mir aus aufhängen.

Ich fühlte den Schmerz der Erschütterung fast bis zu meinem Ellbogen hinaufschießen. Der Schlag hatte es in sich! Da steckte Kraft dahinter. Und gleich noch einen! Aber wenn du geglaubt hast, daß der vorige weh getan hat, du Schweinekerl, dann will ich dir noch diesen verpassen!!

Ich fing seine schwachen Schläge beinahe lässig ab und ließ meine Faust mit einem Uppercut meiner Rechten emporschnellen. Und jetzt war meine Faust durch das rasante Tempo meiner Schläge, trotz grellster Beleuchtung, nur noch undeutlich zu sehen. Plötzlich taumelte Gardella, und ich trat zurück.

Er fiel. Ich sah zu, wie er fiel, denn es geschah beinahe im Zeitlupentempo. Er stürzte der Länge nach vor meine Füße. Eine Sekunde lang starrte ich auf ihn hinunter, dann ließ ich die Hände sinken, schob meine Shorts zurecht und begab mich stolzen Schrittes in meine Ecke. Ich hatte keine Eile, ich hatte unendlich viel Zeit. Für heute abend war's bei dem Burschen mit dem Boxen vorbei.

Der Schiedsrichter winkte mir, und ich eilte zu ihm zurück. Er hielt meinen Arm in die Höhe. Die Menge rief meinen Namen, als ich grinsend in meine Ecke zurückkehrte. Champion! Ich schwebte im siebenten Himmel! Dieses Hochgefühl beflügelte mich den ganzen Weg zur Umkleidekabine. Ich war trunken vor Glück und schritt wie über Wolken.

Plötzlich war alles vorbei, die freudige Erregung entwich, wie die Luft aus einem Kinderballon entweicht, in den man mit einer Nadel sticht. An der Wand der Ankleidekabine lehnte eine vertraute Gestalt. Das Brüllen der Menge verklang, während ich ihn anstarrte.

Es war Spit. Er lächelte mit einem sonderbaren Gesichtsausdruck. Er hatte seine Nägel mit seinem Fixiermesser gereinigt. Jetzt hob er es, noch immer lächelnd, und wies auf mich. Ich fühlte, wie es mich eiskalt überlief. Dann verschwand er in der Menge. Ich blickte mich rasch um, ob jemand etwas bemerkt hatte. Niemand hatte ihn beachtet, alle sprachen aufgeregt durcheinander. Ihre Flut riß mich weiter fort.

Sam war bereits in der Ankleidekabine, sein Gesicht zerfloß mit einem breiten Grinsen. Er ergriff meine Hand. «Ich hab's immer gewußt, mein Junge, daß du's in dir hast! Ich hab's geahnt! Schon damals, beim erstenmal, in der Schule.»

Ich starrte ihn stumm an. Ich konnte nicht sprechen. Ich wollte nichts als von hier wegkommen, und zwar so schnell wie möglich.

Umzugstag
17. Mai 1934

«Gute Nacht, Champ!» Zep lächelte, als er uns in dem schwach beleuchteten Hausflur verließ und die Treppe hinaufstieg. Wir sahen, wie er um die Biegung des ersten Treppenabsatzes verschwand.

Dann drehten wir uns um und sahen einander an. Sie lächelte zu mir empor und legte ihre Arme um meinen Hals. «Zum erstenmal sind wir heute abend allein», flüsterte sie vorwurfsvoll, «und du hast mich noch nicht geküßt.»

Ich beugte mich zu ihr, um sie zu küssen, aber als sich unsre Lippen berührten, hörten wir von der Treppe her ein knackendes Geräusch. Ich schrak zurück und lauschte gespannt.

«Danny, ist etwas los?» Ihre Stimme klang besorgt.

Ich sah zu ihr hinunter. Sie blickte mich forschend an. Ich zwang ein Lächeln auf meine Lippen. «Nein, Nellie.»

«Weshalb bist du denn so nervös?» fragte sie und zog mein Gesicht wieder zu sich hinunter. «Willst du mich denn gar nicht küssen?»

«Ich bin noch immer schrecklich durcheinander», antwortete ich ziemlich lahm. Ich konnte ihr nicht sagen, was in mir vorging, nein, das konnte ich niemandem sagen.

«Zu durcheinander, um mich zu küssen?» neckte sie mich lächelnd.

Ich versuchte darauf einzugehen, vermochte es aber nicht und küßte sie statt dessen. Ich preßte meinen Mund leidenschaftlich auf ihre Lippen und fühlte, wie ich sie beinahe zerdrückte. Sie schrie auf in süßer Pein.

«Und wie denkst du jetzt darüber?» fragte ich.

Sie fuhr mit einem Finger über ihre wunden Lippen. «Du hast mir weh getan», klagte sie.

Ich lachte wild auf. «Das ist noch nicht alles, was ich dir antun will», versprach ich und zog sie eng an mich. Ich küßte sie auf den Hals und den Nacken, und meine Arme umklammerten sie erbarmungslos.

«Danny, ich liebe dich!» flüsterte sie mir ins Ohr.

«Und ich liebe dich», flüsterte auch ich und ließ sie nicht los. Ich fühlte, wie ihr Körper, dicht an mich gepreßt, in meinen Armen schlaff wurde. Und wieder fanden sich unsre Lippen, und in ihrem Kuß war eine Glut, die mein Blut in wilden Aufruhr versetzte.

«Nellie!» rief ich heiser und drehte sie mit hartem Griff herum. Ihr Rücken preßte sich jetzt an meinen Leib, und meine Arme lagen gekreuzt über ihren Brüsten. Ihre Bluse hatte sich am Nacken verschoben, und ich drückte meine Lippen gierig auf ihre zarte Schulter.

Sie wandte mir ihr Gesicht zu, und ihre Hand fuhr mir liebkosend über die Wange. Sie sprach sehr leise. «Danny», murmelte sie, «Danny, meine Beine werden so schwach, daß ich kaum noch stehen kann.»

Ich zerrte an ihrer Bluse, und ihre Brüste lagen warm in meinen Handflächen. Sie seufzte tief auf und sank willenlos gegen mich. So standen wir, wie es mir schien, lange, lange Zeit.

Schließlich bewegte sie sich in meinen Armen und wandte mir im Dämmerlicht ihr Gesicht zu. Der Ausdruck ihrer Augen war voll Liebe und Zärtlichkeit. «Mein Rücken tut mir weh», sagte sie leise in entschuldigendem Ton.

Ich lockerte meine Umarmung, sie drehte sich zu mir herum und hielt meine Hände fest an ihre Brust gedrückt. Sie lächelte glücklich. «Fühlst du dich jetzt wieder wohler?»

Ich nickte. Es war wahr, denn für kurze Zeit hatte ich alles andere vergessen.

Sie küßte mich beglückt und schob meine Hände von ihrer Bluse. Ihr Gesicht war erhitzt und gerötet, ihre dunklen Augen sprühten, und ihre Lippen krümmten sich zu einem süßen Lächeln. «Jetzt wirst du vielleicht auch nach Hause gehen und schlafen können?» fragte sie. «Du warst den ganzen Abend so nervös.»

Ich nickte wieder. Sie hatte recht, ich war den ganzen Abend nervös und gereizt gewesen. Im Restaurant, in das uns Sam alle zu einem Dinner eingeladen hatte, war ich bei jedem Schritt aufgefahren. Ich hatte kaum etwas essen können. Ich hatte mir eingebildet, daß es niemand bemerkte. Jetzt ergriff ich ihre Hand und küßte ihre Handfläche. «Was auch immer geschieht, Nellie», sagte ich rasch, «vergiß nie, daß ich dich liebe.»

«Und ich liebe dich, was immer auch geschieht», erwiderte sie feierlich und bot mir ihr Gesicht zum Kuß. «Gute Nacht, Danny.»

Ich küßte sie. «Gute Nacht, mein Herz.»

Ich sah ihr nach, bis sie über die Treppe verschwunden war, dann trat ich auf die Straße.

Ich war nur wenige Schritte den Häuserblock entlanggegangen, als ich das Gefühl hatte, von jemandem beobachtet zu werden. Ich blieb stehen und sah zurück. Die Straße war völlig verlassen. Ich ging wieder weiter, doch das merkwürdige Gefühl war geblieben.

An der nächsten Ecke blieb ich wieder stehen, um auf meine Uhr zu schauen. Es war zwei Uhr vorbei. Plötzlich glaubte ich im Schatten hinter mir eine Bewegung zu bemerken. Ich drehte mich um, und mein Herz begann wie rasend zu schlagen. So stand ich sprungbereit, um die Flucht zu ergreifen.

Da trat aus dem tiefen Schatten eine kleine graue Katze. Ich lachte beinahe vor Erleichterung. Als nächstes werde ich wohl noch Gespenster sehen. Ich setzte meinen Weg fort.

Die Lichter der Delancey Street tauchten vor mir auf. Ich mischte mich unter die Menge und freute mich ihrer Nähe. Hier konnte mir nichts geschehen. Langsam ließ ich mich in ihrem Strom mittreiben, und nach und nach begann ich mich wieder normaler zu fühlen.

An der nächsten Straßenecke schrie ein Zeitungsjunge: «Morgenzeitung! Die Sieger im Boxmatch!» Ich ließ zwei Pennies in seine Hand fallen, nahm eine Zeitung und überflog die letzte Seite mit den Sportnachrichten. Ich betrachtete die Bilder der Boxer mit großem Interesse. Meines befand sich rechts oben in der Ecke. Die Kamera hatte mich in der Haltung des Siegers erfaßt, nachdem ich Gardella eben k. o. geschlagen hatte. Ungeheurer Stolz bemächtigte sich meiner. Boxchampion! Nichts und niemand konnte mir diesen Titel wieder streitig machen. Ich fragte mich, ob einer unter all den Leuten, die an mir vorbeiströmten, mich erkannte, ob jemand wußte, daß ich, Danny Fisher, hier mitten unter ihnen stand.

Urplötzlich verschwand mein Lächeln. Ich sah unmittelbar in die Augen eines Menschen, der mich erkannte: es war Spit. Er lehnte sich gegen das Fenster der Paramount Cafeteria und sah mir grinsend entgegen. Die Zeitung entfiel meinen kraftlos gewordenen Händen und flatterte in den Rinnstein. Ich hatte die ganze Zeit über recht gehabt, sie hatten mich verfolgt, und warteten hier, bis sie mich allein zu fassen bekamen.

Spit nickte einem Mann zu, der am Straßenrand stand. Ich erkannte ihn sofort. Er war hier in der Gegend als der Inkassant bekannt. Fields verwendete ihn dazu, um hinter den Leuten her zu sein, die sich zu zahlen weigerten. Nachdem er sie in der Arbeit gehabt hatte, waren sie gewöhnlich froh, ihre Rechnungen noch zahlen zu können. Falls sie nämlich noch dazu imstande waren.

Ich mischte mich rasch wieder unter die Menge und unterdrückte den übermächtigen Wunsch davonzulaufen. Solange ich mich unter Menschen befand, war ich in Sicherheit. Als ich über die Schulter zurücksah, schlenderten Spit und der Inkassant lässig hinter mir drein, wie zwei Männer, die aus der letzten Kinovorstellung kamen und jetzt nach Hause gingen. Obwohl sie mir scheinbar keine Aufmerksamkeit schenkten, wußte ich dennoch, daß sie mich keine Sekunde aus den Augen ließen.

Ich bog in die Clinton Street ein, wo die Menschenmenge bereits erheblich dünner war, ich befand mich aber noch immer in Sicherheit. Gefährlich wurde es erst beim nächsten Häuserblock. Um diese frühe Morgenstunde war er gewöhnlich menschenleer. Kam ich glücklich über diese Strecke hinweg, dann brauchte ich nur noch um die Ecke zu biegen und war zu Hause.

Ich überblickte die Menschen, die noch vor mir gingen, und mein Mut sank. Der nächste Häuserblock war tatsächlich wie ausgestorben. Ich verlangsamte meine Schritte und spielte mit der Idee, in die Delancey Street zurückzukehren.

Ein Blick nach hinten veranlaßte mich, diesen Gedanken wieder fallenzulassen. Sie waren mir zu dicht auf den Fersen. Sie würden mir den Weg verstellen. Mir blieb nur ein einziger Weg: geradeaus. Meine Gedanken jagten wild durcheinander. Ich befand mich jetzt beinahe an der Ecke. Das Bild des folgenden Häuserblocks erstand vor meinem geistigen Auge. Nach etwa dreiviertel der Strecke zweigte ein ganz schmaler Weg ab, der zwischen zwei Häusern entlanglief. Er war für eine Person gerade breit genug. Konnte ich ihn erreichen, dann hatte ich eine Chance. Eine sehr schwache Chance zwar, es war aber meine einzige.

An der Ecke wechselte eben das Licht der Verkehrsampel, und ein riesiger Lastwagen mit Anhänger bog direkt vor meinen Füßen ein. Ich stürzte mich vor ihm über die Fahrbahn. Hinter mir kreischten die Bremsen, während ich die andere Seite glücklich erreichte. Ich blickte aber nicht zurück. Spit schrie auf den Lastwagenfahrer ein, der die beiden von mir abgeschnitten hatte. Ich war beinahe die Hälfte der Strecke bis zu dem schmalen Weg gelaufen, ehe ich es wagte, nervös einen Blick über meine Schulter zu werfen.

Spit und der Inkassant hatten soeben den Gehsteig erreicht und liefen jetzt hinter mir her. Angst beschleunigte das Tempo meiner Beine noch mehr. Ich lief in der Dunkelheit beinahe an dem Weg vorbei. Doch dann bog ich scharf ein und stieß mit meiner Schulter an die Hausmauer. Ein Ziegelstein fiel krachend zu Boden, und ich floh tiefer in den Schatten der beiden Häuser.

Es war stockfinster hier, so finster, daß ich nicht mehr erkennen konnte, wohin ich lief. Ich bewegte mich jetzt vorsichtiger und tastete mich mit einer Hand an der Mauer entlang, um so den Weg zu finden. Er lief die ganze Länge der beiden Gebäude entlang – es waren nahezu zwölf Meter von der Straße –, um schließlich an einer Mauer als Sackgasse zu enden. Plötzlich berührte ich mit der vorgestreckten Hand diese Mauer. Ich blieb stehen und tastete mit den Fingern darüber hin. Nicht viel höher mußte sich ein schmaler Sims befinden. Da! Da ist er!! Ich kletterte geräuschlos hinauf, dann drehte ich mich um, das Gesicht der Straße zugewandt. Hierauf streckte ich meine Hand aus und suchte die Stahlstange, die sich, wie ich wußte, zwischen den beiden Häusern befand.

Meine Augen hatten sich jetzt an die Finsternis gewöhnt, und ich fand die Stange in dem schwach reflektierten Licht der Straßenbeleuchtung. Ich umklammerte sie und saß nun zusammengekauert wartend da. Ich bemühte mich, die Finsternis mit meinen Blicken zu durchdringen. Nur einer der beiden konnte hier an mich herankommen. Mein Herz hämmerte zum Zerspringen in meiner Brust. Ich zwang mich, ruhig zu atmen.

Jetzt drang vom Eingang des Weges Stimmengemurmel zu mir. Ich bemühte mich, die Worte zu verstehen, konnte aber nicht einmal die Stimmen voneinander unterscheiden. Dann verstummten sie, und ich hörte das scharrende Geräusch der Schritte, die langsam den schmalen Weg auf mich zukamen.

Die Straßenbeleuchtung umriß die Silhouette eines Mannes. Er bewegte sich vorsichtig in der Finsternis und tastete sich, ebenso wie ich, mit der Hand an der Mauer entlang. Jetzt tauchte ein zweiter Schatten im Eingang auf. Ausgezeichnet. Einer wartete also auf der Straße. Ich fragte mich, welcher der beiden mir da entgegenkam.

Ich brauchte nicht lange nachzudenken. Eine rauhe Stimme zischte durch die Finsternis. «Wir wissen, daß du hier bist, Fisher. Komm mit uns zum Boss, dann hast du noch 'ne Chance.»

Ich zog die Luft scharf ein. Es war der Inkassant. Ich antwortete nicht. Die Chance, die sie mir geben würden, kannte ich. Jetzt war er etwa bis zur Hälfte des Weges zu mir vorgedrungen.

Der Inkassant ließ sich jetzt wieder vernehmen, diesmal ungefähr zehn Schritte von mir entfernt. «Hast mich gehört, Fisher? Komm raus und du kriegst 'ne Chance!» Das schwache Licht der Straßenbeleuchtung ließ mich seine massige Gestalt erkennen. Ich richtete mich, gespannt in allen Muskeln, auf, und meine Hand umklammerte die Stahlstange. Nun war er nur noch sechs

Fuß von mir entfernt. Fünf Fuß. Vier! Er konnte mich in der Dunkelheit nicht sehen, aber ich sah ihn.

Drei Fuß. Zwei. Jetzt!!

Ich stieß mich mit den Füßen von dem Mauersims ab, die Stange hielt ich noch immer fest umklammert, und schwang mich durch die Luft, wobei ich mit den Füßen auf seinen Kopf zielte. Zu spät fühlte er die plötzlich hereinbrechende Gefahr. Er versuchte seitwärts auszuweichen, hatte aber keinen Platz. Meine schweren Schuhe trafen ihn mitten aufs Kinn und ins Gesicht. Man hörte einen dumpfen Schlag und unter meinen Füßen gab etwas nach. Der Inkassant stürzte zu Boden. Über ihm an der Stange in der Luft hängend, sah ich hinunter und versuchte in der Finsternis etwas von ihm zu erkennen. Er lag zusammengekrümmt wie ein Schatten auf dem Boden. Er stöhnte leise. Ich ließ die Stange los und ließ mich neben ihm zu Boden fallen. Da fühlte ich an meinem Bein eine Bewegung und stieß sofort mit dem Fuß wild auf ihn los. Es gab einen sonderbar knirschenden Ton, als er mit dem Kopf an die Wand stieß. Dann trat tiefe Stille ein.

Ich tastete rasch über sein Gesicht. Er war ganz still und lag völlig reglos da. Er war ohnmächtig geworden.

Ich sah wieder zum Eingang. Spit stand noch immer dort, in der Haltung eines aufmerksam Lauschenden. Sein Körper zeichnete sich gegen das Licht ab, während er versuchte, die Dunkelheit mit seinen Blicken zu durchdringen. Seine Stimme drang jetzt bis zu mir. «Hast ihn geschnappt?»

Ich grunzte wie in Zustimmung. Ich mußte ihn hier hereinlocken, wenn ich mit geraden Gliedern wieder herauskommen wollte. Es war meine einzige Chance. Ich kauerte mich auf den Boden. Spits Stimme ertönte aufs neue, und er bewegte sich langsam den schmalen Weg entlang. «Halt ihn fest. Ich möcht dem dreckigen Betrüger mein Zeichen verpassen!» Ein Lichtschimmer traf etwas Blitzendes in seiner Hand. Es war sein Fixiermesser. Ich kauerte mich noch mehr zusammen, kroch etwas vor und hielt den Atem an.

Nur noch einige Schritte.

Und jetzt sprang ich von dem dunklen Boden auf, meine Fäuste zielten auf Spits Kinn. Durch seinen Instinkt vor einer Gefahr gewarnt, zuckte er mit dem Kopf hastig zurück, und meine Faust streifte bloß sein Gesicht.

Im Licht der Straßenbeleuchtung fuhr sein Messer blitzend auf mich herab. Verzweifelt griff ich danach und hielt es fest. Er wehrte sich in meinem Griff, seine freie Hand suchte meine Augen. Betäubender Schmerz durchfuhr meinen Arm, als Spit die Schneide des Messers, das ich festhielt, in meiner Handfläche umdrehte. Als Reflexbewegung zuckte ich mit der Hand zurück und ließ das Messer los. Und schon fühlte ich einen brennenden Schmerz in der Seite, Spit hatte das Messer sofort nach abwärts gestoßen.

Durch den plötzlichen Schock atemlos, griff ich dennoch nach seiner Hand mit dem Messer. Ich fand sie und hielt sie fest. Spit begann das Messer wieder zu drehen, und die Nerven meiner Hand schrien vor Schmerz – ich wagte es aber nicht, nochmals loszulassen. Mit seiner freien Hand suchte er jetzt meine Kehle zu fassen. Endlich gelang es mir, trotz der Dunkelheit, einen Schlag in seinem Gesicht anzubringen. Ich fühlte in den Knöcheln einen scharfen Schmerz, als sie gegen seine Zähne stießen, allein, es war ein willkommener Schmerz. Mit dem Knie stieß ich nun heftig nach seiner empfindlichsten Stelle. Er schrie auf und krümmte sich schmerzgepeinigt zusammen.

Mit einem Ruck riß ich seine Hand mit dem Messer nach hinten und richtete ihn damit wieder auf. Jetzt stand er mit dem Rücken gegen die Wand, und meine Schulter rammte sich tief in seine Kehle. Und dann prasselte Schlag auf Schlag auf sein Gesicht nieder. Schließlich sank er vornüber.

Ich ließ seinen Arm los und trat zurück. Mein Atem fuhr rasselnd durch meine Kehle, während er wie eine Marionette zu Boden stürzte. Er lag auf dem Bauch zu meinen Füßen. Ich beugte mich über ihn und suchte sein Messer.

Ich fand es, aber seine Spitze war zwei Zoll tief in seine Seite eingedrungen. Das mußte geschehen sein, als ich ihn gegen die Wand drückte. Ich war keines Gefühls mehr fähig. Ich war weder froh, noch bedauerte ich etwas, denn es hatte geheißen: er oder ich.

Ich erhob mich wieder und verließ langsam den schmalen Weg. Dabei überlegte ich, ob Spit tot war. Irgendwie war's mir aber gleichgültig. Es war völlig bedeutungslos. Für mich schien überhaupt nichts mehr Bedeutung zu haben, als nach Hause zu gehen und mich ins Bett zu legen. Dann würde alles wieder in Ordnung sein, denn morgen würde ich aufwachen und feststellen, daß alles nur ein böser Traum war.

Ich stand im Treppenhaus vor unsrer Wohnungstür und suchte in der Tasche nach meinen Schlüsseln. Sie waren nicht da. Nichts war in meinen Taschen zu finden als fünfhundert Dollar und ein Bleistiftstummel. Müde versuchte ich mich zu erinnern, was ich mit ihnen gemacht hatte.

Plötzlich erinnerte ich mich. Ich hatte sie heute früh meinem Vater auf den Tisch geworfen. Wir hatten Streit gehabt. Ich konnte mich aber nicht einmal erinnern, worüber wir gestritten hatten. Unter der Tür drang ein Lichtschimmer hervor. Jemand mußte noch wach sein und würde mich einlassen. Ich klopfte leise an die Tür.

Ich hörte, wie im Zimmer ein Sessel scharrte, dann näherten sich auf der andern Seite der Tür schwere Schritte. «Wer ist es?» wurde gefragt. Es war die Stimme meines Vaters.

Als ich bemerkt hatte, daß mir die Schlüssel fehlten, war in meiner Kehle ein Klumpen aufgestiegen, und jetzt weinte ich beinahe vor Erleichterung. «Ich bin's, Papa», sagte ich, «laß mich rein.» Jetzt wird alles wieder gut werden.

Einen Moment war es totenstill, dann hörte ich die Stimme meines Vaters: «Mach, daß du fortkommst!»

Langsam kam mir der Sinn seiner Worte zu Bewußtsein. Ich schüttelte den Kopf, um ihn ganz klar zu bekommen, ich begann ja Unsinn zu hören. So etwas würde mein Vater doch niemals sagen, das kann er nicht sagen. «Ich bin's, Danny», wiederholte ich. «Laß mich rein.»

Papas Stimme klang jetzt entschiedener. «Ich hab gesagt, mach, daß du fortkommst!»

Kalte Angst schüttelte mich. Ich hämmerte gegen die Tür und meine verwundete Hand hinterließ blutige Abdrücke. «Laß mich rein, Papa!» schrie ich hysterisch. «Laß mich rein! Ich weiß doch nicht, wohin ich sonst gehen soll!»

Jetzt hörte ich auch Mammas Stimme. Sie schien ihn anzuflehen, zu beschwören. Dann war wieder Papas Stimme zu vernehmen, sie war rauh und heiser und unwandelbar wie die Zeit. «Nein, Mary, ich bin fertig mit ihm. Ich habe im Ernst gesprochen. Diesmal ist's endgültig!»

Durch die Tür hörte ich ihr Schluchzen, und gleich darauf das Knipsen des Lichtschalters. Der Lichtschimmer unter der Tür war verschwunden, und das Schluchzen verklang langsam im Innern der Wohnung. Dann herrschte tiefe Stille.

Einen Moment stand ich tief erschüttert und in grauenhafter Verwirrung vor der Tür. Dann begriff ich. Es war vorbei – alles war vorbei. Papa hatte Ernst gemacht.

Langsam stieg ich die Treppe hinunter, einsam von allen verlassen und wie ausgebrannt. Am Vorplatz schlug mir die Nachtluft kühl entgegen. Ich sank auf die Stufen und lehnte meinen Kopf an das Eisengitter. Tränen liefen mir über die Wangen, und in meinem Arm fühlte ich brennende Schmerzen. Ich fühlte mit der Hand darüber hin, meine Finger wurden feucht und klebrig. Meine Handfläche war zerschnitten und blutete, und mein rechter Ärmel war aufgeschlitzt. Durch den Riß konnte ich bei dem schwachen Lichtschein den Schnitt in meinem Arm sehen. Blut quoll langsam hervor, aber auch das war ohne Bedeutung. Mir war alles gleichgültig, ich war zu müde. Ich stützte meinen Kopf gegen das Gitter und schloß die Augen.

Sie blieben aber nur einen Augenblick geschlossen, denn ich riß sie mit einem Ruck wieder auf. Das sonderbare Gefühl, das ich schon früher am Abend gehabt hatte, war wiedergekehrt. Jemand beobachtete mich. Mit aufgedunsenen, verschwollenen Augen spähte ich die Straße entlang.

Auf der gegenüberliegenden Seite parkte ein Auto. Die Scheinwerfer waren abgeblendet, doch der Motor lief leise. Sie waren wieder hinter mir her! Spit und der Inkassant mußten bereits Bericht erstattet haben.

Ohne mich zu erheben, rollte ich mich auf den Bauch und kroch in den Hausflur zurück. Dort blieb ich einen Moment zusammengekauert liegen und überlegte, was ich jetzt tun sollte. Vielleicht konnte ich durch den Hinterhof schleichen und ihnen über das Dach des nächsten Hauses entkommen.

Doch ein Gefühl der Hoffnungslosigkeit überkam mich. Was wäre damit erreicht? Sie werden ja doch so lange hinter mir her sein, bis sie mich gefunden haben. Sie hatten überall ihre Freunde. Es gab keinen Platz, an dem ich mich verbergen konnte.

Ich griff in die Tasche. Das Geld war noch da. Vielleicht lassen sie mich noch einmal davonkommen, wenn ich ihnen das Geld zurückgebe? Doch während ich es noch überlegte, wußte ich bereits, daß es nichts nützen würde. Ich hatte es zu weit getrieben. Ich wußte auch zuviel.

Doch das Geld kann dem Zweck, für den ich es gewollt hatte, noch zugeführt werden. Der Alte konnte sich das Geschäft damit kaufen. Mindestens aber bekommen Mamma und Mimi auf diese Art eine Chance. Wenn sie mich mit dem Geld erwischen, dann würden sie alles haben. Wozu ihnen den ganzen Gewinn überlassen? Neben mir auf dem Boden lag ein Reklamezettel. Ich hob ihn auf und betrachtete ihn. «Großer Ausverkauf in Berners Drugstore.» Ich drehte ihn um, die Rückseite war leer. Ich griff in die Tasche und holte meinen Bleistift heraus.

Meine Worte standen mit Bleistift und Blut auf dem Papier:

Liebe Mamma – das Geld gehört für das Geschäft. Laß nicht zu, daß er's wegwirft. Grüße, Danny.

Ich faltete die Banknoten in das Papier, stand auf und schob es in unsern Briefkasten. Jetzt war ich froh, daß die Regierung unsern Hausherrn gezwungen hatte, neue Briefkästen aufzustellen, denn die alten waren zerbrochen gewesen, und jedermann konnte sie öffnen. Mamma wird das Geld morgen früh finden, wenn sie wegen der Post herunterkommt.

Der Wagen stand noch immer mit leise laufendem Motor auf der Straße. Ich klopfte den Staub von meiner Hose. Während ich langsam die Stufen hinabschritt, stieg mir vom Magen ein dumpfes Gefühl entsetzlicher Übelkeit auf. Ich kehrte dem Wagen absichtlich den Rücken und schritt die Straße hinunter. Als ich die Hälfte des Häuserblocks hinter mir hatte, hörte ich, wie sie den Gang einlegten und gleich darauf das leichte Geräusch der Pneus, als sich der Wagen vom Straßenrand entfernte. Ich unterdrückte den heftigen Wunsch davonzulaufen und blickte rasch über die Schulter. Der Wagen schwenkte plötzlich auf die andere Straßenseite und fuhr direkt auf mich zu.

Der unwiderstehliche Wunsch davonzulaufen wurde noch stärker. Ich unterdrückte ihn. Zum Teufel mit ihnen! Ich blieb stehen und sah dem Wagen, der auf mich zukam, entgegen. Tränen liefen mir in Strömen über die Wangen, und die Todesangst hatte meinen Körper zu Eis erstarren lassen. Ich schluckte verzweifelt und versuchte den Brechreiz, der mir vom Magen aufstieg, zurückzudrängen.

Ich trat ein paar Schritte zurück und fühlte mit der Hand das kalte Metall eines Laternenpfahls. Völlig entkräftet sank ich dagegen hin. Ich spürte bereits den bitteren Geschmack des Mageninhalts, der mir in den Mund stieg, und eine Million verrückter Gedanken jagte mir durch den Kopf.

Wann wirst du endlich erwachsen sein, Danny Fisher?

Im Leben eines jeden Menschen gibt es einen Punkt, an dem er diese Frage zu beantworten hat. Und in dieser kalten, düsteren Nacht fand ich die Antwort.

Ich hatte Angst vor dem Tod. Und während diese gestaltlose Angst meinen Körper schüttelte, mein Magen sich in wilder Rebellion umdrehte, meine Nieren zu einem eisigen Klumpen wurden und meine Blase sich in einen undichten, unkontrollierbaren Hahn verwandelte – da wurde ich plötzlich erwachsen.

Ich wurde erwachsen, weil mir zu Bewußtsein kam, daß ich nicht unsterblich war; daß ich aus Fleisch gemacht war, das verfaulen und sich in Dreck verwandeln, und aus Blut, das sich nach meinem Tod schwarz verfärben würde. Und dann hatte ich dem Tag des Gerichts entgegenzusehen. Ich erkannte auch, daß meine Eltern nur die Werkzeuge waren, die mich entstehen ließen, und nicht die Hüter meiner Seele. Ich war nichts anderes als ein Zufall der Schöpfung.

Ich war einsam und allein in meiner eigenen Welt, und in dieser Welt mußte ich sterben, und niemand würde sich meines Namens erinnern. Der Tod würde sich auf mich herabsenken, Schmutz mich bedecken, und ich würde nicht mehr sein.

Meine Beine verwandelten sich zu wässeriger Gallerte, und obwohl ich mich verzweifelt an den Laternenpfahl klammerte, sank ich dennoch auf dem Gehsteig in die Knie. Ich schloß die Augen fest zu, und meine Lider preßten Tränen hervor, während der Wagen zum Stillstand kam. Ich hörte, wie sie die Tür öffneten, wie die Schritte dumpf auf dem Pflaster hallten und wie sie auf mich zukamen.

Ich wandte mein Gesicht zum Laternenpfahl und verbarg es in meiner Armbeuge. Ich spürte, wie mir Blut aus der Unterlippe hervorquoll. Und dann begann ich zu beten. Nicht um mein Leben, nur um meinen Tod, daß er mir gnädig sei und mich von dem Grauen und Entsetzen befreie, in dem zu leben mir unmöglich war.

Eine weiche Hand legte sich auf meinen Arm und eine Stimme flüsterte mir ins Ohr: «Danny!»

Ich versuchte mein Gesicht noch tiefer in meiner Armbeuge zu verbergen. Ein Angstschrei erstickte in meiner Kehle. Die Stimme des Todes war sanft wie die einer Frau, aber sie war es nur, um mich noch mehr zu quälen.

Die Stimme fuhr beharrlich fort: «Danny, ich habe auf dich gewartet. Du mußt weg von hier!»

Das war nicht die Stimme des Todes. Es war eine Frauenstimme, voll der Wärme und des Mitleids. Es war die Stimme des Lebens! Langsam hob ich den Kopf, ich wagte kaum aufzuschauen.

Ihr Gesicht war im Licht der Straßenbeleuchtung kreideweiß. «Ich bin gekommen, um dich zu warnen», flüsterte sie rasch. «Max hat dir Spit und den Inkassanten auf den Hals gehetzt!»

Ich starrte sie einen Moment an, während ich den Sinn ihrer Worte nur langsam begriff. Dann aber vermochte ich mich nicht mehr zu beherrschen. Das ist doch Sarah, genannt Ronnie! Ich begann kraftlos und völlig hysterisch zu lachen. Ich befand mich also noch immer in Sicherheit!!

Sie starrte mich an, als wäre ich plötzlich verrückt geworden. Dann schüttelte sie mich an den Schultern. «Du mußt dich vor ihnen verstecken», flüsterte sie eindringlich, «sie können jede Minute hier sein!»

Ich sah zu ihr auf, und Tränen liefen mir noch immer übers Gesicht. Ich hörte auf zu lachen und streckte ihr meine Hände entgegen. «Hilf mir auf die Beine», bat ich sie, und die Worte kamen nur heiser aus meiner brennenden Kehle, «aber sie werden nicht kommen.»

Sie legte beide Hände unter meine Achseln und half mir auf die Füße.

«Was meinst du damit, wenn du sagst, sie werden nicht kommen?» fragte sie.

Jetzt stand ich wieder auf den Beinen. Plötzlich ließ sie mich los, und ich taumelte gegen den Laternenpfahl. Sie starrte mich entsetzt an. «Du blutest ja!» schrie sie.

Ich nickte. «Sie haben mich bereits erwischt!»

Sie betrachtete mich mit ängstlicher Miene. «Was ist geschehen?» fragte sie atemlos.

«Was geschehen ist?» wiederholte ich mit rauher Stimme und begann wieder zu lachen. «Ich weiß nicht, was geschehen ist. Ich hab sie in einer Sackgasse liegen lassen. Ich glaube, Spit ist tot. Vielleicht auch der Inkassant. Die ganze Sache ist maßlos komisch. Denn sie sind gekommen, um mich umzubringen, statt dessen hab ich sie umgebracht!»

Lachen gluckste hemmungslos in meiner Kehle, während ich mich mit geschlossenen Augen an den Laternenpfahl lehnte. Es war ein höllischer Spaß auf Maxie Fields' Kosten!

Sie zog mich aufgeregt am Arm. Ich stolperte nach vorn und fiel beinahe wieder hin. «Du mußt von hier weg! Fields wird dich töten, wenn er's erfährt!»

Ich starrte sie, noch immer lachend, an. «Wohin soll ich denn gehen?» fragte ich. «Es gibt keinen Ort, an dem ich mich verbergen könnte. Selbst mein Vater läßt mich nicht mehr ins Haus.»

Sie starrte mich an. «Keinen Ort, an dem du dich verbergen kannst?» fragte sie.

Ich schüttelte den Kopf. «Keinen Ort.» Und ich begann neuerlich auf den Gehsteig zu gleiten.

Doch da umklammerte sie mich mit beiden Armen und zerrte mich zu ihrem Wagen. Ich ließ es wie betäubt geschehen. Sie öffnete die Tür und ich stolperte auf den Rücksitz. Die Tür schloß sich hinter mir, und sie setzte sich hinter das Steuer. Als ich fühlte, wie sich der Wagen in Bewegung setzte, legte ich meinen Kopf gegen den Polstersitz und schloß die Augen.

Einmal öffnete ich sie wieder, und da befanden wir uns auf einer Brücke. Sie sah wie die Manhattan Bridge aus, aber ich war zu erschöpft, um genauer hinzuschauen. Ich schloß die Augen wieder. Mir war jetzt sehr warm, und ich veränderte unbehaglich meine Stellung.

Dann zog sie wieder an meinem Arm. Ich erwachte und spürte den Salzgeruch in der Luft. Ich stolperte müde aus dem Wagen und versuchte etwas zu erkennen. Wir parkten in einer dunklen Straße. Wenige Schritte von uns entfernt sah ich einen Promenadenweg und dahinter schneeweißen Sand. Vom Strand her hörte ich das donnernde Geräusch der Ozeanwogen. Sie führte mich zu einem kleinen Pavillon, der dicht unter dem Promenadenweg stand. Auf einer Tafel war zu lesen:

BENS ERFRISCHUNGSPAVILLON
SODA HEISSE WÜRSTCHEN
HAMBURGER SÜSSWAREN

«Wo sind wir?» fragte ich.

Ihre Augen überflogen flüchtig mein Gesicht. «Coney Island», antwortete sie.

Sie führte mich jetzt weiter zu einem kleinen Bungalow hinter dem Pavillon. Ich schwankte unsicher hin und her, und sie hielt einen Arm um meine Schulter gelegt, während sie an die Tür klopfte. «Ben! Wach auf!» rief sie leise.

Licht flammte im Innern des Bungalows auf, und man hörte ein tappendes Geräusch. Dann drang eine Stimme durch die geschlossene Tür. «Wer ist da?»

«Sarah», erwiderte sie, «beeil dich, Ben, mach auf!»

Die Tür wurde rasch geöffnet, und Licht überflutete uns. Mit lächelndem Gesicht stand ein Mann vor uns. «Sarah!» rief er. «Ich hab dich nicht so bald zurück erwartet!» Doch als er meiner ansichtig wurde, verschwand das Lächeln von seinen Lippen. «Sarah, wer ist das?»

«Laß uns hinein», sagte sie und half mir über die Türschwelle.

Schweigend trat der Mann zur Seite. An der Wand befand sich ein schmales Bett, und sie half mir, es zu erreichen. Ich sank dankbar darauf nieder, und sie wandte sich wieder zu dem Mann zurück. «Bring mir heißes Wasser», sagte sie hastig.

Ich starrte erst sie, dann ihn an. Als er durch das Zimmer schritt, hörte ich wieder das tappende Geräusch. Aus einem Pyjamabein ragte ein Holzstumpf hervor, und als er sich umdrehte, sah ich verwundert auf. An einer Seite war sein Ärmel festgesteckt. Ich schloß die Augen, ich mußte das alles träumen! Doch als ich sie wieder öffnete, waren alle beide noch immer da, Sarah und der Mann mit einem Arm und einem Bein.

«Er ist verwundet, Ben», sagte sie. «Wir brauchen heißes Wasser, um die Wunden zu reinigen.»

Ich setzte mich auf. Mir war schrecklich heiß, und das Zimmer schien vor meinen Augen zu verschwimmen. Der Mann hatte es hier entsetzlich heiß. «Mir ist schon wieder ganz gut», sagte ich, «mach dir weiter keine Mühe, mir ist ganz gut.»

Doch auf einmal begann sich das Zimmer vor mir zu drehen und beide standen auf den Köpfen. Ich konnte mir das nicht erklären. Vielleicht war ich überhaupt nicht aus der Sackgasse entkommen. In der Ecke sah ich einen Lichtstrahl.

«Papa, laß mich rein!» schrie ich und stürzte der Länge nach in das Licht. Dann glitt ich, behende wie ein Fisch, durchs Wasser hindurch und kam auf der andern Seite in pechschwarzer Finsternis wieder heraus.

MEIN ALLTAGSLEBEN

Das dritte Buch

1

Als ich den Promenadenweg hinunterlief, kam die Julisonne gerade aus dem Wasser gestiegen, und ihre goldroten Strahlen verliehen den Wellen ein frischgewaschenes Aussehen. Der Sand unter meinen Füßen war weiß und sauber. Später am Tag wird er wieder schmutzig und mit allerlei Abfall bedeckt sein, aber jetzt war er frisch und kühl, und ich genoß es, ihn unter den Füßen zu spüren.

Die Promenade lag ganz verlassen. In zwei Stunden wird der erste Menschenstrom eintreffen. Ich sog die frische Morgenluft mit tiefen Atemzügen ein und trabte zum Wasser hinunter. Jetzt war die einzige Tageszeit, um richtig zu schwimmen. Man hatte den ganzen Atlantischen Ozean für sich allein.

Ich ließ das Handtuch von meinen Schultern fallen und sah an meinem Körper hinab. Auf meinem Arm war nur eine schwache weiße Narbe zurückgeblieben, wo Spit mich getroffen hatte. Alles übrige war verschwunden und verlor sich in der nahezu schwarzen Sonnentönung, die meinen ganzen Körper bedeckte. Ich habe wahrhaftig Glück gehabt.

Mit einem Hechtsprung war ich im Wasser und schwamm rasch auf das weit draußen verankerte Floß zu. Der bitter-süße Geschmack des Salzwassers drang mir in Mund und Nase. Es war ungemein erfrischend und belebend. Der Strand schien weit entfernt und nur noch ganz klein zu sein. Ich legte mich auf den Rücken und ließ mich treiben. Es war beinahe so, als wäre ich allein auf der Welt.

Kaum glaublich, daß nahezu zwei Monate vergangen waren, seit mich Sarah in jener Nacht hierhergebracht hatte. In Wirklichkeit hatte nicht ich diese grauenvolle Nacht durchlitten, sie war einem ganz andern Menschen widerfahren, der in meinem Körper gelebt und meinen Namen getragen hatte. Doch das lag jetzt alles weit hinter mir. Sarah hatte mir einen neuen Namen gegeben, während sie die Leinenstreifen in heißes Wasser tauchte und mir den Schmutz und das verkrustete Blut von Arm und Hüfte wegwusch.

Danny White. Diesen Namen hatte sie mir gegeben, als sie mich ihrem Bruder vorstellte. Ich lächelte, als mir diese Szene einfiel. Zunächst war ich zu schwach gewesen, um zu protestieren, als ich aber am folgenden Tag die Zeitungen las und meinen Namen unter den Bildern der Boxchampions sah, war ich ihr dankbar. Je weniger ihr Bruder oder sonst jemand von mir wußte, desto besser war es.

Wir hatten die Zeitung eifrig nach einer Notiz über das Schicksal von Spit und dem Inkassanten durchsucht, hatten jedoch nichts gefunden. Wir hatten verwunderte Blicke gewechselt, wagten aber bis am späten Nachmittag nicht darüber zu sprechen, bis Ben weggegangen war, um Eßwaren einzukaufen.

«Glaubst du, daß man sie schon gefunden hat?» fragte ich.

Sie schüttelte mit einem sehr beunruhigten Ausdruck den Kopf. «Ich weiß es nicht», antwortete sie, «heute abend, wenn ich zurückkehre, werde ich mehr wissen.»

«Du gehst zu ihm zurück?» fragte ich ungläubig.

«Ich muß», antwortete sie gelassen. «Wenn ich nicht wiederkäme, würde er sofort wissen, daß etwas nicht stimmt, und mich suchen lassen. Es ist die einzige Möglichkeit für uns, in Sicherheit zu bleiben.»

Ich versuchte mich in dem schmalen Bett aufzusetzen, war aber noch zu schwach und fiel wieder in die Kissen zurück. «Ich muß von hier weg», murmelte ich, «ich bring dir doch nichts als neue Sorgen.»

Sie sah mich neugierig an. «Wohin willst du denn gehen?»

«Ich weiß nicht», antwortete ich, «aber ich werde schon was finden. Ich kann nicht hierbleiben, denn früher oder später werden sie's doch herausbekommen. Dann müßtest auch du darunter leiden.»

Sie beugte sich zu mir und strich mir leicht über die Wange. «Du bleibst hier, Danny», sagte sie ruhig, «du bleibst hier und wirst gemeinsam mit Ben arbeiten. Er braucht eine Hilfe, denn er kann das Geschäft nicht allein führen.»

«Wenn mich aber jemand erkennt?» fragte ich.

«Niemand wird dich erkennen», sagte sie mit Überzeugung, «Coney Island ist so weitläufig, im Sommer kommen über eineinhalb Millionen Menschen her, und in einer Menschenmenge kannst du dich am besten verbergen. Sie werden nie auf die Vermutung kommen, daß du hier bist.»

Ich starrte sie an. Was sie sagte, war zweifellos vernünftig. «Was geschieht aber mit dir?» fragte ich. «Er wird doch bestimmt wissen wollen, wo du die vergangene Nacht gewesen bist. Was wirst du ihm sagen?»

«Nichts», sagte sie entschieden. «Schließlich hat jeder Angestellte das Recht, sich einen Tag freizunehmen. Wenn er mich fragen sollte, was ich getan habe, dann werde ich ihm sagen, daß ich meinen Bruder besucht habe. Er weiß, daß ich ihn jede Woche besuche.»

Jetzt war es an mir, neugierig zu sein. «Weiß dein Bruder etwas über Maxie?»

Sie nickte mit abgewandtem Blick. «Er glaubt, daß ich Maxies Privatsekretärin bin. Und zuvor, glaubt er, habe ich als Modell gearbeitet.» Sie sah mich wieder mit einem flehenden Blick an. «Als er vor fünf Jahren, nach seinem Unfall, erfuhr, daß er einen Arm und ein Bein verloren hatte, wollte er sterben. Er glaubte, nie mehr eine Arbeit finden zu können und daß er mir ständig zur Last fallen werde. Wir sind der Rest unsrer Familie. Es geschah in dem Jahr, in welchem ich maturierte. Ich sagte ihm, er solle sich keine Sorgen machen und daß ich arbeiten und ihn erhalten würde, bis er wieder wohl genug ist, um selbst etwas zu verdienen. Genauso wie er mich erhalten hatte, nachdem unser Vater gestorben war. Ich würde schon einen Job finden.»

Sie sah mich mit einem freudlosen Lächeln an. «Ich war damals noch ein naives Kind. Ich ahnte nicht, wieviel Geld wir für Medikamente und Ärzte benötigen würden, und ich wußte nicht, wie lächerlich wenig man Sekretärinnen und Stenotypistinnen bezahlt. Die fünfzehn Dollar wöchentlich reichten nicht einmal, um den kleinsten Teil der Kosten zu decken. Meine erste Anstellung war bei einem Vaudevilletheater-Agenten. Ich lernte rasch, und als ich nach einigen Wochen zu meinem Boss ging und um eine Gehaltserhöhung bat, lachte er mich bloß aus. Ich verstand ihn nicht und fragte, weshalb er lache.

‹Sie sind zwar ein kluges Kind›, sagte er, ‹aber ich kann's mir nicht leisten, Ihnen mehr zu zahlen.›

‹Aber ich brauche das Geld›, rief ich.

Er überlegte einen Moment, dann kam er um den Schreibtisch herum. ‹Wenn Sie's wirklich so dringend brauchen›, sagte er, ‹dann kann ich Ihnen zu einer ordentlichen Bezahlung verhelfen.›

‹Wie?› fragte ich. ‹Ich will alles tun, denn ich brauche das Geld!›

‹Heute abend ist eine Party›, sagte er, ‹einige Freunde kommen in die Stadt und haben mich gebeten, ihnen für den Abend ein paar nette Mädchen zu schicken. Sie zahlen zwanzig Dollar.›

Ich starrte ihn an. Ich glaube, ich habe gar nicht verstanden, was er in Wirklichkeit meinte, aber zwanzig Dollar sind eine Menge Geld. Ich ging also zu der Party. Bisher hatte ich etwas Derartiges noch nicht gesehen. Ich war eben im Begriff wegzugehen, als mein Boss eintrat und mich steif an der Wand lehnen sah. Er lächelte mir verständnisinnig zu und brachte mir einen Drink. Darauf fühlte ich mich wesentlich besser und gelöster. Ich trank noch mehr davon. Und dann erinnere ich mich, mit ihm in ein anderes Zimmer gegangen zu sein.

Als ich am Morgen erwachte, befand ich mich allein in einem unbekannten Zimmer und hatte entsetzliche Kopfschmerzen. Ich taumelte blindlings aus dem Bett und suchte meine Kleider. Sie lagen auf einem Sessel. Ein weißes Blatt Papier war angeheftet: ‹Du kannst heute etwas später kommen›, las ich. Und unter dem Papier befand sich eine Zwanzig-Dollar-Note. Jetzt war ich also eine Professionelle. Ich betrachtete mich im Spiegel. In meinem Gesicht war keine Veränderung zu entdecken, und auf meiner Stirn befand sich kein roter Buchstabe. Nichts hatte sich verändert als die Tatsache, daß ich jetzt einen Weg kannte, mir zwanzig Dollar zu verdienen, wenn ich sie brauchte. Und im Laufe der Zeit brauchte ich sie sehr oft.»

Sie erhob sich und sah auf mich herab. Ihr Gesicht war unbewegt, ihre Stimme klang matt und leidenschaftslos. «Und so war es. Ich arbeitete und bezahlte die Arztrechnungen und die Medikamente, aber erst als ich Maxie Fields bei einer Party kennenlernte und ihm gefiel, bekam ich genug Geld zusammen, um Ben das Geschäft hier einzurichten.»

Ich wußte nicht, was ich sagen sollte. Mein Mund war völlig ausgetrocknet, und ich sehnte mich nach einer Zigarette. Ich streckte die Hand nach einer Pakkung aus, die in meiner Nähe lag. Sie erriet, was ich wollte, und unsre Hände berührten sich. Ich faßte ihre Hand, und sie sah mir traurig in die Augen.

«So war das bis zu dem Abend, an dem du bei mir bliebst, weil ich dich darum bat und weil du nicht wolltest, daß Maxie glauben soll, ich hätte seinem Befehl nicht gehorcht, und weil du nicht wolltest, daß er mich bestraft. Nie ist's aus Liebe geschehen, immer nur um Geld! Nie um meiner selbst willen ... immer nur um Geld. Bis ... zu jener Nacht. Da wurde mir plötzlich klar, was ich so achtlos verschachert hatte. Doch jetzt ist's zu spät. Ich habe den Preis bezahlt und kann von dem Geschäft nicht mehr zurücktreten.»

Sie ließ meine Hand los und reichte mir eine Zigarette. Ich steckte sie in den Mund, und sie gab mir Feuer.

«Sarah, mußt du wirklich zurück?» fragte ich.

«Ich muß zurück», antwortete sie tonlos und sah mich verloren lächelnd an. «Es kommt mir beinahe komisch vor, daß du mich Sarah nennst. Es ist so lange her, seit mich außer Ben jemand so genannt hat.»

«Du hast auch keinen andern Namen, ich erinnere mich an keinen andern», sagte ich.

Der traurige Blick verschwand. «Danny», sagte sie, und ihre Miene heiterte sich auf, «dabei soll's zwischen uns beiden bleiben ... immer. Wir wollen Freunde sein.»

Ich ergriff ihre Hand. «Wir sind Freunde, Sarah», sagte ich ruhig.

Bald darauf war Ben mit einem Gefäß voll heißer Suppe zurückgekommen. Ich kostete etwas davon, schlief aber bald wieder ein. Als ich wieder erwachte, war Sarah gegangen und Ben saß neben meinem Bett.

«Ist sie schon weg?» fragte ich und blickte suchend durch den Raum.

Er nickte. «Ihr Boss, Mr. Fields, erwartet sie am Nachmittag zurück. Sie hat bei ihm schecklich viel zu tun.»

Ich stimmte ihm zu. «Er ist ein sehr einflußreicher Mann.»

Er zögerte einen Augenblick, dann räusperte er sich. «Sie sagt, daß Sie den Sommer über hier arbeiten wollen.»

Ich nickte.

«Ich kann mir's aber nicht leisten, viel zu zahlen», sagte er beinahe entschuldigend, «ich weiß noch nicht, wieviel wir dafür festlegen können.»

«Machen Sie sich wegen der Bezahlung keine Sorgen», sagte ich, «mir ist nicht wichtig, was Sie mir bezahlen. Wichtig ist nur, daß ich euch beiden das vergelten kann, was ihr für mich getan habt.»

Plötzlich grinste er übers ganze Gesicht und streckte mir die Hand entgegen. «Wir werden gut miteinander auskommen, Danny», hatte er damals gesagt.

Und so war es auch gewesen, jetzt schon fast zwei Monate lang. Sarah kam einmal in der Woche, um uns zu besuchen, und alles ließ sich aufs beste an. Das Geschäft ging recht gut, Ben konnte seine Kosten decken und war darüber sehr glücklich. Und auch ich war glücklich, weil ich mich außer Fields' Reichweite befand.

Als Sarah in der folgenden Woche herausgekommen war, fühlte ich mich wieder ganz wohl. Außer einer gewissen Empfindlichkeit im Arm fehlte mir nichts mehr. Sowie wir uns einen Augenblick allein befanden, fragte ich sogleich, was mit Spit und dem Inkassanten geschehen war.

In den Zeitungen hatte die ganze Woche über keine Zeile gestanden.

Sie befanden sich in der Privatklinik eines Arztes, den Fields gut kannte. Der Inkassant hatte von meinem Fußtritt einen gebrochenen Kiefer, und Spit mußte an der Stelle, in die das Messer eingedrungen war, mit neun Stichen genäht werden. Eineinhalb Zoll weiter – und er hätte ins Gras gebissen; das Messer wäre ihm ins Herz gedrungen. Irgendwie war ich froh und erleichtert. Die Aussicht auf eine lange Gefängnishaft oder den elektrischen Stuhl wäre entsetzlich gewesen.

Fields war außer sich vor Wut. Er hatte geschworen, mich noch zu erwischen, und dann solle ich es ihm büßen. Ehe die Nacht noch um war, hatte er die ganze Nachbarschaft durchgekämmt, um mich zu finden. Nach Ablauf einer Woche tobte er noch immer.

Im Laufe der Zeit hatte er aber, wie Sarah erzählte, immer weniger über mich gesprochen. Fields war überzeugt, daß ich mit dem Geld aus der Stadt geflohen war. Ich war froh, daß er das annahm.

Ich hatte oft den Wunsch, Sarah zu bitten, ob sie über Nellie und meine Familie etwas in Erfahrung bringen könnte, wagte es aber nicht. Ich versuchte nicht einmal, ihnen zu schreiben, denn Fields hatte sie lange Zeit überwachen lassen, wie mir Sarah berichtete. Ich hätte gern gewußt, ob Papa das Geschäft mit dem Geld gekauft, ob Mimi eine Anstellung hatte, wie es Mamma ging, ob sie mich vermißten und ob sie sich kränkten, daß ich verschwunden war. In der Nacht lag ich auf meinem schmalen Bett und dachte an sie. Manchmal, wenn ich die Augen schloß, stellte ich mir vor, ich sei wieder zu Hause, Mamma koche gerade das Nachtmahl, und im Haus verbreite sich der köstliche Duft einer Hühnersuppe. Dann kam wohl Papa nach Hause, und Bitterkeit stieg wieder in mir auf. Ich öffnete die Augen, und alle waren wieder verschwunden.

Ein anderes Mal dachte ich wieder an Nellie. Ihr Gesicht stand in der Nacht deutlich vor meinen Augen, wie sie mir mit warmem, zärtlichem Blick lächelnd in die Augen sah. Ich überlegte, ob sie wohl verstand oder erriet, weshalb ich weggehen mußte. Ich fragte mich, ob sie sich meiner Worte erinnerte: «Was immer auch geschieht, Nellie, vergiß nie, daß ich dich liebe.» Und dann nickte sie in der Dunkelheit mit dem Kopf, und ich konnte beinahe ihr Flüstern wieder hören: «Und ich liebe dich, Danny, was immer auch geschieht.»

Dann schloß ich die Augen wieder, und das sägende Schnarchen Bens schläferte mich ein. Wenn ich am Morgen erwachte, schien mir die Sonne bereits strahlend in die Augen.

So wie sie mir jetzt in die Augen schien, während ich, auf dem Rücken liegend, im Wasser dahintrieb. Mein Körper glitt leicht durch die Wellen, ich paddelte ein wenig mit den Händen, und die Wellen plätscherten sanft an mir vorbei.

«Danny!» Eine vertraute Stimme rief mich vom Ufer. Als ich mich hastig umdrehte, bekam ich den Mund voll Wasser. Sarah stand am Strand und winkte mir. Ich winkte zurück und schwamm hocherfreut ans Ufer.

2

Sie hatte mein Handtuch gefunden und warf eben ihren Bademantel daneben, als ich aus dem Wasser kam. Ich grinste freudig. «Was tust du heute schon hier?» fragte ich. «Wir haben dich erst übermorgen erwartet.»

«Maxie hat außerhalb der Stadt zu tun», erklärte sie, «so hab ich das ganze Weekend zu meiner Verfügung.»

Ich war neugierig. «Was ist denn passiert?»

Sie schob ihre Haare unter die Schwimmhaube. «Woher soll ich das wissen?» sagte sie achselzuckend. «Es geht mich nichts an, und bei der ganzen Sache interessiert mich einzig und allein, daß ich das Weekend mit dir verbringen kann.»

Ich erfaßte die volle Bedeutung ihrer Worte erst, als wir wieder im Wasser waren. Sie hatte nichts von Ben gesagt, sie hatte nur von mir gesprochen. Ich wandte ihr mein Gesicht zu und sah sie an. Für ein Mädchen war sie keine üble Schwimmerin. Sie hatte einen recht annehmbaren Kraulschlag, mit dem sie rasch vorwärtskam.

«Hast du schon mit Ben gesprochen?» rief ich ihr zu.

«Ja», erwiderte sie, «er hat mir gesagt, daß du hier bist.» Sie hörte auf zu schwimmen und begann Wasser zu treten. «Das Wasser ist wunderbar», rief sie, «aber ich bin ganz außer Atem.»

Ich schwamm zu ihr hinüber und schob meine Hände unter ihre Achseln. «Ruh dich einen Moment aus», sagte ich, «dann wirst du gleich wieder ruhig atmen können.»

Sie war im Wasser ganz gewichtlos. Ich fühlte die Festigkeit ihres Körpers, während uns die Wellen hin und her schaukelten. Eine wohlbekannte Wärme stieg in mir auf, und ich ließ sie rasch wieder los.

Sie drehte sich im Wasser herum und sah mich an. Sie hatte es wohl auch gefühlt. «Warum hast du mich so plötzlich losgelassen, Danny?» fragte sie.

«Die Wellen waren mir zu stark», erklärte ich verlegen.

Sie schüttelte den Kopf. «Und das war der wirkliche Grund? Schwindel mich nicht an!»

Ich starrte sie an. Ihr Gesicht unter der gelben Schwimmhaube war klein und unschuldig, ihre Augen waren jung und frisch, so als hätte das Wasser alles weggeschwemmt, was ihr je geschehen war, alle Kränkungen, alle bitteren Erfahrungen. Es hatte keinen Sinn, ihr etwas verbergen zu wollen. Einen Freund kann man nicht täuschen.

«Ich hab's mir leichter machen wollen», sagte ich aufrichtig.

«Inwiefern?» fragte sie beharrlich weiter.

Ich starrte sie noch immer an. «Ich bin nicht aus Holz», sagte ich, «und du bist schön.»

Ich bemerkte, daß sie meine Worte freuten. «Sonst nichts?» fragte sie.

«Was sollte sonst noch sein?» Ich war verwirrt.

Sie zögerte einen Moment. «Was ich bin», sagte sie langsam.

Ich schüttelte nachdrücklich den Kopf. «Du bist mein Freund», sagte ich. «Nichts anderes zählt.»

Sie umklammerte meinen Arm und hielt sich an mir fest, während ihre Augen mein Gesicht durchforschten. «Bestimmt nicht, Danny?»

Ich nickte. «Bestimmt nicht.» Ich atmete tief ein. «Ich möchte unsre Freundschaft nicht aufs Spiel setzen, das ist alles.»

Sie sah ins Wasser. «Du meinst, wenn du mich küssen würdest, könnte das unsre Beziehung zerstören? Ist's das, Danny?»

«Es wäre immerhin möglich.»

Sie sah mir wieder in die Augen. «Weil du in jemand andern verliebt bist, Danny?»

Ich nickte stumm.

Ein schmerzlicher Ausdruck trat in ihre Augen. «Aber wie kannst du's wissen, Danny, wenn du's nicht einmal versuchst?» fragte sie. «Es gibt soviel verschiedene Arten der Liebe, von denen du vielleicht nicht einmal etwas ahnst.»

Ihre Lippen zitterten, und in ihren Augen schimmerte eine Feuchtigkeit, die nicht nur vom Salzwasser kam. Ich zog sie näher an mich und küßte sie. Ihr Mund war weich, er schmeckte salzig und war dennoch süß und warm. Sie schloß die Augen, während ich sie küßte, und lag völlig willenlos in meinen Armen. Ich sah ihr ins Gesicht.

Doch sie wandte den Kopf ab und blickte aufs Meer hinaus. Ich beugte mich nahe zu ihr, um zu verstehen, was sie sagte, denn sie sprach sehr leise. «Ich weiß, daß du mich nie so lieben wirst, wie du sie liebst, Danny, und so soll's auch sein. Aber auch wir können einander etwas geben. Vielleicht ist's nicht sehr viel und nicht für sehr lange, aber was es auch ist, solange es dauert, soll's uns wichtig sein.»

Ich antwortete nicht. Es gab keine Antwort.

Sie wandte mir ihr Gesicht wieder zu. Sie sah jetzt sehr jung aus. «Erinnerst du dich, Danny, was ich dir einmal gesagt habe? Es war folgendes: ‹Nie ist's aus Liebe geschehen, immer nur um Geld. Nie um meiner selbst willen.› Aber einmal im Leben möchte ich, daß es anders ist, einmal möchte ich, daß es für mich ist, weil ich mir's wünsche, nicht weil ich dafür bezahlt werde.»

Ich drückte meine Lippen sanft auf ihren Mund. «Es soll genauso sein, wie du dir's wünschst, Sarah», sagte ich weich. Etwas hatte ich bereits gelernt: man kann eine Freundschaft nicht damit vergelten, daß man einfach sagt, man könne das nicht geben, was der andere von einem verlangt. Und ist der andere bereit, einen vernünftigen Ersatz für das Wirkliche zu akzeptieren, dann täuscht man ihn nicht; dann täuscht er nur sich selbst.

Sarah mußte etwas finden, um sich für vieles zu entschädigen, und das war ich.

Sie trocknete mir den Rücken mit dem Handtuch. «Es ist mir bis jetzt nicht so aufgefallen», sagte sie, «aber du bist beinahe so schwarz wie ein Neger, und deine Haare sind von der Sonne ganz ausgebleicht. Jetzt würde dich wohl niemand wiedererkennen.»

Ich sah sie über die Schulter grinsend an. «Du hast mich aber wiedererkannt.»

«Weil ich gewußt habe, wo ich dich finden kann», sagte sie rasch. Ein nachdenklicher Ausdruck breitete sich über ihr Gesicht. «Da fällt mir ein: kennst du Sam Gottkin, den Konzessionär?»

«Ja», antwortete ich, «was ist mit ihm?»

Sie sah mir in die Augen. «Er war gestern deinetwegen bei Maxie.»

«Was wollte er?» fragte ich rasch.

«Er wollte wissen, wo du bist. Ein junger Italiener war mit ihm gekommen, ich glaube, er hieß Zep. Kennst du ihn?»

Ich nickte. «Er ist der Bruder meines Mädchens. Wie sind sie bloß an Maxie geraten?»

«Sie hatten gehört, daß Maxie in der Nacht nach dem Match überall nach dir gesucht hat, und waren gekommen, um den Grund zu erfahren. Sam und Maxie sind alte Freunde. Sam sagte, er habe überhaupt nicht gewußt, daß du verschwunden bist, ehe deine Schwester zu ihm kam. Warum, glaubst du, ist sie zu ihm gegangen?»

«Ich habe früher für Sam gearbeitet», erklärte ich ihr rasch. «Außerdem sollte Sam, wenn ich Professional würde, mein Manager werden. Was haben sie gesagt?»

«Maxie sagte ihm, was er wußte. Und das war – nichts.»

«Hat er ihnen gesagt, weshalb er mich gesucht hat?» fragte ich.

Sie nickte. «Sam war außer sich vor Wut. Er schrie, Maxie solle die Hände von dir lassen, und beschimpfte ihn nach allen Regeln der Kunst.»

Ich sah sie erstaunt an. «Und Maxie ließ sich das gefallen?»

«Nicht ganz», antwortete sie. «Maxie behauptete, Sam hätte ihm einen Anteil anbieten müssen, da du aus seinem Territorium bist. Sie begannen heftig zu streiten, und Maxie brüllte, wenn er dich je erwische, würde er mit dir nach Gebühr verfahren. Darauf sagte Sam, er sollte ja nichts unternehmen, ohne es ihn zuerst wissen zu lassen, da er selbst eine Rechnung mit dir zu begleichen habe.»

Ich starrte sie an. Das war das Ende. Jetzt gab's niemanden mehr, auf den ich zählen konnte. «Ist Maxie darauf eingegangen?» fragte ich.

«Scheinbar hat er schließlich doch eingewilligt», antwortete sie, «denn nachher haben sie sich bei einigen Drinks zusammengesetzt und über Geschäfte unterhalten. Am Ende rief Sam deine Schwester an, machte mit ihr für den Abend ein Rendezvous aus, und empfahl sich. Nachdem er gegangen war, trampelte Maxie im Zimmer auf und ab und schwor, wenn er dich finden sollte, würde Sam erst ‹nachher› etwas erfahren.»

So ungefähr hatte ich es auch von ihm erwartet. Er konnte nicht anders handeln. Ihre nächste Frage überraschte mich überaus.

«Ist deine Schwester mit Gottkin verlobt?»

Mir blieb der Mund offenstehen. «Wieso kommst du darauf?» fragte ich.

«Weil Sam als Grund, weshalb er nicht will, daß man dir etwas tut, ehe er mit dir gesprochen hat, angab, daß du der Bruder seiner Braut bist, und wenn dir etwas zustieße, würde das seine diesbezüglichen Pläne vernichten.» Ihr Ton war jetzt sehr neugierig. «Hast du's denn nicht gewußt?»

Ich schüttelte nachdenklich den Kopf. «Hm-hm. Ich hab nicht einmal gewußt, daß sie sich kennen.» Ich überlegte, wie das zustande gekommen sein konnte. Es schien mir merkwürdiger als alles übrige, was ich von ihr erfahren hatte. Sam und Mimi ... irgendwie konnte ich es nicht glauben.

Vom Strand her rief uns eine Stimme. Ben stand dort und winkte uns. «He!» rief er. «Kommt ihr denn überhaupt nicht mehr arbeiten? Was glaubt ihr denn? Ist jetzt vielleicht Weihnachten?»

3

Ich saß vor dem Ladentisch und verpackte Erdnüsse. Ben begann zu fluchen. Ich sah erstaunt über seine Heftigkeit zu ihm auf. «Zum Teufel mit diesen Jungens!» fluchte er.

«Was ist denn los?» fragte Sarah.

Er drehte sich zu ihr um und wies mit seinem gesunden Arm auf den Strand. «Ein Kunde wollte eben zu mir herkommen, aber einer von diesen verdammten Jungen erwischte ihn zuerst. 's ist ein Wunder, daß wir von dem Verdienst noch leben können, bei den vielen Bälgern, die sich da rumtreiben!»

Sarahs Stimme klang nachsichtig. «Reg dich nicht auf», sagte sie begütigend, «es nützt ja doch nichts, wenn du dich so aufregst.»

Doch Bens Stimme klang weiterhin ärgerlich. «Wir zahlen für unsere Konzession hier eine Unsumme guten Geldes, und diese Jungen ruinieren mir alles. Sie zahlen nichts dafür, wenn sie die Eiscremebecher dort draußen herumtragen und das Zeug am Strand verkaufen. Es müßte doch ein Mittel geben, es ihnen zu verbieten!»

«Die Polizisten verjagen sie ohnedies, wenn sie sie sehen», sagte Sarah.

«Ach was», erwiderte Ben entrüstet, «die sind die meiste Zeit damit beschäftigt, die Puppen anzustarren, und kümmern sich nicht drum.»

«Ich möchte keinen ganzen Tag dort draußen in der Sonnenglut und im brennheißen Sand herumwaten und Eiscreme verkaufen, nur um ein paar Dollar zu verdienen», sagte sie.

Er stampfte von ihr weg, und sein Holzbein nachschleppend, verschwand er wortlos ins Hinterzimmer.

Ich stand müde auf und streckte mich. «Das hat aber sehr bös geklungen», sagte ich.

Sarah sah ziemlich bekümmert aus. «Er hat schon recht, böse zu sein», antwortete sie. «Das Geschäft hier war sein Wunschtraum, und er möchte, daß es auch gut geht. Aber wie es jetzt aussieht, bringt er während der Sommersaison gerade knapp die Kosten herein. Er verdient aber nicht genug, um über den Winter hinwegzukommen. Und das bedeutet, daß er mich wieder um Geld bitten muß. Das widerstrebt ihm, weil er auf eigenen Füßen stehen möchte.»

Ich antwortete nicht und begann die Erdnüsse auf dem Ladentisch aufzuschichten. Ich glaube, daß sie recht hatte, denn ich wußte, was in ihm vorging. Eben jetzt konnte ich draußen am Strand wieder vier solche Jungen zählen. Ich hörte ihre schrillen Stimmen, die uns die Brise herüberwehte.

«Knuspriges Popcorn!»
«Eiscremebecher!»
«Erdnüsse!»
«Eislutscher!»

Die meisten waren Jugendliche. Es schienen sogar recht nette Burschen unter ihnen zu sein, und ich hatte gelegentlich mit diesem oder jenem gesprochen. Die meisten mußten froh sein, wenn sie täglich etwas mehr als einen Dollar verdienten, denn die Händler, von denen sie ihre Ware kauften, raubten sie buchstäblich aus. Billigte jemand aber diesen Jungen einen wirklich anständigen Anteil zu, dann könnte er ein Vermögen verdienen, denn es waren Hunderte Burschen, die ihre Waren am Strand verkauften.

Plötzlich überfiel mich ungeheure Erregung. Welcher Narr war ich gewesen, es nicht schon früher erkannt zu haben! Es war doch das einzige, was ich dort oben auf dem Land von Sam gelernt hatte. Sam verdiente an seinen Konzessionen so viel, weil er seinen Leuten einen anständigen Anteil überließ. Warum sollte Ben hier nicht dasselbe tun?

Ich suchte Sarah mit dem Blick. Sie stand mit Ben bei der Registrierkasse und sah auf den Strand hinaus. Ich klopfte Ben auf die Schulter, und er drehte sich um. «Diese Jungen würden für dich ebenso arbeiten wie für jemand andern», sagte ich.

Er sah mich verwirrt an. «Welche Jungen? Wovon sprichst du?»

Ich wies mit dem Daumen auf den Strand. «Die Jungen dort draußen. Warum nimmst du sie nicht für dich auf?»

«Mach dich nicht lächerlich», schnauzte er mich an, «ich hab wahrhaftig keine Zeit, hinter diesen Bengeln herzulaufen, um meinen Anteil einzukassieren.»

«Du brauchst gar nicht hinter ihnen herzulaufen», sagte ich, «sie bezahlen die Ware im voraus.»

«Nein, nur die Hälfte», widersprach er, «den Rest muß man von ihnen eintreiben. Warum sollen sie übrigens gerade mit mir Geschäfte machen? Sie können dasselbe doch von jedem andern auch haben.»

«Es muß einen Weg geben, darum herumzukommen», sagte ich. «Angenommen, wir nehmen kein Geld im voraus? Wie wär's, wenn sie uns ein Pfand daließen? Etwa eine Uhr oder ein Fahrrad? Dann brauchten sie nämlich kein Bargeld auszugeben und kämen garantiert lieber zu uns.»

«Ach was, schlag dir das aus dem Kopf», sagte Ben verärgert. Er griff nach einem Tuch und begann den Ladentisch abzuwischen. «Außerdem haben wir keinen Platz, um die Waren auszuteilen.»

Beim Klang von Sarahs Stimme blickte ich auf. «Im Hintergrund hast du genug Platz», sagte sie, «es ist ganz unbenützt, und du könntest sogar einen Eisschrank hineinstellen.»

«Aber Sarah», protestierte er, «woher sollen wir die Zeit nehmen? Und glaubst du wirklich, ich brauche bloß zu den Jungen hinzugehen, und sie werden gleich gelaufen kommen, nur weil ich es so haben möchte?»

«Ich schaffe dir die Burschen herbei», sagte ich rasch. «Ich bringe dir soviel Jungen, wie du brauchst.»

Sarah sah erst mich an, dann wandte sie sich ziemlich herausfordernd an ihren Bruder. «Nun, also?» sagte sie.

Er zögerte einen Moment und antwortete nicht.

Sie sah ihn lächelnd an. «Was ist denn los, Ben?» fragte sie. «Du hast doch immer gesagt, du möchtest einmal einen ordentlichen Batzen Geld verdienen. Das ist die erste günstige Gelegenheit, die sich dir bietet. Oder machst du dir nichts mehr aus Geld?»

Verlegenes Grinsen breitete sich über sein Gesicht, dann sah er mich dankbar an. «Okay, Danny», sagte er, «wir wollen's versuchen. Manchmal vergesse ich, daß ich ja nicht mehr alles allein machen muß.»

Ich sah auf meine Uhr. Es war beinahe finster, also gerade die richtige Zeit, daß alle Jungen, die hierherkommen wollten, bereits aufgetaucht sein konnten. Die letzte Stunde hatte ich auf einer Bank gesessen und zugesehen, wie ein stetiger Strom dieser Jungen unter dem Brettersteg verschwand. Ich zündete mir eine Zigarette an, stand auf und stieg die Steinstufen hinunter, die zum Strand führten. Stimmengemurmel drang zu mir, während ich mich bückte, um unter den Brettersteg zu gelangen. Ich lachte geräuschlos vor mich hin. Ich hatte recht gehabt. Der rascheste Weg, um eine Bande Jugendlicher aufzustöbern, ist, herauszubekommen, wo sie ihr geliebtes Crapspiel spielen.

Etwa zwanzig von ihnen waren eifrig dabei, sich auf einem Betonstreifen, der sich hinter den Ruheräumen befand, dem Spiel hinzugeben. Nur wenige waren in meinem Alter und in meiner Größe, die meisten waren wesentlich jünger. Ich drängte mich bis in den inneren Kreis vor. Einer der Jungen war eben im Begriff zu würfeln. Eine Menge Silberstücke lag auf dem Beton um ihn herum. Nachlässig ließ ich eine Fünf-Dollar-Note auf den Betonstreifen fallen.

«Ich halte jede Wette», kündigte ich an.

Alle Gesichter wandten sich mir zu, und ich sah sie aufmerksam an. Sie blickten mich nicht feindselig, sondern bloß neugierig an. So weit, so gut. Hier gab's also keinerlei Schwierigkeiten. Ein Fünfer war für diese Burschen eine Menge Geld. Der Junge mit den Würfeln in der Hand stand auf. «Wer sind Sie?» fragte er mit einem leichten Anflug von Ärger.

Ich lächelte, und die Zigarette baumelte mir lose im Mundwinkel. «Einer, der am Würfeln einen Narren gefressen hat», erwiderte ich leichthin.

Er starrte erst mich an, dann die andern. Dann wandte er sich wieder höflich an mich: «Nehmen Sie Ihren Zaster wieder weg, Mister. So hoch können wir nicht spielen.»

Ich kniete mich hin, nahm den Fünfer und sah ihn dabei von unten her an. «Wie hoch ist euer höchster Einsatz?»

«Ein halber Dollar», antwortete er.

Ich fuhr mit der Hand in die Tasche und kam mit einer Handvoll Kleingeld wieder zum Vorschein. «Los, laß sie rollen», sagte ich, «ich bin kein Snob.»

Er kniete sich wieder hin, und die Würfel rollten aus seiner Hand. Sie stießen hart an die Mauer, prallten ab und rollten aus. «Natural!» rief er atemlos, streckte die Hand aus und strich etwas von dem Geld ein.

Ich beteiligte mich an einigen Wetten und begann dann ein Gespräch mit einem neben mir stehenden Burschen. «Arbeitest du am Strand?» fragte ich.

Der Junge nickte bloß, denn seine Aufmerksamkeit galt dem Fall der Würfel.

«Verdienst du was dabei?» fuhr ich freundlich fort.

Er drehte sich zu mir um und sah mich scharf an. «Wollen Sie sich über mich lustig machen?» fragte er.

Ich schüttelte den Kopf. «Ich mach mich nicht lustig», erwiderte ich nachdrücklich, «aber ich weiß, daß damit eine Menge Geld zu machen ist. Ich wollte bloß wissen, ob ihr Jungens auch genügend davon abbekommt.»

«Was quatschen Sie daher?» fragte der Junge. «Wir kriegen bloß zwanzig Cent für 'n Dollar und können noch von Glück sagen, wenn wir im Tag sechs Eier verdienen.»

Ich starrte ihn an. Das war ja für uns noch günstiger, als ich vermutet hatte. «Ihr werdet da schamlos ausgebeutet», sagte ich mit Nachdruck. «Die Rockaways zahlen vierzig für 'n Dollar und verlangen keine Vorauszahlung.»

Er sah mich ironisch an. «Vielleicht machen sie's dort so, aber hier auf Coney Island nich.»

«Ich kenne ein Unternehmen, wo sie's aber doch machen», sagte ich rasch und sah ihn dabei an. «Die suchen sogar noch Verkäufer.»

Er war unverzüglich interessiert. Er sah mich scharf an, das Crapspiel war augenblicklich vergessen. «Wo?» fragte er.

«Glaubst du, daß deine Freunde hier dafür Interesse hätten?» fragte ich und wich einer direkten Antwort aus.

Er grinste. «Wer hat kein Interesse am Geldverdienen?» Damit wandte er sich an die andern Jungen. «He, Jungens», rief er, «der neue Bursche da behauptet, er kennt ein Unternehmen, wo man vierzig für 'n Dollar zählt und keinen Zaster im voraus.»

Das war das Ende des Crapspiels, denn nun drängten sich alle um mich. Sie sprachen alle auf einmal.

Ich hielt die Hand in die Höhe, um mir Gehör zu verschaffen. «Wenn ihr euch morgen früh bei Ben Dorfman einfindet, habe ich fünfundzwanzig Kartons für euch bereit.» Ich sah mich im Kreise um und zählte rasch die Köpfe. Es waren etwa zwanzig. «Ihr könnt eure Freunde auch mitbringen», fügte ich rasch hinzu, denn ich wollte alle Kartons am Strand draußen haben. Ich rechnete mir aus, daß sich genug Burschen einfinden werden, um alle Waren auf dem Strand feilzubieten.

Ich hatte mich nur in einem Punkt geirrt. Am nächsten Morgen erschienen beinahe fünfzig, und am Ende der Woche waren es schon hundertfünfzig, die unsere Waren verkauften.

4

Die alte, abgenutzte Weckeruhr auf dem Regal zeigte auf elf, als Ben vom Tisch aufblickte. Das Licht der einzigen herabbaumelnden Glühbirne warf Schatten auf sein erschöpftes Gesicht. Er schob etwas Kleingeld, das noch auf dem Tisch lag, zu seiner Schwester hinüber. «Hier, Sarah», sagte er mit müder Stimme, «zähl du den Rest, ich bin tot und erledigt.»

Schweigend ließ sie die Silberstücke durch die Finger gleiten. Ben wandte sich an mich. «Was war das für eine Woche!» sagte er völlig erschöpft. «Nie zuvor war ich am Sonntagabend so müde. Diese Burschen machen mich fertig.»

Ich lächelte. «Ich hab's dir doch gesagt, Pops. Ich glaube, wir haben, seit wir am Donnerstag begannen, etwa achthundert Dollar brutto eingenommen. Die ganze Woche müßte demnach zwölfhundert einbringen. Das bedeutet vierhundert Reingewinn!»

Er nickte lächelnd. «Du hast tatsächlich recht behalten, alter Junge», gab er zu. «Das muß ich anerkennen.»

Jetzt war auch Sarah mit ihrer Arbeit, das Kleingeld in Papierrollen zu verpacken, fertig geworden. Sie stand auf. «Ich hab nie im Leben soviel Kleingeld auf einem Haufen gesehen», sagte sie.

Ben sah sie bedeutungsvoll an. Sie nickte ihm zu, und er wandte sich wieder an mich. «Ich und Sarah möchten, daß du weißt, wie sehr wir's anerkennen, Danny. Du hast viel für mich getan, und von jetzt an bekommst du fünfundzwanzig Prozent von den Einnahmen der Verkäufer.»

Ich sah ihn völlig überrascht an. Ein Klumpen kam mir in die Kehle. Ich hätte mir nie auch nur annähernd etwas so Gutes träumen lassen. Ich blickte die beiden hilflos an. Ich vermochte nicht zu sprechen.

Ben sagte rasch: «Was hast du, Danny? Ist's nicht genug?»

Endlich gelang es mir, den Kopf zu schütteln und lächelnd zu sagen: «Ich ... ich hab das nicht erwartet, Ben, ich weiß einfach nicht, wie ich dir danken soll.»

«Danke nicht mir, alter Knabe», sagte er, «Sarah hier ist es, sie hat gemeint, es wäre nur recht und billig, daß du einen gerechten Anteil bekommst. Wärst du nicht gewesen, hätten wir überhaupt nichts.»

Aus dem Schatten hinter dem Tisch sah mich Sarah strahlend an. «Ja», sagte sie, «es ist nur recht und billig.»

Unsre Augen begegneten sich. Aber ich schwieg. Es gibt Dinge, die man nicht aussprechen kann, Gefühle, für die man keine Worte findet. Ich verdankte ihr unendlich viel. Hätte sie nicht all das für mich getan, dann wäre ich jetzt nicht hier.

Bens Stimme unterbrach meine Gedanken. «Ich wollte, ich hätte hier ein heißes Bad. Ich könnte ganz bestimmt eins brauchen, und statt diesem verdammten alten Gestell ein wirklich gutes Bett, um mich einmal gründlich auszuschlafen.»

Sarah sah mich an. «Warum kommt ihr beide nicht mit mir ins Hotel? Wir können's uns jetzt leisten. Ihr könnt dort ein Zimmer mit Bad bekommen und eine Nacht mit allem Komfort verbringen.»

«Das ist die beste Idee, die ich am heutigen Abend gehört habe», rief Ben begeistert. Er wandte sich an mich. «Was sagst du dazu, mein Junge?»

Ich schüttelte den Kopf. Für mich war das Half Moon Hotel zu groß. Es zog immer eine riesige Menschenmenge aus der Stadt an. Ich tat besser, hierzubleiben. «Nein, Ben», sagte ich rasch, «geh nur mit Sarah. Es ist besser, wenn einer von uns hierbleibt, um die Bude im Auge zu behalten.»

Er sah zuerst mich fragend an, dann Sarah. «Was meinst du?» fragte er.

Sie blickte mich an, und ich schüttelte unmerklich den Kopf. Sie verstand sofort. «Ich glaube, Danny hat recht», sagte sie bedächtig. «Aber du kommst mit mir, Ben. Und Danny wird inzwischen das Geschäft bewachen.»

Die Tür schloß sich hinter ihnen, und ich streckte mich auf meinem Bett aus. Dann zündete ich mir eine Zigarette an, griff nach dem über dem Bett befindlichen Lichtschalter und knipste das Licht aus. Die Glut meiner Zigarette war der einzige Schimmer im Raum.

Ich war müde und fühlte erst jetzt, wie die Müdigkeit langsam aus meinen schmerzenden Beinen in die Höhe kroch. Ich wollte, ich hätte mit den beiden mitgehen können, denn ein heißes Bad war für mich der Inbegriff von «Zuhause». Das durfte ich aber nicht riskieren. Da Sarah dort wohnte, könnte ebensogut jemand anderer, der mich kannte, im Hotel auftauchen. Mindestens wußte ich, daß ich mich hier in Sicherheit befand.

Ich drückte meine Zigarette auf dem Boden unter dem Bett aus, kreuzte die Arme hinter dem Kopf und starrte in die Finsternis hinaus. Jetzt hörte ich Schritte auf der Strandpromenade oberhalb des Pavillons. Dort gingen die Leute spazieren. Es war ein monotones, dumpfes Geräusch auf den Holzbohlen, und nach einiger Zeit schien es denselben Rhythmus anzunehmen wie mein Herzschlag.

Wie seltsam das alles war! Selbst jetzt fiel es mir noch schwer, daran zu glauben, daß ich beinahe zwei Monate von zu Hause fort war. Ich fragte mich, ob meine Familie überhaupt noch an mich dachte. Von Mamma glaubte ich's bestimmt zu wissen, aber bei den andern war ich nicht so sicher. Papa war zu eigensinnig, um auch nur vor sich selbst zuzugeben, daß er an mich dachte. Ich verbarg mein Gesicht in den Armen und schloß die Augen. Das gedämpfte Geräusch oben auf der Promenade löste die Spannung in meinem Körper. Ich schlief ein.

Es klopfte an der Tür. Ich setzte mich im Finstern kerzengerade auf und knipste den Lichtschalter an. Die Uhr zeigte fast ein Uhr morgens.

Jetzt klopfte es nochmals. Ich sprang aus dem Bett und rieb mir verschlafen die Augen, während ich zur Tür ging. Ich hatte gar nicht die Absicht gehabt einzuschlafen. Ich hatte bloß ein wenig ruhen wollen, um nachher noch auszugehen.

«Wer ist da?» rief ich.

«Sarah», kam die Antwort.

Ich öffnete die Tür und sah hinaus. «Was tust denn du hier?» fragte ich überrascht.

Ihr Gesicht wurde von der Lichterkette der Strandpromenade beleuchtet. «Ich konnte nicht schlafen», antwortete sie, «da bin ich ein bißchen spazierengegangen und dabei auch hier vorbeigekommen. Ich war neugierig, ob du vielleicht noch wach bist.»

Ich trat von der Türschwelle zurück. «Ich habe nur ein wenig gedöst und wollte noch einen Spaziergang machen.»

Sie trat in den Bungalow, und ich schloß hinter ihr die Tür. «Hat Ben sein Bad bekommen?» fragte ich.

Sie nickte. «Er ist unmittelbar danach eingeschlafen. Er war sehr glücklich ... ich kann mich nicht erinnern, daß er seit seinem Unfall so glücklich war.»

«Das freut mich aufrichtig», sagte ich, ging zu meinem Bett hinüber und setzte mich. Sie hatte sich mir gegenüber auf ein kleines Stühlchen gesetzt. «Hast du eine Zigarette?» fragte sie.

Ich fischte eine Packung aus meiner Tasche und warf sie ihr hinüber. Sie fing sie geschickt auf und nahm sich eine Zigarette heraus. «Streichholz?»

Ich erhob mich und zündete sie ihr an; dann ging ich wieder zurück und setzte mich. Sie rauchte eine Zeitlang schweigend, während ich sie ansah. Schließlich ergriff sie das Wort. «Wie alt bist du, Danny?»

«Achtzehn», sagte ich, wobei ich mich ein wenig älter machte.

Sie schwieg wieder. Ihre blauen Augen waren sehr gedankenvoll. Ihre Zigarette brannte bis auf ihre Finger hinunter, dann drückte sie sie auf einem neben ihr stehenden Teller aus. «Ich muß morgen wieder zurück», sagte sie langsam.

Ich nickte. «Ich weiß.»

Sie preßte die Lippen zusammen. «Ich gäbe was drum, wenn ich nicht in die Stadt müßte. Aber er kommt ja zurück.»

Ich sah sie schweigend an.

Plötzlich stand sie auf und erschreckte mich beinahe durch die Heftigkeit dieser Bewegung. «Ich hasse ihn, ich hasse ihn», rief sie voll Bitterkeit. «Ich wollte, ich hätte ihn nie gesehen!»

Ich versuchte zu scherzen. «Ich auch.»

Ihr Gesicht hatte jetzt einen tief gepeinigten Ausdruck. «Was weißt denn du von ihm?» fragte sie mit rauher Stimme. «Was kannst du von ihm wissen?! Er hat dir ja das nicht angetan, was er mir angetan hat! Das konnte er nicht, denn du bist ein Mann und keine Frau. Dich kann er nur verwunden oder töten, aber er kann dir nicht das antun, was er mir angetan hat.»

Ihr leises Schluchzen erfüllte den kleinen Raum. Ich trat zu ihr, legte meinen Arm um ihre Schultern und zog ihren Kopf an meine Brust. Meine Berührung löste einen neuen Tränenstrom aus.

«Danny, du ahnst ja nicht, was er mir angetan hat!» rief sie mit erstickter Stimme. «Du ahnst nichts von den entsetzlichen Dingen, zu denen er mich gezwungen hat! Niemand wird je etwas davon erfahren, und niemand würde es je für möglich halten. Tief verborgen steckt in diesem Menschen eine wahnsinnige Perversität, die man ihm nicht ansehen würde. Ich habe so schreckliche Angst, wieder zurückzugehen, ich fürchte mich vor ihm und vor dem, was er mir wieder antun wird!»

Ich umschlang ihre vom Weinen geschüttelten Schultern. «Dann geh doch nicht zurück, Sarah», sagte ich leise, «Ben verdient jetzt genug, du mußt nicht mehr zurückgehen.»

Sie starrte mich mit weitgeöffneten, angstgequälten Augen an. «Ich muß gehen, Danny», flüsterte sie. «Ich muß. Tu ich's nicht, dann kommt er hierher. Soweit darf ich's nicht kommen lassen. Ben würde sonst alles erfahren.»

Dazu konnte ich nichts sagen. Sie weinte jetzt wieder, ich streichelte ihr weiches Haar und preßte meine Lippen darauf. «Eines Tages, Sarah», sagte ich leise, «wirst du nicht mehr zurückkehren müssen.»

Sie drehte sich rasch zu mir und preßte ihre Lippen auf meinen Mund. Sie klammerte sich in wilder Verzweiflung an mich. Ihre Augen waren fest geschlossen, und die letzte Träne hing gefährlich an der Spitze ihrer Wimpern. Einen Moment hielt ich den Atem an. So vieles stimmte nicht. Und doch, ich verdankte ihr soviel, ohne es ihr je zurückzahlen zu können. Mit dem kleinen Finger wischte ich die letzte Träne von ihren Augen.

Sie öffnete leicht die Lippen, und ich fühlte, wie sich unser Atem vereinte. Ihr warmer Duft umgab mich. Mit geschlossenen Augen wandte sie ihr Gesicht leicht ab, und ein kleiner Schrei kam von ihren Lippen. «Danny!»

Ich küßte sie leidenschaftlicher, und die wohlbekannte Glut stieg in mir auf. Sie stieg in schweren, heftig pulsierenden Wogen empor und durchflutete in immer breiter werdenden Kreisen meinen ganzen Körper, so wie sich die Kreise auf der Oberfläche eines Gewässers ausbreiten, in das man einen Stein geworfen hat. Ihre Brüste waren fest, die Muskeln ihrer Schenkel straff gespannt. Sie zitterte heftig, während sie sich an mich klammerte. «Danny!» Und wieder klang es wie ein beglückter Schrei. «Danny, ich kann nicht länger hier stehen.»

Stumm gingen wir auf das Bett zu. Ich kniete neben ihr, und ihre Kleider fielen von ihr ab. Ich suchte mit meinen Lippen die süßen, zarten Stellen ihres Körpers. Und dann lagen wir beieinander, und nichts existierte mehr als die berauschende Nähe unsrer Körper und die leidenschaftliche Erregung unsres Fleisches.

Sie war sehr geschickt, in allen Künsten bewandert und erfahren. Dennoch, trotz aller Erfahrungen, die sie besaß, war etwas um sie, was ich verstand. Und um dieses Verstehens willen liebte ich sie.

Denn es war ja Sarah, mit der ich in dieser Nacht mein Lager teilte. Und nicht Ronnie.

5

Ich ließ das Schloß des Eisschranks zuschnappen, dann zog ich daran. Es hielt. Befriedigt verließ ich das Hinterzimmer und trat wieder in den Verkaufsraum. Ben ließ soeben die Rolladen herunter, und ich beeilte mich, ihm dabei zu helfen.

«Himmel, was für ein Tag!» fluchte er, und Schweißperlen liefen ihm über die Wangen. «Und in der Nacht wird's auch nicht besser werden.»

«Ich glaub's auch nicht», sagte ich grinsend. Oben auf dem Steg schob sich die Menschenmenge langsam dahin und suchte vergebens nach einem Atemzug kühler Luft.

«Nützt ihnen auch nichts, hier rauszukommen», sagte er. «Ist's so heiß wie heut, dann ist's überall heiß.»

Ich nickte. Vom Meer her kam nicht die leiseste Brise. Ben schnalzte mit den Fingern. «Da fällt mir ein, Danny», sagte er rasch, «Mike hat dich gesucht. Ich glaub, du sollst ihm heut abend wieder aushelfen.» Mike hatte die Konzession für das Glücksrad, das sich fast unmittelbar über unserm Geschäft auf der Strandpromenade befand.

«Ist Pete wieder mal betrunken?» fragte ich. Pete war Mikes Bruder. Er führte mit ihm das Geschäft, wenn er sich nicht gerade betrank. Ich hatte Mike schon vorher einige Male ausgeholfen, wenn das passiert war.

«Ich weiß nicht», erwiderte Ben, «er hat's mir nicht gesagt. Er hat bloß gesagt, du sollst hinaufkommen, wenn du hier fertig bist.»

«Okay», sagte ich, «ich werde jetzt hinauflaufen und sehen, was er will.» Ich überließ es Ben, den Laden abzuschließen, und stieg die Rampe zur Strandpromenade hinauf. Ich drängte mich durch die Menge bis zum Glücksrad.

Mike war allein und betrachtete die Menge mit ärgerlicher Miene. Sein Gesicht erhellte sich, als er meiner ansichtig wurde. «Zu müde, Danny, um mir heut abend auszuhelfen?» rief er mir entgegen, ehe ich ihn noch erreicht hatte, «Pete ist wieder mal nicht aufgekreuzt.»

Ich zögerte. Ich war zwar hundemüde, andererseits war es so heiß, daß ich unten im Bungalow doch keinen Schlaf finden würde. Ben war schlau gewesen. Sowie er gesehen hatte, daß das Geschäft florierte, war er ganz in das oberste Stockwerk des Half Moon Hotels übergesiedelt, wo es angenehm kühl war. Jetzt hatte ich den Bungalow für mich allein.

«Okay, Mike», sagte ich und kroch unter dem Ladentisch auf die andere Seite. «Was soll's heut sein? Beim Rad oder als Ausrufer?»

Er trocknete sich das Gesicht mit einem bereits feuchten Taschentuch. «Als Ausrufer, wenn's dir recht ist», antwortete er, «ich hab die Leute da den ganzen Tag sowohl auf dem Hin- wie auf dem Rückweg herbeigelockt, und jetzt kann ich nicht mehr.»

Ich nickte und band mir eine Wechselgeld-Tasche um. Dann zog ich einen langen hölzernen Zeigestab unter dem Ladentisch hervor und wandte mich an die Menge. Mike nickte, und ich begann mit der Redeschlacht. Zunächst zwang ich meine Stimme zu einem durchdringenden, trompetenartigen Geschrei, um die Gespräche der Leute zu übertönen. Mir machte die Rolle des Anreißers immer ungeheures Vergnügen. Ich kannte meine Rede bereits auswendig, ich hatte sie ja tausendmal von andern gehört, aber jedesmal war's mir wieder neu. Es machte mir Spaß, die Leute dazu zu verleiten, ihre Fünf-Cent-Stücke sinnlos anzubringen. In mancher Beziehung war das ganze Leben so. Man legt sein Geld für etwas hin, von dem man verdammt genau weiß, daß sich's nie bezahlt machen wird.

«Hereinspaziert, meine Herrrschafften! Hierr ist das einmalige Glücksrad! Versuchen Sie Ihr Glück! Es kostet nur fünf Cent, und jedesmal, wenn sich das Rad dreht, gewinnen Sie! Sie können nicht verlieren, Sie können nur gewinnen! Kommen Sie herrein, meine Herrrschaften, hier ist die Kassa! Versuchen Sie Ihr Glück bei der Göttin Fortuna!»

Ich bemerkte einen jungen Mann, der, sein Mädchen am Arm, dahergeschlendert kam. Vor dem Glücksrad zögerte er einen Augenblick. Ich wies mit meinem Zeigestab auf ihn. «He da, junger Mann!» schrie ich so laut, daß man es zwei Häuserblocks weit hören mußte. «Ja, Sie meine ich, mit dem hübschen Mädchen! Sie können Ihr Glück einmal ganz umsonst versuchen! Der Boss hat mir eben geflüstert, wenn ein Bursche mit einem hübschen Mädchen kommt, darf er für sein Mädchen gratis setzen. Legen Sie Ihre fünf Cent hierher, und setzen Sie dafür auf zwei Nummern. Sie setzen auf zwei Nummern um den Preis von einer!»

Der junge Mann sah das Mädchen an, grinste verlegen, trat an den Tisch und legte seine fünf Cent auf eine der roten Nummern. Ich nahm die fünf Cent rasch weg und warf ihm dafür zwei Chips hin.

«Das ist ein kluger junger Mann», verkündete ich den Leuten, die sich rasch um das Glücksrad sammelten, «er hat seinen Vorteil wahrgenommen! Aber er kennt sich auch bei den hübschen Mädchen aus! Sie alle können aber ebenso klug sein wie er! Bringt eure Mädchen hierher, bringt sie zum Glücksrad, und ihr könnt statt auf eine gleich auf zwei Nummern setzen! Wer versäumt da eine doppelte Chance?!»

Einige Fünf-Cent-Stücke fielen klirrend auf den Tisch. Jetzt hat sie's gepackt! Ich sah über die Schulter zu Mike hin. Er nickte beifällig mit seinem dunklen Kopf, griff hinter sich und setzte das Rad in Bewegung, gleichzeitig sah ich aber auch, wie er unter dem Tisch mit dem Fuß nach dem Bügel tastete. Ich wußte natürlich, wer gewinnen würde.

«Da läuft es, meine Herrschafften!» rief ich. «Rundherum dreht sich das Glück, und niemand weiß, wo's stehenbleibt. Jeder gewinnt, wenn sich das Glücksrad dreht!» Ich hielt den langen Zeigestab bereit, um dem Mädchen des jungen Mannes auf die Schulter zu klopfen, wenn das Rad zum Stillstand kommen würde.

Gegen Mitternacht kam eine Brise auf, und die Menge verlief sich, um den Heimweg anzutreten. Mike kam zu mir an den Tisch. «Machen wir Schluß, mein Junge», sagte er. «Heut ist ja doch nichts mehr aus ihnen rauszuholen.»

Ich nahm die Tasche mit dem Wechselgeld ab und übergab sie Mike. Er leerte sie in einen Beutel, ohne das Geld zu zählen. Dann drehte er an einem Lichtschalter, und alle Lichter über dem Glücksrad erloschen. Mikes Gesicht sah in der matten Beleuchtung der Promenade müde und grau aus, nachdem wir die abnehmbaren Türen wieder eingepaßt, verriegelt und versperrt hatten.

«Herrgott», rief er erschöpft, «ist das eine Prügelhitze!»

«Ich hab unten einen Kaffee vorbereitet», sagte ich, «komm runter.»

Ein Lächeln breitete sich über sein müdes Gesicht. «Okay, Danny, kann eine Tasse Kaffee gut gebrauchen, ehe ich nach Haus geh.»

Während Mike müde auf einen Stuhl sank, stellte ich den Kaffee auf den Ofen, um ihn aufzuwärmen. «'s ist jetzt das dritte Mal in zwei Wochen, daß ich dich rufen mußte», sagte er.

Ich schwieg. Mike war ein braver Bursche, man half ihm gern, weil man wußte, daß auch er sogleich da wäre, wenn man ihn einmal brauchte.

Seine Stimme nahm einen scharfen Ton an. «Eines Tages werd ich meinen Bruder mit einem Fußtritt in den Hintern rausschmeißen müssen! Wann immer er in die Nähe einer gottverdammten Flasche kommt, verwandelt er sich flugs in einen Schwamm.»

Ich stellte zwei Tassen auf den Tisch und goß Kaffee ein. Er war pechschwarz und dampfend heiß. Ich goß etwas Milch dazu. «Hier», sagte ich und reichte Mike die Tasse. «Trink das. Du wirst dich gleich besser fühlen.»

Er sah mich über den Rand seiner Tasse mit seinen klugen Augen an. «Ich hab die ganze Sache satt, Danny. Diesmal mache ich Ernst. Ich weiß, ich hab's schon oft geschworen, aber diesmal bleib ich dabei.» Er hob die Tasse an die Lippen und schlürfte seinen Kaffee. «So wie ich einen Burschen finde, dem ich vertrauen kann, fliegt er raus!»

Ich trank schweigend meinen Kaffee. Dasselbe Lied hatte ich schon zahllose Male gehört, und dann hatte Mike seinen Bruder doch immer wieder zurückgenommen. Ich zog an meiner Zigarette, und der Rauch stieg mir scharf und belebend in die Nase.

Plötzlich schlug Mike mit der flachen Hand auf den Tisch. «Ich bin doch ein Trottel», rief er, und als er mich ansah, hatte sein Gesicht einen ungeheuer komischen Ausdruck.

«Was ist denn los?» fragte ich.

«Ich such jemanden», sagte er hastig, «und dabei sitzt er die ganze Zeit hier vor meiner Nase.» Er lehnte sich eifrig über den Tisch. «Wie wär's, mein Junge? Willst du mit mir kommen?»

Ich sah ihn überrascht an. Daran hatte ich nie gedacht, und das konnte ich auch nicht tun. «Ich würde gern kommen, Mike», sagte ich rasch, «aber ich kann Ben jetzt nicht im Stich lassen.»

«Die Saison dauert nur noch zwei Wochen, Danny», sagte er, «so lange kann ich mir schon helfen. Ich meine nachher, wenn ich den Winter über mit dem Glücksrad nach dem Süden gehe. Hast du für diese Zeit schon Pläne?»

Ich schüttelte den Kopf. Ich hatte für den Winter noch keinerlei Pläne gemacht. Ich hatte überhaupt nicht darüber nachgedacht. Der Sommer war so rasch verflogen, daß ich einfach keine Zeit gehabt hatte, darüber nachzudenken.

«Dann komm mit mir, mein Junge», drängte Mike, «in der Woche nach dem Labor Day machen wir hier Schluß, dann ruhen wir zwei Wochen aus und schließen uns in Memphis am 2. Oktober Petersens Tent Show an.»

«Das klingt äußerst verlockend», sagte ich zögernd. Plötzlich hatte ich Heimweh. Bis jetzt war es bloß so gewesen wie in vielen andern Sommern. Und nachher, hatte ich wahrscheinlich immer gehofft, würde ich ja doch wieder nach Hause zurückkehren können. Aber jetzt wußte ich, daß es ganz anders war. Ich hatte kein Zuhause mehr.

Mike grinste mich verschmitzt an. «Dir wird's dort unten großartig gefallen, mein Junge», sagte er, «und die hübschesten Mädchen laufen dir dort im Süden wie die Karnickel über den Weg.»

Auch ich lächelte, zögerte aber noch immer. Ich wollte es zuerst mit Sarah besprechen, ehe ich mich entschloß. Vielleicht hatte sie andere Pläne. «Kann dir in zwei Tagen sagen, Mike?» fragte ich. «Ich muß zuerst noch verschiedenes überlegen.»

Am nächsten Abend wartete ich, bis wir allein waren, ehe ich es ihr erzählte. Sie hörte mir die ganze Zeit, die ich sprach, schweigend zu. Als ich geendet hatte, zündete sie sich eine Zigarette an.

«Wenn der Sommer vorbei ist, gehst du also nicht nach Hause zurück?» fragte sie.

Ich sah sie überrascht an. «Hast du's denn angenommen?» fragte ich.

Sie schüttelte den Kopf. «Nein, im Ernst hab ich's nicht geglaubt», antwortete sie zögernd, «und doch hab ich's für möglich gehalten.»

«Selbst wenn ich nach Hause zurück könnte und mein Vater mich hereinließe, was glaubst du, wie lange es dauern würde, bis Fields herausbekäme, daß ich wieder zurück bin?» fragte ich. «Wie lange, glaubst du, hätte ich dann noch zu leben?»

Sie nickte zustimmend. «Ich glaube auch, daß du nicht zurück kannst.» Sie sah mir in die Augen. «Wie steht's aber mit deinem Mädchen?» fragte sie. «Willst du sie nicht von deinen Plänen verständigen? Sie muß doch vor Angst um dich halb wahnsinnig sein.»

Komisch, daß sie daran dachte. Ein sonderbarer Klumpen kam mir in die Kehle. «Das kann ich nicht ändern», sagte ich steif. «Ich kann's nicht riskieren, daß etwas durchsickert.»

Ein kalter Ausdruck trat in ihre Augen. «Dann kannst du, glaube ich, ebensogut gehen», sagte sie.

Ich trat zu ihr. «Das hat aber sehr verstimmt und böse geklungen», sagte ich, «ist was passiert?»

Sie blickte nicht auf. «Ach, nichts», antwortete sie kopfschüttelnd. «Du fährst also mit Mike, ihr werdet gut miteinander auskommen. Du brauchst ja niemanden.»

Ich legte meine Hände auf ihre Schultern und ließ sie sanft über ihre Brüste bis zur Taille gleiten. «Doch, Sarah, ich brauche dich», sagte ich.

Sie drehte sich um und machte sich von mir los. «Nein, Danny, du brauchst niemanden», rief sie heftig, «auch mich nicht!» Sie stürzte aus dem Zimmer, ohne sich umzublicken.

Ich starrte hinter ihr her und fragte mich, was in sie gefahren war. Ich erfuhr es aber erst am nächsten Morgen von Ben. Er sagte mir, daß sie ihren Job bei Maxie Fields aufgeben würde und daß sie gemeinsam nach dem Westen wollten, um dort ein kleines Geschäft zu eröffnen.

6

Mike und ich beschlossen, am 2. Oktober in Memphis zusammenzutreffen. Wir schüttelten einander die Hände, und er schien hocherfreut zu sein. «Meine Pläne sind jetzt alle festgelegt», sagte er lächelnd.

Sarah hatte ihre Pläne gleichfalls festgelegt. Sie hatte mit Ben vereinbart, daß er alles verpacken und bereithalten solle, damit sie am Donnerstag nach dem Labor Day unverzüglich abreisen konnten. Sie wollte ihn am Nachmittag mit ihrem Wagen abholen und gleich weiterfahren. Ich hatte keine Gelegenheit, sie zu fragen, ob Maxie etwas davon wußte, aber aus der Art, wie sie sprach, schloß ich, daß sie ihm nichts gesagt hatte.

Aus irgendeinem Grund hielt sie sich die wenigen Male, die sie nach Coney Island kam, von mir fern. Sie schien mit mir nicht sprechen zu wollen, und ich ließ sie in Frieden. Es hatte keinen Sinn, mit ihr einen Streit zu beginnen, und ehe ich mich's versah, war die Saison zu Ende.

Ben hatte alle seine Sachen aus dem Hotel in den Bungalow zurückgebracht, und am Donnerstag war alles sorgsam verpackt und er selbst reisefertig. Er war glücklich und aufgeregt wie ein Kind mit einem Riesenlutschbonbon. Er konnte kaum erwarten, daß es drei Uhr wurde und Sarah ihn abholen kam.

«Ich wäre so froh gewesen, Danny, wenn du mit uns gekommen wärst», rief er mir aus dem Vorderzimmer des Bungalows zu, wo er mitten unter den vielen Gepäckstücken saß. «Zuerst hat Sarah geglaubt, du würdest mit uns kommen. Wir waren schrecklich enttäuscht, als du ihr sagtest, daß du mit Mike gehst.»

Auf einmal wurde mir alles klar. Was für ein Riesentrottel bin ich gewesen! Sie hatte die ganze Zeit die Absicht gehabt, mich zu bitten, mit ihnen zu kommen. Als ich ihr aber von Mike erzählte, hatte sie sich's wieder überlegt. Wahrscheinlich dachte sie, daß mir das lieber sei.

Ehe ich Gelegenheit hatte zu antworten, klopfte es an der Tür. Ich schlüpfte eiligst in meine Hose und knöpfte sie zu. Während Ben zur Tür ging, sagte er: «Sarah muß doch früher weggekommen sein.»

Ich hörte, wie er die Tür öffnete, und dann überrieselte mich Eiseskälte.

«Ist Ronnie hier?» Es war Spits Stimme.

Mein erster Impuls war davonzulaufen – außer der Haustür gab's aber keinen Ausgang. Ich blieb daher wie erstarrt an der Wand stehen und spitzte die Ohren, um etwas zu verstehen.

Bens Stimme klang verwirrt. «Ronnie? Was für eine Ronnie?»

Eine zweite, gewichtige Stimme antwortete. «Mach dich nich über uns lustig, Söhnchen, du weißt ganz genau, wen wir meinen. Fields' Mädchen.»

Bens Stimme klang erleichtert. «Ach so, Sie müssen meine Schwester Sarah meinen, Mr. Fields' Sekretärin. Treten Sie ein und warten Sie hier, sie ist noch nicht eingetroffen.»

Ich hörte im Bungalow schwere Schritte und drückte ein Auge an einen Türspalt. Spit und der Inkassant standen in der Mitte des Zimmers. Der Inkassant lachte.

«Fields' Sekretärin?!» rief er höhnisch. «Ein höchst origineller Name dafür!»

Ben sah ihn mit verständnisloser Miene an. «Braucht Mr. Fields noch etwas von ihr?» fragte er. «Ich bin überzeugt, daß Sarah nichts dagegen hat, noch ein paar Tage auszuhelfen.»

Der Inkassant sah ihn an. «Was?! Will sie denn fort?» fragte er.

Ben nickte. «Hat Mr. Fields Ihnen denn nichts davon gesagt?»

Der Inkassant begann wieder zu lachen. «Da wird sich Maxie aber ungeheuer freuen. Allerdings wird er auch ein wenig überrascht sein, wenn er erfährt, daß ihm sein Baby den Laufpaß gegeben hat!»

Ein gequälter Ausdruck trat auf Bens Gesicht. «Was haben Sie da gesagt?» fragte er entsetzt.

«Du hast mich schon richtig verstanden.» Die Stimme des Inkassanten war bewußt grausam. «Bisher hat's noch keine Hure gegeben, die Maxie Fields den Laufpaß geben durfte, egal, wieviel er ihr für ihre Leistungen bezahlt hat.»

Bens Stimme klang wie der Schrei eines verwundeten Tieres. «Sie sprechen von meiner Schwester!» schrie er und warf sich auf den Inkassanten.

Er befand sich jetzt außerhalb meines Sehbereichs, so daß ich bloß einen harten Schlag und hierauf einen dumpfen Fall hören konnte, als Ben zu Boden stürzte. Er begann aus Leibeskräften zu schreien: «Sarah! Sarah! Komm nicht herein!!»

Ich hörte das Geräusch mehrerer heftiger Schläge und gemurmelter Flüche, doch Ben schrie weiter. Ich bewegte mein Auge den Spalt entlang, bis ich sie wieder sehen konnte.

Der Inkassant stemmte sein Knie auf Bens Brust und schlug ihn mit der Faust ins Gesicht. «Halt's Maul, du Schweinekerl!» fluchte er.

Ben krümmte sich unter seinen Schlägen, schrie aber immer noch. Jetzt ergriff der Inkassant Bens Arm und riß ihn mit einer bösartigen Drehung nach rückwärts. «Halt's Maul, du einarmiger Krüppel», rief er drohend, «oder ich reiß dir den andern Arm auch noch aus den Gelenken.»

Bens Gesicht wurde kreidebleich. Er lag jetzt schlaff und stumm am Boden und starrte mit entsetztem Blick zu dem Inkassanten hinauf. Ich spürte, wie sich mir der Magen umzudrehen begann, denn eine solche Angst hatte ich noch nie in einem menschlichen Auge gesehen.

«Vielleicht ist's doch besser, du bringst ihn ins Hinterzimmer», hörte ich jetzt Spit sagen, «wenn ihn die Hure so zu sehen kriegt, schlägt sie vielleicht Krach.»

Der Inkassant nickte und stand schwerfällig auf, hielt aber Bens Arm weiterhin fest. «Steh auf!» knurrte er.

Ben versuchte ungeschickt und hilflos auf die Beine zu kommen, es gelang ihm aber nicht. Der Inkassant zerrte an seinem Arm, und Ben schrie vor Schmerz auf: «Ich kann nicht aufstehen, ich hab nur ein Bein.»

Der Inkassant lachte, dann ließ er Bens Arm los, schob beide Hände unter seine Achselhöhlen und hob ihn auf, wie man ein Kind aufhebt, und stellte ihn auf die Beine. «Mensch», sagte er völlig abgestumpft, «dich hat man ja schön verhunzt!» Er stieß Ben in den Rücken, daß er gegen die Tür taumelte.

Ich blickte mich in wilder Verzweiflung um. Neben der Tür befand sich eine Stange, die ich in heißen Nächten dazu verwendete, das kleine Fenster offenzuhalten. Ich ergriff sie, umklammerte sie fest und versteckte mich hinter der Tür.

Jetzt öffnete sie sich, und Ben, vom Inkassanten gefolgt, stolperte über die Schwelle. Der Inkassant stieß die Tür, ohne sich umzublicken, hinter sich zu und wollte sich wieder auf Ben stürzen. Da trat ich lautlos hinter ihn und schwang meine Stange. Es gab ein dumpfes Geräusch, und dort, wo ich den Inkassanten getroffen hatte, floß Blut aus seinem Ohr. Er fiel lautlos zu Boden und ahnte nicht einmal, was auf ihn heruntergesaust war.

«Ich hab mich schon gewundert, wo du bleibst», flüsterte Ben heiser.

Ich sah vom Inkassanten zu ihm auf und begegnete seinen Augen. «Ich bin hier geblieben», flüsterte auch ich, «weil ich eine günstige Gelegenheit abwarten mußte.»

Ich hatte bei diesen Worten einen abscheulichen Geschmack im Mund, Ben kaufte mir diese Erklärung aber ohne weiteres ab. Er mußte an eine weit wichtigere Sache denken. «Hast du gehört, was sie über Sarah gesagt haben?» flüsterte er.

Ich nickte.

«Ist das wahr?»

Ich blickte ihn an. In seinem Gesicht stand eine Qual, die durch keinen physischen Schmerz verursacht worden war, sie kam aus dem Herzen. Sarah war seine jüngere Schwester. Nachdem ihre Eltern gestorben waren, hatte er sie während ihrer Schulzeit betreut, und nach seinem schweren Unfall hatte wieder sie sich seiner angenommen. Plötzlich wußte ich, daß er alles glauben würde, was ich ihm sagte. Das mußte er aus vielerlei Gründen, aber hauptsächlich, weil er es glauben wollte. Vielleicht würde er eines Tages erfahren, was sie getan hatte – aber nicht von mir.

Ich schüttelte den Kopf. «Nein», sagte ich nachdrücklich, «Maxie Fields ist ein Gangster, der auch eine Menge legale Geschäfte macht. Sarah wurde seine Sekretärin. Als sie herausbekam, was er in Wirklichkeit war und wieder fort wollte, da wußte sie bereits zu viel von ihm, und er konnte sie nicht mehr gehenlassen.»

Der gequälte, schmerzliche Ausdruck seines Gesichts milderte sich etwas, verschwand aber noch nicht völlig. «Armes Ding», murmelte er, «was hat sie meinetwegen alles durchmachen müssen!» Er sah mich wieder an. «Wo und wie hast du sie kennengelernt?»

«Ich wurde von diesem Burschen da überfallen und verwundet. Sie kam dazu und hat mich gerettet.»

Er fragte mich damit zum erstenmal, was in Wirklichkeit mit mir geschehen war. Bisher hatte er geglaubt, ich sei in jener Nacht aus ihrem Wagen gestürzt, als sie mich hierherbringen wollte, um für ihn zu arbeiten. «Sie ist ein gutes, braves Mädchen», sagte ich.

Er sah mich unverwandt an und suchte die Wahrheit von meinem Gesicht abzulesen. Langsam entspannten sich seine Züge, und auch der letzte Rest seines gequälten Blicks verschwand. «Wie steht's aber mit dem andern Burschen dort draußen?» fragte er.

«Laß mich nur machen», sagte ich und beugte mich wieder über den Inkassanten. Er atmete schwer, als ich seine Jacke öffnete und seinen Revolver aus der Schulterhalfter entfernte. Ich richtete mich wieder auf und hielt ihn vorsichtig in der Hand. Ich wollte keinen Unglücksfall herbeiführen.

Ben starrte auf den Revolver. «Das erklärt eine Menge», sagte er überrascht, «deshalb wollte sie so eilig fort von hier. Deshalb konnte sie nicht hier warten, bis ich mit allem fertig bin, und deshalb wollte sie mich erst knapp vor Antritt unsrer Reise abholen. Und deshalb kehrte sie immer wieder in solcher Hast zu ihrer Arbeit zurück. Sie wollte nicht, daß ich's erfahre!»

«Ja», sagte ich, «so war es.»

Plötzlich hörten wir das Geräusch eines Autos, das vor der Tür hielt. Wir drehten uns um und sahen einander an. Ich winkte Ben, sich neben das Bett zu stellen, ich selbst trat wieder hinter die Tür. Wir standen beide vollkommen regungslos.

Dann hörte ich, daß sich die Eingangstür öffnete. Spit sprach sehr leise. «Hallo, Baby! Maxie hat uns hinter dir hergeschickt, weil er bemerkt hat, daß deine Kleider verschwunden sind.»

Ich konnte beinahe hören, wie sie den Atem heftig einzog. Dann schrie sie auf: «Ben! Was habt ihr mit Ben gemacht?»

Spits Stimme klang beruhigend. «Er ist okay, Ronnie. Der Inkassant hat ihn ins Hinterzimmer gebracht, damit er in keine Ungelegenheiten kommt.»

Ich hörte, wie sie mit hastigen Schritten durch das Zimmer stürzte, dann öffnete sich die Tür. «Ben! Ben!» schrie sie. «Ist dir nichts geschehen?»

Ben stand lächelnd vor ihr. Spit folgte ihr in das Zimmer. Ich trat sofort hinter ihn und drückte ihm den Revolver ins Rückgrat. «Keine Bewegung, Spit!» sagte ich nachdrücklich. «Ich bin sehr nervös und habe bisher noch keines dieser Dinger in der Hand gehabt!»

Eines muß ich zu seinen Gunsten sagen. Spit war im Laufe des Sommers zweifellos erwachsener und vor allem mutiger geworden. Er wandte den Kopf nicht, tatsächlich rührte er nicht einmal einen Muskel. Seine Stimme klang neugierig, aber vollkommen beherrscht. «Danny?»

Ich stieß ihm den Revolver in den Rücken. «An die Wand hinüber, Spit!» sagte ich. «Bis du mit der Nase an die Mauer stößt!»

Er stieg behutsam über den Inkassanten hinweg. «Bist schon wieder bei deinen alten Tricks, hm, Danny?» fragte er. «Erst verschwindest du mit Maxies Geld, und jetzt mit seiner Geliebten?»

Ich nahm den Revolver in die andere Hand und schlug ihm übers Gesicht. Er taumelte ein wenig, und ich stieß ihn mit der Hand gegen die Wand. Er landete mit einem dumpfen Schlag an der Mauer. Hierauf drückte ich ihm den Revolver wieder in den Rücken und holte sein Messer aus der Tasche.

«Das wird Maxie aber kaum gefallen, Danny», sagte Spit in drohendem Ton, «einmal bist du ja noch davongekommen, aber er wird's kaum dulden, daß du seine Leute nochmals so zurichtest!»

Ich lachte. «Es wird seinen Leuten sogar noch weniger gefallen, wenn sie mal tot sind», sagte ich kalt. «Oder verfügt Maxie sogar über eine direkte Telefonverbindung mit der Hölle?»

Er stand schweigend mit dem Gesicht zur Wand. Ich drehte mich ein wenig um und blickte hinter mich. Ben hatte seinen Arm um Sarah geschlungen. Sie lag, herzzerreißend schluchzend, an seiner Brust. «Weine nicht, mein Herz», sagte er, «du brauchst jetzt nie wieder für diesen Mann zu arbeiten!»

Sie hörte sofort zu weinen auf und sah mich fragend an. «Weiß er alles, Danny?» fragte sie leise, mit verängstigter Stimme. «Haben sie ...?»

«Ich hab ihm alles erzählt, was für ein Mann das ist, für den du als Sekretärin arbeiten mußtest, Sarah», unterbrach ich sie rasch. «Ich habe ihm auch gesagt, daß er dich nicht weglassen will, weil du über die Art seiner schmutzigen Geschäfte zuviel weißt.»

«Ja, Sarah», sagte Ben, «jetzt weiß ich Bescheid über ihn. Aber warum hast du's mir nicht schon früher gesagt? Wir hätten gemeinsam einen Ausweg gefunden.»

Sie sah mich dankbar an, und ich nickte ihr lächelnd zu. Dann wandte sie sich zu ihrem Bruder zurück. «Ich hatte Angst vor ihm, Ben, und da hab ich mich nicht getraut.»

Bens Stimme klang zuversichtlich. «Nun, von jetzt an brauchst du dir keine Sorgen mehr zu machen. Wir werden diese Burschen nur noch der Polizei übergeben, und dann können wir losfahren!»

«Das können wir nicht tun, Ben!» rief sie angstvoll.

Ich unterstützte sie sogleich. «Man würde euch bloß hier zurückhalten, und dann kämt ihr überhaupt nicht mehr weg», sagte ich, «am besten ist's überhaupt, ihr haut jetzt sofort ab. Ich werde schon für alles sorgen, nachdem ihr abgefahren seid.»

«Ist das wirklich in Ordnung?» sagte Ben zögernd.

«Aber natürlich», sagte ich rasch, «beeilt euch jetzt, und bringt euer Gepäck in den Wagen.»

Spit sagte jetzt mit gedämpfter Stimme: «Danny, ich kann's so nicht mehr aushalten, darf ich mich umdrehen?»

«Aber gewiß», sagte ich und griff nach einem Stück Draht, das auf einem Regal lag. «Nur noch eine Minute.»

Ich zog seine Hände nach hinten und wickelte den Draht fest um seine Gelenke. Dann drehte ich ihn zu mir um. Seine Augen blitzten mich wütend an.

«Nimm Platz, Spit, mach's dir bequem», sagte ich, hieb ihm krachend aufs Kinn und warf ihn aufs Bett.

Zornbebend setzte er sich wieder auf, sagte aber kein Wort. Ich blickte über meine Schulter. Fast alle Gepäckstücke Bens waren bereits im Wagen, nur ein kleiner Koffer war noch zurückgeblieben.

Ben ergriff ihn und sah zögernd zu mir zurück. «Bist du ganz überzeugt, Danny, daß du mit ihnen allein fertig wirst?»

Ich grinste. «Ganz überzeugt, Ben. Jetzt hau aber schon ab!»

Er trat zu mir und fuhr mir mit der Hand über die Schulter. «Auf Wiedersehen, mein Junge», sagte er, «und danke für alles!»

«Ich danke dir, Ben», sagte ich, «auf Wiedersehen!»

Er drehte sich um und trat gerade aus der Tür, als Sarah hereinkam. Sie eilte auf mich zu und sah mir in die Augen. Es war ein seltsam gespannter Blick.

«Willst du bestimmt nicht mit uns kommen?» fragte sie mit steifen Lippen.

Ich zwang mich zu einem Lächeln. «Kann jetzt nicht», antwortete ich. «bin gerade jetzt ein wenig beschäftigt.»

Sie versuchte über meinen Scherz zu lachen, es gelang ihr aber nicht. Sie drehte sich halb um, dann sah sie mich aber doch wieder an. «Danny!» rief sie und stürzte sich in meine Arme.

«'s ist besser, du gehst jetzt, Sarah», sagte ich traurig, «auf die Art bist du die ganze Angelegenheit ein für allemal los. Nichts bleibt in deiner Erinnerung, und niemand wird dich an diese Zeit erinnern.»

Sie nickte und sah zu mir auf. Ich sah Tränen in ihren Augen. Sie küßte mich flüchtig auf die Wange, dann eilte sie auf die Tür zu. «Adieu, Danny, und viel Glück», sagte sie und war verschwunden, ehe ich zu antworten vermochte.

Ich drehte mich wieder zu Spit um. Er hatte mich scharf beobachtet.

«Wir haben dich überall gesucht, Danny, bloß hier nicht», sagte er, «wir hätten's uns aber denken können. Ronnie war in jener Nacht auch nicht zu Hause. Jetzt erinnere ich mich daran.»

Irgend etwas war an ihm verändert. Zuerst hatte ich's nicht bemerkt, jetzt sah ich es aber. Er hatte etwas mit seinem Mund machen lassen. Die Hasenscharte war verschwunden, und er verspritzte auch keinen Speichel mehr, wenn er sprach.

Er bemerkte, daß es mir jetzt aufgefallen war, und seine Augen leuchteten auf. «Ich hab vergessen, mich bei dir zu bedanken, Danny, du hast mir dazu aber keine Gelegenheit gegeben. Wie du mich damals in der Nacht zu Brei geschlagen hast, ist meine Lippe noch weiter aufgeplatzt, und der Doktor hat eine Plastik machen müssen, und weil er schon dabei war, hat er die ganze Geschichte repariert.»

«Gern geschehn, Spit», sagte ich grinsend und hob drohend die Faust, «kannst du jederzeit wieder haben!»

Er wich entsetzt vor mir zurück. «Was willst du jetzt mit mir tun?» fragte er ängstlich.

Ich holte mir noch ein Stück Draht. «Leg dich auf den Bauch», befahl ich ihm, «du wirst's gleich sehen.»

Widerwillig streckte er sich auf dem schmalen Bett aus. Ich schnürte seine Fesseln rasch mit dem Draht zusammen, zog seine Füße hoch, führte den Draht durch seine Handfesseln und knüpfte beide Drähte fest aneinander. Dann richtete ich mich wieder auf und blickte auf ihn hinunter. Auf diese Art war er bestimmt für längere Zeit unschädlich.

Er lag ganz still da, und ich beugte mich wieder über den Inkassanten. Das Blut hatte aufgehört aus seinem Ohr zu fließen, er atmete auch etwas leichter. Ich spreizte eines seiner Augenlider auseinander und prüfte sein Auge, es war noch immer unempfindlich und verglast und würde es noch eine Weile bleiben.

Während Spit mich die ganze Zeit von seinem Lager beobachtete, suchte ich die paar Sachen, die mir gehörten, zusammen und verstaute sie in dem kleinen Koffer, den ich gekauft hatte.

«Diesmal kommst du nicht so leichten Kaufs davon, Danny», sagte er.

Ich trat ans Bett und sah auf ihn hinunter. Dann hob ich nachdenklich den Revolver und sah, wie sich Todesangst und Entsetzen in seinen Augen spiegelten. «Woher willst du das wissen?» fragte ich.

Er antwortete nicht, sondern starrte bloß mit weitaufgerissenen Augen auf den Revolver. Nach einem Moment lächelte ich und ließ ihn in meine Tasche gleiten. Ungeheure Erleichterung malte sich auf seinem Gesicht.

«Mir ist's so, als wären wir uns schon einmal in so einer Situation gegenübergestanden», sagte ich, «war's nicht im letzten Mai, he?»

Er nickte, konnte aber vor Angst nicht sprechen.

«Hast mich wohl im September ebenso gern wie im Mai, was?» fragte ich lachend.

Er antwortete nicht.

Ich beugte mich über ihn und schlug ihm mit der flachen Hand übers Gesicht. «Wenn du so schlau bist, Spit», sagte ich, hob meinen Koffer auf und schritt zur Tür, «wie ich es von dir annehme, dann hüte dich, mir ein drittes Mal über den Weg zu laufen!» Ich öffnete die Tür. «Du könntest nicht immer so glimpflich davonkommen! Die Löcher in deinem Kopf wird man dir kaum so leicht zusammenflicken können wie deinen Mund.»

Damit schloß ich die Tür hinter mir, schritt durch das Vorderzimmer und trat ins Freie. Ich ließ das Vorhängeschloß an der Tür einschnappen, dann versperrte ich es. Hierauf schritt ich die Rampe zur Promenade hinauf bis zu dem kleinen Andenkengeschäft, wo ich den Schlüssel für den Häuseragenten hinterlegte.

Die kleine grauhaarige Frau, die das Geschäft gemeinsam mit ihrem Mann führte, übernahm ihn. «Gehen Sie schon, Danny?» fragte sie und sah mich durch ihre Stahlbrille freundlich an. «Alles in Ordnung?»

«Natürlich, Mrs. Bernstein», sagte ich lächelnd, «jetzt ist alles in Ordnung.»

7

Der für den Süden bestimmte Zug stand auf der Fähre und verließ soeben den Hafen. Ich sah durch das Fenster auf die Lichter New Yorks zurück. Sie flimmerten nur schwach, denn es hatte zu regnen begonnen.

Das war mir ganz recht. Es glich aufs Haar meiner inneren Verfassung. Ich hatte etwas zurückgelassen, ich wußte nicht, was es war, doch was es auch sein mochte, der Regen würde es wegwaschen, und dann ist's dahin... Eines Tages würde ich wieder zurückkommen, vielleicht würden die Dinge dann anders aussehen.

Ich lehnte mich in meinem Sitz zurück und öffnete die Morgenzeitung. Aber erst als wir bereits durch das Flachland von New Jersey rollten, bemerkte ich die Notiz in einer der Broadwaynachrichten. Obwohl ich sie in klaren schwarzen Buchstaben sah, fiel mir's schwer, sie zu glauben.

Sam Gottkin, Hauptkonzessionär, Garderobenkönig und vormaliger Leichtgewichtsboxer unter dem Namen Sammy Gordon, hat sich gestern mit Miriam (Mimi) Fisher, der Schwester Danny Fishers, des Boxchampions, vermählt. Nach der Hochzeitsreise, die das junge Paar auf die Bermudas führt, wird es am Central Park South eine Dachgartenwohnung beziehen, die der Bräutigam für seine Frau völlig umgestalten ließ.

Ich fuhr mit der Hand automatisch zur Notleine, um den Zug zum Stehen zu bringen. Ich hielt den Griff einen Moment in der Hand, dann ließ ich ihn wieder los. Es hatte keinen Sinn zurückzukehren, ich konnte ja doch nichts mehr ändern.

Langsam sank ich auf meinen Sitz zurück und las die Notiz ein zweites Mal. Grenzenlose Verlassenheit überfiel mich. Mimi und Sam! Ich überlegte, wie das möglich gewesen war, wie und wo sie sich kennengelernt hatten. Und was war aus dem Burschen aus ihrem Büro geworden, nach dem sie so verrückt gewesen war? Ich schloß müde die Augen. Jetzt war auch das völlig belanglos. Was auch geschah, nichts war von Bedeutung, für mich war's ohne Bedeutung, denn für meine Familie war ich so ausgelöscht, als hätte ich nie gelebt.

Der Regen trommelte gegen die Fensterscheiben, und langsam wurde ich stumpf und unempfindlich. Ich nickte ein. Quälende Bilder von Sam und Mimi drängten sich mir auf. Sie waren aber nie beisammen. Wenn einer von ihnen vor meinen Augen auftauchte, verschwand der andere. Schließlich schlief ich ein, ehe es mir gelang, beide gleichzeitig lange genug zu sehen, um ihnen Glück zu wünschen.

ICH WAR NICHT DABEI, ALS ...

Mimi saß vor dem Toilettentisch und weinte hemmungslos. Dicke Tränen liefen ihr über die Wangen, und ihre Wimperntusche hinterließ lange schwarze Streifen. Sie drückte ihr Taschentuch hilflos an die Lippen.

Papa drehte sich nervös um. «Weshalb weint sie denn?» fragte er Mamma. «Es ist doch ihr Hochzeitstag! Was gibt's da zu weinen?»

Mamma sah ihn ärgerlich an, dann nahm sie ihn am Arm und schob ihn aus der Tür und in die kleine Trauungskapelle. «Geh und kümmere dich um die Gäste», sagte sie energisch, «bis zum Beginn der Zeremonie hat sie sich wieder erholt.»

Trotz seines Protestes schloß sie die Tür hinter ihm und drehte den Schlüssel im Schloß um. Ihr Gesicht war ganz ruhig und voll von gütigem Verstehen, während sie auf das Ende des Tränenausbruchs wartete. Sie brauchte nicht lange zu warten, denn bald darauf hörte Mimi zu weinen auf und saß, zart und klein, ganz zusammengesunken in ihrem Sessel. Sie starrte auf ihr Taschentuch, das sie nervös in den Händen hin und her drehte.

«Du liebst ihn nicht», sagte Mamma ruhig.

Mimi fuhr auf. Einen Moment sah sie Mamma in die Augen, dann blickte sie wieder weg. «Ich liebe ihn», antwortete sie mit einer ganz kleinen, müden Stimme.

«Du brauchst ihn nicht zu heiraten, wenn du ihn nicht liebst», sagte Mamma, als hätte sie nicht gehört, was Mimi gesagt hatte.

Mimi hatte ihre Augen jetzt wieder ganz in der Gewalt, sie sah Mamma an, ohne mit der Wimper zu zucken. Ihre Stimme klang ruhig und leidenschaftslos. «Jetzt ist alles wieder gut, Mamma, ich war bloß dumm und kindisch.»

Doch Mammas Gesicht blieb ernst. «Du glaubst vielleicht, daß du, nur weil du heute heiratest, schon erwachsen bist? Vergiß nicht, daß ich deine Heiratslizenz unterschreiben mußte, um meine Einwilligung zu geben.»

Mimi drehte sich um und sah in den Spiegel des Toilettentischs. Ihre Augen waren rotgerändert und ihr Make-up total ruiniert. Sie erhob sich rasch und eilte in die Ecke, in der sich ein Waschbecken befand.

Mamma streckte die Hand aus und hielt sie zurück. «Miriam», sagte sie sanft, «du mußt dein ganzes Leben mit ihm verbringen, du mußt dein ganzes Leben mit den Gefühlen leben, die du heute für ihn hast. Dein ...»

«Mamma!» Der hysterische, völlig verzweifelte Ausruf Mimis ließ Mamma im Sprechen innehalten. «Sprich nicht weiter! Jetzt ist's zu spät!»

«Miriam, es ist nicht zu spät», sagte Mamma beharrlich, «du kannst dir's noch immer überlegen.»

Mimi schüttelte den Kopf. Ihr Gesicht nahm einen entschlossenen Ausdruck an. «Es ist zu spät, Mamma», sagte sie entschieden. «Es war schon damals zu spät, als ich zum erstenmal zu ihm ging, um herauszubekommen, wohin Danny gegangen ist. Was soll ich jetzt tun? Soll ich ihm vielleicht das ganze Geld zurückgeben, das er dazu verwendet hat, um Danny zu finden? Soll ich ihm die fünftausend Dollar geben, die er Papa für sein Geschäft geliehen hat? Soll ich ihm alle Toiletten und den Ring zurückgeben, die er mir geschenkt hat, und sagen, es tut mir schrecklich leid, alles war bloß ein Irrtum?»

Der schmerzliche Ausdruck in Mammas Augen wurde immer deutlicher sichtbar. «Alles ist besser», sagte sie gelassen, «als daß du unglücklich wirst. Laß doch nicht zu, daß Papa und ich an dir dasselbe Unrecht begehen, das wir an Danny begangen haben.» Ihre Augen füllten sich mit Tränen.

Mimi zog Mamma in ihre Arme. «Mach du dir keine Vorwürfe wegen dem, was geschehen ist», sagte sie rasch. «Papa war an allem schuld.»

«Nein, ich hätte ihn davon abhalten müssen», sagte Mamma gequält, «und deshalb spreche ich auch jetzt mit dir. Ich will denselben Fehler nicht nochmals begehen.»

Mimis Miene war jetzt entschlossen. «Hier gibt's keinen Fehler, Mamma», sagte sie so bestimmt, als wüßte sie alle Antworten, «Sam liebt mich, und wenn ich ihn jetzt noch nicht so sehr liebe, wie er mich liebt, so wird das mit der Zeit auch noch kommen. Er ist herzensgut, liebevoll und großzügig. Es wird bestimmt alles gut werden.»

Mamma sah sie fragend an.

Impulsiv beugte sich Mimi zu ihr hinunter und berührte Mammas Stirn mit den Lippen. «Mach dir keine Sorgen, Mamma», sagte sie sanft, «ich weiß, was ich tue, und es ist genau das, was ich mir wünsche.»

Mimi setzte sich mit vor Angst geschütteltem, krampfhaft gespanntem Körper im Bett auf. Sie hörte, wie Sam im Badezimmer die Zähne geräuschvoll bürstete.

Plötzlich verstummte das Geräusch des rinnenden Wassers, und gleich darauf hörte sie das Knacken des Lichtschalters. Sie legte sich im Dunkeln rasch in die Kissen zurück und rollte sich zu einem winzigen Knäuel zusammen.

Sie hörte, wie er, ohne Licht zu machen, auf seine Seite des Bettes ging und fühlte gleich darauf, wie das Bett unter seinem Gewicht nachgab. Sie lag sehr still, ihr Körper war auf einmal stocksteif und so eiskalt, daß ihre Zähne beinahe zu klappern begannen.

Einen Moment herrschte tiefe Stille, dann berührte er ihre Schulter leise mit der Hand. Sie preßte die Zähne fest aufeinander. Dann hörte sie ihn flüstern: «Mimi.»

Sie zwang sich zu einer Antwort. «Ja, Sam.»

«Mimi, dreh dich zu mir.» Sein Flüstern klang beinahe flehentlich.

Sie beherrschte ihre Stimme gewaltsam und antwortete leise. «Sam, bitte nicht heute, es tut so weh.»

Seine Stimme klang weich und verständnisvoll. «Wir werden's heute nicht nochmals versuchen. Ich möchte bloß, daß du deinen Kopf auf meine Brust legst. Ich will nicht, daß du Angst vor mir hast. Ich liebe dich, Baby.»

Plötzlich standen ihre Augen voller Tränen. Sie drehte sich rasch zu ihm herum und legte ihren Kopf an seine Brust. Ihre Stimme war ganz klein. «Wirklich, Sam? Hast du mich wirklich noch lieb, nach allem, was ich dir angetan habe?»

Sie fühlte, wie sein Atem über ihr Haar strich. «Natürlich, Baby. Du hast doch nichts getan, und beim erstenmal ist's allen anständigen Mädchen so zumute.»

Langsam lockerte sie sich in seinen Armen, sie hob ihr Gesicht zu ihm und küßte ihn leicht auf den Mund; es war beinahe so, wie wenn ein kleines Mädchen seinen Vater küßt. «Danke, Sam», flüsterte sie voll Dankbarkeit. Sie schwieg einen Moment, dann sagte sie sehr langsam und zögernd. «Sam, wenn du willst, bin ich bereit, es nochmals zu versuchen.»

«Willst du das wirklich, mein Herzchen?» Es klang erfreut und beglückt.

«Ja, Sam», antwortete sie leise.

Sie schloß die Augen fest zu und fühlte, wie seine Hände über ihr Haar strichen. Seine Lippen berührten leicht ihre Wange und wanderten weiter zu ihrem Nacken. George hatte das auch immer getan. Ärgerlich schob sie die auf sie einstürmende Gedankenflut beiseite. Warum mußte sie gerade in diesem Augenblick an ihn denken? Das war Sam gegenüber nicht fair. Er war für das, was geschehen war, nicht verantwortlich. Es war ihre Schuld. Sie hatte es von allem Anfang an so gewollt, von dem Moment an, als sie und Nellie zu ihm gegangen waren. Zerknirscht hob sie ihre Hand und strich ihm über die Wange. Sein Gesicht war ganz glatt. Er hatte sich rasiert, ehe er zu Bett ging. Seine Lippen suchten ihren Mund. Sie waren sanft und angenehm warm. Da erwiderte sie seinen Kuß.

Einen flüchtigen Augenblick war sie vor Angst wie erstarrt, als sie seine Hand leicht und kühl unter ihrem Nachtgewand fühlte. Seine Berührung war zart und sehr erfahren. Langsam wich ihre Verkrampfung, ihr Körper wurde weich und fügsam und leistete keinen Widerstand. Sein Herz schlug an dem ihren.

Langsam stieg eine köstliche Wärme in ihr auf, ihr ganzer Körper begann zu prickeln. Das hatte sie schon früher gefühlt... Woran dachte sie nur...? Es tat wohl, und sie war froh, daß sie imstande war, jetzt so zu fühlen.

Er küßte die zarten Knospen ihres Busens. Sie war jetzt sehr glücklich, und während sie seinen Kopf mit beiden Händen umfangen hielt, küßte sie ihn auf die Stirn. Sie schloß die Augen und dachte an George. So wäre es auch mit ihm gewesen. Mit ihm wäre es aber leichter gewesen, denn vor ihm hatte sie keine Angst gehabt wie vor...

Er flüsterte ängstlich und besorgt: «Fühlst du dich auch ganz wohl, mein geliebtes Herzchen?»

Sie nickte heftig mit dem Kopf, da sie nicht zu sprechen wagte.

Sam lag still neben ihr und strich sanft über ihre erhitzte Wange. Aus seiner Stimme klang heimlicher Stolz, als er flüsterte: «Siehst du, Liebling, es ist doch gar nicht so, daß man sich davor fürchten muß, nicht wahr?»

Sie verbarg ihr Gesicht an seiner Brust. «Nein», flüsterte sie, doch im tiefsten Herzensgrund wußte sie, daß sie log. Sie würde ihn immer anlügen müssen, denn sie würde immer Angst haben. Es war nicht sein Bild, das im Moment höchster Erfüllung vor ihren Augen stand. «O Gott», betete sie still, «muß ich mein ganzes Leben so verbringen? Immer in Angst?»

Eine innere Stimme antwortete ihr. Sie war tief und gewichtig, und die Worte waren aus der Hochzeitszeremonie: «Sprich meine Worte nach, mein Kind. ‹Ich, Miriam, nehme dich, Samuel, zu meinem rechtmäßig angetrauten Ehegatten, um dich in guten wie in bösen Tagen, in Krankheit wie Frohsinn zu lieben, zu ehren und dir in allem beizustehen, bis der Tod uns scheidet.›»

Jetzt schlief er, und sein Atem war tief und regelmäßig. Sie betrachtete sein stilles Gesicht im schwachen Lichtschimmer. Jetzt war er glücklich. Besser so.

Sie legte sich in ihr Kissen zurück und schloß die Augen. Sie war zu ihm gegangen, um mich zu suchen, und nun mußte sie den Rest ihrer Tage und Nächte neben ihm verbringen. Aber von diesem Fehlschlag würde er nie etwas erfahren, er brauchte das nicht zu wissen. Sie allein wußte, daß sie ihn betrogen hatte und ihn in den Höhepunkten ihrer ehelichen Gemeinschaft immer wieder betrügen würde.

8

Ich stand auf der verlassenen Zufahrtstraße, und der Regen strömte auf mich herab. Ich schlug den Kragen meines Regenmantels auf, so daß ich es unter dem Rand meines weichen Schlapphutes ganz gemütlich hatte, und zog an meiner Zigarette. Ich sah zum Himmel hinauf. Dieser Regen würde nicht so bald aufhören. Dann sah ich die Zufahrtstraße entlang. Die feuchten Wände der grauen und braunen Zelte bewegten sich trostlos unter dem windgepeitschten Regen.

Zwei Jahre in dieser Umgebung! Das war eine lange Zeit; ich hatte eine große Zeitspanne zwischen diesen Segeltuchwänden verbracht. Es hatte Tage gegeben, die so heiß waren, daß die Hitze einen förmlich briet, bis man das Gefühl hatte, sich im Ofen einer besonders verrückten Abteilung der Hölle zu befinden, und Nächte, die so kalt waren, daß einem das Mark in den Knochen zu frieren schien wie das Wasser in einem winterlichen See.

Zwei Jahre in diesem Milieu. Die Menschenmenge drängte sich über die Zufahrtstraße heran, tölpelhaft, den Mund mit Zuckerwerk, Würstchen und Eiscreme vollgestopft. Dann gab's Menschen, die dich mit mißtrauischen Blikken ansehen, wie sie einen Vagabunden ansehen würden, begierig, deine Waren zu kaufen, es aber dennoch übelnehmen, daß du sie ihnen verkaufst.

Zwei Jahre, die ich nicht zu Hause gewesen war, in denen ich nicht wußte, was geschah. Nellie, Mamma und Papa, Mimi und Sam. Die Namen schmerzen noch immer. Jedesmal, wenn ich glaubte, mich daran gewöhnt zu haben, überkam mich dasselbe Gefühl grenzenloser Verlassenheit. Es lag wohl tief vergraben, war aber doch immer da.

Und jetzt war ich beinahe zu Hause! Beinahe, aber nicht ganz. Philadelphia. Ich könnte auf dem Bahnhof in der Market Street einen Zug besteigen und kurz nachher an der Penn Station wieder aussteigen. Es war so leicht, wenn ich daran dachte – nur eine Stunde und zehn Minuten von zu Hause entfernt!

Die Dinge waren immer einfach, wenn ich an sie dachte. Sie waren aber nie einfach, wenn ich sie ausführen wollte. Die Erinnerung an alles, was geschehen war, stürmte auf mich ein. Und ich war wieder böse. Ich haderte mit meinem Schicksal wegen meines erzwungenen Exils. Ich hatte Angst vor dem, was geschehen könnte, wenn ich zurückkehre.

Und doch – ich sehnte mich nach Hause. Ich wollte immer wieder nach Hause gehen. Es gibt Bande, die mich an jene knüpfen, die dort sind, selbst dann, wenn sie mich nicht zurückhaben wollen, Bande, die ich nicht in Worte kleiden kann, die ich aber tief im Innersten fühle. Heute bin ich bloß eine Stunde und zehn Minuten von alldem entfernt. Übermorgen, wenn die Zelte auf ihrer alljährlichen Route wieder südwärts rollen, werde ich sechs Stunden entfernt sein, eine Woche darauf zwanzig Stunden, und in einem Monat wird's eine Reise von vielen Tagen sein, und es könnte geschehen, daß ich sie in meinem ganzen Leben nicht mehr zurücklegen werde.

Ich blicke wieder zum Himmel auf. Die Regenwolken hängen tief, sie sind beständig, der Wind peitscht mir die Nässe ins Gesicht, und die Zigarette zwischen meinen Lippen ist völlig durchweicht. Der Regen wird die ganze Nacht über auf die Zufahrtstraße herunterströmen. Ich lasse die Zigarette aus dem Mund fallen, und sie verzischt in einer Pfütze zu meinen Füßen. Ich höre das böse Zischen der winzigen Glut, als sie vergebens versucht, gegen das Wasser anzukämpfen. Ich glaube, ich gleiche dieser Zigarette, denn ich kämpfe in diesem unermüdlich herabrauschenden Regen um mein Leben. Ich kann nicht atmen, die Luft legt sich mir schwer auf die Lunge. Ich muß nach Hause! Ich muß, ich muß!! Ich muß Nellie wiedersehen und Mamma und Mimi. Und auch Papa, ob er mich nun sehen will oder nicht. Selbst wenn ich weiß, daß ich nicht bleiben kann, selbst wenn ich morgen auf diese Zufahrtstraße zurückkehren muß, denn es kann eine unerträglich lange Zeit dauern, ehe ich wieder nach Hause fahren kann. Ich bin es müde, einsam zu sein.

Das unvermeidliche Kartenspiel war noch immer im Gang, als ich durch die Zeltöffnung trat. Die Spieler sahen kurz auf, während ich meinen Hut gegen die Hosen schlug, um das Wasser abzuschütteln, dann blickten sie wieder in ihre Karten.

Das schwache Licht der Öllampe flackerte über ihre Gesichter. Ich ging um den Tisch herum und blieb hinter Mike stehen, sah in seine Karten und lachte verstohlen. Er wird wohl nie reich werden, wenn er versucht, mit drei Karten ein Flush zusammenzubekommen.

«Es wird wieder die ganze Nacht regnen», sagte ich.

«Ja», antwortete Mike geistesabwesend. Er konzentrierte sich auf seine Karten.

Der Bankhalter rief über den Tisch: «Wie viele?»

Mike sagte leise: «Zwei.»

Die beiden Karten flogen über den Tisch. Er griff hastig danach und sah sie an. Ein ärgerlicher Seufzer drang über seine Lippen. «Ich passe», sagte er, warf seine Karten auf den Tisch und drehte sich zu mir um. Die andern deckten ihre Karten rasch auf, und der Bankhalter strich den Einsatz ein. «Willst du mitspielen, Danny?» fragte er freundlich.

«Nein, danke.» Ich schüttelte den Kopf. «Ihr habt schon genug von meinem sauer verdienten Zaster eingestrichen!» Ich sah zu Mike hinunter. «Wie wär's mit einem freien Abend?» fragte ich.

Mike grinste. «Bring für mich auch 'ne Puppe mit, dann wollen wir uns beide 'nen freien Abend machen.»

«Heut nicht, Mike. Ich möcht nach New York fahren. Heut abend ist ja doch nichts zu machen.»

Der Bankhalter begann mich aufzuziehen. «Sie sind wohl zu schwer zu bekommen, was, Danny? Aber paß nur gut auf mit diesen süßen Zuckerpüppchen, eine jede hat einen Bruder in der Armee.»

Mike wurde sehr ernst. «Wozu willst du nach New York fahren?»

Ich hatte ihm nie viel erzählt, aber er war ein kluger Bursche, er hatte erraten, daß dort etwas für mich schiefgegangen war. Er hatte mir nie eine Frage gestellt und würde auch jetzt keine Antwort erhalten. «Ach, 'nen kleinen Urlaub», sagte ich gelassen und sah ihn an.

Mike sah auf die Tischplatte, denn die Karten wurden wieder verteilt. Er nahm sie und drehte jede einzeln behutsam um. Sechs. Neun. Sieben. Acht. As. Alle schwarz, alle Treffkarten! Seine Finger umklammerten das Blatt. Ich bemerkte, daß er mich völlig vergessen hatte.

«Was meinst du also, Mike?»

Ich stieß ihn in den Rücken.

Er sah nicht mehr auf. «Okay», sagte er geistesabwesend, «aber sei morgen um elf wieder zurück. In der Zeitung steht, daß es wieder aufklart, und dann fahren wir von hier ab.»

Der Regen schlug noch immer gegen die Fensterscheiben des Zuges, als der schläfrige Schaffner durch das Abteil kam. Er tippte mir auf die Schulter. «Ihre Fahrkarte, bitte.» Ich gab ihm schweigend mein Billett. «Abscheuliche Nacht», sagte er und schüttelte den Kopf. Er hatte meine Fahrkarte gelocht und gab sie mir wieder zurück.

«Ja», antwortete ich und blickte ihm nach. Doch ich war durchaus nicht seiner Meinung. Ich fuhr ja nach Hause! Ich sah auf meine Armbanduhr. New York war nur noch fünfundfünfzig Minuten entfernt.

9

Ich stieg die Stufen der U-Bahn hinauf. Es nieselte, aber die Menschenmenge in der Delancey Street war ebenso dicht gedrängt wie eh und je. Regen störte sie nicht, sie hatten ja keinen andern Aufenthaltsort, und es war immer unterhaltend, die Delancey Street entlangzuschlendern, die Schaufenster zu betrachten und zu überlegen, was man sich kaufen würde, wenn man das Geld hätte.

Während ich wartete, daß das Licht der Verkehrsampel wechselte, zündete ich mir eine Zigarette an. Die Schaufenster hatten sich nicht verändert, sie würden sich auch nie verändern. Das Herrenmodegeschäft pries noch immer seine Gelegenheitskäufe an; das Backwerk und die Brote in Ratners Schaufenster sahen noch genauso aus wie das letzte Mal, als ich noch hier war; der Würstchenstand an der Ecke der Essex Street war ebenso dicht umdrängt wie stets.

Der Verkehr stockte eine Sekunde, dann konnte ich die Straße überqueren. Es hatte sich nicht das geringste verändert. Dieselben Bettler verkauften ihre Bleistifte, dieselben Dirnen taxierten die Männer mit müden, desillusionierten Augen. Doch ich hatte mich verändert. Ich erkannte das, als eine der Dirnen sich an mich drängte und mir im Vorbeigehen etwas zuflüsterte. Ich sah ihr lächelnd nach. Vor zwei Jahren wäre das noch nicht passiert, damals war ich noch ein grüner Junge.

Ich schlenderte die Straße weiter bis zum Zehn-Cent-Basar. Nellie würde dort sein, davon war ich fest überzeugt. Ich weiß nicht warum, aber irgendwie wußte ich, daß sie dort sein würde. Die Uhr im Paramount-Fenster zeigte fünf Minuten vor neun. Noch fünf Minuten und das Geschäft würde schließen, und sie würde herauskommen. Auf einmal hatte ich Angst, sie wiederzusehen. Ich fragte mich, ob sie sich nicht auch stark verändert hatte. Vielleicht hatte sie mich vergessen, vielleicht hatte sie einen andern Freund. Zwei Jahre sind für ein Mädchen eine lange Wartezeit, besonders wenn sie nichts von dem Geliebten hört. Und ich hatte nie geschrieben.

Ich stand vor dem Eingang und sah hinein. Es waren nicht mehr viel Leute in dem Laden, aber ein nervöser Widerwille hielt mich davon ab, die Schwelle zu überschreiten. Vielleicht wollte sie mich nicht mehr sehen. Ich stand da, zögerte einen Augenblick, dann ging ich bis an die Ecke zurück.

Jetzt stand ich unter der Straßenlampe – es war dieselbe Straßenlampe, unter der ich immer auf sie gewartet hatte. Ich lehnte mich mit dem Rücken an den Laternenpfahl und rauchte eine Zigarette, ohne den Regen zu beachten, der auf mich herunterströmte. Wenn ich die Augen schloß und nur auf die Geräusche der abendlichen Straße hörte, war es so, als wäre ich nie fort gewesen.

Die Schaufensterbeleuchtung des Zehn-Cent-Basars erlosch plötzlich. Ich richtete mich auf, warf meine Zigarette in den Rinnstein und sah aufmerksam zur Eingangstür. Es konnte sich nur noch um wenige Minuten handeln. Wenige Minuten! Ich fühlte, wie in meinen Schläfen eine Ader zu hämmern begann; mein Mund war völlig ausgetrocknet. Eine Mädchengruppe kam plaudernd aus dem verdunkelten Laden. Ich sah jeder einzelnen begierig ins Gesicht, während sie im Gespräch an mir vorübergingen. Sie war nicht dabei.

Mein Blick eilte über sie hinweg zur Tür zurück. Es kamen noch mehr Mädchen heraus. Meine Finger trommelten nervös gegen mein Bein. Auch unter diesen befand sie sich nicht. Ich sah rasch auf meine Armbanduhr. Beinahe fünf Minuten nach neun. Sie muß doch bald herauskommen!

Ich wischte mir das Gesicht mit dem Taschentuch ab. Trotz der empfindlichen Kälte schwitzte ich. Ich stopfte das Taschentuch wieder in die Tasche zurück, ließ die Tür jedoch nicht eine Sekunde aus den Augen. Noch immer kamen Mädchen heraus. Ich prüfte rasch jedes Gesicht, um sofort das nächste anzusehen. Sie war noch immer nicht unter ihnen. Jetzt kamen schon viel weniger Mädchen heraus, sie kamen zu zweit oder auch allein. Sie traten auf die Straße, sahen rasch zum Himmel auf, dann eilten sie nach Hause. Ich sah nochmals auf die Uhr. Beinahe zwanzig Minuten nach neun! Bittere Enttäuschung drohte mich zu überwältigen. Ich wandte mich halb ab, um wegzugehen. Es war dumm von mir gewesen, auch nur anzunehmen, daß sie noch hier sein könnte. Es war wahrscheinlich auch dumm von mir zu glauben, daß die beiden Jahre keine Rolle gespielt hatten. Und dennoch – ich konnte nicht so ohne weiteres weggehen. Ich kehrte wieder zurück, ich wollte so lange vor dem Geschäft warten, bis es ganz leer war.

Jetzt erloschen noch mehr Lichter im Ladeninnern. Nur noch wenige Minuten und der Manager würde herauskommen und den Laden abschließen. Ich nahm eine Zigarette aus der Tasche, zündete ein Streichholz an, aber der Wind blies es aus, ehe es mir gelungen war, die Zigarette anzuzünden. Ich strich ein zweites an, diesmal hielt ich es in der hohlen Hand und wandte mich ab, um es vor dem Luftzug zu schützen. Und jetzt hörte ich wieder Mädchenstimmen und unter ihnen – eine ganz besondere Stimme. Ich blieb wie angewurzelt stehen und hielt den Atem an. Es war ihre Stimme! Ich habe es ja gewußt! «Gute Nacht, Molly.»

Ich starrte sie wie verzaubert an. Während sie mit dem andern Mädchen sprach, das sich in eine andere Richtung entfernte, stand sie von mir abgewandt. Die Zigarette hing zwischen meinen warmen Lippen, und ich starrte sie reglos an. In dem schwachen Licht der Straßenbeleuchtung schien es, als hätte sie sich überhaupt nicht verändert. Derselbe süße Mund, die weiche weiße Haut, die runden Wangen und die großen braunen Augen! Und ihr Haar... es gibt kein Haar wie das ihre, es ist so schwarz, daß es im Licht beinahe blaue Reflexe hat. Ich machte einen Schritt auf sie zu, dann blieb ich stehen. Ich hatte Angst, mich zu bewegen, hatte Angst zu sprechen. Ich stand hilflos da und sah sie bloß an.

Das andere Mädchen war längst weitergegangen, und Nellie war im Begriff, ihren Schirm zu öffnen. Es war ein lebhaft rotkarierter Schirm. Als sie ihn über den Kopf hob und mechanisch hinaufsah, um ihn aufzuspannen, bemerkte sie mich. Automatisch ließ sie den Schirm zuerst einschnappen; ihre Miene war ungläubig, sie sah aus wie betäubt. Sie machte einen zögernden Schritt auf mich zu, dann blieb sie stehen.

«Danny?» Es war eine heiser geflüsterte Frage.

Ich sah ihr in die Augen, ich fühlte, wie sich meine Lippen bewegten, als ich zu sprechen versuchte, es formten sich aber keine Worte.

Die Zigarette fiel mir aus dem Mund und versprühte, während sie zu Boden fiel, winzige Funken über meinen Anzug.

«Danny! Danny!» schrie sie auf und lief die wenigen Schritte, die uns trennten, auf mich zu. Der Schirm lag geöffnet und vergessen im Flur hinter ihr.

Sie lag in meinen Armen, sie weinte und küßte mich und wiederholte immer wieder meinen Namen. Ihre Lippen waren warm, dann kalt und auf einmal wieder warm. Ich fühlte ihre Tränen an meinen Wangen, und ihr Körper zitterte unter ihrem kurzen Mäntelchen.

Als ich zu ihr hinuntersah, lag ein Nebel vor meinen Augen, der nicht vom Regen herrührte. Einen Augenblick schloß ich die Augen, dann flüsterte ich ihren Namen: «Nellie.»

Ihre Finger glitten über meine Wangen, ich beugte mich zu ihr und küßte sie. Unsre Lippen verschmolzen ineinander, und die Jahre, die zwischen uns lagen, schwanden dahin. Es war so, als wäre nie etwas geschehen, wichtig war einzig und allein – wieder beisammen zu sein.

Ihre Augen durchforschten mein Gesicht. «Danny, Danny», flüsterte sie mit zitternder Stimme, «warum hast du mir das angetan? Nicht ein Wort, kein einziges Wort während der ganzen Zeit.»

Ich blickte sie stumm an. Ich fand keine Antwort, denn jetzt erst wurde mir klar, wie unrecht mein Tun gewesen war. Als ich wieder zu sprechen vermochte, gelang es mir nur mit heiserer, zitternder Stimme. «Ich kann nichts dafür, Baby, es mußte sein.»

Sie weinte. Ihr Schluchzen peinigte und erschütterte mich. «Wir haben versucht, dich zu finden, ach, Danny, wie haben wir uns bemüht, dich zu finden! Es war, als hätte dich der Erdboden verschluckt. Ich bin vor Kummer fast gestorben.»

Ich hielt sie eng an mich gedrückt und berührte ihr Haar mit den Lippen. Es war so, wie ich's in Erinnerung hatte. Weich und duftend und wundervoll, wenn man's berührt. Friede, den ich so lange nicht gekannt, zog in mein Herz.

Ihr Gesicht lag an meiner Brust geborgen, und ihre Stimme drang nur gedämpft zu mir herauf. «Ich könnte es nicht nochmals ertragen, Danny.»

Plötzlich war alles ganz einfach. Denn ich wußte, wie alles werden würde, werden mußte.

«Das sollst du nie mehr, Baby. Von nun an bleiben wir beisammen. Immer.»

Ihr Gesicht war blaß und unendlich kindlich; sie sah voll Vertrauen zu mir auf. «Wahr und wahrhaftig, Danny?»

Zum erstenmal an diesem Tag gelang es mir zu lächeln. «Wahr und wahrhaftig, Nellie», antwortete ich. «Glaubst du, ich bin bloß zu Besuch zurückgekommen?» Jetzt war mir alles klar. Ich wußte, was mir die ganze Zeit gefehlt hatte, ich wußte, was ich mir wünschte. Als ich dort auf der Zufahrtstraße stand und der Regen auf mich herunterprasselte, hatte ich noch nicht gewußt, daß ich mich von Mike trennen würde – aber jetzt wußte ich es. Ich werde zu Mike gehen und ihm alles erklären. Und er wird mich verstehen. Ich bin heimgekommen – um zu bleiben.

«Nellie», sagte ich sanft, «von jetzt an werde ich nie mehr etwas allein tun, wir wollen alles – gemeinsam machen.»

10

Dasselbe alte Plakat befand sich im Fenster:

CHOW MEIN 30 Cent CHOP SUEY

Derselbe alte Chinese führte uns zu unserm Tisch und reichte uns eine abgegriffene, mit Fliegenschmutz bedeckte Menukarte.

Nellies Augen strahlten. «Danny, du hast dich erinnert!»

Ich lächelte.

Sie griff über den Tisch nach meiner Hand. «Erinnerst du dich, wann wir zum erstenmal hierhergekommen sind? Am selben Tag, an dem ich dich kennenlernte.»

Ich nahm ihre Hand, drehte ihre Handfläche nach oben und studierte sie mit gespielter Aufmerksamkeit. «Ich sehe einen großen dunklen Mann, der in Ihr Leben treten wird», sagte ich und ahmte die gewichtige Sprechweise eines Wahrsagers nach.

Sie lachte und drückte meine Hand. «Falsche Haarfarbe!» Plötzlich wurden ihre Augen jedoch sehr ernst. «Danny!»

Als ich sie ansah, fühlte ich, wie mir das Lachen verging. Sie sah mir auf den Grund des Herzens. «Ja, Nellie?»

«Ich hoffe, daß ich nicht träume», sagte sie rasch, «ich hoffe, daß ich nicht zu Hause in meinem Bett liege und träume. Ich hoffe, daß ich morgen nicht mit roten Augen aufwache und meine Schwester mir sagen wird, daß ich im Schlaf geweint habe.»

Ich hob ihre Hand und küßte sie. «Das soll dir beweisen, daß du wach bist.»

Ihre sanften Augen standen voll Tränen. «Sollte ich dennoch träumen, dann möchte ich nie mehr aufwachen, dann möchte ich nur weiterschlafen und träumen.» Ihre Stimme klang vor Erregung ganz heiser.

Jetzt war ich wieder imstande zu lächeln. «Du bist wach, Nellie.»

Sie umklammerte meine Hand. «Ich liebe dich, Danny. Ich glaube, ich war von der ersten Minute an in dich verliebt, in der ich dich sah. Damals, als du dich an den Bartisch gesetzt und die Schokoladeeiscreme bestellt hast.» Ihre Augen waren wieder ernst und durchdringend auf mich gerichtet. «Ich bin nie mit einem andern Burschen ausgegangen, während der ganzen langen Zeit, die du fort warst.»

Quälendes Schuldbewußtsein überkam mich. Ich vermochte ihr nicht in die Augen zu sehen. «Ja?» sagte ich gequält. «Sprich weiter.»

Ihre Hand bewegte sich in der meinen. «Wirklich, Danny», fuhr sie beharrlich fort, «Mamma wollte es zwar, ich habe mich aber geweigert. Irgendwie wußte ich, daß du zurückkommen würdest. Ich wußte es einfach! Sogar ehe dieses Mädchen von Maxie Fields zu mir kam und es mir sagte.»

Ich starrte sie überrascht an. «Mädchen?» fragte ich. «Was für ein Mädchen?»

«Miss Dorfman», antwortete sie rasch, «erinnerst du dich nicht an sie? Sie kam einige Tage nach dem Labor Day mit ihrem Bruder ins Geschäft und sagte mir, sie habe mit dir gesprochen, es gehe dir gut und du ließest mich grüßen. Es war sehr freundlich von ihnen, mich auf ihrer Fahrt durch New York aufzusuchen. Sie erzählte, daß du mit Fields irgendwelche schweren Differenzen hast, aber sofort zurückkommen würdest, wenn diese Angelegenheit aus der Welt geschafft ist.»

Auf einmal war mir wieder wohler. Sarah war doch okay! Es gibt doch noch Menschen, die richtig sind! Sie hatte sich bemüht, mir zu helfen. Vielleicht säße Nellie ohne Sarahs Hilfe heute nicht hier. Doch infolge ihres Einschreitens hatte mich jemand vermißt, geliebt und hatte auf mich gewartet. Ich war nicht mehr ganz allein.

Sie sah mich sehr ernst an. «Ist das wahr, was sie gesagt haben, Danny... daß du von Fields Geld genommen hast, um dich bei dem Match k. o. schlagen zu lassen?»

Ich beantwortete ihre Frage nicht. Etwas anderes war weit wichtiger. «Sie haben das gesagt?» fragte ich. «Wer?»

«Mimi ist zu mir gekommen, weil sie dich doch überall gesucht haben. Es war etwa eine Woche, nachdem du verschwunden warst. Zep und ich führten sie zu Mr. Gottkin, und er hatte es wieder von Fields erfahren.» Sie blickte mich noch immer forschend an. «Ist es wahr, was er da behauptet hat, Danny?»

Ich nickte.

Sie hielt meine Hand noch immer umklammert, aber aus ihrer Stimme klang tiefe Betrübnis. «Warum hast du das getan, Danny? Warum hast du mir nichts davon gesagt?»

«Ich konnte nicht anders», sagte ich leise, «ich brauchte das Geld. Ich wollte, daß Papa damit ein Geschäft kauft, und Fields hatte mich ohnedies bereits in seinen Klauen. Dann gelang es mir aber nicht, das Match zu verlieren ... selbst mit aller Gewalt nicht.»

«Aber dein Vater hat dich doch, wie mir Mimi erzählte, in dieser Nacht ausgesperrt», sagte sie, «warum bist du nicht zu mir gekommen und hast es mir gesagt?»

Ich starrte sie an. Nichts war wiedergutzumachen, was ich ihr auch sagen würde. Ich hatte alles verdorben. «Ich mußte von hier weg. Fields war mir auf den Fersen.»

Sie schloß müde die Augen. «Das alles ist so entsetzlich, ich kann es noch immer kaum glauben. Zwei Jahre, in denen ich nicht gewußt habe, was geschehen ist, in denen ich nicht wußte, wem ich glauben darf und was ich glauben soll.»

Ich litt unter ihrer schmerzlichen Miene. «Vielleicht wäre es besser gewesen, ich wäre nicht zurückgekommen», sagte ich voll Bitterkeit. «Dann hättest du vergessen können, und alles wäre in Ordnung.»

Sie sah mir wieder bis auf den Grund der Seele. «Sag nur das nicht, Danny, sag das nie wieder. Mir ist's ja egal, was geschehen ist und was du getan hast, aber geh nur nicht wieder weg.»

Ich hielt ihre Hand fest, während der Kellner unsre Bestellung aufnahm. So, dachte ich, müsse es immer zwischen uns sein. Und so blieb es auch.

Ich schob den Teller zurück und hielt ein Streichholz erst an ihre Zigarette, dann an meine. Sie lehnte sich in ihrem Sessel zurück und blies den Rauch lässig durch die Lippen.

«Du bist schrecklich mager geworden», sagte sie.

Ich grinste. «Mm-mm», verneinte ich, «ich wiege jetzt um zehn Pfund mehr als vor zwei Jahren.»

Sie sah mich gedankenvoll an. «Vielleicht», gab sie zu, «aber du siehst bedeutend schlanker aus. Früher war dein Gesicht runder ... bubenhafter.»

«Vielleicht kommt's daher, daß ich heute kein Kind mehr bin.»

Sie lehnte sich rasch vor. «Ja, das ist's», sagte sie in überraschtem Ton, «als du weggingst, warst du noch ein Kind, und jetzt bist du erwachsen.»

«Ist das nicht so, wie es kommen muß?» fragte ich. «Niemand bleibt ewig derselbe. Auch du bist jetzt erwachsen.»

Sie streckte ihre Hand aus und berührte leicht mein Gesicht. Ihre Finger verweilten einen Augenblick bei meinen Mundwinkeln, dann glitten sie sanft über Nasenrücken und Kinn. «Ja, du hast dich verändert», sagte sie nachdenklich, «dein Mund ist fester, dein Kinn härter. Was haben deine Leute zu dir gesagt?»

Ich machte ein ausdrucksloses Gesicht, um den Schmerz zu verbergen, den mir ihre Frage bereitete. «Ich hab sie nicht besucht», antwortete ich.

«Du hast sie nicht besucht?» fragte sie verwundert. «Ja warum nicht, Danny?»

«Ich weiß nicht, ob ich mir's wünsche», sagte ich betont, «und ich glaube nicht, daß sie mich sehen wollen. Nach all dem, was geschehen ist, und nachdem man mich aus dem Haus hinausgeworfen hat.»

Sie griff wieder nach meiner Hand. «In gewisser Beziehung bist du noch immer ein Baby, Danny», sagte sie sanft, «ich bin überzeugt, daß sie dich sehen wollen.»

«Glaubst du?» fragte ich bitter, war insgeheim aber doch glücklich, daß sie es gesagt hatte.

«Ich weiß, daß sich Mimi freuen würde», sagte sie, «und ebenso deine Mutter.» Sie lächelte. «Weißt du übrigens, daß Mimi Mr. Gottkin kennengelernt hat, als wir gemeinsam zu ihm hinaufgingen, und daß sie geheiratet haben? Und daß Mimi einen kleinen Sohn hat?»

Eine neue Überraschung! «Ich wußte, daß sie geheiratet haben», sagte ich, «ich hab's in der Zeitung gelesen; von einem Baby hab ich aber nichts gewußt. Wann ist's denn zur Welt gekommen?»

«Im vorigen Jahr», sagte Nellie, «und jetzt bekommt sie wieder eines.»

«Woher weißt du soviel über sie?» fragte ich neugierig.

«Wir besuchen einander alle paar Wochen», sagte sie, «im Fall einer von uns etwas von dir hört.»

Darüber war ich sehr erstaunt. Aber irgendwie tat es mir ungeheuer wohl; denn es bedeutete nicht mehr und nicht weniger, als daß auch Mimi mich vermißt hatte. «Als ich las, daß Mimi Sam geheiratet hat, konnte ich's kaum glauben», sagte ich.

«Er ist sehr gut zu ihr gewesen», sagte Nellie eifrig, «und er hat auch für deine Leute sehr viel getan. Er war deinem Vater geschäftlich sehr behilflich.»

Ich holte tief Atem. Das war ein Punkt, der mich sehr gequält hatte. Während der letzten Jahre war ich zu der Überzeugung gelangt, daß mein Vater jemanden brauchte, der ihm wieder auf die Beine hilft. Jetzt wird sich's Sam wenigstens angelegen sein lassen, daß alles immer okay ist. Ich überlegte, was Sam über mich denken mochte, ob er mir dessentwegen, was ich getan hatte, böse war. Ich nahm es als sicher an und konnte es ihm keineswegs verübeln.

«Wirst du sie besuchen?» fragte sie.

Ich schüttelte den Kopf. «Nein.»

«Aber Danny, das mußt du tun», sagte sie eifrig, «schließlich ist's doch deine Familie!»

Ich lächelte freudlos. «Mein Vater ist keineswegs dieser Ansicht!»

«Was hat das schon zu besagen?» fragte sie. «Ich weiß, daß sie mich nicht mögen und was sie über mich denken, trotzdem würde ich sie an deiner Stelle doch besuchen.»

«Ich geh nicht hin», sagte ich betont, «ich bin zu dir heimgekehrt, nicht zu ihnen.»

Wir standen dicht aneinandergedrängt im Hausflur, und unsre Lippen suchten einander mit wilder, verzehrender Heftigkeit. Maßloses Begehren flammte in mir auf, jetzt, da ich mich von ihr trennen sollte. Ich fand keine Ruhe. Und plötzlich begann sie zu weinen; lautloses, herzzerreißendes Schluchzen schüttelte ihren zarten Körper.

Behutsam hob ich ihr Gesicht zu mir. «Was hast du, mein geliebtes Herz?»

Sie umschlang meinen Hals leidenschaftlich mit den Armen und zog mein Gesicht an ihre Wange. «O Danny, ich hab so entsetzliche Angst! Ich will nicht, daß du weggehst, denn dann kommst du nie wieder zurück!»

«Baby, mein Baby», flüsterte ich, hielt sie eng an mich gepreßt und versuchte ihr alles begreiflich zu machen. «Diesmal gehe ich doch nicht weg. Ich sage dir bloß gute Nacht. Ich komme zurück.»

Ihre Worte glichen einem angstvollen Schrei. «Nein, Danny, du kommst nicht wieder! Ich weiß es bestimmt!»

Ich fühlte ihre Tränen an meiner Wange. Ich küßte sie. «Weine nicht, Nellie», bat ich, «bitte, weine nicht.»

Doch sie sprach nur noch leidenschaftlicher und ängstlicher als zuvor. «Geh nicht weg, Danny, laß mich nicht wieder allein. Wenn du's tust, muß ich sterben.»

«Ich verlasse dich nicht, Nellie», versprach ich und hielt sie in meinen Armen geborgen, bis sich ihr Tränenstrom etwas besänftigt hatte.

Ihr Gesicht ruhte an meiner Brust, und ich mußte mich anstrengen, um zu verstehen, was sie sagte. «Wenn ich bloß einen Ort wüßte, wohin wir gehen könnten, um beisammenzubleiben, wo ich bei dir sitzen, dich ansehen und mir sagen könnte: Er ist zurückgekommen! Er ist wieder da!»

Sie hob den Kopf und sah zu mir auf. In dem Dämmerlicht hatten ihre Augen einen tiefen, strahlenden Glanz. «Ich will heute nacht nicht nach Hause gehen und mit meiner Schwester schlafen, um am Morgen aufzuwachen und festzustellen, daß alles nur ein Traum war. Ich will bei dir bleiben und deine Hand halten, damit das frühe Morgengrauen dich mir nicht wieder nimmt.»

«Ich komme am Morgen wieder zurück», sagte ich leise. «Ich liebe dich doch.»

«Nein, du kommst nicht zurück», erwiderte sie verzweifelt. «Wenn ich dich diesmal gehen lasse, kommst du nie mehr zu mir zurück. Irgend etwas wird geschehen, und du wirst nicht mehr zurückkommen.» Tränen traten ihr wieder in die Augen. «Du hast's auch beim letztenmal gesagt, Danny, erinnerst du dich, was du mir gesagt hast? ‹Was auch geschieht, Nellie, vergiß nie, daß ich dich liebe.› Und dann bist du nicht mehr zurückgekommen. Aber ich habe mich deiner Worte immer wieder erinnert.» Tränen stürzten ihr über die Wangen. Ihre Arme umklammerten mich verzweifelt, und ihre Stimme klang wie gebrochen von einem Kummer, den ich nicht verstand. «Ich kann's nicht nochmals ertragen, Danny, ich kann es nicht! Diesmal ginge ich daran zugrunde. Ich kann dich nicht von mir gehen lassen.»

Ich versuchte zu lächeln, über ihre Angst zu scherzen. «Mein Liebling, wir können doch nicht die ganze Nacht hier im Hausflur stehen bleiben.»

«Dann denk nach, Danny, ob's keinen Ort gibt, wo wir bleiben können», sagte sie, und ihre Augen waren kühn und entschlossen. «Verschaff uns ein Plätzchen, wo wir bleiben können, wo ich mich zu dir setzen, wo ich mit dir sprechen und deine Hand halten kann, bis der Morgen anbricht und ich mich überzeugt habe, daß es kein Traum war.»

Die Blicke, mit denen uns der schläfrige Portier ansah, als wir die Halle eines schäbigen Hotels betraten, gefielen mir nicht. Sie gefielen mir noch weit weniger, als der Mann, nachdem ich «Daniel Fisher und Frau» ins Fremdenbuch eingetragen hatte, mich ansah und mit leisem Lächeln sagte: «Bitte, zwei Dollar im voraus.»

Ich legte das Geld auf den Tisch und bat ihn um den Zimmerschlüssel. Ich fühlte Nellies Hand, die etwas hinter mir stand, auf meinem Arm.

Der Portier nahm die beiden Geldscheine in Empfang, behielt sie aber in der Hand. Dann blickte er auf den Boden neben meine Füße. «Kein Gepäck?» fragte er.

«Kein Gepäck», erwiderte ich rasch, «wir hatten nicht die Absicht, heute nacht in der Stadt zu bleiben.»

Die Blicke des Portiers wurden jetzt ausgesprochen durchtrieben. «Tut mir leid, Sir», sagte er in unverschämt höflichem Ton, «aber in diesem Fall kostet das Zimmer fünf Dollar. Hotelusance, verstehen Sie?»

Ich unterdrückte den Wunsch, ihn niederzuschlagen. Nicht weil er mir die drei Dollar erpreßte, die die Hotelleitung nie zu sehen bekommen würde, sondern wegen seiner schamlosen Blicke. Er mußte in meinen Augen etwas von diesen Gefühlen gelesen haben, denn er wandte sich rasch ab und sah auf sein Pult hinunter. Nach einem raschen Blick auf Nellie legte ich noch drei Dollar neben das Fremdenbuch.

Der Portier nahm das Geld. «Danke, Sir», sagte er und schob mir einen Zimmerschlüssel über den Tisch, «Zimmer 402, Sir, am Ende der Halle befindet sich der Selbstbedienungsaufzug für den vierten Stock. Sie werden sich leicht zurechtfinden, es ist die zweite Tür vom Lift.»

Ich versperrte die Tür und drehte mich wieder um. Verlegenes Schweigen breitete sich aus, während wir uns umsahen. Es war nur ein kleines Zimmer. In einer Ecke, einer Schranktür gegenüber, befand sich ein Waschbecken; daneben stand ein winziger Toilettentisch mit einem Spiegel an der Wand, gegenüber ein schmales Doppelbett. Neben dem Bett war noch ein Sessel, und vor dem schmalen Fenster ein Ledersofa. Verlegen ging ich um das Ledersofa herum und blickte aus dem Fenster. «Es regnet noch immer», sagte ich.

«Ja», bestätigte sie mit so leiser Stimme, als hätte sie Angst, man könnte sie durch die dünnen Wände hören. Sie sah mich nervös an. Ich legte Hut und Regenmantel ab. «Ich werde mich hier aufs Sofa legen», sagte ich, während ich an den Schrank trat, «und du streckst dich auf dem Bett aus und versuchst noch ein bißchen zu schlafen, der Morgen wird ohnedies bald anbrechen.»

Ich hängte Mantel und Jacke in den Schrank, löste rasch meine Krawatte und legte sie über einen Bügel. Als ich mich wieder umdrehte, stand Nellie noch immer regungslos inmitten des Zimmers und sah mich an. Sie hatte ihren Mantel noch nicht ausgezogen. Ich lächelte ermutigend. «Du brauchst doch keine Angst zu haben.»

«Ich habe keine … keine Angst mehr», antwortete sie leise, machte ein paar Schritte durch das Zimmer und blieb vor mir stehen. «Ich habe keine Angst, wenn du bei mir bist.»

Ich küßte sie flüchtig auf die Stirn. «Dann zieh deinen Mantel aus und leg dich hin, du brauchst jetzt Ruhe.»

Schweigend hängte sie ihren Mantel in den Schrank, während ich mich auf das Sofa setzte und die Schuhe auszog. Dann legte ich mich quer über das Sofa, ließ meine Beine über die Lehne hängen und beobachtete sie. Sie ist schon ein recht komisches Kind … einerseits fürchtete sie sich davor, mich weggehen zu lassen, und andererseits hatte sie Angst, mit mir in einem Zimmer zu bleiben.

«Bequem?» fragte sie, als sie an der Couch vorbeiging.

Ich nickte. «Ja.»

Jetzt hörte ich ihre Schritte hinter mir, gleich darauf ein leises Knacken, und das Zimmer versank in Dunkelheit. Ich bemerkte, daß sie auf die entferntere Seite des Bettes zusteuerte. Dann vernahm ich das leise Rascheln ihrer Kleider und das dumpfe Geräusch der Schuhe, als sie zu Boden fielen.

Ich versuchte die Dunkelheit mit den Blicken zu durchdringen, aber Nellie war nur ein weißer Schatten auf der andern Seite des Zimmers, der fast unhörbar auf das Bett niedersank. Ich hörte noch das Knacken der Bettfedern, die sich gegen ihr Gewicht wehrten, und dann war unser Atmen das einzige Geräusch im Zimmer.

Ich schob meine Hände unter den Kopf und versuchte mich irgendwie dem kleinen Sofa anzupassen. Meine Beine, die über die Lehne hingen, begannen zu schmerzen. Ich versuchte meine Lage unhörbar zu wechseln, aber als ich über das Leder rutschte, verursachte es doch ein leises Geräusch.

Der Klang ihrer Stimme erschreckte mich beinahe. «Danny.»

«Ja», antwortete ich ruhig.

«Bist du noch wach?»

«Mh-mh.»

«Kannst du nicht schlafen?»

Ich wechselte meine Stellung nochmals. «Doch, ich kann sehr gut schlafen.»

Einen Moment trat Stille ein, dann hörte ich ihre Stimme wieder aus der Dunkelheit. Sie sprach sehr leise, so daß ich sie kaum verstehen konnte. «Danny, du hast was vergessen.»

«Was?»

«Du hast mir keinen Gute-Nacht-Kuß gegeben», flüsterte sie kläglich.

Ich warf mich neben dem Bett auf die Knie. Die Decke raschelte, als sie sich aufsetzte. Ihre Lippen waren weich und warm. Ihre Arme schlossen sich eng um meinen Hals, und die süße Wärme und der Duft ihres Körpers hüllten mich ein.

Ich zog sie noch enger in meine Arme, und ihr Herz schlug gegen meine Brust. Die kleine, kühle Schließe ihres Büstenhalters geriet mir in die Finger, und ich öffnete sie. Und dann lag er locker in meiner Hand, und ihr Busen preßte sich nackt an meine Brust. Ich beugte mich rasch hinunter und küßte die rosigen Spitzen.

Sie hielt meinen Kopf eng umschlungen und ihre Stimme war ein weiches Flüstern. «Halt mich, Danny, halt mich fest, und laß mich nie wieder von dir gehen.»

Schluchzen erstickte meine Stimme. «Ich laß dich nie wieder von mir, mein Liebling.»

«Ach, Danny, ich bin glücklich, wenn du mich küßt, wenn du ganz ganz nah bei mir bist ... ich liebe diese unsagbare süße Qual ... wenn du so nahe bei mir bist.»

Ich hob den Kopf, um sie in dem schwachen Dämmerlicht zu sehen. Auch mich erfüllte ein seltsamer, namenloser Schmerz, eine Sehnsucht, die ich nie zuvor gekannt, eine überwältigende Gemütserregung, die stärker war als jedes physische Verlangen, das mein Körper je erfahren. Ich versuchte zu sprechen, ihr zu sagen, daß ich sie liebe, es gelang mir aber nicht. Meine Kehle schnürte sich zusammen, und meine Stimme versagte.

Sie tastete in dem schwachen Licht über mein Gesicht. «Danny, deine Wangen ... aber, Danny, du weinst ja!»

Die Tränen lösten den Knoten in meiner Kehle. «Ja», antwortete ich beinahe herausfordernd, «ich weine.»

Ich hörte, wie sie tief Atem schöpfte, dann legte sie ihre Arme wieder eng um meinen Hals und zog mein Gesicht neben sich auf ihr Kissen. Sie küßte mich zart auf die Augenlider. Dann sagte sie sehr leise, und in ihrer Stimme schwang eine Wärme und ein Mitgefühl, das kein menschliches Wesen zuvor für mich gehabt hatte. «Weine nicht, mein Liebling, weine nicht», flüsterte sie, «ich kann es nicht ertragen, wenn du unglücklich bist.»

12

Die Sonne strömte durchs Fenster und erreichte meine Augen. Ich drehte mich im Bett auf die andere Seite, um ihren Strahlen zu entgehen, dabei berührte ich mit der ausgestreckten Hand etwas Weiches. Ich öffnete verwirrt die Augen.

Nellie lag auf der Seite, den Kopf in die Hand gestützt, und sah mich an. Sie lächelte.

Ich starrte sie einen Augenblick ungläubig an, dann verzogen sich auch meine Lippen zu einem strahlend glücklichen Lächeln. Die Nacht stand wieder vor mir, und eine unbeschreibliche Wärme durchströmte meinen Körper. «Es ist Morgen», sagte ich.

Sie nickte, und ihr Haar fiel in Kaskaden über ihre Hände und umrahmte ihr ovales Gesicht mit blauschwarzen schimmernden Locken. Ihre Augen flogen zuerst zum Fenster, dann zu mir zurück. «Ja», sagte sie feierlich, «es ist Morgen.»

«Du bist am Morgen sogar noch schöner», sagte ich.

Sie errötete. «Und du bist schön, wenn du schläfst», erwiderte sie leise, «ich hab dich beobachtet, du siehst aus wie ein ganz kleiner Junge.»

Ich setzte mich mit gespieltem Zorn im Bett auf, die Decke fiel zurück und entblößte mich bis zur Taille. «Willst du damit vielleicht behaupten, daß ich, wenn ich wach bin, nicht schön bin?!» fragte ich mit grollender Stimme.

Sie lachte und fuhr mir mit den Fingern leicht über die Rippen. «Du bist aber schrecklich mager», sagte sie, «dir stehen ja alle Knochen heraus. Ich werde dich erst einmal auffüttern müssen.»

Ich packte sie an den Schultern und näherte mich ihrem Gesicht. «Du kannst sofort damit anfangen», sagte ich, und küßte sie. «Mmmmmh, ich bin so hungrig, ich könnte dich auffressen!»

Sie legte ihre Hände um mein Gesicht. «Danny», fragte sie leise und sah mir forschend in die Augen, «hast du mich wirklich lieb?»

Ich drehte den Kopf rasch zur Seite und biß sie scherzend in die Hand. «Natürlich hab ich dich lieb», sagte ich lachend.

Aber sie zog mein Gesicht wieder zu sich, und ihre Augen waren tiefernst. «Danny», sagte sie beschwörend, «sag es ehrlich, so, wie du es in der Nacht gesagt hast.»

Ich hörte zu lachen auf. «Ich liebe dich, Nellie», sagte ich ernst.

Sie schloß die Augen. «Sag's noch einmal, Danny», flüsterte sie, «ich bin so glücklich, wenn du es sagst.»

Ich küßte sie auf den Hals, und meine Lippen wanderten langsam ihre Schultern entlang, wobei ich die Decke, die ihren Körper verhüllte, mit dem Kopf beiseite schob. Ich umschloß ihre Brüste zart mit beiden Händen und ließ meinen Kopf an ihr Herz sinken. «Ich liebe dich, Nellie», flüsterte ich und ruhte an ihrem Busen.

Sie seufzte tief auf, der Atem entströmte ihren Lippen nur zögernd, ihre Augen waren noch immer geschlossen. Ich fühlte, wie ihr Körper unter meiner Berührung erschauerte und sich bemühte, mir noch näher zu kommen. Ihre Stimme war ganz tief und von sehnsüchtiger Glückseligkeit erfüllt. «Danny, ich verlange nach dir. Gott helfe mir, mein Liebster, ich kann von dir nicht genug bekommen.»

Wir schritten an der offenstehenden Tür einer Kirche vorbei, als sie plötzlich stehenblieb und zu mir aufsah. «Danny, bitte, komm mit mir hinein.»

Ich sah auf die Kirche, dann wieder fragend zurück. Ihre Blicke beschworen mich stumm und flehentlich. «Okay», sagte ich.

Sie nahm mich an der Hand, und ich folgte ihr in die Kirche. In dem feierlichen Halbdunkel wandte sie sich zu mir und sagte mit bebender Stimme: «Danny, bist du mir böse?»

Ich drückte beruhigend ihre Hand. «Weshalb?» fragte ich

Ein dankbares Lächeln erschien auf ihren Lippen. «Wenn wir nicht hierhergekommen wären, hätte ich das Gefühl gehabt, ein Unrecht zu tun.»

Ich sah, wie sie das Kirchenschiff entlangschritt und vor dem Altar niederkniete. Sie faltete die Hände und neigte den Kopf mit geschlossenen Augen. Einige Zeit verweilte sie in dieser Haltung, dann erhob sie sich und kam zu mir zurück. Auf ihrem Gesicht lag ein strahlendes Lächeln.

Ich hielt ihr meine Hand entgegen, und sie ergriff sie. So traten wir langsam aus der Kirche, stiegen die Stufen hinab und befanden uns wieder auf der Straße. Kurze Zeit gingen wir stumm nebeneinander, dann wandte sie ihren Kopf und sah zu mir auf.

«Jetzt ist mir bedeutend leichter», gestand sie schüchtern.

«Das freut mich», sagte ich.

«Ich ... ich mußte hineingehen, Danny», erklärte sie, «wenn ich's nicht getan hätte, wäre ich das Gefühl nicht losgeworden, nicht richtig zu handeln.»

Ich pfiff einem Taxi, das gleich darauf vor uns hielt. «Schön», sagte ich bedächtig, «ich möchte auch keine Braut, die das Gefühl hat, nicht richtig zu handeln.» Ich öffnete die Tür, half ihr beim Einsteigen und folgte ihr. Der Fahrer sah sich fragend um. «Zum Rathaus», sagte ich.

In dem kleinen Warteraum, auf dessen Opalglastür das Wort «Trauungskapelle» mit schwarzen Buchstaben stand, befanden sich mehrere Paare. Sie alle waren ebenso nervös wie wir beide.

Ich blickte wieder auf die Uhr. Ich sah Nellie lächelnd an. Irgendwie war es hier nicht mehr so arg wie dort draußen, wo wir unsre Heiratslizenz beantragen mußten. Ich glaube, es war deshalb, weil wir dort draußen so viele Fragen hatten beantworten müssen. Aber nachdem wir ein wenig geschwindelt hatten, erhielten wir die Lizenz mit geringeren Schwierigkeiten, als wir gefürchtet hatten.

Die Tür öffnete sich jetzt, und alle Anwesenden im Zimmer schraken nervös auf. Eine dünnlippige grauhaarige Frau betrat das Zimmer und sah sich mit wichtiger Miene um. Zuerst prüfte sie eine Liste in ihrer Hand, dann blickte sie sich nochmals im Zimmer um. «Mr. Fisher und Miss Petito, wollen Sie bitte hereinkommen», sagte sie schließlich.

Ich erhob mich, wandte mich zu Nellie und reichte ihr die Hand. Ich fühlte, wie die Augen aller übrigen Paare auf uns gerichtet waren. Nellies Hand zitterte in der meinen. Ich drückte sie zärtlich, um sie zu beruhigen.

Die Frau nickte mit dem Kopf, und wir folgten ihr in die Kapelle. Sie schloß hinter uns die Tür und führte uns bis zu einem Podium. «Haben Sie die Lizenz bei sich, junger Mann?» fragte sie trocken und geschäftsmäßig.

«Ja, Ma'am», antwortete ich hastig und überreichte sie ihr.

Sie blickte sie kurz an. Jetzt trat ein Mann durch eine andere Tür leise ins Zimmer und bestieg das Podium. Die Frau überreichte ihm stumm die Lizenz.

Er sah zu uns herunter. «Ihr braucht nicht nervös zu sein», sagte er, seinen eigenen Scherz belächelnd, «in einer Minute ist alles überstanden.»

Wir versuchten gleichfalls zu lächeln, ich glaube jedoch nicht, daß es uns gelang. Wir waren zu nervös.

«Haben Sie Zeugen mitgebracht?» fragte er.

Ich schüttelte den Kopf und fühlte, wie ich errötete.

Er lächelte wieder. «Nun, macht auch nichts.» Er wandte sich an die Frau. «Miss Schwartz, bitten Sie Mr. Simpson einen Augenblick hierher.»

«Gewiß, Mr. Kyle», damit verschwand die grauhaarige Frau durch die Tür.

Mr. Kyle blickte wieder in die Lizenz. «Sie sind Daniel Fisher?» fragte er mich.

«Ja, Sir», erwiderte ich.

«Alter?» fragte er.

«Dreiundzwanzig», antwortete ich hastig und hoffte inbrünstig, daß er meine Worte nicht bezweifeln würde. «So wie's dort steht.»

Er warf mir einen kurzen, argwöhnischen Blick zu. «Ich kann lesen», sagte er unmutig. Dann sah er Nellie an. «Eleanora Petito?»

Sie nickte stumm, und er blickte weiter in die Lizenz. Jetzt öffnete sich die Tür wieder, und er sah auf. Die grauhaarige Frau war mit einem kleinen Männchen von vogelartigem Aussehen, mit einem einreihigen Anzug bekleidet, zurückgekehrt.

Mr. Kyle sah uns wieder lächelnd an. «Jetzt sind wir also alle bereit und können beginnen», sagte er und schob uns ein Dokument zu. «Wollen Sie hier an dieser Stelle unterschreiben ...»

Zuerst unterschrieb Nellie mit winzigen, nervösen Buchstaben, dann kam ich an die Reihe, nach mir die Zeugen und schließlich Mr. Kyle selbst. Er trocknete seine Unterschrift mit einem Löschblatt, dann sah er uns bedeutungsvoll an.

«Wollen Sie sich bitte die Hände reichen», forderte er uns auf.

Nellie legte ihre Hand in die meine. Jetzt zitterte sie nicht mehr. Ich fühlte, wie sich auf meiner Stirn Schweißtropfen sammelten.

Ich war froh, daß die Zeremonie rasch vonstatten ging. Es schien mir, als wäre sie vorbei, ehe sie überhaupt begonnen hatte. Die einzigen Worte, die ich behalten habe, waren die letzten. Ich glaube nicht, daß die ganze Angelegenheit mehr als zwei Minuten gedauert hat.

«Willst du, Eleanora Petito, diesen Mann, Daniel Fisher, zu deinem rechtmäßig angetrauten Gatten nehmen?»

Ihre Augen waren auf mich gerichtet. «Ja», antwortete sie leise, doch in feierlichem Ton.

Er wandte sich an mich. «Und willst du, Daniel Fisher, dieses Mädchen als dein rechtmäßig angetrautes Eheweib nehmen?»

Ich sah sie an. Ihre Augen waren strahlend und unendlich liebevoll auf mich gerichtet und an ihren Wimpern hingen Tränen des Glücks. «J ... ja», stotterte ich mit heiserer Stimme.

«Dann erkläre ich euch kraft der Befugnis, die mir von der Stadt New York verliehen wurde, hiermit als Mann und Frau.»

Seine Stimme klang rauh und trocken. «Jetzt können Sie Ihre Braut küssen, junger Mann, und bevor Sie das Zimmer verlassen, dem Zeugen zwei Dollar bezahlen.»

Wir küßten uns verlegen, drehten uns hastig um und eilten auf die Tür zu. Mr. Kyles Stimme, noch trockener, als sie schon während der Zeremonie gewesen war, rief uns zurück. Wir drehten uns erschrocken um.

Lächelnd hielt er ein Blatt Papier in der Hand. «Glauben Sie nicht, daß Sie Ihren Trauschein mitnehmen sollten?» fragte er.

Ich spürte, wie ich heftig errötete, während ich zurückging und den Trauschein aus seiner ausgestreckten Hand entgegennahm. «Danke, Sir», sagte ich hastig, eilte zu Nellie zurück, und wir verließen das Zimmer.

Alle Paare, die im Wartezimmer zurückgeblieben waren, sahen uns neugierig an. Einige lächelten. Wir verließen das Gebäude fast laufend.

Wir standen auf den Stufen des Rathauses und sahen einander an. Es war noch dieselbe Welt, die wir vor wenigen Minuten verlassen hatten, und doch war sie völlig verändert. Wir waren verheiratet.

Nellie schob ihre Hand unter meinen Arm. «Zuerst gehen wir jetzt zu meinen Leuten, um es ihnen zu erzählen», sagte sie stolz.

«Okay», sagte ich.

«Und dann gehen wir zu deiner Familie», fügte sie hinzu.

Ich sah sie überrascht an. «Wozu?» fragte ich. «Es geht sie nichts an. Außerdem ist's ihnen verdammt egal.»

Unerschütterliche Entschlossenheit glühte in ihren Augen. «Aber mir nicht! Ich will, daß sie es erfahren.»

«Sie kümmern sich doch nicht um uns. Ich brauche ihnen nichts zu erzählen!» protestierte ich.

Sie drückte lächelnd meinen Arm. «Danny Fisher, jetzt hör mal, wir wollen unsre Ehe doch nicht mit einem Streit beginnen, was?»

Ich sah sie lächelnd an. Ihre Wangen waren gerötet und ihre Augen sprühten vor Glück. «N ... nein», antwortete ich.

«Dann werden wir's ihnen also erzählen», sagte sie abschließend und begann die Stufen hinabzusteigen.

«Okay, dann werden wir's ihnen also auch sagen», stimmte ich zu und schritt neben ihr hinunter. «Wenn du willst, gehe ich sogar noch zum Rundfunk, um es der ganzen übrigen Welt mitteilen zu lassen.»

Sie lachte beglückt und sah zu mir auf. «Du ... hältst du das vielleicht für eine schlechte Idee?»

13

Der Türhüter streckte seinen Arm aus, um uns aufzuhalten, und sah uns fragend an.

«In Mr. Gottkins Appartement, bitte», sagte ich zu ihm.

Er nickte höflich mit dem Kopf. «Mr. Gordons Appartement ist C 21 und befindet sich im einundzwanzigsten Stockwerk.»

Wir schritten an ihm vorbei, traten in den Lift, und die Türen schlossen sich. Der Liftboy stand gleichmütig da, das Gesicht der Tür zugekehrt. Ich sah Nellie an. «Was soll denn das mit dem Namen ‹Gordon› bedeuten?» fragte ich flüsternd.

«Er hat seinen Namen im vorigen Jahr rechtsgültig ändern lassen», flüsterte sie zurück.

Ich nickte. Logisch. Vermutlich dachte er, daß Gottkin für Brooklyn zwar gut genug war, aber in dem luxuriösen Appartement am Central Park South klang Gordon viel besser.

Ich sah auf meine Uhr. Es war wenige Minuten nach neun. Nachdem wir Nellies Familie verlassen hatten, waren wir auswärts essen gegangen und nachher zum Haus meiner Eltern. Sie wohnten jetzt in einer sehr schönen Gegend in den Washington Heights, die jedoch mit der hier natürlich nicht zu vergleichen war. Dort hatte der Portier uns gesagt, daß sie am Freitag abend gewöhnlich im Haus ihrer Tochter speisten. Also fuhren wir wieder hierher.

Ich überlegte, wie sie wohl aussehen würden. Eine unklare Ruhelosigkeit überfiel mich. Nellies Familie war nicht so arg gewesen.

Nellies Vater hatte die Tür geöffnet. Sein dunkles Gesicht hatte bei ihrem Anblick ärgerlich ausgesehen, und eine Flut italienischer Worte war von seinen Lippen geströmt. Mittendrin unterbrach sie ihn mit einigen Worten, gleichfalls in italienischer Sprache.

Da verstummte plötzlich sein Redeschwall, und er sah mich an. Ich erwiderte seinen Blick, hatte aber keine Vorstellung davon, wie er Nellies Worte aufgenommen, denn sein Gesicht war von seinem vorhergehenden Wutausbruch noch immer gerötet. Dann trat er stumm zur Seite und ließ uns in die Wohnung eintreten.

Nellies Mutter fiel mit lautem Geschrei über uns her. Sie schloß Nellie in die Arme und brach in Tränen aus. Ich blieb verlegen an der Tür stehen und sah sie an. Nellie begann gleichfalls zu weinen. Ihr Vater und ich standen hilflos daneben und sahen einander bloß an.

Auf einmal hörte ich aus dem Nebenzimmer einen Aufschrei: «Danny!» und Zep kam mit ausgestreckten Händen auf mich zugestürzt; er grinste über das ganze Gesicht. Ich schüttelte erfreut seine Hände, und er puffte mich in den Rücken. Dann kam noch Nellies jüngere Schwester ins Zimmer und begann ebenfalls zu weinen. Nach einiger Zeit beruhigten sich aber alle und Nellies Vater brachte ein wenig widerstrebend eine Flasche Wein zum Vorschein, und alle brachten einen Toast auf unsre Gesundheit aus.

Ehe die Flasche noch ganz geleert war, standen wir alle bereits auf ziemlich gutem Fuß. Ich konnte mir zwar nicht vorstellen, daß sie über das, was wir getan hatten, hocherfreut waren, aber sie erkannten es dennoch an und schienen entschlossen, gute Miene zum bösen Spiel zu machen. Mamma Petito half Nellie sogar dabei, ein paar Sachen einzupacken, so daß wir ungeniert in unser Hotel zurückkehren konnten, ja, sie wollten uns sogar zum Abendessen zurückhalten. Wir entschuldigten uns damit, daß wir sagten, wir müssen noch zu meinen Eltern, da wir sie bisher noch nicht besucht hatten.

Der Lift blieb stehen, und die Türen öffneten sich. Der Liftboy steckte den Kopf aus der Tür und sagte: «Quer durch die Halle, vierte Tür.»

Auf dem kleinen Namensschild unter der Glocke stand SAM GORDON. Ich drückte auf den Knopf, worauf im Innern des Appartements ein Glockenspiel ertönte. «Wirklich phantastisch», murmelte ich und sah Nellie an.

Sie erschien mir in dem gedämpften Licht des Korridors sehr blaß. Sie nickte stumm, während wir warteten, daß uns die Tür geöffnet würde. Ich ergriff ihre Hand. Ihre Handflächen waren feucht.

Die Tür öffnete sich, und eine kleine Negerin in Stubenmädchenkleidung sah heraus.

«Mrs. Gottk ... hm ... ist Mrs. Gordon zu Hause?» fragte ich.

Die Negerin sah mich gleichmütig an. «Wen darf ich melden, Sir?» fragte sie leise mit wohlklingender Stimme.

«Ihren Bruder», sagte ich.

Das Mädchen machte große Augen und trat zur Seite. «Wollen Sie einen Augenblick hier warten?» sagte sie.

Wir befanden uns jetzt in einer Halle. Während das Mädchen im Innern der Wohnung verschwand, sahen wir uns ein wenig um. Die Halle war so groß wie Nellies ganze Wohnung. Aus einem angrenzenden Zimmer vernahmen wir leises Stimmengemurmel. Plötzlich trat Stille ein, und wir hörten die Stimme des Mädchens.

«Miz Gordon, ein junger Mann und eine junge Dame sind da, um Sie zu besuchen.»

«Haben sie gesagt, wer sie sind?» Es klang erstaunt, und ich erkannte Mimis Stimme.

Das Mädchen antwortete gleichmütig. «Ja, Ma'm. Er sagt, er is Ihr Bruder, un ...»

Sie kam nicht dazu, den Satz zu beenden. «Es ist Danny!» hörte ich Mimi aufschreien. «Es ist Danny!» Dann stand sie in der Halle und sah uns an.

Wir blieben einen Moment vollkommen unbeweglich stehen. Auf den ersten Blick schien es mir, als habe sie sich überhaupt nicht verändert, als sie aber näher kam, sah ich, daß sie doch verändert war. Ihre Augen waren dunkler denn je, und darunter waren feine blaue Ringe zu erkennen, als ob sie nicht gut schliefe, vielleicht aber nur, weil sie wieder ein Kind erwartete und ihre Gestalt schon sehr schwerfällig war. Ich weiß es nicht, aber in ihren Mundwinkeln befanden sich kleine Fältchen, die ich vorher bestimmt nie bemerkt hatte.

Sie zog mein Gesicht zu sich herab und küßte mich. «Danny», flüsterte sie, «ich bin doch so glücklich, dich wiederzusehen.» Tränen standen in ihren Augen.

Ich lächelte. Auch ich war glücklich, sie wiederzusehen. Komisch, ich hatte gar nicht gewußt, wie sehr sie mir gefehlt hat. Als ich noch zu Hause war, hatten wir ständig Krach miteinander, aber das war jetzt vergessen. Sie ergriff aufgeregt meine Hand und zog mich in das angrenzende Zimmer. «Mamma und Papa sind hier», sagte sie.

Über die Schulter warf ich Nellie einen wild verzweifelten Blick zu. Sie lächelte flüchtig und nickte mit dem Kopf; dann folgte sie uns. Mimi führte mich in das Wohnzimmer.

Wir standen auf einigen Stufen, die in das Zimmer hinunterführten, Mamma und Papa saßen, mit dem Rücken zu uns, auf einer Couch, hatten sich aber halb umgedreht und sahen uns entgegen. Mamma hielt eine Hand an die Brust gedrückt und hatte die Augen beinahe ganz geschlossen. Papa saß dumpf, mit dem Ausdruck sichtlich beherrschter Überraschung neben ihr, der durch eine lange Zigarre, die regungslos von seinen Lippen hing, noch unterstrichen wurde. Sam stand vor ihnen, hielt ein riesiges Cocktailglas in der Hand und lehnte sich an einen mächtigen Kamin mit imitiertem Holzfeuer. Seine Augen glitzerten neugierig.

Mimi führte mich um die Couch herum, bis ich vor meiner Mamma stand. Dann ließ sie meine Hand los. Mamma sah mir in die Augen, als wollte sie alles aus ihnen herauslesen, was geschehen war, seit wir einander zum letztenmal gesehen hatten.

«Hallo, Mamma», sagte ich sehr ruhig.

Sie berührte meinen Rock und glitt mit der Hand meinen Ärmel entlang, bis sie meine Hand fand. Ihre Augen füllten sich mit Tränen. Sie zog mich zu sich hinab und preßte ihre Lippen auf meine Hände. «Mein Blondie», flüsterte sie mit bebender Stimme, «mein Baby.»

Ich stand reglos und sah auf ihren gebeugten Kopf hinab. Ihr Haar war ganz weiß geworden. Das war der Augenblick, den ich am meisten gefürchtet hatte. Ich hatte mich nicht davor gefürchtet, wie sie mich aufnehmen würden, sondern ich hatte Angst, was ich für sie empfinden würde. Merkwürdig, wie ruhig, wie gleichgültig und stumpf ich war. Es war beinahe so, als sähe ich von meinem Sitzplatz einen Film an. Irgendwie gehörte ich nicht mehr dazu. Es war ein ganz anderer Junge, der auch Danny Fisher hieß, der vor zwei Jahren weggegangen und in Wirklichkeit niemals zurückgekehrt war.

Das war es, was geschehen war. Die Jahre und die Einsamkeit hatten zwischen uns einen Keil getrieben und kein Gefühl, von welcher Seite immer, konnte diesen Riß in mir jemals wieder heilen. Mit innerem Widerstreben fühlte ich, wie mich tiefe Trauer überfiel. Was war uns da verlorengegangen! Die wichtigsten Dinge und unsre innige Vertrautheit, die wir nie wieder finden konnten!

Ich beugte mich nieder und küßte sie auf den Scheitel. «Verzeih mir, Mamma», sagte ich. Aber niemand wußte in Wirklichkeit, wofür ich um Verzeihung bat.

Ich richtete mich wieder auf und sah zu Papa hinüber. Er war bis in die entfernteste Ecke des Zimmers gegangen. Dort war er stehengeblieben, den Blick auf mich gerichtet. Seine Augen sahen verängstigt und furchtbar einsam aus. Da ließ ich Mammas Hand los und lief zu ihm hinüber. Außer meinen Schritten und Mammas Schluchzen war nichts zu hören. Ich streckte Papa die Hand entgegen. «Hallo, Papa!»

Er sah mich zögernd an, doch nach einem Moment ergriff er meine Hand. «Hallo, Danny.» Seine Stimme zitterte, blieb aber beherrscht.

«Wie ist's dir immer gegangen, Papa?» fragte ich.

«Ganz gut, Danny», erwiderte er kurz.

Und dann fehlten uns weitere Worte. Im Zimmer begann sich eine gewisse Spannung fühlbar zu machen. Ich nickte jetzt Sam zu. Er nickte zurück, sprach aber kein Wort. Die andern starrten mich schweigend an.

Meine Enttäuschung wuchs mit jeder Sekunde. In Wirklichkeit machte es nichts aus, ob ich zurückgekommen war oder nicht. Es war ungefähr so, wie ich mir's vorgestellt hatte. Dennoch sagte ich jetzt voll Bitterkeit: «Ich war zwei Jahre weg –» meine Augen wanderten langsam von einem Gesicht zum andern – «und keiner von euch fragt mich, was ich in diesen zwei Jahren gemacht habe, was ich empfunden habe?»

Mamma weinte noch immer leise vor sich hin, aber niemand antwortete mir. Ich drehte mich langsam zu meinem Vater um und sah ihn kalt an. «Wirst auch du mich nicht fragen? Oder interessiert es euch tatsächlich nicht?»

Papa antwortete nicht. Da trat Mimi auf mich zu, nahm meinen Arm und sagte zärtlich: «Natürlich interessiert es uns. Es ist nur, weil wir so überrascht sind, daß wir nicht wissen, was wir sagen sollen.»

Ich blickte Papa noch immer an und fühlte, wie mich eine eisige Ruhe überkam. Ich hatte recht behalten: etwas war in jener Nacht zerbrochen, als die Tür vor mir erbarmungslos verschlossen blieb. Es war dahin, und was die Jahre für uns auch noch bereithielten, nichts vermochte es je wieder zurückzubringen. Ich hatte mir gewünscht, sie wiederzusehen – und auch wieder nicht. Jetzt war auch das nicht mehr wichtig – denn ich stand hier, mitten unter ihnen, und war ein Fremder.

Mimi versuchte mich von Papa wegzuführen. «Komm», sagte sie, «setz dich und erzähl uns, was du alles getan hast. Wir alle haben dich schrecklich vermißt.»

Ich sah über sie hinweg durch das Zimmer. Nellie stand noch immer auf der Türschwelle, von allen vergessen, und sah uns mit weitgeöffneten, schmerzerfüllten Augen an. Irgendwie fühlte ich, daß es nicht ihre eigene Qual war, die sie erlitt, sondern meine. Ich sah sie lächelnd an, wandte mich aber sogleich wieder zu Mimi. «Ich kann nicht bleiben», sagte ich behutsam, denn ich wollte sie nicht kränken. Sie zumindest hatte sich Mühe gegeben. «Ich muß wieder gehen. Ich habe noch vieles zu erledigen.»

«Aber Danny, du kannst doch jetzt nicht wieder gehen», protestierte sie. Tränen traten ihr wieder in die Augen. «Du bist doch eben erst zurückgekehrt.»

Mein Blick wanderte wieder durchs Zimmer zu Nellie. «Ich bin nicht zurückgekehrt», sagte ich ruhig, «ich meine, nicht wirklich zurückgekehrt. Ich habe es bloß versucht.»

«Aber Danny ...» Mimi weinte an meiner Schulter. Ich wußte, was sie bewegte, warum sie weinte, aber es hatte jetzt alles keinen Sinn mehr. Sie weinte um etwas, das unwiederbringlich verloren war.

Ich legte meinen Arm um ihre zuckenden Schultern und schritt mit ihr durchs Zimmer. «Bitte, Mimi, hör auf», flüsterte ich, «du machst alles nur noch schlimmer.» Ich führte sie zu der Couch, dann stellte ich mich neben Nellie. Ich nahm sie bei der Hand und drehte mich wieder zu meiner Familie herum. «Der einzige Grund, weshalb ich heute abend gekommen bin, ist meine Frau hier», sagte ich leise, «sie hat geglaubt, wir müßten euch mitteilen, daß wir heute früh geheiratet haben.»

Ich sah ihre Gesichter, ihr Mienenspiel – den schmerzlichen Ausdruck meiner Mutter, den bewußt grimmigen meines Vaters. Mein Denken, mein Fühlen erstarrten vor Schmerz. «Sie war auch die einzige, die mich wirklich zurückhaben wollte», sagte ich rasch.

Ich wartete einen Augenblick, ob sie etwas sagen würden. Aber sie schwiegen. Nellies Familie hatte unsre Heirat ebensowenig gutgeheißen wie meine, sie hatten sich aber wie menschliche Wesen betragen. Meine Familie hatte nichts zu sagen, keinen Glückwunsch für uns – nichts.

Meine innere Qual verflüchtigte sich jetzt blitzartig und hinterließ nichts als eine dumpfe, eisige Kälte. Ich küßte Mamma auf die Wange. Sie weinte. Dann küßte ich Mimi und blieb vor meinem Vater stehen. Seine Miene war bitter und maskenhaft. Ich ging an ihm vorbei, ohne ein Wort, ohne eine Bewegung.

Ich wälzte mich ruhelos in meinem Bett. Ich wußte, daß ich im Schlaf geweint hatte, aber jetzt war ich wach, und meine Augen waren trocken. Ich versuchte ganz still zu liegen, um Nellie nicht zu stören.

Wir hatten uns schweigend in unserm kleinen Hotelzimmer ausgekleidet. Schließlich fragte ich mit einem etwas schiefen Lächeln: «Du hast doch die ganze Zeit gewußt, weshalb ich sie nicht besuchen wollte, nicht wahr?»

Sie nickte stumm.

«Und doch hast du mich gezwungen, hinzugehen», meine Stimme klang bitter.

Sie legte ihre Hände auf meine Schultern und sah mir in die Augen. «Du hast gehen müssen, Danny», sagte sie sehr ernst, «sonst wäre es vielleicht unser ganzes Leben lang zwischen uns gestanden. Du hast es selbst erleben müssen.»

Ich wandte mich mit hängenden Schultern von ihr ab. «Nun, jetzt habe ich es ja erlebt!»

Sie kam mir nach und klammerte sich an meinen Arm. «Jetzt ist's vorbei, und du kannst es vergessen.»

«Vergessen!?» Ich begann zu lachen. Es gab Dinge, von denen sie nichts wußte. «Wie kann ich vergessen? All die Dinge, die wir gemeinsam erlebt haben ... unsre Hoffnungen, unsre Sorgen, das Gute und das Böse. Dir fällt's leicht, zu sagen: vergiß! Aber wie kann ich das? Kann ich ihr Blut aus mir fließen lassen? Etwa in ein Waschbecken und hinunter durchs Abflußrohr und für immer aus meinem Leben? Das Gute und das Böse, wie kann ich's je vergessen? Kann man seine eigenen Eltern vergessen? Bedeutet Recht oder Unrecht mehr als das Fleisch und Blut, das uns miteinander verbindet?»

«Nein, Danny, du verstehst mich nicht.» Ihre Stimme klang flehentlich.

«Das ist's ja nicht, was du vergessen sollst. Dessen sollst du dich immer erinnern. Es ist der Schmerz, den du vergessen sollst, der Schmerz, der dich in einen Fremden verwandeln würde. Der Schmerz, der dich hart, bitter und böse werden ließ, so wie du's jetzt bist!»

Ich verstand sie nicht. «Wie kann ich das vergessen?» fragte ich hilflos. «Es gehört doch dazu.»

«Nein, Danny, du irrst», rief sie, drückte sich dicht an mich und küßte mich auf den Mund, «es ist etwas ganz anderes. Ich werde alles tun, um dich deinen Schmerz vergessen zu lassen, ich werde alles tun, damit du dich nur noch an das Gute erinnerst.»

Ich starrte sie an. «Wie könnte das irgend jemandem gelingen?»

«Mir wird es gelingen, ich weiß, daß ich es will und daß ich es kann», flüsterte sie und sah mit tiefernsten Augen zu mir auf. «Meine Liebe für dich ist so groß, mein Gatte, daß du die Liebe andrer Menschen nie entbehren wirst.»

Da verstand ich sie. Ich ergriff ihre beiden Hände und preßte ihre Handflächen dankbar an meine Lippen. Sie hatte mir ein Versprechen gegeben, und ich wußte, daß sie es halten würde. Ich wußte, daß ich in den kommenden Tagen, ob gut oder böse, bei ihr Trost und Kraft finden und, was immer auch geschehen mag, nie wieder allein sein würde.

Umzugstag
15. September 1936

Die hölzernen Stufen knackten behaglich unter unsern Füßen, als wir die Treppe hinanstiegen. Es war ein freundliches Geräusch, es war, als hätten die alten Stufen schon so manches neuvermählte Paar gleich uns willkommen geheißen. Mich freute das Geräusch.

Die Koffer, die ich trug, waren leicht, und ihr Gewicht machte mir nichts aus. Sie waren auch nicht wirklich schwer; denn wir brachten nicht viele Kleider mit. Später, wenn ich einen Job hatte und Geld verdiente, konnten wir uns ein paar Sachen kaufen. Jetzt mußten wir das ganze Geld, das wir zusammenkratzen konnten, für die Einrichtung unsrer neuen Wohnung verwenden.

Nellie blieb vor einer Tür des vierten Stockwerks stehen und blickte lächelnd über die Schulter. Sie hielt einen Schlüssel in der Hand.

Auch ich lächelte. «Öffne ruhig die Tür, Baby, es ist wirklich unsre Tür!»

Sie steckte den Schlüssel ins Schloß und drehte ihn um. Die Tür öffnete sich langsam, doch Nellie blieb mit einem erwartungsvollen Blick auf der Schwelle stehen. Ich ließ die Koffer fallen, bückte mich und hob Nellie auf. Ich fühlte ihre Arme um meinen Hals, während ich die Schwelle überschritt, und sah in ihr strahlendes Gesicht. Sie küßte mich – ihre Lippen waren weich und süß und zitterten ein wenig. Sie wog leicht in meinen Armen.

«Gott segne unsern glücklichen Einzug, Danny Fisher», flüsterte sie.

Ich stand noch immer regungslos, hielt sie in den Armen und sah mich in der Wohnung um. Es war keine große Wohnung. Für fünfundzwanzig Dollar monatlich sind sie nicht sehr groß. Drei Zimmer mit Bad. Alles war weiß bemalt. Um diesen Preis bekommt man keine Farben. Aber sie war sauber, hatte Dampfheizung und Warmwasserversorgung, und es war Platz genug, um bequem zu wohnen.

Jedenfalls Platz genug, um für die Einrichtung neunhundert Dollar zu verpulvern. Eine Couch, einige Fauteuils für das Wohnzimmer, ein breites Doppelbett und einen Toilettentisch für das Schlafzimmer; eine Kücheneinrichtung und verschiedene Töpfe und Pfannen. Es war zwar eine Menge Geld, aber das war's uns wert, obwohl für uns fast nichts mehr auf der Bank blieb. Wenigstens brauchten wir uns keine Sorgen zu machen, daß ein Inkassant ständig hinter uns her sein würde, um die Raten einzufordern.

Endlich ließ ich Nellie wieder zu Boden gleiten.

«Bring die Koffer gleich ins Schlafzimmer», sagte sie.

«Sehr wohl, Ma'am», erwiderte ich in schneidigem Ton, ergriff die Koffer und folgte ihr auf dem Fuß. Achtlos ließ ich sie auf das Bett fallen. Sie versanken tief in den Matratzen.

«Danny! Nimm die schmutzigen Koffer sofort vom Bett herunter!» rief sie scharf. «Hier ist kein Hotel, hier sind wir zu Hause!»

Ich mußte laut herauslachen, während ich sie ansah. Gib einer Frau eine eigene Wohnung, und ihre erste Tat wird es sein, die Herrschaft an sich zu reißen. Aber sie hatte recht. Ich stellte die Koffer auf den Fußboden und setzte mich aufs Bett.

«Komm her», sagte ich und schaukelte auf der Matratze hin und her. Sie sah mich argwöhnisch an. «Wozu?»

«Ich möcht dir was zeigen», sagte ich und schaukelte weiter.

Sie machte einen Schritt auf mich zu, zögerte und blieb stehen. Ich streckte die Hand aus und zog sie rasch an mich. Sie fiel auf mich, und durch diesen Stoß rollte ich flach aufs Bett.

«Danny, was ist denn in dich gefahren?» rief sie lachend.

Ich küßte sie. Noch immer lachend wandte sie ihr Gesicht ab. «Danny!» protestierte sie.

Ich schlug mit der Hand auf die Matratze. «Horch mal», sagte ich, «kein Gequietsche! Genau wie's der Verkäufer versichert hat.»

«Danny Fisher, du bist verrückt!» Ihre Zähne schimmerten unwahrscheinlich weiß, wenn sie lachte.

Ich zog sie wieder zu mir herunter. «Verrückt nach dir», sagte ich.

«O Danny», flüsterte sie, «Danny, ich liebe dich.»

Und meine Lippen lagen schon auf ihrem Hals. Ihre Haut war zart und weich wie die Seide einer der Toiletten in den Schaufenstern der Fifth Avenue. «Und ich liebe dich, Baby.»

Sie sah mir in die Augen, und es war ein Ausdruck in ihrem Gesicht, der mein Inneres zu Brei werden ließ. Das brachte sie immer fertig ... sie brauchte mich bloß anzusehen. «Danny, du wirst es nie bereuen», sagte sie eindringlich.

«Was bereuen?»

«Daß du mich geheiratet hast», sagte sie sehr ernst, «ich will dir eine gute Frau sein.»

Ich nahm ihr Gesicht zwischen die Hände. «Es ist genau umgekehrt, Baby. Ich hoffe, du wirst es nie bereuen, daß du mich geheiratet hast.»

Ich fühlte ihre Tränen auf meinen Händen. «O Danny», sagte sie zärtlich, «mir wird's nie, nie leid tun.»

Als wir gerade damit fertig waren, die Vorhänge aufzuhängen, klingelte die Türglocke. «Ich gehe schon aufmachen», sagte ich und ging zur Tür, um sie zu öffnen.

Nellies Mutter und ein Priester standen vor der Tür. Mrs. Petito hatte eine kleine Einkaufstasche in der Hand. Sie rief lächelnd: «Hallo, Danny.»

«Hallo, Mamma Petito», sagte ich, «komm herein.»

Sie blieb einen Moment zögernd und verlegen stehen. «Ich habe Pater Brennan mitgebracht.»

Ich wandte mich dem Geistlichen zu und streckte ihm die Hand entgegen. «Bitte treten Sie ein, Pater», sagte ich rasch.

Ein Ausdruck der Erleichterung trat auf das Gesicht meiner Schwiegermutter, als der Priester meine Hand ergriff. Sein Händedruck war fest und freundlich. «Hallo, Danny», sagte er mit berufsmäßiger Herzlichkeit. «Ich freue mich, Sie kennenzulernen.»

Nellie rief aus dem Schlafzimmer: «Wer ist's denn, Danny?»

«Deine Mutter und Pater Brennan sind hier», rief ich zurück.

Sie erschien mit leicht gerötetem Gesicht eiligst auf der Türschwelle. Dann lief sie auf ihre Mutter zu und küßte sie. Hierauf wandte sie sich zu dem Priester und reichte ihm die Hand. «Ich freue mich, daß Sie kommen konnten, Pater», sagte sie.

Er schob ihre Hand freundschaftlich beiseite. «Komm, komm, mein Kind», sagte er lächelnd, «du wirst doch für deinen alten Freund und Bewunderer eine nettere Begrüßung haben!» Damit legte er ihr beide Hände auf die Schultern und gab ihr einen schallenden Kuß auf die Wange.

Mrs. Petito sah mich besorgt an, dann stellte sie ihre Einkaufstasche auf den Boden. «Ich habe Verschiedenes für den Haushalt mitgebracht», sagte sie.

Nellie öffnete sogleich aufgeregt die Tasche, sah hinein und überschüttete ihre Mutter mit einem temperamentvollen italienischen Wortschwall, den diese ebenso beantwortete. Dann wandte sich Nellie zu mir und erklärte: «Mamma hat uns verschiedene Lebensmittel mitgebracht, damit wir nie im Leben hungrig sind.»

Ich wandte mich an Mrs. Petito. Die Leute mögen zwar verschieden sein, aber ihre fundamentalen Sorgen sind dieselben. Ich erinnere mich, daß meine Mutter, als wir in das Haus in Brooklyn einzogen, aus demselben Grund Brot und Salz in das Haus gebracht hatte. «Danke, Mamma», sagte ich und war aufrichtig dankbar.

Sie strich mir mit der Hand über die Wange. «Keine Ursache, Söhnchen», sagte sie, «ich wollte, wir könnten mehr für euch tun.»

Nellie sah sie an. «Wie wär's mit einer Tasse Kaffee?» fragte sie. «Danny wird rasch hinunterlaufen und etwas Gebäck holen, und wir feiern ein kleines Einstandsfest.»

Mamma Petito schüttelte den Kopf. «Ich muß nach Hause und Nachtmahl kochen. Und Pater Brennan ist nur gekommen, um Nellie Glück zu wünschen.»

Nellie sah den Priester lächelnd an. «Danke, Pater Brennan. Ich bin so froh, daß Sie gekommen sind. Ich hatte schon Angst, Sie könnten ...»

Der Priester unterbrach sie. «O nein, Nellie, nichts dergleichen. Natürlich war ich enttäuscht, daß ich dich nicht trauen konnte, aber so ist's am zweitbesten.»

Ein etwas unsicherer Ausdruck huschte über ihr Gesicht. «Ich dachte, wir können seinetwegen nicht in der Kirche getraut werden.»

Der Geistliche sah mich freundlich lächelnd an. «Hätten Sie etwas dagegen einzuwenden, in der Kirche getraut zu werden, mein Sohn?» fragte er.

Nellie antwortete rasch, ehe ich zu sprechen vermochte. «Diese Frage ist nicht fair, Pater Brennan», sagte sie, «niemand von uns hat jemals darüber mit ihm gesprochen.»

Er sah sie an, doch das Lächeln war von seinem Gesicht verschwunden. «Du bist dir natürlich darüber klar, mein Kind, daß deine Ehe von der Kirche wohl zur Kenntnis genommen, aber nicht sanktioniert wird.»

Nellie wurde totenblaß. «Das weiß ich, Pater», antwortete sie leise.

«Hast du je über die Kinder aus dieser Ehe nachgedacht?» fuhr er fort. «Welcher religiösen Segnungen sie teilhaftig werden könnten, die ihnen aber versagt bleiben müssen?»

Diesmal antwortete ich. «Wenn ich Sie richtig verstehe, Pater, wird sich die Kirche nicht gegen die Kinder wenden, weil ihre Eltern andern Glaubens sind.»

Er sah mich an. «Soll das heißen, Sie würden gestatten, daß Ihre Kinder im Glauben der katholischen Kirche erzogen werden?»

«Es soll heißen, Pater Brennan», sagte ich schlicht, «daß es meinen Kindern freistehen wird, den Glauben anzunehmen, den sie sich wählen. Ihr Glaube oder die Ablehnung eines Glaubensbekenntnisses wird Sache ihrer eigenen freien Wahl sein. Bis zu dem Zeitpunkt, da sie alt genug sein werden, für sich selbst zu entscheiden, bin ich gerne bereit, ihnen zu gestatten, die Kirche ihrer Mutter zu besuchen.»

Nellie trat zu mir und ergriff spontan meine Hand. «Ich glaube, es ist ein wenig verfrüht, über diese Dinge zu sprechen. Schließlich sind wir doch erst ganz kurz verheiratet.»

Der Priester sah uns an. «Als Katholikin, Nellie, mußt du dir deiner Verantwortung bewußt sein. Daher ist's immer besser, diese Dinge vorher zu entscheiden, damit sich daraus kein Unglück ergibt.»

Nellie war sehr blaß geworden. Sie bewegte beim Sprechen kaum die Lippen. «Ich weiß Ihre Besorgnis um mich ebenso wie Ihren Besuch zu schätzen, Pater Brennan. Seien Sie bitte überzeugt, daß wir das tun werden, was für uns beide das Richtige ist, und seien Sie uns immer willkommen, wenn Sie sich in der Nachbarschaft befinden.»

Ich hätte sie dafür küssen können. Auf die reizendste Art hatte sie ihm zu verstehen gegeben, er solle seine Weisheit anderswo verzapfen.

Er hatte es sehr gut verstanden, aber in seinem Gesicht war keine Veränderung zu bemerken. «Ein Priester», sagte er seufzend, «steht im Leben manchmal vor den schwierigsten Entscheidungen. Im Grunde ist er doch auch nur ein menschliches Wesen und kann, wie alle übrigen Menschen, nur um den göttlichen Beistand bei allen seinen Taten beten. Ich hoffe und bete, mein Kind, daß mein Besuch bei dir eine gute und richtige Wirkung zeitigt.»

«Wir sind Ihnen für Ihre Gebete dankbar, Pater», erwiderte meine Frau höflich, ließ aber ihre Hand noch immer in der meinen ruhen.

Ich folgte Pater Brennan langsam zur Tür, wo er mir die Hand reichte. «Ich freue mich, Sie kennengelernt zu haben, mein Sohn», sagte er, aber aus seinem Ton war kein Enthusiasmus mehr zu hören. Nach der Art zu schließen, wie er diesmal meine Hand schüttelte, war ich überzeugt, daß er mich für einen Sohn des Teufels hielt.

Die Tür schloß sich hinter ihm, und Nellie sprach verärgert in rasantem Italienisch auf ihre Mutter ein. Diese hob abwehrend die Hände und antwortete nur stotternd, schließlich traten ihr auch noch Tränen in die Augen. Während der Streit immer hitziger und heftiger wurde, stand ich stumm daneben, denn ich wußte nicht, was sie sprachen. So rasch, wie der Streit begonnen hatte, war er auch wieder vorbei, und Nellies Mutter schlang ihre Arme um ihre Tochter und küßte sie.

Nellie wandte sich entschuldigend zu mir um. «Meiner Mutter tut es leid, daß sie ihn hierhergebracht hat. Sie hat's gut gemeint und hofft, daß du nicht beleidigt bist.»

Ich sah ihre Mutter einen Augenblick an, dann lächelte ich ihr beruhigend zu.

«Du brauchst nichts zu bedauern, Mamma Petito», sagte ich langsam, «ich weiß, daß du es nur gut gemeint hast.»

Hierauf umarmte Mamma Petito auch mich und küßte mich auf die Wange.

«Du bist ein guter Junge, Danny», sagte sie in ihrem holprigen Englisch, «ich möchte nichts anderes, als daß du zu meiner Nellie gut bist.»

«Das will ich, Mamma», versprach ich und sah dabei Nellie an, «darauf kannst du dich verlassen.»

Nachdem Mamma Petito gegangen war, beendigten wir unsre Arbeiten in der Wohnung. Es war noch ziemlich früh am Nachmittag. Ich setzte mich ins Wohnzimmer und drehte das Radio auf. Leise Musik erfüllte das Zimmer. Es war gerade die richtige Musik, um einen neuen Tag zu beginnen: Frankie Carles *Sonnenaufgangs-Serenade*.

Nellie kam ins Wohnzimmer und stellte sich neben mich. «Was möchtest du zum Dinner?» fragte sie ernsthaft.

«Willst du damit sagen, daß du auch kochen kannst?» fragte ich übermütig.

Sie sah mich tadelnd an. «Sei nicht töricht, Danny», sagte sie rasch, «was möchtest du also haben?»

«Wozu willst du überhaupt kochen?» fragte ich. «Wir werden heute auswärts essen und unsern Einstand feiern.»

«Mh-mh», sie schüttelte den Kopf. «Das ist zu teuer. Es wird Zeit, daß wir unser Geld zusammenhalten, bis du eine Anstellung gefunden hast. Dann kannst du auswärts essen, wenn's dir Spaß macht.»

Ich sah sie mit einem ganz neuen Respekt an. Ich hatte schon den ganzen Tag immer wieder festgestellt, daß sie weit erwachsener war, als ich ihr zugetraut hätte. Ich stand auf und drehte das Radio ab. «Mach, was du willst, und überrasche mich damit», sagte ich, «ich laufe noch rasch ins Geschäftsviertel, um nachzuschauen, ob's für mich irgendeinen Job gibt.»

Das strahlende Sonnenlicht blendete mich einen Moment, als ich aus dem Hausflur trat und eine Sekunde vor dem Haus stehenblieb. Dann ging ich rasch auf die U-Bahn zu. Ein Schatten fiel über meinen Weg und blieb direkt vor mir stehen. Ohne aufzublicken, wollte ich ihm ausweichen. Da fiel eine Hand auf meinen Arm, und eine wohlbekannte Stimme drang an mein Ohr.

«Da du wieder zurück bist und dich bereits eingerichtet hast, meint der Boss, daß du ihm einen Besuch schuldig bist.» Ich brauchte nicht aufzuschauen, um zu wissen, wer das war. Ich hatte ihn vom Tage meiner Rückkehr an erwartet.

Spit stand vor mir, ein leichtes Lächeln auf den Lippen, aber nicht in den Augen. Er sah sehr gepflegt aus in seinem dunklen, offensichtlich teuren Maßanzug und dem frischgewaschenen Hemd. Er war so gut gekleidet, daß ich einen Moment beinahe nicht glauben konnte, daß er es tatsächlich war.

«Ich hab es eilig», sagte ich und versuchte wieder, um ihn herumzukommen.

Seine Hand schloß sich fester um meinen Arm, und seine andere Hand bewegte sich leicht in seiner Jackentasche. Ich konnte die stumpfen Umrisse eines Revolvers sehen, den er dort verborgen hielt. «So große Eile hast du doch wohl nicht, Danny, nicht wahr?» fragte er.

Ich schüttelte den Kopf. «Nein», stimmte ich zu.

Er zeigte zum Straßenrand. Dort stand ein Wagen mit laufendem Motor. «Steig ein», sagte er scharf.

Ich öffnete die Tür und setzte mich auf den Rücksitz. Neben mir saß der Inkassant. «Hallo, Danny», sagte er gelassen und stieß mir seine Faust in den Magen.

Ich fühlte einen entsetzlichen Schmerz, krümmte mich zusammen und stürzte vornüber auf den Boden des Wagens. Ich hörte, wie die Tür hinter mir rasch geschlossen wurde und der Wagen sich gleich darauf in Bewegung setzte.

Spits Stimme kam wie aus weiter Ferne. «Laß die rohen Scherze! Der Boss wird dir's gehörig übelnehmen.»

Der Inkassant antwortete mürrisch. «Das war ich dem Dreckschwein schuldig.»

Spit packte mich am Kragen und zog mich auf den Sitz neben sich. «Sag dem Boss kein Wort darüber, sonst ergeht's dir beim nächstenmal noch übler.»

Ich nickte und schluckte den Mageninhalt, der mir bis in die Kehle gestiegen war. Einige Minuten vergingen, ehe mir wieder wohl genug war, um zu begreifen, was er gesagt hatte. «Das nächste Mal ...» das hieß ja, daß ich aus irgendeinem mir unbekannten Grund diesmal noch davonkommen würde. Ich überlegte, was geschehen sein konnte, denn Fields gehörte nicht zu den Menschen, die verzeihen.

Das Auto hielt vor dem Geschäft. Spit stieg vor mir aus dem Wagen, der Inkassant hinter mir. So gingen wir gemeinsam durch den schmalen Flur neben dem Geschäft und die Treppe zu Fields' Wohnung hinauf. Spit klopfte an die Tür.

«Wer ist da?» brüllte Fields durch die Tür.

«Ich bin's, Boss», antwortete Spit hastig, «ich hab Danny Fisher mitgebracht.»

«Herein mit ihm», schrie Fields.

Spit öffnete die Tür, stieß mich hinein und folgte mir in das Zimmer. Mein Magen schmerzte mich immer noch, aber ich begann mich doch etwas wohler zu fühlen. Wenigstens konnte ich wieder aufrecht stehen.

Maxie Fields erhob sich wie ein gewaltiger Gargantua hinter seinem Schreibtisch. Seine Augen glitzerten, als er mich ansah. «Du hast also doch nicht wegbleiben können?» sagte er gewichtig und kam um den Schreibtisch herum auf mich zu. Ich hatte diesmal keine Angst vor ihm. Spit hatte mir, ohne es zu wissen, einen wichtigen Fingerzeig gegeben.

Ich antwortete nicht ... ich sah nur, daß Maxie auf mich zukam, und als ich bemerkte, daß er mit der flachen Hand auf mein Gesicht zielte, bückte ich mich instinktiv.

Ein scharfer spitzer Schmerz in der Nierengegend ließ mich wieder in die Höhe fahren. Spit, der hinter mir stand, hatte mir das stumpfe Ende seines Messers in die Seite gestoßen. Diesmal traf mich Maxies Schlag mitten auf die Wange. Ich taumelte auf den Beinen, sagte aber nichts. Worte konnten nicht helfen, ja, sie würden die Dinge nur noch schlimmer machen.

Fields grinste mich bösartig an. «Du bist nicht der einzige, der nicht wegbleiben konnte.» Er drehte sich um und brüllte ins andere Zimmer: «Ronnie, bring mir einen Drink. Ein alter Freund von dir ist gekommen, um uns einen Besuch zu machen.»

Ich wandte mich zur andern Tür. Meine Ohren sausten noch. Sarah stand dort, einen Drink in der Hand, und sah mich mit weitgeöffneten Augen starr an. Eine Sekunde sahen wir uns so in die Augen, dann senkte sie den Blick und schritt langsam quer durch das Zimmer zu Fields. Stumm reichte sie ihm den Drink.

Er lächelte heimtückisch. «Willst du deinen alten Freund nicht begrüßen?»

Sie wandte sich mit einem stumpfen, leeren Blick zu mir. «Hallo, Danny.»

«Hallo, Sarah», antwortete ich.

Fields sah mich an, den Drink noch immer in der Rechten. «'s ist genau wie in alten Zeiten, was, mein Junge?» Er setzte das Glas an den Mund und trank es beinahe ganz aus. «Nichts hat sich geändert, was?»

Ich sah Sarah aufmerksam an. Ihr Gesicht war starr, unbewegt und völlig ausdruckslos. «Nein», antwortete ich gelassen, «es hat sich nichts geändert.»

«Ronnie kann eben ohne ihren Süßen nicht leben! Sie ist ganz aus freien Stücken zu mir zurückgekommen, nicht wahr?» fragte Fields.

Ich glaubte einen Moment in ihren Augen ein Feuer aufblitzen zu sehen, es war aber so rasch wieder verschwunden, daß ich meiner Sache nicht sicher war. «Ja, Max», sagte sie ausdruckslos wie ein Automat.

Fields zog sie dicht an sich. «Ronnie kann ohne ihren Maxie nicht leben, was?»

Diesmal sah ich, daß ihre Lippen zitterten. «Nein, Max.»

Er schob sie ärgerlich von sich. «Geh ins andere Zimmer hinüber», brüllte er.

Ohne mich anzusehen, schritt sie auf die Tür zu. Dort blieb sie einen Moment stehen, ging dann aber weiter, ohne zurückzublicken.

Fields wandte sich wieder mir zu. «Niemand kann von Maxie Fields los», prahlte er.

Ich sah ihn an. Das brauchte er mir nicht erst zu sagen, er hatte mich davon überzeugt. Ich fragte mich, was er getan haben konnte, um Sarah zurückzubringen. Oder, überlegte ich, ist Ben vielleicht etwas zugestoßen?

Fields trat wieder hinter seinen Schreibtisch und ließ sich schwerfällig nieder, während er mich mit seinen in Fettwülste gebetteten Augen anstarrte. «Denk daran, Danny, niemand kommt von Maxie Fields los.»

«Ich werde daran denken», sagte ich.

Er starrte mich schwer atmend an. Nach einem Moment hob er das Glas an die Lippen und trank es aus. «Okay», sagte er und stellte das Glas vor sich auf den Schreibtisch. «Du kannst jetzt gehen.»

Ich blieb ungläubig stehen und wagte es nicht, mich zu bewegen, während ich blitzschnell überlegte, was er jetzt gegen mich im Schilde führe. Denn das war zu glatt abgegangen, so einfach würde er mich nicht davonkommen lassen... keinesfalls ein Maxie Fields.

«Hast du nicht gehört!» brüllte er plötzlich in rasch aufflammender Wut. «Verdufte und komm mir nicht wieder unter die Augen! Das nächste Mal hättest du nicht soviel Glück! Es wäre möglich, daß ich nicht so guter Laune bin!»

Ich stand noch immer regungslos, weil ich Angst hatte, mich umzudrehen.

Auf dem Schreibtisch begann das Telefon zu klingeln. Er hob den Hörer ab. «Ja», schrie er hinein. Man hörte das Knattern einer Stimme, und plötzlich nahm seine Miene einen durchtriebenen Ausdruck an. «Hallo, Sam», sagte er herzlich. Die Stimme im Hörer begann neuerlich loszuknattern. Fields bedeckte das Mundstück mit der Hand. «Schmeiß ihn raus, Spit, wenn er nicht von selbst geht», sagte er beinahe freundlich.

Es bedurfte aber keiner weiteren Aufforderung. Ich war im Nu draußen. Erst als ich mich wieder in den wohlbekannten schmutzigen Straßen befand, begann ich mir darüber klarzuwerden, was sich in Wirklichkeit ereignet hatte. Ich wußte noch immer nicht, weshalb er mich hatte laufenlassen, außer... es gab nur einen einzigen Grund. Sarah hatte mit ihm ein Übereinkommen getroffen. Deshalb hatte sie mich weder angesehen noch mit mir gesprochen. So mußte es sein. Es war das einzige, was ich mir denken konnte.

Ich sah auf meine Armbanduhr. Es war erst halb drei; ich hatte noch immer Zeit, ins Geschäftsviertel zu fahren und die Agenturen abzugrasen. Es hatte keinen Sinn, früher zu Nellie zurückzukehren, sie würde sich bloß wundern, weshalb ich nicht hingefahren war. Von dieser Sache wollte ich ihr nichts erzählen, sie würde sich ja doch nur Sorgen machen.

Ich besuchte etwa vier Agenturen, doch es gab keine freien Stellen. Alle rieten mir, morgen wiederzukommen. Etwas nach vier hörte ich mit der Suche auf und machte mich wieder auf den Weg nach Hause, nachdem ich beschlossen hatte, morgen frühzeitig aufzustehen, um einen Job zu ergattern. Es gab derzeit nicht viele freie Stellen.

Nellie hatte Hühner-Cacciatore mit Spaghetti gemacht. Dazu tranken wir eine Flasche Chianti, die ihre Mutter mitgebracht hatte. Das Essen war vorzüglich, aber ich mußte mich dazu zwingen, weil mir mein Magen noch immer weh tat. Ich verschlang aber genug, um keinen Verdacht zu erregen.

«Soll ich dir beim Spülen helfen?» fragte ich.

Sie schüttelte den Kopf. «Geh nur ins Wohnzimmer und stell das Radio an», sagte sie, «ich bin in einer Minute fertig.»

Ich ging hinüber, ließ mich in einen Clubfauteuil neben dem Radio fallen und drehte es an. Die Stimme von Kingfish ertönte in unserm Zimmer, und ich lauschte entzückt Andys Bemühungen, seinem Freund einen Job zu verschaffen.

Das schien momentan jedermanns Sorge zu sein: einen Job zu finden. Ebenso wie meine. Wäre gut, wenn ich rasch einen finden könnte, um uns ein paar Dollar zu ersparen. Vielleicht könnten wir uns, wenn es ein bißchen aufwärtsginge und ich gut verdiente, sogar ein kleines Häuschen kaufen. Draußen in Brooklyn, etwa in meiner altgewohnten Gegend. Ich hatte gern dort gelebt. Die Straßen waren sauber und die Luft frisch und rein. Es war nicht so wie hier in der East Fourth und der First Avenue. Hier war's allerdings noch weit besser als in den meisten andern Straßen. Das Haus war sauber, hatte vier Stockwerke mit zwölf Familien und sah nicht so heruntergekommen aus wie die andern. Es war kein ganz schlechter Anfang.

Ich hörte, daß Nellie ins Zimmer trat, und sah auf. «Schon fertig?»

Sie nickte. «Ich hab dir doch gesagt, daß es nicht lange dauern wird», sagte sie stolz.

Ich zog sie zu mir herunter. Sie legte ihren Kopf auf meine Schulter und sah zu mir auf. Wir saßen ganz still beieinander. Es war ungemein friedlich, und ich war wunschlos glücklich.

«Danny, woran denkst du?»

Ich lächelte. «Daran, wie glücklich ich bin», sagte ich, «denn ich habe alles bekommen, was ich mir gewünscht habe.»

«Alles, Danny?»

«Ja, so ziemlich alles», antwortete ich und blickte ihr in die Augen. «Was sollte ich mir sonst noch wünschen? Ich hab mein Mädchen bekommen und mein eigenes Heim. Jetzt brauche ich nur noch einen Job, und dann ist alles rosenrot.»

Ihre Augen waren sehr ernst. «Danny, ich wollte dich schon danach fragen, wie sind die Aussichten dafür? Hast du was gefunden?»

Ich schüttelte den Kopf. «Ich kann's noch nicht sagen, Baby», antwortete ich leichthin, «schließlich bin ich erst am Nachmittag hingegangen und war nur in ein paar Agenturen. Morgen werde ich mehr wissen, wenn ich ganz zeitig in der Früh hingehe.»

Ein Schatten der Besorgnis flog über ihr Gesicht. «In den Zeitungen steht, daß die Arbeitslosigkeit jetzt ungewöhnlich groß ist.»

«Ach was, die Zeitungen!» sagte ich spöttisch. «Die schreiben über alles, was eine Schlagzeile ausmacht.»

«Aber schau bloß, wie viele Familien von der Unterstützung leben müssen! Das hat doch was zu bedeuten.»

«Ganz gewiß –» ich sah sie dabei zuversichtlich an – «das sind eben Leute, die nicht arbeiten wollen. Wenn es dir wirklich ernst ist, kannst du jederzeit einen Job bekommen. Ich will arbeiten, und ich werde eine Stellung bekommen.»

«Ja, Danny», fuhr sie fort, «aber es sind doch nicht alle Arbeitslosen nur faul.»

«Sieh mal, Nellie», sagte ich, «nur Galgenvögel leben von der Unterstützung. Ich aber nicht! Darüber werden wir uns nie Sorgen machen müssen.»

Sie schwieg einen Moment, dann sah sie mich wieder an. «Was geschieht aber, wenn du längere Zeit keine Anstellung findest?»

Ich lachte. «Ach, wir werden uns schon behelfen. Darüber brauchen wir uns wahrhaftig keine Sorgen zu machen. Außerdem arbeitest du ja noch.»

«Was aber, wenn ich nicht mehr arbeiten könnte? Wenn ich aufhören müßte?» Sie errötete und schlug die Augen zu Boden. «Was ist, wenn ich ein Baby bekomme?»

«Das muß ja nicht unbedingt sein», sagte ich etwas spitz, «es gibt Mittel, um es zu verhüten.»

Plötzlich schwand die Röte aus ihrem Gesicht, sie sah blaß und nervös erregt aus. «Die Katholiken lehnen das ab, es ist gegen die Religion. Es ist eine Sünde», erklärte sie, während sie zu Boden sah.

«Was machen sie denn?» fragte ich. «Du kannst doch nicht die ganze Zeit schwanger herumgehen.»

«Es gibt gewisse Zeiten, in denen es ganz sicher ist.» Sie wich meinen Augen aus.

Ich begann selbst etwas verlegen zu werden. Ich hatte noch vieles zu lernen.

«Wenn es aber doch zu einer andern Zeit geschieht?» fragte ich neugierig.

Sie mied meine Augen noch immer. «Es darf eben nicht geschehen. Man darf es nicht geschehen lassen.»

«Das ist die Höhe!» rief ich. «Wir werden das tun, was alle andern tun.»

Ich hörte, wie sie leise zu schluchzen begann. «Mein Gott!» rief ich. «Weshalb weinst du denn? Ich hab doch nichts Unrechtes gesagt!»

Sie legte ihre Arme um meinen Hals und lehnte ihre Wange an mein Gesicht. «Ich kann's nicht tun, Danny!» rief sie. «Ich kann's nicht tun! Ich habe schon genug Sünden auf mich geladen. Ich darf's nicht noch ärger treiben.»

Ich drückte sie liebevoll an mich. Ihr Körper war ganz steif vor Angst, einer Angst, die ich nicht zu verstehen vermochte. Obwohl sie dem Priester mutig entgegengetreten war, hatte sein Besuch die ganze Situation für mich doch bedeutend schwieriger gestaltet. «Okay, Nellie, okay», sagte ich beschwichtigend, «wir werden alles so machen, wie du es willst.»

Ihre Tränen verwandelten sich unverzüglich in ein strahlendes Lächeln. «O Danny», rief sie und überschüttete mein Gesicht mit unzähligen kleinen Küssen, «du bist so gut zu mir! Ich liebe dich!»

«Ich liebe dich auch, Baby», sagte ich und sah sie lächelnd an, «aber ist's heute auch sicher?»

MEIN ALLTAGSLEBEN

Das vierte Buch

1

Sie schritt an der Kosmetikabteilung vorbei bis zu meiner Abteilung am Soda-Automaten und kletterte auf einen Barstuhl. Sie rutschte einen Moment herum, um so zu sitzen, daß ihr Busen auch über dem Bartisch richtig zur Geltung kam. Ich sah verstohlen zu Jack, dem Boss, hinüber und bemerkte, wie fasziniert er sie anstarrte. Es war ihm nicht übelzunehmen, denn sie hatte ein Zwillingspaar aufzuweisen, das sich sehen lassen konnte. Ich fuhr mir, ehe ich mich ihr zuwandte, zuerst mit dem kühlen Tuch übers Gesicht. Es war eine jener feuchtwarmen Nächte, die im Oktober über New York hereinbrechen, wenn der schwindende Sommer seinen aussichtslosen Kampf ausficht. Ich lehnte mich über den Bartisch und fragte lächelnd: «Ja, Miss?» Dabei blickte ich über sie hinweg auf die Wanduhr.

«Eine Coke mit Zitrone, Danny.» Sie lächelte ebenfalls und machte schwüle Augen, als wollte sie mit mir ins Bett.

«Bitte sehr, bitte gleich», sagte ich mit einem ebenso schwülen Blick. Ohne mich umzudrehen, griff ich hinter mich und nahm ein Glas vom Wandbrett. Ihr Lächeln wurde noch intensiver und schwüler.

Ich hielt das Glas unter den Hahn und betätigte den Hebel. Der braune Sirup floß heraus; hierauf schob ich das Glas unter den Selterswasserhahn und drückte den Griff mit dem Handgelenk herunter. Während sich das Glas füllte, preßte ich den Saft einer Achtelzitrone hinein, rührte mit einem Löffel um und drehte den Selterswasserhahn wieder ab.

Sie steckte eine Zigarette in den Mund, als ich die Coke vor sie hinstellte. Ich reichte ihr ein Streichholz, während ich es hielt, tanzten Lichter in ihren Augen. «Danke, Danny.» Sie sah mich glühend an.

«Nichts zu danken», sagte ich und reichte ihr einen Strohhalm.

Sie nahm den Strohhalm geziert aus meiner Hand und rührte damit langsam in ihrem Glas. «Die sollten in der U-Bahn Verkaufsstände haben, wo man eine Coke bekommt, wenn man in einer so heißen Nacht wie heute durstig ist», sagte sie, bevor sie zu trinken begann.

Ich grinste. «Das wär mir aber gar nicht recht», sagte ich und übertrieb den südlichen Akzent in meiner Sprache, weil man von den Barmixern allgemein annimmt, daß sie aus dem Süden stammen. «Dann bekäm ich nie was von Ihnen zu sehen.»

Sie lachte geschmeichelt und schob ihren Busen noch etwas weiter vor. Ich quittierte diese Bewegung mit dem erwarteten begehrlichen Blick, ehe ich mich am Bartisch entlang zu Jack begab. Denn das gehörte mit zu den Spielregeln. Die Mädchen, die einem am Bartisch vis-à-vis sitzen, erwarten es. Bei dem Leben, das sie führen, ist's ihre Art, mit ihrem Schicksal quitt zu werden und die ersehnte Anerkennung zu finden. Romanze an einem Soda-Automaten! Für zehn Cent ist's wahrhaftig billig.

«Ein Uhr vorbei», sagte ich, «kann ich Schluß machen, Jack?»

Jack sah von der Registrierkasse auf und zur Wand hinüber. Er nickte, dann wanderten seine Augen sofort wieder zu dem Mädchen. «Ja, Danny», sagte er grinsend, «scheinbar sind's deine blonden Haare und die blauen Augen, auf die alle so scharf sind.»

Ich winkte bescheiden ab. «Unsinn», antwortete ich, «'s ist mein unverfälscht rotblütig amerikanisches Aussehen.»

Er schüttelte den Kopf. «Ich weiß nicht, was es ist, aber von fünf Mädchen, die hier reinkommen, gehn vier an mir vorbei und setzen sich in deine Abteilung. Und diese einladenden Blicke, die sie dir zuwerfen! Mensch! Ich könnt die ganze Zeit vor Neid zerspringen!»

Ich grinste. «Sei nicht eifersüchtig, Jack. Vielleicht reiz ich die Puppen, aber du kriegst den Zaster!»

«Ehrlich, Danny?» fragte er. «Du gibst dich mit ihnen nie ab?»

«Du kennst mich doch, Jack. Ein verheirateter Mann mit einem Kind hat keine Zeit, mit ihnen rumzuziehen. Außerdem hätt ich auch nicht das Geld dazu.»

Im Spiegel hinter dem Bartisch sah ich jetzt wieder das Mädchen. Sie lächelte mir zu, und ich erwiderte es mechanisch.

«Außerdem ist's besser, sich von diesen Hühnchen fernzuhalten.»

Er grinste wieder und sah auf seine Registrierkasse. «Ich glaub dir kein Wort», erklärte er in freundschaftlichem Ton, «aber 's ist okay. Du kannst jetzt mit dem Aufräumen beginnen.»

Ich kehrte zu meinem Bartisch zurück und schrieb den Kassenzettel für das Mädchen. Sofort nachdem sie ausgetrunken hatte, legte ich ihn vor ihr auf den Tisch. «Danke, Miss.»

Ich steckte die fünf Cent ein, die sie für mich hinlegte, ehe sie von dem Barstühlchen hinunterkletterte, und wandte mich wieder meiner Arbeit zu. Es war ein Uhr fünfzehn, aber ich brauchte keine Uhr, um es zu wissen. Ich war völlig erschöpft. Meine Füße brannten, ich war hundemüde und mein Rücken schmerzte nach den sieben Stunden und fünfzehn Minuten, die ich seit sechs Uhr nachmittag beständig auf den Beinen gewesen war. Aber, zum Teufel, sagte ich mir, während ich die Pumpe betätigte, es ist ein Job, und in diesem Herbst 1939 erhielt man nicht so leicht eine Anstellung, obwohl in Europa Krieg war. Ich mußte es wissen, denn ich hatte lange genug suchen müssen.

Nahezu drei Jahre, um ganz genau zu sein. Natürlich hatte ich inzwischen verschiedene Stellungen gehabt, aber sie waren nie von Dauer. Irgend etwas ereignete sich immer, und ich lag wieder auf der Straße. Es war nicht ganz so schlimm, solange Nellie noch arbeiten konnte. Dadurch wurde es uns möglich, doch irgendwie auszukommen. Als aber Vickie kam, veränderte sich unsre Situation wesentlich. Wir waren kopfüber in etwas hineingestürzt und hatten gegen die Zeit und die Wirtschaftskrise anzukämpfen.

Ich erinnerte mich an den Tag, an dem Nellie von der Arbeit nach Hause kam und mir sagte, daß sie ein Baby erwarte. Ich mußte ein sehr komisches Gesicht gemacht haben, denn sie streckte die Hand aus und berührte meinen Arm.

«Danny, du bist nicht sehr erfreut, was?» fragte sie, und tiefer Schmerz war aus ihren dunklen Augen zu lesen.

«Doch, ich freue mich», sagte ich kurz.

Sie trat näher zu mir. «Was ist's dann?»

«Ich hab mir bloß überlegt, woher wir das Geld nehmen sollen.»

«Du wirst eine Anstellung finden», sagte sie, «es kann ja nicht ewig so weitergehen.»

Ich wandte mich ab und zündete mir eine Zigarette an. «Das sag ich mir schon die ganze Zeit», sagte ich.

Sie drehte mich wieder zu sich herum. Ihr Schmerz saß weit tiefer als bloß in den Augen. «Du freust dich nicht, daß wir ein Kind bekommen», sagte sie klagend.

«Warum soll ich mich denn nicht freuen?» fragte ich und ließ den Rauch durch die Nase entweichen. «Ich werde vor Glück durch die Straßen tanzen! Weil's nämlich so großartig ist! Wir können von Glück sagen, wenn wir schließlich nicht dort wohnen müssen, wie die Dinge nun einmal stehen. Ich bin noch nie im Leben so glücklich gewesen!»

Sie schlug die Augen zu Boden. «Ich kann nichts dafür, Danny», versuchte sie sich zu rechtfertigen, «es ... es ist eben passiert.»

«Natürlich! Es ist eben passiert», wiederholte ich sarkastisch. «Und dabei gibt's Dutzende Möglichkeiten, es zu verhüten. Aber meine Frau glaubt nicht daran! Sie muß sich die verrückte Idee in den Kopf setzen, daß es einen Rhythmus gibt! Sie muß ...»

«Danny!»

Ich schwieg und sah sie an. Ihre Augen standen voll Tränen. Ich zog schweigend an meiner Zigarette.

Mit tränenerstickter Stimme fragte sie kläglich: «Danny, wünschst du dir denn kein Kind?»

Der schmerzliche Ton ihrer Stimme erschütterte mich und drang mir zu Herzen. Ich zog sie rauh an mich. «Verzeih mir, Nellie», sagte ich rasch, «natürlich wünsche ich mir ein Kind. Es ist bloß, weil ich mir Sorgen mache. Kinder kosten Geld, und gerade das haben wir nicht.»

Sie lächelte unter Tränen. «Babies brauchen nicht viel», flüsterte sie, «sie brauchen nur viel Liebe.»

Aber so einfach ist's nicht gewesen. Sie brauchen auch Dollars. Ich erinnerte mich, wie wir, als unser letzter ersparter Dollar verbraucht war, ins Arbeitslosenamt gegangen waren und um eine Unterstützung baten. Wie uns der Beamte angesehen hatte – erst mich, und dann Nellie, die hochschwanger war –, als wolle er fragen, welches Recht wir hätten, Kinder in die Welt zu setzen, wenn wir nicht einmal imstande seien, uns selbst zu erhalten. Wir hatten zahllose Fragebogen ausfüllen müssen, und die Ermittlungsbeamten waren zu allen Tageszeiten in unsre Wohnung gekommen. Diese endlosen gründlichen Untersuchungen, bis nichts Privates in unserm Leben geblieben war, nichts, was wir unser eigen nennen konnten.

Ich erinnerte mich, wie uns die Ermittlungsbeamtin den ersten Scheck überbrachte. Es war eine dicke Frau in einem alten Pelzmantel. «Das gehört für Nahrungsmittel und andere lebenswichtige Dinge», hatte sie gesagt, während ich den Scheck übernahm.

Ich hatte genickt, ohne ihr in die Augen zu sehen. «Sollten wir erfahren», fuhr sie in eindringlich warnendem Ton fort, «daß Sie einen Teil davon für Whisky, Kartenspiel oder einen andern nicht vorgesehenen Zweck verwenden, dann stellen wir weitere Zahlungen unverzüglich ein.»

Ich fühlte zwar, wie mein Gesicht flammend rot wurde, sah sie aber nicht an. Ich brachte es einfach nicht fertig. Nach dieser tiefen Demütigung meinte ich, nie wieder jemandem in die Augen sehen zu können.

Das war damals, ehe Vickie geboren wurde. Ich sah sie zum erstenmal, als mich die Nurse des städtischen Krankenhauses durch die Glastür schauen ließ. Vickie, meine Tochter, mein Kind. Klein und rosig und blond wie ich. Ich glaubte vor Stolz platzen zu müssen. Da wußte ich auch, daß ich nichts Unrechtes getan hatte, nichts, dessen ich mich zu schämen brauchte. Es lohnte sich, alle Demütigungen und Qualen auf sich zu nehmen, wenn man dann vor ihr stehen konnte und sie ansehen durfte.

Nachher hatte mir die Nurse erlaubt, zu Nellie zu gehen. Sie lag, gemeinsam mit sieben andern Frauen, in einem kleinen Zimmer im vierten Stock des Krankenhauses. Während ich auf ihr Bett zueilte, blickte sie mich mit weitgeöffneten dunklen Augen gelassen an. Ich brachte kein Wort hervor. Ich wußte nicht, was ich sagen sollte. Ich beugte mich über ihr Bett, küßte sie auf den Mund und legte meine Hand auf ihren Arm.

Als sie zu mir aufsah, bemerkte ich eine kleine blaue Vene, die an ihrem Hals pulsierte. Sie schien sehr müde zu sein. «Es ist ein Mädchen», sagte sie.

Ich nickte.

«Aber sie hat dein Haar», fügte Nellie rasch hinzu.

«Und deine Augen und dein Gesicht», sagte ich hastig, «ich hab sie gesehen, sie ist eine kleine Schönheit!»

Da lächelte Nellie. «Bist du nicht enttäuscht?» fragte sie mit einer ganz kleinen Stimme.

Ich schüttelte entschieden den Kopf. «Sie ist genau das, was ich mir gewünscht habe», sagte ich mit Nachdruck. «Dein zweites Ich.»

Die Nurse trat zu uns. «Mr. Fisher, es wird besser sein, wenn Sie jetzt gehen», sagte sie.

Ich küßte Nellie nochmals und verließ das kleine Krankenzimmer. Ich kehrte nach Hause zurück und verbrachte in der einsamen Wohnung eine ruhelose Nacht. Frühmorgens ging ich fort, um eine Stelle zu suchen.

Wie gewöhnlich war's wieder nichts gewesen. Schließlich beschloß ich, halb wahnsinnig vor Angst, mein Kind nicht ernähren zu können, Sam aufzusuchen und ihn zu fragen, ob er mir nicht helfen könne. Ich erinnerte mich, wie ich fast eine Stunde vor dem Empire State Building, in dem er sein Büro hat, auf der Straße gestanden hatte, ohne den Mut aufzubringen. Schließlich war ich doch eingetreten und mit dem Lift zu seinem Büro hinaufgefahren.

Die Empfangsdame wollte mich nicht einlassen, er wolle mich nicht empfangen. Da ging ich wieder hinunter, zu einem Telefonautomaten und rief ihn von dort aus an. Er antwortete in schroffem Ton. Schon bei seinen ersten Worten lief es mir kalt über den Rücken. Ich warf den Hörer auf die Gabel zurück und hatte einen bitteren Geschmack im Mund, während seine Worte noch immer in mir nachhallten. «Was ist los, Junge? Kommst schon wieder um ein Almosen betteln?» Erst von diesem Moment an wußte ich, daß sich alle Türen vor mir geschlossen hatten. Es gab tatsächlich niemanden mehr, an den ich mich wenden konnte. Ich hatte mir mein eigenes Bett gemacht.

Nellie war mit dem Baby nach Hause gekommen, und nahezu der ganze Sommer verging, ehe ich etwas fand. Das war erst vor wenigen Wochen gewesen, und ich verdiente nicht einmal genug, um unsern Unterhalt zu bestreiten. Es war zwar Nachtarbeit, aber ich war so verzweifelt gewesen und wollte wenigstens irgend etwas arbeiten, daß ich gierig danach griff. Angestellter bei einem Soda-Automaten mit sechs Dollar in der Woche und den Trinkgeldern. Falls es mir gelingen sollte, es vor den Leuten des Arbeitsamtes geheimzuhalten, konnten wir damit auskommen, denn die paar Extradollar wären uns eine große Hilfe. Mit den zweiundsiebzig Dollar im Monat, die sie als Unterstützung auszahlten, reichte man nicht weit.

Ich säuberte die letzte Pumpe und sah wieder auf die Uhr. Halb drei. Ich zog meine Schürze aus und legte sie unter den Bartisch, wo ich sie morgen abend wiederfinden würde. Wenn ich rasch zur U-Bahn lief, konnte ich um drei Uhr zu Hause sein. Auf die Art könnte ich wenigstens noch einige Stunden schlafen, ehe die Wohlfahrtsbeamtin frühmorgens mit dem Scheck erschien. Gewöhnlich kam sie schon um sieben Uhr zu uns.

2

Während ich beim Tisch saß und der nasalen, monotonen Stimme von Miss Snyder lauschte, vermochte ich die Augen kaum offenzuhalten. Miss Snyder war die Wohlfahrtsbeamtin, die für unsern Fall zuständig war. Sie gehörte zu jenen Leuten, die sich einbilden, in allen Belangen Fachleute zu sein. Eben jetzt gab sie Nellie Anleitungen, wie sie zu den Spaghetti eine Fleischsoße ohne Fleisch zubereiten könne.

«Ich finde das wunderbar, was, Danny?»

Nellies Worte veranlaßten mich, die Augen weit aufzureißen. «Was?» stotterte ich. «Ja, gewiß.»

«Sie haben nicht zugehört, Mr. Fisher», sagte Miss Snyder mit kaltem Tadel.

«O doch, Miss Snyder», beeilte ich mich zu versichern, «ich habe jedes Wort gehört.»

Sie betrachtete mich scharf durch ihre dünne Stahlbrille. «Sie scheinen sehr müde zu sein, Mr. Fisher», sagte sie argwöhnisch, «sind Sie gestern abend erst so spät schlafen gegangen?»

Jetzt war ich hellwach. «Nein, Miss Snyder», ich versuchte ihren Argwohn zu zerstreuen, «ich bin sogar sehr früh zu Bett gegangen, aber ich konnte nicht schlafen, weil ich mir Sorgen machte.»

Sie wandte sich wieder zu Nellie. Ich merkte ihr an, daß ich keinen Eindruck auf sie gemacht hatte. «Und wie geht's dem Baby, Mrs. Fisher?» fragte sie glucksend.

«Wollen Sie sie sehen, Miss Snyder?» Nellie war bereits aufgesprungen. Ich lachte verstohlen. Nellie wußte, wie man sie behandeln mußte. Miss Snyder war eine alte Jungfer und ein Kindernarr. Von jetzt an könnte ich einschlafen und mit dem Kopf auf dem Tisch schnarchen, sie würde nicht einmal bemerken, daß ich vorhanden war.

Ich wartete, bis Miss Snyder wieder gegangen war, dann taumelte ich blindlings ins Bett zurück. Ich nahm mir nicht einmal die Mühe, die Hose auszuziehen, und war sofort eingeschlafen. Ich erwachte mit dem Gefühl, allein in der Wohnung zu sein. Ich drehte den Kopf, um auf die Uhr zu schauen, die auf einem Tischchen neben meinem Bett stand. Es war zwölf Uhr. Ein kleiner weißer Zettel lehnte an der Uhr. Er war von Nellie.

Bin hinuntergegangen, um den Scheck einzulösen, die Rechnungen zu bezahlen und verschiedenes einzukaufen. Habe Vickie mitgenommen, damit Du Dich ausschlafen kannst. Auf dem Herd steht Kaffee. Bin um drei wieder zurück.

Ich ließ den Zettel wieder auf den Nachttisch fallen, wälzte mich aus dem Bett, stand auf und streckte mich. Meine Schulterknochen knackten dankbar. Ich ging ins Badezimmer und betrachtete mich im Spiegel, während ich mein Gesicht mit der Rasierseife einseifte. Ich sah müde und gealtert aus. Die Haut über den Backenknochen schien spröde und trocken zu sein, und in meinen Augenwinkeln befanden sich feine Fältchen. Ich atmete tief ein und begann den Seifenschaum in meine Haut hineinzuarbeiten. Ich fühlte mich immer bedeutend frischer, wenn mein ganzes Gesicht mit dem weißen flockigen Schaum bedeckt war.

Als ich eben mit dem Rasieren fertig geworden war, klapperte der Schlüssel im Schloß. Ich legte den Rasierapparat aus der Hand und eilte zur Tür. Nellie war zurückgekommen, auf dem einen Arm hatte sie Vickie, auf dem andern eine Papiertüte mit Lebensmitteln. Ich nahm ihr das Kind ab und ging mit ihm in die Küche. Nellie folgte uns mit dem Paket.

«Ich habe den Metzger und den Kaufmann bezahlt», berichtete sie, während sie die Tüte auf den Tisch legte. «Wenn wir die Miete, das Gas und das elektrische Licht bezahlt haben werden, bleiben uns noch genau sechs Dollar.»

«Gut», sagte ich. Vickie war merkwürdig still. Gewöhnlich rutschte sie, wenn ich sie auf dem Arm hielt, unruhig hin und her und wollte spielen. «Was ist denn mit Vickie los?»

Nellie sah sie an. «Ich weiß nicht», antwortete sie mit besorgter Miene, «sie war schon den ganzen Vormittag so. Und im Laden unten hat sie zu weinen begonnen. Deshalb bin ich auch so bald nach Hause gekommen.»

Ich hob Vickie mit ausgestreckten Armen hoch über meinen Kopf. «Was ist denn mit meinem kleinen Babylein?» fragte ich, schaukelte sie leicht hin und her und wartete, daß sie, wie gewöhnlich, wenn ich sie hoch in die Luft hielt, glücklich zu krähen beginnt.

Statt dessen begann sie zu weinen. Ihr lautes Jammern erfüllte den Raum. Ich wandte mich bestürzt an Nellie. Wenn das Kind weinte, wußte ich nie, was ich tun soll, und alle meine Finger verwandelten sich urplötzlich in Daumen.

«Ich werde sie ins Bett legen», sagte Nellie praktisch und nahm sie mir ab. «Vielleicht ist sie, wenn sie geschlafen hat, wieder munterer.»

Ich setzte mich an den Tisch und trank meinen Kaffee, während Nellie das Kind schlafen legte. Dann blätterte ich müßig in der Zeitung. Es stand ein Artikel über das Wohlfahrtsamt drin, das bei Leuten nachgeforscht hatte, die ihnen verdächtig schienen, schwarz zu arbeiten. Ich zeigte Nellie den Artikel, als sie in die Küche zurückkam.

Sie sah mich bedenklich an. «Glaubst du, daß Miss Snyder etwas argwöhnt?»

Ich zuckte die Achseln. «Ich weiß nicht, wie das möglich wäre. Ich bin doch immer zu Hause, wenn sie kommt.»

«Vielleicht haben die Nachbarn etwas bemerkt und es ihr gesagt.»

«Ach, das würden sie nicht tun. Sie haben genug eigene Sorgen.»

«Sie hat sich heute früh allerdings sehr merkwürdig benommen. Als ob sie etwas wüßte.»

«Denk nicht mehr dran», sagte ich zuversichtlicher, als ich in Wirklichkeit war, «sie weiß bestimmt nichts.»

Vickie begann jetzt wieder zu weinen. Plötzlich, mitten im Weinen, begann sie zu husten, es war ein heftiger schleimiger Husten. Nellie und ich sahen einander einen Augenblick an, dann drehte sie sich um und lief ins Schlafzimmer. Ich folgte ihr.

Als ich neben ihr stand, hielt Nellie das Kind bereits in den Armen und klopfte ihm leicht auf den Rücken. Der Husten hörte auf. Nellie sah mich mit weitgeöffneten, entsetzten Augen an. «Sie fühlt sich so heiß an, Danny.»

Ich legte meine Handfläche leicht auf Vickies Stirn. Sie fühlte sich heiß und feucht an. «Vielleicht hat sie etwas Fieber.»

«Sie hat schon in der Nacht gehustet», sagte Nellie, «möglicherweise hat sie sich an mir angesteckt.»

Daran hatte ich nicht gedacht. Nellie versuchte seit einer Woche eine Erkältung zu unterdrücken. «Rufen wir einen Arzt», sagte ich.

Das Kind begann wieder zu weinen. Wir blickten einander hilflos an. Nellie sah erst das Baby und dann mich an. «Vielleicht hast du recht», stimmte sie zu. «Die Krankenscheine liegen auf dem Küchenregal. Lauf hinunter und rufe ihn sofort an.»

Der Arzt wandte sich von dem Kind ab und winkte Nellie zu sich. «Lassen Sie sich mal anschauen, während Ihr Gatte das Kind wieder in die Wiege legt», sagte er.

Nellie fragte zögernd: «Ist bei ihr nichts Besonderes?»

Während ich Vickie in die Wiege legte, sah ich, daß der Arzt nickte. «Sie hat eine Erkältung, die sich im Kehlkopf zu konzentrieren scheint. Ich werde ihr etwas aufschreiben.» Er hielt ein flaches Holzstäbchen in der Hand, um ihre Zunge herunterzudrücken. «Machen Sie den Mund auf und sagen Sie ‹Aaa›.»

Nellie öffnete den Mund, und er drückte ihre Zunge mit dem Holzstäbchen herunter. Sie würgte und begann zu husten. Er zog das Holzstäbchen rasch wieder zurück und wartete, bis sich ihr Hustenanfall gelegt hatte. Dann griff er in seine Tasche und nahm ein Thermometer heraus.

«Nun?» fragte sie.

Er lächelte. «Machen Sie sich keine Sorgen, Mrs. Fisher», sagte er, «erst wollen wir mal feststellen, ob Sie Fieber haben.» Er schob ihr das Thermometer in den Mund, nahm dann einen kleinen Rezeptblock aus der Tasche und begann zu schreiben.

Als ich eben damit fertig war, Vickie zuzudecken, fragte er mich: «Haben Sie Ihre Zuweisungsnummer?»

«Sie ist in der Küche, Herr Doktor», sagte ich rasch, «ich werde sie sofort holen.»

Als ich wieder zurückkehrte, studierte er das Thermometer, das er Nellie aus dem Mund genommen hatte. «Sie haben auch etwas Fieber, Mrs. Fisher», sagte er, «haben Sie das gewußt?»

Nellie schüttelte den Kopf.

«Es wird gut sein, wenn Sie sich sofort ins Bett legen und einige Tage liegenbleiben», sagte er.

«Aber Herr Doktor», protestierte sie, «sie haben uns noch nicht gesagt, was mit Vickie ist!»

Er sah sie ungeduldig an. «Dasselbe wie mit Ihnen. Sie sind ebenso wie Ihr Kind erkältet und haben eine Halsentzündung. Ich gebe Ihnen hier zwei Rezepte, eines für Sie, das andere für das Kind. Wenn Sie die Vorschrift genau beachten, werden Sie und Ihr Kind sehr bald wieder okay sein.»

«Glauben Sie, daß sie sich an mir angesteckt hat?» fragte Nellie bekümmert.

Der Arzt hatte wieder zu schreiben begonnen. «Ich weiß nicht, wer sich an wem angesteckt hat. Lassen Sie die Rezepte sofort machen und halten Sie sich warm. Ich komme morgen wieder vorbei, um nach Ihnen zu sehen.» Er hielt ihr zwei Rezepte hin, dann wandte er sich zu mir um. «Haben Sie die Nummer?»

Schweigend überreichte ich ihm die kleine weiße Karte, die mir die Leute vom Wohlfahrtsamt ausgestellt hatten. Es war die Genehmigung, auf Staatskosten einen Arzt zu rufen.

Der Arzt kratzte eilig etwas in sein Notizbuch, und ich merkte ihm deutlich an, daß wir die Zeit bereits überschritten hatten, die er uns für die zwei Dollar zugestand, welche er vom Wohlfahrtsamt für die Visite erhielt. Er beendete sein Gekritzel und übergab mir die Karte und einen Papierbogen. «Geben Sie das der Beamtin, wenn Sie sie wieder sehen», sagte er kurz und griff nach seiner Tasche.

Ich betrachtete das Blatt in meiner Hand. Es war ein Formular des Wohlfahrtsamtes, das mich berechtigte, ärztliche Hilfe in Anspruch zu nehmen. «Ja, Herr Doktor», sagte ich.

Er stand bereits bei der Tür. «Befolgen Sie genau, was ich gesagt habe», rief er noch in warnendem Ton über die Schulter, ehe er hinaustrat. «Bleiben Sie im Bett und nehmen Sie die Medizin so, wie es auf der Flasche steht. Ich komme morgen wieder nachsehen.»

Die Tür schloß sich hinter ihm, und Nellie blickte mich an. Ich starrte ihr eine Sekunde in die Augen, und eine blinde Wut stieg mir bis in die Kehle. Ich zerknitterte den Papierbogen wütend in meiner Hand. «Dieser verfluchte Schweinehund!» schrie ich gereizt. «Möchte sich einfach noch 'nen Dollar dazuverdienen, das ist alles! Weil du von der Unterstützung lebst, ist er zu beschäftigt, um dir eine ordentliche Auskunft zu geben! Ich wette, er traut sich nicht, seine andern Patienten so zu behandeln!»

Nellie begann wieder zu husten. «Na ja», gelang es ihr zu sagen, «dagegen können wir eben nichts tun. Aber er kommt wenigstens, wenn man ihn ruft. Viele nehmen sich nicht einmal die Mühe zu kommen, wenn sie erfahren, wer die Rechnung bezahlt.»

Ich war noch immer wütend. «Er hat sich nicht so zu benehmen, als wären wir der letzte Dreck!»

Nellie trat ans Bett und legte sich nieder. «Jetzt solltest du doch schon wissen, wie die Leute sind, Danny», sagte sie müde.

Ich schämte mich wegen meines Wutausbruchs, als ich ihre geduldige Miene sah. Sie hatte recht. Wenn ich bisher nicht gelernt hatte, wie das Leben ist, werde ich es nie lernen. Ich eilte zu ihr und ergriff ihre Hand. «Gib mir die Rezepte», sagte ich, «ich werde in die Apotheke laufen und sie sofort machen lassen. Ich glaube, es ist am besten, wenn ich heute nacht zu Hause bleibe.»

Sie schüttelte den Kopf. «Nein, Danny», sagte sie, «laß bloß die Rezepte machen und geh nachher an deine Arbeit. Wir brauchen das Geld.»

«Aber der Arzt hat doch gesagt, du sollst im Bett bleiben», wendete ich ein.

Sie lächelte schwach. «Ach, das sagen sie immer, aber wer hat je gehört, daß jemand wegen einer lausigen kleinen Erkältung im Bett bleibt? Geh nur schön an deine Arbeit, und wenn du wieder nach Hause kommst, sind wir beide wieder ganz gesund.»

3

Ich lief die Treppe hinauf und blieb vor der Tür stehen. Während ich den Schlüssel ins Schloß schob, hörte ich Nellie husten. Dann bemerkte ich unter der Schlafzimmertür einen Lichtschimmer. Ich schloß hastig die Tür und eilte ins Schlafzimmer. «Nellie, bist du wach?» rief ich.

Ich blieb unter der Tür stehen. Nellie richtete sich soeben von der Wiege auf. «Danny!» rief sie.

Ich eilte mit langen Schritten durchs Zimmer. «Was ist los?»

Sie klammerte sich an meine Jacke. «Du mußt sofort etwas tun!» Sie hustete und versuchte gleichzeitig zu sprechen. «Vickie glüht vor Fieber!»

Ich sah in die Wiege und legte die Hand auf die Stirn des Kindes. Sie war glühend heiß. Ich sah Nellie an.

«Sie hat über vierzig Grad Fieber!» Ihre Stimme zitterte.

Ich starrte Nellie entsetzt in die Augen. Sie glichen fieberverseuchten schwarzen Teichen. Ich versuchte ruhig zu sprechen. «Beunruhige dich nicht», sagte ich rasch, «Kleinkinder haben oft so hohes Fieber. Aber du selbst siehst aus, als hättest du hohes Fieber.»

«Mach dir meinethalben keine Sorgen», sagte sie in fast hysterischem Ton, «aber für Vickie muß sofort etwas geschehen!»

Ich packte sie unsanft bei den Schultern. «Nellie!» schrie ich ihr beinahe in die Ohren. «Jetzt reg dich nur nicht auf! Ich laufe sofort zum Telefon hinunter und rufe den Arzt. In einer Minute bin ich wieder zurück.»

Sie weinte jetzt und die Tränen liefen ihr übers Gesicht. «Ja, Danny, ja.» Sie drehte sich um und strich glättend über Vickies Decken. «Eil dich, Danny, sie glüht wie Feuer!»

Die Wahlscheibe des Telefons verursachte, als ich sie drehte, in dem nächtlich stillen Hausflur ein lautes, ratschendes Geräusch. Ich hörte ein Knacken, dann begann das Telefon am andern Ende des Drahtes zu klingeln. Es läutete einige Sekunden, ehe der Hörer abgehoben wurde. Eine verschlafene Männerstimme meldete sich: «Ja?»

«Ist dort Dr. Addams?» fragte ich.

«Hier spricht Dr. Addams», erwiderte die Stimme.

«Herr Doktor, hier spricht Danny Fisher», sagte ich hastig, «Sie waren heute bei uns, um mein Kind anzusehen.»

Seine Stimme klang leicht gereizt. «Ja, Mr. Fisher, ich weiß.»

«Ich glaube, Herr Doktor, es wäre am besten, wenn Sie gleich herüberkämen. Das Kind hat über vierzig Grad Fieber und ist glühend heiß.»

Er antwortete bedächtig. «Schläft sie?»

«Ja, Herr Doktor», antwortete ich, «aber ihr Aussehen gefällt mir nicht; sie ist krebsrot und schwitzt entsetzlich. Meine Frau auch. Sie muß gleichfalls hohes Fieber haben.»

Einen Moment schien der Arzt unschlüssig zu sein, ehe er fragte: «Haben sie die Medikamente nach Vorschrift eingenommen?»

«Ja, Herr Doktor.»

«Dann machen Sie sich weiter keine Sorgen, Mr. Fisher.» Die Stimme des Arztes klang völlig unpersönlich und berufsmäßig beruhigend, was mich jedoch nicht zu überzeugen vermochte. «Wenn sich's um eine schwere Erkältung handelt, ist es ganz normal, daß das Fieber im Laufe der Nacht erheblich steigt. Geben Sie den beiden Kranken ein warmes Getränk und decken Sie sie gut zu. Morgen wird's ihnen bestimmt besser gehen, und dann komme ich wieder vorbei.»

«Aber Herr Doktor ...» protestierte ich.

«Tun Sie das, was ich gesagt habe, Mr. Fisher.» Die Stimme des Arztes klang endgültig und wurde von einem Knacken im Hörer abgeschnitten.

Ich starrte den stromlosen Hörer in meiner Hand an und plötzlich wurde mir klar, daß er abgehängt hatte.

Wütend schmetterte ich den Hörer auf den Haken.

Nellie starrte mir mit weitgeöffneten Augen entgegen, als ich in die Wohnung zurückkehrte. «Kommt er?» fragte sie begierig.

«Nein», sagte ich so leicht, als ich's zuwege brachte. Ich wollte nicht, daß sie sich noch mehr aufregte. «Er sagt, das hat nichts zu bedeuten, das ist immer so. Er sagt, ich soll euch beiden was Warmes zu trinken geben und nachher gut zudecken.»

«Danny, glaubst du, daß das genügt?» Ihre Stimme klang nervös.

Ich lächelte mit einer Zuversicht, die ich nicht fühlte. «Natürlich! 's ist okay. Er ist doch Arzt, nicht wahr? Er muß doch wissen, was er sagt.» Ich führte sie behutsam zum Bett. «Jetzt leg dich ruhig hin, und ich werde dir einen heißen Tee bringen. Du fühlst dich eben selbst nicht wohl, und da sieht alles immer viel schlimmer aus, als es tatsächlich ist.»

Widerstrebend legte sie sich ins Bett. «Mach aber zuerst die Flasche für Vickie zurecht», sagte sie.

«Natürlich, Nellie, natürlich», sagte ich. «Aber jetzt deck dich zu und halte dich warm.»

Ich trug die Teetasse vorsichtig ins Schlafzimmer und setzte mich zu Nellie an den Bettrand. «Komm jetzt», sagte ich leise, «und trink das. Du wirst dich gleich besser fühlen.»

Sie nahm die Tasse aus meiner ausgestreckten Hand und hob sie langsam an die Lippen. Ich glaubte zu bemerken, wie wohl ihr die Wärme tat. «Er ist gut», sagte sie.

Ich lächelte. «Selbstverständlich ist er gut! Weißt du denn nicht, wer ihn zubereitet hat? Danny vom Waldorf Astoria!»

Sie lächelte matt, während sie die Tasse neuerlich an die Lippen setzte. «Schau nach, wie es Vickie geht», sagte sie.

Ich beugte mich über die Wiege. Das Kind schlief ruhig. «Sie schläft wie eine verzauberte Prinzessin», sagte ich.

Nellie trank die Tasse leer und reichte sie mir zurück. Sie legte sich wieder in die Kissen, und ihr schwarzes Haar breitete sich rings um sie aus.

«Baby», sagte ich in verwundertem Ton, «ich hab beinahe vergessen, wie schön du bist.»

Sie lächelte schläfrig. Ich bemerkte, daß sie schrecklich müde war. «Die Nachtarbeit scheint deiner Sehkraft ungemein zuträglich zu sein, Danny», sagte sie in dem Versuch zu scherzen. «Du siehst jetzt sogar besser.»

Ich knipste das Licht aus. «Schlaf jetzt, Baby», sagte ich, beugte mich über das Bett und küßte sie auf die Schläfe. «Jetzt wird alles wieder gut.»

Ich kehrte in die Küche zurück und spülte die Tasse aus. Dann setzte ich mich an den Tisch und war eben dabei, meine Zigarette anzuzünden, als ich Vickie wimmern hörte.

Ich warf die Zigarette ins Spülbecken und eilte ins Schlafzimmer. Vickie hustete – es war ein tief in der Brust sitzender, rasselnder Husten. Ich hob sie rasch samt ihrer Decke aus der Wiege und klopfte ihr leicht auf den kleinen Rücken, bis der Husten aufhörte.

Nellie schlief den Schlaf äußerster Erschöpfung. Ich war froh, daß Vickie sie nicht aufgeweckt hatte. Ich berührte das Gesicht des Kindes mit den Fingerspitzen. Es war noch immer heiß und fiebrig. Vickies Köpfchen sank auf meine Schulter, sie war wieder eingeschlafen. Ich legte sie behutsam in die Wiege zurück und deckte sie sorgfältig zu. «Papa kommt in einer Minute wieder», flüsterte ich.

Ich stürzte in die Küche zurück und ließ Wasser über die glimmende Zigarette im Becken laufen. Dann knipste ich das Licht aus und kehrte im Dunkeln in das Schlafzimmer zurück. Ich stellte einen Sessel neben die Wiege und setzte mich. Dann griff ich über den Rand der Wiege und suchte Vickies Fingerchen. Instinktiv schloß sich ihre winzige Hand um meinen Zeigefinger. Ich saß sehr still und wagte mich nicht zu bewegen, weil ich Angst hatte, sie aufzuwecken.

Draußen vor dem Fenster war heller Mondschein, und die Nacht selbst schien so fremdartig, als wäre sie von einer andern Welt. Ich fühlte, wie sich Vickie in der Wiege bewegte, und sah zu ihr hinunter. Sie hatte sich auf die Seite gelegt. In der schwachen Beleuchtung konnte ich sehen, daß sie sich auf meine Hand gelegt und zu einem kleinen Bällchen zusammengerollt hatte. Meine Tochter, dachte ich voll Stolz. Es hatte erst dieser Angst um sie bedurft, um mich erkennen zu lassen, wie teuer sie mir war. Es waren so viele Einzelheiten, die ich als selbstverständlich hingenommen hatte ... die Art, wie sie schluckste, nachdem sie gefüttert worden war, die Art, wie mir ihre blauen Augen folgten, wenn ich ins Zimmer trat, und die herzigen kleinen Fältchen an ihren Fußsohlen.

«Ich will dich dafür entschädigen, Vickiebaby, daß du jetzt so leben mußt», versprach ich ihr. Ich erschrak vor meinem heiseren Flüstern und sah nervös zu unserm Bett hinüber.

Doch Nellie schlief ruhig weiter. Ich wandte mich wieder zur Wiege, diesmal war ich aber sorgsam darauf bedacht, daß meinen Lippen kein Laut entschlüpfte. «Du mußt bald wieder gesund werden, Vickie, mein Kleines», flüsterte ich, «du mußt gesund und stark werden für deinen Daddy. Dort draußen liegt eine ganze Welt, und er will, daß du all das mit ihm teilst. Die Sonne und den Mond und die Sterne und viele, viele andere wunderbare Dinge, die deine Augen sehen, deine Ohren hören und dein kleines Näschen riechen müssen. Du mußt groß und stark werden, damit wir gemeinsam durch die Straßen wandern, damit wir einander an der Hand halten können, um zu fühlen, wie das Blut in unsern Herzen pocht. Ich will dir viele, viele Dinge kaufen, Vickie ... Puppen und Spielzeug und Kleider, alles, was du dir wünschst, will ich dir schenken. Ich will schwer arbeiten, vierundzwanzig Stunden am Tag, nur um dich glücklich zu sehen. Du bist mein Baby, und ich hab dich lieb.»

Ich bemerkte, daß sie sich wieder bewegte und sah in die Wiege. Was war ich die ganze Zeit für ein Narr gewesen, nicht zu erkennen, wie reich sie mich gemacht hatte! Ich sah zur Decke hinauf.

«Bitte, lieber Gott», betete ich zum erstenmal, seit ich selbst ein Kind gewesen bin, «bitte, lieber Gott, mach sie wieder gesund.»

Die nächtliche Stille wurde durch Nellie unterbrochen, die im Schlaf hustete. Ich hörte, wie sie sich ruhelos im Bett herumwälzte. Da stand ich auf und sah nach ihr. Die Decken waren heruntergefallen. Ich hüllte sie wieder sorgsam ein, dann kehrte ich zu meinem Sessel zurück.

Die Nacht schien sich endlos hinzudehnen, und nach und nach begann ich zu dösen, während meine Hand noch weiter über den Rand der Wiege hing. Einige Male versuchte ich die Augen gewaltsam offenzuhalten, aber sie widerstanden allen Bemühungen. Ich war zu schläfrig, zu müde.

Wie aus weiter Ferne drang schwaches Husten an mein Ohr, und das grauweiße Licht der Morgendämmerung sickerte durch meine Augenlider. Plötzlich riß ich die Augen auf und starrte in die Wiege.

Vickie begann krampfhaft zu husten. Entsetzt hob ich sie aus der Wiege und klopfte ihr auf den Rücken. Wie es schien, war es ihr unmöglich, mit dem Husten aufzuhören. Sie hielt die Augen krampfhaft zusammengepreßt, und ich sah in dem grauen Morgenlicht, wie sich winzige Schweißtropfen auf ihrer Stirn sammelten. Plötzlich lag sie ganz steif in meinen Armen, ihr kleiner Körper wurde starr und ihr Gesicht nahm eine krankhaft bläuliche Farbe an.

Verzweifelt versuchte ich ihr winziges Mündchen mit meinen Lippen zu öffnen. Mit aller Kraft blies ich meinen Atem in ihre Lunge und bewegte gleichzeitig ihre Seiten mit leichtem Druck. Und wieder hauchte ich ihr meinen Atem ein, während mir Angst und das Wissen um das, was sich hier Furchtbares ereignete, das Herz zusammenschnürte.

Wieder und immer wieder versuchte ich ihr meinen Atem einzuflößen, mit meinem Leben das ihre zu retten, selbst lange nachdem ich bereits wußte, daß ich nie wieder etwas für sie würde tun können.

Ich stand reglos im Zimmer, hielt ihren stillgewordenen Körper an die Brust gedrückt und fühlte, wie sie in der Morgenfrische langsam erkaltete. Sie war meine Tochter gewesen. Und jetzt bemerkte ich, wie mir die salzige Flüssigkeit in die Augen trat.

Vom Bett her kam Nellies entsetzte Stimme: «Danny!!»

Langsam wandte ich mich zu ihr. Ich starrte sie lange an, tausend Dinge wurden gesagt, doch nie ausgesprochen. Sie wußte alles. Sie hatte es die ganze Zeit über gewußt. Davor hatte sie Angst gehabt. Sie streckte ihre Arme nach Vickie aus.

Langsam trat ich an ihr Bett und hielt ihr das Kind entgegen.

4

Die hölzernen Stufen knarrten unter unsern Füßen, als wir die Treppe langsam und schwerfällig emporstiegen. Es war ein wohlvertrautes Geräusch, an das sich unsre Ohren seit langer Zeit gewöhnt hatten, aber jetzt klang es für uns nicht mehr freudig. Etwas mehr als drei Jahre waren vergangen, seit wir diese Treppe zum erstenmal erklommen hatten.

Damals waren wir glücklich gewesen. Wir waren jung, und unser Leben lag strahlend vor uns. Wir lachten und waren erregt. Irgendwo in meinem Gedächtnis schlummerte die Erinnerung daran, wie ich Nellie über die Türschwelle getragen hatte. Doch wenn ich daran dachte, war diese Erinnerung nur noch undeutlich und trübe. Es war vor so langer Zeit geschehen – und jetzt waren wir nicht mehr jung.

Ich sah Nellies Rücken, steif und gerade aufgerichtet, während sie die Treppe, eine Stufe vor mir, hinanstieg. Sie hatte sich tapfer gehalten, sie war stark gewesen, wie sie immer stark gewesen war. Es hatte in ihrem Schmerz keine Tränen, keinen Aufschrei des Protestes gegeben. Nur die stumme Qual in ihren dunklen Augen, der schmerzlich verzerrte Mund verrieten mir ihre Gefühle.

Sie blieb auf dem Treppenabsatz stehen und taumelte ein wenig, als sie sich unsrer Tür zuwandte. Ich streckte ihr sofort die Hand entgegen aus Angst, daß sie fallen könnte. Sie faßte meine Hand und hielt sie fest.

Wir sprachen kein Wort, während wir Hand in Hand auf unsre Tür zuschritten und zögernd davor stehenblieben. Mit meiner freien Hand griff ich in die Tasche, um die Schlüssel herauszuholen. Sie waren nicht da. Ich mußte Nellies Hand loslassen, um in den Taschen der andern Seite zu suchen. Als ich den Schlüssel schließlich in der Hand hielt, schob ich ihn noch immer nicht ins Schloß, ich konnte mich nicht entschließen, die Tür zu öffnen. Nellie blickte mich nicht an, ihr Blick war starr zu Boden gerichtet.

Schließlich schob ich den Schlüssel ins Schloß, aber die Tür öffnete sich sogleich bei meiner Berührung. Ich sah mich verwundert nach Nellie um. «Ich glaube, ich habe vergessen abzuschließen», sagte ich.

Ihre Augen waren noch immer starr auf den Boden geheftet. Sie sprach so leise, daß ich ihre Antwort kaum zu verstehen vermochte. «Das ist doch gleichgültig», sagte sie, «wir haben ja nichts mehr zu verlieren.»

Ich führte sie behutsam durch die Tür und schloß sie hinter uns. Wir standen verlegen in dem winzigen Vorraum. Wir hatten Angst, einander anzusehen, ja sogar miteinander zu sprechen. Wir fanden keine Worte mehr.

Schließlich brach ich das Schweigen. «Gib mir deinen Mantel, Liebling», sagte ich, «ich werde ihn aufhängen.»

Sie schlüpfte aus ihrem Mantel, den sie mir stumm überließ. Ich hängte ihn in den Schrank und meinen Mantel daneben. Als ich mich wieder umdrehte, stand sie noch immer starr und unbeweglich da.

Ich nahm wieder ihren Arm. «Komm, wir wollen hineingehen, du mußt dich niedersetzen, und ich mache dir rasch eine Tasse starken Kaffee.»

Sie schüttelte abwehrend den Kopf. Ihre Stimme war stumpf und unsäglich müde. «Ich möchte nichts.»

«Dann setz dich wenigstens», drängte ich.

Sie ließ sich widerstandslos ins Wohnzimmer führen und auf die Couch setzen. Ich setzte mich neben sie und zündete mir eine Zigarette an. Sie sah starr vor sich hin, ihre Augen waren völlig ausdruckslos, sie nahmen nichts wahr, obwohl es den Anschein erweckte, als sähe sie aus dem Fenster. Im Zimmer war es unheimlich still, eine dichte, tiefe, ungewohnte Stille. Ich bemerkte, daß ich darauf horchte, daß ich auf die vertrauten Laute meiner Tochter in unsrer Wohnung horchte, auf diese kleinen, unbedeutenden Laute, die manchmal so störend sein konnten.

Ich schloß einen Moment die Augen. Nach den endlos langen Stunden dieses Tages begannen sie zu brennen und zu schmerzen. Das ist ein Tag, den du vergessen mußt, den du in einer geheimen Ecke deines Bewußtseins verbergen und vergraben mußt, damit du dich der Qual dieses schmerzlichen Verlustes, der dich getroffen, nicht mehr erinnerst. Vergiß die ernsten, feierlichen Töne der Messe, den winzigen weißen Sarg, der in dem weichen gelblichen Licht der Altarkerzen schimmerte. Vergiß den metallischen Klang der Schaufel, die sich in die Tiefe grub, den Schauer von feuchter Erde und kleinen Steinen, der auf die kleine hölzerne Kiste niederprasselte. Vergiß, vergiß, vergiß.

Aber wie kannst du all das jemals vergessen? Wie kannst du die Güte der Nachbarn vergessen, ihr Mitgefühl, ihre Hilfsbereitschaft? Du hast an ihre Türen gepocht und in ihren Küchen geweint. Du hattest kein Geld, und dein Kind hätte in einem Bettlergrab liegen müssen, wären sie nicht gewesen. Fünf Dollar hier, zwei Dollar dort, zehn Dollar, sechs Dollar – alles in allem siebzig Dollar. Um den Sarg zu bezahlen, die Messe, das Grab, den Ruheplatz für ein Stück von dir, das nicht mehr war. Siebzig Dollar ihrer eigenen Armut abgerungen, um die Bitternis deines Schicksals ein wenig zu mildern.

Du willst vergessen, aber einen Tag wie diesen kannst du nie vergessen. Eines Tages wird er tief in deinem Innern vergraben ruhen, aber nie vergessen werden. Ebenso wie sie niemals vergessen werden wird.

Es ist seltsam, aber sogar vor dir selbst widerstrebt es dir, ihren Namen auszusprechen – statt dessen sagst du «sie». Ich schüttelte den Kopf, um ihn klar zu bekommen. In meinen Ohren lag es wie ein dumpf schmerzender Nebel. «Sprich ihren Namen aus!» befahl ich mir verzweifelt. «Sprich ihn aus!»

Ich holte tief Atem, meine Lunge schien bersten zu wollen. «Vickie!» Der Name dröhnte, wenn auch unhörbar, in meinen Ohren. Und es war ein triumphierender Ton. «Vickie!» Und wieder brannte sich ihr Name in mein Denken. Es ist ein sieghafter, ein glorreicher Name ... für einen Lebenden.

Doch jetzt ist er's nicht mehr. Verzweiflung überwältigte mich. Von jetzt an ist er nichts mehr. Nur das «sie» wird bleiben, das wußte ich irgendwie.

Ich zog noch einmal an meiner Zigarette, dann drückte ich sie aus. «Glaubst du nicht, daß es am besten wäre, wenn du dich ein bißchen hinlegen würdest?» fragte ich. Langsam wandte Nellie mir ihr Gesicht zu. «Ich bin nicht müde», erwiderte sie.

Ich nahm ihre Hand. Sie war eiskalt. «Es ist doch besser, wenn du dich niederlegst», sagte ich eindringlich.

Sie sah rasch zur Schlafzimmertür, dann wieder zu mir zurück. Es war ein Blick unendlicher Verlassenheit. «Danny, ich kann nicht dort hineingehen, ihre Wiege, ihr Spielzeug ...» Ihre Stimme brach.

Ich wußte genau, was in ihr vorging, und auch meine Stimme zitterte, als ich wieder zu sprechen vermochte. «Jetzt ist alles vorbei, Baby», flüsterte ich, «du mußt weiterleben, du mußt dich aufraffen.»

Sie klammerte sich wild verzweifelt an meine Hand. Ein hysterischer Ausbruch flammte in ihren Augen. «Wozu, Danny, wozu?» schrie sie.

Ich mußte ihr antworten, obwohl ich nicht wußte, was ich sagen sollte. «Weil du mußt», erwiderte ich lahm, «weil sie es gewollt hätte.»

Ihre Nägel gruben sich in meine Handflächen. «Sie war ein Baby, Danny, mein Baby!» Ihre Stimme brach plötzlich, und zum erstenmal, seitdem es geschehen war, kamen die erlösenden Tränen. «Sie war mein Kind und wollte doch nur eines: leben! Und ich, ich habe ihr dieses furchtbare Schicksal bereitet, ich habe sie jämmerlich im Stich gelassen!» Sie bedeckte ihr Gesicht mit beiden Händen und weinte bitterlich.

Ich legte meine Arme unbeholfen um ihre Schultern und zog sie an mich. Ich versuchte, soviel Tröstliches in meine Stimme zu legen, als ich vermochte. «Es war nicht deine Schuld, Nellie. Niemand war schuld daran. Es war Gottes Wille.»

Ihre Augen waren vor Schmerz tiefschwarz und schimmerten nur matt in ihrem blassen Gesicht. Langsam schüttelte sie den Kopf. «Nein, Danny», sagte sie in hoffnungslosem Ton, «es war meine Schuld ... meine Schuld von allem Anfang an. Ich habe eine Sünde begangen, und durch mich hatte auch sie Anteil daran. Sie mußte für meine Sünde bezahlen, nicht ich! Ich hätte es besser wissen müssen! Wie durfte ich annehmen, ich verstünde es besser als Gott!»

Als sie jetzt zu mir aufsah, flammten ihre Augen in einem Fanatismus, den ich bisher nie bemerkt hatte. «Ich habe gesündigt und in Sünde gelebt», fuhr sie düster fort, «ich habe nie versucht, Gottes Segen für meine Ehe zu erbitten. Ich war bereit, mich mit den Worten der Menschen zu begnügen. Wie konnte, wie durfte ich Seinen Segen für mein Kind erwarten? Pater Brennan hat es mir von allem Anfang an gesagt.»

«Pater Brennan hat nichts Derartiges gesagt!» rief ich verzweifelt. «Er hat heute in der Kirche gesagt, daß Gott sie liebevoll aufnehmen wird.» Ich hielt ihr Gesicht mit beiden Händen umfaßt. «Wir haben uns geliebt und lieben einander noch immer. Das ist alles, was Gott von uns verlangt.»

Sie blickte mich an, ihre Augen waren tieftraurig, und ihre Hand berührte mich flüchtig. «Armer Danny», flüsterte sie leise, «du kannst es einfach nicht verstehen.»

Ich starrte sie an. Sie hatte recht – ich verstand sie nicht. Liebe ist etwas, das zwischen Menschen entsteht, und wenn sie echt ist, ist sie auch gesegnet. «Ich liebe dich», sagte ich.

Sie lächelte unter Tränen, erhob sich und sah mitleidig auf mich herab. «Armer Danny», wiederholte sie, «du glaubst, daß deine Liebe alles ist, wessen du bedarfst, und kannst nicht verstehen, daß es für Ihn nicht genug ist.»

Ich küßte ihre Hand. «Für uns war es immer genug.»

In ihre Augen trat ein abwesender Blick. «Das war eben falsch, Danny», sagte sie mit einer Stimme, die wie aus weiter Ferne kam, «auch ich glaubte, daß es für uns genügt, aber jetzt weiß ich, wie sehr ich gesündigt habe.» Ich fühlte noch, wie sie mir mit der Hand leicht über das Haar strich. «Wir müssen aber auch mit Gott leben, nicht bloß miteinander.»

Damit verschwand sie im Schlafzimmer und schloß die Tür hinter sich. Ich hörte noch das Krachen des Bettes, als sie sich niederlegte, dann herrschte tiefe Stille. Ich zündete mir eine frische Zigarette an und blickte aus dem Fenster. Es hatte zu regnen begonnen. Es war ein Tag, den man vergessen muß. Die Totenstille begann mir bis ins innerste Mark zu kriechen.

5

Eine eigenartige Unempfindlichkeit hatte sich meines Körpers bemächtigt, durch die sich ein seltsamer, halb wacher, halb schlafender Zustand einstellte. Es war beinahe so, als wäre mein Körper eingeschlafen, während mein Denken wach geblieben war. Ich hatte jeglichen Zeitbegriff verloren, nur meine Gedanken waren frisch und lebendig. Halbgeformte, ganz undeutliche Erinnerungsreste gingen mir durch den Kopf, während mein Körper kalt und unberührt von dem Schmerz blieb, den sie mit sich brachten.

Deshalb hörte ich wohl auch die Türglocke beim erstenmal nicht, das heißt, ich hörte wohl den Ton, vermochte ihn aber nicht richtig einzuordnen. Beim zweitenmal war er bedeutend eindringlicher, fordernder. Stumpfsinnig überlegte ich, wer an der Türglocke läuten mochte.

Es läutete wieder, diesmal drang das Geräusch über meine Bewußtseinsschwelle. Ich sprang von meinem Sessel auf. Ich erinnere mich, während ich zur Tür schritt, einen Blick auf die Uhr geworfen zu haben, und an meine Überraschung, daß es erst drei Uhr war. Mir schien es, als sei seit diesem Morgen ein ganzes Jahr verstrichen.

Ich öffnete die Tür. Ein fremder Mann stand vor mir. «Was wünschen Sie?» fragte ich. Ein verdammt falscher Zeitpunkt, um von einem Hausierer belästigt zu werden.

Der Fremde zog eine Brieftasche aus seinem Rock und hielt sie mir geöffnet hin, und zwar so, daß ich das rote Dienstabzeichen sehen konnte, das angeklebt war: «N. Y. C. Wohlfahrtsamt, Erhebungsbeamter.»

«Mr. Fisher?» fragte er.

Ich nickte.

«Ich heiße Jim Morgan und bin vom Wohlfahrtsamt», sagte er ruhig, «kann ich Sie einen Augenblick sprechen? Ich habe Ihnen einige Fragen zu stellen.»

Ich starrte ihn an. Für mich war das nicht der geeignete Zeitpunkt, um Fragen zu beantworten. «Könnten Sie das nicht an einem andern Tag besorgen, Mr. Morgan?» fragte ich.

Er schüttelte den Kopf. «Nein, ich muß Sie jetzt fragen», erwiderte er, und in seine Stimme trat ein widerlicher Ton. «Miss Snyder hat über Ihren Fall verschiedene Informationen erhalten, die überprüft werden müssen. Es ist zu Ihrem eigenen Besten, wenn Sie meine Fragen beantworten.»

Ich sah ihn argwöhnisch an. «Wo ist sie denn?» fragte ich.

Jetzt war der feindselige Ton unverkennbar. «Das geht Sie nichts an, Mr. Fisher», schnauzte er mich an, «ich wünsche nichts anderes, als daß Sie mir einige Fragen beantworten.»

Ich begann gegen den Kerl eine tiefe Abneigung zu empfinden. Wegen des Dienstabzeichens des Wohlfahrtsamtes ist er noch lange nicht der liebe Gott. Ich pflanzte meine Füße fest und entschlossen auf die Türschwelle. Ich werde ihn nicht eintreten lassen. «Okay», sagte ich kalt, «ich werde Ihre Fragen beantworten.»

Er sah sich einen Moment verlegen um. Nachdem er aber offenbar einsah, daß ich ihn nicht in die Wohnung ließ, zog er ein kleines Notizbuch hervor und öffnete es. Er blickte kurz hinein, dann sah er mich an. «Sie haben heute Ihre Tochter begraben?»

Ich nickte stumm. Die Worte, so kalt und unpersönlich ausgesprochen, schmerzten mich unsagbar. Sie klangen wie eine Profanierung.

Er kritzelte etwas in sein Notizbuch. Diese Erhebungsbeamten sind doch alle gleich. Man gebe ihnen ein Notizbuch, und sie beginnen ganz mechanisch darin herumzukratzen. Würde man ihnen diese kleinen Büchlein wegnehmen, dann wären sie wohl kaum mehr imstande, zu sprechen. «Die Beerdigungskosten inklusive Sarg haben vierzig Dollar ausgemacht, die Friedhofsgebühren zwanzig Dollar, das sind insgesamt also sechzig Dollar für das Begräbnis. Stimmt das?»

«Nein», antwortete ich voll Bitterkeit, «Sie haben was vergessen.»

Er sah mich scharf an. «Was?»

«Wir haben der Ascension-Kirche zehn Dollar für eine Sondermesse gegeben», sagte ich kalt, «das Ganze kam daher auf siebzig Dollar.»

Sein Bleistift kratzte wieder im Notizbuch herum. «Woher haben Sie das Geld gehabt, Mr. Fisher?»

«Das geht Sie einen verdammten Dreck an!» schrie ich hemmungslos.

Ein schwaches Lächeln erschien auf seinen Lippen. «Es geht mich allerdings etwas an, Mr. Fisher», erwiderte er mit scheinheiliger Freundlichkeit, «sehen Sie, Sie leben von der Unterstützung, das heißt, Sie gelten als völlig mittellos. Das heißt also weiter, weil Sie kein Geld haben, helfen wir Ihnen. Aber auf einmal sind Sie im Besitz von siebzig Dollar. Daher sind wir berechtigt zu erfahren, woher Sie sie haben.»

Ich blickte zu Boden. So also machen's diese Leute. Entweder du beantwortest ihre Fragen, oder sie stellen die Unterstützung ein. Dennoch brachte ich's nicht über mich, ihm zu sagen, woher ich das Geld bekommen hatte. Es war etwas zu Persönliches zwischen Vickie und uns. Niemand anderer durfte erfahren, woher wir das Geld hatten, um unser einziges Kind zu begraben. Ich antwortete nicht.

«Vielleicht haben Sie das Geld mit Nachtarbeit, die Sie uns nicht gemeldet haben, verdient?» sagte er in triumphierendem Ton. «Sie haben uns doch nichts verschwiegen, wie, Mr. Fisher?»

Jetzt sah ich auf und blickte ihm ins Gesicht. Wie konnten sie das herausbekommen haben? «Was hat das damit zu tun?» fragte ich rasch.

Er sah mich lächelnd an und schien ungeheuer stolz auf sich zu sein. «Wir haben eben unsre Mittel und Wege, diese Dinge ausfindig zu machen», sagte er in geheimnisvollem Ton, «es macht sich nicht bezahlt, uns zu hintergehen. Wissen Sie, Mr. Fisher, daß man Sie dafür einsperren kann? Es ist nämlich ein Betrug an der Stadt New York.»

Jetzt riß mir die Geduld. Für einen Tag hatte ich bereits genug Jammer erlebt. «Seit wann kommt ein Mensch ins Gefängnis, wenn er arbeiten will?» brach ich wütend los. «Was, zum Teufel, wollen Sie mir da überhaupt anhängen?»

«Nichts, Mr. Fisher, gar nichts», sagte er glattzüngig, «ich versuche bloß die Wahrheit herauszubekommen, das ist alles.»

«Die Wahrheit ist, daß drei Menschen von zweiundsiebzig Dollar im Monat und einer Zusatznahrung von Dörrpflaumen und Saatkartoffeln nicht leben können.» Ich hatte die Stimme erhoben, und sie hallte in dem kleinen Vorplatz. «Man muß alles versuchen, um sich zusätzlich ein paar Dollar zu verdienen, sonst krepiert man eben!»

«Sie geben also zu, eine Nachtarbeit angenommen zu haben, während Sie uns vorspiegelten, völlig arbeitslos zu sein?» fragte er gelassen.

«Ich gebe gar nichts zu!» schrie ich.

«Und trotzdem verfügen Sie über siebzig Dollar, um Ihr Kind zu begraben!» stellte er triumphierend fest.

«Ja, ich habe mein Kind begraben!» Ich fühlte, wie mich der Knoten in meiner Kehle zu ersticken drohte. «Das war alles, was ich für sie tun konnte. Hätte ich nämlich etwas Geld gehabt, glauben Sie, ich hätte gewartet, bis sich Ihr Sch... Doktor bequemt hätte, zur Visite zu kommen? Hätte ich Geld gehabt, dann hätte ich einen andern Arzt geholt. Vielleicht wäre sie dann noch hier!»

Er musterte mich mit kaltem Blick. Ich habe nicht gewußt, daß es menschliche Wesen mit so wenig Gefühl geben konnte. «Dann arbeiten Sie also bei Nacht?» fragte er nochmals.

Plötzlich stiegen die ganze Qual, alle Bitternis und Herzensnot in mir auf, ich packte ihn an seiner Krawatte und zog sein Gesicht ganz nahe heran. «Ja», schrie ich, «ich habe bei Nacht gearbeitet!»

Sein Gesicht wurde kreidebleich, und er wand sich in meinem Griff. «Lassen Sie mich los, Mr. Fisher!» keuchte er. «Eine derartige Gewalttätigkeit wird Ihnen kaum gut bekommen! Sie haben ohnedies schon genug Unannehmlichkeiten!»

Er wußte nicht, wie recht er hatte. Etwas mehr spielte jetzt keine Rolle. Ich schlug ihn mitten ins Gesicht, und er taumelte an die andere Wand des kleinen Vorplatzes. Während ich mich neuerlich auf ihn stürzte, sah ich, daß ihm das Blut aus der Nase floß. Er sah mich entsetzt an und stürzte längs der Wand eilfertig auf die Treppe zu. Ich blieb stehen und sah zu, wie er flüchtete. Am nächsten Treppenabsatz drehte er sich nochmals um und blickte zu mir zurück. «Dafür werden Sie mir büßen!» schrie er. «Von uns werden Sie hinausgeschmissen! Sie werden verhungern, dafür lassen Sie nur mich sorgen!»

Ich machte drohend einen Schritt auf ihn zu. Da lief er eilends die Stufen hinunter. Ich beugte mich über das Geländer. «Sollten Sie nochmals zurückkommen, Sie kleiner Bastard», schrie ich ihm nach, «dann bring ich Sie um! Zum Teufel, bleiben Sie mir ja vom Hals!»

Er verschwand um den nächsten Treppenabsatz, und ich trat in die Wohnung zurück. Mir war totübel. Und ich schämte mich, denn mir war, als hätte ich diesen Tag entweiht. Ich hätte mich nicht so benehmen dürfen. An jedem andern Tag vielleicht, aber heute nicht.

Nellie stand unter der Schlafzimmertür. «Wer war das, Danny?»

Ich versuchte mit ruhiger Stimme zu sprechen. «Ach, so ein Affe vom Wohlfahrtsamt», sagte ich, «ein Narr ... ich hab ihn gleich wieder weggeschickt.»

«Was hat er gewollt?»

Für einen Tag hatte sie bereits genug mitgemacht, es hatte keinen Sinn, sie auch noch damit zu belasten. «Nichts Besonderes», sagte ich ausweichend, «er wollte mir bloß ein paar Fragen stellen, das war alles. Und jetzt geh wieder ins Bett und ruh dich aus, Baby.»

Ihre Stimme klang dumpf und hoffnungslos. «Sie wissen etwas von deiner Nachtarbeit, nicht wahr?»

Ich starrte sie an. Sie hatte alles mit angehört. «Warum versuchst du nicht zu schlafen, Baby?» sagte ich, ihrer Frage ausweichend.

Doch ihre Augen blieben starr auf mich gerichtet. «Lüg mich nicht an, Danny. Das stimmt doch, was ich gesagt habe, nicht wahr?»

«Und wenn es so wäre?» gab ich zu. «Das ist jetzt nicht so wichtig. Wir werden es durch meinen Job wieder wettmachen. Der Boss hat mir versprochen, mir in den nächsten Tagen eine Aufbesserung zu geben.»

Sie starrte mich noch immer an. Ich sah, wie ihr die Tränen wieder in die Augen traten. Ich eilte rasch durchs Zimmer und ergriff ihre Hand. «Für uns geht nichts gut aus, Danny», sagte sie hoffnungslos, «nicht einmal an einem solchen Tag. Kummer und Sorgen, nichts als Kummer und Sorgen!»

«Die sind jetzt vorbei, Baby», sagte ich und hielt ihre Hand fest in der meinen, «von jetzt an wird alles wieder besser werden.»

Sie sah mich mit erloschenen Augen an. «Es wird nie anders werden, Danny», sagte sie trostlos, «wir sind verflucht. Ich habe dir nichts als Unglück gebracht.»

Ich drehte ihr Gesicht so, daß ich ihr in die Augen sehen konnte. «Nellie, du mußt dir solche Ideen aus dem Kopf schlagen!» Ich küßte sie auf die Wange. «Du darfst nicht in dem Wahn leben, daß es nie wieder okay sein wird. Du mußt an die besseren Zeiten glauben!»

«Unsre Blicke begegneten sich. «Was bleibt uns noch zu hoffen?» fragte sie still. «Woher weißt du, ob du deinen Job jetzt überhaupt noch hast? Du hast doch während vier Tagen nicht einmal angerufen.»

«Darüber mach ich mir keine Sorgen», sagte ich, und mein Herz sank mir bis in den Magen. Es stimmte, ich hatte völlig vergessen, im Laden anzurufen. «Jack wird alles verstehen, wenn ich's ihm erkläre.»

Sie sah mich zweifelnd an. Etwas von ihrem Zweifel übertrug sich auf mich. Und wie sich herausstellte, sollten wir auch recht behalten.

6

Jack blickte auf, als ich den Laden betrat, aber in seinen Augen war kein Willkommensgruß. Ich sah den Bartisch entlang. Ein fremder Mann arbeitete in meiner Abteilung.

«Hallo, Jack», sagte ich ruhig.

«Hallo, Danny», erwiderte er ohne Begeisterung.

Ich wartete auf seine Frage, wo ich denn gewesen sei, aber er schwieg. Da bemerkte ich erst, daß er sehr ärgerlich war. Ich entschloß mich daher zu sprechen. «Es ist etwas geschehen, Jack», erklärte ich, «ich konnte nicht kommen.»

«Sein Ärger spiegelte sich in seinen Augen. «Du hast vermutlich auch fünf Tage lang nicht telefonieren können, was?» fragte er ironisch.

Ich hielt seinem Blick stand. «Das tut mir aufrichtig leid, Jack», sagte ich entschuldigend, «ich weiß, ich hätte anrufen müssen, aber ich war so verzweifelt, daß ich alles andere vergaß.»

«Blödsinn!» fuhr er auf. «Zwei Nächte lang hab ich mich fast zugrunde gerichtet und hab gewartet, daß du endlich aufkreuzen wirst, und du? Du hast nicht mal Zeit gefunden, um mir zu telefonieren!»

Ich blickte wieder den Bartisch entlang. «Ich kann nichts dafür, Jack», sagte ich, «es ist etwas geschehen, und ich konnte nicht telefonieren.»

«Was? In fünf Tagen nicht ein einziges Mal?» sagte er ungläubig. «Da müßte die Welt erst zugrunde gehen, ehe ich jemanden einen solchen Bären aufbinden würde.»

Ich sah ihn noch immer nicht an. «Jack, ich hatte einen schweren Kummer», sagte ich ruhig, «mein Ba ... meine Tochter ist gestorben.»

Einen Moment trat tiefe Stille ein. Dann sagte er: «Danny, ist das wirklich wahr?»

Jetzt sah ich ihm in die Augen. «Mit solchen Dingen scherzt man nicht», antwortete ich.

Da schlug er die Augen zu Boden. «Es tut mir leid, Danny, es tut mir aufrichtig leid.»

Ich sah wieder den Bartisch entlang. Der neue Mann beobachtete uns verstohlen, wobei er den Anschein zu erwecken versuchte, sich für das, was wir sprachen, nicht zu interessieren. Aber ich kenne diesen Blick. Er hatte Angst, seinen Job zu verlieren. Ich selbst hatte zu oft so geblickt, um seine Gefühle nicht zu kennen. Ich sah wieder zu Jack zurück. «Ich sehe, du hast einen neuen Angestellten.»

Er nickte etwas verlegen, sagte jedoch nichts.

Ich versuchte meiner Stimme einen sorglosen Ton zu geben. Aber es fällt einem schwer, wenn von den nächsten Worten abhängt, ob du etwas zu essen hast oder nicht. «Hast du noch Platz für mich?»

Er antwortete nicht sogleich. Ich bemerkte, wie er den Bartisch entlang zu dem neuen Angestellten hinüberblickte und dann wieder zu mir zurück. Der neue Mann machte sich sofort geschäftig daran, den Grill zu säubern. «Im Augenblick nicht, Danny», sagte er leise, «es tut mir aufrichtig leid.»

Ich wandte mich halb ab, um ihn die Tränen nicht sehen zu lassen, die mir in die Augen traten. «Schon gut, Jack», sagte ich, «ich verstehe.»

Seine Stimme verriet jetzt tiefstes Mitgefühl, für das ich ihm dankbar war. «Vielleicht ergibt sich bald etwas», sagte er eilig, «ich werde dich anrufen.» Er schwieg einen Moment. «Wenn du bloß angerufen hättest, Danny...»

«Ach, Jack, wenn... wenn... wenn», unterbrach ich ihn, «aber ich hab eben nicht angerufen. Jedenfalls vielen Dank.» Und ich verließ den Laden.

Vor der Ladentür sah ich auf meine Uhr. Es war sechs Uhr vorbei. Ich überlegte, wie ich es Nellie beibringen sollte, besonders nach dem, was sich am Nachmittag abgespielt hatte. Es war ein unglückseliger Tag.

Ich beschloß, zu Fuß nach Hause zu gehen. Es war zwar ein langer Weg, aber fünf Cent sind viel Geld, wenn man keinen Job hat. Von der Dyckman Street zur East Fourth waren es beinahe drei Stunden. Mir machte es nichts aus. Um so länger dauerte es, bis ich's Nellie eingestehen mußte.

Es war bereits neun Uhr, als ich unser Haus erreichte. Die Nacht war kalt geworden, aber mein Hemd war dennoch schweißnaß, als ich die Treppe hinanstieg. Ich blieb auf dem Treppenabsatz zögernd stehen, ehe ich die Tür aufschloß. Was sollte ich ihr sagen? Ich ließ die Tür weit aufschwingen, ehe ich über die Schwelle trat. Im Wohnzimmer brannte Licht, doch in der Wohnung war es totenstill.

«Nellie», rief ich, drehte mich um und hängte meine Jacke in den kleinen Garderobeschrank.

Ich hörte Schritte, dann rief eine Männerstimme: «Das ist er!»

Ich fuhr herum. Nellie und zwei Männer standen unter der Tür zum Wohnzimmer. Sie war sehr blaß und sah schrecklich leidend aus. Ich trat rasch auf sie zu, ehe ich noch den Mann erkannte, der neben ihr stand. Es war der Mann vom Wohlfahrtsamt, den ich am Nachmittag weggejagt hatte.

Über dem Nasenrücken hatte er einen weißen Verband, ein Auge war purpurrot und geschwollen. «Das ist er!» wiederholte er.

Der andere Mann trat auf mich zu. Er hielt ein Schild in der Handfläche... ein Polizeischild. «Daniel Fisher?»

Ich nickte.

«Mr. Morgan hat gegen Sie wegen tätlicher Mißhandlung Anzeige erstattet», sagte er ruhig, «ich muß Sie mitnehmen.»

Ich fühlte, wie sich meine Muskeln spannten. Das hatte mir noch gefehlt, um diesen Tag vollkommen zu machen: die Polizei! Dann sah ich zu Nellie hinüber, und meine Auflehnung war wie weggeblasen.

«Darf ich einen Moment mit meiner Frau sprechen?» fragte ich den Detektiv.

Er warf mir einen kritischen Blick zu, dann nickte er. «Gewiß», sagte er freundlich, «wir warten draußen im Vorzimmer auf Sie.» Er nahm Morgan am Arm und schob ihn vor sich her. Ehe er die Tür schloß, sah er zu mir zurück. «Aber nicht zu lang, mein Sohn.» Ich nickte dankbar, und die Tür schloß sich.

Nellie hatte bisher kein Wort gesagt, aber ihre Augen durchforschten angstvoll mein Gesicht. Schließlich holte sie tief Atem. «Keinen Job?»

Ich antwortete nicht. Sie starrte mich noch einen Moment an, dann lag sie in meinen Armen und schluchzte fassungslos an meiner Schulter. «Danny, Danny», rief sie in hilflosem Ton, «was sollen wir jetzt tun?»

Ich streichelte ihr Haar. Ich wußte nicht, was ich sagen sollte. Die Mauern schlossen sich immer dichter um uns.

Sie sah zu mir auf. «Was, glaubst du, werden sie dort mit dir machen?» fragte sie.

Ich zuckte die Achseln. «Ich weiß es nicht», antwortete ich. Ich war so müde, daß es mir in Wirklichkeit gleichgültig war. Wäre es nicht ihrethalben, wäre mir alles verteufelt egal. «Sie werden mich wahrscheinlich kurz verhören und bis zur Verhandlung wieder laufenlassen.»

«Nehmen wir aber an, sie behalten dich dort?» rief sie.

Ich versuchte zu lächeln. «Das tun sie nicht», antwortete ich viel sicherer, als ich mich fühlte, «es ist nicht wichtig genug. Ich bin in wenigen Stunden wieder zurück.»

«Aber dieser Mr. Morgan war fürchterlich, er sagte, sie würden dich ins Gefängnis stecken.»

«Dieser lausige Dreckfink!» rief ich. «Es gibt eine Menge Dinge, die er nicht weiß. Wenn sie dort hören, was sich tatsächlich ereignet hat, werden sie mich laufenlassen. Mach dir keine Sorgen.»

Sie verbarg ihr Gesicht an meiner Schulter. «Ach, Danny, es geht für uns nichts gut aus», sagte sie verzweifelt, «ich hab dir nichts als Unglück gebracht. Du hättest nie zurückkommen sollen.»

Ich hob ihr Gesicht und küßte sie. «Wäre ich nicht zurückgekommen, Baby», flüsterte ich, «dann hätte ich das einzige auf der Welt entbehren müssen, das mir wichtig ist. Es ist nicht deine Schuld, es ist niemandes Schuld. Wir haben bisher nur noch keine Chance gehabt.»

Es wurde an die Tür geklopft. «Ich komme in einer Minute», rief ich, dann sah ich wieder auf Nellie hinunter. «Leg dich jetzt nieder», sagte ich, «ich bin in ein paar Stunden wieder zurück.»

Sie sah mich, nicht sehr überzeugt, an. «Bestimmt?»

«Bestimmt», antwortete ich und holte meine Jacke aus dem Schrank. «Ich werde zurück sein, ehe du es erwartest.»

Während wir durch die Straßen schritten, maß mich Morgan mit triumphierenden Blicken. «Ich hab Ihnen ja gesagt, daß ich zurückkomme», sagte er höhnisch.

Ich antwortete nicht.

Der Detektiv, der zwischen uns ging, knurrte ihn an: «Halten Sie's Maul, Morgan! Der Junge hat genug Sorgen, auch wenn Sie Ihre Schnauze nicht aufreißen!»

Ich sah den Detektiv verstohlen an. Ich merkte, daß er Morgan nicht leiden konnte. Ich überlegte, wie ein solcher Bursche jemals den Beruf eines Polizisten ergreifen konnte.

Wir waren nahezu zwei Häuserblocks entlanggegangen, ehe ich mich zu sprechen entschloß. «Was geschieht gewöhnlich in Fällen wie dem meinen?» fragte ich den Detektiv.

Er wandte mir sein Gesicht zu, dessen gesunde Röte in der Straßenbeleuchtung leuchtete. «Man wird Ihre Personalien aufnehmen und eine Verhandlung im Sinne der Anklage festsetzen.»

«Bis zum Verhandlungstermin wird man aber wieder freigelassen, nicht wahr?» fragte ich.

In den Augen des Polizisten war aufrichtiges Mitgefühl zu lesen. «Falls Sie die Kaution erlegen können, ja.»

Aus meiner Antwort war meine grenzenlose Überraschung zu hören. «Kaution?» rief ich. «Wie hoch ist diese Kaution?»

Die Augen des Detektivs waren noch immer ungemein teilnahmsvoll. «In der Regel sind es fünfhundert Dollar.»

«Wenn ich das Geld aber nicht habe?» fragte ich. «Was geschieht dann?»

Ehe der Detektiv antworten konnte, rief Morgan in bösartigem Ton: «Dann steckt man Sie eben bis zur Verhandlung ins Gefängnis!»

Ich blieb stehen und blickte den Detektiv an. «Aber das kann man doch nicht tun!» rief ich. «Meine Frau ist krank und hat heute Schreckliches durchgemacht. Ich kann sie heute nacht nicht allein lassen.»

Der Detektiv faßte meinen Arm. «Es tut mir leid, mein Sohn», sagte er gütig, «aber dagegen kann ich nichts machen. Meine Aufgabe besteht nur darin, Sie hinzubringen.»

«Aber Nellie... meine Frau...» – ich vermochte kaum zu sprechen – «ich kann sie nicht allein lassen! Sie ist krank!»

Die Stimme des Detektivs war noch immer gütig. «Regen Sie sich nicht auf, mein Sohn, und kommen Sie jetzt ruhig mit.»

Ich fühlte, wie er meinen Arm fester umfaßte und ging wieder weiter. Ich hatte in der Zeitung gelesen, daß derartige Verhandlungen manchmal erst nach Wochen anberaumt wurden. Visionen tauchten auf, in denen ich mich selbst bis zur Verhandlung im Kittchen sitzen sah. Ich kochte vor Wut und sah zu diesem niederträchtigen Morgan hinüber.

Er schritt mit selbstzufriedener Miene auf der andern Seite des Polizisten. Dieser Bastard! Wäre er nicht gewesen, dann stünde vielleicht alles besser. Es hatte schlimm genug um uns gestanden, aber er hatte alles noch viel ärger gemacht.

Ich mußte etwas unternehmen, wußte allerdings nicht was. Ich konnte mich von ihnen nicht einsperren lassen und so lange im Gefängnis sitzen, bis sie bereit waren, die Verhandlung anzusetzen. Ich konnte Nellie nicht so lange allein lassen. Es war nicht abzusehen, was sie anstellen könnte.

Wir waren soeben auf die Fahrbahn getreten, als das Licht wechselte. Autos flitzten an uns vorbei, während wir in der Mitte der Fahrbahn stehenblieben. Plötzlich fühlte ich, daß mich der Polizist losließ, und sprang instinktiv nach vorne. Ich hörte erst einen leisen Fluch hinter mir, dann einen Schrei, während der Fahrer eines Wagens heftig auf die Bremsen trat. Ich drehte mich aber nicht um, um zu sehen, was geschehen war, sondern lief blindlings weiter.

Hinter mir ertönte der Ruf: «Stehenbleiben! Stehenbleiben!» Eine zweite Stimme nahm den Ruf auf. Ich erkannte die schrille Stimme Morgans. Er schrie gleichfalls.

Da ertönte das schrille Signal einer Polizeipfeife. Doch zu diesem Zeitpunkt hatte ich die weiteste Straßenecke schon erreicht und blickte, ehe ich einbog, über die Schulter zurück.

Morgan lag ausgestreckt im Rinnstein, und der Detektiv stand neben ihm und sah mir nach. Er winkte mir mit der Hand, dann sah ich etwas Metallisches in seiner Hand aufblitzen. Er rief mir zu, stehenzubleiben, machte aber mit der Hand ein Zeichen, ich solle weiterlaufen.

Da holte ich tief Atem – und raste um die Ecke.

7

Ich machte einen langen Umweg, ehe ich nach Hause zurückkehrte. Ich mußte Nellie sehen und ihr alles erklären. Ich mußte ihr sagen, was ich getan hatte. Ich mußte ihr sagen, daß sie sich keine Sorgen machen solle. Als ich aber das Haus erreichte, sah ich bereits das weiße Dach des Polizeistreifenwagens vor der Haustür. Ich blieb an der Ecke stocksteif stehen und starrte hinüber. Zum erstenmal kam mir zu Bewußtsein, was ich getan hatte. Die Polizei war hinter mir her! Ich wagte es nicht, mich zu Hause zu zeigen. Ich hatte alles nur noch ärger gemacht.

Ich überquerte die Straße und ging langsam den Häuserblock entlang. Trostlose und hoffnungslose Verzweiflung erfaßte mich. Mir wurde übel. Ich hatte alles verdorben. Ich blickte auf meine Uhr, es war einige Minuten nach zehn. Ich war ein Narr gewesen, und es gab jetzt nichts anderes für mich, als zurückzugehen und mich selbst zu stellen. Wenn ich weiter so umherliefe, gäbe es kein Ende. Ich wäre nie mehr imstande zurückzukehren.

Ich kehrte um. Vielleicht war's besser, die Sache hinter mich zu bringen. Dann erinnerte ich mich. Die ganze Sache hatte begonnen, als ich erfuhr, ich müsse eine Kaution erlegen, um wieder entlassen zu werden, aber ich hatte auch jetzt keine Kaution.

Ich blieb wieder stehen und dachte nach. Ich mußte das Geld irgendwo auftreiben. Nellies Leute hatten keine solchen Beträge zur Verfügung, selbst wenn sie bereit wären, mir damit auszuhelfen. Der einzige Mensch, den ich kannte, der soviel Geld zur Verfügung hatte, war Sam.

Ich erinnerte mich an unser letztes Gespräch. Komisch, wie sich die Dinge entwickeln. Es war am Tag nach Vickies Geburt gewesen. Er hatte geglaubt, ich sei wieder betteln gekommen. Damals hatte ich mir geschworen, ihn nie wieder um etwas zu bitten. Doch heute befand ich mich in wirklicher Bedrängnis. Ich konnte nichts anderes tun, es blieb mir nichts anderes übrig. Es hieß, entweder zu ihm oder – ins Kittchen. In den Augen der Polizei hatte ich jetzt bereits genug angestellt, um mich ohne Umstände hinter klinkenlose Türen zu sperren. Ich mußte mich an Sam wenden.

Ich betrat die Konditorei an der Ecke und blätterte rasch im Telefonbuch. Ich versuchte zuerst, ihn zu Hause zu erreichen. Von der Telefonzelle aus konnte ich auf der andern Seite vor meinem Haus den Polizeistreifenwagen stehen sehen. Der Polizist, der im Wagen saß, rauchte heimlich eine Zigarette.

Eine Frauenstimme meldete sich: «Hallo.»

«Ist Mr. oder Mrs. Gordon zu Hause?» fragte ich rasch und hielt die Augen auf den Polizeiwagen geheftet.

«Miz Gordon ist aufs Land gefahren», erwiderte die Stimme, «Mr. Gordon ist noch im Büro.»

«Können Sie mir seine Telefonnummer geben?» fragte ich. «Ich muß ihn sofort sprechen.»

«Gewiß», erwiderte die Stimme, «einen kleinen Moment, ich werde sie heraussuchen.»

Ich schrieb mir die Nummer auf und legte den Hörer auf die Gabel, während ich in meinen Taschen nach einer Münze suchte. Nach dem Erfolg, den ich dabei erzielte, hätte ich ebensogut nach einer Goldmine suchen können. Ich hatte soeben meine letzten fünf Cent verbraucht.

Ich blickte wieder zu dem Polizeiwagen hinüber. Der Polizist war ausgestiegen und schritt den Häuserblock in meiner Richtung hinauf. Ich entschloß mich rasch, drückte mich aus der Konditorei und eiligst um die Ecke, ehe er nahe genug gekommen war, um mich zu erkennen.

Sams Büro befand sich im Empire State Building. Ich begann rasch auszuschreiten. Mit ein wenig Glück konnte ich in etwas mehr als einer halben Stunde dort sein. Ich hoffte, ihn dann noch anzutreffen.

Sein Name stand im Namensverzeichnis der 34. Straße: «Sam Gordon, Unternehmungen Inc. Konzessionen.» Zweiundzwanzigster Stock. Ich eilte zu der weißen Tafel, auf der «Nachtlift» stand. Neben einem kleinen Tisch mit dem Besucherbuch befand sich ein Nachtwächter. Er hielt mich an. «Wohin wollen Sie, Mister?» fragte er argwöhnisch.

«Zweiundzwanzigsten Stock», antwortete ich rasch, «ich habe eine Verabredung mit Mr. Gordon.»

Er blickte in sein Verzeichnis. «Okay», sagte er, «Mr. Gordon ist noch oben. Er hat sich noch nicht abgemeldet, seit er vom Dinner zurück ist. Bitte hier zu unterschreiben.» Er reichte mir einen Bleistift.

Ich ergriff ihn und schrieb meinen Namen an die Stelle, die er mir bezeichnete. Ich sah mir die vorhergehenden Unterschriften an. Etwa vier Zeilen vor meinem Namen sah ich Sams wohlbekanntes Gekritzel. Neben seinem Namen befand sich ein Kreis, in welchem die Ziffer zwei stand.

Ich sah den Nachtwächter an. «Ist jemand bei Mr. Gordon oben?»

Ein kaum merkliches Lächeln überflog das Gesicht des Mannes. «Seine Sekretärin ist mit ihm zurückgekommen.»

Ich nickte, ohne zu antworten. Sein Lächeln hatte mir genug verraten. Ich war überzeugt, daß Sams Sekretärin ein hübsches Mädchen war. Sam hatte sich nicht im geringsten verändert.

Ich trat aus dem Lift und schritt durch die Halle auf Sams Büro zu. Sein Name stand mit eindrucksvollen goldenen Buchstaben über zwei mächtigen Glastüren. Ich konnte bis in den Empfangsraum hineinsehen. Eine einzige Lampe brannte dort. Die Türen waren verschlossen.

In dem verschwenderisch ausgestatteten Wartezimmer befand sich neben dem Schreibtisch der Empfangsdame eine Tür. Ich öffnete sie und betrat jetzt einen großen Büroraum. Etwa zwanzig Schreibtische waren über das ganze Zimmer verteilt. Auf der gegenüberliegenden Seite des Zimmers befand sich noch eine Tür. Ich ging darauf zu. Wieder glänzten die goldenen Buchstaben, die seinen Namen bildeten, in der gedämpften Beleuchtung. Ich legte die Hand leicht auf den Türknauf und drehte ihn. Die Tür öffnete sich geräuschlos. Das Büro lag in völliger Dunkelheit. Ich streckte die Hand aus und fand sogleich den Lichtschalter an der rechten Wand. Ich drückte darauf und blendendes Licht überflutete den Raum. Ich hörte einen gemurmelten Fluch, während ich gegen das grelle Licht blinzelte. Gleichzeitig vernahm ich den erschrockenen Aufschrei einer Frauenstimme. Inzwischen hatten sich meine Augen an das Licht gewöhnt, und ich sah auf die Couch hinunter. Sam erhob sich soeben und starrte mich wütend an. Das Mädchen versuchte seine Blöße höchst unzulänglich mit den Händen zu bedecken.

Ich starrte sie an, dann wandte ich mich mit einem durchtriebenen Lächeln an Sam. Sein Gesicht war krebsrot, beinahe purpurfarben, während er sich bemühte, seine Hose anzuziehen. Ich entfernte mich wortlos durch die Tür, die ich hinter mir schloß. Vor seinem Büro setzte ich mich auf einen Sessel, zündete eine Zigarette an und wartete, daß er herauskommen würde. Ich hatte also recht gehabt – er hatte sich nicht im geringsten verändert!

Ich hatte nahezu fünfzehn Minuten zu warten, ehe sich die Tür wieder öffnete. Ich blickte erwartungsvoll auf.

Ich wurde aber enttäuscht, denn nicht Sam war herausgetreten, sondern das Mädchen. Wenn man nach ihrem Aussehen schloß, war es kaum glaublich, daß ich sie noch vor wenigen Minuten in einer völlig eindeutigen Situation erwischt hatte.

Sie blickte mich an. «Mr. Gordon läßt bitten», sagte sie förmlich.

Ich erhob mich. «Danke», sagte ich mit unbewegtem Gesicht und betrat das Büro. Noch während ich die Tür schloß, hörte ich bereits das Geklapper einer Schreibmaschine.

Sam saß jetzt hinter seinem Schreibtisch. «Bist du etwa draufgekommen, daß sie besser arbeiten, wenn man sie vorher ein wenig – ausruhen läßt?» sagte ich lächelnd.

Er ignorierte meinen Versuch, die Angelegenheit humoristisch aufzufassen; er hielt ein Streichholz an seine Zigarre, die er zwischen die Zähne geklemmt hatte. Das Licht flackerte in seinen kalten Augen. Schließlich legte er das Streichholz hin und starrte mich an.«Was willst du?» schnauzte er mich an.

Mein Respekt vor ihm wuchs. Dieser Bursche hatte es wirklich in sich! Er war wahrhaftig zäh! Kein Wort, daß ich bei ihm eingedrungen war! Es hatte keinen Sinn, mit ihm spielen zu wollen. Ich trat an den Schreibtisch und blickte auf ihn hinunter. «Ich brauche Hilfe», sagte ich unumwunden, «ich bin in ernste Schwierigkeiten geraten.»

Die schwarzen Pupillen seiner harten Augen verengten sich. «Und warum kommst du zu mir?» fragte er.

«Ich habe niemand andern», sagte ich gelassen.

Er griff nach seiner Zigarre und steckte sie in den Mund. Er sah mich nicht an. «Geh!» sagte er leise und verärgert.

«Ich kann nirgends hingehen», sagte ich, «du mußt mir helfen!»

Er legte seine Zigarre umständlich auf den Aschenbecher und erhob sich. Er sprach zwar leise, aber seine Stimme füllte den ganzen Raum. «Hinaus, du Galgenvogel», sagte er brüsk, «von mir bekommst du keine Almosen mehr!»

«Ich brauche kein Almosen», sagte ich verzweifelt, «ich bin in ernsten Schwierigkeiten und brauche Hilfe!» Ich blieb eigensinnig stehen und starrte ihn an. Diesmal würde er mich nicht wieder hinausjagen!

Er ging um den Schreibtisch herum und trat drohend auf mich zu. «Hinaus!» brüllte er.

«Um Himmels willen, Sam, hör mich an», beschwor ich ihn, «alles ist schiefgegangen! Die Polizei ist hinter mir her ... und ...»

Er schnitt mir das Wort ab, als hätte ich überhaupt nicht gesprochen. «Du taugst nichts!» schnauzte er mich an und brachte sein gerötetes wütendes Gesicht dicht an das meine. «Du hast nie etwas getaugt und wirst nie etwas taugen! Ich hab genug für dich getan. Schau, daß du weiterkommst, ehe ich dich persönlich rausschmeiße!» Damit hob er seine Faust.

Jetzt verhärtete sich mein Inneres, und ich wurde eiskalt. Es gab nur eine Sprache, die dieser Bursche verstand. «An deiner Stelle würde ich das nicht erst versuchen», sagte ich kalt und ließ seine Hände nicht aus den Augen, «du bist nicht in der richtigen Kondition!»

«Ich werde dir schon zeigen, wer in Kondition ist!» knurrte er und versuchte einen Schwinger anzubringen.

Ich wehrte seinen Schlag mit Leichtigkeit mit dem Unterarm ab. «Erinnerst du dich nicht an deine eigene Lehre, Sam?» sagte ich höhnisch. «Scharf ... schwing nicht wie ein Ballettänzer!» Damit trat ich von ihm weg, ohne auch nur zu versuchen, seinen Schlag zu erwidern. Er verfolgte mich aber, und seine Arme wirbelten durch die Luft. Doch er war schwerfällig in der Fußarbeit, und ich konnte ihn mir leicht vom Leibe halten. Eines ist zu Gunsten meiner Diät zu sagen: ich hatte nie Gelegenheit, so wie er um die Mitte herum Fett anzusetzen. Einige Minuten stand er diese Jagd durch und nur das Keuchen seines Atems unterbrach die Stille seines Büroraums. Schließlich sank er jedoch erschöpft und schwer atmend in seinen Sessel.

Ich blieb auf der andern Seite des Schreibtischs stehen und blickte ihn an. Sein Gesicht war von der Anstrengung krebsrot und der Schweiß lief in Strömen über seine mächtigen Backen. «Willst du mich jetzt anhören, Sam?» fragte ich.

«Ich hab genug von dir», sagte er, und blickte müde zu mir auf. «Seit du ein kleiner Junge warst, hast du mir nur immer was angetan. Auf dem Land mit Ceil, und schließlich bei dem Boxmatch, als du dich auf den Handel mit Maxie Fields eingelassen hast. Wie oft, glaubst du, werd ich das noch fressen?!»

Er hatte ein Gedächtnis wie ein Elefant. Er vergaß nichts. «Es kostet dich keinen Cent», sagte ich, «ich brauche bloß deine Hilfe und eine Anstellung, bis ich alles in Ordnung gebracht habe.»

Er schüttelte den Kopf. «Ich hab keinen Job für dich. Du hast keine entsprechende Ausbildung.»

«Ich kann noch immer boxen», sagte ich.

«Mm-mm», antwortete er, «du bist zu alt, um damit von neuem anzufangen. Du warst zu lange weg. Als Professional würdest du keine fünf Cent verdienen.»

Darüber ließ sich nicht streiten. Dreiundzwanzig war zu alt, besonders wenn man sechs Jahre nicht trainiert hatte. «Wie steht's dann mit einer Anstellung hier in deinem Büro?» fragte ich. «Du hast ein Riesenunternehmen.»

«Nein», sagte er rundweg.

«Auch dann nicht, wenn ich verspreche, Mimi nicht zu erzählen, was ich heute abend hier gesehen habe?» fragte ich mit einem durchtriebenen Blick.

Ich entnahm seiner Miene, daß ich gesiegt hatte. «Es würde sie kaum sonderlich freuen», fuhr ich rasch fort.

Er kaute schweigend an seiner Zigarre. Ich sah ihm geduldig zu. Das war die einzige Sprache, die er verstand. Ich hatte genug vom Bitten, genug davon, vor Angst zu kriechen, genug davon, etwas zu erbetteln! Es gibt nur einen Weg, um in der Welt vorwärts zu kommen: sich das zu nehmen, was man haben will. Das ist nämlich die Art, wie Sam arbeitet, und wenn's für ihn gut genug ist, dann auch für mich!

Seine Augen blieben ausdruckslos und leicht verschleiert, während er mich ansah. «Bist noch immer dieselbe Rotznase wie früher und glaubst, die Welt ist's dir schuldig, für deinen Lebensunterhalt zu sorgen, eh, Danny?» fragte er kalt.

Ich schüttelte den Kopf. «Nein, Sam, ich bin nicht mehr derselbe», antwortete ich voll Bitterkeit, «du siehst einen neuen Danny Fisher vor dir. Ich hab zuviel durchmachen müssen, um noch derselbe zu sein. Ich hab eineinhalb Jahre von der Unterstützung des Wohlfahrtsamtes gelebt und hab vor diesen Leuten kriechen müssen, um nur genug zu essen zu haben. Heute nachmittag hab ich einen Wohlfahrtsbeamten verprügelt, weil er wissen wollte, woher ich das Geld genommen habe, um mein einziges Kind zu begraben. Nachher kam er mit einem Detektiv angerückt. Meine Frau liegt krank zu Hause und fragt sich verzweifelt, wo ich bin. Nein, Sam, ich bin nicht mehr derselbe und kann es nie wieder sein ...»

«Was ist geschehen, Danny?» fragte er in betroffenem Ton.

«Du hast's ja gehört», antwortete ich und starrte ihn kalt an. «Ich kann nie mehr derselbe sein. Wirst du mir also helfen, oder soll ich Mimi erzählen, was ich gesehen hab?»

Er schlug die Augen nieder und starrte einen Moment auf den Schreibtisch. Dann sagte er ohne aufzublicken, mit einer sonderbar weichen Stimme: «Okay, mein Junge, du hast gewonnen.»

8

Als ich durch die Glastür getreten war, blickte mich die Empfangsdame lächelnd an. «Guten Morgen, Danny», sagte sie und schob den Kaugummi in eine andere Ecke ihres Mundes. «Der Boss hat nach dir gefragt.»

«Danke, Baby», sagte ich lächelnd.

Ich schritt durch die Tür, die in das Hauptbüro führte. Alles saß bereits an der Arbeit. Das leise Summen des Geschäftsbetriebs umgab mich. Ich durchquerte das Büro, um zu meinem Schreibtisch zu gelangen, der in der Nähe des Fensters in einer Ecke stand. Ich setzte mich und sah einige Papiere durch, die sauber aufgestapelt in dem Eingangskörbchen auf dem Schreibtisch lagen.

Ich war nicht länger als einige Minuten im Zimmer, als ein Schatten über meinen Schreibtisch fiel. Ich blickte auf.

«Danny ...» begann Kate.

Ich hob die Hand, um sie zu unterbrechen. «Ich weiß, Baby», sagte ich rasch, «der Boss will mich sprechen.»

Sie nickte mit dem Kopf.

«Nun, ich bin ja hier», sagte ich.

«Worauf wartest du dann?» fragte sie ironisch. «Auf eine gedruckte Einladungskarte?» Sie drehte sich auf dem Absatz um und kehrte beleidigt zu ihrem Schreibtisch zurück.

Kate war ein nettes Ding, und sie hatte mich gern, obwohl ich sie beständig hänselte. Wahrscheinlich war sie nicht die erste Sekretärin, die was mit dem Boss hatte, und sie würde auch nicht die letzte sein. Sie war aber seit dem erstenmal, da wir uns gesehen hatten, mir gegenüber immer etwas reizbar.

Ich lächelte verstohlen, während ich daran dachte. Das war vor mehr als dreieinhalb Jahren gewesen. Inzwischen hatte sich viel ereignet. Der Krieg war ausgebrochen. Viele junge Leute waren eingezogen worden. Ich hatte Glück gehabt. Die Musterungskommission fand bei der Untersuchung etwas, von dem ich selbst nichts gewußt hatte: einen Riß im Trommelfell. Und damit war ich untauglich ...

Ich sah die Papiere auf meinem Schreibtisch nochmals durch, bis ich das Blatt gefunden hatte, das ich suchte. Als ich im Begriff war aufzustehen, klingelte das Telefon auf meinem Schreibtisch und ich meldete mich.

Es war Nellie, die aus der Munitionsfabrik in Long Island anrief, wo sie arbeitete. «Ich hab vergessen dir zu sagen, daß du die Wäsche zu dem Chinesen hinuntertragen sollst», sagte sie.

«Ich hab daran gedacht, Herzchen», sagte ich. Nellie mußte sehr zeitig morgens weggehen – um sechs Uhr, ehe ich noch aufgewacht war. «Wie geht's bei dir draußen?» fragte ich.

«Heiß, Danny», antwortete sie, «wir haben in der Fabrik über fünfunddreißig Grad.»

«Warum gibst du's denn nicht auf?» fragte ich. «Wir brauchen das Geld nicht mehr, ich verdiene genug.»

Ihre Stimme klang nachsichtig, aber entschlossen. Wir hatten das bereits zahllose Male durchgesprochen. «Was hab ich denn sonst zu tun?» fragte sie. «Soll ich den ganzen Tag zu Hause sitzen? Dabei würde ich verrückt. Ich fühle mich bedeutend wohler, wenn ich nicht zu Hause bin. Auf diese Art bin ich wenigstens beschäftigt.»

Ich war vorsichtig genug, diesen Punkt mit ihr nicht mehr zu diskutieren. Seit Vickies Tod hatte sie sich sehr verändert, ich konnte zwar nicht sagen, auf welche Art, aber sie war viel stiller geworden. Der Sternenglanz war aus ihren Augen verschwunden.

«Essen wir heute abend zu Hause oder auswärts?» erkundigte ich mich.

«Auswärts», antwortete sie, «unsre Fleischmarken sind für diesen Monat beinahe ganz verbraucht.»

«Okay», sagte ich, «dann hole ich dich um sechs Uhr von zu Hause ab.»

Während ich die Tür zu Sams Büro öffnete, sah ich grinsend zu Kate hinüber. Sie schnitt mir eine Grimasse, dann beugte sie sich über die Schreibmaschine, und ihre Finger flogen über die Tasten. Ich lächelte verstohlen, während ich durch die Tür trat. Ich glaube, Kate hatte mich trotz allem gern.

Sam blickte von seinem Schreibtisch auf. «So? Hast du endlich doch den Weg zu mir gefunden?» brummte er.

Deswegen machte ich mir keine Sorgen. Ich wußte, daß ich in den wenigen Jahren, die ich hier gearbeitet hatte, genug gelernt habe, um bei ihm etwas zu gelten. Man mußte sich allerdings bei dieser Art von Geschäft einer Menge Kniffe bedienen, aber gerade das sagte mir zu. Es setzte einen Spürsinn voraus, den nur ganz wenige in Geld umzusetzen verstanden: Burschen wie Sam und ich. Und das wußte Sam. «Wenn's hier keine Klimaanlage gäbe, wär ich überhaupt nicht gekommen», sagte ich und ließ mich in den Sessel vor seinem Schreibtisch fallen. «Du weißt gar nicht, was du für ein Glück hast.»

Sam wurde krebsrot. Er sah nicht gesund aus, er hatte zuviel Fett angesetzt. Er hatte jetzt bereits zwei Doppelkinne. Er sah genauso aus, wie man sich einen Vater von drei Buben vorstellt, der im Central Park South wohnt. Also genau das, was er in Wirklichkeit war. «Mimi hat mir aufgetragen, ich soll dich und Nellie für heute abend zum Dinner einladen», sagte er.

«Okay», sagte ich, «und deshalb hast du so ein Theater gemacht?»

Er schüttelte den Kopf. «Nein», sagte er kurz, «ich möchte, daß du die Sache mit den Automaten aufgibst.»

Ich starrte ihn an. «Weshalb?» fragte ich. «Ich dachte, daß du scharf darauf bist.»

«Ich hab's mir überlegt», sagte er mürrisch, «die Erhaltung der Automaten bringt einen um, sie rentieren sich ja nur, wenn sie funktionieren. Im Krieg kannst du aber keine Ersatzteile bekommen.»

«Ist das der wahre Grund, Sam», fragte ich, «oder ist's deshalb, weil sich Maxie Fields, wie ich gehört habe, auch dafür interessiert?»

Er wurde wieder puterrot. Ich fragte mich, ob Sam vielleicht an zu hohem Blutdruck litt. Er befand sich jetzt in einem sehr gefährlichen Alter. «Ich scher mich den Teufel um Maxie Fields!» sagte er. «Aber mir paßt dieser Schwindel einfach nicht. 'ne schöne saubere Konzession in 'nem Hotel oder Nachtclub für Garderobe, Andenken, Fotos, das ist was für mich – etwas, das meine Leute verstehen. Ich weiß mit Menschen umzugehen, ich kann sie behandeln – aber aus Automaten werd ich nich klug.»

«Ich hab aber eine ganze Woche damit zugebracht, das Geschäft unter Dach zu bringen», protestierte ich, «für fünfzehntausend ist's geschenkt.»

«Dann wirst du eben Maxie dieses Geschenk überlassen», schnauzte er mich an, «bin nicht interessiert, ich laß mich auf nix ein, was ich nicht versteh. Fünfzehntausend sind mir ein zu großes Risiko.»

Ich beugte mich vor. Ich war überzeugt, daß Sam sich eine wirklich gute Sache entgehen ließ. Zum erstenmal stimmte ich mit ihm nicht überein. «Du versäumst die große Chance, Sam», sagte ich eindringlich. «Ich hab mir das ganze Geschäft genau durch den Kopf gehen lassen, und was man aus diesen Automaten herausschlagen kann, ist einfach astronomisch. Nach dem Krieg kannst du einfach alles mit diesen Automaten verkaufen, von heißem Kaffee bis zu Rasierklingen.»

«Verschon mich mit weiterem», sagte er abschließend. Ich bemerkte, daß die Sache für ihn erledigt war. «Jetzt sind sie ja doch nur für Zigaretten und Coca-Cola da, nein, ich steig da nicht ein.» Er blätterte in verschiedenen Papieren, die auf seinem Schreibtisch lagen. «Ich hab da was anderes, das du dir ansehen sollst. Die Konzession der ‹Trask› in Atlantic City ist ausgeschrieben. Ich möchte, daß du runterfährst und dir's ansiehst.»

Ich starrte ihn einen Augenblick an. «Meinst du das mit den Verkaufsautomaten im Ernst?» fragte ich.

«Hast du's nich gehört?» fragte er ärgerlich. «Natürlich mein ich's im Ernst. Schlag dir's also aus dem Kopf, und ...»

«Sam, mir gefällt die Sache», sagte ich leise und eine Idee begann sich immer deutlicher zu formen.

Er blickte mich scharf und durchdringend an. «Dir gefällt sie also», sagte er ironisch, «aber's ist mein Zaster und ich sag – nein! Sei also ein guter Junge und reg mich nicht weiter damit auf. Ich ...»

Ich unterbrach ihn neuerlich. «Ich möcht sie kaufen, Sam», sagte ich.

Er stieß einen tiefen Seufzer aus. «Hast du den Mammon?» fragte er.

Ich sah ihm über den Schreibtisch hinweg in die Augen. Er wußte genausogut wie ich, daß ich das Geld nicht hatte. «Du weißt ganz genau, daß ich eine solche Summe von den großartigen fünfundsiebzig in der Woche, die du mir zahlst, nicht absparen kann.»

Er grinste befriedigt, weil er das Gefühl hatte, wieder einmal gewonnen zu haben. Ich kannte diesen Blick. «Wie steht's aber mit deinen Diäten für deine auswärtigen Fahrten, he? Hast sie dir schon mal angeschaut, was? Du glaubst wahrscheinlich, ich weiß nicht, daß du dir dabei was abzweigst?»

Ich grinste ebenfalls. «Das stimmt allerdings, Sam», gab ich zu, «es sind aber bloß ein paar Dollar. Du gibst mir ja nie genug mit, damit ich mal 'nen wirklich guten Schnitt machen kann.»

«Woher willst du dann den Zaster nehmen?» fuhr Sam plötzlich auf mich los.

Ich dachte eine Minute nach. «Ich hab etwa fünfzehnhundert Dollar auf unserm Sparkassenkonto. Die Hälfte der Summe würde mir die Bank geben, wenn ich ihr meine Wohnungseinrichtung verpfände, und den Rest bekomme ich – von dir.»

Sam sprang auf. «Von mir?» brüllte er wütend. «Hältst du mich für 'nen Trottel? Welche Sicherheit kannst du mir geben, daß ich mein Geld wieder zurückbekomme?»

Ich sah ihn gelassen an. «Du bekommst mein Wort.»

«Auf dein Wort hin hab ich schon einmal fünftausend verloren», rief er höhnisch. «Du glaubst wohl, ich laß mich ein zweites Mal von dir reinlegen?»

Meine Augen waren eiskalt. «Damals hast du dir einen dummen Jungen gekauft, Sam. Es hatte aber nichts mit mir zu tun, denn du wolltest ja nur durch mich zu Ruhm gelangen. Ich hätte nie was davon gehabt. Mein einziger Gewinn wär gewesen, ständig herumgeboxt zu werden.»

Sein Gesicht war krebsrot. «Nun, ich kaufe aber nicht», sagte er nachdrücklich und setzte sich wieder hinter seinen Schreibtisch.

Doch ich war bereits entschlossen. «Aber ich», sagte ich, «und du wirst auch noch einsteigen.»

«Wie kommst du auf diese Idee?» fragte er.

Ich sah ihn verschmitzt an. «Erinnerst du dich, auf welche Art ich meine Anstellung bei dir bekommen hab?» fragte ich. «Damals glaubte ich, ich wär jemand. Seither bin ich viel rumgekommen. Du bist ja der geborene Don Juan. Ich hab tatsächlich nicht gewußt, welche diesbezüglichen Qualitäten du hast, hätte ich nicht eine gewisse kleine Tänzerin kennengelernt, die du in einem Hotel außerhalb der Stadt einquartiert hast.»

Ich glaubte fast, ihm würde eine Ader platzen. Sein Gesicht nahm eine dunkle Purpurfarbe an. «Wieso weißt du von ihr?» gelang es ihm schließlich zu fragen.

«Man kommt rum, Sam», erwiderte ich lächelnd, «jetzt bin ich eben ein großer Junge.»

Er räusperte sich verlegen, griff nach einem Bleistift und spielte damit. «Du weißt doch, wie das ist, mein Junge», sagte er verwirrt und mied meinen Blick, «ich bin verrückt nach deiner Schwester, aber sie bildet sich jedesmal, wenn ich ihr in die Nähe komme, ein, krank und erschöpft zu sein. Ein Mann muß sich doch mal irgendwo austoben können.»

«Ich übe keine Kritik an dir, Sam», sagte ich in nachsichtigem Ton, «vielleicht beneide ich dich sogar. Ich glaube aber nicht, daß Mimi diese Sache sehr schätzen würde. Sie ist nämlich ein besonders stolzes Mädchen.»

Sam starrte mich an, dann lehnte er sich behaglich in seinem Sessel zurück. Alle Gehässigkeit war aus seiner Stimme verschwunden. «Hör mal, mein Junge, ist's nicht genug, daß ich mich deiner damals angenommen hab, wie du dich in dieser ekligen Situation befunden hast und sonst niemanden hattest, an den du dich wenden konntest? Ist's nicht genug, daß ich dafür gesorgt hab, daß du nicht in den Knast kommst, daß ich die Kaution erlegt, die Sache mit der Anklage geregelt und dir obendrein noch eine Stellung gegeben hab? Bist du noch immer nicht zufrieden?»

Ich erhob mich und lehnte mich über den Schreibtisch. Ich sprach jetzt ganz aufrichtig mit ihm. «Ich verdanke dir mehr als irgend jemandem auf der Welt, Sam. Glaub mir, ich bin dir für alles dankbar, was du getan hast. Mir ist's ebensowenig recht, dich erpressen zu müssen, wie dir selbst. Aber 's gibt mehr auf der Welt als bloß 'ne Anstellung, von der man leben kann. Ein Mann muß auch etwas eigenes Geld haben. In einer Stellung gelingt's dir nie, Sam. 's gibt nur einen Weg, um dieses Ziel zu erreichen. Du mußt selbst nach dem großen Geschäft greifen. Dir ist's im ersten Jahr oben auf dem Land klargeworden und du bist dabei nicht schlecht gefahren. Jetzt möcht ich mein Glück versuchen. Gewiß, ich war bisher zufrieden, aber jetzt will ich meine Chance, um selbst ins große Geschäft einzusteigen.»

Er blickte mir lange in die Augen, dann breitete sich langsam ein Lächeln über seine Züge. Er wußte genau, wann er geschlagen war. Es hinderte ihn allerdings nicht, noch einen Versuch zu machen. «Nimm an, Fields versucht dir in die Quere zu kommen?»

«Das wird er nicht», antwortete ich zuversichtlich, «das hab ich nämlich rausbekommen, während ich für dich gearbeitet hab. Für ihn ist's nich groß genug.»

Sam lehnte sich in seinen Sessel zurück und griff nach seinem Scheckbuch. «Okay, Danny», sagte er gelassen, «wieviel brauchst du?»

«Sechstausend», antwortete ich.

«Für wie lange?»

«Ein Jahr nach Kriegsschluß», erwiderte ich rasch, «ich darf nichts riskieren.»

«Himmel, der Krieg kann auch noch zehn Jahre dauern», platzte er los.

Ich lächelte. «In dem Fall hast du auch kein Geld mehr. Ich schätze, die Automaten werden noch drei Jahre lang funktionieren. Und bis dahin muß ich schon in der Lage sein, mir neue zu beschaffen.»

Sam rechnete. «Zu den üblichen Zinsen, Danny?» fragte er gerissen.

Bei diesen Geschäften waren die üblichen Zinsen der reinste Wucher – gewöhnlich sechs für fünf! «Übertreib nur nicht, Sam», sagte ich, «schließlich bleibt's in der Familie.»

«Zehn Prozent jährlich, mit undatierter Rechnung», sagte er rasch.

Ich nickte. «Das ist fair, Sam», sagte ich grinsend. «Willst du, daß ich jetzt für dich nach Atlantic City fahre?»

«Zum Teufel, nein!» fluchte er, während seine Feder bereits kratzende Geräusche in seinem Scheckbuch machte. «Schlag dich jetzt mit deinem eigenen Schwindel rum, jetzt bist du selbständig!»

9

Ich trat aus Sams Büro und setzte mich wieder an meinen Schreibtisch. Ich betrachtete den Scheck in meiner Hand. Ich konnte noch immer nicht glauben, daß es mir gelungen war. Der Gedanke war mir zuvor nie gekommen, erst nachdem ich das Büro betreten hatte. Ich breitete den Scheck auf dem Schreibtisch aus und glättete ihn. Die Schrift starrte mich an: sechstausend Dollar. Ich hatte die seltsame Anwandlung, das Geld zu nehmen und eiligst abzuhauen. Ich hatte nie im Leben soviel Geld gehabt.

Dann geriet ich wieder stark in Versuchung, zu Sam zu gehen und ihm den Scheck zurückzugeben. Ich wollte ihm sagen, daß ich mir's überlegt habe und doch lieber meine Stellung behalten möchte. Es war verrückt, auch nur anzunehmen, daß mir die Durchführung eines so gigantischen Plans gelingen könnte. Sam war ein äußerst gerissener Kaufmann, und wenn er darin kein Geschäft sehen konnte, hatte er vielleicht doch recht. Ich hatte von seiner Geschäftsgebarung genug gesehen und gelernt, um zu wissen, daß er gewöhnlich recht hatte. Niemand baute ein Unternehmen, wie Sam es hatte, aus bloßer Luft auf. Wer war denn ich, daß ich zu behaupten wagte, er sei im Irrtum?

Ich war plötzlich sehr müde und schloß erschöpft die Augen. Was war denn in mich gefahren? Wozu diese großen Pläne? Zum Leben hatte ich genug, und ich war zufrieden. Noch vor wenigen Jahren hätte ich alles dafür gegeben, um so eine Stellung zu erhalten. Und jetzt war sie nicht mehr gut genug. Ich suchte krampfhaft nach einer Antwort dafür. Es gab eine – irgendwo –, es mußte eine geben. In irgendeiner geheimen Ecke verborgen, nicht greifbar, wie ein wohlvertrautes Wort, das einem auf der Zunge liegt. Es mußte einen Grund geben. Ich konnte nicht glauben, daß es nur deshalb war, weil Sam es nicht wollte.

Ich überdachte die ganze Sache nochmals gründlich. Vielleicht war etwas dabei, was mich faszinierte. Die Sache hatte vor einigen Wochen begonnen, als Sam mich über Land schickte, um seine Verkaufsautomaten zu überprüfen. Bis dahin hatte ich nur Sams Konzessionen zu inspizieren gehabt.

Am ersten Tag meiner Anstellung bei ihm hatte er mich in sein Büro gerufen. Da wurde mir zum erstenmal klar, daß er in Wirklichkeit ein Riesenunternehmen aufgebaut hatte. Er wartete, bis sich die Tür hinter mir geschlossen hatte. Dann erst begann er zu sprechen. Seine Augen waren kalt und herausfordernd. Er sprach in einem Ton, den ich von ihm nie zuvor gehört hatte, präzis und geschäftsmäßig.

«Danny, wenn du glaubst, daß dir hier was geschenkt wird, kannst du gleich wieder gehen.»

Ich antwortete nicht.

«Und wenn du glaubst, du hast die Stellung nur bekommen, weil du was über mich weißt, dann vergiß es lieber», fuhr er in demselben Ton fort. «Ich zahle dir dreißig Dollar in der Woche, weil ich erwarte, daß deine Arbeit dreißig Dollar wert ist.» Er starrte mich einen Augenblick an, als erwarte er eine Antwort. Da ich jedoch schwieg, fuhr er fort. «Erwarte dir keinerlei Protektion, weil du Mimis Bruder bist, du kannst das daher gleichfalls vergessen. Du wirst arbeiten, sonst fliegst du raus. Bei mir gibt's nichts anderes – nichts anderes zählt. 's ist mir egal, was du über mich zu wissen glaubst, wenn du nicht wirklich arbeitest. Ich würde dich rausschmeißen, ehe du wüßtest, was dir geschieht!» Er starrte mich wieder an. «Verstanden?»

Bei diesem vertrauten Wort mußte ich beinahe lächeln. Es war immer sein Lieblingswort gewesen. «Hab's kapiert», antwortete ich, «so möchte auch ich es haben. Ich hab Gnaden und Almosen satt bekommen.»

Er nickte schwerfällig mit dem Kopf. «Gut», sagte er, «dann verstehen wir einander. Geh jetzt und mach dich an die Arbeit.»

Damit wandte er sich wieder seinem Schreibtisch zu, und ich war entlassen. Als ich wieder hinaustrat, war das Gesicht der Sekretärin heftig gerötet. Ich lächelte ihr zu und trat an meinen Schreibtisch, der damals noch mitten unter den andern Angestellten stand. Meine Aufgabe war es, die Umsätze aller Konzessionen festzustellen und ihre Lagerbestände fortlaufend zu überprüfen.

Nach dieser Unterredung bekam ich nicht mehr viel von Sam zu sehen. Er behandelte mich genauso wie seine übrigen Angestellten, nicht besser und nicht schlechter. Ich hatte diese Stellung über ein Jahr inne, als bei der ersten Friedensrekrutierung einer der Inspektoren einberufen wurde. Sam beförderte mich auf seinen Posten. Ich erhielt fünfundvierzig Dollar in der Woche und einen Wagen zu meiner Verfügung. Meine Aufgabe war es von nun an, die verschiedenen Konzessionen zu besuchen, den Geschäftsgang zu überprüfen und herauszubekommen, ob unser Unternehmen seinen richtigen Anteil erhielt. Ein gewisser Verlust konnte bei einem so vagen und nebulosen Geschäft nicht vermieden werden, wir versuchten aber, ihn auf ein erträgliches Maß zu reduzieren.

Ich stellte mich bei dieser Sache recht geschickt an. Es kam so weit, daß ich, wenn ich an einem Ort eintraf, bloß einige Zeit herumsaß und dann instinktiv wußte, wie wir dran waren. Ich lernte, wieviel Gewinn für uns dabei herausschaute, und was wir zu tun hatten, um unsern richtigen Anteil zu bekommen. Es dauerte nicht lange, bis Sam bemerkte, daß ich von dem Geschäft etwas verstand. Er übertrug mir die Aufgabe, gewisse Geschäfte abzuschätzen. Ehe er ein Lokal übernahm, schickte er mich hin, um die Gewinnchancen vorher für ihn zu taxieren. Ich verbrachte damit stets nur soviel Zeit, als unbedingt nötig war, dann kehrte ich ins Büro zurück und erstattete Sam meinen Bericht. Er stimmte gewöhnlich bis auf wenige Dollar.

Er gab mir einige Gehaltsaufbesserungen und verwendete mich alsbald ausschließlich für diese Schätzungen. Das freute mich aus verschiedenen Gründen, hauptsächlich aber, weil wir beide wußten, daß ich mein Geld wert war. Für mich gab's in keiner Beziehung die geringste Bevorzugung, doch ich war der einzige Mensch, dessen Wort er bei der Beurteilung einer Konzession gelten ließ. Bis dahin hatte er die neuen Unternehmen stets selbst abgeschätzt.

Ich hatte nie an etwas anderes als meine Arbeit gedacht, bis mich Sam eines Tages zur Begutachtung der Verkaufsautomaten schickte. Etwas an diesem Geschäft faszinierte mich im selben Augenblick, als ich Mr. Christensons Laden betrat. Es war keineswegs das Geld, denn Sam besaß viele Betriebe, die ich ihm empfohlen hatte, bei denen bedeutend mehr oder bedeutend weniger Geld auf dem Spiel stand. Es war einfach die Idee, die mich faszinierte. Ich konnte diese Automaten über die ganze Stadt verstreut vor meinen geistigen Augen sehen, auf den besten Plätzen – in Restaurants, auf Bahnhöfen, Flughäfen, auf jedem Platz, wo sich Menschen länger aufhielten, wo sie sich ansammelten oder wohin sie sich begaben, um die Zeit totzuschlagen.

Riesige Metallautomaten, die unpersönlich dastanden und doch die Hand in jedermanns Tasche hatten, die jeden Geschmack reizten und jedermanns Bedarf befriedigten. Haben Sie Durst? Trinken Sie eine Coca-Cola. Und hier sind Kaugummi, Süßigkeiten, Zigaretten ...

Vielleicht war es die Art, wie Mr. Christenson darüber gesprochen hatte. Ich entnahm seinem ganzen Gehaben, daß er an einem Verkauf nicht wirklich interessiert war. Aber was sollte der Bursche tun, wenn sein Arzt ihm sagt, er habe einen Herzfehler und müsse die Sache entweder aufgeben oder ins Gras beißen?

Woher Sam davon Wind bekommen hatte, habe ich nie herausbekommen; aber als ich hinkam und sah, daß die Sache mit einer Belegschaft von nur fünf Mann betrieben wurde und die Einnahmen in der Woche dreitausend ausmachten, reizte es mich sofort. Es reizte mich sogar noch mehr, nachdem ich das ganze Unternehmen genau geprüft hatte.

Christenson hatte einhunderteinundvierzig Verkaufsautomaten für Zigaretten und zweiundneunzig für Coca-Cola in Betrieb. Im Laden befanden sich vierzehn Automaten, für die er keine Ersatzteile bekommen konnte. Wären sie aber im Betrieb, so brächten sie weitere dreihundert Dollar in der Woche ein. Überdies waren vierzig Prozent aller Lokalitäten schlecht gewählt, aber Christenson war zu krank, um neue Aufstellungsplätze ausfindig zu machen. Mit neuen Aufstellungsplätzen konnte man die Bruttoeinnahmen mit Leichtigkeit auf viertausend in der Woche bringen.

Christenson schätzte seinen Reingewinn mit zehn Prozent der Bruttoeinnahmen, was also etwa dreihundert Dollar in der Woche ergab. Wenn alles getan würde, was ich mir ausgedacht hatte, könnten wir den Reingewinn nach meiner Berechnung um mindestens fünfzehn Prozent erhöhen. Das hieße sechshundert in der Woche bei einer Bruttoeinnahme von viertausend. Das ist schon ein recht hübscher Verdienst. Und deshalb hatte ich Sam das Geschäft empfohlen.

Er konnte einen solchen Betrieb leicht mit der linken Hand führen und mit seinen Beziehungen wahrscheinlich auch noch mehr Automaten bekommen. Damals hatte ich mich zum erstenmal auf rein persönliche Weise damit beschäftigt. Ich hatte mir überlegt, wenn Sam darauf einginge, könnte ich mit ihm einen Vertrag schließen und den Betrieb für ihn führen. Als nächstes fuhr ich zu den Erzeugern der Automaten, um mich über die Beschaffung von Ersatzteilen und die Liefertermine zu informieren. Natürlich war derzeit nichts vorrätig, sie hatten viel zuviel mit Heereslieferungen zu tun; aber einer der Leute hatte mir einen Prospekt gezeigt, in dem die Nachkriegsautomaten abgebildet waren.

Ich hatte die Augen weit aufgerissen. Das war ein Feld, das wir beide uns nicht entgehen lassen durften. In diesem Prospekt befanden sich mehr Taschendiebe als auf Coney Island an einem Tag mit großer Besucherzahl. Automaten, die Hot Dogs brieten und in einem getoasteten Brötchen, säuberlich in eine Serviette gewickelt, lieferten; Automaten, die heißen Kaffee in Papierbechern verkauften; Sandwiches – einfach alles, was man sich nur ausdenken konnte. Es gab sogar Automaten, die auf dem Flugfeld Versicherungspolicen verkauften, ehe man eine Flugreise antrat. Sie hatten an alles gedacht – mit Ausnahme der entsprechenden Lokalitäten.

Die große Chance lag im Rinnstein, wie eine Zwei-Dollar-Hure. Es handelte sich nicht darum, daß Christensons Geschäft jetzt ungemein einträglich war, denn es war völlig gleichgültig, ob es derzeit auch nur einen Cent einbrachte. Es drehte sich bloß um die ungeheuren Absatzmöglichkeiten der Nachkriegszeit, diesen Reiz und Ansporn, den man in jedem Geschäft suchte. Während jedermann mit andern Dingen beschäftigt war, konnte man bei einem Geschäft wie diesem in aller Gemütsruhe herumschnüffeln und sich die besten Lokalitäten des Landes sichern. Dann wäre es wirklich *das* große Geschäft.

Aber Sam war eben wie alle andern. Er verdiente gut; er wollte sich nicht anstrengen. Wozu sich auf Spekulationen einlassen, wenn das Geld ohnedies wie Johnstowns Flut einströmte?

Ich blickte wieder auf den Scheck in meiner Hand. Ich hatte noch immer keine Antwort auf meine Frage gefunden. Was drängte mich dazu, es zu tun? Ich wußte jetzt, daß es nicht das Geschäft allein war, es war noch etwas anderes. Aber erst als ich an diesem Abend nach Hause kam und mit Nellie sprach, fand ich die Antwort.

Ich trat leise in die Wohnung und überlegte, wie Nellie die Neuigkeit aufnehmen würde. Ich hoffte, daß sie sich keine Sorgen machen würde, aber in dieser Beziehung war sie komisch. Sie hielt große Stücke auf eine stetige Arbeit und erspartes Geld; und eine Anstellung schien ihr der einzige Weg zu sein, um Geld zu verdienen. Sie hatte sich verschiedene Male geweigert, aus unsrer Wohnung auszuziehen, als ich es ihr vorschlug. «Wozu das Geld für die Miete ausgeben?» hatte sie argumentiert. «Wir fühlen uns hier doch sehr wohl.»

«Aber Herzchen», hatte ich eingewendet, «um etwas mehr Geld könnten wir anderswo noch weit behaglicher leben.»

«Nein», hatte sie gesagt, «es ist viel besser zu sparen, während wir noch verdienen. Niemand kann sagen, ob es nicht wieder aufhört, und dann werden wir jeden Penny brauchen, den wir uns erspart haben.»

Einige Zeit sprach ich nicht mehr darüber, denn ich verstand sehr gut, wovor sie sich fürchtete, und dazu hatte sie auch allen Grund. Bisher hatten wir nichts als Armut gekannt. Welches Recht hatten wir, zu erwarten, daß sich dieser Zustand je ändern könnte? Es ist die Philosophie der Armen, deren Wurzeln so tief saßen, daß sie niemand auszurotten vermochte.

Ich schloß die Tür geräuschlos hinter mir. «Nellie», rief ich leise, denn manchmal schlief sie, wenn ich heimkam. Sie arbeitete den ganzen Tag an der großen Plastikmaschine, und das beanspruchte ihre ganze Kraft.

Da ich keine Antwort erhielt, schlich ich mich auf Zehenspitzen ins Schlafzimmer. Als ich halbwegs durch das Wohnzimmer gekommen war, bemerkte ich sie in einer Ecke der Couch, wo sie, bereits für das Dinner gekleidet, zusammengekauert schlief. Ich trat leise näher.

Die eine Hand hing ausgestreckt von der Couch herab, die andere drückte sie fest an ihren Busen. Sie hielt etwas in dieser Hand, und ich sah, daß es ein Foto von Vickie war, das wir während des kurzen Sommers ihres Lebens auf dem Hausdach aufgenommen hatten. Nellie hatte sie gehalten, während ich das Bild mit einer ausgeliehenen Kamera aufnahm. Ich erinnere mich, wie begierig wir auf die Bilder gewartet hatten, die wir im Drugstore an der Ecke hatten entwickeln lassen, und wie mühsam wir uns jeden Penny absparten, um das Geld für die Abzüge zusammenzubekommen.

Nellie hatte das Kind hoch in die Luft gehalten, Vickie hatte selig gelacht und Nellie hatte strahlend zu ihr emporgelächelt. Ich fühlte einen Knoten in der Kehle. Nellie sah auf dem Bild selbst noch wie ein Kind aus.

Ich betrachtete Nellie, ihre Augen waren geschlossen, sie atmete leicht und regelmäßig. Ihre langen schwarzen, gebogenen Wimpern lagen auf ihrer zarten weißen Haut, und von ihren Augen liefen feine Streifen über ihr Make-up. Sie hatte geweint, sie hatte das Foto betrachtet und geweint! Plötzlich kannte ich die Antwort, dic ich vergeblich gesucht hatte.

Ich wußte, weshalb wir nie wieder ein Kind bekommen hatten, warum Nellie so ängstlich bestrebt war, keinen unnötigen Penny auszugeben, warum sie nicht wollte, daß wir von hier wegziehen. Sie hatte Angst! Sie schob sich selbst die Schuld zu für das, was Vickie geschehen war, und sie wollte nicht, daß es sich wiederholte – weder die Angst noch die Armut, noch die Herzensqual.

Und ich wußte, weshalb ich in das große Geschäft wollte, weshalb ich die Chance ergreifen mußte. Es hieß, entweder unser ganzes Leben lang im Schatten der Angst zu leben, oder sich ein für allemal davon zu befreien, um alle Schätze der Welt erringen zu können, die man sich wünschte. Das war alles. Wir mußten uns von der Angst befreien, damit wir an ein Morgen denken konnten, ein Morgen, an das zu denken wir uns bisher fürchteten, weil es so sehr dem Gestern glich.

Jetzt würden wir wieder an uns selbst denken können. Wie andere Menschen dürften wir uns die verschiedensten Dinge wünschen, wir dürften wieder fühlen und hoffen. Das war es.

Du stirbst nicht so einfach, gleichgültig, was geschieht; du gibst nicht auf, du lebst weiter. Das ist es: du lebst weiter. Das Leben ist nicht etwas, das man auf- oder abdrehen kann wie einen Wasserhahn, keinesfalls, solange das Blut in deinen Adern kreist, das Herz schlägt und die Seele hofft. Das ist es. Du lebst weiter!

Ich nahm das Foto behutsam aus Nellies Fingern, steckte es in meine Tasche und setzte mich ihr gegenüber in einen Fauteuil, um zu warten, bis sie erwachte, und ihr zu erzählen, was ich soeben gelernt hatte.

10

Ich saß verlegen in Mimis Wohnzimmer und blickte meinen Vater an. Es war eines ihrer größten Anliegen, uns eines Tages zu versöhnen. Ich wünschte, sie hätte nie daran gerührt, denn es hatte keinen Sinn. Zu viele Dinge lagen zwischen uns, wir hatten uns zu weit voneinander entfernt. Jetzt saßen wir wie zwei Fremde im selben Zimmer – und machten Konversation! Obwohl sich jeder von uns der Nähe des andern aufs stärkste bewußt war, richteten wir das Wort nie direkt aneinander.

Nellie und Mamma waren mit Mimi ins Kinderzimmer gegangen, um dabeizusein, wenn die Kleinen zu Bett gebracht werden, und nur Sam, Papa und ich waren vor dem Dinner im Wohnzimmer zurückgeblieben. Papa und ich sprachen nur, wenn Sam etwas zu einem von uns sagte. Dann antworteten wir einsilbig und steif, als hätten wir Angst, daß unsre Worte zu einem gefährlichen Thema führen könnten.

Schließlich wußte auch Sam nichts mehr zu sagen, was uns beide interessieren könnte, er zog sich gleichfalls in ein unbehagliches Schweigen zurück. Er griff nach seiner Zeitung und blätterte in den Sportnachrichten. Einige Sekunden war das Rascheln der Zeitung das einzige Geräusch im Zimmer.

Ich hatte durchs Fenster in den gegenüberliegenden Park geschaut. Es war beinahe ganz dunkel geworden, die Lichter flammten in den Gebäuden auf und leuchteten wie goldgelber Topas auf purpurnem Samt.

«Danny, erinnerst du dich an den Burschen, gegen den du im Finale gekämpft hast – an Joey Passo?»

Ich drehte mich zu Sam um. Ich erinnerte mich sehr gut. «Das war im Semifinale, Sam», korrigierte ich ihn, «es war dieser Bursche, der mich um ein Haar besiegt hätte. Er war sehr gut.»

Sam nickte. «Stimmt. Ich hab ja gewußt, daß du einmal gegen ihn angetreten bist. Hier steht, daß er soeben einen Vertrag für das Leichtgewichtschampionat im kommenden Herbst unterschrieben hat.»

Ich fühlte, daß mich mein Vater gespannt ansah. «Hoffentlich gewinnt er's», sagte ich, «er hat viel Talent, ist tapfer und kann das Geld brauchen.»

«Du hättest es auch gewinnen können», sagte Sam, ohne von der Zeitung aufzublicken, «du hattest ebenfalls Talent und die besten Chancen, die mir je untergekommen sind.»

Ich schüttelte den Kopf. «Mm-mm. Mir war's eine zu robuste Angelegenheit.»

Sam sah von seiner Zeitung auf. «Dir fehlte bloß der Instinkt des Killers. Noch ein paar Kämpfe, dann wäre dir auch dafür der Knopf aufgegangen.»

Ehe ich zu antworten vermochte, sagte mein Vater: «Ein Beruf, in dem ein Mann den Instinkt eines Killers haben muß, ist kaum das, was ich für meinen Sohn wünsche.»

Sowohl Sam als auch ich starrten ihn überrascht an. Soweit wir uns erinnern konnten, geschah es zum erstenmal, daß er sich in ein Gespräch, das wir führten, einmischte.

Papas Gesicht war wieder sehr rot. «Wenn ein Mann ein Killer sein muß, um Erfolg zu haben, dann ist's ein dreckiges Geschäft!»

Sam und ich wechselten verständnisinnige Blicke, dann sagte Sam: «Aber Dad, das ist doch bloß eine Redensart, die die Boxer verwenden, es bedeutet nichts anderes, als daß man, wenn man seinem Gegner genügend zugesetzt hat, auch weiß, wie man ihn rasch und sicher k. o. schlägt.»

«Eine wortreiche Entschuldigung bleibt eine Entschuldigung», sagte Papa beharrlich und eigensinnig, «wenn sich's aber bloß um eine Redensart handelt, wieso kommt es, daß ich immer wieder in der Zeitung lese, daß ein Boxer getötet worden ist?»

«Das sind unglückliche Zufälle, Dad», sagte Sam, «du liest doch auch täglich von Menschen, die bei einem Autounfall getötet worden sind. Deshalb ist doch nicht jeder, der ein Auto lenkt, ein Killer.»

Papa schüttelte den Kopf. «Das ist etwas ganz anderes.»

Jetzt wurde auch Sam starrköpfig. «Das ist gar nichts anderes, Dad», fuhr er fort. «Boxen ist ein Sport, der ungemein viel Geschicklichkeit erfordert. Es gibt sehr wenig Menschen, die alle hierfür nötigen Eigenschaften besitzen: geistige, und körperliche Koordination, vereint mit einer zähen Entschlossenheit zu gewinnen. Das sind angeborene Talente, und wenn du jemanden entdeckst, der sie alle in sich vereint, dann hast du einen ganz außergewöhnlichen Menschen vor dir. Dein Sohn Danny gehörte zu ihnen.»

Er sah mich einen Moment an, ehe er fortfuhr. In seinen Augen war eine tiefverwurzelte Zuneigung zu lesen. «Danny gehörte zu diesen Menschen, Dad, denen man nur einmal im Leben begegnet.» Er sprach jetzt sehr leise, beinahe wie zu sich selbst. «Als ich ihn zum erstenmal sah, war er ein hochaufgeschossener, schlacksiger Junge, sehr groß für sein Alter, der in der Schule einen Boxkampf ausfocht. Vorher war er nichts anderes als eben irgendein Junge in seiner Klasse, aber nachher war er etwas Besonderes. Er hatte das gottgegebene Talent.»

Papa knurrte: «Ein Teufelstalent, behaupte ich.»

Sams Augen blitzten. «Darin irrst du dich, Dad, so wie du dich schon in vielen Dingen geirrt hast. Wie sich alle Menschen gelegentlich irren. Wenn du wüßtest, wie wenige Männer es in Wirklichkeit auf der Welt gibt, deren Arme und Beine sich ebenso exakt und rasch bewegen, wie ihr Gehirn es ihnen befiehlt, dann würdest du verstehen, was ich meine.»

Papa stand auf. «Ich will nichts mehr davon hören», sagte er abschließend. «Es interessiert mich nicht. Für mich bleibt das Boxen die Tätigkeit eines Mörders!»

Jetzt wurde Sam wütend. «Wenn du so darüber denkst», schnauzte er ihn ironisch an, «wieso hast du es dann in Ordnung gefunden, daß Mimi mich geheiratet hat? Ich war ein Boxer.»

Papa sah auf ihn hinunter. «Damals warst du kein Boxer mehr», antwortete er.

«Aber ich wäre es gewesen, wenn ich mir die Kniescheibe nicht gebrochen hätte», entgegnete Sam heftig.

Papa zuckte die Achseln. «Mimi wollte dich heiraten. Es war nicht meine Sache, ihr zu sagen, was sie tun soll. Sie konnte heiraten, wen sie wollte, ich hatte kein Recht, mich einzumischen.»

Sams Gesicht wurde krebsrot. Jetzt war er wirklich wütend. «Und wann hast du das Recht, dich einzumischen, Dad? Immer dann, wenn es dir paßt? Du hast dich keineswegs daran gehalten, als Danny ...»

«Hör doch auf, Sam», sagte ich, ihn hastig unterbrechend. Diese Angelegenheit spielte zwischen meinem Vater und mir; es war sinnlos, daß auch er sich in diesen Streit einmischte.

Sam wandte sich kriegerisch gegen mich. «Warum soll ich schweigen?» fragte er. «An dieser Sache bin ich ebenfalls beteiligt. Bei diesem Fiasko hab ich einen Haufen Geld verloren.» Er sah Papa eigensinnig an. «Alles war okay, solange der Junge das tat, was du ihm sagtest, als er aber nicht mehr auf dich hören wollte, war's nicht mehr gut. Aber das Geld, das er von seinen Kämpfen nach Hause brachte, das Geld hast du nie verschmäht. Und die fünfhundert Dollar, die er in der Nacht, als du ihn ausgesperrt hast, für dich zurückließ, die haben mich fünftausend gekostet und dem Jungen beinahe das Leben! Das hast du alles nicht gewußt, was?»

Papa war totenblaß geworden. Er sah mich beinahe schüchtern an. «Es ist nur in Ordnung, wenn ein Sohn auf das hört, was sein Vater ihm sagt», behauptete er.

«In Ordnung, ja», sagte Sam, «aber er ist nicht verpflichtet, das zu tun, was du ihm sagst. Ich werde das nie von meinen Kindern verlangen, was sie auch tun mögen: recht oder unrecht. Sie haben mich nicht gebeten, in die Welt gesetzt zu werden. Da ich sie mir gewünscht habe, bin ich verpflichtet, ihnen beizustehen, ob ich mit ihren Wünschen übereinstimme oder nicht.»

Papa winkte aufgeregt mit der Hand. «Ich will nichts mehr hören», sagte er, «wir werden ja sehen, wie du dich gegebenenfalls verhalten wirst.»

«Du wirst es nie erleben, daß ich einen meiner Söhne von der Tür weise», schrie Sam.

Papa starrte ihn einen Moment an und wurde sehr blaß. Dann ging er stumm aus dem Zimmer.

Ich sah zu Sam hinüber. Sein Gesicht war noch immer zornrot. «Wozu hast du das getan?» fragte ich. «Du verschwendest nur deine Zeit.»

Sam machte eine ärgerliche Handbewegung. «Ich hab es satt, dem Alten immer wieder zuzuhören. Er versteht immer alles besser. Ich hab es satt, seine Anspielungen auf dich zu hören, was er von dir erwartet hat und welche entsetzliche Enttäuschung du für ihn bist.»

«Aber warum warst du denn so wütend?» fragte ich. «Das hat doch nichts mit dir zu tun. Das sagt er doch über mich.»

«Er weiß ganz genau, daß ich aus dir einen berühmten Boxer machen wollte», sagte Sam, «und das ist seine Art, mit mir abzurechnen, weil du nämlich auf mich statt auf ihn gehört hast. Eines Tages werde ich ihm schon noch klarmachen, daß er sich in vielen Dingen im Irrtum befunden hat.»

Ich starrte Sam an, dann wandte ich mich ab und zündete mir eine Zigarette an. «Das wird dir nie gelingen, Sam», sagte ich über die Schulter, «du wirst's nie erreichen, daß er in irgendeinem Punkt seine starren Ansichten ändert. Glaub mir, ich muß es wissen. Schließlich ist er doch mein Vater.»

II

Ich sah auf meine Uhr, während ich durch die kleine Werkstätte schritt. Der Mechaniker reparierte soeben einen Zigarettenautomaten.

«In zwei Stunden funktioniert er wieder, Mr. Fisher», sagte er grinsend.

«Lassen Sie sich nur Zeit», sagte ich, «es hat keinen Sinn, ihn wieder rauszuschicken.»

Der Mann sah mich mit einem verstehenden Blick an. «Kommt nichts mehr rein?»

Ich schüttelte den Kopf. «In einer ganzen Wagenladung nicht eine einzige Zigarette.» Damit verließ ich den Raum.

Das war milde ausgedrückt. Seit nahezu sechs Monaten waren Zigaretten schwerer erhältlich als Geld, und wenn es sich herumsprach, daß irgendwo Zigaretten zu haben waren, stellten sich die Leute in riesigen Schlangen an. Wäre ich nicht so schlau gewesen und hätte erraten, daß so was kommen wird, müßte ich jetzt glatt zusperren. Aber ich hatte richtig spekuliert und mit Hilfe einiger Männer, die nicht abgeneigt waren, sich einige Extradollars zu verdienen, war ich in der Lage gewesen, mir einen beträchtlichen Vorrat anzulegen. Wie ich die Situation jetzt überblickte, konnte ich nichts dabei verlieren, was auch geschah. Mir blieb immer die Möglichkeit, die Zigaretten durch meine Automaten an den Mann zu bringen. Aber sie waren Mangelware geworden, und jetzt gehörte ich zu den wenigen Leuten in dieser Branche, die ein Vorratslager besaßen. Jetzt war ich an der Reihe, Geld zu machen.

Ich steckte den Kopf in das kleine Hinterzimmer, das als Büro diente. «Hat Sam Gordon schon angerufen?» fragte ich meine Sekretärin.

Sie schüttelte den Kopf. «Nein, Mr. Fisher.»

«Gut, sagen Sie mir Bescheid, wenn er anruft.» Ich kehrte in den Laden zurück. Sam würde bestimmt anrufen. Ich wußte, daß er anrufen würde, denn er mußte anrufen, ob er nun wollte oder nicht.

Ich war mit mir recht zufrieden. Hielt dieser Warenmangel noch kurze Zeit an, dann konnte ich einen gewaltigen Schnitt machen. Dann konnte ich nach dem Krieg ins wirklich große Geschäft kommen. Es mußte mir gelingen, durch diese Unternehmung genug Geld hereinzubringen, um mir die besten Lokale der Stadt für meine Automaten zu sichern.

Ich wanderte wieder in die Werkstatt und sah dem Mechaniker eine Weile zu. Hinter ihm auf der Bank lag eine Zeitung. Ich griff mechanisch danach. «Wie steht's mit dem Krieg?» fragte ich lässig und überflog die Spalten.

«Ziemlich gefährlich», meinte der Mechaniker, «diese Nazis sind nicht so leicht kleinzukriegen.»

«Wir werden's schon schaffen», sagte ich, ohne mich wirklich mit diesem Gedanken zu befassen. Ich war zu sehr damit beschäftigt, mir zu überlegen, ob Sam auf den Preis eingehen würde, den ich mir vorgestellt hatte. Ich holte tief Atem. Er mußte es tun, denn andernfalls hatte er keine Ware, die er in seinen Konzessionen verkaufen konnte.

Ich überflog die Schlagzeilen. In Frankreich zogen sich die Deutschen zurück, und Pattons 3. Armee war ihnen hart auf den Fersen. «Wir werden's schon schaffen», wiederholte ich.

«Das hoffe ich, Mr. Fisher», erwiderte der Mechaniker in dem Ton, in dem ein Angestellter mit seinem Boss spricht.

Ich lehnte mich bequem an die Werkbank und blätterte in der Zeitung. Eine kleinere Schlagzeile erregte meine Aufmerksamkeit. «OPA behauptet, es besteht keine Zigarettenknappheit.» Ich grinste verstohlen, während ich die Spalte bis zu Ende las. Wieso rauchten so viele Leute getrocknete Blätter, wenn keine Knappheit bestand?

Die Zeitung zitierte die OPA, welche behauptete, die Schuld liege einzig und allein bei den Hamsterern. Skrupellose Leute stapelten die Zigaretten in Warenhäusern auf, um den Schwarzmarkt damit zu versorgen, anstatt sie in die normalen Verteilungskanäle fließen zu lassen.

Fast hätte ich laut herausgelacht. Ich fragte mich, was diese Maulhelden wohl tun würden, hätten sie dieselbe Chance, daran zu verdienen, wie ich. In die normalen Kanäle fließen lassen? Den Teufel würden sie tun! Sie würden genau dasselbe tun wie ich: sie kaufen, einlagern und zur richtigen Zeit zum höchsten Preis verkaufen, den man erzielen kann. Derartige Chancen hat man nicht so häufig, und ich war nicht dumm genug, zum behördlich festgesetzten Preis damit herauszurücken, wenn ich das Doppelte oder noch mehr bekommen konnte.

«So, Mr. Fisher», rief der Mechaniker, «jetzt ist er wieder okay.»

«Ist recht, Gus», sagte ich, «wenn Sie sonst nichts mehr zu tun haben, machen Sie für heute Feierabend.»

«Schönen Dank, Mr. Fisher», sagte der Mann und grinste dankbar. Dann wandte er sich wieder zu dem Automaten zurück. «Zu dumm, daß wir nich genug Zigaretten kriegen, um ihn wieder in Betrieb zu stellen», sagte er.

«Ja», bestätigte ich, «es ist wirklich zu dumm. Aber vielleicht machen wir uns unnütze Sorgen. Die OPA behauptet, daß es gar keine Zigarettenknappheit gibt.»

Der Mann nickte. «Hab's gelesen», antwortete er erbost, «nur diese lausigen Hamsterer sind schuld! Uns ehrliche Männer lassen die nichts verdienen!»

Ich pflichtete ihm bei, er habe ganz recht. Ich sah ihm zu, wie er seinen Overall auszog, und überlegte dabei, was er wohl sagen würde, wenn er etwas von den Zigaretten wüßte, die ich eingelagert hatte. Wahrscheinlich würde er nach der Polizei schreien. Er war einer von diesen ehrlichen armen Teufeln. Ich war froh, daß ich vorsichtig genug war, sie nicht im Geschäft, sondern in einem privaten Lagerhaus einzulagern. Auf diese Art wußte niemand, was und wieviel ich hatte.

Und jetzt meldete mir meine Sekretärin: «Mr. Gordon ist am Telefon.»

«Ich komme.» Ich ließ die Zeitung auf die Werkbank fallen und eilte in das Büro. Ich griff nach dem Hörer. Die Sekretärin ordnete Briefe auf ihrem Schreibtisch, achtete aber nicht auf mich.

«Hallo, Sam», rief ich ins Telefon.

«Wie steht's heut mit den Zigaretten am Schwarzmarkt, Danny?» fragte er.

Ich grinste ins Telefon. «Nur ruhig, Sam, nur ruhig. Du weißt, wie empfindsam ich bin. Du verletzt meine zarte Seele.»

«Dich kann nichts und niemand verletzen», schnauzte mich Sam scharf an, «außer wenn du Geld blechen mußt.»

«Ist das die Art, wie du mit deinem einzigen Schwager sprichst?» frozzelte ich ihn. «Besonders, wenn ich mir's angelegen sein lasse, dir einen Gefallen zu tun?»

«Blöder Quatsch! Ich kenne dich», erwiderte Sam in äußerst freundlichem Ton, «also sag schon, wieviel bekommst du heute dafür?»

«Das hängt von verschiedenen Umständen ab», sagte ich ausweichend, «wieviel brauchst du?»

«Fünftausend Kartons», antwortete Sam.

Ich stieß einen leisen Pfiff aus. «Das ist 'ne Menge Rauchzeug», sagte ich, «aber ich glaub, um dreieinhalb pro Stück kannst sie haben.»

«Was?! Dreieinhalb Dollar für einen Karton?» Sams Stimme sprengte fast den Hörer.

«Was soll diese Handelei?» fragte ich leichthin. «Deine Mädchen bekommen für 'ne kleine Gefälligkeit einen halben Dollar oder noch mehr.» Ich wußte Bescheid. Nicht umsonst hatte ich all die Jahre für ihn gearbeitet. Diese hübschen, halbnackten Dinger mit den fast ganz nackten Hinterteilen, die in den Nachtclubs die Zigarettentassen vor sich hertragen, kannten sich aus, wie man die Männer um 'nen Dollar schröpft.

«Dreieinviertel», begann Sam zu handeln, «laß mich auch leben. Wenn ich nicht wäre, dann wärst du überhaupt nicht in dem Geschäft.»

«Dreieinhalb», sagte ich beharrlich, «ich halte zwar enorm viel von dir, Sam, und ich schulde dir noch immer die sechstausend – aber Geschäft ist Geschäft.» Das stimmte. Ich hatte Sam bisher noch nichts zurückgezahlt, weil ich das ganze eingehende Geld sofort in die Mietverträge für die neuen Lokale steckte.

«Danny», sagte Sam in flehendem Ton.

«Wohin willst du sie geliefert?» fragte ich, seinen flehenden Ton völlig ignorierend. Ich wußte, daß er sich diesen Preis leisten konnte. Sam scheffelte Geld wie nie zuvor.

Einen Moment war's ganz still. Dann sagte er mit müder Stimme: «An den gewohnten Platz.»

«Bezahlung per Nachnahme?»

«Ja», antwortete Sam ohne jegliche Begeisterung, «und ich hoffe, daß dich die OPA erwischt, du Bastard! Auf Wiedersehen.»

Lächelnd legte ich den Hörer nieder. Das waren rasch verdiente zehntausend. Mich selbst kostete der Karton bloß eineinhalb Dollar. Ich griff in die Schreibtischschublade und holte mein kleines Notizbuch heraus. Ich studierte es aufmerksam. Ich hatte eine Liste aller Lokale aufgestellt, die ich mieten wollte. Dieses Geld kam mir sehr gelegen. Fast die ganze Liste meines Büchleins war bereits ausgestrichen, bald war es so weit, daß ich darangehen konnte, meine Automaten in Auftrag zu geben.

Ich blickte auf den Kalender, es war nahezu Ende Mai. In wenigen Tagen würde ich siebenundzwanzig Jahre alt sein. Die Zeit verflog unheimlich rasch, ich begann alt zu werden.

Ich sah wieder in mein Buch. Es wäre wohl am besten, die Bestellung der Automaten sofort in Auftrag zu geben, wenn ich mir für die Zeit, da die Fabriken mit der Lieferung begannen, eine Vorzugsstelle auf der Liste sichern wollte. Denn die ganze Sache wäre keinen Schuß Pulver wert, wenn ich die Automaten nicht rechtzeitig bekäme.

12

Ich betrat lächelnd unsre Wohnung. Nellie beugte sich eben über den Herd und blickte in einen Topf. Ohne sich aufzurichten, wandte sie mir ihr Gesicht zu, und ich küßte sie auf die Wange.

«Was gibt's zum Dinner, Baby?» fragte ich fröhlich.

«Schmorbraten mit gedämpften weißen Zwiebeln», antwortete sie.

Ich beugte den Kopf über ihre Schulter und schnupperte die köstlichen Düfte, die aus dem Kochtopf aufstiegen. «Mensch! Das riecht aber gut!» rief ich grinsend. «Wie bringst du das bloß fertig?»

«Es ist schon so nahe zum Monatsende, daß der Metzger einige Marken vom nächsten Monat dazugenommen hat», erklärte sie.

«Ich weiß nicht, wie dir das immer gelingt», sagte ich in bewunderndem Ton, «arbeitest den ganzen Tag in dieser stinkenden Fabrik und kommst dann nach Hause und kochst noch eine so großartige Mahlzeit.»

«Na, das sind mir aber viele Komplimente auf einmal», neckte sie mich, «da willst du doch bestimmt was.»

Ich schüttelte den Kopf. «Mm-mm. Ich mein's wirklich. Wir brauchen das Geld nicht mehr, warum gibst du's denn nicht auf?»

«Ich hab auch schon daran gedacht», sagte sie, «aber die Burschen dort brauchen uns, jetzt mehr denn je.»

«Und ich brauche dich viel dringender als diese Burschen», sagte ich rasch. «Was soll aus mir werden, wenn du dich derart aufreibst.»

«Ach, sei doch nicht töricht, Danny», sagte sie.

«Ich bin nicht töricht, aber ich mag Schmorbraten mit gedämpften weißen Zwiebelchen.»

Sie schob mich zum Badezimmer. «Geh jetzt und wasch dir die Hände», sagte sie fröhlich lachend. «Das Essen ist beinahe fertig.»

Ich ging lächelnd ins Badezimmer. Es tat mir wohl, sie so guter Stimmung zu sehen. Es war schon lange her, seit ich sie in so fröhlicher Laune gesehen hatte.

«Soll ich dir beim Spülen helfen?» fragte ich, ohne vom Abendblatt aufzuschauen.

«Du suchst dir immer die richtige Zeit aus, mich das zu fragen», antwortete sie trocken, «ich bin nämlich bereits fertig.»

Ich knurrte etwas, lehnte mich im Fauteuil zurück und wandte mich den Sportnachrichten zu. Die Yankees schienen so früh in der Saison bereits ausgezeichnet in Form zu sein.

Nellie kam jetzt gleichfalls ins Wohnzimmer und ließ sich mir gegenüber auf die Couch fallen. «Wie war's denn heute?» fragte sie mit müder Stimme.

Ich vermochte die Genugtuung nicht ganz aus meiner Stimme zu verbannen. «Ich hab Sam fünftausend Kartons angedreht. Das sind glatt verdiente zehntausend!»

Sie sah mich besorgt an. «Danny», sagte sie rasch, «ich habe Angst. Was, wenn sie dich erwischen?!»

Ich zuckte die Achseln. «Mach dir keine Sorgen. Sie werden schon nicht.»

«Aber Danny», wendete sie ein, «ich hab in der Zeitung gelesen, daß . . .»

«In der Zeitung steht immer eine Menge Unsinn», unterbrach ich sie, «sie wollen bloß auf den Busch klopfen. Außerdem: was können sie mir tun? 's ist ja nicht verboten, Zigaretten zu verkaufen.»

Sie sah noch immer besorgt drein. «Das Geld ist so ein Risiko nicht wert», sagte sie nüchtern. «Es ist jetzt bereits so weit, daß ich in der Nacht nicht mehr schlafen kann.»

Ich ließ die Zeitung sinken und sah sie an. «Hättest du's lieber, wenn ich wie die übrigen armen Teufel wäre? Davon haben wir reichlich gehabt, erinnere dich nur. Hat's dir so gut behagt, nicht mal genug Geld fürs Essen zu haben? Mir nicht. Ich hab's für alle Zeiten satt bekommen.»

Sie sah mir unverwandt in die Augen. «Daraus mache ich mir nichts», sagte sie ruhig, «ich will nur, daß du nicht wieder in Schwierigkeiten gerätst.»

«Ach, Nellie, mach dir bloß keine Sorgen um mich», sagte ich zuversichtlich und griff wieder nach der Zeitung, «mit mir ist alles okay. Und ehe du dich's versiehst, Baby, trägst du Nerzmäntel und Diamanten.»

«Ich kann auch ohne sie leben», sagte sie, immer noch bekümmert, «ich will nichts anderes, als daß du bei mir bist.» Sie holte tief Atem, und ich sah, wie sich ihre Hände zu festen kleinen Fäusten ballten. «Schließlich will ich meinem Jungen nicht sagen müssen, daß sein Vater im Gefängnis sitzt.»

Die Zeitung fiel mir aus der Hand und zu Boden. «Was hast du da gesagt?» fragte ich atemlos.

Sie blickte mich ruhig lächelnd an, und in ihren Blick trat der geheimnisvolle Stolz der Frau, die ein Kind unter dem Herzen trägt. «Du hast schon ganz richtig verstanden», sagte sie nüchtern, «wir werden ein Kind bekommen.»

Ich war im Bruchteil einer Sekunde von meinem Sessel aufgesprungen und stand jetzt aufgeregt vor ihr. «W-warum hast du mir nichts davon gesagt?» stieß ich hervor.

Ihre braunen Augen sprühten vor Vergnügen. «Ich wollte zuerst meiner Sache ganz sicher sein», antwortete sie.

Ich fiel neben ihr auf die Knie. «Warst du schon beim Arzt?» fragte ich und faßte ihre Hand.

Sie nickte. «Heute vormittag, auf dem Weg in die Fabrik.»

Ich zog sie behutsam an mich und küßte sie auf die Wange. «Und du bist trotzdem noch hingegangen? Mindestens hättest du mich anrufen und mir's erzählen können!»

«Sei nicht töricht», sagte sie lachend, «du wärst doch nicht mehr imstande gewesen, ernsthaft zu arbeiten.»

«Und ich bin wie ein verdammter Pascha dagesessen und hab's geduldet, daß du dich abrackerst.» Ich machte mir die bittersten Vorwürfe. Dann blickte ich sie wieder an. «Wann können wir's erwarten?»

«In etwa sieben Monaten», erwiderte sie, «gegen Ende November.»

Ich setzte mich zu ihr auf die Couch. Ich war maßlos glücklich, denn ich hatte in so vielen Dingen recht behalten. Irgendwie hatte ich immer gewußt, daß Nellie, sobald sie sich sicher und geborgen fühlte, wieder ein Kind würde haben wollen. Ich seufzte zufrieden.

«Glücklich, Danny?» fragte sie.

Ich nickte und erinnerte mich an das erste Mal, als wir es erlebt hatten. Heute sah alles ganz anders aus, nun war alles bedeutend leichter. «Jetzt werden wir aber von hier wegziehen», sagte ich.

«Warum?» fragte sie. «Hier ist's doch ganz nett.»

«Für ein heranwachsendes Kind ist's nicht die richtige Umgebung, besonders, wenn du dir eine bessere leisten kannst», sagte ich zuversichtlich. «Wir wollen uns ein Heim suchen, in dem wir frische Luft und viel Sonnenschein haben.»

Sie lehnte sich in die Kissen zurück. «Solche Wohnungen sind zu teuer», protestierte sie nur sehr schwach, «und du weißt, wie schwer sie zu bekommen sind. Außerdem mußt du jetzt für jede Wohnung Schleichhandelspreise bezahlen.»

«Wer hat von einer Wohnung gesprochen?» fragte ich. «Ich werde ein Haus kaufen!»

«Ein Haus?!» Jetzt war es an ihr, erstaunt zu sein. «Das kommt überhaupt nicht in Frage, ist ja viel zu teuer. Ich möchte lieber hier bleiben und das Geld sparen.»

«Zum Teufel damit!» sagte ich entschieden. «Wozu mache ich denn das Geld, wenn nicht für dich und ... unser Kind?»

Die drückende Augustsonne brannte mir auf Hals und Schultern und preßte mir den letzten Schweißtropfen ab, während ich mich in meinen Wagen setzte und die Zündung einschaltete. Ich drückte auf den Anlasser. Der Motor spuckte und starb ab. Ich zog den Choke heraus, dann drückte ich wieder auf den Anlasser. Der Motor hustete, begann sich langsam in Schwung zu setzen, dann spuckte er neuerlich und starb schließlich ab.

Ich blickte auf das Armaturenbrett. Die Nadel des Amperemeter zitterte über «entladen». Ich drückte nochmals auf den Anlasser, aber es war zwecklos, die Batterie war leer. Resigniert schaltete ich die Zündung aus und stieg aus dem Wagen. Ich starrte das Auto an, als hätte es mich verraten. Ich fluchte leise vor mich hin. Ich hatte Nellie versprochen, früher nach Hause zu kommen.

Ich sah auf meine Uhr. Halb fünf. Es würde eine Stunde dauern, bis die Batterie wieder aufgeladen oder ersetzt ist und Nellie wäre fuchsteufelswild. Ich sperrte den Wagen ab und machte mich auf den Weg zur U-Bahn. Die nächste Station war sechs Häuserblocks weit, und ich schwitzte jämmerlich, als ich sie endlich erreichte. Ich ließ meine fünf Cent in das Drehkreuz fallen und ging auf den Bahnsteig hinunter.

Als ich ihn erreicht hatte, fühlte ich, wie durstig ich war. Ich sah mich nach einem Zeitungsstand um, da einige von ihnen auch Coca-Cola verkauften. In meiner derzeitigen Verfassung würde mir so ein Trunk wahrhaftig guttun. Am entferntesten Ende des Bahnsteigs befand sich ein Stand, und ich hatte bereits die Hälfte des Weges zurückgelegt, ehe ich bemerkte, daß er geschlossen war. Ich blieb enttäuscht stehen. Nichts glückte mir an diesem Nachmittag. Zuerst hatte mir der Wagen diesen üblen Streich gespielt und jetzt konnte ich nicht einmal ein Getränk bekommen. Durch die Enttäuschung angefacht, quälte mich der Durst ärger denn je.

Ich fischte in meiner Tasche nach einem Penny und warf ihn in den Kaugummiautomaten. Vielleicht würde mir ein Stück Kaugummi ein wenig helfen, bis ich einen Drink bekomme.

Ein Zug fuhr donnernd in die Station ein, ich bestieg ihn und betrachtete müßig die übrigen Passagiere. Ihre Gesichter glänzten durch die feuchte Hitze schweißnaß und gespenstisch in dem gelben Licht.

Nach kurzer Zeit begann mich auch das zu langweilen. Ich wünschte mir, ich hätte eine Zeitung gekauft, denn alle Gesichter sahen hier in der U-Bahn völlig gleich aus: stumpf, müde und ausdruckslos. Es war ihnen allen wahrscheinlich ebenso heiß wie mir, sie litten an Durst wie ich und fühlten sich ebenso unbehaglich.

Ich begann die Plakate zu studieren, die seitlich im Wagen über meinem Kopf angebracht waren. Als erstes bemerkte ich eine Coca-Cola-Reklame. Es war das bekannte Bild des kräftigen hübschen lächelnden Mädchens. Sie sah frisch und kühl aus und hinter ihr sah man den üblichen blaugrünen Eisblock. In der Hand hielt sie eine Flasche Coca-Cola, und darunter standen die wohlvertrauten Worte: DIE PAUSE, DIE ERFRISCHT.

Der Mund wässerte mir. Plötzlich war der Kaugummi trocken und geschmacklos. Es ist ein teuflischer Spaß, wenn man vor Durst verschmachtet, ein solches Bild ansehen zu müssen. Es ist ein verdammter Hohn!

Der Zug war wieder stehengeblieben, und ich sah aus dem Fenster. Ein Mann warf eine Münze in den Kaugummiautomaten. Sein Gesicht war glühendrot und von der Hitze aufgedunsen. Ich hörte, wie die Münze, während der Mann am Griff zog, klirrend hinunterfiel.

Die Türen schlossen sich abermals, und ich sah wieder zu dem Coca-Cola-Plakat hinauf. Zum Teufel mit den Kaugummiautomaten, dachte ich müde; das einzige, was man bei der U-Bahn brauchen könnte, wären ein paar von meinen Kalttrunkautomaten. Die könnten wahrhaftig ein Bombengeschäft machen. Plötzlich traf ich mitten ins Schwarze. Ich erinnerte mich an etwas, das ein Mädchen einmal zu mir gesagt hatte, als ich noch am Soda-Automaten arbeitete. Ich erinnerte mich auch an das Mädchen. Sie hatte ein bemerkenswertes Zwillingspaar aufzuweisen, und ich erinnerte mich auch an die Art, mit der sie mir diese Prachtstücke über den Bartisch entgegenhob. «Auf der U-Bahn sollte es Stellen geben, wo man eine Coca-Cola bekommen kann, wenn man durstig ist», hatte sie gesagt.

Ich starrte verwundert auf das Plakat. Wenn man von Idioten spricht, trage ich bestimmt den ersten Preis davon! Die ganze Zeit war es hier unter meiner Nase gewesen, und ich hatte es nicht bemerkt! Der beste Platz der Welt: die New Yorker U-Bahn. Ich brauchte nichts anderes zu tun, als einen Vertrag mit der Stadtverwaltung abzuschließen und war ein gemachter Mann. Ich brauchte mein ganzes Leben keinen Finger mehr zu rühren. Alle Leute im Zug waren verschwitzt und durstig. Vor meinem geistigen Auge sah ich sie, wie sie ihre Fünf-Cent-Stücke in meinen Coca-Cola-Automaten warfen. Zum Teufel, es handelte sich nicht bloß um kalte Getränke! Im Winter konnte ich sie mit heißem Kaffee bedienen.

Ich war ganz aufgeregt. Ich konnte mir's nicht leisten, diese Sache zu überschlafen. Das war der große Wurf, nach dem ich die ganze Zeit ausgeschaut hatte, der Platz, der alle andern Plätze schlug! Jetzt war ich froh, daß mein Wagen gestreikt hatte. So etwas mußte erst geschehen, um einen aufzurütteln. Wollte man wirklich Geld scheffeln, dann mußte man sich unter die große Masse mischen. Wo sie ist, ist auch Geld zu verdienen. Woolworth hatte die richtige Idee: nimm die fünf Cents und die zehn Cents. Gelingt dir das, dann bist du ein gemachter Mann. Und die fünf Cents und die zehn Cents in der U-Bahn würden zusammen mehr einbringen als alle Warenhäuser der Fifth Avenue.

Ich drückte ungeduldig auf die Glocke und sah auf Nellie hinab, die in dem matten weißen Licht der Hallenbeleuchtung neben mir stand. Ich drückte nochmals auf die Glocke und betrachtete sie lächelnd. Sie gefiel mir ausnehmend gut. Ihr leicht gewölbter Leib ließ sie nur noch attraktiver erscheinen.

«Ich verstehe noch immer nicht, weshalb du durchaus hierherkommen wolltest, um mit Sam zu sprechen», sagte sie in leicht verärgertem Ton. «Das hättest du auch noch morgen tun können.»

Ich hatte für ihren Unmut Verständnis. Es war heiß, und sie fühlte sich grenzenlos unbehaglich. Ja, sogar noch mehr als unter normalen Umständen. «Vielleicht», antwortete ich, «aber da ich die Idee hatte, ist's wahrscheinlich, daß sie auch jemand anderer bekommt, und daher duldet die Sache keinen Aufschub. Wir müs . . .» Ich unterbrach mich, als sich die Tür öffnete.

Mimi stand vor uns. Als sie uns erblickte, glitt ein überraschter Ausdruck über ihr Gesicht. «Danny! Nellie! Wir haben euch gar nicht erwartet.»

Sie trat lächelnd zurück, um uns eintreten zu lassen.

Ich trat ungestüm in die Halle. «Ich bin gekommen, um mit Sam ein Geschäft zu besprechen», erklärte ich und suchte ihn mit den Blicken im Wohnzimmer. «Ist er zu Hause?»

Sams laute Stimme, die irgendwo aus dem Innern des Appartements kam, gab mir Antwort. «Wer ist's denn, Mimi?»

«Danny und Nellie», antwortete Mimi, «Danny will dich sprechen.» Sie wandte sich wieder zu uns zurück. «Kommt herein», lud sie uns ein, «Sam kommt in einer Minute herunter.»

Wir folgten ihr ins Wohnzimmer. «Wie fühlst du dich?» fragte sie Nellie teilnehmend.

«Wunderbar», sagte Nellie glückstrahlend. «Hätte der Arzt mir nicht gesagt, daß ich ein Kind bekomme, hätte ich's nicht für möglich gehalten, so wohl fühle ich mich.»

«Da hast du aber Glück», sagte Mimi, «ich fühle mich immer hundeelend.» Ihre Stimmen senkten sich zu dem vertraulichen Geflüster, in das Frauen immer verfallen, wenn sie sich über ihre Schwangerschaften unterhalten.

«Wo steckt denn Sam?» fragte ich, indem ich sie ungeduldig unterbrach. Ich hatte die Geschichte von Mimis Schwangerschaften schon tausendmal gehört, seit Nellie ihr die große Neuigkeit mitgeteilt hatte.

«Er duscht», erwiderte Mimi, «er kann die Hitze nicht ertragen, du weißt ja, wie dick er geworden ist.»

Ich nickte und begann die Treppe hinaufzulaufen, die das Doppelappartement verband. «Ihr beiden Schönen, laßt euch nur nicht stören und quatscht ruhig weiter», rief ich über die Schulter zurück, «ich kann mich mit Sam ja auch unterhalten, während er duscht.»

Sam stand vor dem Spiegel, ein Handtuch um die Mitte geschlungen, und kämmte gerade sein Haar, als ich bei ihm eintrat. «Was willst du?» fragte er mürrisch.

«Was hältst du davon, eine Million Dollar zu machen?» fragte ich enthusiastisch.

Er blickte mich durch den Spiegel an, es war ein argwöhnischer Blick. «Bin nicht interessiert», antwortete er rasch, «jedesmal, wenn du mit 'ner neuen Idee zu mir kommst, kostet's mich Geld.»

«Hör auf mit deinen dummen Witzen», sagte ich, «diesmal hab ich den Volltreffer erwischt! Willst du's hören oder nicht?»

Er legte den Kamm zurück und drehte sich müde zu mir herum. «Also gut», sagte er, «schieß los, ich krieg's ja doch zu hören.»

Ich grinste. «Hast du schon mal versucht, dir in der U-Bahn eine Coca-Cola zu kaufen?» fragte ich.

Er sah mich verwundert an. «Wovon, zum Teufel, sprichst du eigentlich?» fragte er. «Du weißt doch, daß ich seit Jahren nicht mit der U-Bahn gefahren bin. Die ist bloß für die Arbeiter da.»

Ich klappte den Deckel über dem Toilettensitz und ließ mich darauf nieder. «Das ist's ja eben, Sam», sagte ich sanft, «du solltest dich manchmal mit den Arbeitern zusammensetzen, sonst vergißt du ganz, woher du gekommen bist.»

Sam war verstimmt. «Bisher hab ich noch nichts von einer Million-Dollar-Idee gehört», schnauzte er mich an.

«Du hast sie soeben gehört, Sam», sagte ich, «aber der Jammer ist, du warst zu lange von den Arbeitern weg, du hörst nicht mehr richtig zu. Mir wär's beinahe auch so gegangen, wäre mein Wagen heute nicht zusammengebrochen.»

«So?! Ich bin also zu lange von den Arbeitern weg», sagte Sam ärgerlich, «jetzt hör aber endlich mit diesem idiotischen Geschwätz auf und red schon, oder schau, daß du rauskommst, damit ich mich anziehn kann.»

Ich zündete mir eine Zigarette an und blies ihm den Rauch mitten ins Gesicht. «Erinnere dich etwas zurück, Sam», sagte ich gelassen, «erinnere dich an die Zeit, als du noch einer der sechs Millionen Arbeiter dieser Stadt warst, die nicht im Central Park South wohnen, und erinnere dich, wie du von der Arbeit nach Hause fuhrst. Dir war heiß, du warst müde und durstig, und wie du in die U-Bahn kamst, hast du's plötzlich bemerkt. Du bist beinahe verschmachtet nach einem Getränk, aber als du dich umsahst, gab's nirgends was zu trinken, und du mußtest warten, bis du wieder ausgestiegen warst.» Ich machte eine Pause, um Atem zu schöpfen.

«Was beabsichtigst du eigentlich? Willst du dich um den Akademiepreis für die beste Theatervorstellung des Jahres bewerben?» fragte Sam ironisch, ehe ich fortfahren konnte.

Ich fühlte, wie ich rot wurde, denn ich hatte nicht bemerkt, wie hochdramatisch ich geworden war. «Merkst du's noch immer nicht?» fragte ich. Ich konnte nicht verstehen, wie ihm diese Sache entgehen konnte.

Er schüttelte den Kopf. «Ich merke nichts», sagte er rundheraus, «ich bin eben der Central Park-Typ! Ich bin dumm, ich bin eben keiner von diesen smarten Arbeitern.»

«Würdest du dir einen Drink kaufen, wenn einer meiner Coca-Cola-Automaten auf dem Bahnsteig stünde?» fragte ich rasch.

Sam begann sein Gesicht mit einem Handtuch zu frottieren. Plötzlich ließ er es sinken und starrte mich an. In seinen Augen erschien ein Schimmer von Interesse. «Sag das nochmals, Danny», meinte er bedächtig, «und sag's langsam. Jetzt hör ich dir nämlich zu!»

Es war tatsächlich ein Riesengeschäft. Selbst Sam mußte das zugeben. Er wollte auch gleich aufs Ganze gehen. Wir gründeten eine eigene Gesellschaft, die sich ausschließlich mit dieser Sache zu befassen hatte. Sam wollte das Geld beistellen und sich um alle Formalitäten kümmern, und ich sollte das Geschäft führen. Es mußten eine Unmenge Formalitäten erledigt werden, mehr als ich je für möglich gehalten hatte. Seit ich damit befaßt war, gab es so viel Arbeit, daß ich Zep bei mir anstellte, um das laufende Geschäft abzuwickeln, während ich mich der neuen Gesellschaft widmete.

Coca-Cola-Automaten in der U-Bahn! Wer hätte gedacht, daß eine so einfache Sache soviel Zeit und Mühe kosten würde: Aber es gab so viele Leute, die man aufsuchen mußte – Kommunalbeamte, Direktoren der U-Bahn und der Transportgesellschaft, Ingenieure, Beamte des Gesundheitswesens. Von so vielen Stellen mußten Genehmigungen erlangt werden, daß ich zeitweise völlig verwirrt war. Und als wäre das noch nicht arg genug, blieben, als wir all dies unter Dach und Fach hatten, auch noch die Politiker.

Man mußte für ein solches Bombengeschäft Verbindungen haben. Das war auch der Grund, weshalb ich in allererster Linie zu Sam gegangen war. Sam hatte die nötigen Verbindungen, aber selbst bei ihm hatte die Sache einen Haken: Mario Lombardi, ein stilles kleines Männchen, das sich einen eigenen Presseagenten hielt, um seinen Namen aus den Zeitungsberichten fernzuhalten und nicht, um ihn hineinzubringen. Allerdings gelangte sein Name dennoch in die Blätter. Man konnte aus einem Mann seiner Bedeutung kein Geheimnis machen. Er verfügte über zu große Macht. Ich fand heraus, daß man in der Stadt New York nichts wirklich Großzügiges unternehmen konnte, wenn Mario Lombardi nicht sein Okay dazu gab. Und das trotz aller ehrlichen Bemühungen der Stadtregierung.

Es gab nur einen einzigen Weg, der Sam offenstand, um zu Mario Lombardi vorzudringen: über Maxie Fields.

Ich wünschte, es hätte einen andern Weg gegeben, zu ihm zu gelangen – jeden andern Weg, nur nicht über Maxie Fields. Aber Sam versicherte mir, es gäbe keinen andern, sonst hätte er selbst ihn gewählt. Wir hatten uns also mit Maxie Fields in Verbindung gesetzt und saßen jetzt im Wohnzimmer-Büro von Mario Lombardis Appartement in der oberen Park Avenue, und es sah so aus, als müßten wir im nächsten Augenblick zwei weitere Partner in unsre Gesellschaft aufnehmen.

Ich lehnte mich in meinem Sessel zurück, und der Rauch meiner Zigarette stieg in leichten Wölkchen empor. Ich sah etwas skeptisch zu Lombardi hinüber, der hinter seinem Schreibtisch saß. «Wir werden Sie also mit hineinnehmen, Mr. Lombardi», sagte ich lässig. «Aber welche Garantien bekommen wir, daß der Vertrag, den wir schließen, auch nach dem Krieg Geltung hat? Schließlich ist Politik in dieser Stadt eine heikle Sache. Jetzt ist jemand drin – und im nächsten Moment draußen.»

Lombardi klopfte die Asche seiner Zigarre behutsam in einen Aschenbecher, wobei der riesige Diamant an seinem Finger gewaltig blitzte und funkelte. Er erwiderte meinen Blick unbewegt. «Mario Lombardi macht keine Versprechungen, die er nicht halten kann, Danny», antwortete er gelassen, «mir ist's egal, wer nach dem Krieg in dieser Stadt regiert. Es ist meine Stadt, und ich werde stets ein gewaltiges Wort mitzureden haben.»

«Das stimmt, Danny.» In Maxie Fields' dröhnender Stimme war ein kriecherischer Unterton, der mir Übelkeit erregte. «In dieser Stadt verdient man nicht – außer Mario gibt sein Okay.»

Ich sah Maxie kalt an. Ich konnte ihn noch immer nicht leiden, es war etwas um ihn, das mich immer wieder reizte.

Sams Gesicht war undurchdringlich, er nickte bloß zustimmend.

Da es für Sam okay war, wandte ich mich wieder an Lombardi. Der kleine dunkelhäutige Mann, sehr gepflegt in seinem konservativen grauen Anzug, schien sich mehr für seine Fingernägel zu interessieren als für unser Gespräch. Ich seufzte. So weit konnten wir gehen, der Rest blieb dem Schicksal überlassen. Ich hatte bereits mit allen erdenklichen Politikern konferiert, und alle hatten mir versichert, daß Lombardi der einzige Mann war, der mächtig genug war, um ein Geschäft dieses Umfangs zu schaukeln. Daher mußten wir die Partner mit hineinnehmen.

«Okay, Mario», sagte ich schließlich – einen Partner spricht man nie mit dem Familiennamen an –, «es gilt, Sie erhalten zehn Prozent vom Reingewinn.»

Lombardi erhob sich und reichte mir die Hand. «Sie werden es nicht bereuen, Danny», sagte er, «wann immer Sie etwas brauchen – kommen Sie ruhig zu mir.»

Ich ergriff seine Hand. «Was es auch sei?» fragte ich lächelnd.

Lombardi nickte gleichfalls lächelnd, und seine Zähne blitzten in seinem dunklen Gesicht überraschend weiß auf. «Das habe ich damit sagen wollen.»

«Dann», sagte ich rasch, «verschaffen Sie mir eine Wohnung. Meine Frau hat sich die Füße wundgelaufen, um eine zu finden, und dabei ist sie bereits im sechsten Monat.» Nellie wollte mir noch immer nicht erlauben, mich für einen Hauskauf von unsern Ersparnissen zu trennen.

Lombardis Lächeln verwandelte sich in ein schiefes Grinsen. Er zuckte ausdrucksvoll mit den Achseln, sah sich rings im Zimmer um, und ein Anflug von verlegenem Humor trat in seine dunklen Augen. «Mit einer von der OPA gebilligten Durchschnittsmiete?»

Ich nickte. «Etwa fünfundsiebzig bis hundert Dollar im Monat.»

Das schiefe Grinsen breitete sich jetzt über sein ganzes Gesicht. Er hob seine Hände mit einer ausdrucksvollen Geste. «Sehen Sie, Danny», sagte er, «wenn Sie mich um etwas so Kinderleichtes bitten, bin ich völlig ratlos. Heute vormittag habe ich mit einem Mann konferiert und erhielt von ihm das Okay für den Richter; ich hatte eine Konferenz mit andern Leuten und mit ihnen ein Geschäft für den Bau eines riesigen Gebäudekomplexes abgeschlossen; ich begab mich mit dem Bürgermeister zum Lunch und hatte bis zum frühen Nachmittag eine Anleihe von einer Million Dollar vermittelt. Aber Sie kommen daher und wollen mich um etwas so Leichtes bitten, und das kann ich nicht machen. Sagen Sie Ihrer Frau, Danny, sie soll sich nicht weiter den Kopf zerbrechen. Gehen Sie doch lieber und kaufen Sie sich ein Haus!»

«Fährst du an meinem Haus vorbei, Danny?» fragte Maxie, als wir auf die Straße traten.

Ich nickte und wandte mich an Sam. «Sehe ich dich morgen?»

«Natürlich», erwiderte Sam, während er in sein gelbes Cadillac-Kabriolett stieg, «am Vormittag.»

Wir blickten Sam nach, als er davonfuhr, dann drehten wir uns um und schritten zu meinem Wagen. Ich war sehr schweigsam und rechnete. Zehn Prozent bekam Lombardi, und fünf Prozent Maxie Fields für seine Vermittlung. Fields Stimme unterbrach meinen Gedankengang.

«Dieser Sam ist ein gerissener Bursche mit einem ungemein hellen Kopf», sagte er und zwängte seinen gewichtigen Körper neben mich auf den Sitz.

Ich starrte ihn überrascht an, denn Fields sagte zum erstenmal ein anerkennendes Wort über jemanden. «Ja», antwortete ich, schaltete den Gang ein und lenkte den Wagen in den Verkehrsstrom.

«Er hat sich da ein verflucht großes Unternehmen aufgebaut», fuhr Maxie in einschmeichelnden Tönen fort, «und dabei wächst es beständig weiter.»

Ich überlegte, worauf er hinzielte und beschränkte mich auf eine nichtssagende Antwort. «Er arbeitet viel», sagte ich, «er arbeitet eben die ganze Zeit.»

«Das stimmt», gab Fields bereitwillig zu. Zu bereitwillig! «Ich habe gehört, daß auch du ziemlich tief in dem Trubel steckst. Du arbeitest wohl eng zusammen mit ihm.»

Ich sah ihn verstohlen an. Maxies Gesicht war aalglatt, er sah unbeteiligt aus dem Wagenfenster. «Ja», antwortete ich.

«Falls ihm etwas zustoßen sollte, müßtest du, schon wegen deiner Schwester, wohl alles übernehmen?» fuhr Maxie fort.

Einen Augenblick war ich zu überrascht, um auch nur denken zu können. «Nun ja», stotterte ich, «ich . . . ich glaube, das müßte ich schon.»

Wir hielten vor einer Straßenkreuzung, und ich fühlte, daß Maxie mich scharf beobachtete. «Solltest du in dieser Richtung irgendeinen Ehrgeiz hegen, Danny», schlug er nonchalant vor, «warum sagst mir's nich einfach? Vielleicht kann ich dir in dieser Beziehung nützlich sein.»

Mir wurde entsetzlich übel im Magen. Ich umklammerte das Steuerrad so fest, daß sich meine Knöchel schneeweiß von meinem Handrücken abzeichneten. Es gelang mir aber, meine Stimme ebenso nonchalant zu halten, wie seine gewesen war. «Ich bin recht zufrieden mit dem, was ich habe, Maxie. Ich verdien recht schön.»

«Na, der Schwarzhandel mit Zigaretten wird auch nicht ewig dauern, mein Junge», sagte er in gutmütig-herzlichem Ton, «dafür kann der Krieg noch ewig dauern. Falls du dir's überlegen solltest – dann denk an das, was ich gesagt hab.»

Der Rest der Fahrt verlief schweigend. Ich konnte es kaum erwarten, daß er den Wagen verließ. Es war schlimm genug, daß ich mit ihm Geschäfte machen mußte; ich konnte es jedoch nicht ertragen, ihn länger zu sehen, als unbedingt nötig war.

Als ich die Wohnung lautlos aufsperrte, hörte ich das Summen eines elektrischen Ventilators aus dem Schlafzimmer und trat auf Zehenspitzen ein. Durch die offenstehende Tür konnte ich auf dem Bett eine Gestalt ausnehmen.

Nellie schlief, ihr Kopf ruhte auf einem Arm, und der sanfte Luftzug des Ventilators bewegte die leichte Decke. Ich blickte sie einen Moment an, dann drehte ich mich um und verließ leise das Zimmer.

Doch ihre Stimme rief mich zurück. «Danny?»

Ich wandte mich wieder um. Ihre dunklen Augen ruhten auf mir. «Ich war so schrecklich müde», sagte sie mit ganz kleiner Stimme, «ich bin eingeschlafen.»

Ich setzte mich auf den Bettrand. «Ich wollte dich nicht aufwecken.»

«Du hast mich nicht aufgeweckt», widersprach sie, «ich muß ohnedies das Nachtmahl herrichten. Ich bin den ganzen Tag herumgelaufen, um eine Wohnung zu finden, 's ist mir aber nicht gelungen. Nachher war ich derart erschöpft, daß ich mich niederlegen mußte.»

Ich lächelte nachsichtig. «Warum läßt du's denn nicht sein? Komm, Liebling, wir wollen uns ein Haus kaufen. Selbst ein Mario Lombardi kann uns keine Wohnung verschaffen.»

«Ach, Danny», protestierte sie, «es kostet doch soviel Geld.» Sie setzte sich im Bett auf.

Ich lehnte mich zu ihr hinüber. «Mach dir wegen des Geldes keine Sorgen mehr, Herzchen», sagte ich leise, «Lombardi hat uns heute für das Riesengeschäft mit der U-Bahn sein Okay gegeben. Jetzt können wir's uns wirklich leisten!»

Sie blickte mich forschend an. «Bist du ganz sicher, Danny, daß du dir's wirklich wünschst?»

Ich nickte. «Ich hab mir mein ganzes Leben lang ein eigenes Haus gewünscht.» Während ich das sagte, kam mir zu Bewußtsein, wie wahr meine Worte waren. Ich war nie wieder so glücklich gewesen wie damals in meinem eigenen Haus. «Das wünsche ich mir wirklich», fügte ich hinzu.

Nellie holte plötzlich tief Atem, dann schlang sie ihre Arme um meinen Hals. «Okay, Danny», flüsterte sie mir ins Ohr, «wenn du dir's so sehr wünschst, dann wollen wir's kaufen.»

15

«Die Bäume sind jetzt alle groß geworden», dachte ich, während ich den Wagen in die Straße lenkte. Nellie sah schweigend aus dem Fenster, dadurch konnte ich, während ich den Wagen langsam die Straße entlangrollen ließ, ihrer Miene nicht entnehmen, was sie dachte.

Nahezu zwanzig Jahre hatten viel verändert. Die Häuser des Blocks waren richtige Heime geworden. Etwas älter zwar und verwitterter, und einige von ihnen müßten frisch gestrichen werden. Aber eines hatte sich nicht verändert. Trotz aller individueller Unterschiede glich ein Haus noch immer wie ein Ei dem andern.

Ich lenkte den Wagen dicht an den Randstein vor dem Haus, stellte den Motor ab und wandte mich erwartungsvoll zu Nellie. Sie schwieg noch immer und hielt den Blick auf das Haus gerichtet. Ich sah mir's gleichfalls an.

Eine beglückende Wärme stieg in mir auf und eine so überwältigende Genugtuung, wie ich sie lange Zeit nicht gefühlt hatte. Jetzt würde es tatsächlich mein Haus sein. «Der Agent hat mir gesagt, daß er drinnen auf uns warten wird», sagte ich.

Nellies Augen waren sehr dunkel und nachdenklich. «Danny», sagte sie zögernd, «vielleicht sollten wir doch noch etwas länger warten. Vielleicht sollten wir den Kauf nicht so überstürzen, es könnte sich noch was anderes ergeben.»

«Was denn?» fragte ich skeptisch. «Wir haben eineinhalb Monate damit zugebracht, uns umzuschauen. Dennoch haben wir nichts Passendes gefunden, das uns gefiel. Jetzt ist's bereits Mitte September, und wenn wir ein Haus haben wollen, um am ersten Oktober einzuziehen, müssen wir uns endlich entschließen.»

«Wir brauchten's doch nicht so zu überstürzen», sagte sie, «wir könnten doch noch warten, bis das Baby da ist.»

Ich schüttelte den Kopf. «Nein, ich will alles bereit haben.» Damit öffnete ich die Tür. «Komm, gehen wir hinein.»

Sie stieg schwerfällig aus dem Wagen und blieb auf dem Gehsteig stehen. Sie streckte die Hand aus und berührte meinen Arm. Ihre Augen drückten tiefste Besorgnis aus und sie fröstelte leicht.

Ich sah sie sofort ängstlich an, denn es lag kein Grund vor zu frösteln. Es war beinahe heiß, die Sonne brannte auf uns herab. «Was ist denn mit dir los?» fragte ich. «Fühlst du dich nicht wohl?»

Sie schüttelte den Kopf. «Mir ist ganz gut.»

«Wieso fröstelst du dann?» fragte ich. «Ist dir denn kalt?»

«Nein», sagte sie leise, «mich überkam in diesem Augenblick nur ein entsetzliches Vorgefühl. Ich habe Angst.»

Ich lächelte. «Wovor brauchst du denn Angst zu haben?»

Sie wandte sich wieder dem Haus zu und betrachtete es. «Ich hatte plötzlich Angst um dich, Danny. Ich hatte das Gefühl, daß etwas Schreckliches geschehen würde.»

Jetzt lachte ich hellauf. «Was soll denn geschehen?» fragte ich. «Unsere Zukunft ist jetzt gesichert. Jetzt kann nichts mehr schiefgehen.»

Sie hielt meinen Arm krampfhaft fest. «Bedeutet dir dieses Haus sehr viel, Danny?» fragte sie und ließ es nicht aus den Augen.

«Ja», sagte ich, «es war mir von allem Anfang an bestimmt, und war doch niemals wirklich mein. Jetzt aber wird's wirklich mir gehören.»

Sie blickte mich mit plötzlich erwachtem tiefem Verständnis an. «Und du hast dein ganzes Leben versucht, mit dem Schicksal quitt zu werden?»

Ich verstand sie nicht. «Was meinst du damit?»

«Du hast die ganze Zeit nur das hier gewollt – mehr als alles andere», erklärte sie.

Ich dachte einen Moment nach. Vielleicht hatte sie recht, aber das spielte jetzt keine Rolle mehr. Es war ein reiner Zufall gewesen, daß mein altes Haus gerade zu der Zeit verkäuflich war, als wir eines suchten. Und wie die Dinge lagen, waren derzeit keine neuen Häuser erhältlich. Es ist sonderbar, wie der Zufall manchmal mitspielt. Doch daß das Haus gerade jetzt zum Verkauf stand, fand ich nur recht und billig.

Ohne zu antworten, wollte ich auf das Haus zugehen. Nellie hielt mich jedoch am Arm fest. «Danny, vielleicht sollten wir das Haus lieber nicht kaufen», sagte sie eindringlich, «vielleicht war es vom Schicksal so bestimmt, daß du nicht mehr darin leben sollst. Ich habe das schreckliche Gefühl, daß wir das Schicksal herausfordern, wenn du hierher zurückkehrst.»

Ich lächelte überlegen. Schwangere Frauen werden ständig von bösen Vorahnungen gequält und ergehen sich stets in düsteren Prophezeiungen. Dieser Zustand scheint ihre Vorhersagen immer in eine falsche Richtung zu lenken. «Sei doch nicht töricht, Nellie», sagte ich, «wir wollen doch nichts anderes, als ein Haus kaufen.»

Sie wollte auf die Haustür zugehen, aber ich führte sie über den Fahrweg, und wir schritten zwischen den beiden Häusern hindurch, nach rückwärts in den Garten, denn dort hatte sich gleichfalls viel verändert. Als wir noch hier gewohnt hatten, war der Hinterhof kahl gewesen, aber jetzt war er ganz verwandelt und mit Bäumen, Sträuchern und Blumen bepflanzt. Ich suchte eine bestimmte Ecke in der Nähe des Zauns und gedachte der Nacht, in der ich mit Rexie hierhergekommen war, um sie zu begraben. Ein mächtiger Rosenstrauch bedeckte die Stelle. Ich fragte mich, ob man ihre Ruhe gestört hatte.

«Mr. Fisher!» rief eine Stimme.

Ich drehte mich um. Der Häuseragent kam hinter uns den Fahrweg entlang. Ich winkte ihm.

«Sind Sie jetzt bereit, sich das Haus anzusehen, Mr. Fisher?» fragte er.

Ich nickte. Ich war bereit.

Der Holzboden knackte gemütlich unter meinen Füßen. Es klang wie ein Willkommensgruß. «Hallo, Danny Fisher», schien mir das Haus leise zuzuflüstern. Die bisher durch alle Fenster strahlende Sonne verschwand hinter einer Wolke, und das Zimmer wurde dunkel.

Ich blieb auf der Schwelle meines alten Zimmers stehen. Nellie und der Agent befanden sich in einem andern Teil des Hauses. Ich trat leise in das Zimmer und schloß hinter mir die Tür.

Das hatte ich schon einmal, vor langer Zeit, getan. Ich hatte mich damals auf den Boden geworfen und meine glühenden Wangen auf das kühle Holz gepreßt. Heute war ich zu erwachsen, um es zu tun, aber eines Tages würde es mein Sohn an meiner Stelle machen.

«Es ist sehr lange her, Danny», schien mir das Zimmer zuzuflüstern. Ja, es ist eine sehr lange Zeit gewesen. Ich betrachtete den Boden, aber es war kein dunkler Fleck mehr zu sehen, wo Rexie zu liegen pflegte. Vieles Bürsten und viel Politur hatten ihn verschwinden lassen. Auch der Originalbewurf der Wände war unter vielen Farbschichten verschwunden, ebenso wie der Plafond unter vielen Kalkschichten. Das Zimmer erschien mir wesentlich kleiner, als ich es in Erinnerung hatte. Vielleicht deshalb, weil ich es aus einer Zeit im Gedächtnis behalten hatte, in der ich selbst noch klein war und alles aus meiner eigenen Perspektive sah. Ich schritt durch das Zimmer und öffnete eines der Fenster. Instinktiv sah ich über den Fahrweg hinweg zum andern Haus hinüber.

Vor vielen Jahren hatte dort drüben in dem Zimmer ein Mädchen gewohnt. Ich bemühte mich, auf ihren Namen zu kommen, es gelang mir aber nicht, ich erinnerte mich bloß daran, wie sie ausgesehen hatte, wenn sie im Licht der elektrischen Beleuchtung dagestanden war. Als ich in die gegenüberliegenden Fenster blickte, glaubte ich wieder ihre verschleierte Stimme zu hören, die mich rief. Doch sie waren leer und die Jalousien herabgelassen.

Ich wandte mich wieder in das Zimmer zurück. Es schien von Eigenleben erfüllt. «Ich habe dich vermißt, Danny», flüsterte es, «bist du jetzt für immer nach Hause zurückgekehrt? Ohne dich war's schrecklich einsam.»

Ich war entsetzlich müde und lehnte mich an die Fensterbank. Auch ich war einsam gewesen. Ich hatte das Haus stärker vermißt, als ich ahnte. Jetzt wußte ich, was Nellie gemeint hatte. In diesem Haus gab es eine Verheißung, die, wie ich ahnte, in Erfüllung gehen würde. Sie war überall aufgezeichnet, wohin ich mich auch wendete. «Ich werde deinen Sohn behüten, Danny, wie ich dich behütet habe. Ich werde ihm dabei helfen, groß und stark zu werden, glücklich und zufrieden, weise und verständig. Ich werde ihn lieben, wie ich dich liebe, Danny, wenn du gekommen bist, um hier zu bleiben.»

Von der Halle her war ein Geräusch zu vernehmen und gleich darauf öffnete sich die Tür. Nellie und der Agent traten ins Zimmer. Sie warf mir einen Blick zu und kam auf mich zugeeilt. «Danny, fühlst du dich ganz wohl?» Ihre Stimme klang in dem leeren Zimmer herzlich und warm.

Langsam fand ich in die Wirklichkeit zurück. Tiefe Besorgnis stand in ihren Augen, als sie zu mir aufsah. «Ganz wohl?» wiederholte ich ihre Frage.«Natürlich fühle ich mich ganz wohl.»

«Aber du bist so blaß», sagte sie.

In diesem Augenblick kam die Sonne wieder hinter den Wolken hervor. «Ach, das ist bloß die Beleuchtung», sagte ich lachend und fühlte mich auch wieder ganz normal.

Sie wandte die Augen nicht von mir ab. «Bist du noch immer überzeugt, Danny, das Richtige zu tun?» fragte sie besorgt. «Gibt's keine quälenden Gespenster?»

Ich sah sie überrascht an. Ich glaubte nicht an Gespenster. «Keine Gespenster», sagte ich leise.

Der Häuseragent sah mich neugierig an. «Ihre Frau erzählte mir, daß Sie früher hier gewohnt haben, Mr. Fisher.»

Ich nickte.

Da grinste er übers ganze Gesicht. «Nun, in dem Fall brauche ich Ihnen ja nichts über das Haus zu erzählen, und wie gut es gebaut ist. Die Häuser, die in letzter Zeit gebaut wurden, sind nicht annähernd so solid konstruiert. Was halten Sie davon, Mrs. Fisher?»

Sie blickte ihn einen Moment an, dann wandte sie sich wieder an mich. «Was glaubst du, Danny?»

Ich holte tief Atem, dann sah ich mich um. Ich wußte, was ich sagen würde. Ich hatte es von Anfang an gewußt. Und die Geräusche in diesem Haus ließen mich vermuten, daß es die Antwort gleichfalls kannte.

«Ich glaube, wir werden es nehmen», sagte ich. «Wollen Sie dafür sorgen, daß die Maler morgen beginnen, damit wir am ersten Oktober einziehen können?»

16

Ich erhob mich überrascht, als Sam so unerwartet in mein Büro trat, denn er kam zum erstenmal zu mir heraus. «Sam!» rief ich, und man hörte die Überraschung aus meiner Stimme. «Was verschafft mir diese hohe Ehre?»

Er warf einen ausdrucksvollen Blick auf meine Sekretärin, die in dem kleinen Büro neben mir saß.

Ich schickte sie hinaus und wandte mich wieder Sam zu. «Was hast du also auf dem Herzen?»

Sam ließ sich in den Sessel sinken, den das Mädchen soeben verlassen hatte. «Ich hab's satt, dich jede Woche wegen der Zigaretten anrufen zu müssen. Ich möchte mit dir ein festes Abkommen treffen.»

Ich lächelte erleichtert, denn ich hatte einen Moment gefürchtet, er sei gekommen, um sich über die Aufträge zu beschweren, die ich für die Getränke-Automaten der U-Bahn vergeben hatte. Ich hatte über sein Geld so großzügig verfügt, als wär's mein eigenes. «Du müßtest es doch besser wissen, Sam», sagte ich vorwurfsvoll, «kein Mensch kann derzeit etwas garantieren. Das Zeug ist viel zu schwer zu bekommen.»

«Du bekommst es», sagte er zuversichtlich.

«Ich wollt, ich wär auch so sicher», sagte ich rasch.

«Ich brauch zweihundert Kisten in der Woche», sagte er, und seine Stimme wurde hart und kalt, «sieh zu, daß du sie auftreibst!»

«Und wenn's mir nicht gelingt?» fragte ich herausfordernd. Ich konnte sie natürlich ohne weiteres liefern, ich wollte aber herausbekommen, weshalb Sam so selbstsicher war.

Er zog ein gefaltetes Blatt Papier aus der Tasche und warf es auf den Schreibtisch. «Sieh dir das mal an», sagte er.

Ich griff danach und öffnete es. Es war eine Kopie meiner Lagerhausquittungen. Das bedeutete, daß er genau wußte, und zwar bis auf die letzte Packung, wo ich meine Zigaretten aufgestapelt hatte. Ich blickte ihn erstaunt an. «Woher hast du das?» fragte ich.

Er lächelte selbstzufrieden. «Man hat so seine Quellen», sagte er ausweichend. «Wie steht's also? Bekomm ich meine Zigaretten?»

«Setzen wir den Fall, ich sage dennoch nein?» fragte ich.

«Die OPA wäre über eine Kopie dieser Quittungen bestimmt hocherfreut», sagte er grinsend.

«Das könntest du mir doch nicht antun, Sam», sagte ich in empörtem Ton.

Er grinste noch immer. «Natürlich nicht, Danny», erwiderte er gelassen, «ebensowenig, wie du Mimi von der andern Sache was erzählen würdest.»

Es gelang mir, einen verletzten, tief enttäuschten Ausdruck auf mein Gesicht zu zaubern. «Ich hätte mir nie träumen lassen, Sam, daß du etwas Derartiges tun könntest», sagte ich traurig und unterdrückte den unwiderstehlichen Zwang zu lachen.

Sam sah mich triumphierend an. «Du hast's scheint's gar nich gern, wenn's mal anders rum ist, du kleiner erpresserischer Bastard?»

Das genügte. Ich konnte das Lachen beim besten Willen nicht mehr unterdrücken. Es schallte laut in dem kleinen Büro.

Sam starrte mich überrascht an. «Was ist denn mit dir los, Danny?» fragte er mürrisch. «Bist du verrückt geworden?»

Ich sah ihn durch die Tränen an, die mir in die Augen getreten waren. Schließlich kam ich wieder zu Atem. «Ich hab mir bloß gedacht, mein geliebter Schwager», sagte ich, noch immer keuchend, «was für 'ne nette Art das von zwei Kompagnons ist, miteinander zu verhandeln.»

Nun bemerkte auch er den Humor der Sache und begann gleichfalls zu lachen.

Nach einer Weile traten wir in den Laden hinaus, und ich führte ihn herum. Was er zu sehen bekam, schien ihm die Augen doch ein wenig zu öffnen. Bisher war ihm nämlich nicht klargeworden, daß sich dieses Geschäft zu einem so großen Unternehmen entwickelt hatte. Danach kehrten wir ins Büro zurück, und ich zeigte ihm die Liste der Lokale, die ich mir bereits fix gesichert hatte, und ich bemerkte, daß sich ein neuer Respekt für mich in seinen Augen spiegelte.

«Du verdienst hier beinahe soviel, wie wir an dem Geschäft mit der U-Bahn verdienen», sagte er überrascht.

«Mehr», sagte ich rasch, «wenn ich das zu Ende gebracht haben werde, bin ich doppelt so groß.» Ich bot ihm eine Zigarette an und reichte ihm Feuer. «Geschenk des Hauses», sagte ich.

Er dachte noch immer an das, was er soeben von mir erfahren hatte. «Jetzt verstehe ich, weshalb du immer so knapp bei Kasse bist», sagte er.

Ich nickte. «Ich hab's ebenso rasch wieder investiert, wie's eingegangen ist.»

Er blickte mich durch eine Rauchwolke an, die aus seinen Nasenlöchern quoll. «Wie wär's, wenn wir beide Unternehmen zusammenwerfen würden, mein Junge?» schlug er vor. «Für dich wär's bedeutend leichter.»

Ich spielte den Vorsichtigen. «Du wirfst deine Unternehmungen doch dann auch hinein, Sam, nicht?»

«Mm-mm.» Er schüttelte den Kopf. «Ich mein nur das hier. Ich zahl dir für die Hälfte 'nen anständigen Preis und stell dafür den Zaster bei, genauso wie beim Geschäft mit der U-Bahn.»

Jetzt war ich an der Reihe, nein zu sagen. «Das war mir zu groß, ich konnte es nicht allein machen, Sam», sagte ich, «aber das hier gehört mir allein. Ich hab's Steinchen für Steinchen aufgebaut, und ich will's auch behalten.»

Er schwieg einen Moment. Ich kannte diese Miene: er überlegte, ob er mich nicht doch reinlegen könnte. Als er schließlich wieder zu mir aufsah, konnte ich seinem Ausdruck entnehmen, daß er's aufgegeben hatte. «Okay, Danny», sagte er freundlich, «solltest du dir's je überlegen, dann brauchst du's mir bloß zu sagen. Übrigens», fragte er, während er sich zum Gehen wandte, «wie steht's mit dem Haus?»

«Okay. Wir ziehen nächste Woche Dienstag ein, wie wir's uns vorgenommen haben.»

Er trat nochmals an den Schreibtisch. «Du hättest das Gesicht deines Alten sehen sollen, als ihm Mimi davon erzählte.»

«Was hat er gesagt?» fragte ich und konnte mein Interesse nicht verbergen.

«Zuerst wollte er's nicht glauben, als Mimi aber schwor, daß es wahr ist, konnte er kaum mehr sprechen. Und deine Mutter begann zu weinen.»

Das war mir rätselhaft. «Was gibt's dabei zu weinen?»

«Sie sagte immer wieder zu deinem Vater, daß du dir das die ganze Zeit gewünscht hast, und er wollte es nicht glauben. Er konnte nicht sprechen, sondern kaute bloß an seiner Zigarre, und nach einer Weile ging er zum Fenster und sah hinaus. Während des ganzen Dinners war er sehr still und gegen Ende der Mahlzeit sah er Mimi an, und dann sagte er etwas sehr Komisches.» Sam unterbrach sich, um Atem zu schöpfen, und sah mich an.

Ich schwieg.

«Er sagte: ‹Danny kehrt also heim.› Und deine Mutter sagte: ‹Das hat er sich die ganze Zeit gewünscht – heimzukehren. Und du hast's ihm nicht erlaubt.› Darauf sagte dein Vater: ‹Ich bin jetzt ein alter Mann, und für mich spielt's keine Rolle mehr. Meine Fehler nehme ich mit mir ins Grab. Aber ich bin glücklich, daß Danny den Weg zurück gefunden hat.› Dann standen sie auf, und dein Vater sagte, er sei müde, und sie gingen nach Hause.»

Meine Zigarette hatte mir beinahe die Finger verbrannt, und ich ließ sie jetzt in den Aschenbecher fallen.

«Weißt du, mein Junge», sagte er leise, «ich glaub, wenn du zu ihm gingst, wäre der Alte jetzt bereit, sich mit dir auszusöhnen.»

Ich atmete tief ein, dann schüttelte ich den Kopf. «Es ist nicht das allein, Sam», erwiderte ich, «er muß zuerst alles mit Nellie in Ordnung bringen. Er hat zu viel Übles gesagt und zu viel Übles getan. Das muß er zuerst aus der Welt schaffen.»

«Das wird er bestimmt, Danny, wenn du ihm dazu Gelegenheit gibst.»

«Er muß es aus eigenem Antrieb tun», sagte ich, «ich kann's ihm nicht abnehmen.»

«Du weißt doch, wie er ist, mein Junge», sagte Sam herzlich, «er ist stolz und eigensinnig und alt. Gott weiß, wieviel Zeit ihm noch bleibt, bis ...»

«Sam, ich bin sein Sohn», unterbrach ich ihn müde, «du brauchst mir nichts über ihn zu erzählen. Ich kenne ihn besser als du. Und ich hab viele seiner Eigenschaften. Auch ich bin stolz und eigensinnig. Und irgendwie bin auch ich alt, sogar älter als er. Ich hab durch sein Verhalten viel durchmachen müssen, und dadurch bin ich älter. Ich hab mein Kind begraben, Sam. Vickie starb in meinen Armen, weil wir niemanden hatten, an den wir uns um Hilfe wenden konnten. Glaubst du, man kann das alles durchmachen, ohne zu altern? Glaubst du, man kann so etwas vergessen? Nein», antwortete ich mir selbst, «das kann man nicht. Du kannst's nie vergessen, und du kannst nie vergessen, daß alles damit begann, daß dir dein eigener Vater die Tür verschloß.» Ich schüttelte den Kopf. «Er muß, genauso wie ich, ganz allein damit fertig werden. Dann wird's vielleicht wieder möglich sein, eine gemeinsame Ebene zu finden, damit wir einander wieder nahekommen.»

Ich ließ mich in meinen Sessel fallen und zündete mir eine frische Zigarette an. Ich war grenzenlos müde. Wenn die ganze Aufregung mit dem Umzug und dem Geschäft etwas abgeklungen ist und Nellie ihr Kind zur Welt gebracht hat, werden wir für einige Zeit verreisen. Wir brauchten beide dringend eine Erholung. Ich konnte mich nicht erinnern, jemals so erschöpft gewesen zu sein.

Ich blickte wieder zu Sam auf und wechselte das Thema. «Wohin soll ich dir die Zigaretten zustellen lassen, Sam?»

Er antwortete nicht sogleich, sondern starrte mich einen Moment an. «An den üblichen Ort, Danny.»

«Du bekommst sie morgen vormittag», sagte ich.

Er starrte mich noch immer an. Nach ein paar Sekunden sagte er: «Okay, Danny», und schritt zur Tür hinaus.

Ich blieb noch eine Weile ruhig sitzen und dachte nach. Dann erhob ich mich und trat an die Tür des kleinen Büros. «Zep!» rief ich in den Laden hinaus.

Er kam sofort aus der Werkstätte gelaufen. «Ja, Danny?»

Die Zeit war an keinem von uns spurlos vorbeigegangen. Zep war bloß das kurze Stück von der Werkstätte hergelaufen und dennoch bereits außer Atem.

«Häng dich ans andere Telefon, Zep, und versuch in einem neuen Lagerhaus Platz für uns aufzutreiben», sagte ich, «heute nacht müssen wir alles von dort wegschaffen. Sam hat alle Verstecke herausbekommen.»

Er nickte, setzte sich unverzüglich ans Telefon und begann zu wählen. Ich hatte ihn gern. Er war okay. Er wußte genug, um keine Zeit mit Fragen zu vergeuden; die konnten warten, bis die Sache erledigt war.

Ich griff nach meinem Apparat und rief Nellie an. Es widerstrebte mir, ihr sagen zu müssen, daß ich heute nacht wieder spät nach Hause kommen werde, aber es blieb mir nichts anderes übrig. Sie näherte sich jetzt dem nervösen Stadium ihrer Schwangerschaft, und alles schien sie in Aufregung zu versetzen. Sie beruhigte sich aber etwas, als ich ihr versprach, von jetzt an immer frühzeitig nach Hause zu kommen, damit sie sich nicht allein fühlte, bis das Baby da ist.

17

Ich stellte meine Kaffeetasse nieder und stand vom Tisch auf. Dann stieg ich behutsam über verschiedene vollgepackte Pappkartons, ging um den Tisch herum, an dem Nellie saß, und beugte mich nieder, um sie zu küssen. «Auf Wiedersehen, Herzchen», sagte ich, «ich muß jetzt an die Arbeit.»

«Komm heute abend bald nach Hause», sagte sie und sah zu mir auf. «Ich möchte noch alles fertigpacken.»

«Mach dir keine Sorgen», sagte ich, «morgen können wir auch noch was einpacken, bevor die Leute kommen. Sie werden vor elf nicht hier sein.»

«Ich kann's nicht leiden, alles bis zur letzten Minute zu lassen», antwortete sie, «man vergißt immer noch was, und dann regt man sich bloß auf. Ich möchte alles ordentlich vorbereitet haben.»

In Wirklichkeit war's recht wenig, was wir mitzunehmen hatten. Von unsrer Einrichtung kam überhaupt nichts mit. Wir hatten für das Haus alles neu gekauft und bereits hinschaffen lassen. Aber Frauen sind schon einmal so. Ich erinnere mich, daß meine Mutter, wenn wir umzogen, genauso war.

«Okay, Nellie», sagte ich und schritt zur Tür, «ich komme früh nach Hause.»

Sie rief mich zurück. Während ich noch unter der Tür stand, kam sie unbeholfen auf mich zugelaufen. Ich streckte ihr beide Arme entgegen. Sie schmiegte sich zitternd an mich und legte ihren Kopf an meine Schulter. Ich stieß die Tür mit dem Fuß wieder zu und streichelte ihr Haar. «Baby, Baby», flüsterte ich, «was ist denn mit dir los?»

Ich konnte ihre Stimme kaum vernehmen, da sie den Kopf in meiner Jacke verborgen hatte. «Ich hab so gräßliche Angst, Danny, ganz plötzlich hab ich eine entsetzliche Angst.»

Ich hielt sie eng an mich gedrückt. Die Jahre hatten auch vor ihr nicht haltgemacht. Ich bemerkte unter meinen Händen ein paar winzige graue Härchen, und je näher das Datum der Geburt heranrückte, desto nervöser wurde sie. Bei Vickie war's nicht so, damals war sie nicht so nervös gewesen. «Du brauchst keine Angst zu haben, Baby», flüsterte ich, «in ganz kurzer Zeit ist alles glücklich vorbei.»

Sie sah zu mir auf. «Du verstehst mich nicht, Danny», sagte sie leise, «ich habe nicht meinethalben Angst, ich habe Angst um dich.»

Ich lächelte beschwichtigend. «Sei nicht nervös, Baby, mir geschieht schon nichts, ich bleib dir erhalten.»

Sie verbarg ihr Gesicht wieder an meiner Schulter. «Bitte, Danny, ziehen wir morgen nicht um, bitte ziehen wir nicht dorthin. Wir wollen uns ein anderes Haus suchen, wir können doch warten.»

«Sprich keinen solchen Unsinn, Baby», sagte ich, «du bist eben nervös und aufgeregt. Es wird dir großartig gefallen, wenn wir erst dort eingezogen sind.»

Sie begann zu weinen. «Geh nicht dorthin zurück, Danny», bat sie, «bitte, geh nicht zurück! Du kannst Vergangenes nicht zurückrufen und das nicht ändern, was dir bestimmt ist. Ich zittere um dich, weil du dorthin zurückkehren willst.»

Ich legte meine Hand unter ihr Kinn und hob ihr Gesicht zu mir empor. «Nellie, bitte hör auf zu weinen», sagte ich nachdrücklich, «das hat doch keinen Sinn. Du wirst wegen einem Nichts noch hysterisch. Es ist nichts als ein Haus, in dem man wohnt, wie jedes andere Haus – nicht mehr und nicht weniger. Versuche also nicht, etwas daraus zu machen, was es nicht ist, und bemühe dich, vernünftig zu sein.»

Nach und nach hörte sie zu weinen auf. «Vielleicht habe ich unrecht», gab sie in sprödem, beherrschtem Ton zu, «aber ich habe eine so entsetzliche Vorahnung.»

«Ich erinnere mich, daß meine Mutter gesagt hat, es sei eines der Symptome einer Schwangerschaft – böse Vorahnungen zu haben. Alle Frauen leiden darunter.»

Durch Tränen lächelnd, blickte sie mich etwas ungläubig an. Ich zog mein Taschentuch hervor und trocknete zärtlich ihre Tränen. «Verzeih mir, Danny», sagte sie leise, «ich bin eben eine Frau.»

Ich küßte sie auf den Mund. «Ich hab dir nichts zu verzeihen, Baby», sagte ich, gleichfalls lächelnd, «so und nicht anders liebe ich dich doch.»

Während die Männer einen weiteren Automaten hereinbrachten, trat ich aus dem Büro und folgte ihnen in die Werkstätte, wo sie ihn niederstellten. Zep und der Mechaniker untersuchten ihn sogleich.

«Was ist mit diesem hier nicht in Ordnung?» fragte ich.

Zep blickte auf. «Das übliche, Danny», antwortete er, «irgendeiner wurde wütend, daß keine Zigaretten drin waren, und hat seinen Zorn an dem Automaten ausgelassen.»

Ich betrachtete den Automaten philosophisch. Ich war jetzt schon daran gewöhnt, denn das war der fünfzehnte Automat innerhalb von zwei Wochen, der uns beschädigt gebracht worden war. Wie komisch sind doch die Menschen, daß sie ihren Zorn an leblosen Dingen abreagieren.

Ich untersuchte den Automaten aufmerksam. Der hier war ziemlich arg zugerichtet. Ich wandte mich an Zep. «Stell ihn in den Lagerraum», sagte ich, «es hat keinen Zweck, etwas damit zu machen. 's ist bloß Zeitvergeudung.»

Er nickte, und ich war eben im Begriff, ins Büro zurückzukehren, als meine Sekretärin aus der Tür trat.

«Ein Ferngespräch aus Buffalo, Mr. Fisher», sagte sie.

Ich runzelte die Stirn und überlegte, wer mich von dort anrufen konnte. Dort oben kannte ich niemanden. «Wer ist's denn?» fragte ich.

«Er wollte mir seinen Namen nicht sagen», antwortete sie und sah etwas verwundert aus, «er hat bloß darauf bestanden, mit Ihnen persönlich zu sprechen.»

«Okay», sagte ich. Meine Neugierde war erregt. «Ich werde mit ihm sprechen. Melden Sie inzwischen bei der Versicherungsgesellschaft wieder Schadenersatz wegen Vandalismus an», sagte ich und griff nach dem Hörer, «Einzelheiten erfahren Sie von Zep.»

Sie nickte und eilte in die Werkstätte. Ich wartete, bis sich die Tür hinter ihr geschlossen hatte, dann erst meldete ich mich. «Hier spricht Fisher», sagte ich.

«Danny, hier spricht Steve Parrish», kam eine Stimme knatternd durch den Hörer.

Dieser Bursche hatte wahrhaftig guten Grund, seinen Namen nicht zu nennen. Er war Verkäufer eines der mächtigsten Zigarettenspekulanten, der sich größtenteils für Schwarzmarktgeschäfte spezialisiert hatte. Er war der erste gewesen, mit dem ich Fühlung bekam, als ich mich für dieses Geschäft zu interessieren begann. «Steve», sagte ich freundlich, «wozu vergeuden Sie Ihr gutes Geld für Ferngespräche? Haben Sie's zum Rausschmeißen?»

Steves Stimme nahm einen vertraulichen Ton an. «Ich hab hier ein Riesengeschäft an der Hand», sagte er beinahe flüsternd, «und wollte zuerst Sie fragen, ehe ich wen andern einsteigen lasse.»

Ich setzte mich in meinem Sessel zurecht und senkte gleichfalls die Stimme. «Wieviel Kisten?» fragte ich.

«Eine komplette Lastwagenladung», antwortete er rasch, «alles Markenware. Eintausend Kisten. Sind Sie interessiert?»

Natürlich war ich interessiert. Wer wäre an tausend Kisten Zigaretten nicht interessiert, wenn's in der ganzen Stadt kaum soviel gab? «Wie steht's mit dem Preis?» fragte ich vorsichtig.

«Zwei Dollar für den Karton, einen Hunderter für die Kiste», antwortete er.

Ich stieß einen Pfiff aus. Das war eine Menge Geld: einhunderttausend! «Heiße Ware?» fragte ich.

Steve lachte metallisch. «Keine Fragen, Danny! Derlei Dinge kommen heutzutage nicht aus dem Eisschrank. Ich hab's bloß durch Zufall erfahren, weil die Burschen hier abladen müssen und das Geld brauchen. Hab sofort an Sie gedacht.»

«Ein Barzahlungsgeschäft?»

«Nur Barzahlung», erwiderte er, «deshalb bekommen Sie ja den Zwei-Dollar-Preis. Wenn die Leute genug Zeit hätten, könnten sie doch um dreieinhalb verkaufen.»

«Wo soll ich den ganzen Zaster hernehmen?» fragte ich.

Seine Stimme hatte jetzt einen kaum merklichen Anflug von Herausforderung. «Wenn eine so große Sache Ihre Kräfte übersteigt, Danny, sagen Sie mir's ruhig. Sam Gordon ist schon längst hinter mir her, ihm was von der Ware zukommen zu lassen, aber das wollte ich nicht machen. Ich bin ja nicht drauf aus, Ihnen Ihr Geschäft zu vermasseln, ich weiß doch, daß er einer Ihrer Kunden ist.»

Das mußte er allerdings wissen, denn ich hatte ihn kennengelernt, als ich für Sam arbeitete. «Das hab ich nicht gesagt, Steve», sagte ich rasch, «ich hab bloß überlegt, wo ich den Zaster auftreiben kann. Wie lange hab ich Zeit?»

«Gar keine Zeit, Danny», erwiderte er, «die Burschen wollen ihr Geld noch heute. Vielleicht ist's doch besser, wenn ich Sam anläute, er hat das Geld!»

Auf meiner Uhr war es halb zwei. Die Banken waren noch offen, aber ich konnte dort nicht mehr abheben als neunzehntausend, die ich in meinem Bankfach eingeschlossen hatte. Alles übrige Geld hatte ich wieder ins Geschäft hineingesteckt. Ich suchte Zeit zu gewinnen.

«Können Sie 'ne halbe Stunde warten, damit ich das Ganze durchrechnen kann?»

«Wenn Sie das Geld nicht haben, Danny, dann schlagen Sie sich's aus dem Kopf», antwortete er, «'s hat keinen Sinn, sich anzustrengen. Ich rufe lieber Sam an.»

Ich schnalzte mit den Fingern. Jetzt hatte ich's. Ohne es zu ahnen, hatte er mich auf die Lösung gebracht. «Hören Sie», sagte ich rasch, «ich hab nicht gesagt, daß ich das Geld nicht besitze. Ich hab bloß gesagt, daß ich 'ne halbe Stunde brauche, um mir's zu holen. Dann rufe ich Sie an, und wir können vereinbaren, wo wir uns treffen. Wenn ich hier in ein Flugzeug steige, können Sie's noch heut abend haben.»

Ich hörte, wie am andern Ende des Drahtes eine geflüsterte Beratung begann. Dann kam Steves Stimme wieder durch den Hörer. «Okay, Danny, die Leute sind einverstanden und warten eine halbe Stunde auf Ihren Anruf.»

«Gut», sagte ich rasch, «geben Sie mir Ihre Nummer, und ich rufe gleich zurück.» Ich notierte mir die Nummer auf meinem Notizblock und legte den Hörer ab.

Wenn mir das gelang, steckten glatt fünfzigtausend für mich drin, und so ein Geschäft fiel einem nicht jeden Tag in den Schoß. Ich griff wieder nach dem Hörer und begann zu wählen. Das Telefon am andern Ende des Drahtes klingelte. Wäre Steve nicht so rasch damit bei der Hand gewesen, von einem andern Abnehmer zu sprechen, wäre ich gar nicht auf diese Idee gekommen. Ich schuldete ihm unauslöschlichen Dank.

Jetzt hörte ich ein Knacken, und die Stimme der Telefonistin meldete sich: «Sam Gordons Unternehmungen.»

«Mame, hier spricht Danny, verbinden Sie mich mit dem Boss.»

«Okay, Danny.»

Wieder hörte ich ein Knacken, ein Klingeln und gleich darauf Sams Stimme: «Hello.»

«Sam, hier spricht Danny», sagte ich.

«Ja, Danny? Was gibt's?»

«Wenn du sechshundert Kisten Markenware brauchen kannst, weiß ich ein Geschäft für dich», sagte ich hastig.

Sams Ton wurde vorsichtig. «Kann ich immer brauchen – aber was kosten sie?»

«Drei Dollar für den Karton, hundertfünfzig für die Kiste. Zahlung im Voraus, Lieferung morgen», sagte ich.

Er zögerte einen Moment. «Klingt okay», antwortete er, aber noch immer vorsichtig, «allerdings bedeutet das einen Haufen Grünrücken. Und was ist, wenn du nicht liefern kannst?»

«Ich garantiere die Lieferung», sagte ich zuversichtlich.

«Angenommen, 's geht was schief?» fragte er. «Dann bin ich um neunzigtausend leichter.»

Ich rechnete rasch nach. Sams neunzigtausend genügten beinahe, um alles zu bezahlen. Ich müßte ein Narr sein, um eine so einmalige Gelegenheit schießen zu lassen. «Hör mal», sagte ich, «du kennst ja den ganzen Kram hier. Außerdem hab ich für nahezu sechzigtausend Ware eingelagert. Das Geschäft, die Optionen für die Lokale und die Aufträge für die neuen Automaten sind weitere vierzigtausend wert. Ich bring dir die Quittungen des Lagerhauses und die Überschreibung meines Geschäfts. Du kannst das Zeug als Pfand behalten, bis die Ware geliefert ist. Nachher gibst du mir's wieder zurück.»

«Und wenn du nicht lieferst?» fragte er vorsichtig.

Ich lachte kurz auf. «Dann gehört der ganze Kram dir. Na, was sagst du?»

Er antwortete nicht sogleich. «Ich kann die Zigaretten natürlich gebrauchen, und ich bin auch an dem Geschäft interessiert. Aber nicht für mich selbst. Ich steck bis zum Ellbogen in Geschäften. Ich kann einfach nicht mehr nachkommen.»

«Dann gibst du mir eben wieder 'ne Anstellung bei dir –» ich lachte wieder – «und ich führ dann den Laden für dich.»

Er zögerte noch immer. «Willst du's tatsächlich so haben, mein Junge?» fragte er bedächtig.

Fünfzigtausend sind eine Menge Geld! «Ja, Sam, ich bin fest entschlossen», sagte ich sehr selbstsicher, «wenn du einverstanden bist, bin ich bereit, das Risiko auf mich zu nehmen.»

Er räusperte sich. «Also gut, Danny», sagte er gelassen, «komm rüber, das Geld liegt für dich bereit.»

Ich drückte die Gabel des Apparats nieder, rüttelte eine Sekunde am Gestell, bis ich den Summerton wieder hörte, dann wählte ich die Überlandzentrale. Ich nannte die Nummer in Buffalo, die Steve mir gegeben hatte. Als ich Steves Stimme wieder hörte, sagte ich rasch: «Ich hab das Geld, Steve. Wo wollen wir uns treffen?»

«Gut, Danny.» Steves Stimme klang erleichtert, «Zimmer 224, Hotel Royal. Wann werden Sie hier eintreffen?»

«Ich komme mit dem ersten Flugzeug, das ich erwischen kann», erwiderte ich, «ich werde voraussichtlich nicht später als um sieben Uhr dort sein. Ist alles vorbereitet?»

«Der Wagen ist beladen und steht zur Abfahrt bereit», sagte er, «er fährt im selben Augenblick von hier ab, in dem Sie mit dem Geld bei uns aufkreuzen.»

«Okay», sagte ich, «auf Wiedersehen heute abend.» Ich legte den Hörer ab und sah auf meine Uhr. Es war beinahe zwei. Ich mußte mich beeilen, wollte ich noch rechtzeitig in die Bank kommen.

Ich trat vor die Tür des kleinen Büros und rief Zep zu mir. «Beschaffe Lagerraum für vierhundert Kisten», sagte ich.

Er riß die Augen auf. «Das ist 'ne Menge Rauchzeug, Danny. Woher hast du's?»

Ich berichtete ihm mit wenigen Worten von dem Geschäft. Er schien besorgt zu sein. «Danny, du riskierst da verdammt viel», sagte er, «bei so 'ner Sache kann zuviel schiefgehn. Vielleicht wär's doch besser, wenn du mich mitnähmst.»

Ich schüttelte den Kopf. «Jemand muß hierbleiben, um das Geschäft zu beaufsichtigen. Mir passiert schon nichts. Du bleibst hier. Ich ruf dich an, sobald ich mit dem Zeug eintreffe.»

Erst am Flughafen, während ich auf mein Flugzeug wartete, erinnerte ich mich, daß ich Nellie nicht angerufen hatte. Ich eilte in eine Telefonzelle und wählte unsre Nummer. Nellie meldete sich.

Ich sprach sehr rasch, um ihr keine Gelegenheit zu lassen, auch nur ein Wort einzuwerfen. «Baby, mir ist etwas dazwischengekommen, ich muß geschäftlich nach Buffalo fliegen. Wart mit dem Essen nicht auf mich, ich bin erst morgen früh wieder zurück.»

«Aber Danny», rief sie, «wir ziehen doch morgen um!»

«Mach dir keine Sorgen», sagte ich, «ich bin rechtzeitig wieder zurück.»

«Geh nicht, Danny, bitte geh nicht! Ich hab solche Angst.» Aus ihrer Stimme war jetzt deutliche Furcht zu hören.

«Kein Grund zur Angst», sagte ich, «morgen früh bin ich wieder bei dir.»

«Dann warte wenigstens, Danny», beschwor sie mich, «warte, bis wir umgezogen sind.»

«Das kann ich nicht aufschieben, Baby», sagte ich hastig, «wir verdienen daran fünfzigtausend. Solche Geschäfte legt man nicht aufs Eis! Diese Chance kann ich mir nicht entgehen lassen!»

Sie begann zu weinen. «Ich wußte ja, daß etwas geschehen würde», jammerte sie voll Bitterkeit, «ich hatte eine Vorahnung . . .»

«Aber Nellie», unterbrach ich sie, «es handelt sich um fünzigtausend! Fünfzigtausend schöne Dollar vom guten Onkel Sam! Damit können wir 'ne Menge anfangen.»

«Das ist mir ganz egal!» schluchzte sie. «Manchmal wünsch ich mir, ich hätte nie was von Geld gehört! Seitdem du nur noch ans Geschäft denkst, bist du ganz verändert.»

«Nellie, hör doch, wenn ich das hinter mir hab, dann soll alles immer so sein, wie du's willst», versprach ich, bereits am Rande der Verzweiflung.

«Das sagst du immer», schluchzte sie in bitterer Anklage, «aber ich glaub dir nicht mehr. Du meinst es nicht ernst. Du wirst dich nie ändern! Im selben Moment, wo sich's um 'nen Dollar dreht, wirst du ein andrer Mensch. Du vergißt alles andere!»

«Sei doch nicht töricht!» rief ich aufgebracht. «Wir leben in einer realistischen Welt. Ohne einen Dollar bist du der letzte Dreck, wie alle übrigen! Wenn dir das genügt – mir nicht!»

Ich hörte, wie sie den Atem scharf einzog. Einen Moment herrschte tiefe, empörte Stille, dann gab's ein Knacken im Hörer, und die Verbindung war unterbrochen. Nellie hatte abgehängt!

Während ich in meinen Taschen nach weiteren Fünf-Cent-Stücken suchte, um sie nochmals anzurufen, begann ich leise vor mich hin zu fluchen. In diesem Augenblick ertönte jedoch die Stimme des Ansagers im Lautsprecher: «Flug Nummer vierundfünfzig nach Buffalo am Flugsteig drei. Abflug in fünf Minuten.»

Ich sah zum Telefon zurück, dann auf die Uhr an der Wand. Rasch entschlossen verließ ich die Telefonzelle. Sie würde sich schon beruhigen, wenn sie mich morgen mit dem Geld wiedersah. Fünfzigtausend heilen eine Menge Gefühlchen.

18

Während ich zur Rezeption schritt, sah ich mich in der Hotelhalle um. Sie war einfach eingerichtet, aber sauber und nett. Es war genau der Hoteltyp, in dem ein Handlungsreisender absteigt. Der Portier sah mir entgegen.

«Haben Sie ein Einbettzimmer frei?» fragte ich.

«Ja, Sir», antwortete der Portier und schob mir das Fremdenbuch zu. «Bitte sich hier einzutragen. Mit oder ohne Bad, Sir?»

«Ohne Bad», sagte ich rasch, während ich mich in das Buch eintrug.

«Ja, Sir», sagte der Portier. Er drückte auf eine Glocke neben dem Tisch. «Macht drei Dollar, Sir», sagte er, drehte sich um und nahm einen Schlüssel vom Schlüsselbrett.

Ich legte das Geld auf den Tisch, während der Hotelpage neben mich trat.

«Führe Mr. Fisher ins Zimmer 419», sagte der Portier, nahm das Geld in Empfang und händigte dem Pagen den Schlüssel ein.

«Einen Moment», unterbrach ich ihn, «kann ich hier ein Kuvert deponieren?»

«Gewiß, Mr. Fisher», erwiderte der Mann geschmeidig, «ich werde es im Hotelsafe aufbewahren. Schreiben Sie bitte Ihren Namen quer über das Siegel.» Damit schob er mir ein braunes Manilakuvert zu.

Ich nahm mein eigenes Kuvert mit dem Geld und steckte es in das zweite Kuvert, das er mir gegeben hatte. Ich siegelte es sorgfältig und schrieb meinen Namen quer darüber, wie es der Mann vorgeschlagen hatte. Dann sah ich zu, wie sich der Portier umdrehte und es in den Safe legte. Dabei überlegte ich, was er wohl tun würde, wenn er wüßte, daß sich in diesem Kuvert hunderttausend Dollar befanden.

Er schloß den Safe. «Es ist hier sicher aufbewahrt, Sir, bis Sie es wieder brauchen», sagte er.

Ich dankte ihm, dann sah ich auf meine Uhr. Es war beinahe sieben. «Ich glaube, ich werde jetzt noch nicht auf mein Zimmer gehen», sagte ich zu dem Portier, als wäre mir erst jetzt etwas eingefallen. «Ich habe einem Freund versprochen, mich um sieben Uhr hier mit ihm zu treffen – Steve Parrish. Ist er schon eingetroffen?»

Der Portier sah über die Schulter auf das Schlüsselbrett. «Er ist auf seinem Zimmer, Sir», erwiderte er, «soll ich ihn verständigen, daß Sie hier sind?»

«Bitte.»

Er sagte einige Worte leise ins Telefon, wartete einige Sekunden auf Antwort, dann blickte er mich wieder an. «Er läßt bitten, Sir, gleich zu ihm hinaufzukommen. Zimmer 224.»

«Danke», sagte ich und schritt bereits durch die Halle auf den Lift zu.

Die goldenen Türnummern glitzerten in dem schwach beleuchteten Korridor. Ich klopfte. Plötzlich verstummte das Stimmengewirr, das bisher aus dem Zimmer gedrungen war.

Die Tür öffnete sich vorsichtig, und Parrish blickte heraus. «Danny!» rief er lächelnd, als er mich erkannte. Er trat etwas von der Tür zurück, nachdem er sie weit geöffnet hatte. «Sie kommen gerade zur rechten Zeit. Treten Sie ein.»

Im Zimmer befanden sich noch drei andere Männer. Sie starrten mich schweigend an. Ich wandte mich an Steve. Er sah etwas blaß und verlegen aus, streckte mir aber eine ziemlich ruhige Hand entgegen. Ich schüttelte sie.

«Ich bin froh, Danny», sagte er, «daß Sie's doch noch geschafft haben.»

Ich nickte schweigend.

Jetzt wandte sich Steve zu den andern Männern. «Gentlemen», sagte er, «das ist Danny Fisher.» Hierauf stellte er mir jeden einzeln vor. Einer nach dem andern erhob sich und schüttelte mir kurz die Hand. Sie versuchten gar nicht, ein Gespräch mit mir zu beginnen.

«Wie steht's mit einem Drink, Danny?» Steve hielt eine Whiskyflasche in der Hand.

«Nein, danke, Steve», erwiderte ich, «wenn sich's um Geschäfte dreht, trink ich nie.»

Steve nickte, während er sich selbst ein Glas vollgoß. «Gute Politik, Danny», sagte er und stürzte den Whisky auf einmal hinunter, «billige ich im höchsten Maße.»

Ich blickte ihn scharf an. Steve hatte bereits eine gehörige Menge intus. Ich zog meine Zigaretten hervor und zündete mir eine an. «Ist's Ihnen recht, das Geschäftliche gleich zu besprechen?» fragte ich.

Steve sah mich an. «Ich meine schon», sagte er zögernd, «aber – haben Sie das Geld mitgebracht?»

Ich nickte.

Einer der Männer stand rasch auf. «Zeigen Sie uns die Farbe der Banknoten», sagte er.

Ich sah ihn lächelnd an. «Sie bekommen sie zu sehen», erwiderte ich, «nachdem ich die Ware gesehen habe.»

«Haben Sie's bestimmt bei sich?» fragte der Mann argwöhnisch.

«Halten Sie mich für einen Narren?» erwiderte ich. «Aber machen Sie sich keine Sorgen, ist die Ware okay, dann kriegen Sie Ihren Zaster. Wo ist die Ware?»

«In einer Garage, ein paar Häuserblocks von hier entfernt», erwiderte der Mann, «wollen Sie sie sehen?»

«Darauf können Sie Gift nehmen.»

Der Mann nahm seinen Hut von einem Sessel. «Gut, dann gehen wir», sagte er und schritt auf die Tür zu.

Der Lastwagen war hochbeladen, so wie Steve mir's gesagt hatte. Ich betrachtete die sauber aufgestapelten Kisten mit skeptischem Blick. Ich hatte das unbehagliche Gefühl, daß irgend etwas nicht stimmte. Ich wußte aber nicht, was es war. Vielleicht war's nur deshalb, weil alles so glatt ging. Ich wandte mich an den Mann, mit dem ich im Hotelzimmer gesprochen hatte. «Nichts für ungut», sagte ich höflich, «aber es geht um eine Menge Geld. Ich möchte die Ware denn doch sehen.»

«Da müßten wir alle Kisten erst ab- und dann wieder aufladen», protestierte der Mann.

Ich blickte ihm ungerührt in die Augen. «Wie gesagt, es handelt sich um einen Haufen Geld, und ich will das Zeug kontrollieren.»

Er sah zu den andern hinüber, dann wandte er sich mir achselzuckend wieder zu. «Mir ist's egal, aber Sie kommen auf diese Art vor zwei Uhr morgens nicht hier raus.»

«Das macht nichts», sagte ich.

Ich betrachtete erst Steve, dann die andern mit müdem Blick. Sie standen mit geröteten Gesichtern und schweißtriefenden Hemden in einem Halbkreis um mich herum.

«Ich glaub, 's ist okay», sagte ich. Aber ich konnte es nicht verstehen. Das sonderbare Gefühl wollte nicht weichen. Ich zuckte nervös mit den Achseln. Wahrscheinlich hatte mich Nellie mit ihrer Angst angesteckt.

«Hab's Ihnen doch gleich gesagt, Danny», sagte Steve hastig, «Sie hätten's gar nicht erst kontrollieren müssen.»

«Wenn sich's um hunderttausend dreht», sagte ich ungeschminkt, «kontrollier ich.» Dann wandte ich mich wieder zu den andern. «Wer fährt den Wagen?» fragte ich.

Einer der Männer trat vor. «Ich», antwortete er.

«Okay», sagte ich, «dann steigen Sie ein und fahren Sie mich zum Hotel zurück. Wir starten von dort.»

«Jetzt gleich?» fragte der Mann und starrte mich an.

«Jetzt gleich», sagte ich kopfnickend.

«Aber mein Mitfahrer kommt vor morgen früh nicht her», protestierte er.

«Wir warten nicht», sagte ich, «ich werde mit Ihnen fahren. Das Zeug muß morgen früh in New York sein.»

Der Hotelportier sah mich respektvoll an. «Ja, Mr. Fisher?»

«Ich hab's mir anders überlegt», sagte ich, «ich reise schon jetzt ab; geben Sie mir bitte das Kuvert . . .»

«Sofort, Mr. Fisher», antwortete er mit müder Stimme. Er öffnete den Safe und schob mir das Kuvert über den Tisch. Er sah aufmerksam zu, wie ich das Hotelkuvert aufschlitzte und hierauf das inliegende kleinere Kuvert herausnahm. «Alles in Ordnung, Sir?» fragte er gähnend.

Ich nickte und legte einen Dollar für ihn auf den Tisch. «Tadellos», sagte ich und wandte mich ab. Sein Dank folgte mir auf die Straße.

Der Lastwagen wartete unter einer Straßenlaterne. Die Männer standen darum herum. Ich kletterte in das Führerhaus und überreichte Steve das Kuvert.

Steve drehte sich um und übergab es dem Mann, der im Hotel mit mir gesprochen hatte. Dieser riß es hastig auf und blickte hinein. Er ließ die Noten beim Zählen rasch durch die Finger gleiten.

Dann sah er zu mir auf und machte eine grüßende Handbewegung.

Ich winkte zurück und wandte mich an den Fahrer. «Okay, Junge», sagte ich, «fahren wir los!»

Nachdem wir durch Newburgh durchgefahren waren, sah ich todmüde auf meine Uhr. Es war einige Minuten nach zehn. Dann blickte ich wieder auf die Straße und trat mit dem Fuß auf das Gaspedal. Nach und nach beschleunigte sich unser Tempo. Weiß und verlassen dehnte sich die Straße vor mir.

Ich fuhr jetzt mit der höchsten Geschwindigkeit, die der Motor hergab, und sah zu meinem Gefährten hin. Der Mann schlief fest, den Kopf hatte er in einer höchst unbequemen Lage an die Tür gelehnt. Ich war sehr hungrig. Ich hatte seit gestern nachmittag nichts gegessen, aber ich konnte es nicht wagen, haltzumachen. Es handelte sich um eine zu «heiße Ware».

Außerdem konnte ich, wenn ich in stetigem Tempo weiterfuhr, mittags in New York sein.

Die Stimme des Fahrers unterbrach meine Gedanken. «Ich werde Sie jetzt ablösen, Danny», sagte er, «damit Sie auch ein bißchen schlafen. Sie schauen hundemüde aus.»

«Es macht mir nichts, noch länger zu fahren», sagte ich, «diese Karre fährt sich wie geschmiert.»

«Trotzdem ist's besser, wenn Sie jetzt ein wenig schlafen», sagte er, «Ihre Augen sind ganz rot. Vielleicht spüren Sie's noch nicht, aber Sie sind müde.»

«Okay», erwiderte ich und trat auf die Bremse. Die mächtigen Vakuumbremsen zischten. Langsam kam der Wagen zum Stillstand. Ich zog auch noch die Sicherheitsbremse an, dann schob ich mich aus dem Führersitz.

Der Mann kletterte über mich hinweg und setzte sich hinter das Steuerrad. «Sehen Sie jetzt zu, daß Sie auch wirklich schlafen», sagte er und löste die Sicherheitsbremse. «Sie waren doch die ganze Nacht wach.»

«Ich kann schlafen, wenn diese Fahrt zu Ende ist», erwiderte ich, «dann wird mir bedeutend wohler sein.» Ich verschränkte die Hände hinter dem Kopf und lehnte mich zurück.

Der Wagen setzte sich wieder in Bewegung, und das Summen des Motors füllte die Kabine. Ich versuchte meine Augen von dem weißen Streifen loszureißen, der auf der Straße einförmig vor uns herlief. Aber etwas in der Art, wie er sich, so weit das Auge reichte, endlos erstreckte, faszinierte mich. Eine schmale weiße Linie, die durch die Straßenmitte lief. Bleibst du auf der rechten Seite, dann bist du in Sicherheit. Überschreite sie – dann bist du tot. Bleib auf der rechten Seite ... der rechten Seite ... der rechten Seite ... der ... rechten ... Seite ... Ich fühlte, wie sich mein Kopf schlaftrunken an die Tür lehnte. Verzweifelt schüttelte ich ihn und versuchte die Augen offenzuhalten, aber es hatte keinen Sinn. Ich war zu müde. Widerwillig überließ ich mich dem Schlummer.

Ich erwachte mit einem Ruck. Der Lastwagen stand, der Motor war verstummt. Ich blinzelte und wandte mich rasch an den Fahrer, der neben mir saß. «Was ist denn los?» fragte ich verschlafen. «Ist was passiert?»

Er sah mich mit sardonischer Miene an, antwortete aber nicht.

Auf meiner andern Seite ertönte jetzt eine Stimme, und ich fuhr herum. Ich riß die Augen auf. Jetzt war ich hellwach. Ein Mann stand auf dem Trittbrett des Führerhauses. In der Hand hielt er einen Revolver, der auf mein Gesicht gerichtet war. «Genug geschlafen, holder Träumer! Reib dir die Augen und steig aus!»

Ich bückte mich rasch und griff nach einem Schraubenschlüssel, der neben mir auf dem Boden lag.

Der Mann fuchtelte mit dem Revolver. «Heb die Händchen hoch, Danny-Junge, damit ich sie sehen kann», sagte er nachdrücklich.

Langsam ließ ich die Hände in den Schoß sinken. Meine Gedanken befanden sich in wildem Aufruhr. Ich sah wieder zu dem Fahrer. Er saß absolut regungslos, die Augen unbeweglich auf die Straße gerichtet. Jetzt begann ich mir die Sache zusammenzureimen. «Sie sind auch mit im Bund?» fragte ich unsicher.

Der Fahrer antwortete nicht. Statt dessen ergriff der Mann mit dem Revolver wieder das Wort. «Na, was denkst du dir?» fragte er ironisch.

Ich drehte mich langsam zu ihm. «Ich hab Geld», sagte ich verzweifelt, «lassen Sie mich die Ladung nach New York bringen, und ich werde Sie reichlich entschädigen.»

Der Revolvermann grinste bloß, wobei seine gelblichen Zähne sichtbar wurden. Er spie einen Strahl Tabaksaft auf die Straße. «Wir haben deinen Zaster doch bereits», sagte er unverfroren. Er riß die Tür auf und sprang vom Trittbrett ab, hielt seinen Revolver aber auch weiterhin auf mich gerichtet. «Steig aus», sagte er, «die Vergnügungsfahrt ist zu Ende.»

«Zehntausend», sagte ich hastig und starrte ihn an.

Er fuchtelte wieder mit seinem Revolver. «Ich hab gesagt, du sollst rauskommen!»

Langsam kletterte ich von meinem Platz hinunter. Der Himmel war bewölkt und von unheilverkündender tiefgrauer Färbung. Es würde gleich zu regnen beginnen. Ich fühlte, wie in mir die Wut aufstieg. Ich hatte mich so blödsinnig reinlegen lassen! Was für ein Narr war ich gewesen! Ich hätte es besser wissen müssen!

Meine Beine waren steif und müde, und ich bewegte mich ungeschickt. Jetzt hörte ich Schritte, die sich von der Rückseite des Lastwagens näherten, und wandte den Kopf. Ein Auto parkte direkt hinter uns. Wahrscheinlich waren sie mir, schon seit wir Buffalo verließen, auf den Fersen gewesen und hatten lediglich eine ganz verlassene Stelle abgewartet, um mich zu überfallen. Wut schüttelte mich, und ich spürte den bitteren Geschmack der Galle im Mund, die mir aus dem Leib aufgestiegen war. Welch ein Idiot war ich gewesen, alles, was ich mir erarbeitet hatte, für ein solches Geschäft hinzuschmeißen! Ich sollte meinen Geisteszustand untersuchen lassen!

Der Mann, der hinter mir aufgetaucht war, rief: «Ist hier alles okay?»

Der Revolvermann ließ mich einen Moment aus den Augen und blickte den

Mann hinter mir an. Mit dem Mut der Verzweiflung stürzte ich mich auf ihn. Da er aber instinktiv zur Seite sprang, streifte meine Faust bloß sein Kinn. Durch die Schwungkraft meines Schlages schoß ich an ihm vorbei und glitt im Schmutz des Straßenrandes aus. Verzweifelt versuchte ich mein Gleichgewicht zu erhalten.

Plötzlich fühlte ich einen heftigen Schmerz in der Schläfe und fiel vornüber mit dem Gesicht mitten in den Dreck. Ich versuchte, auf Hände und Knie gestützt, mich wieder zu erheben, erhielt aber an derselben Stelle einen furchtbaren Hieb, und Arme und Beine versagten mir den Dienst. Mein Gesicht lag mitten im Straßendreck, und schwärzeste Finsternis kam in schweren wuchtigen Wellen herangerollt. Ich versuchte sie mit aller Gewalt zurückzudrängen, doch sie kam unerbittlich immer näher auf mich zu. Ich fühlte, wie ich immer tiefer hineinglitt.

Wie aus weiter Ferne, nur ganz schwach, hörte ich noch Stimmen. Ich bemühte mich zu verstehen, was sie sagten, aber die einzelnen Worte drangen nur undeutlich an mein Ohr. Einer der Männer sagte, Gordon werde das übel aufnehmen. Ein anderer lachte bloß höhnisch.

Dann überließ ich mich der Finsternis. Den Bruchteil einer Sekunde jedoch raste ein Gedanke durch meinen Kopf, ehe die Finsternis ganz über mir zusammenschlug. Betrogen! Betrogen von allem Anfang an! Deswegen also hatte Steve, als er mich anrief, immer wieder von Sam gesprochen. Damit ich an ihn denken sollte!

Dann verschwand auch dieser Gedanke, und ich vermochte mich an nichts mehr zu erinnern. Ich holte tief Atem und versuchte aus der Finsternis wieder aufzutauchen. Aber vergebens. Denn jetzt umgab sie mich vollständig.

Umzugstag
3. Oktober 1944

Hände schüttelten meine Schulter. Ich rückte zur Seite und versuchte mich ihnen zu entziehen. Mein Kopf schmerzte.

Die Hände schüttelten mich aber weiter. Jetzt versuchte ich mich zu einer kleinen Kugel zusammenzurollen. Sie sollen doch endlich weggehen und mich in Ruhe lassen! Gerade jetzt, wo ich begonnen hatte, mich so behaglich zu fühlen. Mir war lange, lange Zeit schrecklich kalt gewesen, doch gerade als ich mich zu erwärmen begann, schüttelten diese Hände an mir herum. Ich versuchte sie wegzustoßen und drehte mich auf den Rücken.

Da empfing ich einen scharfen, brennenden Schlag ins Gesicht. Der Schmerz ging mir durch und durch, und ich öffnete die Augen. Ein Mann kniete neben mir und starrte mir besorgt ins Gesicht.

«Geht's Ihnen wieder besser, Mister?» fragte er besorgt.

Ich bewegte den Kopf ein wenig, um festzustellen, ob sonst noch jemand bei ihm war. Er war allein. Dann bemerkte ich, daß mir Regen ins Gesicht schlug. Ich begann leise zu lachen. Ob's mir schon besser ginge? Ich mußte lachen. Das war verflucht komisch. Ich versuchte mich aufzusetzen.

Ein scharfer, durchdringender Schmerz im Kopf ließ mich laut stöhnen. Ich fühlte, wie er seinen Arm um meine Schulter legte, um mich zu stützen. «Was ist geschehen, Mister?» fragte er bestürzt.

«Man hat mich überfallen. Junge Burschen, die per Anhalter fahren wollten», antwortete ich. Ich konnte ihm doch nicht erzählen, was sich tatsächlich ereignet hatte. «Sie haben mir meinen Wagen gestohlen», fügte ich hinzu.

Sein Gesichtsausdruck war sichtlich erleichtert, als er mir auf die Beine half. «Ist ein Glück für Sie, daß ich so schwache Nieren habe», sagte er, «dadurch hörte ich Sie in der Hecke neben der Fahrbahn stöhnen.»

Jetzt stand ich, leicht schwankend, wieder auf den Beinen. Ich war zwar noch immer recht zittrig, fühlte aber doch, wie mir die Kräfte zurückkehrten.

«Sie hätten eine Lungenentzündung erwischen können», sagte er.

«Ja», sagte ich kopfnickend, «ich hab bestimmt Glück gehabt.» Ich wollte auf meine Uhr schauen, aber sie war zerbrochen. «Wie spät ist es?» fragte ich.

«Fünf Minuten nach eins», antwortete er, nachdem er auf seine Uhr gesehen hatte.

Ich starrte ihn überrascht an. Ich mußte mehr als zwei Stunden bewußtlos gewesen sein, denn meine Uhr war um Viertel vor elf stehengeblieben. «Ich muß in die Stadt zurück», murmelte ich, «wir ziehen heute um, und meine Frau wird sich zu Tode ängstigen. Sie weiß ja nicht, wo ich bin.»

Der Mann hielt mich am Arm, um mich zu stützen. «Ich fahre nach New York, wenn Sie dorthin wollen», sagte er.

Er erschien mir wie ein rettender Engel, als er vor mir stand und der Regen auf seinen unsichtbaren Heiligenschein herabströmte. «Das ist genau die Stadt, die ich gemeint habe», sagte ich.

«Dann kommen Sie zu meinem Wagen, Mister», sagte er, «ich bring Sie nach New York, um halb drei sind wir dort.»

Ich folgte ihm zu seinem kleinen Chevrolet und setzte mich neben ihn auf den Vordersitz. Sobald sich die Tür hinter mir geschlossen hatte, begann ich zu frösteln.

Er warf einen Blick auf meine blauen Lippen, dann schaltete er die Heizung ein. «Lehnen Sie sich zurück und ruhen Sie aus», sagte er besorgt, «das wird Sie aufwärmen und Ihre Kleider trocknen. Sie sind ja ganz durchnäßt!»

Ich lehnte meinen Kopf an das Polster und betrachtete ihn durch halbgeschlossene Augen. Er war nicht mehr jung, die Spitzen seiner grauen Haare wurden unter seinem Hut sichtbar. «Danke, Mister», sagte ich.

«Keine Ursache, mein Sohn», sagte er schwerfällig, «'s war nur das, was ich von jedem menschlichen Wesen erwarte.»

Ich schloß müde die Augen. Da irrte er sich. Manche menschlichen Wesen zeigten nicht einmal Spuren von dem, was er von ihnen erwartete. Das leise Surren des Scheibenwischers war ein ungemein beruhigendes Geräusch. Meine Gedanken wurden immer träger. Sam ist nicht so. Sam schert sich den Teufel drum, wer man ist. Sam denkt nur an sich selbst.

Ich war ihm zu groß geworden. Sam schätzte das nicht. Schließlich war ich direkt unter seiner Nase in dieses Geschäft eingestiegen. Er hatte es zwar seinerzeit nicht gewollt, aber das spielte keine Rolle. Jetzt wußte er, was er sich hatte entgehen lassen, und beschloß kaltblütig, die ganze Sache mit einem Streich an sich zu bringen. Und das war ihm auch gelungen. Ich konnte nichts dagegen tun.

Nichts? Ich begann zu überlegen, und Wut stieg wieder in mir auf. In diesem Punkt irrte sich Sam. Ich hatte zu schwer gearbeitet, um so leicht aufzugeben. Ich hatte mich von ihm prellen lassen. Er würde mir dafür büßen! Ich war ein Narr gewesen, in eine derartig plumpe Falle zu gehen, aber wir waren noch lange nicht fertig miteinander. Er würde es schon zu spüren bekommen. Meine Wut hatte mich merkwürdigerweise schön erwärmt, und ich begann zu dösen.

Ich fühlte eine Hand auf meinem Arm und erwachte sogleich. Ich blickte mich um. Wir fuhren soeben über den West Side Highway.

Der Mann sah mich aufmerksam an. «Fühlen Sie sich schon besser?» fragte er.

Ich nickte stumm. Meine Kopfschmerzen waren verschwunden.

«Wo kann ich Sie absetzen?»

Ich gab ihm meine Adresse. «Wenn's Ihnen nicht zu entlegen ist», fügte ich hinzu.

«'s ist okay», sagte er, «auf dem Weg nach Hause fahre ich dort vorbei.»

Es war Viertel nach drei, als wir vor meinem Haus hielten. Ich stieg aus dem Wagen und wandte mich wieder zum Fahrer. «Nochmals vielen Dank, Mister», sagte ich, «ich werd's Ihnen nie vergessen.»

«Schon gut, mein Sohn», antwortete er, «wie gesagt ... jedes menschliche Wesen ...»

Und ehe ich's richtig bemerkte, hatte er den Gang eingelegt und war davongefahren. Ich starrte dem Wagen nach. Ich hatte sogar vergessen, ihn nach seinem Namen zu fragen. Komische Welt! Jemand, den du dein ganzes Leben gekannt hast, versucht dich zu ruinieren, und ein Mann, den du nie zuvor gesehen hast und nie wieder sehen wirst, kommt einfach daher und rettet dir das Leben.

Ich blickte dem Wagen nach, bis er um die Ecke verschwand, dann drehte ich mich um und betrat das Haus. Der Hauswart fegte die Halle aus. Er starrte mich mit offenem Mund an. Ich glaube, ich muß einen schrecklichen Anblick geboten haben. Mein Gesicht blutig geschlagen und aufgedunsen und meine Kleider völlig beschmutzt.

«Der Möbelwagen ist schon fort, Mr. Fisher», sagte er. «Ihre Frau hat so lang wie möglich auf Sie gewartet. Sie war schrecklich aufgeregt, aber Ihr Schwager hat ihr gesagt, sie solle nur ruhig wegfahren.»

«Mein Schwager war hier?» fragte ich mit heiserer Stimme.

Er nickte. «Er ist gekommen, nachdem Ihre Frau ihn angerufen hat. Ihr Bruder war bereits hier gewesen, aber sie hat sich trotzdem noch immer Sorgen um Sie gemacht.» Er blickte mich neugierig an. «Ihr Schwager hat für Sie eine Post hinterlassen, falls Sie hierherkommen sollten.»

«Was hat er gesagt?» fragte ich.

«Er hat gesagt, Sie sollen zu ihm kommen, er ist in seinem Büro.» Er lächelte flüchtig. «Ihr Schwager ist wirklich ein feiner Mann. Er hat sich Ihretwegen auch Sorgen gemacht. Meiner schert sich nicht drum, ob ich leb oder tot bin.»

«Danke», sagte ich kurz und verließ das Haus. Sam machte sich also Sorgen um mich! Neunzigtausend waren schon einige Sorgen wert! Nein, jetzt waren's ja schon zweihunderttausend, denn er hatte ja alles eingesteckt! Kein Wunder, daß er gelaufen kam, als Nellie ihn rief.

Ich ging um die Ecke und pfiff einem Taxi, um in sein Büro zu fahren.

Ich schritt an Sams Sekretärin vorbei, ohne zu warten, daß sie mich anmeldete. Ich öffnete die Tür, betrat sein Büro und schloß hinter mir die Tür.

Er war soeben im Begriff, den Telefonhörer niederzulegen, als er aufsah und mich erblickte. Er hielt ihn regungslos in der Luft, während mich seine Augen rasch von Kopf bis Fuß überflogen. «Wo, zum Teufel, bist du gewesen?» brüllte er schließlich los und legte den Hörer auf die Gabel. «Ich war eben im Begriff, dir die Polizei auf den Hals zu hetzen.»

Etwas in seiner Stimme reizte mich maßlos. «Was ist denn los, Sam?» fragte ich mit rauher Stimme. «Hast du mich denn nicht erwartet?»

Er kam hinter seinem Schreibtisch hervor und trat auf mich zu. Ich fühlte, wie der Boden unter seinen schweren Tritten erzitterte. «Wenn man jemandem neunzigtausend gibt und er taucht nicht auf, wenn er auftauchen soll, dann überleg mal, was du dir denken würdest», sagte er grob. «Ich hab geglaubt, du bist mit dem Zaster getürmt.»

Wäre nicht ich es gewesen, der die Geschichte in die falsche Kehle gekriegt hatte, dann hätte ich die Art bewundern müssen, wie er die Sache handhabte. Dieser Bursche war wahrhaftig zäh! Vom Kopf bis zu den Zehennägeln. Er fuhr mich rücksichtslos an und fügte zum eklatanten Unrecht noch die Beleidigung. Er war genauso, wie ich zu sein hoffte und wünschte, aber jetzt gestand ich mir ein, daß ich bis dahin noch einen langen Weg zu gehen hatte. Ich starrte ihn an. Mich würde er nicht länger zum Narren halten! Das hatte ich gründlich satt.

«Du weißt, daß ich das nie tun würde, Sam», sagte ich leise, «du müßtest mich doch besser kennen.»

Er sah mich einen Moment starr an, dann drehte er sich zu seinem Sessel um und ließ sich nieder. Seine dunklen Augen glitzerten. «Woher soll ich das wissen?» fragte er. «Neunzigtausend sind 'ne Menge Schotter. Vielleicht hast du deine Frau bereits satt bekommen und willst von hier weg. Du könntest ein Dutzend Gründe haben, von denen ich nichts weiß.»

Ich sah ihm starr in die Augen, da wendete er den Blick verlegen ab. «Du traust scheinbar niemandem, Sam», sagte ich langsam.

Er hielt den Blick auf die Schreibtischplatte gerichtet. «Ich leb nicht davon, Kerlen deiner Sorte zu trauen», antwortete er mürrisch. Dann blickte er mich wieder scharf und durchdringend an. «Wo sind die Zigaretten?» fragte er.

Ich zuckte die Achseln. «Ich weiß nicht», antwortete ich schlicht. Diese Frage stellte wahrhaftig der falsche Mann, denn ich könnte wetten, daß er die Antwort wußte.

Er sprang ärgerlich auf. «Was soll das heißen, du weißt es nicht?» brüllte er los. «Was ist geschehen?»

Ich mußte diesen Burschen bewundern. Er ließ sich keinen Trick entgehen. Er war wahrhaftig großartig. «Ich wurde überfallen», antwortete ich ruhig und suchte in seinem Gesicht nach einem Schimmer von Schuldbewußtsein. «Man hat mich auf der Landstraße überfallen und in eine Hecke geworfen. Ich hab dabei noch verdammtes Glück gehabt, daß ich mit dem Leben davongekommen bin.»

Er spielte seine Rolle unverdrossen weiter, aber während er wütend auf seinen Schreibtisch schlug, glaubte ich in seiner Wut doch eine falsche Note zu entdecken. «Ich hätte klüger sein müssen, als dir so ohne weiteres neunzigtausend anzuvertrauen!» schrie er.

Ich sah ihn mit bitterem Lächeln an. «Was brüllst du so herum, Sam?» fragte ich ruhig. «Du hast bei der Sache doch nichts verloren. Ich bin restlos ausgeplündert worden. Du hast ja jetzt den ganzen Zimt!»

«Wer, zum Teufel, will ihn schon?» brüllte er wieder. «Ich brauch ihn genauso wie ein Loch im Kopf! Ich hab genug andere Sorgen. Ich möcht lieber meine neunzigtausend haben!»

Das war der erste falsche Ton, den er anschlug. Er brüllte zu sehr für einen Mann, dem nichts geschehen ist. «Weißt du das ganz bestimmt, Sam?» fragte ich.

Er starrte mich an, und seine Augen wurden plötzlich argwöhnisch. «Natürlich weiß ich's bestimmt», sagte er hastig. «Jetzt steck ich mit dem ganzen verdammten Zeug fest und hab dich noch obendrein auf dem Hals. Denn ich muß dich anstellen, um das Geschäft zu führen. Ich werde bald nicht mehr wissen, worüber ich mir zuerst Sorgen machen soll, um wieviel du mich bemogelst, oder ob sich der verdammte Kram überhaupt bewährt. Es wäre gescheiter gewesen, das Geschäft mit Maxie Fields zu machen, statt mit einer so lächerlichen Figur, wie du es bist. Er hat zum mindesten eine Organisation.»

Ich sah ihn einen Moment starr an, ehe ich antwortete. Ein Gedanke nahm immer deutlichere Gestalt an. Es geschah zum zweitenmal in zwei Tagen, daß mich jemand auf eine Idee brachte. Aber diesmal war es unbeabsichtigt. «Das ist eine Idee, Sam», sagte ich leise, «das ist die beste Idee seit langer Zeit.»

Der Mund blieb ihm offen, er starrte mich an, als ich mich jetzt wortlos umdrehte und das Büro verließ. Ich hörte, wie er mir nachrief, ich solle zurückkommen, als ich an der Sekretärin vorbei durch die Ausgangstür eilte. Der Lift stand eben bereit, und ich trat ein. Die Türen schlossen sich, und wir begannen die Fahrt nach abwärts.

Als ich die Straße betrat, war ich überzeugt, die Lösung gefunden zu haben. Sam dachte, er könne alles haben. Aber da irrte er sich! Ich würde dafür sorgen, daß sich dieser Bissen in seinem Mund in Dreck verwandelte!

Dasselbe Schild war noch immer am Fenster: FIELDS' INKASSO-BÜRO. Derselbe alte Schmutz in den Straßen. Nichts hatte sich verändert. Nichts würde sich je ändern. Ich stieß die Tür auf und trat ein.

Ein Mann hinter dem vergitterten Schalter sah mir entgegen. «Ja, Sir?» fragte er.

«Ist Maxie Fields zu Hause?» fragte ich.

Die Miene des Mannes veränderte sich unmerklich. «Wer wünscht ihn zu sprechen?»

«Danny Fisher», sagte ich mit rauher Stimme, «sagen Sie ihm, es sind für ihn hunderttausend zu verdienen. Er wird mich bestimmt sprechen wollen.»

Der Mann griff nach dem Telefonhörer und drückte auf einen Knopf. Dann sprach er leise in den Apparat. Er sah mich wieder an. «Durch diese Tür», sagte er und wies nach hinten.

«Ich kenne den Weg», rief ich über die Schulter, während ich der Tür bereits zuschritt. Ich schloß sie hinter mir und stand im Korridor. Ich sah die Treppe empor und begann langsam hinaufzusteigen.

Als ich den Vorplatz erreichte, stand Maxie bereits unter der Tür. Seine harten Augen glänzten wie schwarze Perlen in seinem runden Gesicht, als er mir entgegenblickte. Sein mächtiger Körper versperrte den Eingang zu seiner Wohnung. «Was führt dich zu mir, Danny?» fragte er, als ich näher trat.

Ich erwiderte seinen Blick. «Haben Sie noch immer Interesse an einer hübschen Summe Geld?»

Er nickte langsam mit dem Kopf.

«Dann hab ich ein recht nettes Päckchen für Sie», sagte ich rasch. «Aber gehen wir erst hinein, auf dem Vorplatz mach ich keine Geschäfte.»

Er trat ins Zimmer zurück, und ich schritt an ihm vorbei. Auch das Appartement hatte sich nicht verändert. Es herrschte noch immer dieselbe schwüle Üppigkeit. Ich hörte, wie sich die Tür schloß, ich drehte mich um und sah ihm ins Gesicht.

«Wie wär's mit einem Drink, Maxie?» fragte ich.

Er sah mich aufmerksam an, dann wandte er sich um und brüllte ins Nebenzimmer: «Ronnie! Bring zwei Drinks.» Ohne auf eine Antwort zu warten, schritt er an mir vorbei und ließ sich schwerfällig hinter seinem Schreibtisch nieder. Das einzige Geräusch im Zimmer war sein geräuschvolles Atmen. Nach einem Moment sah er zu mir auf. «Was ist's für 'ne Sache, Danny?»

Ich setzte mich ihm gegenüber in einen Fauteuil. Hinter mir ertönten Schritte, und ich blickte mich um.

Ronnie trug in jeder Hand ein Glas. Im ersten Moment bemerkte sie mich nicht, doch dann flog ein erstaunter Ausdruck über ihr Gesicht. Sie öffnete den Mund, als wolle sie etwas sagen, schloß ihn aber wieder. Schweigend stellte sie die beiden Gläser auf Maxies Schreibtisch und wollte sich wieder aus dem Zimmer entfernen.

Doch Maxie rief sie zurück, seine Augen glitzerten. «Du erinnerst dich doch an unsern Freund Danny, nicht wahr?» fragte er ironisch.

Sie sah ihn flüchtig an, dann wendete sie ihren Blick mir zu. Ihre Augen waren stumpf und ausdruckslos. Einen kurzen Augenblick lang flackerte zutiefst in ihnen etwas auf, dann war es wieder erloschen. Ihre Stimme war flach und tonlos. «Ich erinnere mich», sagte sie. «Hallo, Danny.»

Die Jahre hatten sie äußerlich wenig verändert. Sie sah noch genauso aus wie damals. Aber ihre Lebensfreude war verschwunden, vernichtet unter dem Druck der Zeit. «Hallo, Ronnie», sagte ich ruhig. Ich erinnerte mich, daß es das letzte Mal genauso gewesen war, aber damals hatte nicht ich ihn aufgesucht, sondern er hatte mich rufen lassen.

Er war aber nicht zufrieden, die Dinge ruhen zu lassen, er mußte es einem unter die Nase reiben, er mußte seinen Triumph voll auskosten. «Danny ist gekommen, um mit mir über ein Geschäft zu verhandeln», sagte er, und im Ton seiner Stimme schwang sein ganzes Machtgefühl. «Niemand kann sich von Maxie Fields fernhalten, Baby, das sag ich doch immer.»

«Ja, Maxie.» Ihre Stimme war völlig ausdruckslos. Sie drehte sich um und wollte das Zimmer wieder verlassen, doch er rief sie abermals zurück.

«Setz dich, Ronnie», sagte er mit rauher Stimme, «setz dich und leiste uns Gesellschaft.»

Gehorsam sank sie neben ihm in einen Fauteuil. Sie saß steif aufgerichtet wie ein Automat, ihr Gesicht war völlig ausdruckslos.

Jetzt wandte er sich wieder mir zu und griff nach seinem Drink. «Also, Danny», sagte er gewichtig.

Auch ich griff nach meinem Drink und trank genießerisch in kleinen Schlukken. Es schmeckte köstlich, und der Alkohol wärmte mich auf. Ich hielt das Glas hoch und sah Maxie durch das Glas hindurch an. «Zigaretten im Wert von hunderttausend», sagte ich einfach.

Er stellte seinen Drink nieder, ohne ihn berührt zu haben, und lehnte sich vor. «Was ist damit?» fragte er.

«Sie können Sie haben», sagte ich gelassen und stellte mein Glas neben das seine, «wenn – Sie mir einen Gefallen tun.»

Er holte tief Atem. «Ich kenne dich, Danny», schnaufte er heiser, «du möchtest im Winter Eis verkaufen. Außerdem – wo hast du das Zeug her?»

«Ich habe es», sagte ich, «also hören Sie.» Schrittweise erzählte ich ihm die ganze Geschichte – wie ich die Zigaretten bekommen, wie ich sie wieder verloren hatte. Nachdem ich geendet, bemerkte ich, daß er sich für die Sache interessierte.

«Auf welche Art willst du sie zurückbekommen?» fragte er.

«Ich übernehme Sams Geschäftsführung», sagte ich zuversichtlich.

In seinen Augen tauchte jetzt Vorsicht auf, wie das warnende gelbe Licht der Verkehrsampeln. «Und wie willst du's anstellen?»

«Ganz einfach», antwortete ich. Jetzt war ich eiskalt. «Erinnern Sie sich, was wir an dem Tag gesprochen haben, als ich Sie von Lombardi nach Hause fuhr? Erinnern Sie sich, was Sie damals sagten?»

Maxie nickte gewichtig. «Ich erinnere mich.» Er blickte mich aufmerksam an. «Wird ihm denn was zustoßen?» fragte er.

Ich griff wieder nach meinem Drink und zuckte die Achseln. «Das werden Sie mir sagen.»

«Nein, Danny!!» Ronnies Stimme klang wie ein entsetzter Schrei. Ich drehte mich überrascht um und sah sie an. Ihre Augen waren plötzlich sehr lebendig. «Das darfst du nicht tun! Sam war der einzige . . .»

Maxies Stimme unterbrach sie brutal. «Halt's Maul, Ronnie!» schrie er wild.

Sie wandte sich ihm mit ängstlicher Miene zu. «Maxie, du mußt ihm erzählen . . .»

Hinter mir bewegte sich jemand, und plötzlich stand Spit neben ihr. Ich hatte ihn nicht einmal gehört, als er ins Zimmer getreten war.

«Bring sie hinaus!» brüllte Maxie.

Spit griff rasch nach ihrer Hand, aber sie entzog sich hastig seinem Griff und floh, die Hände vors Gesicht schlagend, aus dem Zimmer.

Maxie atmete schwer, als ich mich ihm wieder zuwandte. Er winkte Spit in den Fauteuil, den Ronnie soeben verlassen hatte. Er sah mich einen Moment starr an. In seiner Stimme klang Habgier, als er schließlich wieder zu sprechen begann. «Woher soll ich wissen, daß du sie mir auch wirklich liefern wirst?» fragte er. «Du weißt nicht mal bestimmt, ob er sie tatsächlich hat.»

«Kann ich Ihr Telefon einen Moment benützen? Dann werden wir's gleich erfahren», antwortete ich.

Er nickte.

Ich hob den Hörer ab und wählte die Nummer von Sams Lagerhaus. Es war ungemein günstig, daß ich für ihn gearbeitet hatte, denn dadurch kannte ich dort alle Leute.

Jetzt meldete sich eine Stimme, die ich zu erkennen glaubte. «Joe?» fragte ich.

«Ja», antwortete er, «wer ist dort?»

«Danny Fisher», sagte ich rasch, «ich will bloß nachfragen, ob mein Lastwagen schon eingetroffen ist. Der große Fernlaster.»

«Gewiß, Danny», antwortete Joe, «wir laden gerade ab.»

«Okay, Joe, danke.»

Ich legte den Hörer auf die Gabel und blickte Maxie wieder an. Er hatte das Gespräch mit abgehört. «Zufrieden?» fragte ich.

Seine Augen leuchteten. Beinahe glaubte ich in ihrer Tiefe das Dollarzeichen zu sehen. «Bekomm ich die ganze Wagenladung?» fragte er.

«So hab ich's gesagt», antwortete ich, «die ganze Wagenladung.»

«Wirklich anständig», sagte er schnaufend und bemühte sich auf die Beine zu kommen. «Spit, der Inkassant und ich werden die Sache persönlich übernehmen. Ehe die Nacht noch vorbei ist, wird die ganze Angelegenheit bereinigt sein.»

«Hände weg von diesem Burschen, Boss, er ist korrupt bis in die Knochen!» Spits Stimme war schrill. Er war aufgesprungen und starrte Maxie an.

«Was ist denn los, Spit», fragte ich kalt, «wieder mal feig?»

Er wandte sich mir knurrend zu. «Ich trau dir nicht, ich kenn dich zu genau!»

Maxie ergriff gewichtig das Wort. «Setz dich, Spit, und halt's Maul!» schnauzte er ihn an. «Hier hab nur ich zu reden!»

Langsam sank Spit wieder in den Fauteuil zurück und warf mir wütende Blicke zu.

Maxies Stimme war noch immer gewichtig, doch jetzt sprach er mit mir. «Abgemacht, Danny», sagte er langsam, «aber diesmal gibt's kein Zurück, wie du dir's schon mal geleistet hast. Versuchst du diesmal, mich an der Nase rumzuführen, dann bist du aber auch schon mausetot und in der Hölle.»

Während ich mich erhob, lief mir unwillkürlich ein Schauer über den Rükken. Spit sah mich haßerfüllt an. Maxies Augen waren eiskalt, sein Gesicht völlig ausdruckslos. Ich bemerkte, wie schwer er atmete.

«Sie können den Wechsel präsentieren, Maxie», sagte ich ruhig, «ich werde bezahlen!»

Damit schloß ich die Tür hinter mir und lief die Treppe hinab.

Es war wenige Minuten vor sechs, als ich den Taxifahrer vor meinem Haus entlohnte. Während sich der Wagen in Bewegung setzte, blieb ich noch auf dem Gehsteig stehen und blickte auf das Haus. Ich fühlte mich unsäglich müde, alt und wie ausgehöhlt. Es tat wohl, endlich heimzukehren.

Auf einmal kam mir zu Bewußtsein, daß ich niemals eine andere Wohnung als mein richtiges Heim betrachtet hatte. Keine der andern Wohnungen war mir etwas gewesen, keine hatte für mich Geborgenheit bedeutet, keine hatte so zu mir gehört wie dieses Haus. Während ich noch hier stand, fiel mir ein, was ich getan hatte, und die ganze Freude, endlich heimkehren zu können, fiel von mir ab. Jetzt schien es nicht mehr wichtig zu sein.

Ich hatte zuviel durchgemacht. Ich hatte einen zu großen Umweg gemacht. Ich war nicht mehr derselbe Mensch, der dieses Haus vor so vielen Jahren verlassen mußte. Ich hatte meinen Kinderglauben verloren. Das Leben war zu hart. Man mußte immer nur kämpfen und immer wieder kämpfen, sonst war und blieb man ein Niemand. Es gab keinen Frieden, keine Freunde, kein wirkliches Glück. Die Welt war nichts als ein ewiger Kampfplatz. Man mußte kämpfen, um zu überleben, man mußte töten, um nicht getötet zu werden.

Meine Schritte hallten auf dem Betonboden der Veranda. Es hatte mich viel Zeit gekostet, klüger zu werden. Es bleibt nicht viel für Gefühle übrig, wenn man etwas erreichen, wenn man weiterkommen will. Man muß sein Herz verschließen und gegen die übrigen Menschen abschirmen. Niemand darf dir nahekommen, denn du warst allein, als du geboren wurdest, und du wirst allein sein, wenn du stirbst.

Ich hob die Hand, um die schwere Eingangstür zu öffnen, aber sie tat sich auf, ehe ich sie noch berührte. «Hallo, Danny», sagte eine ruhige Stimme.

Ich war nicht überrascht. Diese Stimme hatte ich schon einmal vernommen. Es war die Stimme des Hauses, die an jenem Tag zu mir gesprochen hatte, an dem Nellie und ich hierhergekommen waren, um das Haus zu kaufen.

«Hallo, Papa.»

Mein Vater nahm mich an der Hand, und wir betraten, genauso wie vor vielen Jahren, gemeinsam das Haus. Einen Moment schwiegen wir, es bedurfte keiner Worte. Dann blieben wir im Wohnzimmer stehen und blickten einander an. In seinen Augen standen Tränen. Es war das erste Mal, daß ich ihn weinen sah. Seine Stimme war sehr leise, doch von ungeheurem Stolz erfüllt, und als er zu sprechen begann, wurde mir klar, daß dieser Stolz mir galt.

«Wir sind alle heimgekehrt, Danny», sagte er demütig, «und wenn du einem alten Mann seine Fehler verzeihen kannst, werden wir das, was wir hier gefunden haben, nie wieder verlieren.»

Ich lächelte bloß, und langsam begann ich viele Dinge zu verstehen. Seine Stimme war die Stimme des Hauses. In Wirklichkeit war es nie mein Haus gewesen, es hatte immer ihm gehört. Als ich dem Haus von meiner Liebe erzählte, hatte ich in Wirklichkeit zu ihm gesprochen, und als das Haus zu mir sprach, war es in Wirklichkeit seine Stimme gewesen. Es würde nie mein Haus sein, einerlei, wieviel ich dafür bezahlt habe, außer er schenkte es mir.

Ich sah mich in dem Zimmer um. Etwas hatte immer gefehlt, aber jetzt, da er gekommen war, war das Haus wieder warm und lebendig. Ich war glücklich, daß er hier war. Ich brauchte es ihm nicht zu sagen, er schien genau zu wissen, was ich fühlte.

«Papa, es war das schönste Geburtstagsgeschenk, das ich je bekommen habe», sagte ich.

Zum erstenmal bemerkte er jetzt, wie übel ich zugerichtet war. «Mein Gott!» rief er. «Danny, was ist denn geschehen?»

Seine Worte riefen mich in die Gegenwart zurück. «Ich hatte einen Unfall, Papa», erwiderte ich mit rauher Stimme. «Aber wo ist Nellie?»

Er starrte mich noch immer an. «Mamma hat sie dazu überredet, sich oben hinzulegen. Sie ist vor Angst um dich beinahe hysterisch geworden.»

Vom oberen Treppenabsatz hörte ich jetzt ein Geräusch. Nellie stand dort und starrte mich mit kreidebleichem Gesicht entsetzt an. In dem harten weißen Licht der noch unverkleideten Glühbirnen mußte ich tatsächlich einen grauenerregenden Anblick geboten haben. Ihre Lippen öffneten sich zu einem Schrei: «Danny!» Ihre Stimme hallte noch von den Wänden zurück, als ich bereits die Treppe zu ihr hinauflief. Sie machte mir einen kleinen Schritt entgegen, dann drehten sich ihre Augäpfel in den Augenhöhlen nach oben, und sie stürzte bewußtlos zusammen.

«Nellie!» schrie ich und sprang auf sie zu, um sie aufzufangen.

Aber sie stürzte und rollte schwerfällig über die halbe Treppenflucht, ehe ich sie zu fassen vermochte. Sie lag als kleines zusammengerolltes Bündel an der Wand, als ich bei ihr niederkniete und voll Verzweiflung ihr Gesicht zu mir drehte. «Nellie!» rief ich.

Ihr Gesicht hatte das durchscheinende Weiß einer Milchflasche angenommen, und sie preßte die Augen vor Schmerz krampfhaft zusammen. Und nun hörte ich, wie sie trotz qualvoller Schmerzen mit blutlosen Lippen flüsterte: «Danny, Danny, ich hab mir deinetwegen so schreckliche Sorgen gemacht.»

Ich wandte mich aufgeregt an Papa. «Im Eckhaus auf der andern Straßenseite wohnt ein Arzt», rief ich ihm zu, «hol ihn! Rasch!»

Dann wandte ich mich wieder zu Nellie; gleich darauf hörte ich das Zuschlagen der Haustür. Ich bettete ihren Kopf an meine Schulter. Ihre Augen waren geschlossen, und sie lag ganz still. Sie schien kaum noch zu atmen.

Meine Mutter kam jetzt die Treppe herunter. In ihren Augen spiegelte sich eine Welt tiefsten Verstehens und Mitgefühls. Stumm legte sie ihre Hand auf meine Schulter.

Ich blickte wieder auf Nellie zurück. Warum lernt man so viele Dinge erst so spät? Jetzt überblickte ich erst die Zusammenhänge. Es war meine Schuld. Nellie hatte immer recht gehabt. Ich drückte ihren Kopf an meine Brust, ihr konnte, ihr durfte nichts geschehen! Sie war doch meine ganze Welt. Ich schloß die Augen und begann zu beten. Tränen flossen mir über die Wangen. «Bitte, lieber Gott ... bitte ...»

Ich lief in dem kleinen Wartezimmer des Krankenhauses nervös auf und ab. Mir schien es, als wäre ich nicht einige Stunden, sondern bereits tagelang hier. Ich steckte eine frische Zigarette in den Mund und versuchte sie anzuzünden. Ich zerbrach drei Streichhölzer, ehe Zep schließlich eines anzündete und an meine Zigarette hielt.

Ich sah ihn dankbar an. Ich weiß nicht, was wir an diesem Tag ohne ihn angefangen hätten. Er war den ganzen Tag über bei Nellie gewesen, hatte sie beruhigt und ihr geholfen. Und jetzt war er hier bei mir. «Danke, Zep», murmelte ich.

Erschöpft ließ ich mich zwischen meinem Vater und Zep in einen Sessel fallen. «Der Arzt ist schon schrecklich lang bei ihr», sagte ich.

Zep sah mich mit tiefem Verständnis an, er wußte, wie mir zumute war. «Mach dir keine Sorgen, Danny», sagte er und klopfte mir unbeholfen auf die Schulter, «sie wird bestimmt bald wieder ganz okay sein. Der Arzt hat gesagt, daß sie eine Chance hat, und ich kenne meine Schwester – sie ist zäh! Sie wird bestimmt durchkommen.»

So stand es. Sie hatte eine Chance ... der Arzt hat's gesagt ... sie hatte eine Chance ... Ich mußte mich an diesen Gedanken klammern, sonst wäre ich verrückt geworden – restlos und unwiderruflich verrückt. Den ganzen Weg ins Krankenhaus mußte ich immer nur daran denken, während ich neben ihr im Ambulanzwagen saß, ihre eiskalte schlaffe Hand in der meinen, und wir mit heulender Sirene durch die Straßen rasten.

Sie hatte innere Verletzungen erlitten. Das Kind hatte seine Lage verändert, wie der Arzt sagte, sie fühlte einen starken Druck und blutete aus einer inneren Wunde. Und alles innerlich, wo man's nicht sehen konnte! Aber das wußte man bereits, wenn man in ihr armes weißes, blutleeres Gesichtchen sah.

Man hatte sie rasch und geschickt auf ein schmales weißes Rollbett gelegt und unverzüglich in den Operationssaal gefahren. Ihre Augen waren noch immer geschlossen, sie konnte mich nicht sehen. Leises Stöhnen drang durch ihre blassen Lippen. Und dann war sie hinter den weißen Türen verschwunden, und ich – ich mußte warten.

Das war vor mehr als zwei Stunden gewesen, und ich wartete noch immer. Wir warteten alle. Ich blickte zu ihrer Mutter hinüber, die neben dem Fenster saß und nervös ihr Taschentuch hin und her drehte. Ihre Augen waren vom Weinen verschwollen, und sie hörte meiner Mutter zu, die versuchte, sie ein wenig aufzurichten. Sie hatte zu mir kein Wort gesagt, aber ich wußte, sie gab mir die Schuld an dem, was Nellie zugestoßen war. Und irgendwie hatte sie auch recht. Dennoch – wäre Sam nicht gewesen, dann wäre das nicht passiert.

Draußen auf dem Korridor näherten sich jetzt Schritte. Mimi kam mit besorgter Miene auf mich zugeeilt. «Danny, was ist geschehen?»

Ich antwortete nicht. Meine Augen waren starr auf Sam gerichtet, der hinter ihr eingetreten war. Auf seinem Gesicht war ein fremder, gequälter Ausdruck. «Was suchst du hier?» schrie ich ihn an.

«Dein Vater hat angerufen und uns erzählt, daß Nellie einen Unfall hatte. Und da Mimi zu aufgeregt war, um selbst zu fahren, hab ich sie hergebracht», erklärte er.

Ich stand langsam auf und fühlte, wie meine Beine vor Wut zitterten. Mein Mund war plötzlich ganz trocken. «Bist du nun endlich zufrieden?» fragte ich mit rauher Stimme. «Ist jetzt alles so, wie du's wolltest?»

In seinen Augen war ein merkwürdig beschämter Ausdruck zu lesen. «Danny, das hab ich bestimmt nicht gewollt», erwiderte er leise.

Ich sah ihn einen Augenblick starr an, dann brach die aufgespeicherte Wut aus mir hervor und ich stürzte mich mit drohend geschwungenen Fäusten auf ihn. Ich traf ihn mitten aufs Kinn, und er stürzte rücklings zu Boden. Der Krach hallte in dem kleinen Raum, als ich mich neuerlich auf ihn stürzte.

Zwei Hände hielten meine Arme fest, und ich hörte, wie Mimi auf mich einschrie. Verzweifelt versuchte ich meine Arme loszureißen. Ich wollte ihn mit eigenen Händen töten. Dann begann ich zu weinen. Er hätte die ganze Sache ebensogut zugeben können.

Auf einmal hörte ich die Stimme des Arztes. «Mr. Fisher!»

Sam war im Augenblick vergessen, und ich drehte mich um und hielt den Arzt an seinem Mantelaufschlag fest. «Wie geht's ihr, Herr Doktor?» fragte ich mit heiserer Stimme. «Was macht sie?»

Sein müdes, faltiges Gesicht erhellte sich etwas, als er mich ansah. «Sie ruht jetzt, Mr. Fisher», antwortete er ruhig, «sie hat zwar noch ziemliche Schmerzen, wird aber durchkommen.»

Ich wurde auf einmal ganz schlaff, meine Erregung schwand dahin. Ich sank kraftlos in meinen Sessel und bedeckte mein Gesicht mit den Händen. Diesmal war mein Gebet erhört worden.

Ich fühlte die Hände des Arztes auf meiner Schulter und sah zu ihm auf. «Darf ich jetzt zu ihr, Herr Doktor?»

«Jetzt noch nicht», sagte er kopfschüttelnd, und sein Gesicht wurde sehr ernst. «Mr. Fisher, wir haben eine ganz schwache Aussicht, Ihrem Sohn das Leben zu retten, wenn wir einen Blutspender der richtigen Blutgruppe finden können.»

Ich sprang auf. Ich hatte ihn wohl nicht richtig verstanden. «Was meinen Sie, Herr Doktor?»

Er blickte mir in die Augen. «Ihr Sohn hat keine schwereren Verletzungen erlitten, vielleicht weil es eine Frühgeburt war und er daher noch sehr klein ist, aber er hat einen ziemlichen Blutverlust gehabt. Wenn wir imstande sind, das Blut früh genug zu ersetzen, dann hat er die besten Aussichten durchzukommen.»

Ich zog ihn heftig am Arm. «Kommen Sie rasch», sagte ich eifrig, «ich hab mehr als genug Blut.»

Er schüttelte wieder den Kopf. «Ich fürchte, Ihr Blut wird uns nichts nützen», erklärte er, «ein schwacher Rhesus-Faktor spielt dabei eine Rolle, und Ihr Blut wird damit nicht übereinstimmen. Die Blutgruppe, die wir brauchen, kommt unter tausend Blutspendern vielleicht einmal vor. Ich habe bereits einen Aufruf durchsagen lassen. Alles hängt jetzt davon ab, wie schnell wir ihn hierherbekommen können.»

Ich versank neuerlich in abgrundtiefe Verzweiflung. Kein Glück! Ich lehnte mich in den Sessel zurück, während der Arzt mit seinen Erklärungen fortfuhr. «Die einzige Chance für Ihr Kind wäre höchstens ein Kaiserschnitt mit einer kompletten Bluttransfusion gewesen.»

Das war kein Trost. Mein Sohn lebte und hatte eine Chance. Nur das zählte! Die Verzweiflung drang mir durch Haut und Knochen wie ein körperlicher Schmerz.

Doch jetzt klang mir Zeps Stimme wie die süßeste Musik in den Ohren. «Vielleicht paßt mein Blut dazu, Herr Doktor.»

Ich sah ihn dankbar an und wieder zum Arzt zurück. «Vielleicht», sagte der Arzt müde, «kommen Sie mit mir, wir werden ja sehen.»

Er blickte sich im Zimmer um. «Wenn jemand von Ihnen mitkommen will, um sich testen zu lassen, dann bitte sich anzuschließen.»

Wir folgten ihm alle. Mimi half Sam in einen Sessel, während wir andern auf den Korridor traten. Nach einigen Schritten kamen wir zu einem kleinen

Laboratorium, in dem sich eine Schwester aufhielt, die in einer Zeitung las. Als wir eintraten, erhob sie sich rasch. «Stellen Sie sofort die Blutgruppen dieser Leute fest, Schwester», sagte der Arzt.

«Gewiß, Herr Doktor», erwiderte die Schwester und machte sich bereits an dem Tisch zu schaffen.

Ich sah zu, wie sie die Glasplättchen vorbereitete und in die Nähe des Mikroskops legte. Nachdem allen Blut abgenommen worden war, schob sie eins der Plättchen geschickt unter die Linse.

«Ich sehe mir's selbst an, Schwester», sagte der Arzt rasch.

Sie trat beiseite. Der Arzt beugte sich hinunter und spähte durch das Mikroskop. Er schüttelte den Kopf, und sie schob das nächste Plättchen unter die Linse. Ich hielt den Atem an, bis er alle angesehen hatte. Doch er richtete sich auf und schüttelte den Kopf.

«Nichts, Herr Doktor?» fragte ich hoffnungslos.

Er blickte sich im Zimmer um. Meine Eltern, Zep und seine Mutter sahen ihn gespannt an. Dann wandte er sich zurück. «Tut mir leid, Mr. Fisher», sagte er aufrichtig, «niemand von den Anwesenden hat die richtige Blutgruppe. Es bleibt uns daher nichts übrig, als zu warten, bis der richtige Blutspender hier eintrifft.»

«Dann kann es bereits zu spät sein», sagte ich leise, «mein Sohn könnte ... könnte ...» Zum erstenmal hatte ich die Worte ausgesprochen: mein Sohn. Aber ich konnte den Satz nicht beenden.

Voll Mitgefühl legte der Arzt seine Hand auf meinen Arm. «Wir können bloß hoffen, daß er bald eintrifft», sagte er tröstend, «er kann jede Minute hier sein.»

Die Tür öffnete sich jetzt, und ich drehte mich hoffnungsfroh um. Doch gleich darauf sank mein Herz wieder in den tiefsten Abgrund. Es war bloß Sam.

Schwerfällig schob er sich ins Zimmer. Auf seinem Kinn befand sich eine riesige Beule, die sich bereits schwarz verfärbte. Mimi folgte ihm auf dem Fuß. Er sah mich einen Moment verlegen an, dann wandte er sich an den Arzt. «Herr Doktor», sagte er mit rauher Stimme, «in der Blutbank hat man mir gesagt, daß ich einer sehr seltenen Blutgruppe angehöre. Vielleicht ist's gerade die, die Sie suchen.»

«Das werden wir gleich haben», sagte der Arzt und winkte der Schwester.

Ich sah Sam eine Sekunde starr an, dann stürzte ich an ihm vorbei auf den Korridor. Die Tür des Laboratoriums schloß sich hinter mir. Es hatte keinen Sinn, länger dort drinzubleiben, denn Sam brachte mir bestimmt nichts Gutes. Er hatte mir immer nur Unglück gebracht, vom ersten Moment an, da ich ihn gesehen.

«Danny! Danny», rief Zep aufgeregt hinter mir. Er lief durch den Korridor auf mich zu, sein dunkles Gesicht zuckte vor Erregung. «Der Arzt sagt, Sam hat die richtige Blutgruppe!»

Ich starrte ihn an und konnte meinen Ohren nicht trauen.

Eine halbe Stunde später betrat der Arzt das Wartezimmer, in dem wir uns noch immer aufhielten. Er trat lächelnd auf mich zu und streckte mir die Hand entgegen. «Ich glaube, Mr. Fisher, Sie werden jetzt doch Zigaretten verteilen müssen», sagte er, «ich gratuliere!»

Durch den Tränenschleier vor meinen Augen vermochte ich sein Gesicht kaum zu sehen. «Danke, Herr Doktor», sagte ich inbrünstig, «danke!»

Der Arzt lächelte wieder. «Danken Sie nicht mir», sagte er rasch, «danken Sie Gott und Ihrem Schwager, weil er hier war! In Anbetracht des Rhesus-Faktors grenzt es übrigens an ein Wunder, daß die Schwangerschaft sieben Monate gehalten hat.»

Meine Schwiegermutter begann vor Glück zu weinen. Zep umarmte sie. Mamma, Papa und Mimi drängten sich um mich. Mimi umarmte mich und küßte mich auf die Wange. Meine Tränen befeuchteten ihr Gesicht. Nichts war noch von Bedeutung – nichts als das unendliche Glück dieses Augenblicks.

Ich wandte mich wieder an den Arzt. «Darf ich meine Frau jetzt sehen, Herr Doktor?»

Er nickte. «Aber nur ein paar Minuten», sagte er warnend, «sie ist noch immer sehr schwach.»

Die Schwester, die neben ihrem Bett saß, erhob sich rasch, als ich das Zimmer betrat. Dann hörte ich, wie sich die Tür leise hinter ihr schloß. Ich starrte auf das Bett. Zwischen den weißen Decken war nur Nellies Gesicht und ihr blauschwarzes Haar sichtbar, das in schweren Flechten über die Kissen fiel. Ihre Augen waren geschlossen. Sie schien zu schlafen.

Ich trat an das Bett heran und setzte mich neben sie. Ich wagte kaum zu atmen, denn ich hatte Angst, sie zu stören. Aber irgendwie mußte sie gefühlt haben, daß ich bei ihr war. Ihre Lider flatterten, und sie öffnete ihre sanften dunkelbraunen Augen. Ihre Lippen bewegten sich kaum. «Danny.» Sie versuchte zu lächeln.

Ich legte meine Hand auf die Stelle der Decke, unter der sich ihre Hand abzeichnete. «Bemühe dich nicht, mit mir zu sprechen, Baby», sagte ich leise, «jetzt ist ja alles in schönster Ordnung.»

«Auch das Baby?» Ihre Stimme war ganz schwach, doch voll Besorgnis.

Ich nickte. «Er ist einfach vollkommen», sagte ich, «alles ist jetzt vollkommen. Mach dir nur keine Sorgen mehr, ruh dich bloß aus und werde rasch wieder gesund.»

Tränen traten ihr in die Augen. «Ich hätte beinahe alles verdorben, nicht wahr?» fragte sie.

Ich preßte mein Gesicht an ihre Wange. «Nein», sagte ich, «ich war an allem schuld, denn du hast recht gehabt. Ich hätte gestern nicht weggehen dürfen.»

Sie versuchte den Kopf abwehrend zu schütteln, aber die Anstrengung war für sie zu groß. Sie schloß müde die Augen. «Nein», flüsterte sie, «es war meine Schuld. Ich hätte mir denken können, daß du nach Hause gekommen wärst, hätte dich nicht etwas aufgehalten. Aber ich habe immer nur daran gedacht, was ich damals gelitten habe, als du mich zum erstenmal verlassen hast, und ich konnte den Gedanken einfach nicht ertragen, ohne dich zu leben. Ich hatte deinetwegen ein so furchtbares Vorgefühl», Tränen rollten über ihre Wangen, «daß dir etwas Schreckliches zustoßen würde ... uns zustoßen würde ... und daß ich dann allein bleiben müßte.»

«Denk jetzt nicht mehr daran, wir werden uns nie wieder voneinander trennen», sagte ich feierlich, «was jetzt auch immer geschehen mag, wir werden immer unsern Jungen bei uns haben.»

Sie öffnete die Augen und sah mich an. «Hast du ihn schon gesehen, Danny?» fragte sie beinahe scheu. «Wie sieht er aus?»

Der Arzt hatte mich nur einen flüchtigen Blick auf das Kind werfen lassen, als wir hier heraufkamen. Er war beim Kindertrakt stehengeblieben, um mich in den Inkubator schauen zu lassen.

Nellie betrachtete mich mit liebevoller Wärme, und ich bemerkte, daß ein Anflug von Farbe in ihre Wangen stieg.

«Er ist kleinwinzig und furchtbar herzig», sagte ich lächelnd und fügte leise hinzu, «genauso wie seine Mamma.»

Als ich zum Wartezimmer zurückkehrte, drang aufgeregtes Stimmengewirr heraus. Und nachdem ich eingetreten war, griffen alle voll freudiger Erregung nach meinen Händen.

«Viel Glück, Danny!» sagte mein Vater mit glücklichem Lächeln. Alle drängten sich um mich, und alle sprachen gleichzeitig.

Meine Schwiegermutter ergriff meine andere Hand und pflanzte mir einen schallenden Kuß auf die Wange. Ich grinste sie freudestrahlend an. Irgendwie hatte mein Vater eine Flasche Whisky aufgetrieben, und jetzt standen wir in einem kleinen Halbkreis, und der Alkohol machte in den Papierbechern ein leise gluckerndes Geräusch. Mein Vater brachte einen Toast aus.

«Auf deinen Sohn!» sagte er und blickte mich voll Stolz an. «Auf daß er immer glücklich sei! Und auf deine Frau, auf daß sie immer nur Freude an ihm habe! Und auf dich, mein Sohn, mögest du immer so stolz auf ihn sein ... wie ich es auf dich bin!»

Tränen standen in meinen Augen, die nicht der Whisky verursacht hatte. Denn ich hatte lange darauf warten müssen, ehe mein Vater das aussprach. Vielleicht verdiente ich es in Wirklichkeit nicht, ich wollte diese Worte aber dennoch hören.

Papa hob seinen Becher nochmals und wandte sich zu Sam. «Und auf meinen zweiten Sohn», sagte er bedächtig, «der einen alten Mann dazu brachte, endlich einzusehen, wie unrecht er getan, und dem ich jetzt noch tiefer zu Dank verpflichtet bin, weil er sein Blut geopfert hat!»

Ich war etwas verblüfft. «Was meinst du damit, Pa?» fragte ich.

Papa sah mich an. «Sam hat so lange mit mir gestritten, bis er mir zu Bewußtsein brachte, was ich verschuldet habe. Er hat mich davon überzeugt, daß ich ein Narr gewesen war, und er brachte mich auch dazu, zu dir zu gehen.»

Ich starrte Sam an, und er errötete. Papas Stimme schien aus einer ungeheuren Entfernung zu mir zu dringen. «Und jetzt hat er auch noch das Leben deines Sohnes mit seinem Blut gerettet. Wir haben ihm beide unendlich viel zu verdanken. Ich, weil er dich mir zurückgegeben hat, und du, weil er deinem Sohn das Leben schenkte.» Papa lachte unmerklich. «Unendlich viel», wiederholte er, «in früheren Zeiten hätte es ein Mann auf gleiche Weise zurückzahlen müssen. Er hätte ein Anrecht auf unser Blut, selbst auf unser Leben, wenn er es so wollte.»

Ich trat näher zu Sam, und ein Gefühl unendlicher Dankbarkeit überwältigte mich. Mein Vater sprach weiter.

«Jetzt, da du selbst einen Sohn hast, Danny, wirst du das Leid kennenlernen, das deine eigenen Taten verschulden. Selbst die kleinen Dinge, von denen du glaubst, sie könnten niemandem weh tun, werden ihn schmerzen, und damit auch dich. Mögest du nie den Schmerz kennenlernen, den ich erleiden mußte, diese unsägliche Qual, daß dein eigenes Kind für deine Fehler bezahlen muß.»

Papa hatte recht. Vielleicht werde ich nie für das bezahlen müssen, was ich getan habe, aber vielleicht mein Sohn. Ich starrte Sam noch immer an. Er lächelte. Und dann erinnerte ich mich!

Irgendwo lauerte Fields auf ihn. Und ich hatte diesen üblen Handel abgeschlossen! Gedanken rasten mir durch den Kopf. Es muß einen Weg geben, es rückgängig zu machen!

Ich blickte hastig auf die Uhr an der Wand des Wartezimmers. Es war nach zehn. Ich mußte Maxie erreichen und alles widerrufen. Ich mußte!! «Ich muß telefonieren», sagte ich verstört und eilte aus dem Wartezimmer.

Im Korridor befand sich eine Telefonzelle. Ich stürzte hinein und wählte hastig Fields' Nummer.

Das Telefon läutete einige Male, ehe sich jemand meldete. Es war eine Frauenstimme.

«Kann ich Maxie Fields sprechen?» fragte ich rasch.

«Er ist nicht hier», antwortete eine müde Stimme. «Wer spricht?»

«Danny Fisher», sagte ich, «wissen Sie, wo er ist? Ich muß ihn finden!»

«Danny!» rief die Stimme. «Ja, du mußt ihn finden! Hier spricht Ronnie. Du darfst ihn das nicht tun lassen! Sam war dein einziger Freund! Er war es, der damals, als du zurückkamst, Maxie dazu brachte, von dir die Hände zu lassen. Sam hatte geschworen, ihn zu töten, sollte er je Hand an dich legen!»

Ich schloß müde die Augen. «Und ich dachte, du bist's gewesen», sagte ich.

«Nein», antwortete sie, «auf mich hätte er nie gehört. Ich kam zurück, weil Ben erkrankte und ich das Geld brauchte. Aber es half nichts. Er ist dennoch gestorben.»

«Sarah, das tut mir aufrichtig leid.»

Ich weiß nicht, ob sie mich hörte, weil die weiteren Worte wie eine Flut aus ihrem Mund hervorbrachen. Sie sprach wieder von Sam – von Sam und mir. «Du darfst es nicht zugeben, daß er Sam etwas antut, Danny. Du darfst nicht! Sam war es, der verhindert hat, daß Maxie sich in dein Geschäft eindrängt. Er überredete Lombardi, Maxie zu sagen, daß er sich zurückziehen müsse, weil er selbst sich dafür interessiere. Und dagegen konnte Maxie nichts tun. Er war wütend. Du weißt ja nicht, wie abgrundtief schlecht und verworfen er ist. Du mußt ihn davon abbringen, Danny!»

«Das will ich doch, Sarah», sagte ich ungestüm, «hör mich jetzt an. Hast du eine Ahnung, wo ich ihn finden kann?»

«Er sagte etwas davon, daß er nach Brooklyn fahren will», antwortete sie. «Er meinte, Sam werde wahrscheinlich heute abend in deinem neuen Haus auftauchen.»

Ich sank in der Zelle schlaff zusammen. Das bedeutete wahrscheinlich, daß er Sam in der Nähe meines Hauses auflauerte. Und wenn Sam vom Krankenhaus hinfuhr, dann war er verloren. Ich starrte wie betäubt auf das Telefon. Jetzt blieb mir nur ein einziger Ausweg. Nach Hause fahren, ehe irgend jemand anderer es tat.

«Okay, Sarah», sagte ich langsam und legte den Hörer auf die Gabel. Ich verließ die Telefonzelle und kehrte in das Wartezimmer zurück.

Ich ging auf Sam zu und versuchte so gleichgültig wie möglich zu sprechen. «Kann ich mir deinen Wagen für ein paar Minuten ausleihen, Sam?» fragte ich. «Nellie hat mich gebeten, ihr von zu Hause verschiedene Sachen zu bringen, und mein Wagen steht noch immer am Flughafen.»

«Ich fahr dich rüber, mein Junge», erbot er sich.

«Nein, nein», sagte ich hastig, «du bist noch von der Blutabnahme geschwächt. Ruh dich noch eine Weile aus. Ich bin in zwanzig Minuten wieder zurück.»

Er holte den Wagenschlüssel aus seiner Tasche und reichte ihn mir lächelnd. «Okay, Champion.»

Plötzlich sah ich ihm in die Augen. Seit Jahren hatte er mich nicht mehr so genannt. Und nun bemerkte ich auch die Wärme in seinen Augen.

«Alles okay, Champ?» fragte er. Nur wir beide wußten, was diese Worte bedeuteten. Eine ganze Welt lag darin.

Ich ergriff seine Hand. «Alles okay, Champ», antwortete ich. Er erwiderte meinen Händedruck, und ich sah auf unsre Hände hinab. Sie hielten einander fest umfaßt. Merkwürdig, wie ähnlich unsre Hände waren – dieselbe Form, dieselbe Bildung der Finger. Ich blickte ihm wieder ins Gesicht. Er sah mich mit inniger Herzenswärme an, und ich liebte ihn. Er war all das, was ich immer sein wollte. Und so war es immer gewesen. Was immer ich getan hatte, stets versuchte ich ihm gleichzukommen. Ich lächelte, als ich langsam zu verstehen begann.

«Alles ist okay, Champ», wiederholte ich, «danke, Sam, danke für alles.» Damit nahm ich den Wagenschlüssel aus seiner Hand und eilte auf die Tür zu.

Mein Vater hielt mich zurück. «Fahr vorsichtig, Danny», ermahnte er mich, «wir möchten nicht, daß dir jetzt etwas zustößt.»

«Mir wird nichts zustoßen, Papa», antwortete ich, «und wenn, dann gibt's kein Bedauern. Ich hab alles vom Leben gehabt, was man haben kann. Ich habe mich weder zu beklagen noch gegen etwas aufzulehnen.»

Papa nickte. «Es ist gut, Danny, daß du so denkst», sagte er feierlich. «Fahr dennoch vorsichtig. Du bist noch immer aufgeregt, weil du jetzt einen Sohn hast.»

Der starke Motor des kanariengelben Cadillac-Kabrioletts summte leise, als ich den Wagen heimwärts lenkte. Es freute mich, Sams Wagen zu fahren, denn das erleichterte es mir wesentlich, Maxie zu finden, da ja Maxie nach diesem Wagen Ausschau hielt. Ich machte mir seinetwegen keine Sorgen. Ich würde schon einen Weg finden, ihn umzustimmen.

Ich brauste über den Linden-Boulevard nach Kings Highway und bog dann nach Clarendon ab. Bei Clarendon fuhr ich rechts herum und steuerte den Wagen auf meine Straße zu. Ich blickte in den Rückspiegel. Hinter mir blinkte ein Wagen mit seinen Scheinwerfern. Er wollte vorfahren. Ich lachte vor mich hin und trat mit dem Fuß kräftig auf das Gaspedal. Ich hatte gleichfalls Eile.

Der schwere Motor reagierte unverzüglich auf meinen Druck, und wir brausten durch die nächtliche Straße. Ich sah wieder in den Rückspiegel. Der andere Wagen kam mir langsam näher. Plötzlich kam mir eine Idee: Maxie hatte Sams Wagen vom Krankenhaus weg verfolgt.

Ich nahm meinen Fuß vom Gas weg, und der Wagen verringerte sein Tempo auf fünfzig. Der andere Wagen holte rasch auf. Ich blickte aus dem Fenster. Ja, ich hatte recht gehabt. Aus dem andern Wagen sah mich Spit starr an. Ich grinste ihm zu und winkte mit der Hand.

Dann sah ich die Maschinenpistole in Spits Hand. Er hob sie ganz langsam.

«Spit!» schrie ich ihm zu. «Ich bin's doch, Danny! Das Ganze gilt nicht mehr!»

Die Maschinenpistole hob sich noch immer. Ich schrie ihm nochmals zu: «Spit, du verrückter Bastard! Ich bin's, Danny!»

Da bemerkte ich, wie er eine Sekunde zögerte. Er wandte den Kopf zum Rücksitz hin und ich sah, daß er die Lippen bewegte. Ich warf rasch einen Blick über ihn hinweg nach hinten, vermochte aber nichts anderes zu sehen als das schwache Glimmen einer Zigarre. Spit drehte sich wieder um, und die Maschinenpistole begann sich wieder zu heben. Da fielen mir Maxies Worte ein: «Aber diesmal gibt's kein Zurück ...» Und Maxie saß im Rücksitz.

Mir blieb nur noch eines. Ich trat aufs Gas, während die Maschinenpistole Feuer spie. Ich fühlte plötzlich einen durchdringenden Schmerz, der mich vom Lenkrad wegzureißen schien. Verzweifelt griff ich nach dem Volant und verriß es, in dem Wunsch, mich daran festzuklammern.

Eine kurze Sekunde war ich wie geblendet; dann klärte sich mein Blick. Der Wagen holperte wie verrückt durch die nächtliche Straße. Ich blickte zu Spit hinüber. Er grinste! Da packte mich eine entsetzliche Wut. Haß auf ihn und all das, was ich gewesen war, stieg mir heiß und klebrig wie Blut in die Kehle. Da hob er die Maschinenpistole nochmals.

Ich blickte über seinen Wagen hinweg zur Straßenecke. Es war schon meine Ecke, meine Straße. Ich sah mein Haus. Dort stand es, und in einem Fenster brannte Licht, das wir bei unserer überstürzten Abfahrt auszuschalten vergessen hatten. Wenn ich bis nach Hause käme, dann wäre ich in Sicherheit. Dort wäre ich immer geborgen, das wußte ich.

Mit aller Kraft drehte ich das Lenkrad, um in meine Straße einzubiegen. Doch Maxies Wagen war mir im Weg. Trotzdem schlug ich das Lenkrad ein. Da sah ich, wie sich Spits Gesicht in Todesangst verzerrte. Funken sprühten aus der Maschinenpistole, aber ich fühlte nichts. Er mußte mir ausweichen, sonst würde ich einfach in ihn hineinfahren! Ich spürte, wie die Räder blockierten, das war mir aber egal. Ich wollte heim.

Plötzlich sah ich einen grellen Lichtschein und spürte, wie der Wagen durch die Luft sauste. Ich holte tief Atem und erwartete das Krachen und Splittern. Doch es blieb aus.

Statt dessen war ich ein kleiner Junge, der in einem Möbelwagen saß und in eine fremde Umgebung fuhr. Ich hörte, wie der Kies unter den Rädern knirschte. Es war helles, strahlendes Tageslicht, und das vermochte ich nicht zu verstehen.

Etwas war schiefgegangen. Die Zeit war aus den Fugen geraten. Ich schlug mich wie verrückt mit diesem Gedanken herum. Es konnte nicht wahr sein. Derartige Dinge geschehen nicht. Ich war wieder am Urbeginn meiner Erinnerungen.

Dann verschwand der ganze Spuk, und ich fühlte, wie das Lenkrad zersplitterte. Einen Moment blickte ich wie betäubt auf meine Hände, die sich an die Bruchstücke des Lenkrades klammerten, das kein Lenkrad mehr war, im nächsten Augenblick stürzte ich in eine ferne, drohende Finsternis.

Irgendwo, tief verborgen in der stummen, regungslosen Dunkelheit, rief jemand meinen Namen. Er hallte dumpf und metallisch in meinem Kopf, und die Silben rollten auf mich zu wie Meereswogen.

«Dan-ny Fish-er. Dan-ny Fish-er.» Immer wieder vernahm ich die Stimme, die mich rief. Doch irgendwie wußte ich, daß ich diesem Sirenengesang nicht lauschen durfte. Ich durfte auf diese Töne nicht hören. Selbst in Gedanken durfte ich nicht auf sie hören. Verzweifelt kämpfte ich dagegen an. Ich mühte mich ab und verschloß meine Gedanken vor diesen Tönen. Plötzlich durchfuhr mich ein wilder Schmerz. Ich straffte mich, überwältigt von folternder Qual.

Der Schmerz wurde immer heftiger, und doch ... es war nichts Physisches, das ich fühlte. Es war eine vage, körperlose Qual, in der ich dahintrieb, wie in der Luft, die ich einst geatmet hatte.

Die Luft, die ich geatmet hatte. Geatmet hatte? Wieso habe ich das gedacht? Der Schmerz kam wieder, er durchdrang mein ganzes Bewußtsein, und die Frage war vergessen. Ich hörte meine eigene Stimme, sie schrie irgendwo in weiter Ferne. Dieser Schrei grenzenloser Qual hallte in meinen Ohren. Langsam glitt ich wieder in die Finsternis zurück.

«Dan-ny Fish-er, Dan-ny Fish-er.» Jetzt vernahm ich die seltsam beruhigende Stimme wieder. Sie war weich und sanft und klang wie die Verheißung von Ruhe und Frieden und der Erlösung von jeglicher Pein. Und dennoch kämpfte ich mit einer Kraft dagegen an, die ich nie zuvor gegen irgend etwas aufgewendet hatte. Und wieder schwand die Stimme aus meinem Bewußtsein, und der Schmerz kehrte zurück.

Wie süß kann diese Schmerzempfindung sein, wenn jedes andere Gefühl deinen Körper verlassen hat! Wie sehnsüchtig klammerst du dich an diese Qual, die dich an die Erde bindet! Du atmest den Schmerz, als wäre er die köstlichste Luft, du trinkst die Qual mit jeder Faser deines dürstenden Seins. Du sehnst dich nach dieser Qual, weil sie Leben bedeutet.

In meinem Innern brannte der süße, qualvolle Schmerz. Der geliebte Schmerz, an den ich mich klammerte. Ich hörte meine Stimme in weiter Ferne, die in wildem Protest aufheulte, und die Qual machte mich glücklich. Begierig streckte ich meine Hände nach ihr aus, konnte sie aber nicht fassen, sie entschlüpfte mir wieder, und ich tauchte zurück in die stille, besänftigende Finsternis.

Die Stimme war jetzt dicht neben mir. «Warum wehrst du dich gegen mich, Danny Fisher?» fragte sie vorwurfsvoll. «Ich bin gekommen, um dir Frieden zu bringen.»

«Ich will keinen Frieden!» schrie ich verzweifelt. «Ich will leben!»

«Aber leben heißt leiden, Danny Fisher.» Die Stimme war tief und warm, wohltönend und trostreich. «Das müßtest du jetzt doch schon wissen.»

«Dann geh! Und laß mich leiden», schrie ich, «ich will leben. Es gibt noch so viele Dinge, die ich tun will!»

«Was bleibt dir denn noch zu tun übrig?» fragte die Stimme in gelassener Ruhe. «Denk an das, was du vor wenigen Minuten gesagt hast. Erinnere dich der Worte, die du zu deinem Vater sagtest: ‹Es gibt kein Bedauern. Ich hab alles vom Leben gehabt, was man haben kann. Ich habe mich weder zu beklagen noch gegen etwas aufzulehnen.›»

«Ach, die Menschen sagen so viele Dinge, die sie nicht wirklich meinen», rief ich verzweifelt. «Ich muß leben. Nellie hat gesagt, daß sie ohne mich nicht leben kann. Und mein Sohn braucht mich.»

Die Stimme war weise und nachsichtig wie die Zeit. Sie hallte dumpf durch meinen Sinn. «Glaubst du das wirklich, Danny Fisher, wie?» fragte sie ruhig. «Du wirst doch bestimmt wissen, daß das Leben für die andern wegen eines Mitmenschen nicht zu existieren aufhört.»

«Dann will ich um meiner selbst willen leben», rief ich weinend, «ich will die geliebte harte Erde unter meinen Füßen spüren, ich will die Süßigkeiten kosten, die mir der Leib meiner geliebten Frau schenkt, und mich am Heranwachsen meines Sohnes erfreuen.»

«Wenn du weiterleben würdest, Danny Fisher», sagte die Stimme unerbittlich, «dann könntest du nichts von all dem genießen. Der Körper, der dir gegeben war, ist unwiederbringlich zerschmettert. Du würdest nicht sehen, nicht fühlen, nicht schmecken. Du wärst nichts als eine Hülse, die ein lebender Organismus geblieben ist, eine dauernde Bürde und Qual für die, die du liebst.»

«Aber ich will leben!» schrie ich und wehrte mich mit aller Kraft gegen die Stimme. Ich fühlte, wie der Schmerz in meinen Körper zurückkehrte.

Ich hieß ihn willkommen, wie eine Frau den langentbehrten Geliebten willkommen heißt. Ich gab mich ihm hin und ließ ihn freudig in mich ein. Ich fühlte, wie die süße willkommene Qual meinen ganzen Körper durchflutete, so wie das rote Blut den ganzen Körper durchfließt. Auf einmal wurde einen Augenblick lang alles klar, und ich vermochte im hellsten Licht wieder zu sehen.

Ich sah mich selbst, zerfetzt, verstümmelt und völlig verunstaltet. Hände streckten sich mir entgegen, hielten aber bei dem furchtbaren Anblick, den ich bot, von Grauen geschüttelt inne. So sah mein Körper also jetzt aus, und so würden mich die Menschen von nun an ansehen.

Ich fühlte, wie sich die Tränen meines Grams mit den Schmerzen, die mich folterten, vereinten. War denn nichts mehr von mir übriggeblieben, was das Herz eines andern erfreuen konnte? Ich blickte scharf auf mich hinab. Mein Gesicht war unverletzt. Es war still und ruhig. Selbst der Abglanz eines Lächelns lag noch auf meinen Lippen. Ich blickte noch schärfer hin.

Meine Lider waren geschlossen, ich vermochte jedoch dahinter zu sehen. Leere Höhlen starrten mich an. Von Grauen gepackt, wandte ich mich vor mir selbst ab. Meine Tränen strömten und spülten diese neue unbekannte Pein hinweg.

Während das Licht verblaßte und die Finsternis zurückkehrte, verschwand auch wieder der Schmerz. Die Stimme war wieder dicht an meiner Bewußtseinsschwelle.

«Nun, Danny Fisher», sagte sie teilnehmend, «willst du mir jetzt erlauben, dir zu helfen?»

Ich verbannte die Tränen aus meinem Bewußtsein. Mein ganzes Leben hatte immer wieder aus Übereinkommen bestanden. Jetzt war die Zeit gekommen, noch ein letztes Mal ein Übereinkommen zu treffen. «Ja», flüsterte ich, «ich will mir von dir helfen lassen – wenn du meinen Körper wieder so unversehrt erscheinen läßt, daß sich meine Lieben nicht voll Grauen und Abscheu von mir wenden.»

«Das kann ich tun», erwiderte die Stimme ruhig.

Irgendwie hatte ich gewußt, daß es geschehen würde, ich hätte nicht darum bitten müssen. «Dann hilf mir, bitte», sagte ich, «und ich will es zufrieden sein.»

Auf einmal umgab mich liebevollste Herzlichkeit. «Dann ruhe, Danny Fisher», sagte die Stimme mild, «gib dich der stillen, friedvollen Dunkelheit hin und fürchte dich nicht. Es ist nicht anders, als schliefest du ein.»

Ich überließ mich vertrauensvoll der Dunkelheit. Es war eine freundliche, liebevolle Dunkelheit, und in ihr fand ich die Liebe und die Wärme aller jener, die ich gekannt. Es war wirklich so, als schliefe man ein.

Die Dunkelheit umhüllte mich wie sanft gleitende Wolken. Die Erinnerung an Schmerz und Qual war nur noch schwach und weit entrückt, und bald schwand auch die letzte Erinnerung daran. Jetzt wußte ich, weshalb ich nie zuvor Frieden gekannt hatte. Ich war zufrieden.

Du legst den Stein hastig auf das Grabmal und stehst nun feierlich da, die blauen Augen weit geöffnet. In dir lebt ein schwaches, aber wachsendes Mißtrauen. Dein Vater.

In deiner Erinnerung habe ich keine Gestalt, und du hast keine klare Vorstellung von mir. Ich bin nichts als ein Wort, ein Bild auf dem Kaminsims, ein flüchtiger Laut auf den Lippen anderer Menschen. Denn du hast mich nie gesehen, und ich sah dich bloß einmal.

Wie soll ich dich gewinnen, mein Sohn, wie soll ich es erreichen, daß du mich hörst, wenn selbst meine Stimme deinen Ohren fremd ist? Ich weine, mein Sohn, ich weine, um des Lebens willen, das ich dir gegeben und nicht mit dir teilen kann. Alle Freuden, alle Schmerzen, ich kann sie nicht mit dir teilen, wie sie mein Vater mit mir geteilt.

Obwohl ich dir das Leben gab, gabst du mir weit mehr. In dem kurzen Augenblick, den wir teilten, lernte ich viele Dinge. Ich lernte meinen Vater wieder lieben, seine Gefühle verstehen, seine Freuden und auch seine Unzulänglichkeiten. Denn all das, was ich ihm bedeutete, das warst du mir in einem kurzen Augenblick.

Ich hab dich nie auf meinem Arm gehalten und eng an mein Herz gedrückt, und dennoch fühle ich all diese Dinge. Hast du dich verletzt, dann fühle ich deinen Schmerz; hast du Kummer, dann teile ich deine Tränen, und wenn du lachst, zieht Freude in mich ein. Alles war ja einmal ein Teil von mir ... dein Blut, dein Gebein, dein Fleisch.

Du bist ein Teil des Traums, den ich geträumt und der noch immer währt. Du bist der Beweis, daß ich gelebt habe und auch einmal über die Erde schritt. Du bist mein Vermächtnis an die Welt, das kostbarste Gut, das ich zu verschenken hatte. Mit dir verglichen ist alles andere wertlos.

In deiner Zeit wird's viele Wunder geben. Die entferntesten Winkel der Erde werden in wenigen Augenblicken zu erreichen sein; des Ozeans tiefste Tiefe, der Gipfel des höchsten Berges, ja vielleicht die Sterne selbst werden dir nicht unerreichbar sein. Und doch, all diese Wunder sind nichts, verglichen mit dem Wunder deines Seins.

Denn du bist das Wunder meines fortlebenden Fleisches. Du bist das Bindeglied, das mich mit dem Morgen verknüpft, das Glied einer Kette, die sich vom Anbeginn aller Zeiten bis zur nimmer endenden Zeit erstreckt.

Und doch liegt etwas Seltsames darin. Denn du, der mich mit dem Morgen verbindet, entsprungen der Kraft und Leidenschaft meines ungestümen Blutes, weißt nichts von mir.

Wir teilen nichts miteinander als einen flüchtigen Augenblick, den Augenblick deiner Erweckung – und so kennst du mich nicht. «Wie bist du eigentlich, mein Vater?» fragst du in der Tiefe deines kleinen Herzens. Schließe deine Augen, mein Sohn, ich will versuchen, dir's zu sagen. Verschließe deine Augen nur einen Moment vor der strahlenden grünen Welt und versuche mich zu hören.

Jetzt bist du ganz still. Deine Augen sind geschlossen, dein Gesicht ist blaß, und du beginnst zu lauschen. Der Ton meiner Stimme ist in deinen Ohren wie die Stimme eines Fremden, und doch, in den geheimsten Tiefen deines Herzens weißt du, wer ich bin.

Meine Gesichtszüge werden nie klar vor deinen Augen stehen, du wirst dich ihrer aber doch erinnern. Denn eines Tages, zu irgendeiner Zeit, wirst du von mir sprechen. Und in deiner Stimme wird die Trauer mitschwingen, daß wir einander nie gekannt. Und aus dieser Trauer wird gleichzeitig eine gewisse Befriedigung zu hören sein. Eine Befriedigung, die von dem Wissen herrührt, daß alles, was du bist, von mir stammt. All das, was du dereinst deinem Sohne geben wirst, entsprang aus mir, so wie das, was mein Vater mir vererbte und zuvor sein Vater ihm.

Höre mich, mein Sohn, und erkenne deinen Vater.

Wenn die Erinnerung an einen Menschen auch nur allzu vergänglich ist, das Leben nur ein flüchtiger Augenblick, so ist er dennoch unsterblich und immerwährend wie die Sterne.

Denn ich lebe in dir und du in mir, und der Mensch, der mit Adam begann, wird ewig hier auf Erden leben. So wie auch ich einst lebte.

Einst atmete ich die Luft, die heute du atmest, einst fühlte ich die sanfte Nachgiebigkeit der Erde unter meinen Füßen. Einst raste deine Leidenschaft durch meine Adern, und dein Kummer ließ die Tränen durch meine Augen fließen.

Denn einst war ich ein Mensch wie du.

Auch ich hatte ein Scheckbuch bei Marcy; ein Sparbuch der Zehn-Cent-Sparkasse, verborgen in irgendeinem Safe liegen Papiere mit meiner Unterschrift, die ich mit einer allmählich verblassenden Tinte geschrieben; eine Versicherungsnummer, vergraben in Bergen von statistischen und Verwaltungsakten; es ist die Nummer: 052-09-8424.

All diese Dinge besaß ich einst, mein Sohn. Deshalb und aus vielen andern Gründen wird mein Name nie vergessen werden. Denn diese Aufzeichnungen allein beweisen meine Unsterblichkeit. Ich war kein berühmter Mann, dessen Lebensgeschichte die Kinder in der Schule lernen. Keine Glocken läuten für mich, keine Flaggen senken sich auf ihrem Mast.

Denn, mein Sohn, ich war ein alltäglicher Mensch, einer von vielen, mit alltäglichen Hoffnungen, alltäglichen Träumen und alltäglichen Befürchtungen. Auch ich habe von Reichtum und Luxus, von Gesundheit und Kraft geträumt. Auch ich habe Armut und Hunger, Krieg und Gebrechlichkeit gefürchtet.

Ich war der Nachbar, der im Haus nebenan wohnt. Der Mann, der auf dem Weg zur Arbeit in der U-Bahn steht; der ein Streichholz an eine Zigarette hält; der mit seinem Hund spazierengeht.

Ich war der Soldat, den die Angst schüttelt; der Mann, der mit dem Schiedsrichter bei einem Ballspiel Streit bekommt; der Staatsbürger, der in der Verborgenheit der Wahlzelle höchst befriedigt einen wertlosen Kandidaten wählt.

Ich war der Mann, der tausendfach gelebt hat und tausendfach gestorben ist, in den sechstausend Jahren, die die Menschen aufgezeichnet haben. Ich war der Mann, der mit Noah in der Arche fuhr, ich gehörte der Menge an, die das Meer durchschritt, das Moses teilte, ich war der Mann, der neben Christus am Kreuze hing.

Ich war der Dutzendmensch, den nie ein Lied besingt, den keine Geschichte rühmt, von dem keine Legende berichtet.

Doch ich bin der Mann, der in kommenden Tausenden von Jahren ewig weiterleben wird. Denn ich bin der Mann, der den geringen Gewinn ernten und für die vielen Irrtümer bezahlen wird, die die Großen der Welt begehen.

Diese Großen sind aber nur meine Diener, denn meine Zahl ist Legion. Und die Großen liegen einsam in ihren Grüften, unter mächtigen Monumenten, denn man erinnert sich ihrer nicht um ihrer selbst willen, sondern ihrer Taten wegen.

Alle jedoch, die um ihre Lieben weinen, weinen auch um mich. Und immer, wenn jemand trauert, trauert er auch um mich.

Du öffnest langsam deine Augen und siehst verwundert auf die sechs Steine auf meinem Grab. Jetzt weißt du alles, mein Sohn. So war dein Vater. Die Arme deiner Mutter umfassen dich, doch du starrst noch immer auf die Steine. Deine Finger deuten auf die Worte, die hinter ihnen in das Grabmal eingemeißelt sind. Ihre Lippen bewegen sich leise, während sie dir die Worte vorliest.

Höre aufmerksam zu, mein Sohn. Sind sie nicht wahr?

In den Herzen jener weiterzuleben, die wir hinterlassen,
heißt nicht sterben.

Saul Bellow

rororo

Das Opfer

Saul Bellow stellt hier die Frage, inwieweit ein Mensch am Unglück eines anderen mitschuldig sein kann. Ein dostojevskijscher Alptraum.

Roman · rororo Band 1085

Mann in der Schwebe

Der Autor, einer der großen Romanciers unserer Zeit, erzählt die Geschichte eines Mannes, der im Hinblick auf den baldigen Militärdienst seine Stellung aufgibt. Während er monatelang auf seine Einberufung wartet, verliert er seine Rolle in der Gesellschaft, seine Identität und muß erkennen, daß er der Freiheit nicht gewachsen ist.

Roman · rororo Band 1367

Mr. Sammler's Planet

Die Geschichte eines vom Leben schwergeprüften alten Mannes, der sich dennoch liebend und weise der Sorgen seiner verzagten Verwandten und Freunde annimmt. «‹Mister Sammler's Planet› unterscheidet sich wohltuend von anderen amerikanischen Romanen der Gegenwart durch die bestechende Klugheit seines Autors und den tiefgründigen Witz von Bellows Stil» (Alfred Kazin in «The New York Review»).

Roman · rororo Band 1673

411/6

854/1